블리딩 엣지

BLEEDING EDGE

BLEEDING EDGE

블리딩 엣지

토머스 핀천 장편소설

박인찬 옮김

창비

뉴욕이 미스터리 소설에 등장하는 인물이라면
탐정은 아닐 것이다. 살인자도 아닐 것이다.
뉴욕은 진짜 이야기를 알고 있으면서도 말해주지 않을
수수께끼 같은 혐의자일 것이다.

─도널드 E. 웨스트레이크*

* Donald E. Westlake(1933~2008). 미국 뉴욕 브루클린 출신의 범죄소설의 대가.

차례

일러두기

1. 이 책은 Thomas Pynchon, *Bleeding Edge*(Penguin Books 2013)를 번역 저본으로 삼 았다.

2. 본문 중의 각주는 옮긴이의 것이다.

3. 원문에 영어가 아닌 다른 언어로 표기된 부분은 각주에 해당 언어를 다음과 같이 일 러주고 그대로 옮겼다. 프랑스어는 (프), 이딸리아어는 (이), 러시아어는 (러) 등.

4. 본문 중의 고딕체는 원서에서 대문자와 이탤릭체로 강조한 부분이다.

5. 외국어는 되도록 현지 발음에 가깝게 표기하되, 우리말 표기가 굳어진 것은 관용을 따랐다.

1

2001년 봄의 첫날, 몇몇 사람들의 데이터에 여전히 로플러로 저장되어 있는 맥신 터노는 아들들을 학교에 바래다주는 중이다. 그래 어쩌면 아이들은 누가 봐도 바래다줄 나이는 지났을지 모른다. 그저 맥신이 아직은 아이들끼리 가게 두고 싶지 않아서일지 모른다. 하지만 그러면 어떤가. 학교까지는 두 블록밖에 안되고, 지금은 출근하는 길이라, 그녀는 아이들과 걷는 게 즐거울 따름이다.

오늘 아침, 거리를 따라 어퍼웨스트사이드의 콩배나무로 보이는 모든 나무가 밤새 하얀 배꽃을 터뜨렸다. 맥신이 지켜보는 동안, 햇빛이 지붕선과 물탱크 들을 지나 블록 끝에 있는 나무 한그루를 비추고, 그러자 일순간에 나무가 빛을 가득 머금는다.

"엄마?" 지기가 평소처럼 서두르며 말한다. "얼른 와."

"얘들아, 저것 좀 봐. 저 나무 보여?"

한참이 지나서야 오티스가 바라본다. "멋져, 엄마."

"나쁘지 않네." 지기도 수긍한다. 아이들은 계속 걷고, 맥신은 나무를 삼십초간 더 바라본 뒤에 아이들을 쫓아간다. 길모퉁이에서 그녀는 어떤 정신 나간 운전자가 갑자기 모퉁이를 돌아 그들을 덮칠까봐 반사적으로 아이들 앞에 선다.

동쪽으로 향해 있는 아파트 창문에 반사되는 햇빛이 길 건너 건물들의 정면에 어른거리기 시작한다. 버스 노선에 처음 등장한 굴절버스가 시내횡단 도로를 거대한 곤충처럼 기어간다. 철제 셔터들이 올라가고 있고, 이른 아침에 도착한 트럭들이 이중으로 주차하고 있으며, 사내들은 호스를 들고 보도를 청소하고 있다. 잠잘 데가 없는 사람들은 건물 출입구에서 자고 있고, 쓰레기 더미를 뒤지는 사람들은 빈 맥주 깡통과 탄산음료 깡통으로 가득한 커다란 비닐 포대를 들고서 깡통을 현금으로 바꾸기 위해 시장으로 향하며, 일꾼들은 건물 앞에서 감독관이 나오기를 기다린다. 달리기를 하는 사람들은 신호등이 바뀌기를 기다리며 길가에서 제자리 뛰기를 하고 있다. 경찰들은 커피숍에서 베이글 부족을 해결하는 중이다. 아이들, 부모들, 보모들은 차와 도보로 근처의 학교를 향해 서로 다른 온갖 방향으로 가고 있다. 언뜻 보기에 아이들의 절반은 새로 나온 레이저 스쿠터[1]를 타고 다녀서, 주의사항 목록에 굴러다니는 알루미늄의 습격이 추가될 정도다.

오토 쿠겔블리츠 학교는 「로 앤드 오더」[2]에 아직 나오지 않은 교차로상에 위치한, 암스테르담과 콜럼버스 애비뉴 사이의 서로 인접한 세동의 브라운스톤 건물로 이루어져 있다. 학교의 명칭은 자

---

1 알루미늄으로 된 가벼운 접이식 스쿠터의 상표명. 우리나라에선 흔히 '킥보드'라고 부른다.
2 Law & Order. 미국 NBC에서 1990년부터 20년간 방영된 최장수 법률 드라마.

신이 세운 발생반복 가설 때문에 프로이트의 핵심 그룹에서 퇴출당했던 초기 정신분석학자의 이름에서 따온 것이다. 그는 인간이 생애주기에 따라 그 당시에 진단되던 다양한 정신장애를 거친다고 생각해서, 유아기의 유아론, 사춘기와 성년기 초입의 성적 히스테리, 중년기의 편집증, 노년기의 치매를 거쳐 죽음에 이르게 되면 그게 '건강함'의 증거라고 확신했던 것 같다.

"앞으로 그걸 알아내면 되겠네!" 프로이트는 쿠겔블리츠를 향해 씨가의 재를 털며 베르크가세 19번지[3]의 문밖으로 내쫓고 다시는 돌아오지 말라고 명령했다. 그러자 쿠겔블리츠는 어깨를 으쓱하고 미국으로 이주한 뒤 어퍼웨스트사이드에 정착하여 개업을 하고는, 고통 또는 위기의 순간에 그의 도움을 청했던 힘세고 잘나가는 사람들과 곧 관계를 쌓아나갔다. 갈수록 늘어나는 화려한 사교모임에서 그가 그 사람들을 자기 '친구'라고 서로 소개시켜줄 때마다, 정신이 회복된 자들끼리 서로를 알아보는 눈치였다.

쿠겔블리츠의 분석이 그들의 뇌에 어떤 영향을 주었든 간에, 환자들 중 몇몇은 경제대공황에서 용케 살아남아 얼마 뒤 창업자금으로 그의 이름을 딴 학교를 설립하고, 수익 배분을 조건으로 쿠겔블리츠에게 학년마다 정신 상태가 다르다는 전제하에 알맞은 커리큘럼을 개발하도록 맡겼다. 기본적으로 그것은 숙제를 내주는 정신병원과 다를 바가 없었다.

늘 그렇듯 오늘 아침도 지나치게 큰 학교 입구는 학생들, 등교지도를 맡은 교사들, 부모와 베이비시터 들, 유모차에 탄 어린 동생들로 붐빈다. 교장인 브루스 윈터슬로우는 하얀 정장에 파나마모

---

3 프로이트가 살았던 오스트리아 빈의 집 주소.

자 차림으로 오늘이 춘분春分임을 알리면서, 사람들을 이름과 한두 줄 프로필로 일일이 기억하며 상냥하면서도 세심하게 어깨를 가볍게 두드리고, 필요에 따라서는 수다를 떨거나 겁을 주었다.

"맥시, 안녕?" 바이어바 매켈모가 사람들 틈으로 입구를 가로지르며 유유히 걸어온다. 서둘러야 하는 것보다 훨씬 더 천천히 걷는 게 맥신이 보기에 딱 서부해안 스타일이다. 바이어바는 호감 가는 사람이지만 시간에 그렇게 얽매이지는 않는다. 이곳 사람들은 별것 아닌 일에도 어퍼웨스트사이드 엄마의 회원 자격을 뺏기로 유명하다.

"오늘 오후도 일정이 악몽 같아!" 몇몇 유모차를 사이에 두고 그녀가 말한다. "큰 문제는 아냐. 어쨌든 아직은 그래. 그런데 동시에……"

"아무 문제 없어." 맥신은 약간 서둘러 말한다. "피오나는 내가 우리 집에 데려다놓을게. 아무 때나 와서 데려가면 돼."

"정말 고마워. 너무 늦지는 않을 거야."

"언제든 자고 가게 해도 돼."

서로에 대해 잘 모르던 때에 맥신은 자신이 마실 커피를 내리면서 허브티를 내놓고는 했다. 그러다 바이어바가 유쾌하게도 이렇게 물었다. "내 엉덩이에 캘리포니아 번호판을 달고 다니는 것 같은 기분인 건 뭐죠?" 오늘 아침에는 대충 걸치던 평일의 보통 옷차림, 바비가 데님 멜빵바지란 말 대신에 임원 점심용 정장이라고 부르던 옷차림과는 달라진 변회기 눈에 띤다. 우선 눈에 들어오는 건 평소처럼 금발을 양 갈래로 땋지 않고 위로 올린 머리, 그리고 플라스틱 왕나비 귀고리 대신에 착용한, 뭐랄까, 다이아몬드 스터드, 지르콘 보석이다. 이따 낮에 사업상의 중요한 약속이 있는 게 틀림없다. 구직, 아니면 또다른 자금투자와 관련한 약속 때문일까?

바이어바는 포모나 대학[4] 출신이지만 직업이 없다. 그녀와 저스틴은 실리콘밸리에서 실리콘앨리[5]로 옮긴 이주자들이다. 저스틴은 스탠퍼드 대학 출신의 친구와 함께 지난해의 닷컴 참사에서 용케 살아남은 작은 벤처기업을 운영하고 있는데, 비이성적 과열이라고 부를 정도는 아니지만 그런대로 수익을 내고 있다. 그래서 여태껏 쿠겔블리츠의 수업료뿐 아니라, 처음 보는 순간 맥신이 부동산 질투심을 느꼈던 리버사이드 근처의 브라운스톤 건물 지하와 1층 임대료를 내는 데 아무 문제가 없었다. "굉장한 집인데." 그녀는 겉으로 웃는 척했다. "혹시 내가 업계를 잘못 택했나?"

"여기 빌 게이츠한테 물어봐." 바이어바가 태연하게 말했다. "난 그저 빈둥거리면서 내 스톡옵션을 양도할 때를 기다리는 중이야. 알겠지, 자기?"

캘리포니아의 태양, 스노클을 즐길 수 있는 바다, 아무 때에나. 가끔이라도…… 지금까지 이 업계에 몸담으면서 맥신은 감춰진 말에 안테나를 세우지 않고 이렇게 오래 있었던 적이 없다. "행운을 빌어, 바이어바." 하지만 속으로는, 그게 뭐든 간에, 하고 생각한다. 그러고 현관 계단으로 나가면서 캘리포니아식의 느린 반응을 감지하고는, 나가는 길에 아이들의 정수리에 키스를 하고, 다시 아침 출근길에 오른다.

맥신은 길을 쭉 따라가면 나오는 '테일 뎀 앤드 네일 뎀'이라는 이름의 작은 사기조사 탐정 사무소를 운영하고 있다. 이름에 '앤드

---

4 남부 캘리포니아에 위치한 명문 사립대학.
5 뉴욕 맨해튼의 IT·스타트업 기업 밀집 지역을 캘리포니아의 실리콘밸리에 빗댄 말.

제일 템'6을 덧붙여볼까 잠시 생각한 적도 있지만, 이 정도면 환상까지는 아니어도 희망을 갖게 하지 않을까 하는 생각이 들자 바로 접었다. 탐정 사무소가 위치한 곳은 옛 은행 건물로, 입구로 연결된 로비 층은 천장이 너무 높아서 실내 흡연이 법으로 금지되기 전이었다면 때때로 보이지도 않았을 것이다. 1929년의 대공황 직전, 최근의 닷컴 버블과 다르지 않은 맹목적인 광란 속에서 금융의 신전으로 처음 문을 연 이래, 이 건물은 지난 수십년간 개조를 거듭해오며 건식벽으로 된 복기지'7가 되어, 불량한 어린 학생, 대마초 피우는 몽상가, 연기자 에이전트, 척추치료사, 불법 도급 공장, 누구도 품목을 알 수 없는 온갖 밀수품 소형 창고를 수용하고 있다. 그리고 최근에는 맥신의 사무실과 같은 층에 옌타 익스프레소라는 이름의 데이트 소개업소, 인 엔 아웃 여행사, 침술사 겸 허브 전문가 닥터 잉의 향기로운 치료소가 들어왔고, 복도 끝에는 이전에 패키지 언리미티드 사무실이 입주해 있을 때에도 방문객이 거의 없던 '빈방'이라고 적힌 곳이 있다. 현재의 입주자들은 지금은 쇠사슬과 자물쇠로 잠겨 있는 그 사무실 문 양옆으로 제복을 입고 우지 기관단총을 든 고릴라 같은 사내들이 늘어서서 정체불명의 선적물과 배달 물품에 서명하던 당시를 기억한다. 자동화기가 언제든 발사될지 모른다는 가능성이 그날에 일종의 동기 같은 걸 부여했다면, 지금은 빈방 표시만이 그곳에 덩그러니 남아, 때를 기다리고 있다.

엘리베이터에서 내리자마자, 복도 저편에서 문을 통해 데이토

---

6 Tail 'Em and Nail 'Em and Jail 'Em. '미행하고, 잡아들이고, 교도소에 보내고'라는 뜻.

7 palimpsest. 원래의 글을 지우고 그 위에 다시 쓴 고문서.

나 로레인의 목소리가 들려온다. 매우 극적인 상황 설정으로 사무실 전화기에 다시 욕을 퍼붓는 중이다. 데이토나가 소리칠 즈음 맥신은 발끝으로 조용히 들어온다. "그 빌어먹을 서류에 서명하는 대로 여기서 나갈 거야. 아빠 노릇 하고 싶으면, 그 망할 건 네가 다 책임져." 그러고는 전화기를 쾅 하고 내려놓는다.

"좋은 아침." 맥신이 말끝을 살짝 올렸다 내리며 슬쩍 인사한다.

"그 자식하고 하는 마지막 통화예요."

언젠가부터 도시의 모든 밑바닥 사람이 그들의 손때 묻은 수첩에 테일 뎀 앤드 네일 뎀 전화번호를 갖고 있는 느낌이 든다. 전화 응답기에 숨을 헐떡이는 사람, 텔레마케터 들이 남긴 수많은 음성 메시지가 한가득 쌓여 있다. 심지어 그중 몇개는 현재 진행 중인 사건들과 관련이 있는 경우도 있다. 음성재생으로 메시지를 분류한 뒤에, 맥신은 도넛 업체의 일급비밀인 '생빵 발효기' 설정 온도와 습도를 불법 구매할 목적으로 크리스피 크림의 전前 직원들과 몰래 협상해온 뉴저지의 한 스낵식품 회사 내부고발자가 불안해하며 걸어온 전화에 회신 전화를 건다. 그에 따르면 똑같이 일급비밀로 분류된 도넛 압출기의 사진들도 함께 사기로 되어 있었는데, 그것들이 지금은 퀸스에서 여러해 전에 찍은 자동차 부품의 폴라로이드 사진을 즉흥적으로 포토샵한 것 같다는 것이다. "이 거래에 뭔가 수상적은 구석이 있다는 생각이 들어요." 상대편 목소리가 조금씩 떨린다. "어쩌면 불법일지도 몰라요."

"어쩌면요, 트레버. 법률 제18조에 저촉되는 범죄행위이기 때문이겠죠?"

"FBI의 함정수사예요!" 트레버가 큰 소리로 말한다.

"왜 하필 FBI가—"

"저런, 크리스피 크림이잖아요? 법을 집행하는 모든 직급의 형제들을 대신해서겠죠?"

"알았어요. 버건 카운티 지방검사실 사람들한테 물어볼게요. 어쩌면 그들도 뭔가를 들었을지 모르니까——"

"잠깐, 잠깐만요. 누가 와요. 이제 막 날 봤어요. 오! 그만하는 게 좋겠——" 전화가 끊긴다. 늘 있는 일이다.

이제 그녀는 몇편까지 봤는지 기억이 안 나는, 생활기기 판매업자 드웨인 Z. ('디지') 큐비츠가 연루된 물품 사기극의 가장 최근 에피소드를 꺼림칙한 마음으로 뚫어지게 바라본다. 큐비츠는 트라이스테이트 일대에서 '엉클 디지' TV 광고로 유명한데, 한창 흥이 오르려고 하는 어린아이처럼("엉클 디지! 돌아서서 가격을 보여주세요!") 턴테이블 같은 것 위에서 고속으로 돌며 이동식 벽장 선반과 봉, 키위 껍질 벗기는 칼, 와인 레이저 병따개, 계산대에 서 있는 줄을 측정하고 어디가 가장 빨리 줄어들지 계산하는 휴대용 거리측정기, TV 리모컨에 부착해 경보기용 리모컨만 잃어버리지 않는다면 절대 TV 리모컨을 잃어버릴 염려가 없는 경보기 등을 판매한다. 이 중에 어떤 것도 상점에서는 아직 판매되지 않지만, 심야 TV에서는 언제든 작동하는 모습을 볼 수 있다.

비록 댄버리 교도소에 한번 이상 들어갈 뻔하기는 했지만, 디지는 준합법적인 선택 때문에 운명의 늪에 사로잡힌 처지라서, 맥신은 자신이 그랜드캐니언의 당나귀도 두번은 생각하게 만드는 도덕적 갈림길에 서 있는 심정이다. 문제는 디지의 매력인데, 적어도 턴테이블에서 막 내려온 것 같은 그의 천진난만함은 도저히 가짜라는 게 믿기지 않을 정도다. 보통의 사기꾼이라면, 더러는 동시에 발생하는 가족의 해체와 공개적인 망신 때문에 정직하지는 않더라도 합법적인 직업을 택하게 마련이다. 하지만 그녀가 상대하지 않으면 안되는 밑바닥 사기꾼들과 비교하더라도 디지의 학습곡선은 영원히 나아질 줄을 모른다.

어제부터 롱아일랜드 외곽 론콘코마 노선의 정류장 근처에 있는 엉클 디지 지점 매니저가 점점 더 갈피가 안 잡히는 메시지를 남기고 있다. 창고 상황, 물품 이상, 어딘가 약간 달라진 망할 놈의 디지, 전화 요망. 이렇게 칙칙하고 도를 넘어선 자들 사이에서 유배생활을 하는 대신에, 언제쯤이면 한가하게 시간을 보내며 앤절라 랜즈베리[8]처럼 고급 사건만을 다룰 수 있을까?

마지막으로 그곳의 엉클 디지 업장을 방문했을 때, 맥신은 높이 쌓아놓은 상자 더미를 돌다가 다른 누구도 아닌 디지와 실제로 부딪힌 적이 있다. 그는 눈길을 끄는 노란색 크레이지 에디[9] 티셔츠를 입고서, 용해성 물질 남용자, 비디오게임 중독자, 비판적 사고 훼손 진단을 받은 자 들을 고용하는 것으로 악명 높은 회사답게, 평균연령 12세의 감사팀 뒤에서 슬금슬금 걸어다니며, 그들에게 즉석에서 재고자산을 할당하던 중이었다.

"디지, 뭐예요?"

"이런, 또 실수했네,[10] 브리트니 말대로."

"이것 좀 봐요." 그녀는 복도를 따라 쿵쿵거리고 걸으며 밀봉된 종이상자를 잡히는 대로 집어들었다. 수북이 쌓인 상자들은 밀봉이 되어 있기는 해도 안에는 아무것도 없는 것 같았다. 맥신은 그

---

8 Angela Lansbury(1925~). 유니버설 스튜디오의 TV 시리즈 「제시카의 추리극장」(Murder, She Wrote)의 주인공 역으로 유명한 영국 출신의 배우.

9 1970년대에 라디오와 텔레비전 광고로 유명했던 미국의 가전제품 체인점.

10 "Oops, I did it again". 브리트니 스피어스가 2000년에 발표해 크게 히트한 노래 제목을 인용했다.

러지 않았지만, 누군가 봤다면 깜짝 놀랐을 것이다. 아이고. "내가 지금 원더우먼이든가, 그게 아니면 우리가 간단한 물품 뺑튀기 현장을 체험하고 있나보네……? 가짜 상자들을 너무 높이 쌓은 것 같지 않아요, 디지? 바닥 층을 한번 봐요. 어떻게 위의 무게에 찌그러지지 않고 배기겠어요? 보통은 곧 무너지겠죠. 그리고 이 애송이 감사팀 말이에요, 먼저 건물 청소부터 시켜요. 그런 다음에 트럭을 짐 싣는 곳에 대고서 상자들을 다음 빌어먹을 대리점으로 그대로 옮기라고요. 내가 하는 말 알겠어요……"

"하지만," 그가 박람회장의 막대사탕처럼 눈을 크게 뜨고 말했다. "크레이지 에디는 이렇게 해서 성공했다고."

"크레이지 에디는 감옥에 갔어요, 디지. 또다른 기소 사실을 이력에 추가하고 싶어서 그래요?"

"이봐, 걱정하지 마. 여긴 뉴욕이야. 여기 대배심들은 살라미 소시지쯤 돼야 기소해."

"그래서…… 지금 당장 어떡할까요? 경찰특공대라도 부를까요?"

디지는 웃으며 어깨를 으쓱했다. 그들은 마분지와 플라스틱 냄새가 나는 그늘에 서 있었다. 맥신은 휘파람으로 「헬프 미 론다」[11]를 부르며 지게차로 그를 들이받고 싶은 충동을 가까스로 참았다.

그녀는 디지의 파일을 열지 않은 채로 최대한 오래 노려보고만 있다. 정신 수양. 인터컴이 울린다. "레지라는 사람이 왔는데요? 약속이 안되어 있어요."

살았다. 그녀는 파일을 옆으로 치운다. 그러면 그것은 마치 그럴

---

11 Help Me Rhonda. 비치보이스의 1965년 히트송.

듯한 선문답처럼 앞뒤가 맞지 않는 문제로 남게 될 터이다. "이게 누구야, 레지. 어서 이리로 와 앉아. 오랜만인걸."

2

정확히 2년. 그사이 레지 데스파드는 엄청나게 두들겨맞은 사람의 몰골을 하고 있다. 그는 1990년대에 영화 불법복제로 업계에 첫발을 디딘 다큐제작자로서, 빌린 캠코더를 가지고 낮에 영화관에서 개봉영화를 찍어 비디오테이프에 복사한 다음, 그것을 길거리에서 1달러, 때로는 받아낼 만하다 싶으면 2달러에 팔아, 자주 개봉 첫 주가 끝나기도 전에 수익을 내고는 했다. 하지만 프로급 작업에 비하면 어쩔 수 없는 한계가 있었다. 상영시간의 몇분 동안은 시끄러운 관람객들이 부스럭거리는 종이봉지에 담긴 점심식사를 요란스럽게 들고 오거나, 또는 영화 중간에 자리에서 일어나는 바람에 시야를 가리는 경우가 잦았다. 캠코더를 쥐고 있는 레지의 손도 항상 그렇게 안정적이지는 않아서, 화면 속 스크린이 어떤 때에는 느릿느릿 몽환적으로, 또 어떤 때에는 기절할 만큼 갑작스럽게 이리저리 흔들렸다. 레지가 자신의 캠코더에서 줌 기능을 발견하고부터는, 줌을 장면에 관계없이 자유자재로 밀고 당겨서, 인체의 세부, 군중 장면의 보조출연자들, 배경의 차량들 중 잘빠진 승용차 등등을 수없이 화면에 담았다. 그러던 어느 운명적인 날 워싱턴스퀘어에서, 레지는 영화를 가르치는 뉴욕대 교수에게 비디오테이프 하나를 우연히 팔게 되었고, 바로 다음 날 그 교수는 거리에서 레지를 뒤쫓아 달려와서는 숨을 헐떡거리며, 그가 작업하고 있는 "디에게시스[1]의 네오브레히트적인 전복"이 요즘의 최첨단 포스트-포스트모던 예술형식보다 얼마나 앞서 있는지 아느냐고 물었다.

레지의 귀에는 이 말이 기독교적인 체중감량 프로그램을 선전하는 말처럼 들려 집중하기가 어려웠다. 하지만 열정적인 대학 교수의 집요함에 그는 이내 테이프들을 박사과정 세미나에서 보여주었고, 그것이 계기가 되어 자신만의 영화를 찍기 시작했다. 산업용 영화, 무명 밴드의 뮤직비디오, 맥신이 아는 사람들 같은 부류를 위한 심야 인포머셜[2] 등등. 일은 일이니까.

"내가 바쁠 때 왔나봐."

"시즌이잖아. 유월절에 부활절 주간에 NCAA 플레이오프, 토요일은 성 패트릭의 날이고. 늘 그렇지 뭐. 아무 문제 없어. 레지, 그래 무슨 일로 왔어? 부부 관련 상담?" 이렇게 대하는 게 무례해 보일지도 모른다. 이런 태도 때문에 일이 줄어든 것도 사실이다. 하지만 다른 한편으로는 일없이 들르는 뜨내기들을 내쫓는 방법이기도 하다.

---

1 현실의 모방을 뜻하는 '미메시스'와 대비하여 부르는 용어. 영화나 문학에서는 허구로서의 내러티브 혹은 플롯을 뜻한다. 극작가 브레히트는 디에게시스의 허구성을 드러내기 위해 '낯설게 하기' 기법을 고안한 것으로 유명하다.
2 'information'과 'commercial'의 합성어. 상대적으로 정보량이 많은 상업광고.

그러자 레지가 생각에 잠긴 표정으로 말한다. "1998년부터는 아무 일도 없어…… 잠깐, 1999년부터였던가?"

"아, 복도 끝에 엔타 익스프레소에 가봐. 커피 마시며 데이트하는 건 그들 전문이니까. 잊지 않고 에디스한테 쿠폰 달라고 하면 첫번째 라떼 그로소는 공짜야. 알겠어, 레지, 가정 문제가 아니라면……"

"내가 다큐멘터리 찍고 있는 회사 있잖아? 계속해서 문제가 생겨……" 레지는 맥신이 이제까지 그럭저럭 무시해왔던 야릇한 표정을 짓는다.

"태도 문제겠지."

"접속 문제야. 내가 알아낼 수 있는 내용이 너무 없어."

"지금 최근 얘기를 하고 있는 거야? 그게 아니면 옛날로 돌아가서, 읽을 수 없는 레거시 소프트웨어가 다시 살아나기라도 한다는 거야?"

"아니. 작년의 IT 붕괴 때 망하지 않은 닷컴 회사 중 하나야. 옛날 소프트웨어 회사도 아니고." 레지가 목소리를 확 낮춰 지나치게 조용히 말한다. "어쩌면 공소시효도 없을지 몰라."

어어. "자, 봐. 네가 원하는 게 자산 검색이라면, 과학수사 요원 같은 건 실제로 필요 없어. 그냥 인터넷에 접속해서 렉시스넥시스, 핫봇, 알타비스타를 검색해봐. 기업비밀을 지킬 수 있다면. 전화번호부도 빠트리지 말고—"

"내가 정말로 찾고 있는 건," 조급하기보다는 엄숙한 말투다. "어떤 검색엔진으로도 닿을 수 없는 데 있을지 몰라."

"그러니까…… 네가 찾고 있는 게……"

"그냥 일반적인 회사 기록들, 예를 들어 거래장, 출납부, 일지,

세금계산서 같은 거야. 그런데 한번 보려고 하면 갑자기 컴퓨터가 이상해지고, 모든 게 렉시스넥시스가 미치지 않는 저 너머로 숨어버려."

"그게 어딘데?"

"딥웹?[3] 표면을 기어다니는 사람들은 절대 거기에 못 들어가. 암호화나 이상한 방향 변경으로도 안되는 건 물론이고—"

오. "이 문제를 봐줄 IT 전문가가 더 필요한 거 아니야? 사실 난 그쪽이 아니—"

"이미 한명 구해놨어. 에릭 아웃필드라고 스타이비선트 고등학교[4]의 천재야. 대단한 친구로 정평이 나 있어. 어린 나이에 컴퓨터 부당 변경으로 두각을 나타냈고. 완전히 믿어도 돼."

"그렇다면 그 사람들은 누군데?"

"해시슬링어즈라고 하는 시내의 컴퓨터 보안회사야."

"주위에서 들어봤어. 기가 막히게 일을 잘한다며. 주가수익률이 거의 과학소설 수준인데다, 사방에서 인재들도 잘 뽑아오고."

"그게 바로 내가 원하는 방향이야. 살아남아서 번영하라. 경기를 타라, 알아듣겠어?"

"그런데…… 잠깐만…… 해시슬링어즈에 관한 영화라고? 장면에는 뭐가 나오는데? 화면만 쳐다보는 답답한 컴퓨터장이들?"

"원래 각본에는 자동차 추격, 폭파 장면이 많았는데, 예산 문제로…… 그 회사에서 소액의 선불을 받기로 했고, 거기에다가 무제한 접속을 허가받았어. 적어도 어제까지는 그렇게 믿었지. 그러던 차에 결국 너를 만나보는 게 낫겠다는 생각을 하게 됐고."

3 Deep Web. 일반적인 검색엔진으로는 접속할 수 없는 월드와이드웹의 특정 부분.
4 뉴욕의 명문 특수목적 고등학교. 특히 과학·기술 분야 인재 배출로 유명하다.

"회계상에 뭔가가 있는 게지."

"내가 누구를 위해 일하는 건지 알고 싶을 뿐이야. 아직 내 영혼을 팔았던 적은 없거든. 어쩌면 여기저기서 리듬 앤드 블루스 두마디 정도밖에 안 나올지 몰라, 그래도 에릭에게 둘러보라고 부탁하는 게 낫겠다 싶었어. 혹시 회사 대표인 게이브리얼 아이스에 대해 뭐 좀 아는 거 있어?"

"약간." 업계의 표지 기사 정도. 닷컴 열풍이 사그라졌을 때 상처 없이 무사히 빠져나간 젊은 억만장자 중 한명. 그녀는 사진들이 떠올랐다. 미색 아르마니 정장, 주문제작된 비버 모피 중절모, 실제로 교황의 가호를 좌우로 내린 것은 아니지만 필요할 경우 그럴 준비가 되어 있는…… 장식용 손수건 대신에 그의 부모로부터 받은 허가증. "나도 보는 눈이 있어. 그렇게, 뭐랄까, 끌리지는 않는데. 그와 비교하면 빌 게이츠는 카리스마가 넘치지."

"그건 단지 그의 파티용 가면에 불과해. 그에게는 비밀 자원이 있어."

"그게 뭔데? 마피아? 은밀한 작전 세력?"

"에릭에 따르면, 우리 중 누구도 읽을 수 없는 코드로 되어 있는 세상의 비밀 같은 거래. 계속 되풀이되는 666[5]은 제외하고. 아 맞다, 무기소지 허가증 아직 갖고 있어?"

"그럼. 면허도 있고, 사용할 준비가 되어 있지. 어어…… 그런데 왜?"

약간 얼버무리듯 말한다. "이자들은…… 첨단기술 산업에서 흔히 보는 사람들과 달라."

---

[5] 요한계시록 13장 18절에 나오는 계시의 숫자.

"이를테면……"

"우선, 그렇게 컴퓨터광 유형은 아니야."

"그게…… 다야? 레지, 그동안의 내 수많은 경험에 비추어볼 때, 횡령하는 자들은 서로에게 총 쏘는 일이 흔치 않아. 공개적으로 망신을 주는 게 오히려 효과적이지."

"응." 거의 미안해하는 눈치다. "하지만 만약 횡령이 아니라면. 혹은 그뿐 아니라 다른 뭔가가 있다면?"

"뭔가 있어. 불길해. 그리고 모두 다 엮여 있어."

"편집증이 너무 심한 거 아냐?"

"난 안 그래. 편집증은 인생이라는 주방의 마늘과 같아서, 아무리 많아도 지나치지 않아."

"그렇다면 전혀 문제 될 게 없겠네……"

"난 사람들이 그렇게 말할 때가 제일 싫어. 알겠어. 내가 한번 살펴보고 알려줄게."

"됐네! 마치 남자 에린 브로코비치[6]라도 된 것 같아!"

"음. 그런데 곤란한 문제가 하나 있어. 지금 여기서 나를 고용하려는 건 아니지, 응? 요행수를 바라고 일하지 않는다는 게 아니라, 윤리적 측면이 있어서 그래. 가령 구급차를 뒤쫓는 것 같은."

"너희 쪽 사람들은 선서 같은 거 안해? 사기가 벌어지는 걸 보면 어떻게 해야 한다든가 하는?"

"「프로드버스터즈」[7]라는 프로가 있었는데, 폐지됐어. 사람들에

---

6 Erin Brockovich(1960~). 정식 법률 교육을 받지 않은 변호사 사무실 직원으로 부도덕한 거대 기업에 맞서 승소를 이끌어냈다. 동명의 할리우드 영화로도 제작되었다.

7 Fraudbusters. 영화 「고스트버스터즈」에 빗대어 핀천이 지어낸 '사기근절단'이란 뜻의 제목.

게 너무 많은 아이디어를 준다나. 하지만 레이철 와이즈는 나쁘지 않았어."

"너희들은 다 똑같아 보여서 하는 소리야." 웃으며, 영화를 찍는 것처럼 손과 엄지손가락을 네모나게 세운다.

"말도 안돼, 레지."

레지하고는 늘 이런 식이었다. 그들이 처음 만난 것은 좀더 전문화된 유람선에서였다. 맥신은 지금 생각해도 별것 아닌 일로 당시 남편인 호스트 로플러와 별거한 뒤에, 너무 많은 시간을 집 안에서 블라인드를 내린 채 스티비 닉스의 선집 테이프 중 다른 노래는 모두 무시하고 「랜드슬라이드」만 무한 반복해서 들으며, 쓰디쓴 크라운 로열 셜리 템플스에 바로 이어 더 많은 양의 석류 시럽을 병째 들이켜면서 클리넥스를 하루에 한통씩 쓰다가, 카리브 유람선을 타면 정신건강이 어떻게든 나아질 거라는 친구 하이디의 설득을 받아들이기로 했다. 그래서 그녀는 어느날 코를 훌쩍거리며 사무실에서 나와 복도를 따라 인 엔 아웃 여행사로 걸어갔다. 사무실에 들어서자 먼지 쌓인 바닥, 낡아빠진 가구, RMS 타이태닉호와 디자인이 매우 흡사한 원양여객선 모형이 눈에 띄었다.

"운이 좋네요. 방금 막……" 눈 맞춤도 없이, 긴 침묵이 흘렀다.

"예약이 취소된 게 있다는 거죠." 맥신이 넌지시 말했다.

"그렇다고 볼 수 있죠." 가격은 너무 매력적이었다. 제정신인 사람에게는 너무 비쌌을지 모르겠지만.

아이들은 그녀의 부모가 기꺼이 맡아주기로 했다. 맥신은 여전히 코를 훌쩍이며, 터미널까지 배웅해주기로 한 하이디와 함께 택시를 타고, 주로 화물선이 드나드는 뉴어크인가 혹은 엘리자베스인가의 터미널로 향했다. 사실 나중에 보니, 맥신이 타기로 한 '크루즈'는 편의상 마셜제도 국기를 달고 항해하는 헝가리의 부정기 컨테이너 기선인 아리스티드 올트호였다. 바다에서 첫날 밤을 맞고서야 그녀는 자기가 실제로는 미국 경계성 성격장애 협회의 연례모임인 '앰보피디아[8] 프롤릭스 '98'에 예약되었다는 사실을 알게 되었다. 이렇게 재밌는 걸, 누가 취소할 꿈을 꿨겠어? 그게 아니라면…… 말도 안돼! 그녀는 부두 위에서 어쩌면 남의 불행을 기뻐하고 있을, 헤엄쳐 가기에는 이제 너무 먼 산업시설의 해안선 속으로 사라져가는 하이디의 모습을 뚫어지게 쳐다보았다.

그날 저녁 첫번째 저녁식사 자리에서 그녀는 파티를 하려고 '경계성 환영!'이라고 적힌 현수막 아래 모여 있는 한 무리의 사람들을 발견했다. 선장은 초조해 보였고 그가 앉은 테이블의 식탁보 밑에 숨으려는 펭계를 계속해서 찾고 있었다. 대략 일분 삼십초 간격으로 디제이가 앰보피디아의 단가團歌나 다름없는 마돈나의 「보더라인」(1984)을 틀자, 모두 일제히 "오-버더보-더라인!!!" 대목에서 마지막 '인' 발음에 유난히 힘을 주며 합창했다. 일종의 전통처럼 보였다.

저녁 늦게, 그녀는 조용히 이리저리 옮겨다니는 한 사람을 보았다. 눈은 카메라의 뷰파인더에 딱 붙인 채, 소니 VX2000으로 렌즈에 담을 만한 표적을 물색해 찍는 중이었는데, 게스트를 바꿔가며 그들에게 때론 말을 하도록, 또 때론 하지 말도록 주문했다. 나중에 보니 그자가 바로 레지 데스파드였다.

자기가 저지른 끔찍한 실수에서 벗어날 생각에 그녀는 그가 가는 대로 흥겹게 노는 사람들 사이를 따라다녔다. "이봐요," 얼마 후

---

8 AMBOPEDIA. 핀천이 지어낸 American Borderline Personality Disorder Association(미국 경계성 성격장애 협회)의 약자.

그가 말했다. "스토커 씨. 내가 드디어 중요한 기회를 잡았다고요."

"일부러 그러려고 한 게 아니—"

"그게 아니라, 저 사람들이 주의를 조금만 딴 데로 돌리게 해줘요. 남의 시선을 너무 의식하지 못하게."

"괜히 그쪽 신용에 누를 끼치고 싶지 않아요. 미용실에 갈 때를 몇주는 넘겼어요. 지금 걸친 옷이며 신발 다 해봐야 파일린스 베이스먼트[9]에서 100달러도 안되게 주고 샀다고요."

"저 사람들은 몰라요."

이런. 누군가에게서 이렇게 삐딱하게라도 그녀가 사교용 미녀 파트너까지는 아니어도 사교용 여자 파트너의 자격이 있다고 들은 게 얼마 만인가? 기분 나빠할 일인가? 눈곱만큼이라도?

맥신은 참석자들을 그룹별로 쫓아다니며, 철새 사냥과 수집가들에게는 오리 우표로 알려진 기념우표에 관심이 있는 지극히 평범해 보이는 한 시민과 그보다는 덜 관심이 있는 듯한 그의 부인 글래디스를 만났다.

"그래서 제 꿈은 오리 우표계의 빌 그로스가 되는 거예요." 단지 연방 오리 우표뿐 아니라, 뭐랄까, 모든 주에서 발행하는 것들까지 모으겠다는 말이었다. 우표 연구가들이 열광하는 매혹적인 오지를 수년간 구석구석 돌아다니면서, 이제는 창피한 줄도 모르는 이 수집광은 화가의 서명이 들어간 사냥꾼판과 수집가판, 도판, 이종, 기형과 파본, 주지사판 등을 모두 모아야 직성이 풀렸다. "뉴멕시코! 뉴멕시코는 오리 우표를 딱 1991년부터 1994년까지만 발행했죠. 맨 마지막에 나온 게 모든 오리 우표의 최고봉인, 로버트 스

---

9 Filene's Basement. 유명 디자이너 브랜드의 파격적인 할인으로 한때 유명했던 미국 북동부 지역의 백화점 체인.

타이너가 그린 초자연적으로 아름다운 날아가는 쇠오리인데, 내가 마침 그것의 가장자리에 일련번호가 인쇄된 우표 시트를 갖고 있어요……"

"언젠가는 내가," 글래디스가 재잘거리는 목소리로 공언했다. "플라스틱 보관함에서 그걸 꺼내서, 우표 뒷면의 풀에 젖은 혀로 침을 바른 다음 우편으로 가스요금 부칠 때 쓸 거예요."

"여보, 우편요금으로는 효력이 없어."

"내 반지를 쳐다보는 거예요?" 80년대풍 베이지색 파워슈트[10]를 입은 여인이 카메라와 마주치자 묻는다.

"매력적인 반지네요. 왠지…… 낯이 익어서……"

"혹시 「다이너스티」[11] 팬이세요? 그때는 크리슬이 반지를 전당 잡혀야만 했잖아요? 이건 큐빅 지르코니아 모조예요. 560달러짜리죠, 물론 소매가격으로요. 어윈은 항상 소매가격으로 지불하고, 대인관계에서는 딱 301.83[12]이죠. 난 그냥 옆에 있어줄 뿐이에요. 그가 나를 매년 이런 데로 끌고 다니는 바람에, 주위에 말할 사람이 아무도 없다보니 결국에는 돼지처럼 살이 쪄서 두 자릿수 중반 사이즈의 옷을 입는 신세가 되었다고요."

"저 여자 말에 신경 쓸 거 없어요. 200회나 되는 드라마 방영분을 모조리 비디오테이프로 갖고 있어. 카메라 초점이 맞아요? 말도 마요. 80년대 중반쯤에는 이름까지 아예 크리슬로 바꿨었다니까요. 이해심이 적은 남편 같았으면 정신이 나갔다고 했을 거예요."

돌아다니다보니 레지와 맥신은 선상 카지노에까지 이르렀다.

---

10 1980년대에 전문직 여성들이 즐겨 입은 중성적인 디자인의 정장.
11 Dynasty. 1980년대에 큰 인기를 끌었던 미국 TV 드라마.
12 세계보건기구가 정한 경계성 성격장애의 국제질병분류편람 식별번호.

몸에 안 맞는 턱시도와 야외용 드레스를 입은 사람들이 룰렛과 바카라를 하고, 줄담배를 피우고, 여기저기 곁눈질하며, 손에 움켜쥔 가짜 돈을 험상궂게 흔들어댔다. "주주브 환자들," 누가 설명해주는 소리가 들렸다. "진단 미확정 제임스 본드 증후군을 총칭하는 말로, 완전히 다른 서포트 그룹이에요. 아직 DSM[13]에 등재되지 않았죠. 하지만 계속 로비 중이니까 아마 제5판에는…… 환자들의 안정을 위해 행사 기간에는 언제든 행운이 따른답니다. 제 말이 틀린가 보세요." 맥신은 믿지 않았지만, 어쨌든 '5달러'짜리 칩을 한개 사서, 그게 만약 진짜 돈이었더라면 운이 좋아 배에서 내리게 될 경우 싹스[14]에 잠시 들러도 될 만큼 딴 뒤 카지노에서 걸어나왔다.

어느 지점에선가 술에 취해 벌게진 얼굴이 카메라 뷰파인더에 잡혔다. 운명적으로 조엘 위너[15]에게 속한 얼굴이었다. "그래, 맞아. 신문 보도에서 날 본 게로군. 이제 난 카메라 먹잇감에 불과해, 안 그래? 그 혐의에 대해 벌써 세번이나 무죄판결을 받았는데도 말이야." 그러고는 맨해튼 부동산과 관련된 것으로 보이는 부정행위에 대해 긴 이야기를 풀어놓기 시작해서, 맥신은 그가 하는 말의 뉘앙스를 이해하느라 애를 먹었다. 아마 잘 참고 들었더라면, 이후의 곤란에서 애를 덜 먹었을지도 모른다.

배는 경계성 환자들로 가득했다. 마침내 맥신과 레지는 카리브해가 미끄러져가는 모습을 갑판 위에서 몇분 동안 조용히 지켜볼

---

13 Diagnostic and Statistical Manual of Mental Disorders(정신장애 진단 및 통계 편람)의 약자.

14 뉴욕 맨해튼에 본점을 둔 고급 백화점 'Saks Fifth Avenue'를 일상적으로 부르는 말.

15 Joel Wiener. 미국의 부동산 재벌.

수 있는 곳을 찾아냈다. 사방에 화물 컨테이너들이 1.2 혹은 1.5미터 높이로 탑처럼 쌓여 있었다. 마치 퀸스의 어떤 구역에 있는 느낌이었다. 정신적으로는 유람선에 아직 완전히 승선해 있지 않던 맥신은 컨테이너들 중에 속이 텅 빈 가짜는 얼마나 되고, 모종의 원양 화물 사기가 이곳에서 진행되고 있을 가능성은 얼마일지 혼자 생각해보았다.

그러던 중에 그녀는 레지가 자기를 비디오테이프에 담으려는 시도조차 하지 않는다는 생각이 들었다. "당신은 경계성 성격장애자 같지 않았어요. 사회복지 감독관이나 뭐 그런 주최 측 진행 요원일 거라 생각했죠." 오, 놀랍게도 그녀가 호스트와의 상황에 대해 마지막으로 생각한 지 한시간 또는 그 이상이 지났다. 만약 발톱만큼이라도 그 일에 대해 생각한다면 레지의 카메라가 다시 켜질 게 분명했다.

앰보피디아 연례모임에서 오래 이어져온 관행이 있다면 말 그대로 지리상의 경계선을 매년 바꿔가며 방문하는 것이었다. 멕시코 마낄라도라[16] 아웃렛에서의 쇼핑 관광. 캘리포니아 주(州)경계 카지노에서의 도박중독 여행. 메이슨-딕슨 라인[17]을 따라 이어지는 독일계 펜실베이니아인식 돼지같이 먹기 코스 등등. 올해의 최종 목적지는 아이띠와 도미니까공화국 사이의 국경이었다. 그곳은 파슬리 대학살[18] 시절부터 내려온 슬픈 업보로 마음이 편치 않은 곳

---

16 maquiladora. 멕시코의 외국계 공장.

17 Mason-Dixon Line. 미국 남북전쟁 당시 남부와 북부의 경계이자 메릴랜드주와 펜실베이니아주의 경계선. 핀천의 소설 제목이기도 하다.

18 1937년, 도미니까공화국 군대가 아이띠 접경 지역에 정착해 살던 아이띠 이주민 12,000명 이상을 학살한 사건. 파슬리를 보여주고 프랑스식으로 발음하면 죽였다는 데서 유래한 이름이다.

이었는데, 안내책자에는 거의 나와 있지 않았다. 아리스티드 올트 호가 그림 같은 만사니요만으로 들어서자, 주위가 갑자기 어수선 해졌다. 배가 삐삐요 쌀세도의 부두에 닿기가 무섭게 거대 물고기에 넋이 나간 승객들은 타폰[19]을 보러 가기 위해 앞다퉈 보트를 빌렸다. 다른 승객들은, 부동산에 대한 호기심이 집착으로 바뀐 조엘 위너처럼 곧바로 지역의 부동산 중개업소를 돌며, 양키 엿 먹이기는 말할 것도 없고 탐욕이라는 결코 간과해선 안되는 동기를 지닌 자들의 그럴싸한 꾐에 끌려다니고 있었다.

해안가 사람들은 크리올과 시바오 말[20]이 섞인 말을 썼다. 부두 끝에서는 기념품 가판대들이 잽싸게 모습을 드러냈고, 야니께께와 치미추로를 파는 스낵 노점상, 돈 받고 주술을 파는 부두교와 쌴떼리아교 주술사, 나뭇조각 같은 것을 적포도주와 럼주에 담가 거대한 유리 단지째로 파는 도미니까 특산품 마마후아나 장사꾼이 보였다. 또한 국경 횡단을 기념하는 화룡점정 같은 징표로서, 진품임을 나타내는 아이띠 부두교의 사랑의 마법이란 글자가 도미니까산 마마후아나 술 단지 하나하나에 적혀 있었다. "이제야 말을 하네!" 레지가 큰 소리로 말했다. 레지와 맥신은 마마후아나를 마시고 술 단지를 주고받기 시작한 작은 무리의 사람들과 어울리다가, 시내에서 몇마일 떨어진 곳에 위치한, 반쯤 지어진 상태에서 잠시 버려진 호화 호텔 엘 쑤에뇨 뜨로삐깔에 도착한 뒤, 복도를 돌아다니며 비명을 지르고, 머리 위로 단단히 매인 정글 덩굴을 타며 안마당을 가로지르고, 서로의 꽁무니는 물론 도마뱀과 플라밍고를 뒤쫓아다

---

19 서인도제도 주변에 사는 거대 물고기.
20 크리올은 유럽어와 서인도제도 노예들이 사용하던 아프리카어의 혼성어. 시바 오는 도미니까공화국 중부 지역이다.

니고, 허물어지기 직전의 킹사이즈 침대에서 못된 짓들을 했다.

「러브 보트」[21]에서 늘 흘러나오던 노래 가사처럼 자극적이고 새로운 사랑. 돈에 대해서는 하이디가 옳았다. 그것만 있으면 충분했다. 비록 맥신은 이후에 세세한 일들은 기억하지 못하지만.

기억의 리모컨을 들고, 그녀는 일시정지 버튼을 누른 다음, 정지를, 그러고는 전원을 누른 뒤에 피식 웃는다. "특이한 크루즈 여행이었어, 레지."

"그때 사람들한테서 연락 받은 적 있어?"

"가끔씩 이메일 주고받고, 매번 연휴 시즌이 되면 앰보피디아에서 기부금 내라고 연락이 오는 정도." 그녀는 커피 컵 너머로 레지를 쳐다본다. "레지, 우리가 혹시, 음……"

"난 그렇게 생각하지 않아. 난 인디애나폴리스에서 온 그 랩탄드라라는 여자와 주로 있었어. 너는 그 부동산 환자와 사라져서 계속 안 나타났고."

"조엘 위너." 맥신은 슬쩍 놀라고 당황한 듯 눈을 동그랗게 뜨고 천장을 바라본다.

"그때 일을 다시 꺼내서 미안해."

"내가 면허를 취소당한 얘기를 들었을 거야. 그게 간접적으로는 조엘 때문이었어. 그는, 본의 아니게, 나에게 그런 덕을 베풀어주었어. CFE[22]이던 시절에 나는 나름 괜찮았지. 하지만 자격을 박탈당하고 나서는? 지나치게 유혹적이지. 특정 유형의 사람에게는. 누가 제 발로 저 문을 열고 들어오는지 보면 상상이 될 거야. 다른 뜻

---

21 The Love Boat. 1977~87년 미국에서 방영된 유람선에서 펼쳐지는 TV 드라마.
22 Certified Fraud Examiner(공인사기조사관)의 약자. 공인사기조사관협회(ACFE)에서 심사를 거쳐 자격을 부여한다.

으로 얘기한 건 아니야."

그녀의 짐작에 공인사기조사관의 틀을 벗어나 활동하는 커다란
장점은 색 바랜 도덕성의 후광으로 법 바깥으로 기꺼이 나가 회계
감사관과 세금 관리들의 영업 비밀을 공유하는 것이었다. 졸지에
종교집단에서 쫓겨난 광신자 신세가 된 맥신은 사회적 불모지에
떨어지게 되는 것은 아닌지 잠시 두려웠다. 그러나 소문이 돌자,
곧 테일 뎀 앤드 네일 뎀은 그 어느 때보다, 감당할 수 있는 양 이상
으로 일이 늘었다. 물론 새로운 고객들은 면허가 있던 시절만큼 늘
평판이 좋은 것은 아니었다. 저 빌어먹을 벽지에서 걸어나올 법한
어두운 세계의 숭배자들이었다. 그들 중에는 나중에 알고 보니 그
녀로서는 거의 할 게 없었던 조엘 위너도 포함되어 있었다.

유감스럽게도 조엘은 부동산 부정행위에 대해 길게 이야기를
늘어놓는 과정에서 정작 핵심적인 세부 내용들, 예를 들어 자신이
조합 이사회 회원권을 습관적으로 도용한 사실이라든가, 대개는
조합 회계 담당자로서 자기에게 맡겨진 돈과 관련된 다른 이들의
불만, 이 외에도 브루클린에서의 RICO[23] 민사고발, 그리고 그녀만
의 부동산 원칙을 갖고서 "끝도 없어요. 설명하기 쉽지 않아요" 하
고 열 손가락을 머리 위에서 꼼지락거리며 "안테나예요. 조엘하고
는 영업상의 몇가지 속임수를 서로 나눠도 될 만큼 편한 사이였어
요. 내 입장에서는 몰래 세무 대리인 부업을 하는 IRS[24] 녀석보다
전혀 못하지 않았어요"라고 말하는 자기 아내에 대해서는 까먹고
얘기해주지 않았던 것이다.

사실 맥신은 ACFE 행동수칙에 심각하게 저촉되기는 했어도

---

23 Racketeer Influenced and Corrupt Organizations(조직범죄 피해자 보상법)의 약자.
24 Internal Revenue Service(국세청)의 약자.

지난 수년 동안은 아슬아슬하게 잘 피해왔었다. 하지만 이번에는 갈라지는 소리나 눈에 띄게 거무스름해지는 어떤 조짐도 없이 얼음이 그녀의 발밑에서 꺼져버렸다. 검토위원회가 충분한 검토 끝에 이해의 충돌이 단지 한번뿐이 아니라 일정하게 반복되는 것을 발견했던 것이다. 그 문제라면 맥신에게는 그때나 지금이나 우정과 극도로 까다로운 지침 준수 중 하나를 고르는 것은 간단한 일이었다.

"우정이라고?" 레지가 의아해한다. "그를 좋아하지도 않았잖아."

"전문적인 용어야."

면허 취소 통지서의 종이는 무척 고급스럽고, 거기 담긴 빌어먹을 메시지보다 더 가치 있어 보였다. 통지서에는 에이스 서클에서의 모든 특권과 파크에서의 CFE 전용 클럽 회원권이 취소된다는 통지와 함께, 회원카드 반환과 바의 외상장부 결제를 잊지 말고 해달라는 내용이 적혀 있었다. 맨 아래에는 이의 신청에 관한 추신이 있는 것 같았다. 신청서 양식도 들어 있었다. 흥미로웠다. 파쇄해도 되는 계정으로 처리되지 않은 듯했다, 아직은. 놀랍게도, 협회 직인이 처음으로 맥신의 눈에 들어왔다. 펼쳐져 있는 책의 약간 위쪽 정면에서 횃불이 격렬하게 타오르는 게 보였다. 이게 뭐지? 어쩌면 법을 상징하는 것일 수도 있는 책의 종이가 타오르는 횃불, 아마도 진리의 빛에 의해 언제라도 불붙을 수 있다는 뜻인가? 누가 뭔가를 말하려고 하는 것인가? 이렇게 활활 타오르는 법, 진리의 가공할 만한 불굴의 가치…… 그래 이거야! 은밀한 무정부주의자의 코드 메시지!

"흥미로운 생각이야, 맥신." 레지가 얕보듯이 말한다. "그래서 이의 신청을 했어?"

사실, 하지 않았다. 날이 지날수록 그러지 말아야 할 이유가 계속해서 생겼다. 변호사 비용을 댈 수가 없었고, 이의 신청 과정도 단지 보여주기 위한 것일 수 있었고, 내가 존경해오던 동료들이 나를 갑자기 쫓아냈는데도, 그따위 양심이 팽배한 곳으로 정말 돌아가고 싶다고? 대충 이런 이유들이었다.

　"그 인간들, 지나치게 민감한 것 같아." 레지가 보기에는 그랬다.

　"그들을 비난할 수는 없어. 그들은 우리가 이렇게 온통 아슬아슬하고 엉망진창인 상태에서도 절대 타락하지 않는 정지점靜止點, 모두가 믿는 원자시계이기를 원해."

　"방금 '우리'라고 했어?"

　"면허증을 뺏기기는 했어도, 내 영혼의 사무실 벽에는 여전히 걸려 있다고."

　"사기꾼 주제에 말이 많네."

　"「나쁜 조사관」. 내가 여기서 준비 중인 시리즈물이야. 시험용 대본이 있는데, 한번 읽어볼래?"

3

과거는 술 퍼마시기에 정말로 좋은 핑계다. 레지가 나간 뒤 엘리베이터 문 닫히는 소리가 들리자마자, 맥신은 냉장고로 향한다. 피노 에 그리조[1]가 이 엉망진창인 냉장고 속 어디에 있더라? "데이토나, 와인이 또 떨어진 거야?"

"전 그런 거 입에도 안 대요."

"그렇겠지. 자기는 나이트 트레인[2]파니까."

"이런. 오늘 저한테 정말로 필요한 건 주종차별주의군요?"

"어이, 그만해. 농담으로 한 말이야, 알지?"

"치료차별주의!"

"뭐라고?"

"대표님은 12단계[3] 사람들이 자기보다 수준이 낮다고 생각하죠.

---

1 이딸리아산 화이트와인.
2 Night Train Express를 줄여서 부르는 말. 도수가 높은 싸구려 와인.

늘 그래왔어요. 무슨 스파 프로그램에서, 그게 어떤 건지도 모르고 얼굴에 온통 해초를 바른 채 누워서는 말이에요. 그러니까 제 말은 대표님이⋯⋯" 데이토나가 극적으로 말을 멈춘다.

"더 얘기 안 할 거지?" 맥신이 말을 가로챈다.

"제 말은, 일해야 된다고요, 아가씨."

"오, 데이토나. 뭐가 됐든, 내가 사과할게."

그러자 미수금과 악성부채가 잔뜩 쌓인 예의 자금 사정 넋두리가 격하게 쏟아진다. "자메이카섬 사람하고는 절대 어울리는 게 아니에요. 공동양육권을 누가 마리화나를 가져왔다는 뜻으로 생각한다니까요.⁴"

"호스트라서 다행이야," 맥신은 생각에 잠긴다. "마리화나 때문에 망가지는 일은 결코 없었으니까."

"생각해봐요, 당신들이 먹는 그 하얀 음식, 하얀 빵과 그," 데이토나가 지미 헨드릭스의 노래 가사를 살짝 바꿔서 말한다. "마요네즈! 당신들 머릿속은 온통 그걸로 가득 차 있죠⁵—당신들 모두, 말단까지 흰둥이야." 전화기가 집요하게 계속 울린다. 데이토나는 다시 자기 자리로 가고, 혼자 남은 맥신은 라스타파리⁶의 약물 애호를 왜 호스트와 연결지었는지 의아해한다. 호스트가 마음에 남아 있는 게 아니고서야. 그렇지도 않지만, 설사 그렇더라도 아주 조금, 아주 잠깐뿐이다.

---

3 알코올중독자들의 재활 프로그램.
4 공동양육권을 뜻하는 'joint custody'의 'joint'에 마리화나라는 뜻이 있어서 하는 말.
5 지미 헨드릭스가 부른 「퍼플 헤이즈」(Purple Haze)의 첫 구절 "머릿속이 온통 퍼플 헤이즈로 가득 차 있어"를 두고 하는 말. 퍼플 헤이즈는 마리화나의 일종이다.
6 흑인 예수를 숭배하는 서인도제도의 종교.

호스트. 미국 중서부의 4대손. 대형 곡물창고처럼 감정적이고, 할리 멍청이[7]처럼 치명적으로 매력적이고, 허기가 질 때는 원조 메이드라이트[8]처럼 (안타깝게도 그녀에게는) 없어서는 안되는 존재. 지금까지 호스트 로플러는 세계 곳곳에서 특정 물품들이 어떻게 반응을 보일지 거의 오차 없이 알아맞혀온 이력을 갖고 있어서, 맥신이 그의 인생에 등장할 무렵에는 그것들이 반응을 보이기도 전에 이미 큰돈을 벌었고, 나이 서른에 겉치레로 하게 된 서약을 진심으로 지키려고 분투하는 동안 돈이 계속 쌓여가는 것을 지켜보았으며, 돈이 들어오기 무섭게 쓰고 최대한 할 수 있는 데까지 파티를 계속 즐겼다.

"그래도…… 별거수당은 꽤 되죠?" 데이토나가 물었다. 일 시작한 지 겨우 이틀째였다.

"전혀."

"뭐라고요?" 그녀는 맥신을 아주 오랫동안 쳐다보았다.

"내가 뭐 도와줄 일이라도 있어?"

"지금까지 들어본 것 중 가장 말도 안되는 뻔뻔한 이야기예요."

"더 해 봐." 맥신이 어깨를 으쓱했다.

"파티 좋아하는 남자하고 잘 안 맞아요?"

"전혀. 인생은 파티야, 안 그래 데이토나? 맞아, 호스트는 파티를 좋아했어. 하지만 나중에는 결혼도 파티라고 생각하게 됐지. 그 부분에서 우리는 서로 생각이 달랐던 거야."

"그 여자 이름이 제니퍼인가 그랬죠, 맞죠?"

"사실은 뮤리얼이야."

---

7 할리데이비슨 오토바이 엔진을 부르는 속어.
8 Maid-Rite. 미국 중서부에 주로 있는 체인 음식점.

그 지점에서 감춰진 패턴을 찾는 직무역량이 몸에 밴 공인사기 조사관답게 그녀는 궁금해지기 시작했다…… 실제로 호스트는 싸구려 씨가의 이름을 딴 여자를 좋아했을까? 혹은 FTSE[9]에서 증권 놀이를 하면서 런던에 몰래 숨겨놓은 필리파 '필리' 블런트, 치파오 차림에 짧게 머리를 자른 로이탄이라는 이름의 매력적인 아시아 여자 중개인이라도 있었던 걸까……?[10] "호스트는 이제 끝났으니까 깊게 생각하지 말자고."

"어어."

"나한테는 아파트가 있어. 물론 그에게는 아직까지 싱싱한 59년형 임팔라가 있고. 이런, 내가 또 우는 소리를 하고 있네."

"오, 냉장고에서 나는 소리인 줄 알았어요."

데이토나는 맥신의 친구 하이디 다음으로 천사처럼 이해심이 많다. 그들이 실제로 앉아서 그 일로 처음 이야기를 나눈 건 맥신이 당황스러울 정도로 길게 말을 늘어놓은 뒤였다.

"그가 나한테 전화했어." 하이디가 지나가는 투로 불쑥 말했다.

그래. "뭐라고, 호스트가? 전화를……"

"데이트하자네?" 하이디는 더없이 순진무구한 얼굴로 눈을 동그랗게 떴다.

"그래서 뭐라고 말했는데?"

그러자 놀라울 만큼 완벽한 타이밍으로 그녀가 말했다. "오, 하느님 맙소사, 맥시…… 내가 사과라도 해야 하는 거야?"

"너하고? 호스트가?" 이상해 보였지만, 그 이상은 아니었다. 오히려 맥신은 희망적인 신호로 받아들였다.

---

9 Financial Times Stock Exchange(런던국제증권거래소)의 약자.
10 Phillies Blunt와 Roi-Tan 모두 값싼 씨가 브랜드.

그러나 하이디는 당황한 듯했다. "거짓말이야! 그는 오직 너에 관한 얘기뿐이었어."

"어어. 그런데?"

"냉담해 보였어."

"3개월 리보[11] 때문이야. 틀림없어."

이 일로 밤을 새워가며 늦게까지 얘기를 나눴지만, 하이디의 무모한 장난은 맥신이 자기도 모르게 아직도 곱씹게 되는 고등학교 시절의 기분 나쁜 일들, 가령 빌려준 뒤에 돌려받지 못한 옷, 있지도 않은 파티에 초대받은 일, 하이디가 알고서 주선한 정신병 진단을 받은 남자들과의 만남보다 대단한 일도 아니었다. 고만고만한 일. 그들이 지쳐서 다툼을 잠시 멈추었을 때쯤, 하이디의 정신 나간 짓은 그녀로서는 약간 실망스러울지도 모르겠지만 호스트와 맥신이 맨 처음 만난 시카고에서 오래전에 시작되어 계속 이어져온 다양한 부부싸움 사건의 일부가 자연히 되어버렸다.

맥신이 시카고에서 1박 2일 일정으로 CFE 일을 보던 중에 상품거래소 건물의 바에 가게 되었는데, 그곳은 음료 사이즈가 오랫동안 전설로 내려온 씨어리즈 까페였다. 해피 아워 할인 시간이었다. 행복이라고? 맙소사. 아일랜드인들한테나 그렇겠지. '혼합주'를 주문하면 작은 얼음조각 한두개가 떠 있는 위스키가 가득 담긴 엄청나게 큰 유리잔과 별도의 350밀리리터 탄산음료 캔, 그리고 그것들을 모두 섞을 두번째 유리잔이 나왔다. 어쩌다 맥신은 현지인인 어수룩한 남자와 딜로이트 투시[12]에 관해서 논쟁을 벌였는데, 나중에 알고 보니 호스트였던 그 남자는 계속해서 그 회사를 루시 앤드 드

---

11 LIBOR. London Inter-Bank Offered Rate(런던 은행간 거래 금리)의 약자.
12 영국 기반의 다국적 컨설팅 회사.

토일렛이라고 불렀다. 그 문제가 정리되었을 즈음에 맥신은 호텔로 돌아가기는커녕 제대로 서기도 힘들 지경이 되었고, 호스트는 친절하게 그녀를 택시에 태우고는 자신의 명함을 그녀에게 슬쩍 건넸다. 그녀가 숙취에서 깰 겨를도 없이, 그는 전화를 걸어 불행하게 끝나는 수많은 사기 사건 중 첫번째가 될 사건 속으로 그녀를 유혹했다.

"곤경에 처한 누이가 있어서. 도움을 청할 사람도 전혀 없고" 등등. 그러면 맥신은 그 얘기를 덥석 물고서 정식으로 사건을 맡아 기초적인 자산조사와 일반적인 증언조사에 착수했다가, 어느날 『포스트』에 난 '경악! 다시 시작된 금광 채굴 노동자들의 연쇄파업으로, 허비 할 말을 잃다'라는 기사를 볼 때까지 거의 잊고 지내기를 반복했다.

"기사에 따르면 그녀가 이런 식으로 이용당한 게 여섯번째라는데." 맥신은 깊은 생각에 잠겼다.

"우리가 알고 있는 것만 여섯번이야." 호스트가 고개를 끄덕였다. "그게 문제가 되는 건 아니지, 그치?"

"그 남자들과 결혼해서—"

"결혼이 맞는 사람이 있어. 결혼하면 좋은 게 있는 모양이지."

우.

그런데 정말 왜 이 난리를 치며 뒤지는 거지? 어음 사기꾼과 이자 가로채기 전문가부터 잊을 때 잊더라도 절대 용서 안되는 위험천만한 중죄 쪽으로 그녀의 복수 탐지기가 기울게 하는 복수 드라마에 이르기까지 그녀는 매번 계속해서 물고 늘어졌다. 호스트 때문이었다. 망할 놈의 호스트.

"당신과 관련된 게 하나 더 있어. 당신 유대인이지, 맞지?"

"당신은 아닌가보네."

"나? 루터교 쪽이야. 이제는 어떤 분파인지도 모르지만. 계속 변하니까."

"그런데 내 종교적 배경은 왜?"

브루클린의 유대교 식사계율 사기단 사건 때문이었다. 가짜 마시기킴[13] 혹은 코셔 감독관을 사칭한 패거리가 근처를 활보하며 여러 상점과 식당을 불시 '검문'해, 창에 내걸 번지르르한 인증서를 팔고, 물건을 죄다 헤집으면서 가짜 헤흐셔[14] 혹은 코셔 인증 마크 스탬프를 아무 데나 찍어댄 모양이었다. 마치 미친개처럼. "갈취 사건 같은데." 호스트가 맥신에게 말했다. "방금 책에서 봤어."

"당신하고 관련이 있지 않을까 생각했어."

"마이어 랜스키한테 물어봐―아니다, 잠깐. 그는 이미 죽었어."

그러니까⋯⋯ 일종의 루터교도란 말이지, 흠. 셰이게츠[15]와 데이트하는 데서 비롯되는 문제들이 나타나기에는 너무 이른 게 사실이지만, 신앙과는 별개의 문제였다. 나중에 낭만적인 관계가 깊어지기 시작하면, 맥신은 호스트에게 유대교로 개종하겠다는 터무니없는 얘기를 반복해서 듣게 될 터였다. 아이러니하게도 '유대인'이라는 단어는 '실마리'와 운율이 맞았다.[16] 결국에 가서 호스트는 유대어를 배우고 할례를 받아야 하는 등의 선행조건을 알게 되었고, 누구나의 예상대로 다시 생각할 수밖에 없었다. 맥신은 아무래

---

13 mashgichim. 코셔 감독관의 유대어. 코셔는 유대교 율법에 따른 식재료와 요리를 말한다.

14 hechsher. 코셔 인증 혹은 그 마크를 가리키는 유대어.

15 shaygetz. 유대인이 아닌 남자 혹은 비(非)유대교적인 유대인 남자를 가리키는 유대어.

16 영어 단어 'Jew'와 'clue'의 발음을 두고 하는 말.

도 좋았다. 유대인은 개종 권유를 하지 않는다는 게 일반적으로 받아들여지는 진실이라면, 확실히 호스트는 예전이나 지금이나 기본적으로 예외를 찬성하는 쪽이었다.

그러던 어떤 시점에 그는 그녀에게 자문 계약을 제시했다. "진짜로 당신 도움이 필요할 수 있어."

"그래, 언제든지." 가벼운 마음으로 한 의례적인 즉답이었지만, 이번에는 치명적인 것이 될 터였다. 나중에 결혼하고 나서 그녀는 말을 불쑥 내뱉는 것을 매우 조심하게 되었고, 결혼생활이 끝나갈 즈음에는 거의 입을 닫았다. 반면에 호스트는 소프트웨어 이티시 매장의 할인 매대에서 구한 러브벅스 6.9라고 불리는 스프레드시트 응용프로그램을 심각하게 들여다보고 앉아, 오로지 맥신의 입을 다물게 할 목적으로 지출한 '큰돈'에서 '엄청 큰돈'까지의 합계를 계산하고 있었다. 그러다가 고통을 더욱 가중하기 위해, 실제로 침묵의 시간 일분당 얼마를 썼는지 계산했다. 아아! 말도 안돼!

"내가 우는 소리만 하면," 맥신이 하이디에게 털어놨다. "원하는 건 뭐든 다 해줄 거라는 걸 내가 깨달은 뒤부터? 단지 내 입을 막기 위해서? 글쎄, 잘 모르겠지만, 로맨스는 물 건너 간 거지."

"태어날 때부터 투덜거리는 성격이었으니 너한텐 너무 쉬웠겠지. 이해해." 하이디가 다정하게 말했다. "호스트는 너무 물러터졌어. 감정표현불능증에 걸린 덩치 큰 바보야. 그의 그런 점을 너는 전혀 몰랐던 거고. 아니면 네가—"

"—너무 늦게야 알아챈 거다." 맥신은 하이디와 이구동성으로 말했다. "맞아, 하이디. 하지만 그렇더라도 내 인생에 다시 도움이 되는 사람이라면 기꺼이 환영이야."

"그럼 어쩔 수 없네. 그 사람 전화번호 필요해? 호스트?"

"갖고 있어?"

"아니, 아냐, 너한테 물어보려고 했어."

둘은 서로 쳐다보며 고개를 젓는다. 굳이 거울을 보지 않아도, 맥신은 자신들이 부도덕한 할머니처럼 보이리라는 것을 알고 있다. 평소와 다르게 조정해야 하더라도, 그들이 맡은 역할은 대개 조금은 더 매력적이다. 오랫동안 이어온 이 관계에서 초기의 어느 순간에 맥신은 자신이 공주가 아니라는 것을 이해했다. 물론 하이디도 공주는 아니었다. 그러나 하이디는 그것을 몰랐고, 실제로 자신이 공주라고 생각하는 것도 모자라 그 이후로 십수년간 맥신을 공주보다 매력이 약간 떨어지는 그 옆의 괴짜 들러리로 믿고 지냈다. 그 순간의 이야기가 무엇이건 간에 하이드로포비아 공주는 항상 주인공 아가씨인 반면에, 레이디 맥시패드는 공주가 자고 있거나,[17] 좀더 일반적으로는, 정신이 산만할 때 와서 공주가 실제 해야 할 일들을 대신 처리해주는 수다스러운 몸종, 힘 좋은 짐꾼, 쓸모 있는 요정이었다.

그들 둘 다 동유럽 혈통이라는 게 아마 도움이 되었을 수 있다. 심지어 당시에도 어퍼웨스트사이드의 유대인들 사이에는 오랫동안 이어져온 차별이 존재했는데, 호호도이치와 아시케나지[18] 간의 차별이 그중에서도 가장 재미가 없다. 알려진 바에 따르면 어머니들은 사랑에 눈이 멀어 막 도망친 자녀들을 강제로 멕시코로 데려가 그들의 짝인 중개업이나 의학에서 촉망받는 젊은 남자들, 또

---

17 하이드로포비아(광견병) 공주와 레이디 맥시패드(생리대)는 각각 하이디와 맥신을 빗대어 하는 말이다.

18 고지독일어를 쓰는 독일계 유대인과 이디시어를 쓰는 주로 동유럽계 유대인을 말한다.

는 결혼하려는 상대 남자보다 더 똑똑하고 아름다운 젊은 여자들과 부적절한 디아스포라 출신의 이름이라는 치명적인 결함을 이유로 재빨리 이혼시켰다. 사실 하이디가 이와 비슷한 경우였다. 하이디의 성 초르나크는 비행기만큼 높게는 아니어도 듣는 순간 온갖 경계심을 일으켰다. 그런 영화 같은 이야기에서 대리인이자 이제는 가방시중꾼 역할을 하며, 스트루벨가 사람들이 작은 폴란드 아가씨 하이디를 매수하려고 처음에 제안한 것보다 훨씬 더 많은 액수를 받아내기 위해 돕고 있는 것은 바로 노련한 요정 맥신이었다. "실제로는 갈리시아인이야."[19] 하이디가 말했다. 그녀에게 그것은 맥신이 염려하는 양심의 문제가 아니었다. 에번 스트루벨이 처음부터 하이디에게 얼마나 진심이었는지가 문제였다. 나중에 보니 에번 스트루벨은 그의 어머니 헬베티아에 대한 두려움에 갇혀 사는 무기력한 멍청이에 불과했다. 그날 그녀가 쎄인트 존 정장에 통명스러운 얼굴로 때맞춰 등장하자 에번은 맥신에게 더이상 접근하지 못했다. 그렇다고 맥신이 젊은 스트루벨의 배신행위를 하이디 공주와 낱낱이 공유하지는 않아서, "내 생각에 그는 너를 집에서 도망칠 방법으로만 보고 있어" 하고 말해주는 정도로 넘어갔다. 하이디는 맥신이 예상한 것보다 훨씬 덜 쓸쓸해했다. 그들은 그녀의 커다란 식탁에 앉아 스트루벨가의 돈을 세고, 아이스크림 샌드위치를 먹으며 깔깔대고 웃었다. 그러다 이따금 여러가지 술을 섞어 마신 탓에 하이디는 다시 엉엉 울며 말하고는 했다. "그는 내 인생의 사랑이었어. 그 꽉 막힌 못된 여자가 우리 사이를 산산조각 냈다고." 그러면 괴짜 들러리 맥신은 늘 재치 있는 말로 옆에서 달

---

19 지금의 폴란드 남부에서 우크라이나 서부에 걸친 지역으로, 폴란드 치하로 넘어가면서 갈리시아계 유대인과 우크라이나인들이 많은 박해를 받았다.

래주었다. "자기야, 받아들여. 그 여자 가슴이 더 크잖아."

어쩌면 하이디 머리의 특정 부위가 손상되었을지도 모른다. 가령, 스트루벨 부인이 멕시코 이혼을 아무 생각 없이 하도 강요하는 통에 하이디는 스페인어와 씨름하다 미스 유니버스 선발대회의 진행자 밥 바커 못지않게 되었다. 그러자 언어 문제는 다른 영역들로 번졌다. 하이디가 생각하는 순수 라틴계 여자는 「웨스트사이드 스토리」(1961)의 내털리 우드인 것 같았다. 맥신이 내털리 우드는 나딸리야 니꼴라예브나 자하렌꼬가 본명인 러시아 출신으로, 영화에서 쓰는 악센트도 보리꽈[20]보다는 러시아어에 더 가깝다고 인내심이 줄어드는 것을 가까스로 참아가며 몇번씩이나 지적해주었지만 전혀 소용이 없었다.

그 멍청이는 월 스트리트에서 견습을 계속 이어갔고, 지금까지 여러명의 부인과 헤어졌을 게 분명했다. 그에게서 벗어나 독신이 된 하이디는 학계로 진출하여, 최근에는 뉴욕 시립대학 대중문화 학과의 전임이 되었다.

"그때 너는 나를 구해준 구세주였어." 하이디가 명랑하게 말했다. "평생 이 은혜 잊지 않을게."

"선택의 여지가 없었어. 너는 항상 네가 그레이스 켈리라고 생각했잖아."

"맞아, 그레이스 켈리였어. 지금도 그렇고."

"늘 보던 그레이스 켈리 말고," 맥신이 콕 집어 말했다. "구체적으로 말하자면, 「이창」[21]의 그레이스 켈리겠지. 우리가 길 건너 유

---

20 boricua. 뿌에르또리꼬 사람 또는 말을 뜻하는 구어.
21 Rear Window. 앨프리드 히치콕 감독의 1954년 영화. 다리를 다친 주인공(제임스 스튜어트 분)이 망원경으로 이웃집들을 훔쳐보다 살인 사건에 휘말린다.

리창들을 감시하던 때 말이야."

"확실해? 그럼 너는 누군데?"

"셀마 리터.[22] 오, 어쩌면 아닐지도 몰라. 난 내가 웬들 코리[23]라고 생각했거든."

십대 시절의 장난. 유령이 나오는 집이 있을 수 있다면, 업보에 둘러싸인 아파트 건물도 있을 수 있다. 그들이 염탐하던 그곳이 그랬다. 데저렛 아파트 건물은 다코타 아파트 건물을 항상 홀리데이 인처럼 보이게 한다. 그 장소는 맥신의 기억을 아주 오랫동안 사로잡았다. 그녀는 일대를 여전히 굽어보고 있는 데저렛의 길 건너편에서 자라면서, 그곳을 12층 높이에 정방형의 음산하고 잡다한 구조물, 즉 건물 모서리마다 있는 나선형 비상계단, 작은 탑, 발코니, 괴물 석상, 입구의 주철과 창 주변에 둥그렇게 감긴 뱀 모양에 비늘이 덮이고 송곳니가 난 괴물 들로 이루어진 어퍼웨스트사이드 아파트 주택의 또다른 무미건조한 예로 여기려고 애썼다. 중정에는 정교한 분수대가 서 있고, 길게 뻗은 리무진 두대가 시동을 켠 채 정차해 있어도 롤스로이스 한두대 정도는 지나다닐 만큼 넓은 차도가 그 주위를 둘러싸고 있다. 영상 제작팀들은 이곳에 와서 영화, 광고, 시리즈물을 촬영하며, 입구의 좁은 통로에 어마어마한 양의 조명을 쏘아대 주변의 모든 사람을 밤새 잠 못 들게 한다. 지기의 말로는 그곳에 동급생이 산다고 하지만 맥신의 사교 범위와는 거리가 있었고, 듣기로는 데저렛의 스튜디오를 빌리는 데 보증금만 30만 달러가 넘었다.

고등학교 시절 맥신과 하이디는 커넬 스트리트에서 산 싸구려

---

22 주인공을 보살피는 간호사 역을 맡은 배우.
23 주인공을 위험에서 구해주는 경찰 친구 역을 맡은 배우.

망원경을 들고 맥신의 침실에 잠복해서, 가끔은 이른 아침까지 길 건너 불 켜진 창들을 관찰하며 무슨 일이 일어나기를 기다렸다. 인간의 모습이 나타나기만 해도 큰 사건이었다. 처음에는 서로 단절된 모든 삶이 동시에 계속된다는 것이 맥신에게는 낭만적이었다. 그러다 나중에 가서는 소위 고딕적 접근을 취하게 되었다. 다른 건물들에서도 유령이 나올지 모를 일이었지만, 유독 이 건물만큼은 죽지 않은 것, 오직 밤이 되어야만 일어나서 도시 속을 눈에 안 띄게 활보하며 은밀한 충동을 해결하는, 돌로 된 좀비처럼 보였다.

두 어린 아가씨는 틈만 나면 건물에 몰래 들어갈 계획을 꾸미고서, 어슬렁거리거나 혹은 서로 신호를 주고받으며, 길거리에서 파는 가짜 샤넬 가방을 들고 이스트사이드 위탁판매점에서 구한 디자이너 드레스로 위장한 채 건물 입구까지 다가갔다. 하지만 음흉하게 위아래를 쭉 훑다가 클립보드를 힐끗 확인하는 아일랜드계 수위에 막혀 그 이상 나아가지 못했다. "아무 지시가 없는데." 보란 듯이 어깨를 으쓱하며 그가 말했다. "여기에 적힌 걸 보기 전까진 어쩔 수 없어. 내 말 이해하지." 그러고는 그들에게 쌀쌀맞게 인사를 건네고 출입구의 문을 닫았다. 아일랜드인의 눈이 웃는 표정을 짓지 않을 때에는, 더 그럴듯한 이야기를 지어내든가 아니면 줄행랑을 칠 운동화 한켤레가 필요한 법이다.

이러한 장난은 피트니스 광풍이 불었던 80년대까지 계속되었다. 데저렛 경영진은 꼭대기 층의 수영장을 헬스클럽의 핵심으로 활용하여 방문객들에게 개방하면 매우 근사한 추가 수입원이 될 수 있겠다는 구상을 했고, 그렇게 해서 맥신은 마침내 위층으로 허가를 받고 올라가게 되었다. 하지만 외부인 혹은 '클럽 회원'으로서는, 여전히 뒷문으로 돌아가 화물용 엘리베이터를 타야만 했다.

반면 하이디는 그곳과 더이상 엮이기를 싫어했다.

"거기는 저주에 걸렸어. 수영장이 얼마나 일찍 닫는지 알잖아. 밤에는 아무도 거기 있고 싶어하지 않는다고."

"아마 경영진이 초과근무 수당을 주고 싶지 않아서일 거야."

"조폭이 경영한다고 들었어."

"정확하게 어떤 조폭? 그리고 그게 무슨 차이가 있는데?"

나중에 드러난 사실이지만, 크나큰 차이가 있었다.

4

그날 오후 늦게 맥신은 그녀의 감정치료사와 약속이 잡혀 있다. 우연하게도 그는 똑같은 방식으로는 아닐지 모르지만 호스트와 마찬가지로 침묵을 세상에서 값을 매길 수 없는 상품 중 하나로 여긴다. 숀은 홀랜드 터널 진입로 근처의 엘리베이터가 없는 건물에서 일한다. 그의 웹사이트에 올라온 개인 약력을 보면 히말라야에서의 방랑생활과 정치적 망명이 애매모호하게 소개되어 있지만, 세속의 한계를 넘어서는 고대의 지혜를 배웠다는 주장에도 불구하고 그가 동쪽으로 여행을 해본 경험은 그레이하운드 버스를 타고 고향인 남부캘리포니아에서 뉴욕으로 온 것이 전부이며, 그것도 그리 오래전 일이 아니라는 사실은 오분만 조사해도 드러난다. 루징어 고등학교 중퇴생에, 여러 해안가에서 한 시즌 동안 보드에서 나가떨어지기 최다 기록을 세우는 동안 보드 타격에 의한 머리 외상을 반복해서 입을 만큼 강박적인 서퍼인 숀이 실제로 티베트를 가까이 접한 것은 텔레비전에서 방영된 마틴 스코세이지 감독의 「쿤둔」(1997)에서 본 것이 전부다. 그가 이곳의 어마어마한 임대료와 옷장에 꽉 찬 열두벌이나 되는 똑같은 아르마니 정장 비용을 계속해서 낼 수 있다는 것은, 좀처럼 겉으로 드러나지는 않지만, 그의 치료비를 지불할 능력이 있는 뉴요커들이 정신적으로 순수해서라기보다는 잘 속아넘어가서라는 점을 말해준다.

두주에 걸쳐 감정치료 상담을 받는 동안 맥신은 젊은 원장이 아프가니스탄에서 들려오는 뉴스 때문에 점점 화를 주체하지 못하는 모습을 목격한다. 세계 각지의 간절한 호소에도 불구하고, 5세기경 바미안 근처의 사암 절벽에 새겨진 세계에서 가장 키가 큰 입상立像으로 알려진 두 거대한 불상이 한달 동안 계속된 탈레반 정부의 폭격과 폭파를 못 견디고 결국에는 돌무더기로 변하고 말았던 것이다.

"양탄자나 타고 다니는 망할 것들." 숀이 자기 멋대로 지껄인다. "'이슬람을 모욕해봐' 그러면 싹 날려버릴 테니. 그게 그놈들의 해결책이에요."

"그런데," 맥신이 조심스럽게 상기시킨다. "부처가 깨우침에 방해가 되면 죽여도 된다는 말이 있지 않나요?"

"그럼요, 당신이 불교 신자라면 말이죠. 그자들은 와하브파[1]예요. 겉으로는 종교적인 척하지만, 정치적이죠. 주위에 경쟁 상대가 있는 꼴을 절대 못 봐요."

"숀, 미안한데, 당신은 그걸 넘어서야 하는 거 아니었어요?"

"워. 나를 너무 가까이서 봤네. 생각해봐요. 스페이스 바를 엄지

---

[1] 오사마 빈라덴이 이끌었던 국제 테러단체 알카에다가 속한 이슬람 근본주의 분파.

손가락으로 무심코 툭 건드리기만 하면 '이슬람'은 '아이 슬램'이 돼요."[2]

"시사점이 많은 말이네요, 숀."

손목에 찬 태그호이어 시계를 흘긋 보더니 숀이 말한다. "오늘은 좀 일찍 끝내도 괜찮겠죠? 「브래디 번치」 연속 방영이 있는 날이라서. 알죠?" 숀이 70년대의 유명한 시트콤 재방송에 집착한다는 것은 상담자들 사이에서는 다 알려진 사실이다. 고승들이 경전에 주석을 달듯이, 드라마의 특정 에피소드에 주석을 달 수 있을 정도다. 그중에서도 불운의 티키[3] 조각상, 그레그가 서핑을 하다 거의 죽다 살아난 일, 빈센트 프라이스가 정서불안의 고고학자로 카메오 출연한 3부로 된 하와이 가족여행 편을 특히 더 좋아하는 것 같다.

"나는 내가 가발을 쓴 잰 같다고 늘 생각했어요."[4] 맥신이 자기도 모르게 고백한다.

"흥미로운데요, 맥신. 그럼 그 얘기 좀 해볼까요?" 속이 부글부글 끓는 반불교적인 몽상을 너무나 자주 하게 만드는, 아마도 캘리포니아 사람만 가능한 '모든 게 농담인데 너만 몰라'식의 멍한 웃음을 지으며 그가 말한다. 그렇다고 맥신은 "맹추" 하고 콕 집어 말하고 싶지는 않다. 그저 누군가가 타이어 압력계를 그의 귀에 대면 기준치 이하 2psi가 나올 거라고 짐작할 뿐이다.

나중에 쿠겔블리츠에서, 지기는 나이절과 그애의 시터와 함께

---

2 영어 단어 'Islam'이 '때리다, 치다'라는 뜻의 'I slam'으로 바뀐다는 말.
3 폴리네시아 지역 민속신앙의 창조신.
4 「브래디 번치」의 에피소드 '더 뉴 잰 브래디'에서 어린 딸 잰이 가발을 쓰고 나타나자 친구들로부터 놀림 받는 장면을 두고 하는 말이다.

크라브마가[5] 수업을 받으러 가고, 맥신은 오티스와 피오나를 데리고 온다. 집에 오자마자 둘은 바로 거실 텔레비전 앞에 앉아, 오티스가 최근에 가장 좋아하는 두 슈퍼히어로, 덩치와 솔선수범하는 자세로 유명한 디스리스펙트와 또다른 유형의 히어로로 컨태미네이터가 나오는 「애그로 아워」[6]를 막 보려고 한다. 컨태미네이터는 민간인일 때에는 잠자리를 정돈하고 방을 치우는 일에 항상 지나칠 정도로 깔끔한 녀석이지만, 히어로로 변신할 때에는 외로운 정의의 투사가 되어 사방을 돌아다니며 보기 싫은 정부기관, 탐욕적인 회사, 심지어는 아무도 썩 좋아하지 않는 지역 전체에 쓰레기를 뿌리고, 폐기물 배관의 경로를 바꿔놓고, 산더미 같은 유독물질 밑에 적들을 묻어버린다. 그게 다 권선징악을 위한 거라고는 하지만 맥신이 보기에는 모두 엉망진창으로 만들 뿐이다.

피오나는 에너지가 넘치는 아이와 예측 불가의 사춘기 소녀 사이쯤에 있다. 기복이 오래 갈지도 모르지만 균형을 찾아가는 중이어서, 맥신은 하마터면 아이의 코를 닦아줄 뻔하다 멈춘다. 이러한 평온이 깨질지도 모른다는 생각이 퍼뜩 들어서다.

"괜찮아?" 오티스가 완전히 신사처럼 말한다. "너한테 너무 폭력적이지는 않을까?"

부모가 애교머리 보험 가입을 진지하게 고려해봐야 할 피오나는 아마도 엄마의 화장품을 슬쩍한 덕에 더욱 높아진 속눈썹을 깜박거린다. "오빠가 보지 말라고 하면 안 볼게."

맥신은 피오나에게서 누구든 아무 말이나 해도 좋은 척하는 소녀 시절의 기술을 엿보고서, 건강식품 치토스를 그릇에 담아 무설

5 Krav Maga. 여러 무술을 혼합해서 만든 이스라엘의 실전용 무술.
6 The Aggro Hour. 핀천이 지어낸 '폭력의 시간'이라는 뜻의 TV 프로그램.

탕 탄산음료 두 캔과 함께 그들 앞에 슬그머니 내려놓고는, 재밌게 봐 하고 손을 흔들며 방에서 나온다.

"애들이 나를 흥분하게 만드네." 병력 수송 장갑차와 헬리콥터 가 그에게 모여들자, 디스리스펙트가 중얼거린다.

지기가 초기 사춘기의 성性적 불안에서 비롯된 평상시의 몽롱한 표정으로 크라브마가 수업에서 돌아온다. 현재 그는 전前 모사드[7] 요원이었다는 소문이 있는 무술 선생 에마 레빈에게 푹 빠져 있다. 수업 첫날, 늘 그렇듯이 정보 과다에 생각은 모자라는 그의 친구 나이절이 불쑥 말했다. "레빈 선생님, 그럼, 뭐였더라, 그 투창 쓰는 여자 암살단 중 한 명이었던 거예요?"

"그렇다고 말할 수 있으면 좋겠는데, 그러면 널 죽여야 해." 그 녀의 목소리는 낮고, 놀리는 투에, 성적으로 자극하는 목소리였 다. 여기저기서 다들 웅성거렸다. "아니야, 얘들아. 실망시켜서 미 안해. 그냥 사무실에서 일하는 분석가였어. 샤브타이 샤비트가 1996년에 물러났을 때, 나도 그만두었어."

"선생님이 미인인가보네, 그치?" 맥신이 묻지 않을 수 없었다.

"엄마, 그 선생님은……"

무려 삼십 초가 흐른다. "말로는 설명이 안 될 정도구나."

그녀에겐 전 모사드 요원이었던 나프탈리라는 남자친구도 있 다. 그는 사춘기 이전의 동경심 때문에 어쩔 수 없는 아이를 제외 하고 누구든 그녀를 곁눈질하기만 해도 죽일 것이다.

바이어바는 전화로 저녁식사 시간이 지나서야 오게 될 것 같다

---

7 이스라엘의 비밀정보기관.

고 말한다. 다행히도 피오나는 그렇게 까다롭지 않다. 사실 무엇을 줘도 다 잘 먹는다.

맥신은 설거지를 마치고 아이들의 방을 슬쩍 들여다본다. 아이들은 피오나와 함께 뉴욕과 매우 비슷한 도시를 배경으로 다양한 무기를 들고 펼치는 1인칭 슈팅게임에 완전히 빠져 있다.

"얘들아? 폭력적인 것에 대해서 엄마가 뭐라고 했을 텐데?"

"피 튀는 옵션은 뺐어, 엄마. 괜찮아. 봐봐." 그러면서 몇몇 버튼을 두드린다.

신선한 농산물이 앞에 진열되어 있는 페어웨이 같은 상점이 보인다. "알았어. 여기 이 여자 조심해." 중산층에 점잖아 보이는 중년 여자가 인도를 따라 걸어온다. "식료품 살 돈은 충분히 있겠지, 응?"

"틀렸어. 이것 봐." 그 여자는 포도 진열대 앞에 잠시 멈추더니, 이슬을 머금은 아침 햇살 속에서 그토록 평온하고 조금의 죄책감도 없는 표정으로 머리를 쑥 내밀고는 포도 줄기에서 알을 따 먹는다. 그다음에는 자두와 복숭아 진열대로 가서, 여러개를 만지작거리다가 몇개 집어먹은 뒤에 두개는 나중에 먹으려고 가방에 몰래 챙긴다. 이어서 딸기 코너에서 이른 점심식사를 해결하기 위해, 포장된 딸기, 블루베리, 라즈베리를 뜯어 염치도 없이 모두 먹어치운다. 그런 다음에는 바나나로 향한다.

"어때, 엄마? 100점은 문제없겠지, 그치?"

"정말 대식가네. 하지만 내 생각엔—"

이미 늦었다. 게임 화면의 사수 쪽에 헤클러&코흐 UMP45 기관단총의 총구가 모습을 드러낸다. 총구는 방향을 틀어 인간해충을 조준하더니, 경기관총의 중저음 음향효과와 함께 그녀를 날려버린다. 상황 끝. 여자는 더이상 보이지 않는다. 인도에 자국 하나 남아 있지 않다. "봤지? 피 한방울 없어. 사실상 비폭력이야."

"하지만 과일 훔치는 게 사형감은 아니잖아. 가령 노숙자가—"

"타깃 리스트에 노숙자는 없어요." 피오나가 그녀를 안심시킨다. "아이도, 아기도, 개도, 노인도 절대 없어요. 기본적으로, 우리는 여피들만 노리거든요."

"줄리아니[8]가 말하는 '삶의 질' 문제 때문이야." 지기가 말을 거든다.

"불평 많은 노인네들이 비디오게임을 만들 줄은 몰랐는데."

"우리 아빠 동업자인 루커스가 만들었어요." 피오나가 말한다. "빅 애플[9]에게 주는 밸런타인 선물이래요."

"우리가 아저씨를 위해 사전검사 중이야." 지기가 설명한다.

"8시 방향." 오티스의 명령이다. "집중해."

서류가방을 들고 양복을 입은 성인 남자가 보도의 인파 한가운데 서서 네다섯살쯤으로 보이는 그의 아이에게 소리를 지른다. 목소리가 점점 거세진다. "지금 안하면," 어른이 험악하게 손을 들어올린다. "결과가 따를 거야."

"어어, 오늘은 아니지." 완전자동 옵션으로 다시 바뀌자, 소리지르던 사람은 바로 사라지고 아이는 작은 얼굴에 여전히 눈물이 맺힌 채 놀라서 주위를 둘러본다. 화면 구석의 총점이 500점 증가한다.

"그럼 이제 그 아이는 혼자 거리에 남았네. 큰 호의를 베풀었구나."

---

8 Rudolph Giuliani(1944~). 1994~2001년 뉴욕 시장을 지낸 정치가.
9 뉴욕시의 별칭.

"이제 우리가 해야 할 일은—"피오나가 그 아이를 클릭해서 '세이프 픽업 존'이라고 되어 있는 창으로 끌어온 뒤에 설명한다. "믿을 수 있는 가족들이 와서, 애들을 데리고 나가 피자를 사주고 집으로 데려가게 하는 거야. 그러면 그때부터 아이들은 걱정 없이 살 수 있어."

 "자," 오티스가 말한다. "주위를 돌아다녀보자고." 그들은 끝날 줄 모르는 뉴욕의 짜증나는 풍경들을 훑고 다니며, 휴대폰으로 시끄럽게 통화하는 사람, 혼자 들뜬 채 자전거를 타고 다니는 사람, 이제는 걸어다녀도 될 만한 쌍둥이를 쌍둥이용 유모차에 태우고 가는 엄마 들을 공격한다. "하나 건너 하나야. 대개 경고만 하고 봐주는데, 이건 아닌 것 같아. 봐. 나란히 붙어 있어서 아무도 지나갈 수가 없잖아. 말도 안돼." 탕! 탕! 쌍둥이는 무척 행복한 얼굴로 뉴욕 상공을 날아 '아이들 통' 속으로 사라진다. 지나가는 사람들은 그것을 휴거携拳라고 생각하는 기독교도들을 제외하고는 이 갑작스러운 실종을 대부분 알아차리지 못한다. "애들아," 맥신이 깜짝 놀라서 말한다. "전혀 몰랐어— 잠깐, 이건 뭐야?" 그녀가 버스 정류장에서 새치기하는 사람을 목격한 것이다. 아무도 관심을 두지 않는다. H&K 기관총 여인이 구조에 나설 때다! "좋았어. 이걸 어떻게 하면 돼?" 오티스가 즐거운 마음으로 가르쳐준다. 그러면 "좀 더 신중하게 생각해"라고 말하기도 전에, 그 뻔뻔스러운 여자는 제거되고 그녀의 아이들은 안전구역으로 옮겨진다.

 "잘했어, 엄마! 1000점이야."

 "해보니까, 재밌는데." 어느새 그녀는 화면에서 다음 목표물을 찾는 중이다. "잠깐, 방금 한 말 취소야." 나중에 이 게임에 대해 긍정적으로 해석하다보니, 그것이 어쩌면 가상공간에서 아이들 눈높이에 맞게 사기근절 탐정 업계에 입문하는 하나의 방법일 수도 있겠다는 생각이 들었다.

"안녕, 바이어바. 어서 와."

"이렇게 늦을 줄 몰랐어." 바이어바는 거실을 지나 오티스와 지기의 방 안으로 슬쩍 머리를 들이민다. "안녕, 우리 아기?" 피오나는 고개를 들고 안녕, 엄마 하고 중얼거리고는 다시 여피 죽이기에 나선다.

"오, 저것 좀 봐. 뉴요커들을 날려버리고 있네. 끝내주는데? 다른 뜻으로 하는 말은 아니야."

"피오나, 아주 잘하는데? 가상 살인 같은 것 말이야."

"오, 피 한방울 안 나. 루커스가 유혈 옵션을 넣지도 않았어. 얘들은 옵션을 해제했다고 생각하지만, 아예 없어."

"그러면," 맥신이 어깨를 으쓱하며 얼굴 표정과 목소리에 꾸짖는 느낌을 빼고 말한다. "엄마도 허락한 1인칭 슈팅게임인 거네."

"바로 그게 광고에 나가는 문구야."

"어디에다 광고를 내는데, 인터넷?"

"딥웹. 거기서는 광고가 여전히 유아기 수준이랄까? 가격은 밥 바커가 말하는 대로 '적당해'."[10] 공중에 손가락으로 인용부호 표시를 하자, 다시 평소처럼 양 갈래로 땋은 바이어바의 머리가 앞뒤로 흔들린다.

맥신은 냉장고에서 페어웨이의 커피 혼합원두를 꺼내 그라인더에 붓는다. "잠깐 귀가 아플 거야." 그녀는 분쇄한 커피를 커피머신의 필터에 붓고 나서 전원 스위치를 누른다.

---

10 미국의 TV 퀴즈쇼 「더 프라이스 이즈 라이트」(The Price is Right)의 진행자와 프로그램 제목에 빗대어 한 말.

"그러니까 저스틴과 루커스가 게임 사업을 시작한 거네."

"실제로는 내가 대학교에서 배웠던 그런 종류의 사업은 아니야." 바이어바가 슬쩍 털어놓는다. "현 시점에서는 신중을 기해야 하잖아? 이 남자들은 나이에 비해 아직도 너무 재미만 좇아."

"오, 남성불안 탓이지. 그래도 그러는 편이 훨씬 더 나아."

"게임은 그저 판촉용 사은품에 불과해." 바이어바가 미안하다는 듯 귀엽게 얼굴을 찡그린다. "우리 제품은 여전히 딥아처 하나야."

"그 말은……"

"'디파처'와 비슷해. 발음할 때만 딥아처라고 하면 돼."

"선禪과 관련된 건가봐." 맥신이 조심스럽게 말을 건넨다.

"마리화나 같은 거랄까. 요즘 들어 모두 하나같이 그 소스코드를 좇아다녀. 연방정부, 게임회사, 망할 놈의 마이크로소프트까지. 모두 이런저런 제안을 내밀면서. 그건 보안 시스템인데, 그들이 여태껏 본 적이 없는 거야. 그래서 더 환장하게 만들어."

"그래서 다음 라운드를 준비하느라 오늘 바빴던 거네? 이번에 운 좋은 벤처투자가는 누구래?"

"비밀 지킬 수 있어?"

"내가 하는 일이 그거야. 귀와 입을 닫고 사는 게 내 직업이라고."

"그러면," 바이어바가 조심스럽게 쳐다본다. "새끼손가락 걸고 약속할 수 있어?"

맥신은 망설이다가 새끼손가락을 내밀어 바이어바의 손가락에 걸고 애써 눈을 마주친다. "자 다른 쪽도."

"자기, 쿠겔블리츠 엄마를 못 믿어서 그러는 거야?"

이렇게, 일상적인 관례에 따라 엄숙하게 새끼손가락 맹세를 하는 동안, 맥신은 다른 손을 주머니에 넣고 손가락을 포개 거짓말이

들통나지 않기를 빈다. "오늘 우리가 선매권을 따낸 것 같아. IT 버블이 최고조였을 때와 비교해도 엄청난 금액으로. 벤처투자가는 아니고, 또다른 정보기술 회사야. 올해 그쪽 업계에서 떠들썩한 해시슬링어즈라는 곳이야."

와아아. "알아…… 내 생각에…… 그 이름을 들어본 것 같아. 오늘 거기에 있었던 거야?"

"거기에 하루 종일 있었어. 아직도 전율이 느껴져. 그 남자, 에너지가 철철 넘치던데."

"게이브리얼 아이스. 그가, 뭐라 그랬지, 그 소스코드를 사겠다고 큰 제안을 했구나?"

바이어바는 서부해안식으로 귀가 어깨에 닿을 만큼 길게 한번 어깨를 으쓱한다. "그가 어딘가에서 상당한 액수의 돈을 구한 게 틀림없어. 신규상장을 다시 고려해볼 만큼? 우리는 이미 무기한 보류 소문을 흘린 상태였고."

"잠깐만. 벤처 업계 인수 열풍이 어떻게 되었더라? 작년에 버블 붕괴와 함께 그것도 끝난 거 아니었나?"

"보안관리 쪽 사람들은 아니야. 지금도 그들은 지독하게 운영하고 있어. 모두가 불안해할 때, 기업 간부들이 할 수 있는 일은 자신들이 갖고 있는 것을 지키는 거야."

"그 결과 지금 게이브리얼 아이스와 협상하는 중이고. 네 싸인을 받아둬야겠는걸?"

"우리는 그의 이스트사이드 저택에서 열린 오후 파티에 갔었어. 그와 해시슬링어즈의 감사인 그의 부인 탤리스도 테이블에 앉아 있었을걸?"

"현금 거래고?"

"그들이 바라는 건 오직 흔적도 없이 일을 진척하는 거야. 내용에 대해서는 거의 신경 안 써. 목적지 혹은 심지어 여행도 아니야. 정말로, 이 의뭉스러운 사람들에게는 그런 건 중요하지 않아."

얘기가 이쯤 되자, 이 '자기가 한 짓을 감추기' 전략이 맥신에게는 아니길 바라면서도 너무나 익숙하게 들여다보인다. 바로 이어서 그 전략은 순진한 욕심에서 알아볼 수 있는 사기의 형식으로 바뀔 터다. 그녀는 누구든 베니시 공식[11]에 해시슬링어즈를 넣어서 공적인 숫자들이 보란 듯이 사라지는 것을 본 적이 있는지 궁금해진다. 그녀는 머릿속으로 메모를 남긴다—틈을 내서 알아볼 것. "바이어바, 그 딥아처라는 거, 그게 음, 어떤 장소야?"

"여정이야. 다음번에 놀러 오면, 그이들이 너한테 시범을 보여줄 거야."

"좋아. 루커스 못 본 지도 꽤 됐으니까."

"요즘 잘 안 와. 계속 논쟁이 있었거든. 루커스와 저스틴이 그동안 쭉 별러오다가 소스코드를 우선 팔지 말지를 놓고 결국 싸우고 말았어. 닷컴 업계의 오래된 고전적인 딜레마 있잖아. 영원히 부자로 살 것인가, 아니면 적당히 중간소득 수준으로 살게 되더라도 소스코드를 타르볼[12]로 압축해 무료로 배포해서 전문가다운 평판과 자긍심을 쌓을 것인가 하는."

"팔 것이냐 기부할 것이냐," 맥신은 곰곰이 생각하다 묻는다. "힘든 결정이네, 바이어바. 그래서 누가 뭘 택했는데?"

---

11 Beneish model. 기업의 회계부정 여부를 평가하기 위한 수학공식.
12 tarball. 유닉스 운영체제에서 여러 파일을 하나로 묶거나 그 반대의 작업을 수행하는 타르 포맷으로 묶인 수많은 파일들. 오픈 소스코드를 배포하는 데 주로 쓰인다.

"두 사람 모두 둘 다를 원했어." 바이어바가 한숨을 내쉰다.

"그럴 줄 알았어. 넌 어떻고?"

"아, 반반? 그게 끝내줄 거라고 생각할지 모르지만, 엄청난 양의 돈이 지금 당장 날벼락처럼 떨어지는 걸 그렇게 좋아하지 않아. 그러다 인생을 완전히 망칠 수 있거든. 팰로앨토에서 알고 지내던 한두 사람이 그랬어. 너무 갑자기 추해지고 엉망이 되어버렸어. 그것보다는 그들이 하던 일을 계속하면서, 뭔가 새로운 사업을 시작하는 걸 보고 싶어." 그러고는 바이어바가 옆으로 씩 웃어 보이며 말한다. "뉴욕 사람은 이해하기 힘들 거야, 미안."

"평생 봐왔던 거야, 바이어바. 들어오든 나가든 상관없이, 위험 수위가 넘는 금액이 흘러다니는 건 매우 안 좋아."

"내가 남편을 다 받아준다는 건 아니야, 알겠어? 자기들끼리 말다툼하는 게 싫을 뿐이야. 그들은 세상 둘도 없이 서로를 좋아해. 그러다가 '넌 또 뭔데 인마' 하고 싸워대는 사이이긴 해도, 실은 스케이트보드를 함께 타는 커플 같아. 내가 질투라도 하는 건가?"

"무엇 때문에?"

"왜 이런 옛날 영화 있잖아. 두 남자아이가 단짝인데, 한명은 자라서 신부가 되고 다른 한명은 조폭이 되는. 루커스와 저스틴이 그래. 누가 어느 쪽인지만 묻지 말아줘."

"저스틴이 신부라고 해줘……"

"글쎄, 마지막에 총격전을 벌이지 않는 쪽이지."

"그러면 루커스가……"

바이어바가 먼 곳을 내다보는 해변의 서프 버니[13]를 흉내 내려

---

13 서핑하는 남자와 어울리는 여자, 혹은 그러한 이미지의 토끼.

하지만, 맥신이 원하는 것보다 더 자주 봐온 표정을 보이고 만다. 맥신은 거의 참을 수 없는 질문이 떠오르지만, 하지 말라고, 끼어들지 말라고 스스로를 타이른다. 그동안 바이어바가 남편의 동업자와 잤나? 그러니까 몰래 '만나'왔던 건가?

"바이어바, 혹시……"

"혹시 뭐?"

"아무것도 아니야." 그러고 나서 두 여자 모두 묘한 표정으로 활짝 웃으며 어깨를 으쓱한다. 한쪽은 급하게, 다른 한쪽은 천천히.

이미 충분하다고 생각하던 차에, 또다른 미지의 영역이 눈에 들어온다. 가령 맥신이 바이어바와 비니 베이비에 대해서 알게 된 것은 아주 최근이다. 바이어바는 최근에 유행하는 이 봉제인형 겸 오자미로 차익거래를 해온 모양이다. 첫번째 놀이 모임이 끝나자마자 오티스는 고개를 끄덕이며 힘주어 말했다. "피오나는 세상의 모든 비니 베이비를 다 갖고 있어." 그러더니 잠시 생각했다. "모든 종류의 비니 베이비. 세상의 모든 비니 베이비를 말이야. 꼭…… 창고를 보는 것 같아."

아이들을 보다가 종종 느끼는 거지만, 맥신은 호스트, 특히 이번에는 그의 바보같이 곧이곧대로 해석하는 습관이 생각나서, 오티스를 붙잡고 키스를 퍼부으며 치약 튜브처럼 쥐어짜고 싶은 것을 간신히 참았다.

"피오나는…… 다이애나 왕세자비 비니 베이비도 갖고 있겠네?" 대신 이렇게 물었다.

"세상에 몇개 없다는? 행운을 빌게, 엄마. 피오나는 모든 유형을 다 갖고 있어. 심지어 BBC 방송국 인터뷰 기념 한정판까지. 침대 밑이며, 옷장 속이며 꽉 차 있어서 발 디딜 데가 없어."

"네 말은 피오나가…… 비니 베이비 광팬이라는 거네."

"그애 말고," 오티스가 말했다. "그애 엄마가 완전히 미쳐 있어."

맥신은 바이어바가 적어도 일주일에 한번은 피오나를 쿠겔블리츠에 무사히 데려다주기가 무섭게, 또다른 비니 베이비 거래를 위해 86번가에서 시내횡단 버스에 오른다는 사실을 알게 되었다. 그녀는 중국으로부터 물건들을 직접 가져다가 JFK 공항 인근의 수상쩍은 창고를 거쳐 판매하는 이스트사이드 쪽 소매인들의 목록을 만들어서 갖고 있다. 그것들은 트럭에서 내린 게 아니다. 비행기에서 낙하산으로 떨어트린 것이다. 바이어바는 이스트사이드에서 인형들을 헐값에 사서, 배달 일정을 미리 꼼꼼하게 기록해둔 웨스트사이드의 다양한 장난감 가게와 잡화점으로 달려가, 본사의 트럭이 왔을 때 지불하게 되는 것보다 더 싼 가격에 판다. 그러면 모두가 차익을 챙기게 되는 것이다. 그리고 그러는 동안 피오나는 대단한 수집가는 아니지만 비니 베이비 인형들을 계속해서 모으게 된다.

"그건 그저 단기투자야." 바이어바는 맥신이 듣기에 매우 열정적으로 설명했다. "10에서 12년 뒤에 이것들이 수집가들에게 얼마나 가치가 있을지 알아?"

"대단하겠지?" 맥신이 조심스럽게 말했다.

"계산할 수 없을 거야."

지기의 생각은 좀 다르다. "한두개 특별판 빼고는," 그가 비판 조로 말했다. "비니 베이비는 포장 같은 게 없어. 수집가들한테는 그게 중요한데. 그 말은 99퍼센트가 그냥 외부에 방치된 채, 밟아 뭉개지고, 뜯어지고, 침이 묻고, 라디에이터 밑에 떨어져 안 보이고, 쥐한테 뜯긴다는 거야. 그래서 만약 매켈모 아줌마가 피오나 방 옆 어딘가의 플라스틱 보관함 안에 인형들을 넣어두지 않으면, 10년 뒤에는 수집할 만한 상태의 물건은 하나도 없을 거야. 조명을 어둡게 하고 온도 조절만 잘해도 괜찮을 텐데. 하지만 아줌마는 그런 생각을 절대 못해. 너무 쉽게 이해할 수 있는 일이거든."

"네 말은……"

"그 아줌마 미쳤다고, 엄마."

5

회비를 완납한 엔타스 위드 애티튜드 지부의 회원으로서 맥신은 해시슬링어즈를 열심히 캐다가, 레지가 이미 빠져들었고, 더 안좋게는, 기분 나쁘게 그녀까지 끌어들이려는 게 무엇일지 궁금해지기 시작한다. 그러던 중에 말하자면 수풀에서 제일 먼저 튀어나와 거시기를 흔들어댄 것은 벤퍼드 법칙[1]으로 찾아낸 몇몇 경비 항목의 조작이다.

한 세기 넘게 어떤 형태로 통용되어오기는 했지만, 벤퍼드 법칙이 사기조사관의 도구로서 관련 문헌에 등장한 것은 최근의 일이다. 법칙의 핵심은 누군가가 숫자 목록을 날조하고 싶어한다면 지나치게 머리를 쓰느라 그것을 임의로 섞지는 않는다는 것이다. 속이려는 사람들은 첫자리 숫자가 1부터 9까지 모두 고르게 분포될

---

[1] 십진법 수치로 된 다양한 데이터에서 첫자리가 1인 수가 가장 많다는 법칙. 수치를 조작한 흔적을 찾아낼 때 이 법칙을 많이 사용한다.

것이며, 그래서 각각이 평균 11퍼센트씩 나타날 것이라 생각한다. 정확하게 11점 몇 퍼센트. 하지만 실제로는 대부분의 숫자 목록에서 첫자리 숫자의 분포는 직선이 아니라 로그로 나타난다. 첫자리 숫자의 약 30퍼센트는 1이 되고, 이어서 17.5퍼센트는 2가 되며, 비율이 계속해서 곡선으로 떨어지다 9에 이르면 4.6퍼센트가 된다.

맥신은 이런 방식으로 해시슬링어즈의 지출 목록상의 숫자들을 조사하면서 각각의 첫자리 수가 얼마나 자주 나오는지 세다가 흥미로운 결과와 만난다. 벤퍼드 곡선 근처에도 가지 않는 걸. 업계 용어로 말하면 가짜 고기 통조림 냄새가 난다.

그녀는 곧바로 다른 숫자들을 하나하나 뜯어보기 시작한다. 청구서의 일련번호. 맞지 않는 해시 합계[2] 룬 공식[3]에 맞지 않는 신용카드 번호. 당혹스러운 사실이지만, 누군가가 해시슬링어즈에서 돈을 빼내어 사방에 있는 서로 다른 정체불명의 하청업자들에게 분산하고 있는 게 점점 더 분명해 보인다. 그중에 몇몇은 틀림없이 유령 회사일 테고, 합계는 대략 6 후반에서 7 초반이다.

문제의 수취인들 중에 가장 최근의 것은 '헤이, 위브 갓 오썸 앤드 힙 웹 그래픽스, 히어'[4]의 앞 글자를 따서 hwgaahwgh.com이라 이름 붙인 시내의 한 소기업이다. 이름대로 실제 그럴까? 왠지 의심스럽다. 가짜인 게 거의 확실한 청구서 기록을 보면, 해시슬링어즈는 그들에게 정기적으로 청구서를 받은 지 일주일 이내에 돈을 지급해왔다. 그러다가 갑자기 이 작은 회사가 파산하고, 막대한 지

2 특정 영역 값의 합으로 그 자체는 별 뜻이 없으나 조작이나 오류 검출 목적으로 쓰인다.
3 신용카드 번호의 검증을 위해 사용하는 알고리즘.
4 Hey, We've Got Awesome And Hip Web Graphix, Here. '여기에 오시면 끝내주는 힙한 그래픽 있어요'라는 뜻.

급액이 운용 중인 계좌로 빠짐없이 계속 들어가면, 해시슬링어즈의 누군가가 그것을 숨기기 위해 자연스럽게 조치를 취한다.

그녀는 레지와 같은 편집증이 실제가 되는 게 싫다. 그래도 한번 정도는 들여다볼 가치가 있다고 생각한다.

맥신은 거리 건너편에서 주소지로 다가가는 중이다. 주소지가 눈에 들어오자마자, 그녀의 심장은 정확하게 말해서 확 가라앉는 정도는 아니지만, 적어도 이곳의 부동산 거래 밑으로 흐르는 음산하고 뒤얽힌 탐욕의 하수구를 탐사하는 데 필요한 일인용 잠수함처럼 바싹 오그라든다. 문제는 주소지가 테라코타 전면의 너무 근사한 건물이라는 점이다. 한세기 전에 이곳이 처음 세워질 당시의 상업용 부동산 중에서 가장 화려한 편은 아니지만, 건축가들이 실제로 건물에서 매일 일할 사람들을 생각하고 지은 것처럼 여전히 깔끔하고 이상할 만큼 따뜻하다. 너무 근사한 나머지, 그리 멀지 않은 언젠가 허물어져서 그 시대의 세부장식이 지나치게 비싼 여피들의 창고형 아파트 실내장식으로 재활용되기 딱 좋은 먹잇감 같다.

로비의 안내판에 hwgaahwgh.com은 건물 5층이라고 되어 있다. 옛날 사기조사관들 같으면 매우 흡족해하며 이쯤에서 그만 가자고 했다가 나중에 후회했을 것이다. 요즘 조사관들은 그녀에게 귀신 나올 것 같은 곳에 직접 가서 공들인 침묵의 기운으로부터 문제의 유령 업주를 불러낼 수 있을 때까지, 무슨 일이 있든지 간에 계속 밀고 나가라고 충고한다.

위층으로 올라가면서, 그녀는 엘리베이터 문에 난 둥근 창밖으로 획 지나가는 층들을 바라본다. 일렬로 늘어선 스낵 자판기 옆에 모여 있는 운동복 차림의 사람들, 뒤에 서 있는 금발 직원의 머리보다 더 노란 나무로 된 프런트 데스크를 둘러싼 인조 대나무들, 교복에 넥타이를 하고서 SAT 강사 혹은 치료사 혹은 그 둘을 겸한 누군가의 대기실에 멍한 표정으로 앉아 있는 아이들.

엘리베이터 문이 활짝 열리자 텅 빈 공간이 눈에 들어온다. 이 시대의 사무실 풍경에 가세한 또다른 닷컴 회사의 파산한 모습, 가령 빛바랜 금속 표면, 우툴두툴한 회색 방음장치, 철제 칸막이와 허먼 밀러 사무가구 들이 이미 썩기 시작해 여기저기 흩어진 채 먼지를 뒤집어쓴 모습이 보인다.

이런, 완전히 텅 빈 것은 아니다. 멀리 떨어진 칸막이 너머에서 90년대 일터의 무기력함을 상징하는 노래 「꼬로부시까」[5]의 금속성 전자 선율이 불안의 비명을 반주 삼아 점점 더 빠르게 연주되는 소리가 들려온다. 정말 유령 업주라도 있는 걸까? 그녀가 사무실 월급 도둑들의 망령이 테트리스 게임에 셀 수 없이 많은 시간을 계속 써대는 어떤 초자연적인 시간왜곡에 들어오기라도 한 걸까? 테트리스와 윈도우용 카드게임 사이를 오가느라 IT 분야가 망한 것도 놀랄 일은 아니다.

그녀는 구슬픈 가락이 흘러나오는 곳을 향해 살금살금 다가간다. 그곳에 도달한 순간 "빌어먹을" 하는 천진난만한 목소리가 들려오고, 이내 침묵이 이어진다. 너드 안경을 낀 젊은 여자가 먼지투성이에 여기저기 긁힌 바닥에 반가부좌 자세로 앉아서 양손에 든 휴대용 게임기를 뚫어지게 보고 있다. 그녀의 옆에는 전원이 켜져 있는 랩톱컴퓨터가 카펫에서 나온 전화선의 잭에 연결되어

---

5 Korobushka. 테트리스 게임의 배경음악으로 쓰인 러시아의 민속음악.

있다.

"안녕하세요." 맥신이 말한다.

젊은 여자가 고개를 든다. "안녕하세요. 여기서 뭘 하고 있냐고요? 뭘 좀 다운로드하는 중이에요. 초당 56K의 끝내주는 속도로요. 그런데 시간이 좀 걸려서 오래된 장비가 돌아가는 동안에 테트리스 연습을 하고 있어요. 혹시 작동되는 컴퓨터 단말기를 찾는 중이라면, 다른 칸막이 주변에 몇개가 더 흩어져 있을 거예요. 아마 하드웨어 두대 정도는 아직 약탈당하지 않아서, RS232 케이블 나부랭이, 커넥터, 충전기, 케이블 등등은 멀쩡할 거예요."

"여기서 일하는 사람을 만났으면 해서요. 어쩌면 여기서 일했던 사람이라고 해야 더 맞겠네요."

"잘나가던 시절에 여기서 땜빵으로 가끔씩 일한 적이 있어요."

"너무 갑작스럽죠?" 텅 빈 공간을 몸짓으로 가리키며 맥신이 말한다.

"아뇨. 처음부터 분명했던 건데요, 그들은 통신망을 사들이는 데 물불을 안 가렸어요. 닷컴 회사 소유주의 고전적인 망상이죠. 미처 모르는 사이에 또다른 청산 절차가 시작되고 새로운 여피 떼거리들이 계속해서 망해나갔어요."

"동정하는 거예요? 아니면 걱정이라도?"

"제기랄, 그들은 다 미쳤어요."

"그건 우리가 뼈 빠지게 일할 때 그들은 어떤 열대 해변에서 빈둥거리며 노느냐에 따라 달라요."

"아하! 또다른 피해자시군요. 그럴 줄 알았어요."

"내 상사 생각에는 그들이 우리에게 이중 청구를 했을지도 모른대요." 맥신은 즉석에서 말을 꾸며댄다. "마지막 수표를 중지시키기는 했는데, 그래도 개인적인 메모를 전해야 한다고 생각하는 사람이 있어요. 내가 마침 비명 지르면 들릴 거리에 있어서요."

젊은 여자의 시선은 작은 컴퓨터 화면을 따라 계속해서 움직인다. "참 안됐네요. 모두 다 흩어지고, 쓰레기를 뒤지는 자들만 남았어요. 영화 「그리스인 조르바」(1964) 본 적 있어요? 노파가 죽자마자, 마을 사람들이 전부 달려들어서 그녀의 물건을 낚아채가잖아요? 여기가 꼭 그리스인 조르바 꼴이에요."

"벽에 설치한 열기 쉬운 금고가 있는 것도 아닐 테고, 무엇 때문에……"

"해고 통지서가 나오자마자, 모두 다 텅텅 비었어요. 그쪽 회사는 어때요? 이 회사가 웹사이트를 납품해서 제대로 운영하기는 했나요?"

"기분 나쁘게 할 생각은 없지만……"

"이런, 혹시 쓰레기 같은 태그들, 그러니까, 재수 없는 배너광고들이 고등학교 화장실의 칸막이벽처럼 온 사방에 마구잡이로 붙어 있던가요? 덕지덕지 겹쳐서? 뭐 좀 찾아보려고 하면, 얼마 안 가 눈이 아플 지경인? 팝업들이죠! 그 말은 꺼내지도 마요. 'window.open' 말이에요. 대부분이 악성 자바스크립트들이에요. 팝업은 웹디자인의 똘마니들이라 원래 있던 곳으로 돌려보내야 해요. 지겹지만 누군가는 해야 하는 일이죠."

"'오썸 앤드 힙 웹 그래픽스'라, 아무튼 생소하네요."

"좀 이상하긴 해요. 제 말은 저로서는 할 수 있는 일을 했는데, 왠지 그들은 거기에 마음을 두고 있는 것 같지 않았어요."

"어쩌면 웹디자인이 실제로는 그들의 주요 사업이 아니어서 그런 게 아닐까요?"

젊은 여자는 누군가가 감시하고 있기라도 하는 양 의식해서 고개를 끄덕인다.

"저기요, 여기서 볼일이 끝나면—참 나는 맥시라고 해요—"

"저는 드리스콜이라고 해요."

"내가 커피나 뭐 마실 거 살게요."

"길 아래쪽에 아직도 지마[6]를 생으로 파는 술집이 있는데 거기면 더 좋고요."

맥신은 그녀를 흘끗 쳐다본다.

"그런 노스탤지어는 어디서 배운 거예요? 지마라면 90년대에 젊은 여자들이 좋아하던 술인데. 어서 가요. 일차는 내가 살게요."

페이비언스 비트 버킷의 역사는 닷컴 호황의 초기부터 시작된다. 드리스콜과 맥신이 안으로 들어가 지마용 꼭지로 향하자 바 뒤의 여자가 드리스콜을 향해 손을 흔든다. 그들은 곧바로 부스에 자리를 잡고 한때 엄청나게 인기가 있었던 지마를 특대 사이즈로 두 잔을 시켜서 마신다. 당장은 별다른 일이 일어나지 않는다. 그러다 해피 아워 할인이 다가오면서, 버킷 술집이 명성을 쌓고 있는 또다른 즉석 실직자 파티가 시작된다.

드리스콜 파젯은 프리랜서로 활동하는 웹페이지 디자이너로 "다른 사람들만큼 그럭저럭 작업을 해내고", 또 시간당 30달러에 임시로 코드 라이터 일을 하기도 한다. 그녀는 빠르고 양심적이며, 그런 입소문 덕에 사람들이 그녀를 꾸준히 찾는 편이다. 그래도 가끔은 월세가 밀려 위니 리스트[7]나 쓰레기더미 옆에 수북이 쌓인 인

---

6 Zima. 1990년대 초에 크게 인기를 끌었던 탄산알코올 음료.
7 프리랜서들이 일거리를 구하기 위해 자주 찾는 월드와이드웹뉴욕(the WWWNY) 노동자 이메일 리스트의 줄임말.

덱스카드, 때로는 대개 값싼 음료를 얻어마시기 위해 로프트 파티의 도움을 받기는 한다.

드리스콜은 오늘 hwgaahwgh.com에서 포토샵 필터 플러그인을 찾던 중이었는데, 그러다가 같은 업계의 동년배들처럼 뜻하지 않게 흥미로운 소스를 손에 넣게 되자 훨씬 더 이국적인 소스들을 찾아 쓰레기 사냥에 나서게 된 것이다. "나만의 자체 제작 플러그인이라야 혼자서 필터 팩토리 언어를 배울 수 있어요. 그 어려운 C 언어보다 몰래 쓰기 쉬운 언어예요. 오늘 실제로 닥터 지즈모어를 포토샵했던 사람들한테서 무언가를 다운로드했어요."

"뭐라고요? 지하철 광고에서 늘 보는 앳된 얼굴의 피부과 의사 말예요?"

"비현실적이죠, 그쵸? 일류 작품이에요. 선명도며 홍조며."

"그런데…… 이 경우 법적인 문제는……"

"들어갈 수만 있다면, 얼른 낚아채라 이거죠. 그런 적 전혀 없었어요?"

"늘 그래요."

"어디서 일해요?"

좋아. 맥신은 속으로 생각한다. 어떻게 되는지 한번 볼까. "해시슬링어즈요."

"오 이런." 놀란 표정이다. "거기도 몇번 잽싸게 들락날락한 적이 있어요. 하루 종일 그럴 수 있는 게 아니에요. 빌 게이츠 얼굴의 바나나 크림파이 찌꺼기는 빨리 핥아내야 돼요. 그것 때문에 망할 놈의 마이크로소프트가 그린피스[8]처럼 보이거든요. 그런데 주위에

---

8 국제 환경보호 단체.

서 당신을 본 적이 없는 것 같은데요."

"아, 거기서 임시직으로 일했어요. 일주일에 한번씩 가서 미수금을 처리했어요."

"혹시 게이브리얼 아이스의 열렬한 팬이라면, 제 말은 그냥 무시하세요. 거만한 멍청이들이 주름잡는 업계이긴 하지만, 그중에서도 게이브리얼의 주위 1마일 반경에 있는 사람들은 모두 방호복을 착용해야 했어요."

"내 생각에 그 사람을 한번은 보았던 것 같아요. 아마도요. 먼발치였든가? 온갖 부류의 수행원들이 시야를 가렸든가 그랬어요."

"그 정도면 그렇게 심한 편은 아니에요. 마지막 순간에 아슬아슬하게 발을 들여놓은 사람들에 비하면요."

"어떤데요."

"일종의 유행 같은 건데요. 1997년 전에 들어온 사람들은 평가가 괜찮았어요. 그러다 1997년부터 2000년 사이에는 어느 쪽이든 가능해서, 항상 좋지만은 않을 수도 있지만, 그렇다고 요즘 업계에서 보는 유의 완전한 멍청이는 또 아니었어요."

"그에 대한 평가는 괜찮았나요?"

"아뇨, 멍청이 쪽이었어요. 초기의 멍청이 중 하나였죠. 멍청이의 선구자. 전설의 해시슬링어즈 파티에 가본 적 있으세요?"

"아뇨. 당신은요?"

"한두번. 그때는 벌거벗은 여자애들을 화물용 엘리베이터에 태워서 크리스피 크림 도넛으로 덮어 데려왔어요. 그중 한명은 제이지 분장을 한 브리트니 스피어스인 줄 알았는데, 나중에 보니 그냥 브리트니 스피어스와 꼭 닮은 친구더라고요."

"맙소사, 좋은 구경을 계속 놓치네요. 그애들한테 그러면 안됐겠지만……"

"그 시절은 이제 모두 지나간 역사일 뿐이에요." 드리스콜이 어깨를 으쓱한다. "과거의 메아리죠. 해시슬링어즈가 1999년처럼 고용을 한다고 해도 말이에요."

음……"새 급여 지출이 엄청 늘었더라고요. 무슨 일이라도 있나요?"

"늘 쓰던 악마적인 수법이죠. 조금 더 심해졌을 뿐이에요. 그들은 언제나 아마추어 해커들을 낚는 걸 좋아했어요. 이번에도 덫을 놓았는데, 유령 컴퓨터로 하는 방화벽 수준 이상이에요. 완전히 가짜인 가상 회사를 아마추어 해커들에게 미끼로 던져놓고 떡하니 앉아 지켜보다가, 그들이 중앙으로 막 침투하려고 할 때 바로 덮쳐서 법적 조치를 취하겠다고 협박해요. 그러고는 리커스 교도소에서 1년을 썩을지, 아니면 '진짜 해커'가 되기 위한 다음 단계를 밟을지 택하라고 하죠. 그게 그들이 쓰는 수법이에요."

"이런 일을 겪은 사람을 알아요?"

"몇 명 알아요. 거래를 받아들인 사람도 있고, 도시를 뜬 사람도 있어요. 퀸스에서 개설되는 과목에 등록시켜서 아라비아어와 아라비아어 리트⁹ 쓰는 걸 배우게 하죠."

"그렇다면……" 어림짐작으로 말한다. "일반 키보드를 이용해 아라비아어처럼 생긴 문자를 작성한다는 건가요? 그럼 해시슬링어즈가 중동으로 시장을 확장하기라도 한다는 거예요?"

"일설에 의하면요. 그래도 매일매일 민간인들은 스타벅스의 바로 옆자리에서 노트북을 켜고 하루 이십사시간 일주일 내내 해커

─────────────────────

9 leet. 인터넷상에서 문자를 형태가 비슷한 숫자나 부호로 대체한 언어 체계. 이를테면 leet를 숫자 1337로 쓰는 식이다.

대 해커로 도스 공격, 트로이의 목마, 바이러스, 웜 등의 무자비한 사이버스페이스 전쟁을 해도 전혀 눈치채지 못하고 돌아다니죠."

"신문에 러시아에 관해서 뭔가 나지 않았던가요?"

"러시아도 사이버전쟁을 매우 심각하게 여겨서 사람들을 훈련하고, 예산을 투입하긴 하죠. 하지만 러시아 정도는," 물담배를 피우는 흉내를 내며 말한다. "우리 무슬림 형제들에 비하면 크게 걱정하지 않아도 돼요. 그들이야말로 세계를 좌우하는 진정한 세력이죠. 그들이 필요로 하는 모든 자금이며 시간이 그래요. 시간은 스톤스 노래대로 그들 편이에요.[10] 어려움이 닥칠 거예요. 업계 사람들 사이에 미국 정부와의 대형 계약들이 진행 중이라는 말이 돌고 있어요. 모두들 그것을 뒤쫓고 있어요. 중대한 사건이 중동에서 곧 터질 거래요. 커뮤니티의 어떤 사람들은 제2차 걸프 전쟁을 운운해요. 아들 부시가 아버지보다 더 잘하고 싶어한다면서요."

맥신은 걱정 많은 엄마 모드로 바로 전환해서 그녀의 아이들에 대해 생각한다. 당장 군대에 징집되기에는 어리지만, 미국의 전쟁이 지체되어온 방식을 감안하면 지금부터 10년 뒤에는 현재 20, 25달러 하는 42갤런들이 원유의 미끼가 될 게 거의 확실해 보인다.

"맥시, 괜찮아요?"

"딴생각 중이었어요. 아이스가 다음번 악의 제국이 되고 싶나 보네요."

"안타까운 점은 컴퓨터를 향해 뒤도 안 보고 바로 뛰어들 프로그래머들이 주위에 널렸다는 거예요."

---

10 롤링스톤스가 1964년에 히트시킨 「타임 이즈 온 마이 사이드」(Time Is on My Side)에서 따온 표현.

"그렇게들 생각이 없나요? 너드의 복수[11]는 어떻게 됐죠?"

드리스콜이 코웃음을 치며 말한다. "너드의 복수는 없어요. 알잖아요. 작년에 모든 게 무너졌을 때, 그건 오로지 너드들의 또 한번의 패배와 운동부원들의 승리를 뜻했을 뿐이에요. 언제나 그래요."

"그럼 그 모든 너드 억만장자들은 다 뭐죠?"

"전시용이에요. IT 분야가 망해도 몇몇 회사들이 용케 살아남기는 하죠. 근사하게도요. 하지만 대부분은 그렇지 못해요. 가장 큰 승자들은 월 스트리트의 어리석음의 복을 받은 자들이에요. 결국은 아무도 못 이기죠."

"에이, 월 스트리트 사람들이라고 다 어리석지는 않아요."

"금융 분석가 몇몇은 똑똑해요. 하지만 분석가들은 왔다 갔다 해서, 다른 패션 감각을 지닌 고용하기 좋은 너드일 뿐이죠. 운동부원들은 분야를 넘나드는 확률론에 대해서는 그것에 당하더라도 잘 모를 수 있어요. 그러나 성공을 향한 감각이 있어서 시장의 심층적인 리듬에 맞춰져 있죠. 그래서 너드들의 컴퓨터 지식이 아무리 빼어나도 항상 그것을 이겨요."

해피 아워의 시작과 함께 혼합주 값이 2.5달러로 내려가자 드리스콜은 기본적으로 지마와 보드까를 섞은 지마티니로 주종을 바꾼다. 맥신은 워킹맘의 주제곡들을 코로 흥얼거리며 지마를 계속 마신다.

"자기 머리 스타일이 정말 맘에 들어요, 드리스콜."

"다른 사람들처럼 하고 다녔었어요. 있잖아요, 새카맣고, 앞머리

---

11 1984년 영화 「기숙사 대소동」(Revenge of the Nerds)에서 따온 표현. 컴퓨터 천재인 주인공이 자신과 친구들을 괴롭히는 풋볼팀 상급생들에게 복수하는 내용이다.

는 짧게요. 하지만 속으로는 「프렌즈」에 나오는 레이철처럼 보이고 싶었어요. 그래서 제니퍼 애니스턴의 이미지를 모으기 시작했죠. 웹사이트며 타블로이드 신문이며 뭐든 다 뒤져서요."

오려낸 사진과 캡처한 이미지가 이내 한가득 모이자, 그녀는 갈수록 절박한 심정으로 미용실을 전전하며, 자신의 머리 스타일이 제니퍼 애니스턴과 정확하게 똑같아 보이게 하려고 무진 애를 썼다. 그런데 한참을 그러고 나서야 들기 시작한 생각이지만 그것은 잘되기보다는 잘못되기가 더 쉬운 일이었다. 여러시간에 걸쳐 집요하게 한올 한올 신경 쓰는 색 배합과 너드 영화의 실험실 세트에서 가져온 낯선 특수 스타일링 장비를 동원해도, 그 결과는 근접하기는 했지만 정답은 늘 아니었다.

"어쩌면," 맥신이 부드럽게 말한다. "그걸 뭐라고 하더라, 설마 그런…… 건 아니겠죠?"

"아뇨, 아니에요! 바로 이거예요! 난 제니퍼 애니스턴이 좋아요! 제니퍼 애니스턴이 내 롤 모델이거든요! 핼러윈에도 언제나 레이철 분장을 했다고요!"

"알겠어요. 그런데 이게 브래드 피트와는 아무 상관이 없는 거겠죠, 아니면……"

"오, 그 둘은 결코 오래 못 갈 거예요. 제니퍼가 너무 아까워요."

"너무…… '아깝다'…… 브래드 피트에게는."

"두고 보면 알 거예요."

"알았어요, 드리스콜. 내 생각과 다르기는 하지만 어쩔 수 없죠. 그럼 플라워 디스트릭트의 머리 '엔' 모리스를 한번 만나보는 건 어때요?" 그러면서 지갑을 뒤져 명함을 한장, 혹은 좀더 정확하게는, 개업 기념 10퍼센트 할인 쿠폰을 꺼낸다. 정식 면허가 있는 이 두 정신 나간 모발학자는 제니퍼 애니스턴 따라 하기 열풍에 기회가 있다는 것을 최근에 알아차리고, 싸해그[12] 컬링기에 거하게 투자해 놓고는 염색 기법 집중 개인지도 워크숍을 들으러 카리브해의 휴양지에 장기 체류 중이다. 혁신을 향한 그들의 가차 없는 의지는 다른 미용 산업에까지 뻗쳐 있다.

"로플러 씨, 오늘의 고기 얼굴 마사지 받아볼래요?"

"음, 그게 뭔데요?"

"우편으로 할인 광고 받지 않았나요? 이번 주 내내 특별할인 중이에요. 안색에 기적을 일으키죠. 효소들이 분해되기 전에 깨끗하게 죽여버리는 거예요. 어때요?"

"글쎄요, 잘 모르겠는……"

"놀랍다니까요! 모리스, 닭 잡아!"

뒷방에서 겁에 질린 꽥꽥 소리가 무섭게 들리더니, 정적이 흘렀다. 그동안 맥신은 몸을 뒤로 젖힌 채 눈꺼풀을 파르르 떨었다. 그때 "이제 곧 이걸 올려놓을 거예요" 하더니 쿵! "여기에 고기를, 이 아름답지만 손상된 얼굴에다 바로……"

"으……"

"뭐라고요? (천천히 해, 모리스!)"

"왜 그렇게…… 으, 움직이는 거죠? 잠깐요! 진짜 죽은 닭고기를 내 얼굴에 올려놓는 거예요? 으으으!"

"아직 완전히 안 죽었어요!" 피와 깃털이 사방으로 튀는 동안 모리스는 몸서리치는 맥신에게 신나게 알려줬다.

그녀가 그곳에 들를 때마다 매번 그런 식이었다. 매번 그녀는 다

---

12 John Sahag(1952~2005). 제니퍼 애니스턴, 데미 무어 등 할리우드 스타들의 헤어스타일리스트로 유명해진 헤어디자이너 겸 사업가.

시는 오지 않겠다고 다짐하며 미용실을 빠져나갔다. 하지만 최근 들어 제니퍼 애니스턴처럼 생긴 수많은 여자들이 드라이를 받으려고 앞 다퉈 줄을 서는 모습은 지나칠 수 없었다. 마치 시내가 라스베이거스이고 제니퍼 애니스턴이 엘비스라도 되는 것처럼.

"비싼가요?" 드리스콜이 묻는다. "거기서 해주는 게?"

"여전히 컴퓨터 업계에서 말하는 베타 단계여서, 내 생각에는 좀 싸게 해줄 수 있을 것 같아요."

술집은 남녀 해커들이 뒤섞여 북적이기 시작한다. 회사원 정장을 입은 사람들은 누군가의 생각인지 술집을 돌아다니기에 좋은 차림으로 다시 모여 밤이 흘러가는 대로 로맨스나 저렴한 일자리를 찾아나선다.

"더이상 예전 같지는 않지만 한가지 분명한 것은," 드리스콜이 힘주어 말한다. "컴퓨터 업계의 억만장자들이 화장실에서 걸어나와 자신의 삶 속으로 격하게 뛰어들 거라고 생각하는, 금광을 좇는 남녀들이 있다는 거예요. 망상에 사로잡혀 있는 것은 예전과 마찬가지죠. 하지만 요즘은 극성스러운 IT 산업의 여자 모험가도 인정할 수밖에 없듯이 그렇게 선택될 가능성은 아주 적어요."

맥신은 술집에 있는 두 남자가 그녀와 드리스콜 중 하나 혹은 둘 다를 유달리 강렬하게 쳐다보고 있다는 것을 알아차린다. 여기서는 무엇이 정상인지 말하기 어려웠지만, 그들은 맥신의 눈에 그렇게 정상적으로 보이지 않는다. 지마를 마셔서 그런 것은 아니다.

드리스콜도 그녀의 시선을 따라간다. "저쪽에 있는 남자들을 알아요?"

"아뇨, 어어. 자기가 아는 사람들인 줄 알았는데."

"여기 처음 온 사람들이에요." 드리스콜이 확신한다. "경찰 같아요. 흥분하게 만드는데요?"

"내 통금 시간인 걸 깜빡했네." 맥신이 킬킬 웃는다. "나는 여기서 나갈 테니, 자기는 여기 있어요. 우리 중에 누구를 미행하는 건지 보게."

"보란 듯이 우리 서로 이메일과 전화번호를 적을까요. 오랜 동료 사이처럼 보이지 않게요."

알고 보니 그들이 쫓는 요주의 인물은 맥신이다. 누구에게는 좋은 소식이 누구에게는 나쁜 소식인 법. 드리스콜은 착한 친구 같아서 이런 바보들은 필요 없다. 반면에 레몬과 라임 향이 섞인 술기운을 느끼며 그들을 따돌려야 하는 건 바로 맥신이다. 그녀는 외곽 대신에 시내로 향하는 택시에 올라, 운전사를 짜증나게 하면서까지 생각이 바뀐 척 행선지를 바꾸고는, 몇년 동안 그럴 수만 있다면 근처에도 가지 않으려고 했던 타임스스퀘어에서 내린다. 책임감이 적었던 어린 시절부터 기억하는 지저분한 듀스[13]의 옛 모습은 더이상 없다. 줄리아니와 그의 개발업자 친구들과 교외의 도덕성을 주장하는 세력이 그곳을 완전히 디즈니화하여 살균한 결과, 음침한 술집, 콜레스테롤과 지방 조제실, 포르노 극장 들은 철거되거나 개조되었고, 추레하고 오갈 데 없고 대변해줄 사람이 없는 자들은 쫓겨났으며, 마약 장수도, 포주나 야바위 사기꾼도, 심지어는 수업을 빼먹고 오래된 핀볼장에서 놀던 아이들도 더이상 보이지 않는다. 모두 다 사라져버렸다. 맥신은 삶이 어떤 모습이어야 하는지에 대한 모종의 얼빠진 합의를 근거로, 도시 전체를 무자비하게 손에 쥐고서, 차와 진입로와 차고가 딸린 교외의 주택을 소유한 사

13 The Deuce. 뉴욕 맨해튼 42번가의 별명.

람들만 쇼핑을 할 수 있는 멀티플렉스와 몰과 창고형 마트로 이루어진 공포의 올가미를 조여올 가능성에 역겨움을 느끼지 않을 수 없다. 아! 그들은 이미 상륙해서, 우리들 안에 들어와 있다. 게다가 외곽의 구와 그 너머 지역을 기반으로 하는 시장市長이 그들과 한패라는 사실이 그들에게 커다란 도움을 주고 있다.

그리고 오늘밤 그들은 모두 이곳, 미국 심장부의 모조품으로 다시 태어난 이곳, 나쁜 빅 애플에 모여 있다. 할 수 있는 데까지 이곳과 섞이면서 맥신은 마침내 지하철로 몸을 피해, 59번가로 가는 1호선을 타고 가다 C 열차로 환승한 뒤에 다코타 역에서 내려, 존 레넌 암살 장소에서 사진을 찍는 버스 한대가량의 일본인 관광객들 사이를 빠져나온다. 그러고 나서 뒤를 돌아보니, 뒤쫓아오는 사람이 아무도 없다. 하지만 만약 버킷 술집으로 걸어들어가기 전부터 그녀를 추적한 것이라면, 그녀가 어디에 사는지도 그들은 아마 알고 있을 터이다.

6

저녁으로 피자. 그외에 뭐 새로운 것 없을까?

"엄마, 진짜 미친 아줌마가 오늘 학교에 왔었어."

"그래서…… 누가 경찰이라도 불렀어?"

"아니. 조회가 있었는데 그 아줌마가 초청 연사였어. 옛날에 쿠겔블리츠를 졸업하셨대."

"엄마, 부시 가족이 사우디아라비아 테러리스트들과 사업을 하고 있다는 거 알고 있었어?"

"원유 사업 말하는 거구나."

"그렇게 말했던 것 같아. 그런데……"

"왜?"

"다른 뭔가가 또 있는 것 같았어. 뭔가 말하고 싶은 게 있는데, 어린아이들 앞이라서 하지 않는 것 같았어."

"저런, 나도 들었으면 좋았을 텐데."

"상급반 졸업식에 가봐. 다시 초청 연사로 올 거야."

지기는 '타블로이드 오브 더 댐드'라는 웹사이트 광고 위에 '마치 켈러허'라는 싸인이 있는 전단지 한장을 건넨다.

"와, 그럼 마치를 봤겠구나. 음. 그렇단 말이지." 이 대목에서 해시슬링어즈의 전설이 이어진다. 그에 따르면 우연하게도 마치 켈러허는 게이브리얼 아이스의 장모로서, 그녀의 딸 탤리스와 아이스는 카네기멜런 대학인가를 다닐 때부터 연인 사이였다. 그러다가 닷컴 억만장자가 된 남편의 매출이 증가할수록 그만큼 둘의 관계도 점차 냉랭해지기 시작했다고 한다. 물론 맥신이 상관할 일은 전혀 아니었다. 하지만 그녀는 마치가 이혼한 적이 있고, 탤리스 외에 두 아이가 더 있다는 사실을 알고 있다. 둘 다 아들인데, 그중 하나는 캘리포니아에서 IT 분야의 공무원으로 일하고 있고, 다른 하나는 카트만두로 가서 가끔씩 엽서나 보내는 유목민처럼 살고 있다.

마치와 맥신의 관계는 재개발조합의 열기가 한창이던 10년 혹은 15년 전으로 거슬러 올라간다. 당시는 집주인들이 계약을 파기하고 게슈타포 전략을 동원해 세입자들을 몰아내던 때였다. 그들이 제의한 금액은 모욕적일 만큼 적었다. 하지만 몇몇 임대인들은 끝까지 버텼다. 그들에게 별다른 조치가 취해지지는 않았다. '정기 보수'를 위해 떼어간 아파트 문, 수거해 가지 않은 쓰레기, 전투견, 청부폭력배, 아주 시끄럽게 틀어놓은 80년대 대중가요 외에는. 맥신은 콜럼버스 애비뉴의 건물 앞에서 노동조합의 거대 쥐 모양 풍선[1]이 나타나기를 기다리며 피켓을 들고 서 있는 인근의 잔소리꾼,

---

1 inflatable rat. 미국에서 1980년대 후반부터 기업의 부당노동행위에 항의하는 노동조합의 시위에 사용되어온 기괴한 거대 쥐 모양의 마스코트.

옛 좌파, 세입자권리 조직원 등등으로 이루어진 시위대에서 마치를 보았다. 피켓 중에는 쥐들은 집주인과 한통속인 재개발조합의 잔인하고 모욕적인 언어도단 행위를 환영함이라는 문구도 있었다. 허가증이 없는 꼴롬비아 이민자들은 가구와 살림살이를 들고 보도로 나와 끓어오르는 감정을 애써 삭였다. 마치는 백인 조합장을 트럭 쪽으로 몰아세우고 귀가 따갑도록 한바탕 쏟아부었다. 그녀는 날씬했고, 어깨까지 내려오는 빨간 머리를 정가운데에서 가르마를 타 뒤쪽에서 머리망으로 고정하고 다녔다. 나중에 보니 그녀가 가진 수많은 이 복고풍 머리장식 중 하나였던 그 머리망은 일대에서는 이미 그녀의 트레이드마크가 되어 있었다. 늦겨울의 그날에 그 머리망은 진홍색이었고, 마치의 얼굴은 어떤 앤티크 사진처럼 가장자리가 은빛으로 보였다.

맥신이 그녀와 대화할 기회를 엿보고 있을 때 닥터 쌔뮤얼 크리크먼이라고 하는 은퇴한 성형외과 의사인 집주인이 작은 무리의 상속자와 양수인을 거느리고 나타났다. "비참하고 탐욕스러운 늙은이가," 마치가 그를 활기차게 맞았다. "여기에 감히 얼굴을 내미시다니."

"못생긴 년아," 그가 다정한 어르신의 말투로 응답했다. "내 직업을 가진 어느 누구도 너 같은 얼굴은 손도 대기 싫어할 거야. 이년은 뭐야? 여기서 당장 끌어내." 그러자 증손자 한두명이 앞으로 나와 시키는 대로 하려고 했다.

마치는 가방에서 700밀리리터짜리 오븐 세척용 스프레이를 꺼내 흔들기 시작했다. "얘들아, 고명하신 의사님께 어떤 가성소다가 면상에 맞을지 물어보렴."

"경찰 불러." 닥터 크리크먼이 명령했다. 피켓라인의 시위대들이 다가와서 크리크먼의 수행원들과 문제를 의논하기 시작했다. 논쟁적인 몸짓이 오갔고, 『포스트』였다면 기사에서 살짝 부풀렸을 가벼운 접촉으로까지 이어졌다. 이윽고 경찰이 나타났다. 해가 저물고 마무리할 시간이 가까워지자, 군중은 줄어들었다. "우리는 밤에는 피켓을 안 들어." 마치가 맥신에게 말했다. "개인적으로는 라인을 벗어나기 싫지만, 지금쯤이면 한잔해도 될 거야."

가장 가까운 술집은 올드 쏘드였다. 엄밀히 말하면 아일랜드 술집이었지만, 나이 먹어가는 영국 게이 한둘이 어쩌다 들를 법한 곳이었다. 마치가 염두에 둔 술은 빠빠 도블레[2]였는데, 이전에는 맥주를 따르고 술을 붓기만 하던 바텐더 헥터가 한주 내내 그랬던 듯이 마치를 위해 준비한 술이었다. 맥신도 말동무가 되기 위해 같은 것으로 한잔을 시켰다.

말을 나누면서 두 사람은 지금까지 서로 몇 블록 떨어지지 않은 곳에서 살고 있었다는 것을 알게 되었다. 마치는 뿌에르또리꼬 폭력배들이 인근의 유럽계 백인들을 공포에 떨게 해서 해가 진 뒤에는 브로드웨이의 동쪽으로는 가지 않던 50년대 후반부터 그곳에서 살았다. 마치는 링컨 센터가 싫었다. 그것을 짓기 위해 지역 일대가 파괴되고 7000명의 보리꽈 가족들이 뿌리째 뽑혔는데, 실은 고급문화라고는 개뿔 신경도 안 쓰던 백인들이 그 사람들의 아이들을 무서워했기 때문이었다.

"레너드 번스타인이 그 일에 대해서 뮤지컬을 만들었어. 「웨스트사이드 스토리」 말고 다른 거. 로버트 모지스[3]가 부르는 거.

---

2 럼주에 신 과일주스와 설탕을 섞은 헤밍웨이 다이끼리로 알려진 꾸바 칵테일.
3 Robert Moses(1888~1981). 뉴욕주를 무대로 활동한 유명 도시계획 전문가.

내쫓아버려 저 뿌에르또

리꼬 놈들을

거리 밖으로─그곳은 그저

슬럼일 뿐이야, 모두 다 부숴

버-리-라고!"

맥신의 배 속에 있는 술을 충분히 얼어붙게 할 정도로 실감나는 날카로운 브로드웨이 테너의 목소리로 그녀는 노래를 불렀다. "그 자들은 자기네가 파괴하고 있는 바로 그 지역에서 빌어먹을 「웨스트사이드 스토리」를 영화화하려고 할 만큼 오만방자했어. 안타깝게도 헤르만 괴링[4]의 말이 맞았어. 문화라는 말을 들을 때마다 옆구리에 찬 총부터 확인하라는. 문화는 돈 있는 자들의 가장 나쁜 충동을 건드려. 염치도 없이 교외로 만들어달라고, 타락시켜달라고 구걸한다고."

"언제 우리 부모님 좀 만나주세요. 링컨 센터는 요만큼도 좋아하지 않는데, 메트[5] 없이는 못 살 정도거든요."

"정말이야? 일레인하고 어니가? 옛날에 같은 시위 현장에서 자주 마주쳤는데."

"우리 엄마가 데모를 했다고요? 무엇 때문에요? 어디 세일하는 데라도 있었나요?"

"니까라과," 무덤덤한 말투였다. "쌀바도르. 로널드 레이건과 그의 똘마니들."

이 무렵 맥신은 집에서 학위 준비를 하며 지내다가 주말에는 몰

---

4 Hermann Göring(1893~1946). 게슈타포를 창설한 나치의 수뇌부.
5 the Met. 뉴욕 메트로폴리탄 오페라하우스를 일상적으로 이르는 말.

래 클럽에 가서 아무 생각 없이 약물을 즐기곤 했고, 그 당시에 엄마와 아빠가 다른 데 약간 정신이 팔려 있다는 정도만 눈치채고 있을 뿐이었다. 그들이 플라스틱 수갑, 페퍼 스프레이, 표시가 되어 있지 않은 승합차, 경찰 최고정예 등의 기억을 편하게 나누게 된 것은 그로부터 몇년 뒤였다.

"저를 또다시 무심한 딸로 만들었네요. 저에게서 모자란 점을 본 게 틀림없어요."

"아마 너를 문제에 엮이게 하고 싶지 않아서였을 거야." 마치가 말했다.

"나도 함께 데려갈 수 있었을 텐데. 그러면 뒤라도 받쳐줄 수 있었을 텐데."

"시작하기에 결코 늦지 않았어. 할 일이 얼마나 많은데. 바뀐 게 있다고 생각하니? 아무리 꿈꿔봐. 세상을 지배하는 빌어먹을 파시스트들은 사람들이 서로를 미워하게 하는 데 항상 혈안이 되어 있어. 그렇게 해서 임금을 내리고, 임대료를 높이지. 이스트사이드의 모든 권력, 추하고 뇌사 상태에 있는 온갖 것은 그들이 원하는 대로 되어가고 있다고."

"그래, 기억나." 맥신이 두 아들에게 말한다. "마치는 항상 뭐랄까…… 정치적이었어."

그녀는 졸업식에 가서 머리망을 한 과거의 열정적인 투사가 요즘은 무엇을 하고 지내는지 볼 생각으로 달력에 포스트잇을 붙인다.

레지가 찾아와 보고를 한다. 그는 딥웹에서 해시슬링어즈의 비밀을 캐고 있는 그의 IT 전문가 에릭 아웃필드를 만나고 온 참이다. "물어볼 게 있는데, 올트먼-Z가 뭐지?"

"어떤 회사가 예를 들어 앞으로 2년 내에 파산할지 예측하는 데 쓰는 공식이야. 그 공식에 숫자를 넣고 2.7 이하의 점수를 찾아내면 될 거야."

"에릭이 아이스가 다른 작은 닷컴 회사들을 대상으로 돌린 올트먼-Z 검사 결과가 든 전체 폴더를 찾았어."

"무엇을…… 얻어낼 셈인데?"

레지가 대답을 피하듯 눈알을 굴리며 말한다. "이봐, 난 그저 내 부고발자일 뿐이야."

"그애가 뭐라도 보여줬어?"

"온라인에서는 자주 못 만나. 그 친구가 편집증이 심하거든." 그래, 레지. "지하철에서 직접 만나기만을 원해."

그러고 보니 오늘 차량의 한쪽 끝에 있던 정신 나간 백인 기독교도가 다른 쪽 끝에 있던 흑인 아카펠라 그룹과 겨루고 있었다. 완벽한 조건이었다. "당신 주려고 뭘 하나 가져왔어." 레지가 디스크를 건넨다. "말해둘 게 있는데, 이건 리누스[6] 본인이 펭귄 오줌으로 친히 축복을 내리신 거야."

"내가 죄책감 들게 하려는 거지, 응?"

"그럼. 도움이 될 거야."

"받을게, 레지. 마음이 썩 편치는 않지만."

"나보다는 당신한테 도움이 될걸. 솔직히 난 자신이 없어." 나중에 보니 그것은 낯설고 깊숙한 곳을 대포알처럼 침투하는 내용이었다. 에릭은 임시로 일하고 있는 곳의 컴퓨터를 사용하는데, 그곳은 이렇다 할 IT 전문가도 전혀 없는 상태에서 부지불식간에 찾아

---

[6] Linus Torvalds(1969~). 소스코드를 무료로 공개하는 PC용 운영체제 리눅스의 창립자. 리눅스는 펭귄 마스코트로 유명하다.

온 위기를 한창 겪고 있는 커다란 회사이다. 그런데 뭔가 조금 다르다. 딥웹에서 나올 때마다 그는 조금씩 더 무언가에 홀려가는 듯하다. 적어도 칸막이를 사이에 두고 함께 일하는 사람들에게는 그렇게 보인다. 하기야 그들 중 상당수는 소화기의 할론 가스를 들이마시며 중앙컴퓨터실에서 몇시간씩 보내느라 판단력이 흐려져 있긴 하다.

상황은 에릭이 기대하는 만큼 간단치가 않다. 암호는 꽹장히 난해한 편은 아니지만 도전적이다. 레지가 잽싸게 치고 빠지는 상상을 즐긴다면, 에릭은 돌격용 자동소총으로 무장한 세븐일레븐의 점원들과 맞닥뜨린다.

"계속해서 이 비밀스런 아카이브와 마주치는데, 완전히 잠겨 있어요. 깨고 안으로 들어가기 전까지는 무엇이 감춰져 있는지 전혀 알 수가 없어요."

"출입이 제한되어 있다는 얘기네."

"자연재해나 인재를 대비해 자동안전장치를 설치한 것 같아요. 그러면 자신의 아카이브를 먼 지역에 있는 여러 서버에 숨겨놓고서 적어도 그중 하나는 세상이 끝나지 않는 한 무사하기를 바랄 수 있죠."

"그거라면 우리도 아는 거잖아."

"긍정적으로 해석하자면 그렇죠."

"아이스가 재난을 예상하기라도 한다는 거야?"

"그보다는 누군가가 캐내지 못하게 하려는 것 같아요." 에릭의 원래 계획은 재미 삼아 하는 아마추어 해커인 척하고 백 오리피스[7]

---

7 Back Orifice. 윈도우 기반의 컴퓨터를 원격으로 조종할 수 있는 프로그램. 마이크로소프트의 소프트웨어 패키지 '백 오피스'에서 이름을 따왔다.

를 이용해 침투한 다음 넷버스 서버를 설치할 수 있을지 보는 거였다. 그렇게 하자 곧바로 리트로 된 "어이 초짜 축하해 침투에 성공한 것 같지 하지만 넌 지금 똥통에 완전히 빠졌어"라는 메시지가 떴다. 에릭은 이런 스타일의 응답이 어쩐지 마음에 걸렸다. 왜 굳이 이렇게까지 사적인 보안 메시지를 쓴 걸까? '접근 거부'처럼 간결하고 사무적으로 쓰지 않고? 뭔가 그 즐기는 듯한 열의만 보면 옛날 90년대 해커들이 떠올랐다.

그들이 장난을 치고 있는 것일까? 그들은 어떤 종류의 놀이친구들일까? 그는 이왕 냄새를 맡고 다니는 패킷 멍키[8]로 인식된 김에, 그들이 얼마나 세고 심지어 그들이 누구인지 모르는 척하는 게 낫겠다는 생각이 들었다. 그래서 처음에는 바보도 깰 수 있는 마이크로소프트 LM 해시 같은 고릿적 물건 대하듯이 암호를 뒤지고 다녔다. 그러자 이에 대한 응답으로 다시 리트로 된 "초짜 지금 누구한테 수작 부리는지 알기나 하는 거야?"라는 보안 메시지가 떴다.

그 무렵 레지와 에릭은 브루클린 한복판에 있었다. 지하철 출구에서는 두왑[9] 코러스와 성경 암송이 한창 진행 중이었고 에릭은 여차하면 달아날 태세를 하고 있었다. "레지, 거기 수시로 드나들다가 보안부서 직원들을 우연히 마주친 적도 있겠네요?"

"들리는 소문에 따르면 게이브리얼 아이스가 그 부서를 직접 관리한대. 그렇게 된 사연이 있다나. 누군가가 책상 서랍에 전기가 연결된 단말기를 갖고 있었는데, 그에게 말하는 걸 깜빡 잊었대."

"깜빡 잊었다."

---

8 packet monkey. 의도적으로 웹사이트나 네트워크의 과부하를 늘려 서비스 거부 상태로 만드는 해커.
9 리듬 앤드 블루스의 하위 장르.

"누구라도 예상할 수 있겠지만, 그 일이 있고 나서 모든 종류의 독점 코드들이 공짜로 풀렸어. 고치는 데 여러달이 걸렸고, 해군과 내키지 않는 대형 계약을 맺어야만 했대."

"그럼 그 부주의한 사원은요?"

"사라져버렸어. 이건 다 회사에서 내려오는 소문이야. 알겠지?"

"그 말을 들으니까 안심이 되네요."

레지에게는 체스게임보다 위험할 것도 없어 보인다. 방어, 퇴각, 속임수. 물론 상대방이 예고도 없이 폭력적인 정신병자로 돌변하는 공원에서의 즉흥 게임이 아닐 때의 얘기겠지만.

"그게 편집증이든 뭐든 에릭은 아직도 푹 빠져 있어." 레지가 맥신에게 말한다. "이게 일종의 입사시험일 수 있다고 믿나봐. 한쪽 끝에 정말 아이스맨 본인이 있고, 에릭이 충분히 실력이 된다면, 그를 들여보내줄지도 모르지. 어쩌면 그에게 죽어라 달리라고 말해줘야 할지도 몰라."

"거기선 그렇게 채용을 한다고 들었어. 너도 그 얘길 하고 싶은 거겠지. 그런데 레지, 이 일에 시큰둥한 것처럼 들리는데."

"사실 네가 들은 건 서부해안 스타일이야. 이번 일과 관련해서 내가 뭘 하고 있는 건지 난 더이상 모르겠어."

어오. 직감이 발동한다. 물론 맥신이 상관할 바는 전혀 아니지만 그래도. "전처 때문이구나."

"늘 같은 블루스의 연속이지. 별거 아니야. 그녀와 그녀의 남편이 시애틀로 옮기는 문제로 티격태격하는 것 빼고는. 모르겠어. 그 남자는 기업의 잘나가는 거물인가 그래. 직장直腸의 불편함을 책임지고 있는 부사장이라나."

"아, 레지. 미안해. 옛날 연속극에서는 '시애틀 전근'이 중간에 등장인물을 뺄 때 쓰는 신호였어. 나는 늘 아마존, 마이크로소프트 같은 회사들을 연속극에서 잘린 인물들이 창업한 게 아닐까 생각했다니까.”

“이제 그레이시한테 작고 예쁜 알림 카드를 받는 일만 남았어. ‘야호! 우리 임신했어!’ 차라리 지금 당장 받는 게 나아, 안 그래? 더이상 마음 졸이지 않게.”

“괜찮겠어?”

“내 애들이 그의 자식이 된다는 섬뜩한 생각보다는 나아. 그건 생각만 해도 끔찍해. 정말이야. 그자가 빌어먹을 학대범일 수도 있잖아.”

“에이, 레지.”

“왜. 흔히 있는 일이야.”

“가족 프로그램을 너무 많이 봤네. 뇌에 안 좋아. 차라리 심야 만화를 봐.”

“그럼 나더러 어쩌라고?”

“쉽게 넘길 수 있는 일은 아니겠지, 아마도.”

“사실 좀더 나은 사전대책을 생각해보았어.”

“오 안돼, 레지. 너 설마⋯⋯”

“총 갖고 있냐고? 그 망할 놈을 총으로 갈긴다, 멋진 생각인데, 안 그래⋯⋯? 하지만 그러면 그레이시는 나와 절대로 다시는 말 안할 거야. 딸들도 그럴 거고.”

“음, 아마 그럴 테지.”

“낚아채기에 대해서도 생각해봤는데, 그럴 여건조차 안돼. 조만간 일을 해야 해. 사회보장번호와 함께 다시 거기에 매인 몸이 되는 거지. 내 남은 인생은 변호사들 손에 달렸어. 멍청한 친구가 딸들을 데려가서, 애들을 다시 보는 게 금지됐거든. 그래서 최근에 드는 생각은 내가 거기에 찾아가서 잘 놀아주면 어떨까 하는 거야."

"어 허 그런데…… 애들이 너를 기다리기는 한데?"

"일자리를 먼저 구하고 나서, 그런 다음에 모두를 놀라게 하는 거지. 나를 너무 나쁘게 생각하지 말아줘. 내가 무언가로부터 도망치는 놈처럼 보인다는 거 알아. 하지만 뉴욕이야말로 내가 정말 도망치고 싶은 곳이야. 이제 나와 내 아이들은 대륙 전체를 사이에 두게 생겼어. 너무 멀다고."

hwgaahwgh.com 같은 작은 스타트업 회사들을 조사할 때 관련된 모든 투자자를 살펴보는 것 또한 맥신이 습관적으로 하는 일이다. 누군가가 돈을 잃을 처지에 있다면, 구급차 배기가스 때문이든 뭐든 맥신을 고용하고 싶어할 가능성이 늘 있게 마련이다. hwgaahwgh와 관련해서 계속 등장하는 이름은 스트리트라이트 피플[10]이라는 명칭으로 사업을 하는 소호의 벤처투자사다. 「돈 스톱 빌리빙」에서처럼 맥신은 상상해본다. 물론 우연의 일치겠지만, 혹시 고객 명단 중에 해시슬링어즈도 있지 않을까 하고.

스트리트라이트 피플은 소호의 주요 쇼핑가에서 좀 떨어진 주철 전면의 옛 공장 공간에 위치해 있다. 이동식 방음벽, 칸막이, 카펫으로 오랫동안 차단해왔던 노동착취 시대 업보의 메아리들은 음산하지 않은 무해한 정적으로 사그라졌다. 주이 추가 맞춤제작한 니켈 도장 사무공간에는 알록달록한 형광 파랑, 노랑, 분홍 나

10 미국 록밴드 저니(Journey)의 1981년 노래 「Don't Stop Believing」 가사의 일부.

이팅게일 버디 의자들 사이에 이따금 오토 자프 디자인의 검은 가죽으로 된 임원용 의자가 놓여 있었다.

누가 물어본다면, 록웰 '로키' 슬래지엇은 오페라의 노랫말처럼 사업상의 매끄러움과 리듬을 얻은 대가로 이름 끝에 있는 모음을 잃었다고 설명할 것이다. 실제로 그는 그렇게 하면 좀더 앵글로색슨 이름처럼 들릴 것이라고 생각했다. 하지만 오늘의 맥신 같은 특별한 방문객들에게는 갑자기 태도를 백팔십도로 바꿔 일부러 꾸며낸 자기 언어 억양을 쓰는 것으로 유명했다.

"어이! 먹을 거 좀 줄까? 후추계란 생위지 어때?"

"고맙지만, 전 그저—"

"우리 엄마의 후추계란 생위지인데."

"글쎄요, 슬래지엇 씨. 어떤 경우냐에 따라 다르겠죠. 당신 어머니의 요리법대로 만든 샌드위치란 말인가요? 아니면, 원래 보관해야 할 냉장고 대신에 당신 어머니가 어떤 이유 때문인지 저 캐비닛에 넣어둔 그녀의 샌드위치라는 말인가요?" 손에게 감정치료를 받으면서 맥신은 '먹는 흉내'로 알려진 이국적인 아시아 기술을 배운 적이 있다. 그래서 그런 상황에 처할 경우 보기에는 진짜 같지만 거의 아무 독이나 들어 있을지 모르는 후추계란 샌드위치를 먹는 척하기만 하면 된다.

"됐어!" 그는 그것을 다시 손에 쥐고 실제로 부자연스럽게 망설이는 것처럼 보인다. "플라스틱이야!" 그러고는 그것을 책상서랍에 던져넣는다.

"아무래도 씹기에는 좀 딱딱하죠."

"유쾌한 친구네, 맥시. 그렇게 불러도 괜찮지, 맥시?"

"물론이죠. 내가 당신을 로키라고 안 불러도 된다면요?"

"맘대로 해. 서두를 필요 없어." 그가 갑자기 캐리 그랜트처럼 잠시 말을 멈춘다. 이건 뭐지? 맥신의 주변 어딘가에서, 오랫동안 사용하지 않은 안테나가 진동을 하며 감지하기 시작한다.

그가 전화기를 든다. "전화 끊지 마, 알겠어? 뭐라고? 나한테 말해…… 아니. 아니, 동반매각요청권이 딱 걸려 있네. 지분희석 방지장치인데, 해결할 수 있을 거야. 스퍼드를 만나서 물어봐." 전화를 끊고, 파일을 찾아 화면에 띄운다. "오케이. 최근에 파산한 hwgaahwgh.com에 관한 파일이야."

"누구를 위해서 일하고 있는 거죠? 일했었냐고 말해야 하나? 그들의 벤처투자사?"

"맞아, 그들의 시리즈 A[11]를 맡았지. 그 이후에 좀더 멋진 모습으로 발전시켜보려던 참이었고. 초기 단계는 너무 쉬웠어. 진짜 도전이 찾아온 건," 자판을 분주하게 두드리며 말한다. "분할발행채권을 구조화하고…… 회사의 가치를 평가하면서야. 픽이 지금 어디에 있느냐보다 앞으로 어디에 있을지를 따지는 웨인 그레츠키 법칙을 가지고 말이야.[12] 내 말 알아듣지?"

"과거에 어디 있었는지는 안 봐요?"

그는 눈을 가늘게 뜨고 화면을 보며 말한다. "아기가 응가하듯이 부지런하게 우리는 이렇게 매일 일지를 써서 모두 모아두었어. 인상이며 기대와 불안 등등…… 거래약관을 다시 모아놓고 보기까지 했다고. 청산잔여재산 분배우선권에 아주 까다로운 친구들이

---

11 창업자금 투자자들을 모집하는 첫번째 단계. 회사의 경영에 관여할 수 없는 우선주를 초기 투자자들에게 판매하는 것을 이른다.
12 캐나다의 스타 아이스하키 선수 출신 감독인 웨인 그레츠키의 말로서 스티브 잡스가 인용해서 더 유명해졌다.

었거든. 그래서 생각보다 며칠은 더 걸렸지. 결국에는 위험부담이 작은 1-X 배수로 끝냈어. 그런데…… 꼬치꼬치 캐묻고 싶지는 않지만, 이 일로 왜 우리를 주목하는 거지?"

"달갑지 않은 관심에 화났나요, 슬래지엇 씨?"

"우리는 더이상 악덕 사채업자가 아니야. 저기 선반 위를 봐봐."

그녀는 가리키는 쪽을 쳐다본다. "회사에…… 볼링팀이라도 있나봐요."

"업계에서 준 상들이야, 맥스. 1998년에 웰스 통지서[13]를 받고 난 뒤였나? 정신 차리는 계기가 되었지." 토크쇼에 나온 피해자처럼 진지하게 말한다. "우리는 모두 레이크조지로 가서 칩거하며, 서로 속마음을 나누고, 투표를 한 끝에, 우리의 행동을 쇄신했어. 이제는 다 과거의 일이야."

"축하해요. 도덕적 차원을 넓히는 데 항상 보탬이 될 거예요. 어쩌면 내가 찾은 이상한 숫자들을 살펴보는 데에도 도움이 될지 모르겠네요."

그녀는 그에게 해시슬링어즈의 벤퍼드 곡선과 다른 앞뒤가 맞지 않는 수치들을 보여준다. "이 수상한 지출의 수취인들 중에 가장 눈에 띄는 게 hwgaahwgh.com이에요. 이상한 점은 그 회사가 파산한 뒤에도 거기에 지불된 총액은 말도 안되게 훨씬 더 커져서, 어디론가 밖으로 사라지고 있는 것 같다는 거죠."

"빌어먹을 게이브리얼 아이스."

"방금 뭐라고 했죠?"

"그 친구에 관한 기록에 따르면 그는 올트먼-Z 공식에 대입했

---

13 미국 증권거래위원회에서 증권거래법을 위반한 정황이 있는 개인 또는 기업에게 보내는 강제집행 통지서.

을 때 수치가 단기간 내에 떨어질 것으로 보이는 스타트업 회사들의 전체 주식에서 약 5퍼센트 미만씩을 사들인 다음, 그것을 눈에 안 띄게 운용할 수 있는 자금의 실탄으로 사용해. hwgaahwgh는 그중 하나인 것 같고. 어디로 가져가려고, 그리고 무엇을 위해 그러는 거지, 응?"

"알아보는 중이에요."

"괜찮다면, 누구의 부탁으로 이 일에 끼게 되었는지 물어도 될까?"

"엮이고 싶어하지 않는 누군가죠. 그런데 당신의 고객명단을 보니까 당신도 게이브리얼 아이스와 거래를 하고 있던데."

"나하고 직접 하는 건 아냐. 잠시라도 그런 적 없어."

"아이스와 사교적인 자리에서도 전혀 말도 안 나눈다고요? 저 사람하고도……?" 로키의 책상 위에 있는 사진 액자를 머리로 가리킨다.

"코닐리아야." 로키가 고개를 끄덕인다.

맥신은 사진을 향해 가볍게 손을 흔든다. "처음 뵙겠습니다. 처음 뵙는 것 맞죠?"

"보다시피 미인일 뿐 아니라 옛날 스타일의 우아한 안주인이지. 어떤 사교적인 도전도 감당해낼 수 있는."

"게이브리얼 아이스, 그는…… 상대하기 힘든가요?"

"그래, 함께 저녁식사를 하러 간 적이 한번 있었어. 두번이었던 것도 같네. 이스트사이드의 레스토랑이었는데, 웨이터가 송로버섯과 강판을 들고 와서 그만하라고 할 때까지 음식 위에 갈아주는 데였어. 빈티지 샴페인 등등도 나오고. 게이브리얼에게는 언제나 가격이 중요해…… 지난여름 햄프턴에서 만난 이후로는 그들을 본

적이 없어.”

“햄프턴이라고요. 그럼 그렇지.” 그곳은 미국의 돈 많고 유명한 사람들의 값비싼 투자처이자 여름별장지, 그리고 여피를 선망하는 사람들이 휴가철마다 대거 유입되는 곳이다. 조만간 맥신은 유통기한이 이미 한참 지난 병적인 햄프턴의 환상을 필요로 하는 누군가를 아무도 눈치 못 채게 뒤쫓는 데 업무의 반을 할애할 터이다.

“오히려 몬탁에 가깝지. 심지어 해안가도 아니고, 뒤쪽 숲.”

“그럼 당신이 다니는 쪽은……”

“가끔씩 건너갔어. IGA 슈퍼마켓에 두어번, 블루 패럿에 들러 엔칠라다를 먹었고. 그런데 아이스네 가족은 요즘 다른 쪽으로 다니고 있어.”

“적어도 퍼더 레인[14]으로 갔을 걸로 생각했겠죠.”

어깨를 으쓱하며 말한다. “내 아내가 말하기를, 싸우스포크에서도 아이스처럼 돈을 번 사람들에 대해 여전히 거부감이 있대. 모래 위에 집을 지으려면 필요한 게 한가지 있다나. 모든 사람이 진짜라고 믿지 않는 돈으로 지불할 수 있는 다른 무엇 말이야.”

“『역경易經』에 나오는 말 같네요.”

“그녀는 알아챈 거지.” 이렇게 말하고는 다시 살짝 짓궂은 표정을 짓는다.

어, 허. “보트. 보트는요? 보트 한척쯤은 갖고 있지 않을까요?”

“아마 빌렸겠지.”

“원양항해용이요?”

“내가 모비 딕인 줄 알아? 그렇게 궁금하면 직접 가서 봐.”

---

14 햄프턴에서도 가장 부유한 이스트햄프턴의 거주지.

"그래, 좋아요. 그럼 교통비는 누가 내죠? 일일 경비는? 내 말 알 아듣겠어요?"

"뭐라고? 요행을 바라고 이 일을 하는 거였어?"

"여기까지 오는 데 든 지하철 요금 1달러 50센트 정도는 내가 부 담할 수 있어요. 하지만 그 이상은⋯⋯"

"그거라면 아무 문제 없어." 그러더니 바로 전화기를 든다. "루 피타, 내 사랑,[15] 수표 한장 끊어줄 수 있을까? 얼마짜리냐면⋯⋯ 어," 맥신을 향해 눈썹을 치키자, 맥신은 어깨를 으쓱하며 손가락 다섯개를 펴 보인다. "미국 달러로 오천, 그리고 수취인은—"

"백," 맥신이 한숨을 쉬며 말한다. "오백이면 돼요. 어머나, 그래 도 감동했어요. 착수비로는 그걸로 충분해요. 그러다 다음번 청구 서에서는 도널드 트럼프가 되겠네, 그죠?"

"그냥 도와주려는 것뿐이야. 통이 큰 남자인 게 내 잘못은 아니 잖아, 안 그래? 적어도 점심식사는 사게 해줘."

그녀는 그의 얼굴을 몰래 쳐다본다. 아니나 다를까, 캐리 그랜 트 특유의 환한 미소, 관심 있어하는 웃음을 짓고 있다. 아! 잉그 리드 버그먼, 그레이스 켈리 같으면 어떻게 했을까? "잘 모르겠어 요⋯⋯" 사실, 그녀는 잘 알고 있다. 머리에 앞으로 빨리감기 기능 이 내장되어 있어서 지금부터 하루이틀 뒤에 거울을 들여다보고 있는 자신을 정확하게 찾아낼 수 있다. '이런 젠장, 무슨 생각이었 니?' 그런데 바로 이 순간에는 아무 신호도 뜨지 않는다. 음. 아마 점심 정도는 괜찮아서 그런 거겠지.

그들은 모퉁이를 돌아, 저갯[16]에서 극찬을 받은 것으로 맥신이

15 (이) mi amor.
16 뉴욕의 맛집 평가로 유명한 저갯 서베이(Zagat Survey)의 준 말.

기억하는 엔리꼬 이탤리언 키친으로 가서 자리를 잡는다. 맥신은 여자화장실에 다녀오는 길에, 정확하게는 화장실에서 나오려던 참에, 로키와 웨이터가 서로 말다툼하는 소리를 듣는다. "아니," 로키가 상대방을 기분 나쁘게 약 올리는 듯한 말투로 소리친다. 맥신이 어떤 아이들에게서도 본 적이 있는 태도다. "'파스-타 에 파-지올-리' 말고. 내가 파스타 파줄이라고 말한 것 같은데."

"손님, 메뉴판을 보시면, 분명하게 철자가 적혀 있습니다." 그러고는 친절하게 철자 하나하나를 손가락으로 가리킨다. "'파스타, 에, 파지올리'?"

로키는 웨이터의 손가락을 쳐다보며 그것을 어떻게 없애는 게 가장 좋을지 마음을 정한 사람의 표정을 짓는다. "내가 합리적인 사람이 아닌가? 물론 합리적이고말고. 자, 그럼 여기서 고전적인 예를 들어볼까. 얘야, 대답해봐. 딘 마틴이 '별들이 당신을 마치 파스타 에 파지올리처럼 치음 흘리게 할 때'[17]라고 부른다고? 아냐, 아냐. 그가 뭐라고 노래하냐면——"

맥신은 조용히 앉아서 자신의 눈 깜빡이는 속도에 집중한다. 로키는 결코 낮지 않은 목소리로 음정을 맞춰 딘 마틴의 흉내를 낸다. 그러자 레스토랑 주인 마르꼬가 주방에서 머리를 내민다. "오, 자네군. 무슨 말이야?[18]"

"이 새로 온 친구한테 설명 좀 해주겠어?"

"자네를 귀찮게 해? 오분만 기다려. 소라껍데기하고 같이 쓰레

---

17 미국 발라드 가수 딘 마틴이 1953년에 발표한 「댓츠 아모레」(That's Amore)의 가사를 웨이터의 말대로 바꿔 비꼰 것. 원래 가사는 '파줄(fazool)처럼 침 흘리게 (drool)'이다.

18 (이) Che si dice?

기통에 처넣을 테니."

"이 친구를 위해 메뉴판 철자를 바꾸기만 하면 돼."

"확실해? 그러려면 컴퓨터를 켜야 되는데. 그것보다는 그냥 두들겨패는 게 더 쉽겠어."

「소프라노」[19] 두 에피소드에 출연한 적이 있는 웨이터는 이것이 실제 상황임을 깨닫고는 옆에 서서, 너무 심하게 눈알을 굴리지 않으려고 애쓴다.

맥신은 결국 닭 간을 곁들인 가정식 스뜨로짜쁘레띠 파스타를 고르고, 로키는 오소부꼬를 시킨다. "이봐, 와인은 어떤 게 있지?"

"71년산 띠그나넬로는 어떠세요? 그게 아니면 환담을 나누며 가볍게 마실 수 있는 네로 다볼라는요? 작은 잔 괜찮으세요?"

"내 마음을 읽었군." 웨이터가 첫번째로 제안한 값비싼 또스까나 와인에 딱히 아차 한 것은 아니지만, 그래도 순간 그의 눈빛이 번득인다. 맥신이 부추기고 싶어하는 눈빛이다. 그런데 왜 또?

로키의 휴대폰이 울린다. 벨소리는 맥신도 아는 「우나 푸르띠바 라그리마」[20]다. "자기 내 말 들어봐, 문제가 생겼어— 잠깐…… 젠장. 나 지금 로봇하고 얘기하는 거지, 응? 또 그런다. 그래서! 아줌! 어쩌다 그렇게 됐어? 언제부터 로봇이었던 거냐고…… 당신은 절대 유대인일 리가 없어. 맞아, 열세살 때 부모님이 로봇 성인식 해주셨지?"

맥신은 천장을 훑어본다. "슬래지엇 씨. 뭐 물어봐도 될까요? 직업적인 궁금증 때문인데— 해시슬링어즈의 착수금 말이에요, 누

---

19 The Sopranos. 미국 뉴저지주의 이딸리아 마피아 이야기를 다룬 범죄드라마.
20 Una furtiva lagrima. 오페라 「사랑의 묘약」에 나오는 아리아. '남몰래 흐르는 눈물'이라는 뜻.

가 처음에 그걸 제공했는지 혹시 아세요?"

"당시에 투기가 활발했었지." 로키가 기억을 떠올린다. "의심이 가는 쪽은 그레이록, 플래티론, 유니언스퀘어이기는 한데, 실제로는 아무도 몰라. 거대한 흑막이야. 그 사실을 조용히 숨길 수 있는 능력을 가진 누군가가 뒤에 있었을 수 있어. 은행 중 하나일지도 모르고. 왜?"

"범위를 좁혀보려고요. 창업투자금이라면, 중앙냉난방이 되는 썬벨트[21] 대저택에 사는 괴짜 우익? 아니면 좀더 조직적인 악의 세력?"

"잠깐. 내 아내가 늘 하는 말로, 무엇을 암시하려고 시도하는 거지?"

"당신 쪽 사람들," 맥신이 무표정한 얼굴로 말을 이어간다. "그리고 당신이 오랫동안 관계해온 공화당 사람들과 같이……"

"내 쪽 사람들이라면 아주 옛날 얘기인데. 러키 루치아노,[22] OSS,[23] 제발 잊어줘."

"물론 인종적인 모욕을 의도한 건 절대 아니에요."

"론지 즈월먼[24]이라도 데려와? 자, 스트리트라이트 피플에 온 것을 환영해." 그러고는 술잔을 들어 그녀의 잔에 가볍게 부딪힌다.

그녀가 굉장한 농담감이라도 되는 양, 맥신은 지갑 안에서 아직 현금으로 바꾸지 않은 수표가 자신을 보고 웃는 소리가 들린다.

한편 네로 다볼라는 맛이 결코 나쁘지 않다. 맥신은 상냥하게 고개를 끄덕인다. "다음 청구서를 보낼 때까지 기다려보죠."

---

21 연중 날씨가 따뜻한 미국 남부 및 남서부 지역.

22 Charles 'Lucky' Luciano(1897~1962). 초기 미국 마피아 조직을 이끌었던 이딸리아 태생의 갱스터.

23 미국 CIA의 전신으로 2차대전 중에 창설된 The Office of Strategic Services.

24 Abner 'Longie' Zwillman(1904~59). '뉴저지의 알 카포네'로 알려진 갱스터.

7

어느날 저녁 맥신은 탐내는 사람은 많으나 정체가 불분명한 딥아처 응용프로그램을 보러 마침내 바이어바의 집으로 향한다. 데리고 간 오티스는 피오나와 함께 곧바로 피오나의 방으로 사라지는데, 그 이유는 방을 가득 채운 비니 베이비 외에도 오티스가 이상하리만치 흥미를 느끼는 멜라니스 몰이 있기 때문이다. 멜라니는 옷, 화장품, 미용도구, 그리고 그밖의 다른 필수품을 살 때 쓰는 골드 신용카드를 가진 실물 절반 크기의 바비 인형이다. 그런데 오티스와 피오나가 그녀에게 부여한 숨겨진 정체는 그보다 좀더 은밀해서 의상을 빠르게 갈아입어야만 한다. 몰에는 분수대, 피자 가게, 현금자동입출금기, 그리고 총격전 시나리오에 쓸모가 있는 가장 중요한 에스컬레이터가 있다. 오티스는 교외 소녀의 전원에 수많은 4.5인치 액션 피겨를 끌어들인다. 그중 상당수는 베지터 왕자, 손오공, 손오반, 자봉 등이 포함된 만화 「드래곤볼 Z」의 캐릭터들이다. 시나리오는 급습, 테러리스트의 한바탕 상점 싹쓸이, 그리고 여피 교란에 초점을 맞추는 경향이 있는데, 각각의 사건은 망토와 탄띠를 착용한 피오나의 분신이자 몰과 이름이 같은 멜라니의 두 손으로 몰 전체를 초토화하는 것으로 끝이 난다. 이름 없는 플라스틱 시체들이 분해된 채 사방에 널려 있고 격렬한 상상 속에서 화염으로 뒤덮인 폐허의 한가운데에서, 오티스와 피오나는 에피소드가 하나씩 끝날 때마다 하이파이브를 하고 멜라니스 몰의 시엠송 "끝내줘요, 멜라니스 몰!"을 부른다.

이날 저녁 약간 늦은 시각에 트라이베카에 사는 저스틴의 동업자 루커스가 모습을 드러낸다. 그는 최근 악명이 높은 트레인 렉이라는 마리화나를 구하려고 브루클린의 절반을 누비며 그의 마약 거래상을 뒤쫓던 중이었다. 맥신은 그가 입은 야광 녹색 티셔츠에 박힌 UTSL을 처음에는 LUST 혹은 SLUT의 철자가 바뀐 것으로 생각하다가 나중에 "소스를 사용해, 루크"[1]를 뜻하는 유닉스 은어임을 알게 된다.

"바이어바가 딥아처에 대해 뭐라고 얘기했는지 모르겠지만," 저스틴이 말한다. "아직 초기 단계예요. 그러니까 중간중간 어색하더라도 놀라지 마요."

"미리 말해둘게요. 난 이런 것에 별로 재주가 없어요. 그래서 우리 애들을 화나게 하죠. 애들하고 「슈퍼마리오」 게임을 하는데 작은 굼바들이 뛰어오르더니 나를 짓밟더라고요."

"이건 게임이 아니에요." 루커스가 그녀에게 알려준다.

---

1 Use The Source, Luke. 영화 「스타워즈」에 나오는 오비완의 명대사 "Use the force, Luke"를 익살스럽게 차용한 것으로, 유닉스 컴퓨터 운영체제에서 코드의 기능을 알려면 먼저 소스코드를 찾으라는 뜻으로 쓰였다.

"게임 분야의 선구자들을 포함하고 있기는 해요." 저스틴이 참고 삼아 말을 보탠다. "80년대에 온라인에 등장하기 시작한 머드게임 같은 것들이요. 대부분 텍스트 기반이었죠. 루커스와 나는 성인이 되어 VRML[2]을 맞이하면서, 우리가 원하는 그래픽들을 구현할 수 있다는 것을 깨닫게 되었어요. 그게 우리가, 혹은 루커스가 했던 일이에요."

"프레이밍만 했죠." 루커스가 점잖게 말한다. "분명하게 영향을 받은 것은 「아키라」의 네오 도쿄, 「공각기동대」, 히데오[3]가 만든 「메탈기어 솔리드」예요. 그는 우리 분야에서 신과 같은 존재죠."

"안으로 들어갈수록, 한 노드[4]에서 다음번 노드로 넘어갈 때마다, 지금 내가 보고 있다고 생각하는 영상들이 전세계의 유저들에 의해 계속해서 만들어지죠. 모두 다 공짜예요. 해커들의 윤리죠. 각자 자신들의 몫을 하고, 그런 다음에는 흔적 없이 사라져요. 환상의 베일을 늘려가면서요. 아바타가 뭔지 알죠?"

"그럼요. 한때 처방을 받은 적도 있어요. 그걸 먹으면, 왜 그런지 모르겠지만, 항상 속이 좀 메스꺼워요."

"가상현실에서," 루커스의 설명이 시작된다. "아바타는 자신을 나타내기 위해 쓰는 3D 이미지예요—"

"뭐, 사실 게이머들이야 늘 집에만 있잖아요. 그런데 누구한테 들었는데, 힌두교에서 아바타는 화신化身을 의미한대요. 그럼 화면의 이쪽에서 가상현실로 넘어가면 죽었다가 다시 육신을 얻어 환생한다는 건지 늘 궁금했어요. 무슨 말인지 알죠?"

---

2 Virtual Reality Modeling Language(가상현실 모델링 언어)의 약자.
3 小島秀夫(1963~). 잠입액션 게임 장르를 창조한 일본의 게임 개발자.
4 네트워크상의 연결 지점.

"코드예요." 저스틴이 약간 당황한 눈치다. "차가운 피자와 뜨듯한 졸트 콜라에 밤을 꼴딱 새우며 우리 두 컴퓨터광은 생각을 코드로 작성했죠. 정확하게 VRML은 아니지만 거기에서 파생된 무언가로요. 그게 전부예요."

"둘 다 형이상학에는 약해." 바이어바가 맥신을 향해 즐거워하는 기색이 눈에 띄게 부족한 미소를 짓는다. 이런 장면을 많이 봐온 게 분명하다.

저스틴과 루커스는 스탠퍼드에서 처음 만났다. 그 당시에는 컴퓨터과학과가 속해 있고 마지널 핵스라는 애칭으로 알려진 마거릿 잭스 홀의 좁은 반경 내에서 계속 마주치던 사이였다. 그들은 기말고사 주간을 매번 동병상련의 마음으로 함께 버텼고, 졸업할 무렵에는 이미 쌘드힐 로드를 몇주 동안 순례자처럼 위아래로 훑고 다니며, 머지않아 전설이 될 거리에 늘어선 벤처투자사의 문을 두드리고, 재미로 논쟁을 벌이고, 면접 불안에 떨고, 혹은, 선종불교의 가르침대로 살기로 마음먹고 그 시절에 일반적이었던 교통 체증에 갇힌 차 안에서 초목을 찬양했다. 어느날 그들은 길을 잘못 들어 매년 열리는 쌘드힐 어린이용 조립자동차 경주대회에 갇히고 말았다. 길가에는 건초더미와 다섯 자릿수 초반에 육박하는 관중들이 늘어서 있었다. 사람들은 오직 지구 중력의 힘만으로 움직인다는, 집에서 만든 경주용 차들이 거리를 가득 메운 채 저 멀리 스탠퍼드 타워를 향해 최고 속도로 질주해 내려가는 광경을 지켜보았다.

"50년대 우주선처럼 생긴 차를 타고 가는 저기 저 애 좀 봐." 저스틴이 말했다.

"애가 아닌데." 루커스가 말했다.

"알아. 저거 이언 롱스푼 그 친구 아니야? 지난주에 같이 점심식사를 했던 벤처투자가 말이야. 페르네뜨 브랑까[5]에 진저에일을 연달아 마셨잖아." 유감스러운 점심 약속 중 하나였다. 십중팔구 팰로앨토의 가든코트 호텔에 있는 일 포르나이오였을 텐데, 두 사람다 기억이 잘 나지 않는다. 모두 고주망태가 되었기 때문이다. 모임이 끝날 때쯤 롱스푼은 실제로 수표를 쓰기 시작했다. 그런데 영을 쓰는 것을 도저히 멈출 수 없었는지 수표 가장자리를 벗어나 식탁보에까지 적게 되었고, 이내 벤처투자가는 쿵 소리와 함께 식탁에 머리를 박고 잠이 들었다.

루커스는 슬그머니 수표책에 손을 뻗다가 출구로 향하는 저스틴을 보았다. "야, 잠깐. 누가 이걸 현금으로 바꿀지도 모르잖아. 지금 어디 가는 거야?"

"그가 잠에서 깨면 무슨 일이 일어날지 알잖아. 형편도 안되는데 꼼짝없이 점심값을 내게 생겼다고."

그다음은 그렇게 품위 있는 순간이 아니었다. 웨이터들이 옷깃에 단 작은 마이크에 대고 긴급하게 소리 지르기 시작했다. 그들이 레스토랑에 들어올 때 먼 테이블에서 그들을 유심히 훑어보던 바닷가 햇볕에 그을린 섹시한 여자들이 얼굴을 찌푸리며 고개를 돌렸다. 공격적인 보조웨이터들은 그들이 급히 지나가자 먹다 남긴 수프를 그들에게 끼얹었다. 그러고는 주차장에서 씩씩거리며, 저스틴이 운전하는 차를 저지할까 잠시 생각하다 그냥 침을 뱉고 말았다.

"이만하기를 천만다행이야." 그들이 안전하게 280번 도로에 다

---

5 샌프란시스코에서 많이 마시는 칵테일용 이딸리아산 리큐어.

시 들어서자 루커스가 입을 열었다.

"이언이 기분 나빠할 텐데."

그런데 지금 그가 이곳 조립자동차 경주대회에 모습을 드러낸 것이다. 그의 기분이 어땠는지 알아낼 절호의 기회였다. 그런데도 두 동업자는 계기판 뒤에서 계속 몸을 수그리고만 있었다. 느낌이 안 좋았다. 하지만 그때까지도 그들은 뉴욕에서 자금 투자자를 만나지 못한 상태였다.

맥신은 충분히 상상이 간다. 90년대에 실리콘앨리에는 사기조사관들이 할 일이 차고 넘쳤다. 시중에 도는 돈은 특히 1995년 무렵 이후에는 휘청거리던 터여서, 특히 급여대상자 명단의 전산화를 도둑질 허가증과 자주 혼동하던 인사 간부들을 비롯해 사기꾼 집단들이 그 돈의 일부를 쫓아다니지 않을 리 만무했다. 이러한 사기꾼 세대는 가끔씩 IT 기술에서 모자라는 만큼을 사회공학 분야에서 만회했고, 남의 말을 잘 믿는 모험적인 컴퓨터 사업가들이 거기에 속아넘어갔다. 그러나 가끔은 속고 속이는 쪽 사이의 경계가 무너졌다. 주로 정신 나간 사람들이 관심을 갖는 몇몇 스타트업 회사의 주식평가를 고려해보면 그 둘 사이에 별 차이가 없으리라는 점을 맥신은 알아차리지 않을 수 없었다. 언젠가 나타날 '네트워크 효과'의 신뢰에 따라 좌우되는 사업계획은 폰지 사기[6]로 알려진 그림의 떡 수법과 얼마나 다른가? 목격자들에 따르면, 탐욕 때문에 업계 전체에서 두려워하는 벤처투자가들이 기업홍보 시간에야 열린 지갑과 번들거리는 눈빛으로 모습을 드러내서는, 컴퓨터

---

6 신규 투자자를 모집해 기존 투자자에게 이자나 배당금을 지급하는 방식의 다단계 금융사기. 1920년대 미국에서 찰스 폰지(Charles Ponzi)가 벌인 사기행각에서 유래되었다.

광들이 제작한, 흘러간 노래들을 짜깁기한 사운드트랙과 잠재의식 메시지가 담긴 비디오에 압도되어 닌텐도64를 켠 스피드게임광들보다 버튼을 더 많이 눌렀다. 여기서 누가 덜 순진한 것일까?

저스틴과 루커스의 정신에 악성코드가 없는지 스캔을 마친 맥신은 IT 붐 이후부터 거의 완벽에 가까워진, 컴퓨터광들의 세계에 대한 자신의 지식을 바탕으로, 그 두 동업자는 당시의 느슨해진 정의에 비춰보더라도 정당하고, 심지어 순진할지도 모른다는 결론에 이르렀다. 진짜 컴퓨터광들의 본산지인 캘리포니아라면 그럴 수 있었다. 반면에 이곳 동부해안에서 만나게 되는 자들은 모두 무엇이 시장에서 통하고 통하지 않는지를 재면서 가장 최근의 기막힌 아이디어를 베끼려고 드는 정장 차림의 사람들이다. 서부에서 뉴욕으로 사업을 옮기고 싶어할 만큼 모험적인 사람이라면 맥신의 경고를 들어야 한다. 그녀가 나고 자란 곳의 다양한 절도 수법에 대해 자신이 알고 있는 것을 공유하지 않는다면 전문가답지 못한 일일 것이다. 그래서 그녀는 이 친구들과의 관계에서 도움을 주는 원주민과 좀더 못된 변종, 즉 그녀 자신도 언젠가 그렇게 될지도 모른다는 두려움 속에 살고 있는, 공짜로 충고를 마구 퍼주면서 숟가락을 흔들며 투덜대는, 지역에서는 유대인 엄마로 불리는 존재 사이를 계속 오락가락했다.

그런데 나중에 알고 보니 전혀 걱정할 게 없다. 루커스와 저스틴은 사실 맥신이 상상했던 걸스카우트 유형보다 더 영리한 친구들이다. 산업 캠퍼스로 제멋대로 대체된 오렌지 과수원, 실리콘밸리의 어딘가에서 그들은 뉴욕과 비교했을 때의 캘리포니아에 대해 공동의 깨달음을 얻기에 이르렀다. 바이어바는 깨달음보다는 공동에 더 무게를 두는 편이지만,[7] 그것은 과다한 햇빛, 자기기만, 나태와 관련이 있었다. 그들은 동부에서는 콘텐츠가 왕이어서, 누가 함부로 훔쳐다가 영화대본으로 만들지 못한다는 소문을 들었다. 그들이 필요하다고 생각한 것은 때로는 여름이 실제로 끝나고 나면 규율이 일상 조건으로 주어지는, 봐주는 게 없는 엄격한 직장이었다. 앨리가 밸리만큼이나 정신병동에 가깝다는 진실을 깨닫게 될 무렵, 그들은 다시 돌아가기에는 너무 늦어버렸다.

착수금 겸 창업 투자금뿐 아니라 시리즈 A 자금을 유서 깊은 쌘드힐 로드의 회사 '부어히스, 크루거'로부터 용케 끌어낸 뒤, 두 청년은 역사의 유령이 출몰하는 구세계로 위험을 무릅쓰고 뛰어든 한 세기 전의 미국 풋내기들처럼 지체 없이 필요한 만큼 동부를 오가며, 플랫아이언 빌딩과 이스트빌리지 사이의 그 당시에도 여전히 매혹적이었던 지역에서 현금을 환영하는 어느 웹사이트 개발자가 빌린 사무실 두칸을 재임대해 1997년 초 무렵에 사무실을 차렸다. 콘텐츠가 여전히 왕이었지만, 그들은 그럼에도 불구하고 숨겨진 가부장적 의미를 집중적으로 익히며, 너드 왕자들의 어두운 왕조사를 끈질기게 파고들었다. 얼마 지나지 않아 그들은 업계의 저널, 가십 사이트, 코트니 풀리처의 저녁 사교모임에 얼굴을 내밀었고, 버려진 지하철 노선의 유령 정류장을 개조한 술집에서 새벽 4시에 깔리모초[8]를 마시며, 싼값에 영업하는 리투아니아 출신의 치과교정 의사들이 도시 외곽에서 시술하는 맞춤제작 송곳니처럼 죽지 않은 기표들을 좋아하는 패션 감각의 여자들과 수다를 떨었다.

"그래서요……" 보기에 나쁘지 않은 젊은 여자가 손바닥을 펼치

---

7 'joint'가 '공동의' 외에 '마리화나'를 가리키기도 해서 하는 말이다.
8 레드와인과 콜라를 섞은 칵테일.

며 말한다. "여긴 따뜻하고 친절해요, 그죠?"

"이야기를 듣고 보니 그러네요." 루커스가 고개를 끄덕이며 다정한 눈빛으로 그녀의 가슴을 쳐다본다.

"한때 캘리포니아에 있었어요. 이건 꼭 말해야겠어요. 거기서는 사람들이 서로 안녕 하고 다니는 분위기일 것 같죠? 충격이었어요. 권위적이고 의심 많기란? 말도 마요. 이곳 앨리에서는 아무도 머린⁹의 사람들처럼 상대방을 얕보지 않아요. 아, 미안해요, 부자는 아니죠?"

"오, 절대 아니에요." 루커스가 키득거린다. "우리도 신물나요."

첨단산업 시장이 바닥으로 추락하기 시작할 무렵, 저스틴과 바이어바는 캘리포니아로 돌아가 쌘타크루즈 카운티에 집 한채와 약간의 토지를 사들일 계약금을 넉넉히 비축해둔 상태였고, 그외에도 모아둔 게 침대 밑에 조금 더 있었다. 반면에 국내와 관련이 적은 곳들에 돈을 투자하고, 신규상장 주식들을 만지작거리고, 소시오패스 같은 주식투자 상담사들만 이해할 수 있는 이상한 기계들의 주식을 사들여온 루커스는 첨단산업 주식의 열기가 꺼지자 더 세게 타격을 입었다. 사람들은 곧바로 그의 행방을 때로는 무례할 정도로 수소문하고 다녔고, 바이어바와 저스틴은 달갑지 않은 관심을 피하기 위해 자신들도 모르게 바보 행세를 했다.

"자, 그럼." 루커스는 맥신을 이끌고 나선형 계단으로 올라가 저스틴의 작업실로 향한다. 작업실에는 모니터, 키보드, 낱개로 된 디스크, 프린터, 케이블, 집Zip 드라이브, 모뎀, 공유기 들이 정신없이 어수선하게 널려 있고, 눈에 띄는 책이라고는 CRC 매뉴얼과

---

9 캘리포니아의 카운티 중 하나로 미국 전체에서도 손꼽히는 부촌이다.

캐멀 북[10] 그리고 만화책 몇권이 전부다. 그리고 맥신이 똑같은 셀을 습관적으로 찾아봤지만 하나도 찾지 못한 십육진법 숫자 무늬의 맞춤제작 벽지, 대부분 「베이워치」에 출연할 당시에 나온 카먼 일렉트라의 포스터, 그리고 구석에는 바이어바가 언제나 인솜니액[11]이라고 부르는 거대한 크기의 이소막 증기식 에스프레소 머신이 있다.

"딥아처 센트럴입니다." 루커스가 '소개합니다' 하는 팔 동작을 취하며 말한다.

그들의 선견지명에 놀라지 않을 수 없는 것이, 원래 두 친구는 매우 다양한 현실세계의 불안으로부터 도망칠 가상의 안식처를 만들려고 생각했었다. 괴로워하는 사람들을 위한 대형 모텔, 키보드만 있으면 어디에서든 가상의 심야특급열차를 타고 닿을 수 있는 종착역 같은. 창조적인 차별점이 분명 있었는데도, 이상하게 인정을 받지 못했다. 저스틴은 시간을 거슬러 과거로, 결코 존재한 적 없는 캘리포니아, 누가 낭만적 석양을 보고 싶어하지만 않는다면 실제로 태양이 전혀 지지 않는, 언제나 햇볕이 내리쬐고 안전한 캘리포니아로 돌아가고 싶었다. 루커스는 말하자면 조금은 더 어두운 어떤 곳, 비가 많이 내리고 거대한 침묵이 파괴적인 힘을 속에 품은 채 바람처럼 휩쓸고 다니는 어딘가를 찾고 있었다.

"와, 시네라마[12]가 따로 없네."

"멋지지, 응?" 바이어바가 대형 17인치 LCD 모니터를 켠다. "완

---

10 표지에 낙타가 그려져 있어서 흔히 캐멀 북으로 통하는 프로그래밍 서적 *Programming Perl*을 말한다.

11 Insomniac. '불면증 환자'라는 뜻.

12 영사기 세대를 이용해 거대한 곡선 스크린에 영상을 투사하는 장치.

전 새거야. 소매가로 약 1000달러인데 싸게 주고 샀어."

"같은 편이 다 됐네." 순간 맥신은 이 친구들이 어떻게 돈을 버는지 자신은 전혀 모르고 있다는 것을 깨닫는다.

저스틴이 작업대로 가서 키보드 앞에 앉아 두드리기 시작하는 동안, 루커스는 마리화나 두대를 만다. 곧이어 원격으로 조종되는 블라인드 널이 세속적인 도시를 가린다. 이어서 조명이 어두워지고 화면이 켜진다. "자기도 하고 싶으면 저쪽의 다른 키보드를 쓰면 돼." 바이어바가 말한다.

시작 화면이 보인다. 음영 조절이 가능한 256색 일광 모니터에 제목이나 음악은 전혀 없다. 은색 핀으로 긴 머리를 뒤로 묶어서 여자인지 남자인지 구분이 안되는 검은 옷의 키 큰 형체, '디 아처'가 거대한 심연의 가장자리로 향하고 있다. 저 멀리 햇빛이 비치는 표층 세계의 모습, 곧 거친 황야, 농지, 교외, 고속도로, 안개 낀 도시의 탑 들이 인위적인 원근법에 따라 뒤편의 길 너머로 멀어진다. 나머지 화면은 심연이 차지한다. 그것은 결코 부재가 아니라, 어떤 빛이든 빛이 발명되기 이전의 빛으로 고동치는 어둠이다. 아처는 가장자리에 균형을 잡고 서서 활시위를 완전히 당긴 다음, 아직 창조되지 않은 무궁한 세계로 가파르게 활을 겨누며 기다린다. 고개를 슬쩍 돌렸을 때 뒤에서 보이는 그의 얼굴은 신중하면서 무심하다. 가벼운 바람이 풀과 덤불을 스친다. "우리가 너무 싸게 해서 생동감 있게 만드는 데에는 별로 신경 쓰지 않은 것 같네." 저스틴이 평을 한다. "그래도 자세히 보면 머리카락이 움직이는 것도 볼 수 있어요. 내 생각에는 눈도 한번 깜박였어요. 하지만 계속 지켜봐야 보이죠. 우리가 원한 건 고요함이지 마비는 아니었는데." 프로그램의 로딩이 끝나자, 메인 화면이나 배경음악 없이, 효과음만 점점 더 커진다. 맥신이 기차역이나 버스 터미널, 공항에서 수없이 들어본 소리이다. 그리고 찰나이기는 하지만, 엑스 자로 부드럽게 나타나는 내부의 이미지는 지기와 그의 친구들이 자주 이용하는 게임 플랫폼에서 보았던 것들에 비해 세부적인 면에서 훨씬 앞서 있고, 기존의 기본적인 비디오게임의 갈색을 넘어 이른 아침의 총천연색 스펙트럼으로 확 살아나고, 그래픽의 다각형은 연속되는 곡선들 외에는 모두 렌더링, 모델링, 음영, 블렌딩과 블러가 세련되게 처리되어서, 천재의 솜씨라고 할 수 있을 정도다. 어쨌든 「파이널 판타지 X」[13] 만들기는 아이들의 '에치 어 스케치'[14]처럼 보인다. 그것은 액자에 담긴 자각몽처럼 다가와 맥신을 감싼다. 그러자 이상하게도 아무 혼란 없이 그녀는 받아들인다.

표지판에 '딥아처 라운지'라고 쓰여 있다. 거기서 기다리고 있는 승객들은 실제 얼굴을 갖고 있다. 그중 몇몇은 맥신이 첫눈에 알고 있다고, 혹은 알 수밖에 없다고 생각하는 얼굴들이다.

"만나서 반가워요, 맥신. 잠시 우리와 함께 있을 거죠?"

"모르겠어요. 그런데 누가 내 이름을 말해주었나요?"

"어서 주위를 둘러봐요. 커서를 이용해서 원하는 곳을 다 클릭해봐요."

이것이 여행을 하면서 차를 갈아타는 미션이라면, 그녀는 계속해서 놓친다. '출발'은 끝없이 지연된다. 보아하니 셔틀차량처럼 생긴 것에 올라타야 하는가보다. 처음에는 차가 떠나버릴 때까지도 그것이 언제든 출발할 준비가 되어 있다는 사실을 전혀 눈치채지 못한

---

13 유명 비디오게임 시리즈의 2001년 출시 버전.
14 1960년대에 크게 인기를 끌었던 그림 그리기 장난감. 둥근 손잡이를 돌려 그림을 그렸다 지웠다 할 수 있어서 '매직 스케치'로도 불린다.

다. 나중에는 정해진 플랫폼으로 가는 길을 찾지도 못한다. 화려하게 채워진 술집 위층에서 보니, 아주 오래됐으면서 동시에 포스트모던한 열차가 세계의 곡선 너머 철로 저쪽에서 방대하게 오고 가는 장관이 펼쳐진다. "괜찮아요." 대화상자에서 그녀를 안심시키는 말이 나온다. "경험의 일부예요. 길을 잃는 게 도움이 돼요."

오래잖아 맥신은 주위를 돌아다니며 사람들의 얼굴, 바닥의 쓰레기, 바 뒤의 술병 딱지들을 죄다 클릭해보고, 잠시 후에는 그녀가 어디로 향할지보다 탐험하는 느낌 자체에 흥미를 갖게 된다. 저스틴에 따르면, 루커스는 이 일에서 창의적인 동업자다. 저스틴은 아이디어를 코드로 바꾸는 일을 맡는다. 반면에 영상과 음향 디자인, 곧 터미널에 울리는 밀도 높은 소란함, 16비트의 풍부한 색조, 모습과 디테일이 제각각 다르고 별개의 임무에 전념하거나 또는 가끔 하는 일 없이 배회하는 엑스트라 수천 명의 동작 연출, 출신지에 따라 다른, 로봇 같지 않은 목소리 등은 모두 루커스의 작품이다.

맥신은 마침내 기차 시간의 마스터 디렉터리를 찾아내고, '미드나이트 캐넌볼'을 클릭하는 순간 빙고를 외친다. 자신의 이미지가 흐려졌다 다시 나타나 오르락내리락하는 계단과 어두운 보행자용 터널을 통과한 뒤, 유리와 철로 변조된 메타빅토리아풍의 환하게 솟아오르는 불빛 속으로 들어간다. 그런 다음, 그녀가 다가서자 경비원이 어렴풋이 보이는 냉담한 로봇에서 난초 화환을 들고 미소 짓는 육감적인 훌라 댄서로 바뀌는 회전문을 지나 열차로 향한다. 그러자 친절한 기관사가 기관실 밖으로 몸을 굽힌 채 환하게 웃으며 큰 소리로 말한다. "아가씨, 천천히 와요. 탈 때까지 기다리고 있을게요……"

그러나 그녀가 탑승하자마자, 열차는 0.1초 만에 제로에서 시간 왜곡 속도로 미친 듯이 가속하며 딥아처로 향한다. 양쪽 창밖을 무서운 속도로 스쳐 지나가는 3D 시골 풍경의 세부는 실제보다 훨씬 더 정교해서, 아무리 자세히 들여다봐도 해상도가 전혀 줄어들지 않는다. 루커스와 저스틴의 해변의 미녀 환상에서 비롯한 열차의 승무원들이 정크 푸드, 떼낄라 썬라이즈와 마이타이 같은 태평양의 정취가 담긴 술, 다양한 불법 마약으로 가득한 카트를 끌고 계속 지나다닌다.

이 같은 정보량을 누가 감당할 수 있을까? 그녀는 마우스를 움직여 열차 뒤편으로 간다. 달려온 궤도의 웅장한 광경이 뒤로 멀어질 줄 알았는데, 그 대신에 텅 빈 공간, 색의 부재, 좀더 환한 다른 세계의 넷스케이프[15] 회색으로의 엔트로피적인 감소만을 볼 뿐이다. 그것은 여기서 몸을 피해 탈출할 생각이라면 돌아갈 방법은 전혀 없다는 경고 같다.

맥신은 현재 열차에 탑승해 있지만 클릭을 멈출 이유가 없다. 그녀는 승무원들의 발가락지, 그들이 가져다주는 오리엔탈 파티 믹스에 든 칠리를 바른 쌀과자, 칵테일에 얹은 열대과일 조각 꼬치의 화려한 색 이쑤시개를 클릭한다. 무엇이 그다음 클릭 버튼이 될지 아무도 모른다.

그러다 결국은 화면이 희미하게 가물거리기 시작하더니 돌연, 혹은 난데없이, 내내 어둑어둑한 도시 외곽 지역으로 향한다. 더 이상 열차 안이 아니다. 쾌활하던 기관사도 멋진 승무원도 보이지 않는다. 가로등을 하나씩 소진함으로써 종국에는 밤의 왕국을 복

---

15 월드와이드웹의 정보 검색 브라우저. 메인 페이지의 바탕색이 회색이다.

원하려는 것처럼, 인적이 드문 거리는 점점 더 불이 꺼져간다. 어두침침한 거리 너머로는 믿기 어려운 프랙털 구조의 탑들이, 간접적으로만 도달하는 빛을 향해 뻗어나가는 숲속 나무들처럼 뻗어 있다.

그녀는 길을 잃고 서 있다. 어디에도 지도는 없다. 실제 공간의 낭만적인 관광지에서 길을 잃어버리는 것과는 다르다. 여기서 뜻밖의 발견이 일어날 확률은 거의 없다. 오직 꿈에서 알아차리는 어떤 느낌, 반드시 유쾌하지만은 않은 무언가가 이제 막 닥칠 것 같은 느낌뿐이다.

그녀는 공기 중에서 마리화나가 타는 냄새를 감지한다. 바이어바가 그 스테이플러 제 건데요[16]라고 박힌 머그잔에 커피를 담아서 그녀의 옆에 서 있다. "이런 세상에. 지금이 몇시람?"

"그렇게 안 늦었어요." 저스틴이 말한다. "그래도 어서 로그오프하는 게 좋겠어요. 누가 모니터하고 있을지 모르니까."

막 편안해지던 참이었다.

"암호화되어 있는 거 아니에요? 방화벽이나?"

"오, 두껍게 되어 있죠." 루커스가 말한다. "하지만 누구든 들어오고 싶어하면, 결국엔 들어오고 말아요. 딥웹이든 뭐든."

"이게 그런 데 있군요?"

"깊숙이요. 설계의 일부예요. 봇과 스파이더[17]를 멀리하려고 하죠. 로봇배제 프로토콜[18]은 서피스웹[19]용으로는 괜찮아요. 얌전한

---

16 "I believe you have my stapler". 1999년 미국 영화 「오피스 스페이스」에서 직장 상사와 일에 불만이 많은 밀턴 워딤스라는 인물이 한 명대사.

17 웹에서 사람의 조작 없이도 특정 작업을 반복해서 수행할 수 있는 프로그램.

18 robots.txt. 검색로봇의 웹사이트 접근을 막기 위한 규약.

19 surface web. 일반 검색엔진으로 검색이 가능한 웹 환경. 일반 검색사이트에서

봇에도요. 하지만 그다음에는 단지 버릇없는 정도가 아니라 엄청나게 못 돼먹은 악당 봇이 나타나요. 허용 안함이라는 코드를 보는 순간, 바로 안으로 들어온다고요."

"그래서 깊숙이 있는 게 나아." 바이어바가 말한다. "얼마 지나면 중독될 수 있어. 해커들 사이에서 하는 말이 있잖아. 딥웹에 한 번 빠지고 나면, 다시는 잠들지 못한다고."

그들은 아래층 식탁에서 다시 모인다. 동업자들이 점점 더 술에 취하고 마리화나 연기가 점점 더 자욱해질수록, 그들은 딥아처에 대해서 점점 더 편하게 이야기하는 것 같다. 그러나 맥신에게는 좇아가기 힘든 해커들만의 이야기이다.

"블리딩 엣지 테크놀로지로 알려진 것들은," 루커스가 말한다. "유용성이 전혀 입증되지 않았고, 위험성이 커서, 오직 얼리 어답터만이 편하게 느껴."

"미친 벤처투자가들이나 덤벼들었지." 저스틴이 과거를 떠올리며 말한다. "98, 99년 당시에는 그런 곳들에 돈을 투자했잖아? 그들을 놀라게 하려면 딥아처보다 몇배는 더 이상한 거라야만 했어."

"그들한테 우리는 너무 평범했어." 루커스도 동조한다. "그래도 우리 디자인의 선례들이 한가지에 있어서만큼은 아주 믿을 만한 것으로 드러났잖아."

저스틴에 따르면, 딥아처의 뿌리는 penet.fi 시절 핀란드의 과학기술로부터 유래해 당시에 부상하던 다양한 익명 기반의 포워딩 기술을 이끈 익명의 리메일러[20]로 거슬러 올라간다. "리메일러

검색되지 않는 딥웹과 비교되는 용어.
20 이메일 주소나 실명을 사용하지 않고 익명으로 특정 통신망에 메일을 송신하는 서비스.

가 하는 일은 서로 연결된 각 링크에 그다음 링크는 어디에 있는지 알려줄 정도의 정보만 남기고 데이터 패킷을 한 노드에서 다음 노드로 보내는 거예요. 그 이상은 없어요. 딥아처는 그것보다 한단계 더 나아가서 링크가 어디에 있었는지를 즉시, 영원히 잊게 해줘요."

"전이행렬이 스스로를 계속해서 리셋하는 마르꼬프 연쇄[21] 같은 거죠."

"무작위로."

"의사무작위로."

이 외에도 그들은 아무도 알려지기를 원치 않는 안전한 경로를 감추기 위해 디자이너 링크로트[22]도 추가했다. "정말로 또다른 미로예요. 단 눈에는 보이지 않죠. 그래서 투명한 링크를 찾아다니게 돼요. 각각은 가로세로 1픽셀이고, 클릭하는 순간 각 링크는 사라졌다 위치를 다시 옮겨요. 눈에 보이지 않는 자기재코드 경로가 있어서, 절대 되짚어갈 수 없어요."

"그런데 들어온 경로가 지워지면, 어떻게 밖으로 다시 나가죠?"

"신발을 세번 클릭하면 돼요." 루커스가 말한다. "그러면…… 아니 잠깐, 그건 다른 건데……"

---

21 러시아의 수학자 안드레이 마르꼬프의 이름을 딴 통계물리학의 추론 절차. 어떤 현상이 일어나는 확률은 그것에 선행하는 현상에만 의존하는 확률적 모형일 것이라는 전제에 따라 관측하는 방식.

22 폐쇄나 이전 등으로 인해 사용할 수 없는 웹사이트의 하이퍼텍스트 링크.

8

레지의 편집증은 식사 장소를 정하는 그의 판단력을 왜곡시키는 부작용이 있다. 맥신은 그가 이상하게 사람이 많은 퀸스버러 브리지 주변 지역의 베이글 퀘스트라는 가게에서 거리 쪽 창가에 앉아, 자신에 대한 지나친 관심 때문에 눈을 동그랗게 뜨고 인파를 쳐다보는 모습을 발견한다. 그가 앉은 자리 뒤편의 어둡고 꽤 넓을 듯한 내부에서는 아무런 소리나 빛도 나오지 않고, 종업원도 거의 보이지 않는다.

"그래서," 맥신이 입을 연다.

그의 얼굴 표정이 예사롭지 않다. "나는 미행당하고 있어."

"확실해?"

"그보다 심각한 건 그들이 내 아파트에도 다녀갔다는 거야. 어쩌면 내 컴퓨터도 뒤졌을지 몰라." 그러고는 사용 증거라도 찾는 사람처럼, 충동적으로 산 치즈 대니시를 유심히 바라본다.

"그냥 넘어가."

"알겠어." 지친 목소리다. "내가 미쳤다고 생각하지?"

"네가 미친 거 알아." 맥신이 말한다. "그렇다고 네가 틀렸다는 뜻은 아니야. 나한테도 관심을 보이는 사람이 있으니까."

"어디 보자. 내가 아이스 회사의 뒤를 캐기 시작하자, 그다음에 알게 된 건 내가 미행을 당하고 있다는 거고, 지금은 그들이 너를 미행하고 있다? 아무 연관이 없다고 나한테 말하고 싶은 거야? 목숨을 잃을까봐 기겁하면 안되는 거고." 메었던 목소리가 다시 정상으로 돌아온다.

"그런데 그게," 그녀가 슬쩍 떠본다. "나하고 무슨 상관인데?"

그러자 레지는 뜬금없는 질문으로 피해간다. "하왈라가 뭔지 알아?"

"그럼…… 그러니까, 어, 영화 「피크닉」(1956)에서, 맞아, 킴 노백이 강물에 둥둥 떠내려오는데, 지역 주민들이 모두 공중에 손을 들고—"

"아니, 아니, 맥시 제발. 그건…… SWIFT[1] 번호나 은행 수수료나 체이스 같은 은행들하고 옥신각신하는 일 없이 돈을 세계 전역으로 보내는 방법이래. 100퍼센트 신뢰할 만하고, 최대 여덟시간 걸린대. 서류 흔적, 규제, 감시 같은 거 전혀 없고."

"그게 어떻게 가능해?"

"제3세계의 미스터리야. 대개는 가족형 조직들인데, 모두 신용과 개인적인 명예에 의존해."

"와, 뉴욕에서 왜 그걸 한번도 보지 못했을까."

---

1 Society for Worldwide Interbank Financial Telecommunication(국제은행간통신협회)의 약자.

"이 근처의 하왈라다르들은 대부분 수출입에서 일하는데, 수수료를 가격이나 다른 소소한 것들을 깎아주는 방식으로 챙겨. 다들 뛰어난 마권업자들 같아서 모든 걸 머릿속에 저장해두지. 서양인들은 흉내도 못 내는 일이야. 그런 식으로 해시슬링어즈에서 누군가가 많은 양의 주요 거래내역을 다양한 패스워드와 링크되지 않은 디렉터리 같은 것들 뒤에 숨겨왔어."

"에릭한테서 들은 얘기야?"

"에릭이 해시슬링어즈의 지원부서 사무실에 도청장치를 해뒀어."

"누가 거기에 도청장치를 설치했다는 말이야?"

"그게, 사실은 퍼비야."

"뭐라고, 그러니까—"

"그 안에 에릭이 개조한 음성인식 칩이 있는 것 같아—"

"잠깐. 내 아이들을 포함해 동네의 모든 아이들이 크리스마스 선물로 최소한 두번은 받아서 갖고 있는 그 작고 귀여운 털북숭이 퍼비를 말하는 거야? 너의 천재적인 친구가 퍼비를 가지고 논다고?"

"그의 하위문화에서는 흔한 일이야. 거기에서는 귀여운 걸 잘 못 참나봐. 처음에는 그저 여피들을 괴롭힐 방법을 찾고 있었대. 있잖아, 길거리에서 쓰는 말, 감정을 폭발시키는 말 같은 것을 가르쳐주려고 했대. 그러던 중에 그가 일하던 곳에서 코드를 분쇄하는 해커들의 책상에 퍼비들이 수없이 나타나는 것을 보게 되었대. 그래서 우리는 그가 점찍은 퍼비를 가져다가 메모리를 업그레이드하고 무선링크를 설치한 다음, 내가 그것을 해시슬링어즈 안으로 가지고 들어가 선반 위에 올려놓고 나왔어. 이제 언제든 내가 원할 때, 수신장치를 단 나그라 4^2를 들고 어슬렁거리다가 온갖 종류의 비밀 정보들을 다운로드하면 돼.”

“이를테면 해시슬링어즈가 국외로 돈을 빼돌리기 위해 이용하는 그 하왈라 같은 거.”

“알고 보니 걸프 쪽이었어. 이 하왈라는 두바이에 본부가 있어. 그것 말고도 에릭은 해시슬링어즈의 장부가 감춰진 곳으로 가려면, 그가 리트라고 부르는 이상한 아라비아어로 작성된 정교한 루틴들을 거쳐야 한다는 것을 찾아냈어. 모든 게 사막영화로 바뀌는 느낌이야.”

그 말은 사실이다. 일반적인 접근보다 더 많은 차원을 가진 역외 접근을 맥신이 놓칠 리 없다. 본능적으로 그녀는 언제나 유용한 뇌물공여지수의 최근 업데이트 자료와 그것과 짝을 이루는, 부정직한 행위의 가능성에 따라 전세계 국가들의 등수를 매긴 부패인식지수를 찾아본다. 해시슬링어즈는 세계 전역, 그중에서도 특히 중동에 의심스러운 연결고리가 있는 것 같다. 최근에 그녀는 이자가 붙는 것이면 무엇이든 매우 싫어하는 이슬람의 유명한 성향에 관한 사례들을 들어왔다. 채권 거래는 전혀 없는 건 아니지만 드물다. 현물 없이 파는 공매 대신에, 아르분[3] 경매처럼 이슬람 율법을 따르는 정교한 차선책을 선호한다. 무슬림의 이자 혐오가 왜 마음에 걸릴까? 만약……

만약 아이스가 그 지역에서 큰돈을 벌기 위해 그러는 게 아니라면, 다른 이유는 무엇일까?

맥신의 커피에서 대류 때문인지 무언가가 표면으로 계속 떠오

---

2 이동식 오디오 녹음기.
3 arboon. 구매자가 미래에 어떤 상품을 정해진 가격에 구매하기로 하고 보증금을 걸어두는 계약 방식.

르자 그녀는 "이봐, 잠깐……" 하고 투덜대지만, 그것은 뭔지 확인하기도 전에 도로 가라앉는다. 그녀는 손가락을 집어넣어 찾아볼 마음은 들지 않는다. "레지, 네 친구가 모든 암호를 푼다고 했지. 그렇게 해서 찾은 걸로 뭘 할 계획이야?"

"뭔가 심각한 일이 터졌어." 초조하면서 또 불안해하는 목소리다. "어쩌면 막아야 하는 일인지도 몰라."

"네 생각에 단순 사기보다 더 심각하다는 거구나. 그렇게 대단한 일이란 게 뭔데?"

"맥신, 전문가는 너잖아. 그게 그랜드케이맨[4]이든 혹은 그 비슷한 무엇이든 고전적인 조세 피난처라면 별일 아니야. 그런데 이번에는 중동이라고. 누구든 비밀을 지키려면 큰 대가를 치러야 할 거야. 아이스나 그의 회사의 누군가가 자금을 몰래 빼돌리기만 하는 게 아니라 뭔가를, 크고 눈에 보이지 않는 뭔가를 지원하고 있는 것 같아."

"그러면…… 그렇게 큰 액수를 덩치 스머프[5]처럼 에미리트로 보내는 건 완전히 순수한 이유 때문일 리가 없다는 거고? 그러니까……"

"나도 순수한 이유가 있는지 계속 찾고는 있는데 찾을 수가 없어. 넌 찾을 수 있겠어?"

"난 국제 음모는 취급 안해, 기억하지? 해봐야, 나이지리아 이메일[6] 정도야. 하지만 대개는 비뚤어진 바리스타와 신용사기꾼을 상

---

4 카리브해에 위치한 영국령 케이맨제도의 가장 큰 섬.
5 Hefty Smurf. 만화영화 「개구쟁이 스머프」에서 가장 힘세고 용감한 스머프. 'smurf'는 돈세탁하는 사람을 가리키는 속어이기도 하다.
6 해외송금을 빙자한 이메일 피싱 사기.

대하지.”

　　그들은 미지의 생명체가 그들의 음식에서 여가활동을 하는 동안 그곳에 잠시 앉아 있는다.

　　“거기 가방에 그 수고양이[7] 잘 넣고 다녀.”

　　“아, 레지. 가지고 다녀야 하는 건 너일걸.”

　　“어쩌면 아주, 아주 먼 곳으로 여행을 떠날 계획을 짜야 할지 몰라. 말할 필요도 없이 에릭은 이 일에 계속 사로잡혀서 더 깊이 파들어가고 있어. 이제는 지하철 대신에 딥웹에서 만나자고 요구해. 그런데 솔직히 난 좀 내키지 않아.”

　　“무엇이 내키지 않는데?”

　　“거기에 가봤어?”

　　“얼마 전에. 만나기에 근사하고 안전한 곳 같던데.”

　　“꽤 마음에 들었나보네. 차라리 네가 거기에 가서 에릭과 이야기하는 게 낫겠어. 여기 있는 중개인을 거치지 말고.”

　　“그럴지도 모르겠네. 너만 괜찮다면.” 그녀는 지금 하왈라, 해시 슬링어즈, 심지어 레지의 개인적인 안전에 대해서 생각하고 있을까? 사실, 그렇지는 않다. 그녀의 머릿속에는 그녀를 딥 안으로 들어가게 해줄 수도 있고 혹은 그러지 않을 수도 있는 루커스와 저스틴의 아르데코풍 셔틀 터미널에 관한 생각뿐이다. 나중에 그 결과가 어찌 되든 상관없다. 그녀는 받아들일 준비가 아직 완벽하게 되진 않았지만, 믿음직하고 어쩌면 귀엽기까지 한 딥웹의 셰르파, 에릭이 그녀가 미로 속에서 길을 찾도록 도와주는 판타지의 1차 완성본을 이미 즐기는 중이다. 영락없는 낸시 드루[8] 역할이다.

---

7 Tomcat. 감추기 쉽게 제작된 소형 반자동 권총을 부르는 속어.

8 1930년에 처음 발표되어 TV 드라마, 영화, 만화, 비디오게임 등으로 각색되어온

"먼저 현실세계에서 접근할 수 있다면. 서로 얼굴을 맞대고 말이야. 우리가 서로를 얼마나 신뢰하는지 보자고."

"행운을 빌어. 내가 편집증 환자 같지? 요즘 그 친구 근처에만 가봐, 바로 기겁을 할걸."

"우연히 만난 것처럼 할 수 있어. 아주 일반적인 작전이야. 나한테 그 친구가 자주 다니는 곳의 목록을 줄 수 있어?"

"이메일로 보내줄게." 그리고 레지는 급히 거리를 흘끗 보더니, 봄 햇살이 어른거리는 몇마일 떨어진 시내 방향으로 옆걸음치듯 사라진다.

맥신이 보유하고 있는 좀더 쓸모 있는 감지기 중에는 그녀의 방광이 있다. 필요한 정보가 손 닿지 않는 곳에 있을 때에 그녀는 딱히 소변을 보고 싶단 생각 없이 며칠이고 다닐 수 있지만, 이득이 될 것 같은 전화번호, 선문답, 혹은 주식정보가 가까이 있을 때에는 당장 소변을 보러 가라는 경보에 따라 이미 눈여겨봐둔 의미심장한 화장실 벽으로 확신을 갖고 향한다.

이번에는 플랫아이언 디스트릭트 한복판에서 경보가 울린다. 마지못해 그녀는 조명이 어둑하고 기름과 담배 냄새에 찌든 월 오브 싸일런스로 걸어들어간다. 한때 IT 버블이 절정이던 시절에는 잘나갔으나, 그뒤로는 값싼 대중식당으로 전락한 곳이다. 화장실로 가는 길은 그렇게 분명하게 표시되어 있지 않다. 그녀는 어느새 슬퍼 보이는 커플이나 독신남처럼 보이는 사람들, 어쩌면 전화상담 서비스를 기다리는 중일지도 모르는 사람들이 앉은 식탁 사

미국 탐정소설 '낸시 드루 미스터리 시리즈'의 주인공 형사.

128

이를 헤매고 있다. 실제로 그들 중 한명이 긴급하게 그녀의 이름을 부르는 것 같다. 긴급한 일인데요, 긴급한 일인데요. 그녀는 눈을 가늘게 뜨고 어둑어둑한 실내를 쳐다본다.

"루커스?" 맞네. 이런 조명 속에서도 꾀죄죄하고 흐트러진 그의 용모가 눈에 들어온다. "혹시 이 근처에 화장실이 어디 있는지 알아요?"

"안녕, 맥시. 거기에 가거든 내 부탁 하나만 들어줄래요?"

"누구랑 막 헤어진 모양이네요." 이곳은 이별할 목적으로 쉽게 택할 수 있는 그런 종류의 곳이다. "그녀가 지금 어떤지 알고 싶은 거고요. 그렇겠죠. 여자 이름이 뭔데요?"

"캐시디예요. 그런데 그걸 어떻게—"

"그래서 화장실은 어디예요?"

주방을 지나, 계단을 몇개 내려간 다음, 모퉁이를 두번 돌자 화장실이 보인다. 조명이 위층보다 더 환하지는 않지만 이 정도면 신경 썼다고 할 수 있다. 과감하게 대마초 타는 냄새가 난다. 맥신은 몇개 안되는 화장실 칸을 하나하나 살펴본다. 어디에서도 문 밑으로 피가 흘러나오거나, 걷잡을 수 없이 흐느끼는 소리가 흘러나오지 않는다. 좋아, 좋아…… "캐시디?"

"누구세요?" 한 칸 안에서 목소리가 들린다. "나를 버림받게 만든 그 쌍년이구나. 틀림없어."

"아뇨. 추측은 고맙지만, 이미 겪고 있는 문제만으로도 충분해요. 여기에 볼일이 있어서 잠시 들른 거예요." 그러고는 캐시디가 있는 바로 옆 칸으로 들어간다.

"이곳을 보자마자 어떤 일이 일어날지 알아챘어야 했는데." 캐시디가 말한다. "차라리 길거리에서 모든 일을 해결하는 게 더 낫겠어요.”

"루커스도 약간 자책하고 있어요. 당신이 괜찮은지 궁금해해요.”

"아무 문제 없어요. 소변보려고 온 거예요. 정맥을 끊으려고 온 게 아니라. 그런데 루커스라고요?”

"아.”

"그럴 줄 알았어요. 결국 그 망할 클럽까지라니까요. 나한테는 이름이 카일이라고 하더니.”

그들은 서로 안 보이는 채로 화장실에 나란히 앉아 있다. 그들 사이에 있는 칸막이에는 나중에 누가 논평을 대신해 문질러 지워버린, 마커펜, 아이펜슬, 립스틱으로 쓴 글자들이 한바탕 휩쓴 흔적이, 점점 더 흐릿해지는 붉은 그늘 속에 남아 있다. 옛날 국번이 붙은 전화번호, 중고차 광고, 사랑을 잃어버리고 찾고 혹은 소망하는 문구, 인종에 관한 악담, 키릴·아라비아·중국어로 된 읽을 수 없는 구절, 거미줄처럼 적혀 있는 기호, 맥신은 아직 생각해본 적이 없는 야간항해 여행안내문. 그사이 캐시디는 맥신이 알기로는 루커스가 잠깐 단역으로만 나오는 14번가 남쪽에서의 망가진 데이트에 관한 아직 팔리지 않은 이야기의 줄거리를 늘어놓고 있다. 그러고 난 뒤에 캐시디는, 무슨 이유 때문인지 아주 잠시 동안이기는 하지만, 딥아처 주제로 넘어간다.

"알아요, 그 시작 화면.” 맥신이 흡족해하며 웃는다. "끝내주던데요.”

"내가 디자인했어요. 타로 카드를 만든 그 여자처럼요.⁹ 끝내주면서 또 힙하다는 걸 잊으면 안돼요.” 절반은, 딱 절반만 비꼬는 말

---

9 타로 카드의 그림을 처음으로 그리고 한푼도 받지 못했다는 패멀라 콜먼 스미스를 두고 하는 말이다.

투다.

"잠깐요. 끝내주면서 힙하다, 어디서 들어본 말인데요."

그렇다. 알고 보니, 루커스를 처음 만났을 때 그녀는 hwgaahwgh. com을 위해 일하고 있었다.

"루커스인지 카일인지하고 계약 같은 거 했어요?"

"아뇨. 그렇다고 사랑 때문에 했던 건 아니에요. 설명하기 곤란해요. 모두 무언가로부터 시작된 일이에요. 하루 반 동안 내 정상 반경에서 벗어난 어떤 힘에 홀린 느낌이었어요. 알겠어요? 무서웠다기보다는 어서 빨리 끝내버리고 싶어서, 파일을 작성하고 자바를 실행하고, 그러고는 다시 쳐다보지도 않았어요. 그다음으로 기억나는 것은 그들 중 하나가 그걸 보고 빌어먹을, 이건 세계의 첨단이야 하고 말한 것이었어요. 하지만 솔직히 말해서 그들이 그것을 유통할 방법은 전혀 없어요. 만약 내가 새로운 유저라면, 냉정하게 말해서, 최대한 빨리 퍼블릭 보이드 클로즈[10]를 입력하고 잊어버리려 할 거예요. 고객을 딱 한명 찾는다면 게이브리얼 아이스인가 뭔가 하는 사람뿐이에요."

그 순간, 두 여인은 화장실이 북돋은 이상한 초감각적 지각을 느끼고 칸에서 동시에 나와 서로를 쳐다본다. 맥신은 문신, 피어싱, 인간 게놈 지도에는 없는 난초 색깔 머리, 무엇을 하더라도 불법일 나이의 얼굴을 봐도 그렇게 놀라지 않는다. 그러는 동안 캐시디가 돌아보는 모습을 보고 맥신은 힐러리 클린턴 같은 기분을 느낀다.

"위층에 가서 그 사람이 아직 거기에 있는지 확인해줄래요?"

"기꺼이요." 맥신은 연기가 자욱한 칙칙한 곳으로 다시 올라간

---

10 Public Void Close. 자바스크립트에서 입력 스트림을 닫는 명령어.

다. 그는 아직 거기에 있다.

"두 사람 다 걱정되기 시작했는데."

"루커스, 그 여자애는 열두살이에요. 그리고 그애에게 저작권료를 지불하는 게 좋겠어요."

9

뉴욕시 재무부 같은 과세 기관은 특히 시장이 공화당 소속일 때에는 민간부문은 좋고 공공부문은 나쁘다는 공화당의 이상한 믿음에 근거해 외부 감독관을 고용하는 경우가 종종 있다. 맥신은 존 스트리트에서 액셀 퀴글리로부터 걸려온 전화 때문에 시간에 맞춰 사무실로 돌아가는 중이다. 가장 최근에 매우 슬픈 판매세 탈세 사건을 또다시 겪고 있는 액셀은 그것이 얼마 동안 진행되어온 일임에도 늘 그러듯 개인적인 일로 받아들인다. 액셀의 내부고발자들은 대개 회사에 불만을 품은 직원들로서, 사실 액셀과 맥신은 불만 이론의 대부이자 또한 줄여서 DESPAIR[1]로 알려져 있는, '감사 정보와 평가를 위한 불만 직원 모의 프로그램'이라는 영향력 있는 단체의 창립자로 널리 인정받는 라부프 교수의 불만 직원 워크숍

---

[1] Disgruntled Employee Simulation Program for Audit Information and Review의 약자. 가상의 단체이다.

에서 처음 만났다.

액셀에 따르면, 레스토랑 체인점 머핀스 앤드 유니콘스에서 일하던 누군가가 팬텀웨어[2]를 이용해 금전등록기 영수증들을 위조해왔다는 것이다. 매출누락 장치가 공장에서부터 금전등록기 자체에 설치되어 나오거나, 혹은 CD로 외부에 저장되어 있는 재퍼[3]라는 특수제작 응용프로그램을 복사하는 수법이다. 증거가 가리키는 쪽은 상급 매니저나 혹은 가게 주인이다. 액셀이 생각하는 가장 유력한 용의자는 빕[VIP]으로 더 잘 알려진 핍스 에퍼듀다. 항상 라운지에서 막 나오거나 혹은 그런 약어가 적힌 디스카운트 카드를 휙 내보이는 것처럼 보여 그렇게 불렸다.

맥신이 보기에 재퍼 사기의 흥미로운 점은 면대면 방식이다. 설명서로 익힐 수가 없는데, 인쇄된 게 전혀 없기 때문이다. 소프트웨어에 입력된 내용들은 설명서 대신 금전등록기 판매자가 구두로 직접 사용자에게 전달하도록 되어 있다. 이것은 유대교 신비주의에서 특정한 마법 지식이 악당 랍비에게서 도제에게로 전수되는 방식과 같다. 설명서가 경전이라면, 팬텀웨어의 사용지침서는 비밀지식이다. 그리고 올바름, 보다 고귀한 영적 힘과 같은 작은 세부사항 한두가지를 빼고 그것을 전달해주는 컴퓨터 전문가들은 랍비에 해당한다. 모든 것은 순전히 사적이고, 왜곡된 시각에서 볼 때는 심지어 낭만적이다.

빕은 재퍼 산업이 한창 번성 중인 퀘벡의 어두운 세력들과 손잡고 사업을 하고 있는 것으로 알려져 있다. 지난 한겨울에 맥신은 시가 정한 예산 선을 넘겨, 늘 그렇듯 몰래 컴퓨터 전문가를 찾으

---

2 개발은 되었으나 상용화되지 못한 소프트웨어.
3 Zapper. 탈세를 목적으로 매출 정보를 수정할 수 있는 프로그램.

러[4] 몬트리올로 날아갔었다. 그녀는 도르발 공항에 도착해 셔브룩의 코트야드 메리어트 호텔에 체크인하고 나서, 지하와 통로를 따라 카페테리아 소리가 울리는 회색 빌딩들을 닥치는 대로 헤매고 다니며 계속 헛수고를 했다. 그러다 길모퉁이를 돌아 여기에 온 **몬트리올이 있구나**[5] 싶게 일렬로 길게 늘어선 음식점들 중 한곳에서 점심식사를 했는데, 식당들은 다도해처럼 지하도시 전역에 펼쳐져 있었던 반면 당시로서는 지하도시가 너무 빠르게 확장해서 믿을 만한 지도를 구할 수가 없었다. 게다가 쇼핑은 맥신을 거의 토할 지경으로 만들었다. 지하철역과 연결된 라이브 재즈 바, 크레이프 가게, 푸틴[6] 가게, 더 많은 상점들이 곧 입주할 예정인 번쩍거리는 새 상가의 전망까지 모든 것이 있어, 눈 속에 갇힌 영하의 거리로 나갈 필요가 전혀 없었다. 마침내, 마일엔드에 있는 술집 화장실 벽에서 구한 전화번호로 그녀는 쌩드니 외곽의 **가르소니에**[7]로 불리는 지하 아파트에서 일하는 펠릭스 보인고라는 자를 찾아냈다. 듣자하니 밀린 돈 문제 때문에 빕이 벨도 누르지 않고 문을 박차고 들어왔다는 것 같았다. 그들은 쁠라또 지역에서 곧 전설이 될 넷넷이라는 인터넷 접속이 가능한 빨래방에서 만나기로 했다. 펠릭스는 거의 운전해도 될 정도의 나이로 보였다.

서로 첫 인사를 주고받자마자, 펠릭스는 그곳의 다른 모든 사람처럼 지체 없이 바로 영어로 말을 바꾸었다. "그래서 에퍼듀 씨의 직장동료세요?"

---

4 (프) chercher le geek.
5 (프) le tout Montréal.
6 녹인 치즈와 소스를 끼얹어 내는 캐나다 감자튀김 요리.
7 garçonnier. 독신자용 아파트.

"사실은 웨스트체스터에 사는 이웃이에요." 물론 그녀는 단지 전문적인 호기심에서 POS[8] 네트워크의 '숨겨진 삭제 기능'에 관심이 있는 또 한명의 부정직한 사업가인 척했다.

"조만간 당신이 사는 곳으로 갈지 몰라요. 자금조달 때문에요."

"미국에서는 법적으로 문제가 있을 텐데요?"

"아니요. 사실 PCM 프로젝트를 새로 시작하려고요."

"아, 기분전환용 약인가보죠?"

"팬텀웨어 대응책[9]이에요."

"잠깐. 팬텀웨어를 찬성하는 쪽 아니었어요? '대응'이라니 왜?"

"우리는 그것을 만들기도 하고, 망가뜨리기도 해요. 인상을 찌푸리시는군요. 이 일에서 우리는 선과 악을 넘어서 있어요. 과학기술이라는 건 중립적이잖아요, 그렇죠?"

두 사람은 애버리저널 피플스 텔레비전 네트워크에서 방영되는 저녁영화 시간에 맞춰 펠릭스의 지하 아파트로 향한다. 이 방송국은 그날 밤 예정된, 펠릭스가 가장 좋아하는 「조니 니모닉」(1995)을 비롯해 키아누 리브스의 모든 영화를 보유하고 있다. 그들은 마리화나를 피우고, 거의 알려지지 않은 형태의 소시지를 얹은 몬트리올 피자를 주문하고, 영화에 점점 빠져들었다. 하이디가 평소 하던 말대로, 아무 일도 일어나지 않았다. 이틀 뒤에 맥신이 오기 전보다 훨씬 더 두툼해진 빕 에퍼듀에 관한 파일을 들고 뉴욕으로 다시 날아왔다는 것과 재무부가 그들의 돈이 유익하게 쓰였다고 생각한다는 것을 빼고는.

그리고 나서 몇달 동안 아무 소식이 없다가, 이제 갑자기 엑셀이

---

8 point-of-sale. 컴퓨터를 이용하여 판매 시점에서 판매 활동을 관리하는 시스템.
9 phantomware countermeasures.

다시 나타난 것이다. "당신한테 알려주고 싶었어. 바보 같은 빕 녀석이 다시 수작을 부려서, 재무부가 곧 조치를 취하려 한다고."

"소식 고마워. 그동안 걱정했는데."

"검찰청에서 우리가 말해준 대로 서류작업을 시작했어. 두어가지만 더 알면 돼. 그가 지금 어디에 있는지 같은. 혹시 알고 있어?"

"빕하고는 딱히 연락하고 지내는 사이가 아니야, 액셀. 이봐. 여자가 중요 증인에게 한번만 미소를 지어도 모두 이상한 생각들을 한다니까."

오늘밤은 잠들기가 제자리를 맴돌고 더디다. 불면증 환자들이 어렸을 적의 어떤 멜로디와 가사로 되돌아오듯이, 맥신은 계속 아리스티드 올트호 선상에서의 레지 데스파드, 연줄 없는 독립 영화제작자의 궁핍한 하루하루를 씩씩하게 웃음으로 버티던 그 여리고 반짝거리는 청년에게로 되돌아온다. 그의 해시슬링어즈 프로젝트가 그를 끔찍한 위험에 빠트리지 않기를 바라는 것은 나 몰라라 하며 따뜻한 욕조에서 뒹구는 일일 터다. 뭔가 다른 중대한 일이 터진 게 분명하다. 이 사실을 정확히 누구에게 전해야 할지 알고 있었던 레지는 맥신의 생각을 제대로 읽었고, 크랭크를 돌려 속도를 높이다 선로를 벗어난 밤과 억지스러운 망각의 기관차처럼, 도를 넘은 일상적 탐욕의 경계선에서 자신이 느낀 불안을 그녀도 느낄 수 있으리라는 것을 알았다.

그 순간, 렘수면으로 넘어가기 직전에 전화벨이 울린다. 바로 레지의 전화다.

"더이상 영화가 아니야, 맥시."

"얼마나 일찍 일어나려고 이래, 레지?" 혹은 다르게 말해서, 지금은 빌어먹을 한밤중이야.

"오늘밤은 안 자려고."

그 말은 맥신도 잠자기는 틀렸다는 뜻이다. 그래서 그들은 이스트빌리지의 이십사시간 문을 여는 우크라이나 음식점에서 매우 이른 아침식사를 하기 위해 만난다. 레지는 뒤쪽 구석에 앉아 노트북을 쪼고 있다. 여름이지만 아직 그렇게 습하거나 무덥지 않은데도, 그는 땀을 흘리고 있다.

"꼴이 그게 뭐야, 레지? 무슨 일 있어?"

"엄밀히 말하면," 두 손을 키보드에서 떼며 말한다. "나는 해시슬링어즈에서 자유로운 몸이어야 해, 그렇지? 하지만 나는 그렇지 않다는 것을 항상 알고 있어. 그런데 어제, 결국에는, 잘못된 문으로 걸어들어가고 말았어."

"잠겨 있어서 억지로 열고 들어간 건 아니지?"

"젠장, 잠겨 있으면 안되는 문이었다고. '화장실'이라고 적혀 있었단 말야."

"그래서 불법적으로 들어갔다……"

"뭐가 됐든. 방이 있는 거야. 변기 같은 건 전혀 눈에 보이지 않았어. 실험실 같은 게, 시험대, 장비와 잡동사니, 케이블, 플러그, 보는 순간 전혀 알고 싶지 않다고 느낀 모종의 작업 지시에 따른 부품과 일한 흔적이 보였어. 이어서 뭐라고 지껄이는 아랍인들의 목소리가 들렸는데, 내가 문을 열고 들어서는 순간 모두 입을 다물더라고."

"아랍인인지 어떻게 알아? 작업복을 입고 있었을 텐데. 낙타라도 본 거야?"

"말하는 소리가 그렇게 들렸어. 유럽계 백인이나 중국인은 아니었어. 내가 '어이 모래 검둥이 친구들, 안녕' 이런 느낌으로 그들에게 손을 흔들었더니—"

"레지."

"아니, 화장실이 어디예요라는 아랍어 같았나봐. 그들 중 하나가 다가와서 차갑고 정중하게 말하더군. '화장실을 찾으세요, 선생님?' 투덜거리는 소리가 났지만, 아무도 나한테 총을 겨누지는 않았어."

"그들이 혹시 카메라를 봤어?"

"말하기 곤란해. 오분 뒤에 아이스 본인이 있는 사무실로 불려 갔어. 제일 먼저 물은 게 내가 그 방 혹은 그 안에 있던 친구들을 찍었냐는 거야. 그래서 아니라고 말했지. 물론 거짓말이었지만.

그러고 나서 그는 이렇게 말했어. '만약 당신이 영상을 찍었다면, 그걸 내게 줄 필요가 있어서 그래.' 내 생각에 그 '필요'는 경찰이 용의자에게 차에서 물러날 '필요'가 있다고 말할 때의 그 '필요'였어. 그러자 나는 겁이 나기 시작했어. 솔직히 말해, 그 빌어먹을 프로젝트 전체를 다시 생각하게 되었다고."

"그 사람들은 뭘 하고 있었는데? 폭탄 조립?"

"그렇지 않기를 바라. 사방에 지나치게 많은 회로카드가 널려 있었어. 그렇게 많은 로직이 들어간 폭탄이 있나? 갈수록 태산이네."

"찍은 거 볼 수 있어?"

"디스크에 담아서 줄게."

"에릭도 봤어?"

"아니 아직. 에릭은 브루클린-퀸스 경계지역 어딘가에서 흔히 하는 말로 캇[10]을 찾아다니는 마약상용자 행세를 하고 다녔어. 하

10 qat 혹은 khat. 마약 성분이 있는 중동이나 아프리카산 식물의 잎.

지만 실제로는 아이스의 하왈다르를 찾고 있었어."

"어떻게 갑자기 그렇게 의욕이 생겼을까?"

"내 생각엔 성적 때문인 것 같은데, 물어보지 않으려고."

* * *

그녀가 머리를 맑게 하려고 샤워를 하는 동안 누군가가 커튼 옆으로 머리를 내밀더니 날카롭게 이-이-이 하는 「사이코」(1960) 샤워 장면의 특수효과음을 내기 시작한다. 예전 같았으면 비명을 지르고 난리를 쳤을지 모르지만, 지금은 장난이라는 것을 알기에 작게 대꾸하고 만다. "안녕, 자기." 이렇게 나타날 사람은 전혀 철들 줄 모르는 호스트 로플러밖에 없다. 그는 역방향 장면에서 때마침 한쪽으로 반사된 빛을 머금은 작은 눈물방울이 브렌다 스타의 눈가에 맺혀 있는 동안, 1년치 주름살이 팬 얼굴로 예고 없이 나타나서는 벌써 떠날 채비를 하고 있는 배질 쎄인트 존[11]처럼 그녀 앞에 서 있는 것이다.

"안녕! 하루 일찍 왔어. 놀랐어?"

"아니. 그리고 곁눈질 좀 그만해, 호스트. 곧 나갈 테니까." 발기라도 한 건가? 그녀는 너무 빨리 샤워커튼 뒤로 물러나서 알 수가 없다.

그녀는 머리를 수건으로 감아올리고, 얼굴은 온기로 붉그스레하고 축축한 채로 부엌에 모습을 드러낸다. 그녀가 걸치고 있는 것

---

11 1940년에 미국의 데일 메식이 발표한 연재만화 「리포터 브렌다 스타」(Brenda Starr, Reporter)의 매력적인 주인공 브렌다 스타와 그녀의 남편 배질 쎄인트 존. 결혼 후 얼마 안되어 둘은 이혼했다.

은 세상이 아직은 낭만적이던 시절에 둘이서 두주 동안 함께 보낸 적이 있는 콜로라도의 온천에서 훔친 테리 소재 목욕가운이다. 호스트는 그녀가 전혀 묻고 싶지 않은 어떤 이유로 「미스터 로저스」[12]의 테마곡 "이곳은 날씨가 정말 좋아요"를 흥얼거리며 냉동실 안을 헤집고 있다. 성에가 끼는 다양한 사례에 대해 설명하는 것을 듣자니, 틀림없이 비행기에서 대충 주위들은 것들이다.

"여기 있네." 호스트는 벤&제리 아이스크림이라면 귀신처럼 찾아내는 능력으로 절반은 얼어붙은 1쿼트들이 청키 몽키를 꺼낸 뒤, 자리에 앉아 양손에 아주 커다란 숟가락을 들고 먹기 시작한다. 잠시 후 그가 말한다. "그래서 애들은?"

나중에 보니, 여분의 숟가락은 아이스크림을 으깨는 용이다. "오티스는 피오나 집에서 저녁을 먹고 있고, 지기는 학교에서 연습 중이야. 토요일 밤에 「아가씨와 건달들」을 공연할 예정이라서. 딱 맞춰 왔네. 지기는 네이선 디트로이트 역을 맡았어. 코에 아이스크림 묻었어."

"다들 보고 싶었어." 그의 목소리에 배어 있는 이번이 처음은 아닌 특별한 느낌으로 보아, 맥신은 호스트가 검정난초 유액에 집착해 세계 구석구석을 찾아 헤매는 정도까지는 아니더라도,[13] 사실 자신도 거의 모르게, 그의 면역체계가 요즘 들어 그렇게 잘 통제하지 못하는 그 무섭다는 전 남편 우울증을 앓고 있다는 것을 싫지만 인정해야 될지 모른다는 생각에 이른다.

"당신이 괜찮으면, 지기가 곧 돌아올 시간이라 지금쯤 음식을 주문하는 게 좋겠어."

---

12 1962년에 미국 CBC에서 처음 방영된 아동 대상 교육용 텔레비전 프로그램.
13 배질 쎄인트 존의 강박적인 관심을 염두에 둔 말.

곧 지기가 어슬렁거리며 들어온다. "엄마, 저 지저분한 남자 누구야? 내가 맞혀볼게. 새로운 소개팅 상대?"

"뭐야," 호스트가 한번 쓱 보며 말한다. "이 녀석이 또."

그러고는 맥신이 곁눈으로 보기에 생각보다 좀더 오래 아이를 껴안는다.

"유대인 처단하는 건 잘돼가?"

"오, 물론이지. 지난주에 교관 한명을 죽였어."

"근사한데."

맥신은 배달음식 메뉴판을 훑어보는 척하며 묻는다. "둘 다 뭐 먹고 싶은 것 있어? 아직 살아 있는 것 말고."

"그 엉터리 히피 음식만 아니면 돼."

"아, 제발, 아빠. 씨앗 빵 말하는 거야? 유기농 비트 프리터? 으!"

"생각만 해도 군침이 도는데!"

곧이어 입맛이 매우 까다로운 오티스가 합류한다. 바이어바가 새로운 요리를 시도하는 것을 하도 좋아해서 아이는 아직도 배가 고프다. 그래서 배달음식 메뉴가 훨씬 더 늘어나고, 의견을 맞추느라 밤을 샐 기세다. 거기에다가 음식에 얼굴을 그리거나 별난 옷을 입힌 로고를 쓰는 음식점은 피해야 한다는 등 호스트의 이런저런 생활원칙 때문에 일이 더 복잡해진다. 늘 그렇듯 그들은 결국에는 토핑, 크러스트 그리고 크기 선택지가 적힌 메뉴가 연휴 기간의 해머커 슐레머 통신판매 카탈로그 두께만 한 컴프리헨시브 피자 가게에 주문을 한다. 심지어 배달 가능 지역에 그들의 주소지가 애매하게 포함되어 있지 않아서, 먼저 음식을 배달해줄지를 놓고 늘 탈무드식의 전화 설전을 벌여야 하는 곳이다.

"9시에 텔레비전 앞에 앉아 있기만 하면 돼." 호스트는 전기영화만을 방영하는 BPX 케이블 채널의 애청자다. "US 오픈이 곧 열릴 예정이라 이번 주 내내 골퍼 전기영화를 틀어줘. 오언 윌슨이 잭 니클라우스로 나오고, 「필 미컬슨 스토리」에서는 휴 그랜트가……"

"난 라이프타임에서 하는 토리 스펠링[14] 시리즈를 볼까 했는데, 다른 TV로 언제든지 볼 수 있으니까, 당신은 그냥 여기서 편하게 봐."

"이렇게 너그러울 수가, 내 사랑스런 베이글."

아이들이 거의 동시에 눈알을 굴린다. 주문한 피자가 도착하자, 모두 달려들어 손을 뻗친다. 알고 보니 호스트는 뉴욕에 잠시 머물 계획으로 들른 것이다. "저 아래 세계무역센터의 사무실 공간에 방을 하나 빌렸어. 저 위라고 해야 되나, 백 몇층에 있어."

"콩 많이 나는 데는 아니네." 맥신이 한마디 한다.

"오, 우리가 어디에 있는지는 더이상 중요하지 않아. 큰 소리로 매매주문하던 시대는 끝나가고 있어. 다들 인터넷상의 글로벡스[15]라는 것으로 갈아타고 있다고. 나는 다른 사람들보다 적응하는 데 오래 걸려서, 거래가 잘 안돼. 이러다간 공룡영화의 보조출연자로 영원히 남을 수 있어."

밤늦은 시각 맥신은 복잡한 해시슬링어즈 사건에서 벗어나, 텔레비전 소리가 들리는 손님방으로 향한다. 어딘지 불안하면서도 우아하고 힘있는 말투로 누군가가 말한다. 귀에 꽤 익은 목소리

---

14 Tori Spelling(1973~). TV 시리즈 「비벌리 힐스, 90210」로 유명해진 미국 배우.

15 Globex. Global Exchange를 줄여 만든 합성어. 1992년 미국의 시카고 선물거래소와 영국의 로이터사가 정규 거래시간이 아닌 야간에 장을 열기 위해 공동으로 개발한 장외 선물거래 시스템.

다. "당신이…… 그 코스를 경험해서 잘 안다는 것을 인정합니다만…… 제 생각에 이번 홀에…… 5번 아이언은…… 적절하지 않은 것 같습니다." 틀림없이 「치 치 로드리게스 스토리」에서 주연을 맡은 크리스토퍼 워컨의 목소리다. 지기와 오티스와 아이들의 아버지는 텔레비전을 켜놓고 모두 침대에서 꾸벅꾸벅 졸고 있다.

이런, 아이들은 아빠를 매우 좋아한다. 이걸 어쩐다? 그녀는 그들 옆에 누워서 이대로 나머지 영화를 보고 싶지만, 그들이 공간을 다 차지해서 누울 데가 없다. 그녀는 거실로 가서 텔레비전을 켜고 소파에서 잠이 든다. 치 치가 1964년 웨스턴 오픈에서 진 해크먼이 카메오로 분한 아널드 파머를 제치고 한 타 차로 우승하는 장면은 놓치지 않는다.

소파에서 깜박 졸기 전에, 맥신은 자기가 예를 들어 하이디 같은 모든 사람이 생각하는 것처럼 정말로 모질다면, 접근금지 명령을 받아서 아이들을 캐츠킬에 있는 캠프로 보냈을 텐데 하고 생각한다.

다음 날 호스트는 오티스와 지기를 데리고 세계무역센터에 새로 얻은 사무실로 가서, 윈도우스 온 더 월드에서 점심을 먹는다. 복장규정이 있는 식당이라서 아이들은 재킷을 입고 넥타이를 맸다. "컬리지엇[16]에 다니는 학생 같아." 지기가 투덜거린다. 마침 그날따라 평소보다 바람이 세게 불자, 건물이 1.5미터, 느낌으로는 3미터 진폭으로 앞뒤로 흔들린다. 호스트의 공동 세입자 제이크 피멘토의 말에 따르면, 폭풍이 치는 날에는 아주 높은 배의 돛대 꼭대기에 있는 망대에 서 있는 것처럼 헬리콥터와 개인용 비행기

16 미국에서 가장 오래된 학교로 알려진 뉴욕의 사립 남학교.

와 근처의 고층건물이 내려다보인다. "위쪽이 좀 약해 보이긴 해."
호스트가 지기에게 말한다.

"아니," 제이크가 말한다. "전함처럼 단단해."

10

쿠겔블리츠에서의 토요일 밤, 돌처럼 굳어서 큐 사인을 헷갈리거나 잊어버린 조명팀과, 현실에서는 사이가 좋았는데 사람들 보는 앞에서 총연습을 하다 크게 싸우고 헤어진 스카이와 쎄라 역을 맡은 아이들에도 불구하고 「아가씨와 건달들」은 대성공을 거둔다. 건축가가 실제로 무대와 정면으로 마주 보도록 좌석을 배치하는 등의 미묘한 도면상 차이를 놓고 어떤 정신적인 문제 때문에 계속 마음을 바꾼 스콧 앤드 누텔라 본츠 강당의 시선 설계를 감안할 때, 아이들의 연극은 감독인 스톤챗 씨가 촬영한 DVD상으로는 훨씬 더 잘 나올 것이다.

아이들의 할아버지와 할머니가 브라보를 외치고 사진을 찍는다. "집으로 돌아가서," 일레인이 평소처럼 슈비거¹의 독기 어린 눈

---

1 이디시어로 '장모'를 뜻한다.

으로 호스트를 쏘아본다. "커피를 마시자고."

"길모퉁이까지만 배웅할게요." 호스트가 말한다. "볼일이 있어서요."

"아이들을 서부로 데려갈 거라며?" 어니가 말한다.

"중서부요. 제가 자란 곳이요."

"그러면 오락실에서 하루 종일 보내겠구면." 일레인이 아주 상냥하게 말한다.

"향수 때문이죠." 호스트가 설명하려 애쓴다. "제가 꼬마였을 때는 오락실 게임의 황금기였어요. 그것이 끝났다니 믿어지지 않아요. 지금은 온통 가정용 컴퓨터게임뿐이죠. 닌텐도 64, 플레이스테이션, 요즘의 엑스박스까지. 그래서 아이들에게 옛날에는 외계인을 어떻게 날려버렸는지 보여주고 싶어요."

"하지만…… 엄밀히 말하면 납치 아니냐? 어쨌든 주 경계선을 벗어나잖아?"

"엄마," 이 말에 맥신도 깜짝 놀란다. "저 사람…… 애들 아빠야!"

"이런 맙소사, 일레인, 제발." 어니가 진정시킨다.

다행스럽게도 길모퉁이다. 호스트가 손을 흔들며 말한다. "나중에 봐."

"너무 늦어지게 되면 전화해." 맥신은 평범한 아내의 말투를 애써 기억해낸다. 호스트와 눈을 마주치는 것도 좋겠지만 그것만은 자제한다.

"오늘밤에?" 호스트가 멀어지자 일레인이 묻는다. "또 무슨 '볼일'이길래?"

"저 사람이 우리랑 같이 왔어도 엄마는 뭐라고 했을 거야." 맥신은 자기가 왜 이제 와 새삼 호스트 편을 들고 있는지 의아해한다.

"그 정도면 예의를 갖췄어. 엄마도 들었잖아?"

"이거 원, 군대를 먹일 만큼 페이스트리를 사왔는데. 안 되겠다, 전화라도 걸어서—"

"안돼," 맥신이 성을 내며 말한다. "다른 사람은 안돼. 소송 변호사도, 하버드 러닝 반바지를 입고 잠깐 들른 산부인과 의사도 절대 안돼. 엄마, 제발."

"절대 지는 법이 없다니까," 일레인이 말한다. "한번도. 피해망상이 심해, 정말이야."

"어디서 들었더라?" 어니가 혼잣말처럼 묻는다. 맥신이 살면서 한두번은 들었을 듀엣 곡의 가사에 관한 얘기다. 오늘밤, 오페라 작곡가 프랭크 레서에 관한 차분한 토론으로 시작된 대화는 이내 오페라 전반에 관한 두서없는 이야기로 옮아가고, 누가 부른 「네순 도르마」²가 가장 뛰어난지를 따지는 뜨거운 설전으로 이어진다. 어니는 유시 비욜링³이라 생각하고, 일레인은 전날 밤 텔레비전에서 방영된 「히스 버틀러스 시스터」(1943)의 디애나 더빈⁴이라 생각한다. "그 영어 가사 말이야?" 어니가 얼굴을 찌푸린다. "싸구려 틴 팬 앨리⁵ 음악을? 끔찍해. 그 아가씨는 아름답긴 하지만 성대가 너무 약해."

"그 여자는 소프라노야, 어니. 비욜링은 조합원 자격을 취소시켰어야 해. 스웨덴 억양으로 '뜨라몬따떼, 스뗄레'⁶를 부르다니, 용납할

---

2 Nessun Dorma. 푸치니가 작곡한 오페라 「투란도트」의 아리아. 이딸리아어로 '아무도 잠들지 말라'라는 뜻.

3 Jussi Björling(1911~60). 스웨덴 출신의 20세기 대표적인 성악가.

4 Deanna Durbin(1921~2013). 캐나다 태생의 배우 겸 가수.

5 19세기 말에서 20세기 초에 미국 대중음악의 중심지였던 뉴욕 맨해튼의 플라워 디스트릭트 지역을 말한다.

148

수 없어.”

기타 등등. 맥신이 어렸을 때, 그들은 메트로 그녀를 데려가려고 계속 애를 썼지만, 그런 일은 절대 일어나지 않았다. 그녀는 결코 오페라 팬이 되지 않았다. 수년 동안 그녀는 유시 비욜링이 캘리포니아의 대학 캠퍼스인 줄 알았다. 텔레비전 연예인들이 양쪽으로 뿔이 달린 헬멧을 쓰고 나오는 유치한 아동용 주간 프로그램도 그녀의 흥미를 끌지 못했다. 다행히도 한 세대를 건너뛰고 나서 그 바람이 이루어졌다. 지기와 오티스 둘 다 할아버지와 할머니에게 믿을 만한 오페라 친구가 되어주었던 것이다. 지기는 베르디를, 오티스는 푸치니를 특히 좋아했고, 둘 다 바그너는 그다지 좋아하지 않았다.

“할머니, 할아버지, 죄송하지만,” 오티스가 갑자기 생각난 듯 말한다. “사실 그건 아레사 프랭클린이 98년 그래미 시상식에서 빠바로띠를 대신했을 때예요.”

“98년이면 아주 오래전이네. 이리 와, 내 똥강아지.” 일레인이 손을 뻗어 뺨을 꼬집으려 하자, 오티스는 슬쩍 피한다.

어니와 일레인은 높이가 스포츠 경기장의 돔 천장만 하고 방이 일곱개에 임대료가 통제된, 2차대전 이전에 지어진 고전적인 아파트에 산다. 그리고 두말할 필요 없이 엎어지면 코가 닿을 거리에 메트가 있다.

일레인이 뚝딱하고 움직이자, 커피와 페이스트리가 눈앞에 나타난다.

“조금 더!” 아이들이 각각 접시를 들고 대니시 페이스트리, 치즈

---

6 Tramontate, stelle. 「네순 도르마」의 가사. 이딸리아어로 ‘사라져라, 별들이여’라는 뜻.

케이크, 스트루들을 건강에 안 좋을 정도로 한가득 담는다.

"요놈, 자꾸 그러면 한대 때려줄 거야." 아이들은 할아버지가 친절하게도 비디오테이프에 모두 녹화해둔 「스페이스 고스트 코스트 투 코스트」[7]를 보려고 옆방으로 달려간다. "거기서는 빵조각 흘리면 절대 안돼!"

자기도 모르게 맥신은 자신과 여동생 브룩이 썼던 침실을 들여다본다. 브룩의 방은 가구, 커튼, 벽지까지 모두 새것 같다. "이게 다 뭐래?"

"브룩하고 에이비가 돌아오면 쓰라고."

"그게 언젠데?"

"뭐라고?" 어니가 장난기 섞인 놀란 표정으로 말한다. "기자회견 못 봤어? 최신 뉴스로는 노동절 전쯤이라고 하던데. 하긴 그 친구는 리쿠드 데이[8]라고 부르겠네."

"그만해, 아빠."

"내가 뭐라고 했어? 열성당원이 좋아서 결혼한 건 걔야, 걔 일이라고. 인생은 이렇게 뜻밖의 기쁨으로 충만하다니까."

"에이브럼은 괜찮은 남편이야." 일레인이 고개를 가로젓는다. "그리고 분명히 말해두지만, 정치에 크게 관심도 없어."

"아랍인들을 전멸시키기 위한 소프트웨어라, 미안한데, 그게 정치와 관련이 없다고?"

"오셔서 커피 드세요." 맥신이 부드럽게 말한다.

"됐다." 어니가 손바닥을 하늘로 향하며 말한다. "항상 어머니

---

7 Space Ghost Coast to Coast. 1994~2004년에 방영된 컬트적인 만화.

8 이스라엘의 주류 보수정당인 리쿠드(Likud)당을 비꼬려고 노동절을 뜻하는 '레이버 데이' 대신에 하는 말.

의 마음은 눈 속의 구두상자에서 나왔다고 하면서, 아무도 아버지에 대해서는 물으려 하지도 않아. 아버지는 아예 마음이 없는 줄 안다고."

"오, 아빠. 그 사람은 자기 세대의 다른 사람들처럼 컴퓨터광일 뿐이에요. 무해한 사람이니까, 좀 봐줘요."

"그렇게 무해한데, 왜 FBI가 그 녀석에 대해 물으러 뻔질나게 오는 거지?"

"누가 온다고요?" 그렇게까지 몽롱하지는 않은 뇌 속에서 여태껏 공개되지 않은 푸 만추[9] 영화의 징 소리가 느닷없이 귀에 거슬리게 울리자, 맥신은 만성 초콜릿결핍증을 오래전에 진단받았음에도 불구하고 포크를 공중에 든 채 가만히 앉아서, 쑤틴 제과점에서 사온 삼단 초콜릿 무스케이크를 계속 뚫어지게 바라보다가, 퍼뜩 다시 정신을 차린다.

"어쩌면 CIA나," 어니가 어깨를 으쓱한다. "NSA, KKK일지도 몰라. 누가 알겠어. '기록을 위해 몇가지 사실만 더.' 그들은 늘 이렇게 말해. 그러고 나서는 몇시간 동안 정말로 당황스런 질문들을 해."

"언제부터 그랬는데요?"

"에이비와 브룩이 이스라엘로 가고 난 직후부터야." 일레인이 아주 분명하게 말한다.

"어떤 종류의 질문을 했는데?"

"동료, 이전 그리고 현 직장, 가족, 그리고 맞아, 네가 물으니까 생각났는데, 네 이름도 나왔어. 오 그리고," 어니가 맥신도 익히 아는

---

9 영국 작가 쌕스 로머가 창조한 소설 속 중국인 악당 캐릭터로 이후 여러 영화, 드라마, 만화 등에 등장했다.

능글맞은 표정으로 말한다. "거기에 있는 케이크 생각 없으면—"

"포크 상처에 대해 레녹스 힐 병원에 가서 설명하고 싶다면요."

"자, 여기. 한 친구가 너한테 주라고 명함을 남기고 갔어." 어니가 명함을 건넨다. "전화해달래. 급한 건 아니고, 그냥 시간이 날 때."

그녀는 명함을 본다. 니컬러스 윈더스트, 특수사건 담당관. D.C.를 가리키는 지역번호 202로 시작하는 전화번호. 달랑 그것 외에는 명함에 아무것도 적혀 있지 않다. 기관이나 부서명, 심지어는 로고 같은 것도 없다.

"옷을 아주 근사하게 차려입었더라." 일레인이 생각해낸다. "평소에도 그렇게 입는 것 같지는 않았어. 신발도 아주 근사했고. 결혼반지는 없었어."

"믿을 수가 없어. 엄마 지금 나를 연방수사관이랑 엮으려는 거야? 내가 무슨 말을 하는 거야, 당연히 그렇겠지."

"너에 대해서 꼬치꼬치 물었다니까." 일레인이 계속 말한다.

"으으으······"

"그러고 보니," 일레인이 차분한 목소리로 말한다. "어쩌면 네 말이 맞을지도 몰라. 아무도 정부요원하고 연애할 수 없거든. 적어도 함께 「또스까」[10]를 최소한 한번 보기 전에는. 우리한테 입장권이 있었는데, 그날 밤 너는 다른 일정이 있다고 했어."

"엄마, 그건 1985년이었어."

"쁠라시도 도밍고와 힐데가르드 베렌스가 나왔었지." 어니가 환하게 웃는다. "전설적인 무대였는데. 너 문제없는 거지, 그치?"

"오, 아빠. 한번에 열두건 정도의 사건을 다룬다고 치면, 연방정

---

10 가희 또스까. 정치범을 숨겨주어 체포되는 그녀의 애인, 그녀를 짝사랑하는 경시총감이 등장하는 푸치니의 오페라.

부와 관련된 것이 항상 있어. 정부용역이라든가, 은행규제, RICO 소송. 별도의 서류작업을 하고 나면 다른 일이 생기기 전까지는 잊고 지내." 그녀는 가급적 이 자리에 있는 사람들의 불안을 대수롭게 여기지 않는 것처럼 말하려고 애쓴다.

"그 남자가 어떻게 생겼더라······" 어니가 눈을 가늘게 뜬다. "사무직 같아 보이지는 않았어. 현장요원처럼 보였어. 그리고 보니 내가 깜빡했네. 나한테 내 기록까지 보여주던걸. 내가 말했던가?"

"그 사람이 어쨌다고요? 면담하는 사람과 신뢰를 쌓으려고 그런 걸 거예요. 틀림없어요."

"이게 나라고?" 어니가 사진을 보고 말했다. "쌤 자페처럼 생겼는데."

"선생님 친구분이시죠, 터노 씨?"

"영화배우야." 어니는 에프럼 짐벌리스트 주니어[11] 같은 연방요원에게 「지구가 멈추는 날」(1951)에서 아인슈타인에 버금갈 만큼 세계에서 가장 똑똑한 반하트 교수 역의 쌤 자페가 연구실 칠판에 난해한 방정식을 잔뜩 쓰고 난 뒤에 잠시 밖으로 걸어나가는 장면을 설명했다. 그때 교수를 찾아다니던 외계인 클라투가 연구실에 나타나 최악의 대수학 시간처럼 칠판에 가득 적혀 있는 부호들을 보고는, 중간에 실수처럼 보이는 것을 발견하고 뭔가를 지우더니 다른 것을 써놓고 그곳을 떠난다. 방으로 돌아온 반하트 교수는 자신이 쓴 방정식이 고쳐져 있는 것을 즉시 알아차리고 그곳에 서서 칠판을 보며 환하게 웃는다. 바로 그런 표정이 연방요원의 은밀한 카메라 셔터가 찰칵하는 순간에 어니의 얼굴에 스쳤다.

---

11 Efrem Zimbalist Jr.(1918~2014). TV 시리즈 「The F.B.I.」에서 연방요원 역할을 맡았던 배우.

"저도 그 영화에 대해서 들은 적이 있습니다." 그 윈더스트라고 하는 자가 기억을 떠올리며 말했다. "냉전이 한창이던 때의 평화주의 선전영화로 알려졌죠. 그래서 공산주의에 영감을 받았을지 모르는 영화로 분류되었고요."

"맞아, 당신네 사람들이 쌤 자페도 블랙리스트에 올렸고. 그는 공산주의자가 아니었어. 그런데 증언을 거부했지. 수년 동안 그를 찾는 영화사가 하나도 없었어. 결국에는 고등학교 수학 선생을 하며 살았어. 희한하게도 말이야."

"고등학교에서 가르쳤다고요? 그를 고용할 만큼 나라에 불충한 사람이 있었다고요?"

"지금은 2001년이야, 맥시." 어니가 고개를 끄덕인다. "냉전은 이미 끝난 것으로 아는데, 그쪽 사람들은 어쩌면 그렇게 안 바뀌고 그대로일 수 있는 거지? 그런 끔찍한 타성은 도대체 어디서 비롯된 거지?"

"아빠는 그들의 시대는 지나지 않았다고, 아직 오지도 않았다고 늘 말했었잖아요."

잠잘 시간에 어니는 딸들에게 무서운 블랙리스트 이야기를 들려주고는 했다. 다른 아이들은 일곱 난쟁이 이야기를 들을 때, 맥신과 브룩은 할리우드 10인[12]을 들었다. 거인과 사악한 마법사 등등은 대개 증오에 중독된 1950년대의 공화당원들이었는데, 이들은 1925년 무렵부터 '자본주의'의 왼편에 있는 것만 보면 거의 몸이 뒤틀리던 자들로서, 그 말인즉슨 그들이 거액의 돈을 국세청이 강탈하지 못하게 쌓아왔다는 것을 의미했다. 어퍼웨스트사이드에서

---

12 Hollywood Ten. 1947년 공산당에 연루된 혐의로 블랙리스트에 오른 10인의 할리우드 작가와 제작자를 말한다.

자라면서 이런 사람들에 대해 듣지 않는 것은 불가능했다. 맥신은 브룩이 에이비와 그의 컴퓨터 전문가다운 정치적 시도에 끌린 것처럼 자신도 그런 영향으로 인해 사기조사에 끌리게 된 것은 아닌지 종종 궁금해한다.

"그래서 그 사람한테 전화할 거야?"

"그렇게 말하니까 '그 여자 이름이 뭐지' 하고 묻는 것 같네요. 아니요, 아빠. 그럴 계획 전혀 없어요."

하지만 모든 게 맥신에게 달려 있는 것 같지는 않다. 다음 날, 저녁 퇴근 시간에 막 비가 내리기 시작한다…… 가끔은 그녀가 참지 못하고, 거리로 나가야 하는 때가 있다. 평일에는 단순히 하나의 점에 불과한 것, 기억은 잘 안 나지만 대학교 수업에선가 들은 적이 있는 사포[13]의 말대로, 하루가 흩뜨려놓은 것들이 다시 모이는 지점은 고기압의 일광이 허용하는 것보다 더 강렬한 비밀을 각자 간직한 백만 보행자의 드라마가 된다. 모든 것이 바뀐다. 비에 젖은, 바로 그 산뜻한 냄새가 난다. 자동차 소음이 비에 녹아든다. 시내버스의 유리창에 비친 거리의 모습이 버스의 내부를 알 수 없는 3D 이미지로 가득 채운다. 그러는 사이에 기이하게도 표면은 공간으로 바뀐다. 인도를 가득 채운 보통의 억센 맨해튼 얼간이들도 일말의 깊이와 목적이 생겨, 미소를 짓고, 천천히 걸으며, 심지어는 귀에 휴대폰을 찰싹 붙인 채 수다를 떨기보다는 누군가에게 노래를 불러줄 것 같은 표정을 한다. 몇몇은 실내 화분을 들고 빗속에서 산책을 한다. 심지어는 우산과 우산이 스치는 가장 가벼운 접촉

---

13 Sappho. 고대 그리스의 시인.

까지도 관능적으로 다가온다.

"어울리는 우산이라면 된다는 거네." 한번은 하이디가 명확하게 하려고 한 적이 있었다.

"까다로운 하이디 아니랄까봐. 아무 우산이어도 돼. 상관없어."

"멍청이 맥시 보게. 그러다 테드 번디[14]를 만날 수도 있어."

지나고 보니 이날 저녁은 실제로 그렇게 되어간다. 맥신은 어느 공사장 비계 밑에서 폭우가 잦아들기를 기다리는 동안 남성의 존재 같은 것을 의식한다. 우산들이 스친다. 밤의 타인들이 서로 눈길을 주고받는다. 아니 잠깐, 이건 다른 무언가다.

"안녕하세요, 터노 씨." 남자가 명함을 내밀자, 그녀는 전날 밤 어니가 자신에게 건넨 명함과 같은 것임을 알아차린다. 그녀는 명함을 받지 않는다. "괜찮아요. GPS 칩이나 다른 어떤 것도 들어 있지 않으니까요."

오, 이런. 빌어먹을 목소리. 낭랑하고 지나치게 훈련되었고 자동 응답기의 차가운 음성처럼 가식적이다. 그녀는 곁눈으로 슬쩍 쳐다본다. 오십대에 짙은 갈색 구두, 일레인이 근사하다고 했던 폴리에스테르 함량이 높은 트렌치코트까지, 초등학교 시절부터 그녀 자신을 포함해 모든 사람이 그녀에게 가까이 하지 말라고 경고해온 바로 그런 유형의 사람이다. 그래서 그녀는 당연한 듯 불쑥 말을 내뱉는다.

"이미 하나 갖고 있어요. 명함에 니컬러스 윈더스트라고 적힌 분이시군요. 연방 신분증이나 영장 같은 것을 소지하고 있는 건 아니죠? 이해해주세요. 주의 깊은 시민으로서 범죄와 싸우기 위해

---

14 Ted Bundy. 미국의 악명 높은 연쇄살인범이자 강간범.

내 몫을 하려는 것뿐이에요." 언제쯤이나 입을 닥치는 법을 배우게 될까? 경계성 성격 전문가들이 그녀에게 계속 주의를 주는 것도 당연하다. 그들이 계절마다 하는 잔소리는 사실 편집증 진단의 최신 결과들인데, 그녀는 위험을 무릅쓰고 그것들을 무시한다. 대체 내 어디가 문제라는 거야? 그녀는 스스로에게 묻는다. 내가 괜찮은 척하는 강박증 환자이기라도 한 거야? 하이디가 항상 말하는 것처럼 내 상태가 절망적인가?

그사이에 그는 주머니 크기의 가죽제품을 획 열었다가 다시 닫는다. 코스트코 회원권 같은 뭐 그런 것일지도 모른다. "이봐요, 정말로 도움이 필요해서 그래요. 연방청사로 같이 가주면 시간은 별로 안 걸릴―"

"당신 미쳤어요?"

"됐어요. 그러면 암스테르담의 라 시바에냐는 어때요? 무슨 말인가 하면, 거기서도 약에 취해 납치당할지 모르지만, 커피 맛은 시내보다 더 나아요."

"오분만이에요." 그녀가 중얼거린다. "스피드 심문이라고 해두죠." 그에게 왜 이렇게까지 너그러운 걸까? 30~40년을 받아온 부모의 허락으로도 모자라서? 이런. 물론 어니는 로젠버그 부부[15]가 무고하다고 여전히 믿고 연방수사관과 그 일당들이라면 끔찍이도 싫어한다. 반면 일레인은 진단 미확정의 OY, 즉 옌타[16] 강박증을 앓고 있다. 그것 말고도 이 남자의 어떤 부분은 마치 자동차 도난경보처

---

15 1953년에 소련에 국가기밀을 누설한 간첩행위로 사형을 당한 줄리어스와 에설 로젠버그 부부.

16 YENTA. Your Espionage Network and Training Academy(당신의 첩보 연대와 훈련 학교)의 약자로 TV 드라마 등에 가상의 이스라엘 비밀기관으로 등장했다. OY는 Obsessive Yenta의 약자.

럼 '적합하지 않음' 신호를 끊임없이 울려대고 있다. 제임스 본드라면 쉬웠을 텐데. 영국인들에게는 언제나 악센트가 있으니까. 거기에 계급을 나타내는 다양한 세트인 턱시도까지 갖추고. 반면 뉴욕에서는 정말로 신발만 있으면 된다.

그렇게 혼자 생각하는 동안 비가 조금씩 누그러지더니 어느새 라시바에냐 중국-도미니까 까페에 도착한다. 집 근처인데? 뒤늦게 정신이 든다. 이 작자랑 같이 있는 걸 누가 보기라도 하면 어쩌지?

"제너럴 쏘 까띠비아[17]를 드셔보시죠. 평이 아주 좋아요."

"돼지고기네요. 유대인이거든요. 레위기에 그렇게 나와 있어요. 더이상 묻지 마세요." 맥신은 사실 배가 고프지만 커피만 주문한다. 윈더스트는 모리르 쏘난도[18]를 시키면서 여종업원과 도미니까 말로 그 음료에 대해 실컷 수다를 떤다.

"이 집 모리르 쏘난도가 아주 예술이에요." 그가 맥신에게 알려준다. "가족 대대로 이어온 옛날 시바오 방식으로 만들거든요."

맥신은 우연하게도 가게 주인이 뒤쪽으로 가서 믹서에 오렌지맛 아이스바를 던져넣는 것을 본다. 윈더스트에게 이 사실을 알려줄까 생각하다가 오히려 건방지게 들릴 것 같아 속으로 삭이고 만다. "그래서요. 내 동생 남편 때문에 이러는 거죠? 두주 후면 돌아올 테니까, 그때 직접 만나서 얘기해보세요."

윈더스트는 짜증이 나서라기보다는 안타깝다는 듯 코로 크게 숨을 내쉰다. "터노 씨, 최근에 안보 공동체를 온통 불안에 떨게 하는 게 뭔지 알고 싶어요? 프로미스라고 하는 소프트웨어예요. 원

---

17 중국식 양념을 한 닭 또는 돼지고기를 속에 넣어 튀긴 만두 같은 도미니까공화국 길거리 음식.
18 오렌지주스, 우유, 사탕수수, 얼음을 섞어 만든 도미니까공화국의 대표 음료수.

래는 연방검사들을 위해 만들어졌죠. 지방법원들끼리 데이터를 공유할 수 있게요. 그것은 파일이 무슨 언어로 쓰였는지, 심지어는 어떤 운영체제를 사용하는지와 상관없이 작동해요. 러시아의 범죄조직들이 그것을 중동 사람들한테 팔아왔어요. 더욱 심각하게는 모사드가 전세계를 누비고 다니며 각국 정부기관이 그것을 설치하도록 돕고, 때로는 크라브마가를 덤으로 가르쳐주었어요."

"그리고 때로는 제과점에서 가져온 루걸라크[19]도 주고요. 왠지 여기서 유대인혐오증이 감지되는데요?" 그의 얼굴 한쪽이 약간 처진 게 눈에 들어온다. 그것이 뭔지는 확실하지 않으나 두차례에 걸친 싸움으로 생긴 것일지도 모른다. 극복 불가능한 긴장을 드러내는 한두줄의 주름은 남자들에게 종종 생기는 움푹 팬 자국의 전조인 듯하다. 그리고 의외로 빈틈없는 입. 그는 말을 하지 않을 때에는 입술을 꼭 다물고 있다. 이런 입이라면 시끄러울 여지는 전혀 없다. 그의 짧게 자른 머리카락은 아직도 비에 젖은 채 착 달라붙어 있고, 오른편 머리는 조금씩 세기 시작했다…… 너무 많은 것들을 봐왔고 실제로 선글라스를 써야만 하는 두 눈……

"이봐요?"

지금은 좋은 생각이 아니야, 맥신, 이렇게 넋을 놓고 있다니. 됐어. "내가 유대인이기 때문에 유대인이 만든 소프트웨어에 대해 듣고 싶을 거라고 생각하시는군요? 대인관계 기술 세미나에서라면 당신에게 모든 점검 세션에 참여해보라고 할 거예요."

"기분 나쁘게 하려는 거 아니에요." 그는 말과 다르게 능글맞은 웃음을 띤다. "그런데 이 프로미스 소프트웨어가 불안한 이유는

---

19 rugelach. 유대인들이 즐겨 먹는 페이스트리.

항상 백도어[20]가 내장되어 있다는 거예요. 그래서 세계 어느 곳의 정부 컴퓨터에든지 설치가 되죠. 법 집행, 정보, 특수작전 등등. 이 백도어에 대해서 혹시라도 아는 사람이면 누구든 그것을 통해 내부로 들어가서 제 집처럼 편하게 머물 수 있어요. 어디서든 말이에요. 그러면 모든 비밀정보는 위험에 빠지게 되죠. 모사드 요원들이 고객에게 굳이 안 알리고 동시에 설치해온 것으로 거론되는 극히 정교한 이스라엘 칩 두개가 있다는 건 말할 것도 없고요. 이 칩들이 하는 일은 컴퓨터가 꺼져 있는 동안에도 정보를 수집해서, 오페크 위성이 다가올 때까지 갖고 있다가 단 한번의 데이터 방출로 전송하는 거예요."

"오, 그 유대인들, 못됐네요."

"이스라엘이 우리를 몰래 감시하지 않는다고요? 1985년의 폴라드 사건[21] 기억해요? 『뉴욕 타임스』 같은 좌파 신문들도 그 이야기를 다루었어요, 터노 씨."

얼마나 우파이기에 『뉴욕 타임스』를 좌파 신문으로 생각하는 거지? 맥신은 의아해한다. "그래서 에이브럼이 그 칩인가 소프트웨어인가에 가담했다는 건가요?"

"우리 생각에 그는 모사드예요. 헤르츨리야 졸업생이 아니더라도 사야님[22]이라고 부르는 민간 첩보원 중 한명일지 몰라요. 이곳 디아스포라 세계에서 본업을 갖고 살면서 전화를 기다리는 첩보원 말이에요."

---

20 backdoor. 인증 절차 없이 컴퓨터에 접근할 수 있도록 해주는 기능 또는 프로그램.

21 미국 정보분석가였던 조너선 제이 폴라드가 이스라엘에 기밀정보를 넘긴 혐의로 종신형을 선고받은 사건.

22 sayanim. 이스라엘 바깥에 사는 세계 각국의 유대인 협조자.

맥신은 자신의 시계를 보더니 가방을 들고 일어난다. "내 동생의 남편을 밀고하고 싶지 않아요. 저의 이상한 버릇쯤으로 생각해 주세요. 그러고 보니 제가 드린 오분이 이미 지났네요." 그의 침묵이 귀보다 먼저 직감으로 느껴진다. "뭐예요. 그 표정은."

"하나만 더 물어봐도 될까요? 해시슬링어즈닷컴의 재무에 대해 당신이 우리 생각에는 전문적인 관심을 갖고 있다는 것을 우리 회사 친구들이 알게 됐어요."

"모두 공개된 것들이에요. 내가 이용하는 사이트들 중에 불법적인 것은 하나도 없어요. 내가 무엇을 조사하고 있는지 어떻게 알죠?"

"식은 죽 먹기죠." 윈더스트가 말한다. "우리는 '키입력방지법'[23] 정도로 생각해요."

"그러니까 당신들은 내가 해시슬링어즈로부터 물러나기를 원하는군요."

"사실은 그렇지 않아요. 사기 문제가 있다면, 우리도 그것에 대해서 알고 싶거든요. 언제든 말예요."

"나를 고용하고 싶으세요? 돈을 주고? 아니면 매력이라도 발휘할 계획이었나요?"

그는 코트 주머니에서 별갑 테의 가짜 웨이페러 선글라스를 꺼내 쓴다. 마침내. 그러고는 바로 그 빈틈없는 입으로 미소를 짓는다. "내가 그렇게까지 나쁜 사람으로 보여요?"

"오. 아무래도 이 대목에서 닥터 맥신이 자존심을 걸고 나서야겠네요. 제안 하나 할 테니 잘 들으세요. D.C.에서 오셨으니까 폴리틱

---

[23] No keystroke left behind. 조지 W. 부시 행정부가 2001년에 입법한 '낙제학생방지법'(No Child Left Behind)에 빗대어 한 말.

스&프로즈의 자기계발서 코너에 가서 공감에 관한 책을 읽어보세요. 우리 사이엔 오늘 그게 전혀 없네요. 근처에도 못 갔어요."

그는 고개를 끄덕이고 자리에서 일어나 문을 향해 걸어간다. "일간 다시 만날 수 있기를 바랍니다." 선글라스까지 쓰고 있어서 그 말이 대체 무슨 의미인지 알 수가 없다. 구두쇠 같은 그녀에게 수표를 찔러넣은 셈이다.

이런. 윈더스트 요원이 있었어야 하는데. 바로 그날 밤에는 어쩔 수 없이, 실은 다음 날 동이 트기 전까지 그녀는 그가 나오는 거의 자각몽에 가까운 생생한 꿈을 꾼다. 꿈속에서 그들은 정확히 말해 섹스를 하는 것은 아니지만, 몸을 뒤섞는 것은 확실하다. 방으로 새벽빛이 들어오고 쓰레기 트럭과 휴대용 착암기 소리가 점점 커지면서 세세한 장면은 흐릿해진다. 마침내 흐릿해지기를 거부하는 하나의 이미지, 이 연방요원의 시뻘건 포식자 같은 페니스만이 남고, 맥신 홀로 그것의 먹잇감이 된다. 달아나보려고 하지만, 아마도 하버드 대학의 풋볼 헬멧 같은 이상한 헤드기어를 쓰고 있는 페니스에게는 역부족이다. 그것은 그녀의 생각을 읽을 수 있다. "날 봐, 맥신. 얼굴 돌리지 말고. 날 봐." 페니스가 말을 한다. 엉터리 라디오 DJ와 똑같은 목소리로.

그녀는 시계를 확인한다. 다시 잠들기에는 너무 늦은 시간이다. 게다가 누가 굳이 그런 꿈속으로 돌아가고 싶겠는가? 지금 그녀에게 필요한 것은 사무실로 가서 근사하고 정상적인 어떤 일을 잠시 하는 것이다. 두 아들을 데리고 학교로 막 향하려 하자, 누군가는 100년 전에 이 건물의 웅장함과 어울리리라 생각했을 예의 빅벤 초인종 소리가 울린다. 맥신은 눈을 가늘게 뜨고 문의 구멍으로 내다본다. 코즈모 배달원 마빈이다. 위로 세운 레게머리에 자전거 헬멧을 쓰고 오렌지색 재킷과 파란색 카고 바지를 입고서, 어깨에는 최근에 망한 코즈모닷컴의 러닝맨 로고가 박힌 오렌지색 메신저 백을 멨다.

"마빈. 오늘은 일찍 일어났네. 복장이 왜 그래? 자기 회사 몇주 전에 망했잖아."

"그렇다고 자전거를 그만 타야 되는 건 아니야. 두 다리는 여전히 쌩쌩해서 자전거와 기계적인 문제는 전혀 없다고. 연원히 탈 수 있어. 나는 플라인 더치만[24]이니까."

"희한해. 아무것도 기대하지 않는데, 당신만 만나면 다른 밑바닥 인간이랑 반드시 엮이게 된다니까." 마빈은 맥신이 기억하기에 주문한 적은 없으나 매번 나중에 가서는 그녀에게 마침 필요한 것으로 판명되는 물품들을 들고 나타났던 기이한 역사가 있다.

그녀가 주간에 그를 본 것은 이번이 처음이다. 그의 교대시간은 해 질 녘에 시작되었던 터라 그때부터 동이 트기 전까지 그는 오렌지색 고정기어 트랙 자전거를 타고, 밤새 활동하는 마약상용자, 해커, 그리고 닷컴 호황이 영원히 가리라 생각하고 즉각적인 만족감을 좇는 사람들에게 한시간 내 도착을 장담하며 도넛, 아이스크림, 비디오테이프를 배달했다.

"여기가 모두 초호화 돈네였는데." 마빈이 생각을 늘어놓는다. "나는 우리가 14번가 북쪽에 배달을 시작한 순간 존말의 서막이라는 걸 깨달았어."

---

24 Flyin Dutchmahn. 바그너의 오페라 제목에서 따온 '플라잉 더치맨'(Flying Dutchman)을 잘못 발음한 것(마빈은 '-ng'를 전부 '-n'으로 발음하고 있다). 원래는 희망봉 근해에 출몰한다고 하는 네덜란드 유령선 혹은 그 배의 선장을 가리킨다.

항간의 전설에 따르면, 모든 자전거 배달원을 싫어한 줄리아니 시장이 마빈에게 직접 복수를 다짐했다고 한다. 이 전설은 그가 뜨리니다드 출신에 코즈모에서 직원번호가 한 자릿수라는 사실과 합쳐져서 그를 트랙 자전거 배달원계의 우상으로 만들었다.

"보고 싶었어, 마빈."

"일이 많았어. 요즘에는 드웨인 리드[25]까지 온 곳을 다 다녀. 나한테 지금 흔들어대고 있는 그 지폐 주지 마. 너무 과하고 너무 슬프니까. 아 여기. 이건 당신을 위한 거야."

그런 다음 길이 4인치 폭 1인치에 한쪽 끝에는 USB 단자가 있는 베이지색 플라스틱으로 된 첨단 장치 같은 것을 꺼낸다.

"마빈, 그게 뭐야?"

"아, 사모님, 맨날 논담도 잘하시지. 난 그냥 배달만 할 뿐이야."

전문가의 조언을 구할 시간이다. "지기, 이게 뭐야?"

"소형 8메가바이트 플래시드라이브 중 하나 같은데. 메모리카드 같은 건데 약간 다른? IBM에서 만드는데, 이건 아시아 복제품이야."

"그럼 이 안에 파일이나 무언가가 저장되어 있을 수 있겠네?"

"뭐든. 텍스트일 가능성이 제일 크지만."

"어떻게 해야 해? 그냥 컴퓨터에 꽂기만 하면 돼?"

"으! 안돼! 엄마! 뭐가 들어 있는지 모르잖아. 브롱크스 사이언스[26]에 다니는 애들을 알아. 걔들한테 거기에 있는 컴퓨터 실습실에서 확인해달라고 할게."

"네 할머니처럼 말하는구나, 지그."

---

25 Duane Reade. 뉴욕시 전역에 퍼져 있는 약국 및 편의점 체인.
26 뉴욕시에 위치한 브롱크스 과학고등학교를 말한다.

다음 날. "저 USB 드라이브? 괜찮아, 복사해도 안전해. 텍스트만 잔뜩 들어 있어. 좀 공적인 내용 같아."

"네 친구들이 나보다 먼저 봤다는 거네."

"걔들은…… 어, 그렇게 많이 읽지 않아, 엄마. 걔들이 별나다는 건 아니고. 우리 세대가 그래." 나중에 보니 그것은 니컬러스 윈더스트에 관한 자료이다. 페이스마스크라고 하는 딥웹의 스파이 명부를 다운로드한 것으로 고등학교 졸업앨범에서도 볼 수 있는 유의 무자비한 유머가 담겨 있다.

아무리 봐도 윈더스트는 연방수사국 요원이 아닌 것 같다. 어쩌면 그보다 더 위험한 무언가일지 모른다. 만약 신자유주의 테러리스트 남성단체 혹은 그런 일이 없기를 바라지만 여성단체가 있다면, 윈더스트는 처음부터 거기에 가담하여, 현장요원으로서 첫 공식임무로 1973년 9월 11일 칠레의 싼띠아고에 말단 심부름꾼으로 투입되어, 대통령궁에 폭탄을 투하해 쌀바도르 아옌데를 죽게 한 전투기들을 찾고 있었을 터이다.

낮은 단계의 위장활동으로 시작해 비밀감시와 기업스파이로 임무가 확장되는 동안 윈더스트의 경력은 점점 더 험악해져갔고, 그것은 그의 활동반경이 일찌감치 안데스산맥을 넘어 아르헨띠나로 옮아갔을 때 어느정도 예견되었다. 직무상의 책임에 '심문향상'과 '불복종시민 격리수용'이 포함되기 시작했다. 그 당시의 아르헨띠나 역사를 자세히 알지는 못하지만, 맥신은 그 의미를 충분히 짐작하고도 남는다. 1990년 무렵, 아르헨띠나의 구세력, 즉 더러운 전쟁[27]에 참여하고 그 이후에도 계속 남아서, 권력을 잡은

---

27 Dirty War. 1976년부터 1983년까지 아르헨띠나에서 미국의 지원을 받은 군사정권이 국가에 의한 테러, 조직적인 고문, 강제 실종, 정보 조작 등을 자행한 시기.

IMF의 꼭두각시들을 조종한 미국 퇴역군인으로서, 윈더스트는 '미국의 새로운 글로벌 기회를 향하여'(TANGO)[28]로 알려진 워싱턴 D.C.의 싱크탱크 창립자 중 한명이었다. 그는 악명 높은 스쿨 오브 아메리카스[29]에서의 경력을 비롯해 30년간 객원교수로 활동한 이력이 있다. 그래서 원칙적으로는 개성을 신봉하는 데 반대하는 것 같지만, 젊은 제자들의 무리에 늘 둘러싸인다.

"너무 마오쩌둥주의자 같아." 그에게 하는 덜 심한 욕 중 하나가 이렇다. 실제로 동료들은 윈더스트에 대해서 길게 의심을 늘이느라 바빴던 것 같다. 세계적인 불경기로 인해 돈이 빠져나가는 것을 감안할 때, 수익을 직접 챙기기를 꺼려하는 그의 예상치 못한 태도는 이내 의심을 샀다. 끌어들인다면 안전하게 함께 일할 수 있는 범죄 파트너가 될 수도 있을 터였다. 오직 날것 그대로의 이념에 의해서만 움직인다는 사실이—탐욕 이외에 다른 무엇이 있을 수 있겠는가?—그를 수상쩍고, 거의 위험한 인물로 만들었다.

그래서 윈더스트는 시간이 흐르면서 특이한 타협에 부딪치게 되었다. 어느 나라의 정부가 IMF의 요청에 따라 자산을 매각할 때마다, 그는 지분의 1퍼센트를 차지하거나, 혹은 나중에 좀더 영향력이 커진 뒤에는 즉석에서 사들였다. 하지만 절대 히피 미치광이처럼 어떤 것도 현금으로 바꾸지는 않았다. 어떤 발전소가 헐값에 주식비공개 기업이 되면, 윈더스트는 익명 동업자[30]가 된다. 지역에 물을 공급하는 상수원, 부족의 땅 전역에 걸쳐 있는 송전선 지

---

28 Toward America's New Global Opportunities.

29 1946년에 창립된 아메리카 미 군사학교(US Army School of Americas)를 말한다. 중남미 국가의 정부요원을 비롯해 군부 독재자들에게 공산주의 진압과 고문기술 등의 군사훈련을 시킨 것으로 악명이 높다.

30 출자만 하고 경영에는 관여하지 않는 투자가.

역권, 선진국에서는 아무도 관심 갖지 않는 열대 질병을 위한 클리닉 등에 윈더스트는 작은 지분을 갖고 있다. 어느날 평소와 다르게 너무 할 일이 없어서 현재의 재산 상태나 알아보려고 서류철을 꺼낸다면, 자신이 세계 각지의 새롭게 민영화된 여러 분야에서 유전, 정제공장, 교육기관, 항공사, 전력망 등의 지배지분을 소유하고 있다는 사실을 깨닫게 될 것이다. 어떤 비밀보고서의 결론에 따르면 "그것들 중 어떤 것도 규모가 특별히 크지는 않지만, 체르멜로의 선택공리에 따라 전체를 모두 합하면, 더러는 그 혼자 경제 전체를 효과적으로 통제할 수 있는 수준이다."

똑같은 종류의 추리 끝에 맥신은 윈더스트가 자신이 수행한 업보 같은 임무들로 인해 수백, 어쩌면 수천명의 죽음으로 이어진, 신체의 다양한 부위에 가해진 고통과 상처의 기록을 쌓아왔으리라는 생각에 이른다. 이것을 누구에게 말해야 할까? 어니? 아니면 이 남자를 자신과 짝지어주려던 일레인? 그들은 바로 쓰러질 것이다.

생각만 해도 섬뜩하다. 어떻게 그렇게 된 것일까? 어떻게 말단 신참에서 전날 밤 그녀에게 다가와 말을 건넨 닳고 닳은 전형으로 변한 것일까? 지금 보고 있는 자료는 사진이 전혀 없는 텍스트 파일이지만, 맥신은 당시의 윈더스트, 깔끔하게 생긴 청년의 모습을 눈앞에 떠올릴 수 있을 것 같다. 짧은 머리에 면바지와 단추를 채우는 셔츠를 입고 일주일에 한번만 면도해도 되는 얼굴로, 제3세계의 도시와 마을에 우르르 나타나 아주 오래된 식민지 공간을 사무용 복사기와 커피머신으로 채워놓고 밤샘작업을 하며, 목표로 삼은 국가들을 완전히 밀어버리고 자유시장의 환상으로 대체하기 위한 거의 확정된 계획들을 실행하는, 세계를 누비는 젊고 잘난 무리 중 하나의 모습을. "오전 9시까지 모든 사람의 책상에 하나씩 준비해놔야 해, 빨리! 빨리!"[31] 만화 「스피디 곤잘레스」[32]의 대화도 이 동부해안의 건방진 녀석들 사이에서는 평범하게 들렸을 것이다.

그 당시의 좀더 순진했던 시절에 윈더스트가 끼친 피해는, 만약에 있다면, 서류에 모두 안전하게 남아 있을 것이다. 그러나 이후 어느 지점에서, 그녀가 생각하기에 광대하고 용서 없는 평지 어딘가에서, 그는 조치를 취했다. 그 광대함이란 컴퓨터 화면의 눈에 보이지 않는 링크를 찾아 클릭하는 것처럼 거의 헤아릴 수 없겠지만, 그 조치를 통해 그의 다음 생으로 옮아갔던 것이다.

대개는 NBA를 제외하고 남자들만 나오는 이야기는 맥신의 인내심을 요구한다. 이따끔씩 지기나 오티스가 액션영화를 보자고 조를 때가 있기는 하지만, 만약 오프닝크레디트에 여자가 별로 없으면 자리를 피하곤 한다. 이와 비슷한 증상이 윈더스트의 업보와 같은 전과기록을 훑는 동안 계속해서 일어나던 중에 그녀는 1982~83년 윈더스트가 표면상으로는 농업 봉사활동의 일환으로 커피 재배국 가운데 과떼말라에 근무했던 당시의 기록에 이른다. 도우미로 나선 농부 윈더스트라. 나중에 드러난 것이지만, 이 무렵 그는 시오마라라는 이름의 아주 젊은 현지 여자를 만나 연애하고 결혼했다. 혹은 그의 익명의 전기 작가들의 말대로라면 "결혼 작전에 배치되었다". 잠시 맥신은 피라미드, 토속적인 마야 의식, 환각제로 이어지는 정글 결혼식 장면을 상상한다. 하지만 아니다. 결혼식은 현지 가톨릭 성당의 성구보관소에서 열렸다. 그곳의 모든 사

---

31 (스) ¡ándale, ándale!

32 Speedy Gonzales. 워너브러더스의 만화 캐릭터로 '멕시코에서 가장 빠른 생쥐'라는 설정이다.

람은 이미 남남이거나 곧 남남이 될 이들이었다.

정부기관이 시댁이었다면, 시오마라는 여러가지 이유로 받아들여지기 어려웠을 것이다. 정치적으로 그녀의 가족은 문제투성이였다. 전통적인 아레발리스따[33]의 '정신적 사회주의' 좌파에, 유나이티드 프루트[34]에 대한 타협 불가능한 증오의 역사를 지닌 운동가들, 은신처를 제공하고 시골의 민초들과는 깐호발[35] 말을 썼던 무정부—마르크스주의 강경파 출신의 이모와 사촌 들, 그뿐만 아니라 당사자들은 그냥 내버려달라고 하는데도 지역에 사는 모든 사람을 가리키는 게릴라 동조 용의자로 항상 간주되는 다양한 총기밀매업자와 마약거래상에 이르기까지 문제가 많은 가족이었던 것이다.

그렇다면…… 여기에 뭐가 있는 거지? 진정한 사랑, 제국주의적인 성폭력, 원주민과 우호적 관계를 맺기 위한 위장? 기록은 별로 도움이 되지 않는다. 시오마라나 그 문제와 관련된 과떼말라 시절의 윈더스트에 관한 언급은 더이상 없다. 몇달 뒤 그가 꼬스따리까에 모습을 드러내기는 하나 아내는 언급되지 않는다.

맥신은 계속해서 화면을 내려가다 왜 마빈이 자기에게 이 파일을 가져다준 것인지, 그리고 이것을 어떻게 해야 되는 것인지에 좀더 집중한다. 그래, 그래, 어쩌면 마빈은 다른 세상에서 온 배달부일지 몰라. 심지어 천사일지도. 지금 그를 고용한 보이지 않는 힘이 무엇이든 간에 그녀는 전문적인 질문을 하지 않을 수 없다. 가

---

33 미국이 지원하는 독재정권에 맞서 1945년 민주적인 선거에 의해 최초로 당선된 과떼말라의 대통령 후안 호세 아레발로를 지지하는 세력.
34 중남미 지역 플랜테이션 농장에서 바나나를 비롯한 열대과일을 재배해 판매해온 미국 기업 The United Fruit Company를 말한다.
35 Kanjobal. 과떼말라와 멕시코 일부에서 쓰는 마야어.

령, 세속적인 공간에서 데이터 저장장치가 어떻게 마빈 손에 들어갔지? 내가 그것을 보았으면 하는 누군가가 있나? 게이브리얼 아이스? CIA의 간부 혹은 다른 누구? 윈더스트 본인?

11

한두주 뒤에 맥신은 8학년 졸업식을 위해 다시 본츠 강당에 와 있다. 볼 때마다 항상 농담을 위한 장치 같은 의상을 그럴듯하게 차려입은 종파를 초월한 성직자들의 일상적인 행진이 끝나자 쿠 겔블리츠 비밥 앙상블의 「빌리스 바운스」[1] 연주가 흘러나오고, 브 루스 윈터슬로우는 기네스북에 오를 정도로 음절이 많은 단어들 을 한 문장에 쏟아붓고, 이어서 초청연사 마치 켈러허가 등장한 다. 맥신은 고작 2년이라는 시간이 남긴 흔적에 약간 놀란다─잠 깐, 순간 그녀는 소스라치게 놀란다, 정확하게 몇년 만이지? 마치 의 흰머리가 막 나기 시작하는 단계를 지나서 제 집처럼 편안히 자 리를 잡은 게 아닌가. 게다가 그녀는 오늘따라 눈 화장에 자신감을 잃어버린 듯 지나치게 큰 선글라스를 끼고 있다. 여기에 사막용 위

1 Billie's Bounce. 비밥 재즈의 창시자 찰리 파커의 명곡.

장복과 그녀 특유의 머리망, 오늘을 위해 특별히 고른 형광녹색의 머리망까지. 그녀의 졸업식 축사가 시작되고, 그것은 아무도 이해하지 못하는 우화임이 드러난다.

"옛날 옛적에 강력한 통치자가 다스리는 도시가 있었는데, 그는 변장을 한 채 마을 곳곳을 몰래 다니며 은밀하게 일을 수행하기를 좋아했어요. 이따금씩 그를 알아보는 사람들도 있었지만, 그들은 항상 그것을 잊어주는 대가로 한줌의 은화 혹은 금화를 기꺼이 받았어요. '독성이 강한 에너지에 잠시 노출되었을 뿐이야.' 그는 늘 이렇게 말했어요. '이 정도면 자네가 입은 피해를 충분히 보상해줄 거야. 곧 기억이 사라질 테니, 그러고 나면 기분이 나아질 걸세.'

그 당시에 밤마다 나다니는 노파 한명이 또 있었어요. 여러분의 할머니와 모습이 크게 다르지 않았어요. 노파는 더러운 넝마, 종이와 플라스틱 조각, 고장 난 가전제품, 먹고 남은 음식, 그리고 길에서 주운 다른 쓰레기로 가득 찬 커다란 포대를 들고 다녔죠. 안 다니는 데가 없었고, 도시의 외곽에서 어느 누구보다도 오래, 날씨와 상관없이 노숙을 하며 아무 보호도 받지 못하고 살았고, 모든 것을 알고 있었어요. 도시가 쓰고 버리는 모든 것의 보호자였어요.

마침내 그녀와 도시의 통치자가 길에서 우연히 마주치게 된 날, 통치자는 예상치 못한 충격을 받았어요. 선의에서 동전 한줌을 건넸는데, 노파가 화를 내며 그것을 다시 그에게 집어던졌거든요. 내던져진 동전들은 돌로 된 길바닥에 흩어지며 쨍그랑 소리를 냈어요. '잊으라고요?' 그녀는 날카로운 목소리로 말했어요. '잊을 수도 없고, 잊어서도 안돼요. 기억은 나의 본질이거든요. 나리, 망각의 대가는 상상하시는 것보다 더 큽니다. 돈으로는 어림없지요.'

172

깜짝 놀란 통치자는 금액이 충분하지 않아서 그러는 모양이라고 생각해 지갑을 다시 뒤지기 시작했어요. 그러나 고개를 들었을 때 노파는 이미 사라지고 없었어요. 그날 통치자는 이상한 불안에 싸여 평소보다 일찍 잠행을 마치고 돌아왔어요. 그는 생각했어요. 반드시 이 노파를 찾아내서 자신에게 해를 끼치지 못하게 하겠다고. 곤란한 사람이라고.

본성이 폭력적인 사람은 아니었지만, 그는 오래전에 무엇이든 필요한 조처를 기꺼이 취하지 않는다면 자기와 같은 직책을 유지하지 못하리라는 것을 알게 되었어요. 수년 동안 그는 폭력을 뺀 새롭고 창의적인 방법을 모색하다가, 대개는 사람들을 매수하기에 이르렀어요. 황실 유명인사들의 스토커들을 경호원으로 고용하고, 거짓보도를 일삼는 언론인들을 '분석가'로 재임명해서 국가정보국에 배치했어요.

이런 논리대로라면 쓰레기 포대를 가지고 다니는 노파는 환경부 장관이 되어 언젠가는 도시 전역에 자신의 이름을 딴 공원과 재활용 센터를 설립해야 했어요. 그러나 일자리 제안을 위해 그녀에게 접근하려고 할 때마다, 그녀를 결코 찾을 수가 없었어요. 반면에 정권에 대한 그녀의 비판은 이미 시민 전체의 의식 속에 스며들어 지우기가 불가능해져갔어요.

자, 학생 여러분, 이건 그저 이야기예요. 스탈린이 집권하던 시절에 러시아에서 들을 만한 유의 이야기죠. 사람들은 서로에게 이러한 이솝우화를 들려주었고, 모두 다 그게 무엇을 뜻하는지 알아차렸어요. 21세기의 미국에 사는 우리들도 과연 그렇게 말할 수 있을까요?

그 노파가 누구일까요? 요즘이라면 그녀는 무엇을 찾아냈다고 생각할까요? 그녀가 매수당하기를 거부한 그 '통치자'는 누구일까요? 그리고 그가 '은밀하게 수행'하고 있는 그 '일'이란 무엇일까요? 만약 '통치자'가 사람이 아니라 항상 필요 이상으로 막강한 힘을 가지고, 앞서 말한 도시국가에서처럼, 작위를 내리지는 못하더라도 자격을 주는 영혼 없는 힘이라면 어떨까요? 그에 관한 답은 2001년 쿠겔블리츠 졸업생 여러분에게 숙제로 남길게요. 행운을 빕니다. 경연이라고 생각하세요. 답이 나오면 내 블로그 *tabloidofthedamned.com*으로 보내세요. 일등상은 원하는 대로 토핑을 추가할 수 있는 피자 한판입니다."

연설을 마치자 박수가 터져나온다. 이 부근 일대의 고상한 체하는 학교에서 나올 법한 것보다는 큰 편이지만, 쿠겔블리츠 졸업생에게서 기대하는 만큼은 아니다.

"내 개성이 문제야." 그녀는 뒤에 축하연에서 맥신에게 말한다. "여자들은 내가 표현하는 방식을 안 좋아하고, 남자들은 내 태도를 안 좋아해. 그래서 개인적으로 나서는 것을 줄이고 대신에 내 블로그에 집중하기 시작한 거야." 그러고는 오티스가 집으로 들고 왔던 전단지 한장을 맥신에게 건넨다.

"들어가볼게요." 맥신이 약속한다.

테라스 쪽으로 고개를 끄덕이며 마치가 말한다. "함께 온 저 스털링 헤이든[2]처럼 생긴 사람은 누구야?"

"누구요? 아, 제 전 남편이요. 그러니까 전 남편 같은 사람이에요."

"2년 전의 그 전 남편? 그때가 끝이 아니었네, 아직도 끝이 아니고. 뭘 망설여? 내 기억이 맞는다면, 나치 이름 비슷했던 것 같은데."

---

[2] Sterling Hayden(1916~86). 서부극과 누아르영화에 주로 출연했던 건장한 체격과 강인한 인상의 할리우드 배우.

174

"호스트예요. 이 얘기도 인터넷에 올리실 거예요?"

"내 큰 부탁을 들어준다면 안 올릴게."

"어어."

"진지하게 말하는 거야. 당신 공인사기조사관 맞지?"

"면허를 취소당했어요. 지금은 프리랜서예요."

"뭐가 됐든. 당신 머리를 빌릴 일이 생겼어."

"어디 가서 점심식사라도 같이 하실래요?"

"난 점심 안 먹어. 후기자본주의의 부패한 산물이야. 아침식사라면 모를까?"

말은 그렇게 해도 그녀는 미소를 짓는다. 그녀가 방금 한 연설과 다르게, 마치는 심술궂은 노파가 아니라 귀여운 매력덩어리라는 생각이 든다. 만난 지 오분도 채 안돼 뭘 좀 먹으라고 권하고도 남을 그런 사람의 표정과 태도이다. 특별한 무언가를, 이미 한숟가락 떠서 상대의 입에 넣어주려고 하는 사람.

콜럼버스 애비뉴의 피레우스 다이너는 동네 터줏대감답게 지저분하고, 낡고, 담배 연기와 주방에서 나오는 요리 냄새로 자욱하다. 웨이터 마이크가 금이 간 갈색 플라스틱으로 묶은 묵직한 메뉴판 두개를 테이블 위에 놓고 간다. "이 집이 아직도 여기 있다는 게 믿기지 않아." 마치가 말한다. "의외로 오래 버티고 있네."

"무슨 말씀이에요. 이 집은 영원해요."

"또 어느 별에서 온 거야? 쓰레기 같은 건물주와 쓰레기 같은 개발업자 사이의 농간에 이 도시의 어떤 곳도 똑같은 주소지에서 채 5년도 버티지를 못한다니까. 좋아하는 건물 하나만 대봐. 곧 언젠가 층층이 들어선 고급 체인점 아니면 머리에 든 것보다 돈이 더 많은 여피들을 위한 콘도로 바뀔 거라고. 공공용지가 영원히 버티고 살아남을 것 같아? 미안한 말이지만, 작별을 고해야 할 거야."

"리버사이드파크도요?"

"하! 그만 잊어. 센트럴파크도 안전하지 않아. 앞을 내다본다는 자들이 센트럴파크웨스트부터 피프스 애비뉴까지 우아한 주택들로 꽉 채우는 꿈을 갖고 있어. 그러는 사이에 유력 일간지[3]란 것은 귀여운 주름치마에 응원용 폼폼을 흔들고 다니면서, 콘크리트 혼합기 같은 게 지나가기라도 하면 바보 같은 웃음을 지으며 공중으로 점프를 해대지. 이곳에서 살아가는 유일한 방법은 정 붙이지 않는 거야."

맥신은 꼭 부동산과 관련된 것은 아니지만 숀에게서 비슷한 충고를 들은 적이 있다. "어제 밤에 당신의 블로그에 들어가봤어요, 마치. 요즘 닷컴 회사들도 뒤쫓고 있어요?"

"부동산은 싫어하기 쉬운 편이지. 그런데 이 기술자들은 약간 달라. 쑤전 쏜택이 늘 하는 말 알지."

"'난 내 머리의 새치가 좋아, 그래서 기르는 거야'[4] 말예요?"

"과시하기 위해서가 아니라 진정으로 말하고 싶은 감수성이 있다면, '경멸에 의해 제어된 깊은 공감'이 필요하다."

"경멸 부분은 알겠는데, 공감에 대해서는 떠오르는 게 없는데요?"

"그들의 이상주의," 썩 내키지 않는 듯한 말투다. "그들의 젊음…… 맥시, 60년대 이후로 그와 비슷한 것을 본 적이 없어. 이 청

---

3 The Newspaper of Record. 본뜻은 '기록 신문'으로 영향력 있는 주요 신문을 가리키며, 여기서는 『뉴욕 타임스』를 말한다.

4 미국의 저명한 작가이자 비평가, 페미니스트, 사회운동가 쑤전 쏜택은 '스컹크 머리'로 불릴 만큼 새치 머리로 유명했으며, 페미니스트의 징표로 여겨 염색하지 않았다.

년들은 세상을 바꾸려고 해. '정보는 무료여야 합니다'——그들은 진심으로 그렇게 생각해. 동시에 부동산 개발업자들을 밤비와 섬퍼[5]처럼 보이게 하는 탐욕스런 닷컴 회사 소유주 녀석들도 있어."

쩽그렁 소리를 내는 동전세탁기처럼 직관적으로 머리가 돌아간다. "내가 맞혀볼게요. 소원해진 당신의 사위, 게이브리얼 아이스가 있군요."

"마술사가 따로 없네. 생일 파티도 해?"

"실제로 바로 지금 해시슬링어즈가 제 고객 역시 불안에 떨게 하고 있어요. 일종의 고객을요."

"그래?" 진지하게 묻는다. "아마 사기겠지?"

"법정에서 길게 다룰 만한 법적인 건 아니에요. 어쨌든 아직은요."

"맥시, 저쪽에서 진짜 진짜 이상한 뭔가가 일어나고 있어."

마이크가 연기 나는 씨가를 이로 꽉 물고 나타난다. "주문하실래요?"

"오랜만이네." 마치가 환하게 웃는다. "와플, 베이컨, 소시지, 홈 프라이, 커피요."

"스페셜 K," 맥신이 말한다. "탈지우유, 과일 같은 거 있어요?"

"오늘은 바나나가 좋아요."

"커피도 주세요."

마치가 천천히 고개를 젓는다. "초기 단계의 음식 나치 같네. 그래서 말 좀 해봐. 게이브리얼하고 무슨 사이야?"

"그냥 친구예요. 페이지 식스[6] 믿지 마요." 맥신은 그간의 얘기를

---

5 월트디즈니사의 만화영화에 나오는 아기사슴 밤비와 그를 도와주는 아기토끼 섬퍼를 말한다.
6 『뉴욕 포스트』의 스캔들 지면.

빠르게 설명해준다. 벤퍼드 법칙의 변칙 사례, 유령회사, 걸프 지역으로의 자금 흐름 등등. "아직까지는 겉으로 드러난 그림만 갖고 있는데, 정부와 한 계약들이 꽤 많은 것 같아요."

마치가 얼굴을 찡그리며 고개를 끄덕인다. "해시슬링어즈는 미국의 안보기구와 아주 끈끈한 사이야. 뭐랄까, 하나의 부서 같아. 비밀임무, 대응책, 그외 온갖 것을 다 하는. 게이브리얼이 몬탁에 저택이 있는 거 알지, 아침에 산길을 따라서 조깅을 하면 바로 옛날 항공기지가 나와." 얼굴에 즐거움과 불길함이 묘하게 섞인 괴상한 표정이 떠오른다.

"왜 하필 그곳에—"

"몬탁 프로젝트."

"뭐라고요…… 오, 잠깐요. 하이디한테 들었어요…… 그런 것을 가르치거든요. 도시괴담……이었던가?"

"그럴 수도 있지." 지친 표정이다. "하지만 이럴 수도 있어. 미국 정부에 관한 최종 진실은 상상할 수 있는 그 어떤 것보다도 나쁘다."

마이크가 주문한 음식을 가지고 온다. 마치가 콜레스테롤이 높은 음식을 열심히 먹으며 곧바로 입에 음식이 가득한 채 말을 하는 동안 맥신은 바나나 껍질을 벗기고 얇게 잘라 시리얼 위에 얹은 다음 눈을 크게 뜨고 짐짓 무심한 표정으로 바라본다. "음모론에 대해서라면 나도 생각이 있어. 어떤 것들은 명백하게 거짓말이고, 또 어떤 것들은 너무 믿고 싶어서 조심해야 되겠다 싶기도 하고, 다른 어떤 것들은 설사 벗어나고 싶어도 그러지를 못해. 몬탁 프로젝트는 2차대전 이후로 가장 무시무시한 의혹 덩어리야. 거기서 나오는 얘기들은 하나같이 편집증적이고. 거대 지하시설, 이국적인 무기, 우주 외계인, 시간여행, 다른 시간차원, 계속할까? 나중에 알고 보니 그런 것들에 사이코패스적 열정까지는 아니지만 강렬한 관심을 갖고 있는 자가 나의 비열한 사위 게이브리얼 아이스 아니었겠어?"

"이상한 강박증이 있는 젊은 억만장자를 두고 하는 말이에요, 아니면⋯⋯?"

"'CIA 꽁무니를 쫓아다니는 권력에 굶주린 바보 녀석'이라고 해두지."

"만약 그게 사실이면요. 몬탁인가 하는 거요."

"1996년의 TWA 항공기 800, 기억해? 롱아일랜드 해협 상공에서 폭파된 비행기 말이야. 아주 영리한 정부조사 덕분에 결국 모든 사람은 그것이 그들 소행이라고 생각하게 되었지. 몬탁 사람들에 따르면 몬탁포인트 지하의 비밀실험실에서 입자선 무기를 개발 중이었대. 어떤 음모론들은 온화하고 위안을 줘. 우리에게 악당의 이름을 알려주고, 그들이 응당한 벌을 받는 모습을 보고 싶게 만들지. 다른 어떤 음모론들은 너무 불길하거나, 너무 심오하고 범위가 넓어서 그게 진실이기를 바라는지 확신이 안 들기도 해."

"어떤 것들이요? 시간여행? 외계인?"

"만약 무언가를 몰래 하면서 남들이 눈치 못 채게 하고 싶다면, 그것을 우스꽝스럽고 별일 아닌 것으로 만드는 방법으로 캘리포니아적인 요소를 끌어들이는 것보다 더 좋은 게 어디 있겠어?"

"아이스는 반정부 운동가나 진실을 좇는 인물처럼 느껴지지 않아요."

"어쩌면 그는 그것이 모두 진실이라 믿고 거기에 빠져들고 싶어 하는 건지도 몰라. 벌써 그런 게 아니라면. 그것에 대해서 그는 전혀 말이 없어. 래리 엘리슨[7]이 요트 경주를 하고, 빌 그로스[8]가 우표를 수집하는 건 모두 다 알고 있어. 하지만『포브스』식으로 말해서, 아이스의 '열정'이 무엇인지는 많이 알려져 있지 않아. 아직까지는."

"블로그에 올리고 싶어하는 것처럼 들려요."

"좀더 찾아내기 전까지는 아니야. 너무나 많은 아이스의 돈이 감춰진 목적을 위해 너무나 많은 곳으로 흘러가고 있다는 새 증거가 매일 나오고 있어. 어쩌면 모두 연관되어 있을 수도 있고, 단지 일부만 그런 것일 수도 있어. 가령, 당신이 추적하느라 고생하고 있는 정체불명의 송금들 말이야."

"고생하고 있어요. 그 돈은 전세계를 거쳐 나이지리아, 유고슬라비아, 아제르바이잔의 원리금자동이체 계좌로 돈세탁되었다가, 모두 마지막에는 에미리트의 은행지주회사인, 제벨 알리 자유지역⁹에 등록된 어떤 특별목적회사로 모여요. 조금 더 약삭빠를 뿐, 스머프 마을과 다르지 않아요."

마치는 포크 끝의 음식을 눈을 깜박이며 쳐다본다. 구좌파의 상상력에 더블클러치를 밟아 머리를 굴리기 시작하는 모습이 역력하다. "이제, 그걸 블로그에 올려야겠네."

"아마 아닐 수도 있어요. 아직은 누구도 겁먹게 하고 싶지 않아요."

"만약 그게 이슬람 테러리스트나 뭐 그런 거면? 지금은 시간이 가장 중요할지 몰라."

"그만요. 전 횡령꾼들이나 쫓아요. 제가 뭐로 보이는데요, 제임스

---

7 Larry Ellison(1944~). 세계적인 소프트웨어 회사 오라클의 창업자.
8 William H. Gross(1944~). 미국의 유명한 증권인.
9 Jebel Ali Free Zone. 아랍에미리트 두바이 부근에 있는 자유무역지대.

본드?"

"잘 모르겠어. 마초처럼 능글맞게 웃어봐. 어디 한번 보게."

그러나 마치의 얼굴에 무언가가, 어떤 알 수 없는 낙심한 표정이 엿보이자 맥신은 자기 말고 누가 그녀의 사정을 봐줄 수 있을까 하는 생각이 들기 시작한다. "알겠어요, 자 봐요. 제가 아는 내부고발자가 정보원이 있어요. 어린 컴퓨터 도사인데요, 파고 들어가서 해시슬링어즈가 암호화해놓은 자료 속으로 몰래 침투하고 있거든요. 무엇이든 찾아내면, 그게 뭐든 넘겨줄 수 있어요. 이제 됐죠?"

"고마워, 맥시. 신세 한번 졌다고 말하고 싶지만, 엄밀히 말해서 지금 당장은 아니야. 하지만 당신이 내가 정말 그러기를 원한다면……" 그녀는 난처한 표정을 감추지 못한다. 그러자 맥신은 엄마의 초능력을 바로 발휘하여 이 상황은 탤리스와 무관하지 않으리라 직감한다. 탤리스는, 마치가 부끄럼 없이 고백하기를 갖게 해달라고 말 그대로 기도까지 했던 이 세상에서 가장 그리워하는 딸로서, 공원 바로 건너편인데도 카트만두만큼 먼 어퍼이스트사이드에서 사교계 부인으로 살고 있다. 그래서 마치는 탤리스를 자기가 낳은 자식이지만 거의 본 적이 없는 잃어버린 딸, 자신이 절대로 증오를 거두지 않을 세계로 팔려버린 딸로 생각한다.

"제가 맞혀볼게요."

"거기엔 차마 갈 수가 없어. 없다고. 하지만 당신이라면 구실을 만들어서, 그애가 어떻게 지내는지 알아볼 수 있을 거야. 건너서 들은 소식만으로도 좋아, 정말이야. 인터넷에서 본 걸로는, 해시슬링어즈의 회사감독관이라던데, 당신이 확인해줄 수 있을 것 같아서. 잘은 모르겠지만……"

"그냥 전화를 걸어서 '안녕, 탤리스. 너희 회사에서 어떤 사람이

'누가 쿠키 통에서 쿠키를 훔쳤지' 게임[10]을 하고 있는 것 같아. 면허 정지당한 공인사기조사관이라도 쓰는 게 어때?' 말하지 그래요? 그만해요, 마치. 그건 구급차를 쫓아다니는 나쁜 변호사들이나하는 짓이에요."

"그래서…… 면허를 다시 취소당할 거라는 거야, 뭐야?"

맥신이 조심스럽게 묻는다. "따님을 마지막으로 본 게 언젠데요?"

"카네기멜런 대학에서 MBA를 받았을 때야. 몇년은 됐지. 초대도 못 받았지만, 어쨌든 갔어. 맨 뒤편에서 봤는데도, 그애한테서 빛이 났어. 그 유명한 펜스 근처에 잠시 숨어서 개가 지나가기를 바랐어. 돌이켜보면, 진짜 궁상맞았어. 나쁜 의상 조언만 빼고, 바버라 스탠윅 영화 같았다고.[11]"

맥신은 마치가 오늘 사람들 앞에 나서기 위해 특별히 신경 쓴 모습을 보자마자 든 생각을 다시 떠올리며 머리망이 순무의 선명한 자줏빛 핸드백과 잘 어울린다는 것을 알아챈다. "알았어요. 약간의 사회공학적인 작업을 해볼 수 있을 것 같아요. 그녀가 모임에 오지 않더라도 무언가를 알아낼 수 있을 거예요, 됐죠?"

---

10 Who Stole the Cookie from the Cookie Jar. 서로 노래를 부르며 범인을 찾는 게임.
11 미국 배우 바버라 스탠윅이 나오는 「스텔라 댈러스」(1937)의 마지막 장면을 말한다.

12

탤리스는 몬탁에서 잠시 돌아와 있는 터라 일하기 전에 맥신을 잠깐 만날 수 있다. 이른 아침, 맥신은 따가운 여름 햇살을 받으며 숀과의 주간 약속을 위해 시내로 향한다. 그는 감각상실 탱크에서 막 밤을 샌 것 같은 몰골을 하고 있다.

"호스트가 돌아왔어요."

"이미," 그가 손가락 따옴표를 그리며 묻는다. "'돌아와 있다'는 거예요? 아니면 방금 돌아왔다는 거예요?"

"내가 어떻게 알아요?"

그러자 아주 멀리서 목소리를 듣는 사람처럼 관자놀이에 손을 올리며 묻는다. "베이거스? 엘비스 교회? 호스트와 맥신 2편을 찍는다고요?"

"제발. 그건 엄마한테서나 들을 법한 말이에요. 엄마가 호스트를 그렇게까지 미워하지 않았다면요."

"나한테는 너무 오이디푸스 콤플렉스 같아요. 정말로 기가 막힌 프로이트학파 치료사를 소개해줄게요. 값도 흥정 가능하고, 끝내줘요."

"아닐지도 몰라요. 도우겐[1]이라면 어떻게 할 것 같아요?"

"앉아봐요."

느낌에 거의 한시간 같은 시간이 흐른다. "음…… 네, 앉았어요. 그다음은요……?"

"가만히 앉아 있어요."

도시 외곽으로 가는 택시 안에서 운전사는 기독교 전화상담 채널에 라디오를 맞춰놓고 주의 깊게 듣고 있다. 좋은 징조가 아니다. 그는 파크 애비뉴를 타고 쭉 가기로 작정한다. 그 순간 라디오에서 흘러나오는 성경 구절은 고린도후서다. "너희는 지혜로운 자로서 어리석은 자들을 기쁘게 용납하는구나." 맥신은 이 구절을 다른 길을 제안하지 말라는 신호로 여긴다.

파크 애비뉴는 그곳을 아름답게 꾸미려는 시도에도 불구하고 만성적 무지렁이 외의 모두에게는 여전히 뉴욕에서 가장 지루한 거리이다. 원래 이 거리는 그랜드센트럴 역으로 향하는 철로를 가리기 위한 일종의 고급스러운 뚜껑처럼 설계되었다. 뭐랄까, 샹젤리제 거리 같은? 가령 밤에 리무진을 타고 할렘까지 주파하면 그런대로 견딜 만하다. 하지만 대낮에 시간당 한 블록의 평균속도로 경찰 바리케이드, 합차선 구간 표지판, 휴대용 착암기 인부, 굴착기와 트랙터, 콘크리트 혼합기, 아스팔트 살포기, 그리고 하청업자

---

1 道元(1200~53). 선종(禪宗)의 한 파인 일본 조동종(曹洞宗)을 창시한 승려.

의 전화번호는 물론이요 이름도 적혀 있지 않은 찌그러진 덤프트럭은 말할 것도 없고, 맥신을 태운 택시 운전사와 견줄 만한 적개심을 참고 (혹은 즐기고) 있는 운전자들이 모는 시끄럽고, 유독가스를 뿜어대며, 파손 상태가 심각한 차들 사이에 끼어서 가다보면, 이제는 일종의 기독교 힙합이 터져나오는 이 라디오 채널과 연관된 어떤 것보다 좀더 동양적인 유형의 것이더라도, 반드시 정신수양이 필요한 순간이 된다. 기독교 뭐라고? 아니, 알고 싶지 않다.

순간 딜러 번호판을 단 볼보 한대가 앞으로 끼어들더니 사고가 나도 끄떡없다는 듯 다면체 모양의 충격완화 범퍼를 과시한다.

"빌어먹을 유대인 놈들." 운전사가 째려본다. "정신 나간 동물처럼 운전한다니까."

"그런데…… 동물들은 운전 못하잖아요." 맥신이 진정시키듯 말한다. "그리고 실제로…… 예수님이라면 그렇게 말할까요?"

"모든 유대인이 핵폭격을 당하면 예수님도 좋아하실걸요." 운전사가 대꾸한다.

"오. 하지만," 그녀는 결국 참지 못하고 말한다. "예수님도…… 유대인이 아니었나요?"

"말도 안되는 소리 하지 마요, 사모님." 그는 차광판에 꽂아놓은 컬러로 인쇄한 그의 구세주 사진을 가리킨다. "저게 당신이 여태까지 봐온 유대인처럼 생겼나요? 그분의 발, 샌들을 봐요. 맞죠? 유대인들은 샌들을 안 신어요. 로퍼를 신죠. 모두 다 아는 사실이에요. 자기, 시골에서 왔나봐요."

어떻게 알았대. 그녀는 거의 이렇게 대답할 뻔하다 멈춘다.

"그쪽이 오늘 마지막 손님이에요." 갑자기 목소리 톤이 너무 이상해서 맥신의 경고등이 깜빡거리기 시작한다. 그녀는 뒷좌석 모니터의 시간을 슬쩍 본다. 교대시간이 되려면 아직 한참 남았다.

"제가 좀 심했죠?" 농담으로 받아주길 바라며 맥신이 말한다.

"이제 팔을 걷어붙일 때가 됐어요. 계속해서 미뤄왔는데, 더이상 시간이 없어요. 오늘이 그날이에요. 그물에 걸린 물고기처럼 그냥 잡혀갈 수는 없잖아요. 우리는 그때가 다가오고 있다는 것을 알고 있어요, 준비해야만 해요."

무례한 충고나 운전 종료에 앞선 훈화는 모두 수증기처럼 사라진다. 안전하게 도착만 한다면, 적어도…… 요금의 두배를 낼 용의가 있다.

"실은, 두 블록을 걸어가야 해서요. 여기서 내려주실래요?" 그는 너무도 기쁜 나머지 문이 완전히 닫히기도 전에 모퉁이를 돌아 동쪽으로 향하더니 그녀가 신경 쓰지 않아도 되는 어떤 운명을 향해 나아간다.

맥신은 어퍼이스트사이드가 전혀 낯설지 않은데도 왠지 여전히 불편하다. 어렸을 적 그녀는 이스트 67번가에 있는 줄리아 리치먼 고등학교에, 아마 한두번쯤은 맨 정신으로, 일주일에 5일씩 시내 횡단 버스를 타고 다녔지만, 전혀 익숙해지지가 않았다. 길쭉한 헤어밴드 같은 지역. 이곳을 방문하는 일은 항상 계획된 난쟁이 마을로 걸어들어가는 것 같아서, 모든 게 크기가 작고, 블록들은 다른 데보다 짧고, 거리는 건너는 시간이 덜 걸리고, 공식적으로 손님을 맞이하는 키 작은 사람이 "먼치킨[2] 시티의 시장으로서……"라고 하며 언제라도 다가올 듯한 느낌이 든다.

반면 아이스의 주택은 부동산 중개업자들이 일단 "엄청나죠!"

---

2 『오즈의 마법사』에 나오는 난쟁이족.

하고 감언이설을 시작하는 그런 곳이다. 달리 말해, 더럽게 크다는 뜻이다. 집을 둘러볼 자격이 없어서 분명치 않지만 두층 전체, 어쩌면 세층 전체를 쓰는 듯 보인다. 그녀는 파티, 음악회, 기금모금 행사 등을 위해 사용하는 공적 공간을 통해 들어간다. 중앙냉방기가 높게 설치되어 있어서 날이 더워져도 몸에 해를 끼치지 않는다. 안으로 한참을 더 들어간 맥신은 좀더 사적인 공간으로 통하는 게 분명한 엘리베이터를 흘끗 쳐다본다.

출입이 허용된 방들은 개성이 없다. 청자색 벽에는 값비싼 예술품들이 골고루 걸려 있다. 맥신은 초기 마띠스의 그림 한점을 알아보지만, 아마도 한두점은 싸이 트웜블리의 작품일 수많은 추상표현주의 화가들의 그림은 알아보지 못한다. 수집가의 열정이 일관되게 드러나지 않는 반면, 그림들을 과시하고자 하는 소유주의 욕망이 좀더 느껴진다. 삐까소 미술관이나 베니스의 구겐하임 미술관과는 다르다. 구석에는 뵈젠도르퍼 임페리얼 피아노가 있다. 게이브리얼과 탤리스 그리고 가지각색의 추종자들이 방을 돌아다니며 인사하면서 그중 상당수는 웨스트사이드의 기준으로는 사소했을 다양한 목적을 위해 이스트사이드 귀족들의 수표책을 얄팍하게 만드는 동안, 고용된 피아노 연주자들이 캔더 & 에브, 로저스 & 해머스타인, 앤드루 로이드 웨버의 메들리를 몇시간 동안 연주했을 터이다.

"내 사무실이에요." 탤리스가 큰 소리로 말한다. 빈티지 조지 넬슨 책상과 역시 그가 디자인한 오마 부엉이 벽시계가 눈에 띈다. 어어. 귀여움 경보인데.

탤리스는 나중에 보면 저녁 활동을 위한 차림이었던 게 드러나는 연속극의 트릭을 낮 시간 내내 완벽하게 수행한다. 고급 화장에

머리카락 한올 한올을 돈 들여 헝클어뜨린 단발을 하고서, 그녀는
머리로 제스처를 취할 때마다 교묘하게 혼란스러워하는 표정에
천천히 빠져든다. 나르시소 로드리게스 봄 컬렉션에서 본 기억이
있는 검정 실크 바지와 거기에 맞춘 중간까지 단추를 채우지 않은
상의, 1년에 딱 한번 인간, 그것도 특정한 인간들만이 살 수 있는
가격으로 세일을 하는 이딸리아 신발, 각각 0.5캐럿짜리 에메랄드
귀걸이, 에르메스 시계, 그녀가 창문으로 들어오는 햇빛 속을 지나
갈 때마다 마치 악당들을 혼란에 빠뜨리기 위한 슈퍼히어로의 마
술 섬광탄처럼 눈을 거의 멀게 하는 하얀 빛으로 타오르는 아르데
코 골콘다 다이아몬드 반지. 둘이 마주 앉아 이야기를 나누는 동안
맥신의 머리에 한번 이상은 떠오를 것이다. 어쩌면 그녀 자신도 그
악당들에 포함될지 모른다고.

　아래층의 가정부가 아이스티 주전자와 남색을 포함해 각양각색
의 뿌리채소 칩이 든 그릇을 가져온다.

　"난 게이브리얼을 영원히 사랑해요. 그런데 그는 불가사의해요.
처음 데이트를 시작할 때부터 그것을 알았어요." 탤리스가 어떤 남
자들에게는 치명적인 매력으로 느껴지는 작은 후보 칩멍크 같은
목소리로 말한다. "그는 내가 보기엔 소름 돋지는 않지만 비범한
가능성을 갖고 있었어요. 우리는 어린애에 불과했지만, 나는 그 잠
재력을 볼 수 있었어요. 그래서 나 자신에게 말했죠. 자기, 정신 차
려, 진지하게 임해야 해, 이게 완벽한 파도가 될 수 있다고. 그런데
지금은…… 최악이지만 교훈은 얻었다고 할까요?"

　저요, 저는 홀라후프가 갖고 싶어요.[3]

<hr />

[3] 만화영화 「앨빈과 칩멍크들」에 나오는 유명한 크리스마스 노래의 가사.

탤리스와 게이브리얼은 컴퓨터학과가 최고의 전성기이던 시절에 카네기멜런에서 만났다. 게이브리얼의 룸메이트였던 디터는 마침 CMU에 학위과정이 개설되었던 백파이프를 전공하고 있었는데, 기숙사에서는 선율관 연주만 연습할 수 있도록 허용했는데도 그 소리가 게이브리얼을 컴퓨터학과 건물로 쫓아내고도 따라올 정도였다. 밖으로 쫓겨난 그는 이내 학생라운지의 텔레비전 화면을 넋 놓고 쳐다보거나, 탤리스가 머무는 기숙사를 포함해 다른 기숙사 시설을 이용했다. 그는 곧 탤리스의 기숙사에서 텔레비전 불빛에 비친 컴퓨터광의 존재에 빠져들어서, 종종 자신이 깨어 있는 것인지, 아니면 렘수면 동안 꿈을 꾸고 있는 것인지 확신할 수 없었다. 탤리스가 '비범했다'고 현재 기억하고 있는 그와의 초기 대화도 이런 상태에서 비롯된 것일지 모른다. 그녀는 말 그대로 그가 꿈꾸던 여자였다. 그녀의 이미지는 특히 헤더 로클리어, 린다 에번스, 모건 페어차일드[4]의 이미지와 합쳐졌다. 그녀는 만약 그가 밤에 푹 자고 나서 덧씌워진 텔레비전 불빛 없이 그녀를, 진짜 탤리스를 본다면 어떻게 될까 걱정이 들기 시작했다.

"그래서요?" 뚫어지게 쳐다보며 맥신이 묻는다.

"그래서 뭐가 불만이냐고요? 그래요, 엄마가 나한테 늘 하던 말이죠. 우리가 대화를 나누던 때에 말이에요."

이야기를 꺼낼 좋은 기회네. 맥신이 짐작한다. "당신 엄마하고 나, 우리는 서로 이웃이에요. 나중에 알게 됐죠."

"당신도 추종자예요?"

"그렇다마다요. 심지어 고등학교 때에는 다들 나한테 리더십 자

---

4 모두 TV 드라마에서 주로 활동한 금발의 배우들.

질이 있다고 생각했을 정도예요."

"내 말은 우리 엄마 블로그의 팔로워냐고요. 타블로이드 오브 더 댐드? 엄마는 우리를 화나게 하지 않은 날이 하루도 없어요. 게이브리얼과 나, 우리 회사 해시슬링어즈까지. 우리를 끝없이 조사하고 있다고요. 누가 봐도 장모가 할 짓이죠. 최근에는 황당한 혐의들을 마구 제기하고 있어요. 은밀한 미국의 외교정책 사기로 80년대 이란/꼰뜨라 사건[5]보다 더 큰 엄청난 규모의 돈을 해외로 빼돌렸다면서요. 우리 엄마에 따르면 그렇대요."

"딱 봐도 그녀와 당신 남편 사이가 안 좋네요."

"엄마와 내 사이 못지않게 안 좋아요. 기본적으로 우리는 서로를 미워해요. 알 만한 사람은 다 알아요."

탤리스가 마치와 아버지 씨드와 사이가 멀어진 것은 그녀가 대학교 3학년이 되고 나서였다. "봄방학에 두분은 우리를 여행에 데려가서도 서로 소리 지르며 싸우는 모습을 보이려고 했어요. 집에서 이미 충분히 보여준 것도 모자라서요. 그래서 게이브리얼과 나는 대신에 마이애미로 갔는데, 거기서 윗옷을 벗은 내 사진을 누가 찍었는지 어쩌다 MTV로 흘러들어가서 우아하게 모자이크 처리까지 되었어요. 그때부터 상황이 더 나빠지기 시작했죠. 그뒤로 엄마 아빠는 서로 잡아먹기 바빴고, 상황이 해결될 무렵 게이브리얼과 나는 결혼을 했는데 그때는 이미 너무 늦었어요."

맥신은 마치가 자신더러 해주기를 바라는 일이 그것이라 할지라도 복잡한 가족 문제에는 끼어들지 말자고 계속해서 다짐한다. 그러나 그들 사이의 멀어진 거리를 넘어 어떤 분노의 관성이 탤리

---

[5] 1986년 레이건 행정부에서 외교적 공식입장을 어기고 비밀리에 이란에 무기를 판매한 뒤 그 대금으로 니까라과의 정부 반군인 꼰뜨라를 지원한 사건.

스를 계속 끌고 다닌다. "엄마는 해시슬링어즈에 대해서 안 좋게 말할 거리만 찾으면 무엇이든 블로그에 올릴 거예요."

잠깐. 방금 은연중에 '하지만'이라는 말이 들린 것 같았는데? "하지만," 탤리스가 말을 덧붙인다. (아냐, 아냐, 설마 그녀가…… 아! 그래, 봐, 실제로 손톱을 입에 넣고 있잖아. 하. 하.) "엄마가 한 말이 틀리다는 것은 아니에요. 돈에 관해서 말이에요."

"당신 회사의 감사가 누구죠, 아이스 부인?"

"탤리스라고 불러주세요. 그게 혹시…… 문제인 거예요? 우리는 펄 스트리트의 D. S. 밀스에 맡기고 있어요. 그 사람들 실제로 흰 구두에 흰 정장을 입고 다니느냐고요? 그런데도 그들을 믿느냐고요? 음……?"

"내가 아는 한, 탤리스, 그들은 합법적으로 일해요. 와스프[6]들이 그것을 뭐라고 하든 간에요. 분명한 것은 증권거래위원회가 그들을 매우 좋아한다는 거예요. 그들의 엄마만큼은 아니어도 상당히요. 그런데 그들이 당신 회사에 무슨 문제를 일으킬 수 있는지 잘 모르겠네요."

"만약 그들도 찾아내지 못하는 무언가가 진행 중이라면요?"

"앨-빈?"[7] 하고 소리 지르고 싶은 것을 참으며 맥신이 부드럽게 묻는다. "그건…… 뭘까요?"

"오, 난 몰라요…… 마지막 투자유치 뒤에 지출과 관련해서 무언가 이상한 점이 있다는 것 정도? 이 업계의 최우선 준수사항이

---

6 WASP(White Anglo-Saxon Protestant). 미국 사회에서 가장 영향력 있는 주류 계층으로 통하는 앵글로색슨계 백인 신교도.
7 「앨빈과 칩멍크들」에 나오는 항상 늦거나 일을 망쳐서 자주 혼나는 다람쥐의 이름.

당신의 벤처투자가에게 항상 잘하라는 것임을 생각하면?"

"그런데 당신 회사의 누군가가…… 투자가에게 못되게 구나요?"

"투자받은 돈은 기반시설에 쓰도록 배정이 되어 있어요. 그런데…… 작년 이사분기 문제 이후로 돈이 줄줄 새고 있어요…… 서버, 다량의 다크 파이버,[8] 대역폭 확보까지." 기술적인 부분을 가지고 사람을 바보로 만들려는 건가? 아니면 다른 무엇이 있는 건가? 디스크에 난 홈처럼 그냥 건너뛰어. 평소에는 신경 쓰지도 않잖아. "내 역할이 감독관인데요, 이 문제를 게이브리얼에게 꺼내기만 하면, 그는 말을 얼버무려요. 그래서 창가의 아기가 된 것 같은 느낌이 들기 시작했어요." 그러고는 아랫입술을 삐죽 내민다.

"하지만…… 이걸 어떻게 요령껏 말하면 좋을까요…… 당신하고 당신 남편은 이 일에 대해 분명 어른다운 대화를 한번, 어쩌면 두번 정도는 나눴겠죠?"

짓궂은 표정을 지으며 머리를 휘날린다. 셜리 템플[9]도 주목했을 동작이다. "어쩌면요. 우리가 만약 안 그랬다면 그게 문제가 되나요?" 방금 '무제'라고 했나?[10] "내 말은……" 흥미로운 반 박자인데. "내가 무언가를 확실히 알기 전까지는, 그를 성가시게 할 이유가 없잖아요?"

"그가 그 일에 깊이 빠져들지만 않는다면 물론 그렇겠죠."

그녀는 무언가가 막 떠오른 양 급하게 숨을 들이마신다. "그렇다면…… 당신이나, 아니면 당신이 추천하는 동료가 그 일을 조사

---

8 통신 전송로로 부설되어 있지만 아직 이용되지 않는 광섬유 케이블.

9 Shirley Temlpe(1928~2014). 깜찍한 아역 스타로 이름을 날린 할리우드 배우.

10 탤리스가 어린아이처럼 'problem'의 두 중간자음 r과 l을 건너뛰고 발음해서 하는 말.

해줄 수 있을까요?"

아하. "부부 문제라면 질색이에요. 탤리스. 결국 총기가 튀어나 오거든요. 여기서도 냄새가 나는 게, 당신 생각보다 빨리 부부 문제로 바뀔 수 있어요. '하지만 리키, 고작 모자 하나잖아.'[11]"

"그래준다면 너무 고맙겠는데."

"어허. 당신의 감사들을 끌어들여야 할지도 몰라요."

"제발요—" 그녀가 간절하게 청한다.

"그건 전문적인 일이에요." 갑자기 이 터무니없이 값비싼 실내에서 완전히 봉이 된 기분이다. 감이 떨어졌나? 좋아. 어쩌면 이 백치나 다름없는 여자에게 멀리, 아주 멀리 떠날 수 있는 고액의 휴가비같이 얼마든 원하는 대로 청구할 수 있는 기회일지도 모른다. 하지만 얼마 지나지 않아 그녀가 한겨울에 열대 해변에서 쉬고 있을 때 성에가 긴 긴 유리컵에 담긴 럼 칵테일이 그녀의 손에서 순간 얼어붙고, 술기운이 그녀의 몸에 확 퍼지는 동안, 너무 늦게, 갑작스러운 깨달음의 파도가 밀려들 것이다.

이 중대한 순간에 어떤 것도 겉으로 보는 것이 다가 아니다. 눈 앞의 이 여자는 대개는 멍청함의 확실한 상징인 MBA 학위에도 불구하고 건방지게 너를 가지고 놀고 있다. 그러니 가능한 빨리 이곳에서 벗어나야 한다. 맥신은 자신의 지샥 미니 시계를 과할 정도로 대놓고 보며 말한다. "이런! 고객하고 스미스&울렌스키에서 점심 약속이 있어서요. 이 달의 고기를 먹으려고요. 곧 전화할게요. 당신 엄마를 만나면 안부 전해줄까요?"

"'꺼져버려'라고 하는 게 더 낫겠어요."

---

11 1950년대의 미국 TV 시트콤 「아이 러브 루시」에 나오는 대사. 끊임없이 모자를 사들이는 자신을 나무라는 남편에게 루시가 하는 말.

별로 우아한 이별은 아니다. 맥신은 자신의 역부족과 탤리스의 냉랭함이 계속될 가능성을 감안해 마치에게 있는 그대로 가감 없이 말해야겠다는 결론에 이른다. 물론 이것은 그녀가 말을 건넬 수 있다는 전제에서다. 왜냐하면 마치는 맥신이 이런 문제에 있어 도사라고 믿고 이번에는 탤리스를 소재로 졸업식 연설을 다시 다니기 시작했기 때문이다.

　몇년 전, 어느 차가운 겨울 오후, 콜럼버스의 파이어니어 마켓에서 집으로 오는 길에 어떤 정체불명의 여피가 마치를 밀어제치며 "실례합니다" 하고 지나간 적이 있다. 뉴욕에서 이 말은 "길 비키지 못해"라는 뜻으로 지내다보면 한두번 듣는 게 아니다. 마치는 들고 있던 가방을 길바닥의 더러운 진창에 던지고 발로 냅다 걷어차며 있는 힘을 다해 소리쳤다. "이 더러운 거지소굴 같은 도시 정말 싫어!" 걷어차인 가방과 내용물들은 순식간에 사라졌지만 아무도 눈길을 주지 않았다. 유일하게 반응을 한 것은 지나가던 행인이었다. 그는 가던 길을 멈추고 말했다. "그래서? 그렇게 싫으면 다른 데 가서 살지 그래?"

　"흥미로운 질문이지?" 그녀가 그때를 떠올리며 맥신에게 말한다. "내가 실제로 얼마나 오래 그것에 대해 생각했든 말이야. 탤리스가 이곳에 있기 때문이야. 그게 이유야. 그게 시작이고 끝이야. 다른 이유는 없어."

　"아들 둘이 있다면," 맥신은 고개를 끄덕인다. "다르겠죠. 하지만 가끔은 앉아서 상상할 것 같아요. 딸이 있으면 어땠을지."

　"그래? 어서 하나 낳아. 아직 어리잖아."

　"그래요, 그게 문제예요. 호스트나 그뒤에 사귄 남자들 모두 어리다는 거."

"오, 내 전 남편 씨드니를 봤어야 하는데. 정신적으로 불안한 사춘기 애들이 전국 곳곳에서 순례를 와서 그 옆에서 간접흡연을 하고 교정되고는 해."

"아직도⋯⋯"

"아직도 술 마셔. 정신을 잃기도 해. 그에게는 너무나 낯선 충격일 거야."

"연락하고 지내요?"

"원하는 것보다 더 자주. 씨퀸이라는 이름의 열두살짜리하고 카나시 라인에서 살고 있어."

"탤리스는 만나러 간대요?"

"씨드가 색소폰을 들고 걔들 집의 창문 밑에서 길거리를 서성거리며 탤리스가 좋아하던 옛날 로큰롤을 연주하기 시작해서 2년 전에 접근금지 명령이 내려진 것 같아. 물론 아이스가 바로 막아버린 거지."

"보통은 다른 사람의 불운을 바라지 않으려고 노력하죠. 그런데 이 아이스라는 존재는 정말로⋯⋯"

"그래도 탤리스는 함께 잘 지내고 있어. 자식이 자신들의 실수를 되풀이하는 걸 보고 싶어하는 부모는 없어. 어쨌든 일어난 일이야. 탤리스도 꼭 나처럼 앞서가다가 잘못된 유망한 기업가와 결혼한 거야. 씨드에 대해서 말할 수 있는 최악의 단점은 그는 항상 내 주위에 있는 스트레스를 어떻게 다룰지 모른다는 거야. 반면에 아이스는 스트레스를 즐겨. 더 많을수록 더 잘 즐겨. 그러다보니 탤리스는 내 비뚤어진 딸답게 그에게 어떤 스트레스도 안 주려고 무리를 해. 그는 그것을 좋아하는 척하고. 그는 악마야."

"그래서요," 조심스럽게 말을 꺼낸다. "해시슬링어즈에서의 직책 따위를 떠나서, 그녀는 어떻게 알게 된 거예요?"

"뭐에 대해서? 기업 비밀? 당신이 기대하는 것처럼 그애는 내부 고발자감은 아니야."

"불만이 그렇게 많지는 않다는 뜻이네요."

"일주일 내내 화를 내며 동네방네 다녔을 수도 있어. 그게 무슨 대수겠어? 걔들의 혼전계약에는 지하철 승객보다 부칙이 더 많아. 아이스가 그애를 꽉 잡고 있다고."

"거기에 대략 한시간밖에 있지 않았는데 이런 느낌이 들었어요. 그녀가 천재 사업가 남편과 공유하고 있지 않은 의제가 있을지도 모른다는 느낌 같은 거요."

"이를테면?" 한가닥 희망. "어떤 사람이라든가."

"우리는 사기에 대해서만 이야기를 나눴어요…… 그런데…… 관련된 남자친구가 있을 수도 있다고 생각하는군요?"

"과거의 어떤 대목들을 돌이켜보면 그래. 솔직히 말해서, 그 일 때문에 엄마로서의 마음이 크게 상처 받지는 않아."

"좋은 소식을 갖고 왔어야 하는데."

"그래서 알아볼 수 있는 만큼 계속 알아보려고 해. 내 손자 케네디한테 오펠리아라는 베이비시터를 심어뒀는데, 그녀가 이따금씩 우리에게 시간을 내주고 있어. 애 부모가 혹시라도 애를 망치고 있지는 않은지 살펴보는 것 외에 내가 뭘 할 수 있겠어." 그러고는 시계를 본다. "시간 좀더 있어?"

그들은 78번가와 브로드웨이의 길모퉁이로 향한다. "아무한테도 말하면 안돼."

"마약상이라도 기다리는 거예요, 뭐예요?"

"케네디. 탤리스와 게이브리얼이 애를 컬리지엇에 보내려고 해.

거기 말고 어딜 보내겠어? 하버드, 로스쿨, 월 스트리트로 쭉 이어 가도록 프로그램을 짜놓은 거지. 맨해튼의 흔한 죽음의 행진 말이야. 글쎄. 이렇게 할머니가 살아 있는 한 천만의 말씀이야."

"아이가 할머니를 엄청 좋아하나보네요. 두번째로 강한 유대겠어요."

"그렇고말고. 둘 다 똑같은 사람들을 미워하고 있으니까."

"우."

"그래, 내 말이 좀 과한지도 몰라. 내가 탤리스를 미워하는 건 맞아. 하지만 가끔은 사랑하기도 해."

상류층이 다니는 폴리테크닉 학교 앞 블록에 셔츠에 넥타이를 맨 작은 남자아이들이 떼를 지어 움직이기 시작한다. 맥신은 천리안 없이도 케네디를 한눈에 알아본다. 금발의 곱슬머리를 한 미래의 마성의 남자, 케네디가 남자아이들 무리에서 우아하게 뒷걸음 치며 손을 흔들고 돌아서더니 전속력으로 달려와 마치의 품에 안긴다.

"어이, 내 새끼. 힘들었지?"

"나를 자꾸 화나게 해, 할머니."

"당연히 그러겠지. 봄방학이 얼마 안 남았어. 두주만 더 있으면 돼."

"저 위에서 누가 손을 흔들고 있어요." 맥신이 말한다.

"젠장, 벌써 오펠리아가 왔나? 차가 일찍 왔나보네. 이런, 내 귀염둥이. 짧지만 좋았어. 오 이거, 까먹을 뻔했네." 포켓몬 카드 두세 장을 건넨다.

"팬텀! 일본 고라파덕?"

"도쿄의 일부 오락실 기계에서만 뽑을 수 있는 것들이래. 할머니가 특별히 아는 데가 있을지 모르니까, 채널 고정이야."

"끝내줘, 할머니. 고맙습니다." 한번 더 포옹을 나눈 뒤 아이는 자리를 뜬다. 오펠리아가 기다리고 있는 데로 뛰어가는 아이의 모습을 지켜보면서, 마치는 눈으로 작은 사진을 찍는다. "내가 보기에는, 그 희희낙락하는 아이스 부부가 아직 나에 대해서 모르고 있거나, 아니면 바보인 척하고 있는 거야. 둘 중 어느 쪽이든 누군가가 건서에게 여기로 빨리 가보라고 했어."

"포켓몬 마니아치고는 아이가 착하네요."

"난 오직 탤리스가 씨드의 어머니로부터 결벽증에 가까운 유전자를 물려받지 않았기를 빌 뿐이야. 씨드는 40년 전에 엄마가 자기 야구카드를 몽땅 내다버린 일을 아직도 곱씹고 있어."

"호스트의 어머니도요. 그 세대는 왜 그랬대요?"

"요즘에는 이 여피들이 수집품 시장을 확실히 쥐고 있어서 그런 일은 절대 없어. 그래도 난 안전하게 전부 두벌씩 사."

"그러다 까딱하면 올해의 할머니가 되겠어요."

"이봐," 마치가 터프가이 흉내를 낸다. "포켓몬, 내가 뭘 알아? 서인도제도의 항문외과 의사, 맞지?"

호스트는 자기가 오늘 진짜로 원하는 맛의 아이스크림을 찾지 못해서 점점 초조해하다가, 보통 아주 무신경한 사람까지 불안하게 만드는 증세를 보인다.

"초콜릿 피넛버터 쿠키 도우? 몇년 동안 그런 건 전혀 못 봤어, 호스트." 맥신은 자신의 말투가 꼭 입이 매서운 훼방꾼 같다고 느낀다. 요 몇년 동안 자신은 그렇게 되지 않으려고, 적어도 그렇게 말하지 않으려고 애를 써왔던 그런 말투다.

"말로 설명하기가 어려워. 중국 한의학 같아. 양陽의 결핍. 음陰인가? 둘 중의 하나."

"그 말은……"

"애들 앞에서 화내고 싶지 않은데."

"아, 하지만 내 앞에서는 괜찮아."

"당신 수준의 음식 교육을 받은 사람한테 어디서부터 얘길 해야 되지? 아아아! 초콜릿 피넛버터 쿠키 도우. 내 말 알아듣겠어?"

맥신은 무선전화기를 들고 전반전 타임아웃 신호용으로 사용한다. "911에 막 전화하려는 참이야. 자기, 괜찮지? 물론 당신의 전과가 걸리기는 하지만……"

이것이 얼마나 심각한 가정불화로 번질지는 아무도 모른다. 바로 그때 리고베르또가 로비에서 초인종을 누른다. "마빈이 와 있는데요?"

맥신이 인터폰을 끊기도 전에, 그가 문 앞에 와 있다. 마리화나의 힘으로 배달하는 게 틀림없다. "또 보네, 마빈."

"밤낮없이 사람들이 필요로 하는 것을 가져다줘야 하니까." 곧 빈티지가 될 코즈모 가방에서 그는 2쿼트들이 벤&제리 초콜릿 피넛버터 쿠키 도우 아이스크림을 꺼낸다.

"97년에 단종됐는데." 맥신이 놀라움보다는 짜증 섞인 말투로 말한다.

"그건 그저 비즈니스 지면에서나 하는 말이야, 맥신. 이건 욕망이라고."

호스트는 이미 양손으로 아이스크림을 퍼먹으며 열광적으로 고개를 끄덕인다.

"참, 이거. 이건 단신 거야." 그러고는 상자에 든 비디오카세트를 건넨다.

"「스크림, 블라큘라, 스크림」?[12] 이 영화는 이미 집에 감독판을 포함해 아주 많아."

"자기, 나는 배달만 해줄 뿐이야."

"이걸 다른 곳으로 보내고 싶을 경우에 당신한테 전화를 하려면 어디로 해야 돼?"

"그렇게는 안돼. 내가 올게."

그는 이내 여름 저녁으로 미끄러지듯 사라진다.

---

12 Scream, Blacula, Scream. 1973년 미국의 밥 켈리언 감독이 만든 흡혈귀 영화.
1972년에 나온 최초의 흑인 흡혈귀 영화 「블라큘라」의 후속작이다.

13

어느 이른 아침, 그것도 너무 이른 시각에, 두 아들과 호스트는 JFK 공항으로 가는 널찍한 검정 링컨 타운카에 오른다. 그들의 여름휴가 계획은 시카고로 날아가 시내에서 차를 렌트한 뒤 아이오와로 가서 아이들의 조부모를 방문하고, 그런 다음 맥신이 거기에 들를 때마다 월경 주기인 것 같아 미돌[1]웨스트라고 혼자 부르는 곳을 죽 둘러보는 것이다. 그녀도 함께 차를 타고 공항으로 간다. 끈적거리는 느낌이 전혀 없이 타운카의 창문으로 들어오는 선선한 바람을 맞을 수 있으면 좋을 텐데 하는 바람으로.

비행기 승무원들이 창공의 수녀들처럼 두 손을 앞으로 경건하게 모으고서 짝지어 걸어간다. 반바지 차림에 두툼한 배낭을 메고 체크인 줄에 길게 늘어선 사람들이 천천히 발을 옮긴다. 어린아이

---

1 Midol. 생리통 진정제의 상품명으로 중서부를 뜻하는 'Middle West'를 빗대서 한 말.

들은 대기 행렬을 통제하는 지지대의 용수철로 감기는 띠를 만지 작거리며 논다. 맥신은 어떤 줄이 가장 빠르게 움직이는지 자기도 모르게 흐름을 분석한다. 그저 습관일 뿐이지만, 그녀가 항상 맞히 다보니 그것 때문에 호스트는 불안해한다.

그녀는 탑승 안내가 나올 때까지 기다리다가 모두를, 심지어 호스트까지 포옹을 하고 그들이 탑승교에 오르는 모습을 지켜본다. 오티스만 뒤돌아본다.

공항 밖으로 나가기 위해 또다른 탑승구를 지나치는 동안, 그녀는 누가 자기 이름을 부르는 소리를 듣는다. 깜짝 놀라 실제로 꽥 소리를 낸다. 샌들에 크고 헐렁한 밀짚모자, 뉴욕에서는 법으로 금지된 강렬한 색 조합의 초미니 여름 원피스 차림의 바이어바다. "캘리포니아에 가나봐, 자기?"

"친구들하고 거기서 2주 동안 머물다가, 베이거스를 경유해서 돌아올 거야."

"데프콘 때문에요." 하와이풍 프린트의 서퍼용 반바지, 앵무새 셔츠 등등을 입은 저스틴이 해커들의 연례모임에 가는 길이라며 설명한다. 비밀리에 위장근무 중이라고 스스로 믿는 다양한 계급의 경찰들은 말할 것도 없고 법조인들에 둘러싸여, 온갖 부류의 컴퓨터광들이 서로 뭉치고, 음모를 꾸미고, 마시고 떠드는 자리라고 한다.

피오나는 퀘이크영화와 머시니마[2] 워크숍이 열리는 뉴저지의 일본 만화영화 캠프에 가고 없다. 그곳의 일본 직원들은 '끝내주

---

2 'machinima'는 기계(machine), '영화(cinema), 애니메이션(animation)의 합성어로 컴퓨터게임에 사용된 그래픽이나 엔진 등을 바탕으로 만든 영화이고, 그 일종으로 1인칭 슈팅게임 「퀘이크」(Quake)를 바탕으로 영화를 만든다는 말이다.

네'와 '엿 같네' 말고는 영어 단어를 알려고 하지 않는다. 사실 인간 활동의 범위가 아무리 다양해도 그 두 단어로 충분하기는 하다.

"그나저나 딥아처는 어때요?" 애써 붙임성 있게 묻는다.

저스틴이 편치 않은 표정을 짓는다. "그럭저럭. 큰 변화가 오고 있어요. 누구든 거기에 남아 있는 사람은 즐길 수 있을 때 즐기는 게 좋아요. 아직은 비교적 해킹에 안전하니까."

"계속 그럴 수 있을까요?"

"오래 못 갈 거예요. 너무나 많은 사람이 뒤지고 있어서. 베이거스는 곧 누구나 먹잇감을 향해 덤벼드는 동물원이 될 거예요."

"나 쳐다보지 마." 바이어바가 말한다. "방금 패스트푸드점 돌아다니다가 정크 푸드 사왔어."

확성기에서 목소리가 흘러나온다. 영어 안내방송인데도 맥신은 갑자기 한 단어도 알아들을 수가 없다. 사건들을 엄숙하게 예고하는 울림이 깊은 목소리, 맥신은 전혀 호출당하고 싶지 않은 그런 목소리다.

"우리 비행기네." 저스틴이 기내 휴대 가방을 집어든다.

"씨그프리드와 로이에게 안부 전해줘."

바이어바는 게이트로 가면서 어깨 너머로 키스를 보낸다.

* * *

사무실에 다시 돌아와 보니, 데이토나가 책상 서랍에 보관하는 초소형 텔레비전을 켜고 아프로-아메리칸 로맨스 채널(ARCH)에서 하는 오후의 영화 「러브스 니켈 디펜스」에 정신이 팔려 있다. 영화에서 프로 라인배커[3]인 하킴은 현재 출연 중인 맥주 광고의 여자 모델 쎄렌디피티와 만나 사랑에 빠진다. 그러자마자 여자는 이 하 킴이라는 선수에게 활력을 불어넣고 얼마 후 그는 처가 식구들이 전채 요리를 다루는 식으로 러닝백⁴들을 다루게 된다. 그의 본보기에 자극을 받아 공격진은 그들만의 승리하는 방식을 쌓아가기 시작한다. 그 결과 지금까지 동전 던지기에서도 이기지 못하던 팀의 활기 없는 한해가 역전된다. 연전연승. 와일드카드! 플레이오프 진출! 슈퍼볼까지!

슈퍼볼 경기의 하프타임 현재, 팀은 10점차로 뒤져 있다. 역전할 수 있는 충분한 시간이 있다. 쎄렌디피티는 여러겹의 보안 경비를 뚫고 로커룸 안으로 들어간다. "자기, 우리 말 좀 해." 광고가 나갈 시간이다.

"우우!" 데이토나는 고개를 젓는다. "오, 돌아왔어요? 들어봐요, 백인 티를 내는 어떤 작자가 십분 전에 전화했어요." 맥신은 책상 위를 훑어보다가 게이브리얼 아이스에게 전화를 걸라는 메모와 휴대폰 번호 같은 것을 발견한다.

"다른 방에 가서 할게. 영화 다시 시작했어."

"이번 일은 조심하는 게 좋겠어요."

함께 엮이는 것과 아마도 받았어야 할 전화에 단순히 응대하는 것 사이의 아주 오래된 공인사기조사관식 구분을 유념하면서 맥신은 즉시 게이브리얼 아이스에게 전화를 건다.

안녕하세요, 어떻게 지내요 등의 인사말은 일절 없다. "보안이 되는 전화겠지요?" 디지털 업계의 재벌이 알고 싶은 건 그것뿐이다.

"쇼핑할 때 항상 쓰는 전화예요. 신용카드 번호 등등을 말해도

---

3 미식축구에서 수비 라인 1~2야드 뒤에 서는 수비수.
4 미식축구에서 라인 뒤쪽에 있다가 공을 받아서 달리는 공격수.

아직까지 나쁜 일은 전혀 일어나지 않았어요."

"내 생각에는 '나쁘다'의 뜻부터 함께 따져봐야겠지만—"

"그러다가 주제에서 심하게 벗어날 수 있어요. 그러면 바쁘고 지체 높은 분한테는 치명적일 테니…… 자……"

"내 장모 마치 켈러허를 알고 있는 것 같던데. 그녀의 웹사이트에 들어가봤어요?"

"가끔 들어가봐요."

"그러면 내 회사에 대해서 거의 매일 써서 올리는 심한 말들을 읽었을 텐데. 왜 그러는 건지 알아요?"

"당신을 못 믿는 것 같아요, 아이스 씨. 심하게요. 우리 모두 너무나 재미있다고 생각하는 청년 억만장자의 눈부신 성공담 뒤에 어두운 이야기가 숨겨져 있다고 확신하고 있어요."

"우리는 보안에 관한 사업을 해요. 뭘 원하는 거죠? 투명하기를 원하는 거예요?"

아니, 불투명하고 암호화되어 있는 게 더 나아, 이 비열한 작자야. "저한테는 너무 정치적인 문제예요."

"재정 문제는 어때요? 그 슈비거라는 사람을 그만두게 하려면 돈이 얼마나 필요할 것 같아요? 추정가라도 알려줘요."

"왠지, 음, 어렴풋이 드는 느낌으로는, 마치는 대가를 바라지 않는 것 같아요."

"네, 네, 어쨌든 물어봐줄 수 있겠죠? 그러면 정말로, 정말로 고맙겠어요."

"그녀가 그렇게까지 신경 쓰여요? 세상에, 고작 블로그일 뿐인데. 얼마나 많은 사람이 읽는다고요?"

"한명도 너무 많아요. 만약 그 한명이 잘못된 자라면요."

이러다가는 어떤 민족에서나 볼 수 있는 교착 상태에 빠질 수 있다. 그녀는 "당신의 거물 인맥들을 모두 감안해볼 때, 이 넓은 일반인들의 세계에서 누가 당신에게 감히 책임을 묻겠어요?" 하고 응답하고 싶지만, 그랬다가는 알 만한 것보다 더 많은 것을 알고 있다고 인정하는 셈일 터이다. "그럼 이럴게요. 다음에 마치를 만나면, 왜 당신 회사를 더 많이 칭찬해주지 않느냐고 물어볼게요. 마치가 내 얼굴에 침을 뱉고 나를 당신의 앞잡이나 사측에 붙은 변절자 등등으로 부르더라도, 나는 개의치 않을 수 있어요. 내가 멋진 남자에게 커다란 호의를 베풀고 있음을 마음 깊숙한 곳에서 알고 있을 테니까요."

"나를 경멸하는 거죠, 그렇죠?"

그녀는 이 말에 대해서 생각하는 척한다. "당신 같은 사람들은 얼마든지 사람들을 경멸할 수 있어요. 반면에 나 같은 사람들은 찍히면 끝이죠. 그러니 무시당해도 가만히 있을 수밖에요. 오래 안갈 테니까요."

"좋은 정보네요. 그런데 내 아내는 앞으로 가까이 하지 않는 게 좋을 거예요."

"이봐요, 친구." 이런 치사한 물건 같으니. "나를 완전히 잘못 봤군요. 당신 부인이 아주 깜찍하긴 하지만—"

"어느정도 거리를 두어요. 주의해요. 누구를 위해 일하고 있는 건지 확실히 하고. 알겠죠?"

"좀더 천천히 말해요. 받아적게요."

아이스는 의도적으로 갑자기 전화를 끊는다.

로키 슬래지엇이 들어온다. 평소처럼 여행용 가방을 가지고 있지 않다. "안녕, 맥시. 이 근처에서 몇몇 고객을 위협, 아니 뭐라고 할까, 내 말은 '감명시켜야' 할 일이 있어서 잠깐 들렀어. 둘이서 의논할 게 있는데."

"중요한 일인가보네, 그렇지?"

"어쩌면. 72번가의 오메가 다이너 알아?"

"그럼. 콜럼버스 근처잖아. 십분 뒤에 볼까?"

로키는 오메가 식당의 어두컴컴하고 깊숙한 뒤편 구석의 칸막이 좌석에 맞춤 정장 차림에 테가 가는 안경, 중간 정도의 키, 여피의 표정을 한 부드러운 사업가의 모습으로 앉아 있다.

"일하는 데 나오게 해서 미안해. 이쪽은 이고르 다시꼬프야. 인사해. 주소록에 적어둘 만한 괜찮은 친구야."

이고르는 맥신의 손에 입을 맞추며 로키에게 고개를 끄덕인다. "도청장치를 하고 있는 건 아니겠지."

"도청장치는 나랑 안 맞아." 맥신이 짐짓 설명하는 체한다. "대신 모든 걸 외우지. 그러다 나중에 보고해야 될 때에는 모든 내용을 한 글자씩 털 수 있어. 연방수사관, 또는 누구인지 모르겠지만 당신들이 몹시 두려워하는 사람들에게."

이고르는 웃음을 지으며 아주 마음에 든다는 듯 머리를 슬쩍 기울인다.

"아직까지," 로키가 중얼거린다. "이 친구들을 상대할 때 조금이라도 화내지 않은 경찰은 없었어."

옆 칸에서 다른 세계에 사는 두명의 젊은 건달이 게임기를 조작하느라 정신없는 모습이 맥신의 눈에 들어온다. "「둠」이," 이고르가 엄지손가락을 흔든다. "게임보이 시리즈로 막 출시되었거든. 포스트후기자본주의가 미쳐 날뛰고 있어. '유나이티드 에어로스페이스 코퍼레이션',[5] 화성의 위성, 지옥의 관문, 좀비와 악마, 그리고 내 생각에는 미샤와 그리샤, 이 둘까지 포함해서. 인사해, **빠돈끼**[6]야."

침묵 속에 버튼 누르는 소리만 들린다.

"이렇게 알게 되어 기뻐요, 미샤와 그리샤." 너희의 진짜 이름이 무엇이든 간에, 안녕, 난 루마니아의 마리아[7]야.

"사실," 그들 중 한명이 고개를 들자, 일렬로 늘어선 스테인리스 강 제일하우스 차퍼스[8]가 모습을 드러낸다. "우리는 데이모스와 포보스[9]가 더 좋은데."

"비디오게임에 너무 많은 시간을 쓰고 있어. 경계 너머의 먼 친척들한테 말이야. 이제는 그렇게 멀지는 않지만. 브라이턴 해변이 쟤들에겐 천국일 거야. 난 쟤들을 맨해튼으로 데려와서 지옥을 보여주지. 내 친구 로코도 만나고. 벤처투자 사업 할 만하지, 친구?"

"별로 안 좋아." 로키가 어깨를 으쓱한다. "**미 그라또 라 빤시아,**[10] 말인즉슨 그저 배를 긁적거리는 정도야."

"우리는 꾸엠 그루시 오꼴라치바뜨[11]라고 해." 이고르는 맥신을 보며 환하게 웃는다. "거시기로 배나무를 쳐서 배를 떨어트린다는 뜻

---

5 비디오게임에 나오는 거대 군산(軍産) 기업.

6 padonki. 러시아 인터넷 하위문화의 하나. 의도적으로 틀린 철자와 외설적인 표현이 특징인 일종의 말장난이다. 여기서는 그런 문화를 향유하는 사람을 가리킨다.

7 Marie of Romania(1875~1938). 에든버러의 마리아로도 불리는 루마니아의 마지막 왕비.

8 미국의 유명한 오토바이.

9 그리스신화에 나오는 아레스와 아프로디테의 쌍둥이 아들. 각각 공포와 두려움을 상징한다.

10 (이) mi gratto la pancia.

11 (러) khuem grushi okolachivat.

이야."

"복잡하네." 맥신이 똑같이 웃는다.

"그래도 재밌잖아."

겉모습은 겉보기에 평온한 교외 단지 어딘가에 마뜨료시까처럼 깊숙이 들어앉은 클럽에서 아직도 신분증을 요구당하게 생기기는 했지만, 전투의 상처가 새겨진 이 거구의 전前 스뻬쯔나즈[12] 터프가이는 10년 전부터의 전쟁 무용담을 열심히 이야기한다. 아무도 모르는 사이에 이고르는 북부 깝까스산맥에서의 비밀 고공강하 점프를 회상 중이다.

"엉덩이가 얼어붙는 것을 참으며 밤하늘을 뚫고 산으로 떨어지면서 진지하게 생각하기 시작했지. 내가 인생에서 진정으로 원하는 게 뭐지? 더 많은 체첸족을 죽이는 거? 참된 사랑을 만나 고아[13] 같은 따뜻한 곳에서 가정을 꾸리는 거? 그느라고 하마터면 낙하산 펴는 것도 까먹을 뻔했어. 다시 땅에 착륙하자, 모든 게 분명해지더군. 완전히. 그래, 돈을 많이 버는 거야."

로키가 깔깔대고 웃는다. "이봐, 그거라면 나도 생각해봤어. 굳이 비행기에서 뛰어내릴 필요가 없던데."

"만약에 뛰어내린다면, 모든 돈을 포기할 각오를 해야 해."

"그랬던 사람 있어?" 맥신이 묻는다.

"스뻬쯔나즈에서는 이상한 일들이 일어나지." 이고르가 대답한다. "높은 고도에서는 말할 것도 없어."

"이 여자한테 물어봐." 로키가 이고르의 귀 쪽으로 몸을 기울인다. "어서, 괜찮아."

---

12 구소련 특수부대.
13 인도 남서안의 옛 뽀르뚜갈 영토.

"나한테 뭘 물어보라는 거야?"

"이 사람들에 대해 뭐 아는 거 있나 해서." 이고르가 그녀 앞에 서류철을 내민다.

"메이도프 증권이라. 음, 어쩌면 업계의 가십일지 몰라. 버니 메이도프, 사기계의 전설이지. 내 기억에, 아주 잘나갔다고 들었어."

"매달 1에서 2퍼센트."

"괜찮은 평균 수익률인데, 뭐가 문제지?"

"평균이 아니야. 매달 똑같아."

"어어." 그녀는 페이지를 휙 넘기며 그래프를 훑어본다. "이런 세상에. 완전 직선이네. 계속해서 비스듬히 올라가나?"

"당신이 보기에도 약간 비정상인가?"

"이런 경제 상황에서? 이거 보여—심지어 작년에 IT 시장이 망했을 때야? 이건 폰지 사기야. 이런 투자 규모로 볼 때 그는 선행매매도 하고 있을지 몰라. 그에게 돈 투자한 거 있어?"

"내 친구들. 걱정들이 많아."

"그래도…… 반갑지 않은 소식을 다룰 줄 아는 다 큰 사람들이 잖아?"

"그들만의 특별한 방법이 있지. 그래도 현명한 충고에는 진심으로 고마워해."

"그래, 좋아. 오늘의 내 충고는 신속하게, 가능한 감정을 배제하고서, 가장 가까운 출구전략으로 나아가라는 거야. 시간이 절대적으로 중요해. 지난달이면 좋았을 텐데."

"로키가 그러는데 당신은 재능이 있다던데."

"어떤 바보라도, 다른 뜻 없어, 알아차렸을 거야. 증권거래위원회가 왜 아무 조치도 취하고 있지 않지? 지방검사, 아무나."

어깨를 으쓱하고, 눈썹을 크게 치켜세우더니, 엄지손가락으로 다른 손가락들을 문지른다.

"음 그래, 그거 꽤 괜찮은 생각이네."

잠시 동안 맥신은 미샤와 그리샤가 있는 방향으로부터 들려오는 조용한 랩과 디제이 음향효과뿐 아니라 작은 암웨이브와 핸드 자이브 동작을 알아차린다. 나중에 알고 보니 그들은 세미언더그라운드 러시아 힙합음악의 엄청난 팬들로, 특히 데츨[14]이라는 이름의 자그마한 러시아 라스타파리 신도인 랩 스타를 좋아해서, 그녀가 그들을 서로 맞바꾸게 하지 않는 한, 미샤는 음악과 비트박스를, 그리샤는 가사를 맡아 그의 첫 두 앨범을 열정적으로 추억하는 중이다.

이고르는 백금으로 된 롤렉스 첼리니를 유심히 들여다보며 말한다. "힙합이 저 친구들한테 좋다고 생각해? 자식이 있나? 그애들은 어때? 그애들도⋯⋯"

"내가 그 나이였을 때 듣던 것을 생각하면, 난 뭐라 할 처지가 아니지. 하지만 저 친구들이 지금 하는 랩은 나름 잘 들리는데."

"베체린까 유 데츨라." 그리샤가 말한다.

"데츨네서의 파티." 미샤가 설명한다.

"잠깐, 잠깐. 이 여자분을 위해 '울리츠니 보예츠'를 하자고."

"다음에 보자고," 이고르가 떠나려고 자리에서 일어난다. "약속할게." 그는 맥신과 악수를 하고 양 뺨에 왼쪽 오른쪽 왼쪽 순서로 입을 맞춘다. "당신의 충고를 친구들에게 전할게. 어떻게 되었는지도." 그러고는 흥얼거리며 걸어가 문을 닫고 나간다.

---

14 Detsl이라는 예명으로 더 잘 알려진 러시아 힙합 아티스트 끼릴 알렉산드로비치 똘마츠끼(Kirill Aleksandrovich Tolmatsky).

"저 두 고릴라 같은 녀석들이," 로키가 큰 소리로 말한다. "초콜릿 크림 파이 두개를 몽땅 먹어치웠어. 한놈이 하나씩. 계산서는 나한테 떠맡기고."

"이고르가 보고 싶어한 건 당신이 아니라 나였군?"

"실망했어?"

"아니, 나 같은 친구인데. 그 남자 마피아야, 아니면 뭐야?"

"아직도 모르겠어. 그 친구가 브라이턴 해변에서 어울려다니는 사람들 중 몇몇은 그 쪼그만 일본인처럼 생긴 친구가 경찰에 잡히기 전에 야뽄치끄[15]파에 있었어. 오래된 조직이지. 하지만 한번만 휙 훑어봐도, 눈에 띄는 문신 하나 없고, 목둘레 사이즈는 15 반이야, 에." 그가 손사래를 친다. "의심스러워. 내 보기에는 사기꾼이 더 맞는 것 같아."

어느날, 데저렛 수영장으로 올라가는 길에, 맥신은 직원용 엘리베이터가 운영이 중단된 것을 알게 된다. 아마도 추후 통지 전까지는 그럴 모양이다. 더 많은 여피 쓰레기들을 태울 속셈인 게 분명하다. 그녀는 다른 엘리베이터를 찾아다니다 결국에는 미로 같은 지하에서, 제 혼이 있다고 소문난 예전의 유물, 뒤편 엘리베이터로 본의 아니게 막 걸어 들어가려는 참이다. 사실, 맥신도 그 엘리베이터가 귀신에 들려서, 그 안에서 몇해 전 전혀 해결되지 않은 무슨 일인가가 일어나, 기회가 생길 때마다 업보를 덜기 위해 그 안의 사람들을 끌고 가려 한다고 믿게 되었다. 그녀가 버튼을 누르자, 이번에는 엘리베이터가 수영장으로 곧장 가는 대신에 어딘

15 Vyacheslav Kirillovich Ivankov. 악명 높은 러시아 마피아로 얼굴이 아시아인처럼 생겼다고 하여 '작은 일본인'이라는 뜻의 별명 야뽄치끄(Yaponchik)로 불린다.

지 바로 알아볼 수 없는 층으로 그녀를 데려간다. 알고 보니 그곳은……

"어이, 맥시."

그녀는 왠지 끈적끈적한 어둠을 향해 눈을 찡그린다. "레지?"

"아시아의 공포영화 장면 같네." 레지가 작은 목소리로 말한다. "옥사이드 팽[16] 영화 같아. 보안 카메라에 잡히지 않게 벽을 따라 이리로 살그머니 올 수 있어?"

"그런데 왜 또 카메라를 피하는 건데?"

"나를 이 건물에 못 들어오게 해서. 지금쯤 적어도 접근금지 명령이 났을 거야."

"그러니까 뭐야…… 지금 건물을 스토킹하는 거야?"

"해시슬링어즈의 그 가짜 화장실 기억나? 거리로 막 나오다가 거기서 봤던 사내들 중 하나를 우연히 봤어. 마침 공 테이프가 많아서, 뒤를 쫓으며 찍기 시작했지. 그는 근처를 갈지자로 헤집고 다니더니, 얼마 후 나도 얼굴을 아는 다른 여섯 명을 데리고서, 그 다음에는 이곳 데저렛으로 들어와 출입구에서 스타 대우를 받더라고. 그때 게이브리얼 아이스가 이곳의 소유주 중 한 명이라는 게 생각난—"

"잠깐, 아이스가? 언제부터?"

"자기도 알고 있는 줄 알았는데. 아무튼 다 지나간 일이야. 사건이 너무 많아 압도당할 지경이니까. 아이스가 어제 영화에서 나를 잘랐어. 내 아파트가 다시 털렸는데, 이번에는 완전히 쓰레기로 만들어버렸다고. 필름도 숨긴 것 빼고 다 가져갔어."

---

16 Oxide Pang(1965~). 홍콩 태생의 영화감독.

일이 돌아가는 조짐이 별로 좋지 않다. "나하고 같이 가는 게 낫겠어. 지금쯤이면 직원용 엘리베이터를 탈 수 있을 거야."

둘은 엘리베이터를 거쳐 뒷문으로 가까스로 빠져나온 뒤에 리버사이드에서 시내로 가는 버스에 올라탄다.

"경찰한테 이 얘기는 일절 하지 않으면 좋겠는데."

"그들이 힘들게 일한 하루를 털어버릴 좋은 웃음거리가 필요하다면 모를까. 나랑 같이 여기를 뜨는 건 어때?"

"시애틀 말이네."

"맥시, 지금이 적기야. 아이스가 나에게 호의를 베푼 거야. 이력서에 해시슬링어즈 영화 안 들어가도 돼. 내 이미지에도 안 좋아. 그리고 있잖아, 해시슬링어즈는 이미 지나간 과거야. 무슨 일이 일어나든, 완전히 망했다고."

"정확히 법정관리 직전이라는 말은 아니지?"

"인터넷 회사가 불멸의 영혼을 갖고 있다 해도," 레지가 하는 말은 마치 서쪽으로 가는 수송차의 창밖으로 내뱉는 대답처럼 이상하게 멀게 들린다. "해시슬링어즈는 사라질 거야."

그들은 8번가에서 내린 뒤 피자 가게에 들러 보도에 있는 테이블에 잠시 앉는다. 레지는 갑자기 깊은 생각에 잠긴다.

"내가 앨프리드 히치콕은 아니잖아. 눈이 사시가 될 때까지 내 작품을 봐도 진지한 의미 같은 것은 전혀 없을 거야. 나는 흥미로운 걸 보면 그냥 찍어, 그게 다야. 너한테만 말해줄게. 그게 영상의 미래야. 언젠가는 더 많은 양의 데이터, 더 많은 비디오 파일이 인터넷에 떠다닐 거야. 모든 사람이 모든 것을 찍을 테니까. 볼 건 너무 많은데, 의미 있는 건 개뿔도 없을 거야. 나를 그 방면의 예언자로 기억해줘."

"칭찬을 바라는 거구나, 레지. 네 아파트를 예정도 없이 리모델링한 건 왜 그런 거야? 네가 찍은 것을 아주 높게 평가한 사람이 있었나보지?"

"아이스 짓이야." 그가 어깨를 으쓱한다. "자기 거라 생각한 것을 회수해 가려고 했어."

아니지. 맥신은 손가락에 갑자기 독감 같은 통증을 느끼며 생각한다. 아이스라면 차라리 나을 텐데. 만약 그게 다른 누구라면, 시애틀도 그렇게 먼 곳은 아닐걸. "내 말 들어봐. 내가 너를 위해서 무엇이든 지켜주길 원한다면—"

"걱정하지 마. 네 연락처 갖고 있으니까."

"그러면 떠날 때 연락할 거지?"

"노력해볼게."

"꼭. 오, 그리고 레지."

"그래, 알겠어. 예전에 혼자서 「바이오닉 우먼」[17]을 보곤 했는데. 오스카 골드먼이 자주 이렇게 말하더군. '제이미…… 조심해.'"

"그는 나한테는 강한 유대인 엄마의 본보기였어. 제이미 쏘머즈도 가끔은 조심해서 걸어야 한다는 것 잊지 마."

"걱정 마. 카메라의 뷰파인더를 통해 볼 수만 있다면, 그건 나를 다치게 하지 못할 거라고 생각했어. 그래서 시간이 좀 걸렸던 거야. 하지만 지금은 사정이 다르다는 걸 알아. 이제 됐어?" 환멸을 느낀 아이의 표정이 그의 얼굴에 역력하다.

"나는 그걸 좋은 소식으로 받아들일 수 있을 것 같아."

---

17 The Bionic Woman. 주인공 제이미 쏘머즈의 이름을 따 '쏘머즈'라는 제목으로도 유명한 1970~80년대 미국 TV 드라마.

14

수단이 좋은 에릭 아웃필드가 해시슬링어즈의 암호화된 파일들 속에서 찾아낸 정체불명의 회사 중에는 다크리니어 솔루션스라는 광섬유 중개업자가 있다.

지난해부터 나타난 신규 설비의 대규모 감소를 감안할 때, 제정 신이라면 요즘에 누가 광섬유 사업에 뛰어들려고 할까? 그런데 과거의 IT 버블 시절에 너무 많은 케이블이 설치되어서 현재 수많은 양의 광섬유가 그들 말대로 '어둠속에' 그대로 방치되어 있는 모양이다. 그 결과로, 다크리니어 같은 회사들이 사업의 잔해에 와락 덤벼들어서, 사정이 좋았더라면 '불이 켜져' 있을 건물에서 과도하게 설치되었거나 사용하지 않는 광섬유를 찾아내고, 그 지도를 만들고, 고객이 개인 맞춤 네트워크를 조립하는 것을 도와주는 것 같다.

맥신이 이해가 잘 안되는 것은 해시슬링어즈는 다크리니어에 지불한 돈을 굳이 그럴 필요가 없는데 왜 감추는가 하는 점이다. 광섬유는 회사의 합법적인 경비로서, 해시슬링어즈가 필요로 하는 대역폭을 위해 당연히 지출해야 하는 항목이다. 심지어 국세청도 그것을 반기는 것 같다. 그렇다 하더라도, hwgaahwgh.com의 경우는 달러 금액이 너무 크고, 누군가가 암호 보호를 너무 과하게 설정해놓고 있다.

가끔은 상처가 곪아터지도록 내버려두는 것보다, 못되기는 하지만 약 올리는 게 재미있을 때가 있다. 맥신은 탤리스 아이스에게 전화를 걸어 기회를 엿보기로 한다. 만약 전화를 받지 않으면, 그만이다. "매력적인 당신 남편한테서 전화가 왔어요. 어쩐지 며칠 전에 우리가 만난 걸 아는 것 같던데요."

"난 아니에요. 맹세코. 건물 때문이겠죠. 출입기록이 남으니까. 건물에 비디오 감시장치가 되어 있어요. 내가 말해주었던 것 같은데, 당신이 지나가다 들렀을 때?"

"여하튼 당신 남편이 훌륭한 사람이라는 것을 확신해요." 맥신이 대답한다. "나하고 통화하는 동안, 머리를 좀 쓰게 해도 될까요?"

"확신한다고요?" 마치 자, 머리를 어디에 두었더라 하는 말투다.

"지난번에 기반시설에 대해서 얘기했었잖아요. 뉴저지의 한 고객을 투자 문제로 도와주고 있는데, 다크리니어 솔루션스라고 하는 맨해튼의 광섬유 중개회사에 대해 궁금해하더라고요. 이건 완전히 내 영역 밖이라서. 혹시 그 회사와 거래를 해봤든가, 아니면 누구든 거래했던 사람을 알고 있어요?"

"아뇨." 그러나 이번에도 '자세히 살펴봐'의 뜻임을 맥신은 익히 알고 있는 특이한 딸꾹질 같은 소리가 계속해서 들린다. "뭐라고요?"

"돈 안 들이고 알아볼까 했는데, 고마워요, 탤리스."

　다크리니어 솔루션스는 플랫아이언 디스트릭트에 위치한 크롬과 네온 색의 힙하게 생긴 건물이다. 요즘의 전체연령가 비디오게임 시대에 그 회사는 최근에 막 내린 시대로부터 아직 사라지지 않았을지도 모르는 타락한 초고속 인터넷의 환상을 만족시키기 위한 중독성 실리카 대신에 에키나시아 스무디와 해초 파니니를 판다.

　맥신은 택시에서 막 내리려는 순간 표범 무늬 점프슈트 차림에 샤넬 아바나 선글라스를 헤어밴드처럼 머리 위에 쓰지 않고 눈 위에 바로 착용한 한 여인이 문을 열고 나오는 모습을 본다. 하지만 이렇게 의식적으로 위장하려고 애써도, 이런 이런, 저건 탤리스 켈러허 아이스가 분명하다.

　맥신은 손을 흔들고 큰 소리로 인사할까 망설이다가, 탤리스의 행동이 너무 불안해 보여서 바까라 테이블의 제임스 본드처럼 일반적인 도시 편집증 환자의 표정을 짓는다. 그게 뭔데? 광섬유를 갑자기 왜 그렇게 쉬쉬하지? 아니야, 광섬유는 외관이야. 다른 누군가의 도발적인 생각을 제발 들여다보라고 외치는. 그러면서 맥신은 그게 누구의 생각일지 저절로 궁금해진다.

　"내리실 거예요, 손님?"

　"미터기 다시 켜두는 게 좋을 거예요. 얼마 안 걸려요."

　탤리스는 길 위쪽으로 걸어가며 불안하게 주위를 돌아본다. 그러고는 길모퉁이에 서서 미술관의 바너드 칼리지[1] 여학생처럼 두

---

1 맨해튼에 위치한 여자예술대학.

발로 세번째 발레 포지션^{2}을 취하고서, 화장실 모델 진열창을 뚫어지게 바라보는 척한다. 잠시 후 다크리니어 솔루션스의 문이 한번 더 열리자 매장용 블레이저와 슬랙스 차림의 다부진 남자가 밖으로 나오더니 어깨끈이 달린 사각 서류가방을 메고 역시 예리하게 거리를 살핀다. 그는 탤리스의 반대 방향으로 돌아서서 몇대의 주차공간을 지나 링컨 내비게이터가 주차되어 있는 데로 간 뒤, 차에 올라, 다시 탤리스가 있는 쪽으로 천천히 향한다. 그가 길모퉁이에 다다르자, 조수석 문이 휙 열리고 탤리스가 차에 오른다.

"어서요," 맥신이 말한다. "신호등이 바뀌기 전에요."

"남편인가보죠?"

"다른 사람의 남편이겠죠. 어디로 가나 봅시다."

"경찰이에요?"

"「로 앤드 오더」에 나오는 레니예요. 날 몰라봤어요?" 그들은 휘발유를 잡아먹는 육중한 승용차를 뒤쫓아 FDR 도로 방면의 도시 외곽으로 쭉 가다가, 96번가에서 빠져, 퍼스트 애비뉴를 타고 북쪽으로 계속 차를 몰아, 어퍼이스트사이드를 벗어나 이스트할렘 직전의 변두리 지역으로 간다. 마약상을 만나거나 대가성 저녁 만남을 위해 언젠가 한번은 가봤을 법하지만, 벌써 도시 고급화의 징후를 보이고 있는 그런 곳이다.

형태를 개조한 육중한 픽업은 상층부에 멋지게 걸어놓은 간판에 따르면 침실당 약 100만 달러가 든 콘도로 최근에 개조된 어느 건물 근처에 멈춰 서더니 한참을 걸려 주차한다.

"저런 걸," 택시 운전사가 투덜거린다. "길거리에 다니게 그냥

---

2 앞쪽 발뒤꿈치가 뒤쪽 발 아치 부위에 닿게 두 발을 포개는 자세.

두다니? 하기야, 글록 권총부터 꺼내는 악당의 차일지도 모르는데 미치지 않고서야 누가 감히 뭐라 하겠어요."

"저기 두 사람이 가네요. 여기서 기다려주세요. 해야 할 일이 있어서요."

그녀는 탤리스와 가죽가방을 든 남자가 엘리베이터를 탈 때까지 기다렸다가 경비에게 씩씩거리며 걸어간다. "방금 들어간 저 사람들 있죠? 커다란 SUV를 모는 저 바보들은 주차하는 법도 모르데요? 방금 내 차 범퍼를 박았다고요."

경비는 아주 착한 청년으로, 움츠러들기보다는 사과 조로 말한다. "건물에 들어가는 건 정말 안돼요."

"괜찮아요. 그들더러 이리로 내려오라고 할 필요 없어요. 그래봐야 로비에서 큰 소리만 나게 될 테니까. 한바탕 치받을지도 모르는데, 누가 그런 걸 바라겠어요, 그렇죠? 자," 그에게 그녀가 알기로는 댄버리에서 아직 활동 중인, 90년대를 대표하는 잘나가던 어느 세금 변호사의 명함을 건넨다. "내 변호사예요. 다음에 그 뺑소니 남녀를 보거든 이 명함을 전해줘요. 오 아니면 나한테 그 사람들 전화번호나 이메일, 뭐든 줘요. 변호사들더러 직접 연락하라고 하게."

이쯤에서 어떤 경비들은 온갖 수단을 쓰며 치사하게 구는데, 지금 이 경비는 그가 일하고 있는 건물처럼 이 구역에서는 신참이어서 주차 문제로 난리치는 어떤 정신 나간 여자에게서 벗어나고 싶어한다. 맥신은 안내 데스크의 장부를 잽싸게 훑어보고서 신용카드 번호를 제외한 남자친구에 관한 모든 정보를 갖고 택시로 돌아간다.

"재밌네." 택시 운전사가 말한다. "다음은 어디로 갈까요?"

그녀는 손목시계를 흘끗 쳐다본다. 사무실로 돌아가는 게 나아 보인다. "어퍼브로드웨이요. 자바스³ 근처면 어디든 괜찮아요."

"자바스요?" 나이 어린 조수의 억양이 그의 목소리에 스며든 것 같다.

"예. 훈제 연어에 관한 이상한 정보가 있어서, 확인해봐야 할 것 같아요." 그녀는 자기 베레타 권총의 안전장치를 살펴보는 척한다.

"사설탐정을 위한 특별할인을 해드려야 할 것 같은데요."

"하지만 난 단지…… 그래요, 받을게요."

* * *

"맥시, 오늘밤 뭐 해?"

라이프타임 채널에서 하는 「그녀의 사이코패스 약혼자」를 보며 자위하는 중. 왜, 당신이랑 무슨 상관인데? 실제로는 이렇게 말한다. "지금 나한테 데이트 신청하는 거야, 로키?"

"어이. 이제 나를 로키라고 부르네. 내 말 들어봐, 다 괜찮다고, 코닐리아가 그리로 갈 거야. 동업자인 스퍼드 로이터먼하고. 아마 다른 두 명도 더."

"농담해. 저녁 파티를 한다고? 어디로 가는 건데?"

"한국 가라오케. 그들은 노래방이라고 불러. 코리아타운에 있 어…… 럭키 18이라고."

"스트리트라이트 피플, 돈 스톱 빌리빙, 가라오케 애창곡이었군. 알아챘어야 하는데."

---

3 훈제 생선, 캐비아, 치즈 따위를 파는 고급 식료품점.

"우리 모두 세컨드 애비뉴에 있는 이기스의 단골이었어. 하지만 지난해에 우리가—난 그렇게까지는 아니었는데—내 말은 스퍼드가 우리를……"

"끼워주지 않았구나."

"스퍼드, 그 친구는……" 로키는 약간 민망해하는 눈치다. "그 친구는 천재야, 내 동업자 말이야. 만약 레귤레이션 D[4]와 관련해 문제가 생기면…… 그 친구는 마이크를 거의 안 놔…… 음, 스퍼드는 키를 자주 바꿀 거야. 음 보정 기능이 있는 기계장치도 그를 못 당해."

"귀마개를 가져가야 하는 거 아냐?"

"아니, 그냥 80년대의 인기 발라드를 복습하면서 9시 정도까지 있으면 돼." 그녀의 주저하는 말투를 눈치채자, 그는 직관력 있는 사람답게 말을 덧붙인다. "오 약간 싼 티 나는 걸 입어. 코닐리아보다 인기 있으면 안되니까."

그 말에 그녀는 바로 옷장으로 가서 파일린스 베이스먼트에서 70퍼센트 할인가로 산, 덜 튀지만 그래도 타블로이드 신문에 나올 법한 돌체&가바나 외출복을 찾는다. 사실 이 옷은 아이들을 학교에 데려다주고 나서 아침 나들이를 하던 중에, 옷에 비해 몸이 두 사이즈 정도는 더 큰 컬리지엇 학부모가 쥐고 있던 것을 이스트사이드 헤어밴드와 함께 낚아채다시피 해서 산 것으로, 그뒤로 입어볼 핑계를 찾던 참이었다. 링컨 센터 자선공연? 정치기부금 모금 행사? 잊어버리길. 벤처기업 사냥꾼들로 발 디딜 틈 없는 가라오케야말로 딱 어울리는 곳이다.

---

4 Regulation D. 미국 연방준비제도이사회가 가맹 은행들의 지불준비금에 관해 마련한 규정.

그날 저녁 럭키 18의 대형 룸에 모인 자리에서 맥신은 로키의 음치 동료 스퍼드 로이터먼과 그의 여자친구 리티샤, 주말을 맞아 도시 외곽에서 온 다양한 고객들, 그외에도 맥신이 잘못 들은 게 아니라면, 석탄에서 나온 섬유인 비날론[5]으로 만든 반질반질하고 누르스름한 북한 복장을 아마도 얄궂은 코스튬처럼 입고서, 관광버스에서 내려 헤매다가 다시 돌아가는 길을 못 찾아 점점 더 불안해하는 작은 무리의 진짜 한국인들을 발견한다. 그리고 오늘밤을 위해 편하고 개성 있는 의상에 산뜻한 진주목걸이를 하고 나타난 코닐리아도 눈에 띈다. 하이힐을 안 신었는데도 로키보다 키가 더 큰 코닐리아는 자신들이 만들어냈다고 주장하지만 정작 많은 와스프들에게서는 볼 수 없는 자연스러운 상냥함을 발산한다.

맥신과 코닐리아가 사교적인 대화를 막 시작하려 할 때, 늘 그렇듯 출신 민족을 드러내며 루비나치 정장 차림에 보르살리노 모자를 쓴 로키가 씨가를 흔들며 사이를 비집고 끼어든다. "어이, 맥시. 잠깐 와봐. 만날 사람이 있어." 그러자 코닐리아가 무술영화에서 별 모양 표창을 던질 때보다 훨씬 더 냉정하게 '우리 지금 바쁘거든' 하는 눈초리로 말없이 쨰려본다…… 그런데도, 그런데도, 이 두 사람 사이에서 느껴지는 거의 성적인 긴장은 뭘까? "광고 끝나고 뵐 수 있길." 코닐리아가 어깨를 으쓱하고 눈을 위로 굴리며 돌아서서는 다른 곳으로 천천히 걸어간다. 맥신은 매력적인 목덜미에 찰싹 감겨 있는 미키모토 목걸이를 흘끗 쳐다본다. 진주를 좋아하는 사람들이 모두 그런 것은 아닌데도, 미국에 사는 사람들은 모두 금발이라 생각하는 미키마우스-오 사람들에게 말하려는 듯

---

5 1939년 북한의 이승기 박사가 석회석과 무연탄으로 만든 세계 두번째 화학섬유.

목걸이는 언제나 황금색이다. 마침 우연하게도 코닐리아는 금발이다. 그렇다면 질문이 떠오른다. 그녀는 머리 속까지 완전히 금색일까?

결론은 추후에. 그러는 동안 로키가 말한다. "맥시, 인사해, 레스터야. hwgaahwgh.com에 있던 친구야." 청산잔여재산이든 혹은 무엇이든, 뼛속까지 벤처투자가인 로키는 출처를 불문하고 유망한 아이디어라면 늘 쫓아다니는 것 같다.

레스터 트레이프스는 각지고 다부진 체형에, 약국 브랜드 헤어 젤을 쓰며, 개구리 커밋[6]처럼 말을 한다. 깜짝 놀란 점은 오늘밤 그가 거느리고 온 부하이다. 르네 르베스끄에 있는 팀 호턴 도넛 가게에서, 몬트리올에서는 '약한 눈'이라고 하지만 전세계에서는 강한 눈보라에 해당하는 날씨 속으로 걸어나오는 걸 마지막으로 보았던 펠릭스 보인고는 오늘밤 이상한 헤어스타일을 뽐내고 있다. 보는 사람들이 너무 늦었다 싶을 때까지 자신의 외모에 대해 잘못된 자기만족에 빠지게끔 세심하게 꾸민 세 자릿수 금액의 최고급 헤어컷이거나, 혹은 그게 아니라면 본인이 직접 잘랐다가 망쳐버린 그런 느낌의 머리이다.

그사이에 로키와 레스터는 근처의 바로 조용히 자리를 옮긴다. "다시 봐서 반갑네. 다 잘되어가지? 내 말 들어봐." 레스터가 로키의 뒤를 슬쩍 쳐다보며 말한다. "누구한테 말하면 안돼, 음……"

"금전등록기라면—"

"쉿!"

"오. 안하고말고. 내가 왜?"

---

6 Kermit the Frog. 미국의 TV 버라이어티쇼 「머핏 쇼」에 나오는 개구리 인형.

"이제 합법적으로 일하려고 노력하는 중이야."

"마이클 꼬를레오네[7]처럼 말이지, 이해해, 그럼."

"진심이에요. 지금 작은 스타트업 업체를 운영하고 있어요. 저와 레스터 둘이서요. 안티재퍼라는 소프트웨어인데, POS 시스템에 설치해두면 자동으로 반경 1마일 내에 있는 모든 팬텀웨어를 무력화해요. 누구든 재퍼를 사용하려고 시도하면, 디스크를 녹여버리죠. 뭐, 그렇다고, 그렇게 폭력적인 건 아니고요. 얼추 그렇다는 거죠. 당신, 슬래지엇 씨하고 친구죠? 이봐요, 우리 얘기 좀 잘해줘요."

"그럼." 어부지리를 얻으시겠다, 허? 도덕관념이 없는 청년이구먼, 나쁘지 않은데.

가라오케 기계가 켜지자마자 한국인들은 신청서 앞에 줄을 서서 사교적인 대화나 덕담을 나누며 「모어 댄 어 필링」 「보헤미안 랩소디」 그리고 「댄싱 퀸」을 놓고 잠시 경쟁한다. 한국어와 영어로 된 가사 너머의 스크린에는 수수께끼 같은 화면, 먼 도시의 거리와 광장에서 뛰어다니는 수많은 아시아인들, 거대한 스포츠 경기장들을 가득 메운 인간 만화경, 해상도가 낮은 한국 연속극 장면과 자연 다큐멘터리와 다른 생소한 반도의 영상 들이 나타난다. 대개는 기계에서 나오는 노래나 가사와는 관련이 거의 없거나, 서로 연결이 되지 않는 것들이다.

자기 차례가 되자 코닐리아는 1994년부터 관객몰이를 해온 에이미 피셔에 관한 오프브로드웨이 뮤지컬 「에이미&조이」의 제2소프라노 인기곡 「매서피쿼」를 부른다. 그녀는 일종의 네오컨트

---

7 알 파치노가 분한 영화 「대부」의 주인공.

리음악 느낌을 실어, 코알라, 웜뱃, 주머니고양이가 등장하는 화면 앞에서 연어 빛깔 조명을 한 몸에 받으며 몸을 흔들거리면서 큰 소리로 노래하기 시작한다.

　　　매스—어-피-쿼!
　　　　　　　　내
　　　꿈속에서, 너를 찾아,
　　　돌아가는 길이 참 멀기도 하네,
　　　그 옛날 썬라이즈 하이-
　　　웨이로—
　　　　　　(그래,)
　　　알았어…… 널 떠날 줄, 하지만 난
　　　아직도…… 널 기다려, 마치
　　　늦은 밤 정거장처럼,
　　　오래전부터……

　　　어디에 네가 원하는
　　　피자가 있지……?
　　　어디에 아가씨가…… 춤출 수 있는 술집이 있지?
　　　어디에 우리의 어린 시절 모습이 있지?
　　　어디에 또 한번의 기회가 있지?
　　　(두고 온 게 분명해)
　　　매스—
　　　어피-쿼, 결코
　　　너를 붙잡기를 꿈꿔본 적 없어,

어른이 되면서

너를 버리게 될 거라 생각했어……

비록 내가

너를 버리려 했지만,

절대 잃어버렸다고 생각 안해,

왜냐면 너는 바로 여기에 아직 있으니까,

안전하게, 내 마음속에 콕,

(매서피쿼-아!),

바로 여기에 아직, 콕

안전하게 내 마음속에……

「매서피쿼」를 따라 부를 때 대개 최악의 부분은 백인 목소리로 블루스 구간을 시도하다가 결국에는 기껏해야 무성의하게 들리고 말 때이다. 코닐리아는 이 난관을 어떻게든 넘긴다. "아주 잘 들었어요." 맥신은 이내 파우더룸 혹은 여자화장실에서 자기도 모르게 피식 웃는다. "저는 「오클라호마!」의 글로리아 그레이엄처럼, 말괄량이 역할을 여자주인공같이 하면 그렇게 좋더라고요."

"친절하시네요." 코닐리아가 점잔 빼며 말한다. "사람들은 대개 초기의 아이린 던 같다고 하던데.[8] 물론 비브라토만 빼고요. 로키가 당신 칭찬을 많이 하던데요. 난 그걸 항상 좋은 징조로 생각해요." 그러자 맥신은 눈썹을 치켜올린다. "그가 아예 언급조차 하지 않는 사람들 다음으로요." 결혼생활에 관한 일들은 맥신이 좋아하는 화제가 아닌 터라, 그녀는 코닐리아가 충분히 눈치채게끔 정중하

---

8 글로리아 그레이엄과 아이린 던은 모두 뮤지컬영화에 많이 출연했던 할리우드 배우.

게 미소를 짓는다. "우리 가끔씩 만나서 점심도 먹고, 쇼핑도 할까요?"

"언제든지요. 하지만 말해둘 게 있어요. 난 기분전환을 위해 쇼핑하는 건 그렇게 좋아하지 않아요."

코닐리아는 어리둥절해한다. "하지만 당신은…… 유대인이잖아요?"

"아, 맞아요."

"연습을 하나요?"

"아뇨, 이제는 어떻게 하는지 아주 잘 알아요."

"내 말은…… 값싸고 좋은 물건을 찾는…… 특별한 재주 말이에요."

"내 유전자에 박혀 있어요. 하지만 여전히 재질을 어루만지거나 꼬리표를 살펴보는 것을 까먹어요. 그리고 가끔은," 그녀는 목소리를 낮추고 누구한테 들킬까봐 주위를 둘러보는 척한다. "소매가를 지불할 때도 있다니까요?"

코닐리아는 가짜 편집증 환자처럼 숨이 막힌 체한다. "아무한테도 말하면 안돼요. 난 실제로 가끔…… 가게에서 물건 가격을 흥정해요. 그래서 때로는 믿기 어려울 정도로 싸게 사기도 해요. 10퍼센트씩이나요. 한번은 거의 30퍼센트까지 할인을 받았는데, 80년대에 블루밍데일 백화점에서 딱 한번 그랬어요. 아직도 그때 기억이 생생해요."

"그러니까…… 우리가 서로를 소수민족 경찰에 밀고하지만 않으면요……"

그들은 여자화장실에서 나와 점점 더 큰 소리로 소란을 떠는 일행, 여기저기 흩어져 있는 소주 칵테일 술잔과 주전자, 소파에 일자로 누워 있거나 꼿꼿이 앉아 발목을 꼰 채 노래 부르는 한국인들, 구석에서 랩톱으로 「다크에덴」게임을 하느라 넋이 나가 있는 십대들, 층층이 떠 있는 꼬이바 씨가 연기, 아슬아슬한 지경까지 음란한 말을 내뱉고 더 크게 웃어대는 여종업원들을 본다. 어느 순간부터 「볼라레」에 심취해 있던 로키는 미국에서 이 곡이 매주 연속해서 1위를 차지했던 1958년에 「에드 썰리번 쇼」에 출연한 도메니꼬 모두뇨의 키네스코프를 찾아내어, 흐릿한 비디오를 보며 도메니꼬의 모든 억양과 움직임을 따라 하는 중이다.

과연 누가 지금까지 쓰인 가장 위대한 팝 음악들 중에서도 「볼라레」의 진가를 인정하지 않을 만큼 그렇게 잘날 수 있을까? 젊은 남자가 꿈에서 하늘을 날며, 마치 일찍 중년기를 맞은 것처럼, 다른 무엇보다 중력과 시간에 도전한다. 2절에서 그 청년은 잠에서 깨어 다시 지상으로 돌아오는데, 제일 먼저 눈에 들어온 것은 그가 사랑하는 여인의 크고 파란 눈이다. 그리고 그 눈은 곧 그 남자에게 하늘이 되고도 남을 것이다. 모든 남자는 그렇게 우아하게 어른이 된다.

저녁 무렵이 되자, 예상보다 더 빨리 토토가 신청곡 대열에 보란 듯이 올라가 있다.

"스퍼드, '내 뇌를 아프리카에 두고 왔어'[9]는 아닌 것 같은데."

"그래? 그런데 화면에 그렇게 나와." 세렝게티 초원의 동물 무리들이 있어야 할 곳에 대신 한국 텔레비전의 인기 프로인 「개그 콘서트」두번째 시즌 영상이 소리 없이 나온다. 바보 연기, 스튜디오 청중의 웃음. 방 안의 자욱한 담배 연기 때문에 화면의 이미지들이

---

9 I left my brains down in Africa. 토토라는 가수가 부른 「아프리카」의 가사를 잘못 말한 것. 원래 가사는 "I bless the rains down in Africa"다.

우스꽝스러울 만큼 희미하게 보인다.

맥신은 이 노래방의 이름에 들어가 있는 숫자 18에 대하여 길을 잃은 한국인 버스 승객 중 한명과 언제 끝날지 모르는 긴 대화를 이어가고 있다.

"나쁜 숫자예요." 한국인이 음흉하게 웃으며 말한다. "십팔. '썹을 팔다'라는 뜻이에요."

"그래요, 하지만 유대인에게는," 맥신은 조금의 흔들림도 없다. "행운을 나타내요. 가령 바르 미츠바[10] 축하금은 항상 18의 배수로 주거든요."

"썹을 판다고요? 바르 미츠바를 위해서?"

"아니, 아니, 게마트리아[11]로요. 일종의…… 유대교 암호라고 할까요? 18을 계산하면 하이 혹은 생명이 돼요."

"썹과 똑같네요!"

이 문화 간 대화는 남자화장실에서 일어난 소동 때문에 중단된다. "잠깐 실례할게요." 그녀는 화장실 안을 들여다보고는, 그녀가 보기에 실제로 전혀 다른 분야의 직업에 종사할지도 모르는 너드를 사칭하는 거구의 남자와 웹디자인에 관한 심층토론, 혹은 사실 미친 듯이 소리 지르며 한창 말다툼 중인 레스터 트레이프스를 발견한다. 기계에서 나오는 가라오케 음악소리를 잠재우는, 표면상으로는 당시의 논쟁거리인 테이블이냐 CSS냐를[12] 두고 벌어진 열

---

10 유대교에서 치르는 13세가 된 소년의 성인식.
11 히브리어 알파벳이 나타내는 숫자로써 그 단어가 지닌 뜻을 풀어 성서를 해석하는 방법.
12 테이블이 콘텐츠를 한 라벨로 나타내어 배치하는 웹페이지 레이아웃의 전통적인 방식이라면, 그 이후에 나온 CSS(Cascading Style Sheets)는 웹문서의 전반적인 스타일을 미리 저장해둔 스타일시트를 말한다.

띤 말다툼이 맥신에게는 어쩐지 종교적으로 느껴진다. 어떤 쪽이 이기든 간에, 맥신이 상상하기에 지금부터 10년 뒤에는 모든 것을 쏟아내는 이 논쟁의 성격을 이해하기란 어려울 것이다. 그러나 오늘밤 이곳의 상황은 꼭 그렇지는 않다. 지금 이 화장실에서 콘텐츠는 왕이 아니다. 우선 첫째로 이 가짜 너드는 범죄자의 냄새를 너무 풍긴다.

자연히 맥신은 오늘밤 베레타 권총이 들어갈 공간이 없는 이브닝백만 달랑 들고 나온 터라, 저녁 파티가 노래-뱅뱅 같은 표제를 달고 『데일리 뉴스』 1면에 나지 않을 만큼만 유쾌하게 지나가기를 바랄 뿐이다. 총이 있건 없건, 그녀의 임무는 분명하다. 테스토스테론의 폭풍을 헤치고 들어가서 스크루지 맥덕의 이미지 여러개가 타는 듯한 주황색과 감전될 것 같은 보라색으로 분리되어 있는 특이한 넥타이를 잡고 레스터를 무사히 끌고 나오는 것이다.

"게이브리얼 아이스의 거친 수행원 중 하나예요." 레스터가 숨을 헐떡거리며 말한다. "서로 사연이 좀 있어요. 미안해요. 펠릭스가 나를 곤경에서 구해줘야 하는데."

"그는 어디로 갔는데요?"

"저기서「셉템버」를 부르고 있네요."

어스, 윈드, 파이어,[13] 그리고 포그라고 불러도 좋을 펠릭스의 여덟 소절을 가만히 더 듣고 나서, 별일 없었던 듯이 묻는다. "펠릭스는 안 지 오래됐어요?"

"오래되지 않았어요. 똑같은 벤처투자가를 잡으려고 똑같은 대기실에서 계속 마주치다가, 둘 다 팬텀웨어에 관심이 있다는 것을

---

13 Earth, Wind & Fire.「셉템버」를 부른 미국의 음악밴드.

알게 되었죠. 나는 무작정 반해버렸다면, 펠릭스는 검색엔진 홍보 기술을 지닌 누군가를 찾고 있었어요. 그래서 우리는 함께 팀이 되기로 했어요. 내 예전 방식보다는 나을 것 같아서."

"hwgaahwgh.com은 유감스럽게 됐어요."

"나도 그렇게 생각해요. 하지만 동업자들은 아까 그 화장실의 이상한 놈처럼 CSS 나치로 모두 갈아타고 있는 반면, 난 테이블을 끝까지 고집하는 구닥다리예요. 보다시피 머리는 희끗희끗하고, 왼쪽 가르마에, 변명의 여지가 없어요. 공룡이라도 있어야 하는데, 안 그러면 꼬맹이들이 박물관에서 구경할 게 하나도 없잖아요, 안 그래요?"

"그래서 웹디자인에서 잠시 빠져나와 기쁘다는 건가요?"

"왜 계속 남아 있어야 하죠? 다음에 무엇이 기다리고 있건 간에, 게이브리얼 아이스를 피해야 한다는 것을 꼭 명심해요. 물론 그자가 당신의 친한 친구가 아니라면 말이에요. 만약 그렇다면 미안해요."

"만난 적도 없어요. 그에 대해서 좋게 말하는 소리는 거의 듣지 못했어요. 그가 어떻게 할까요? 거래동의서를 가지고 수작을 부리려고 할까요?"

"아뇨, 정말 이상하게도, 그것은 모두 합법적이었어요."

"돈도 깨끗했고요?"

"지나치게 깨끗했을 거예요." 마치 고자질하듯 플로샤임 구두를 꼼지락거리며 그는 더 많은 게, 훨씬 더 많은 게 있다는 암시를 보낸다. "그게 늘 수수께끼였어요. 우리는 해시슬링어즈에 비해서 주파수 대역이 너무 좁고, 너무 느리고, 이렇게까지 말해도 된다면 너무 제3세계적이었어요. CSS든 뭐든, 대역폭은 우리에게 결코 이

232

슈인 적이 없었어요. 반면에 아이스, 그자는 대역폭에 목을 매죠. 염가에 나온 기반시설을 찾아내서 모두 사들여요. 수요 이상으로 광섬유 네트워크를 구축한 닷컴 회사들이 그러느라 부도가 나면, 결국은 모두 아이스의 몫이 돼요."

펠릭스가 아닌 누군가가 마이클 맥도널드의「왓 어 풀 빌리브스」를 틀자, 방 안의 여러 사람이 함께 따라 부른다. 이런 축제 같은 분위기에도 불구하고, 레스터의 이야기에서 느껴지는 신랄함의 숨은 의미가 너무 두드러져서 그녀의 전직-CFE/초감각 경보가 울리기 시작한다. 이것은 무슨 의미일까?

"그렇다면 아이스를 위해 어떤 일을……"

"전통적인 HTML 페이지들, 이 경우엔 '그는 더 많은 리튬을 복용 중이다'[14]라고 할까. 모든 게 아무도 읽지 못하는 암호로 되어 있죠. 아이스는 모든 것에 자동 메타태그[15]를 붙이고 싶어했어요. NOINDEX, NOFOLLOW, NO 기타 등등. 웹크롤러[16]들로부터 페이지를 보호하고, 안전하게 깊숙이 숨겨놓기 위한 장치예요. 그런데 누구나 그것을 집에서 할 수 있을 정도가 되다보니,「퀘이크」게임 서버보다 그곳에 더 많은 너드 비행청소년들이 몰려들었죠."

"맞아요, 아이스가 아이들을 위한 일종의 재활원도 운영 중이라고 들었어요. 해시슬링어즈 본사에 직접 방문한 적 있죠?"

"hwgaahwgh를 인수한 직후에, 아이스가 알현을 위해 나를 회사로 불렀어요. 적어도 점심식사는 하게 될 거라 생각했는데, 나중에

---

14 He's Taking More Lithium. HTML과 첫 글자만 같게 꾸며낸 문장.
15 meta tag. 키워드 검색엔진에 특정 홈페이지 또는 HTML 문서에 대한 색인 정보를 나타내는 태그.
16 web crawlers. 봇이나 스파이더와 비슷한 개념으로 웹상에서 자동으로 정보를 검색하고 수집하는 프로그램.

보니 인스턴트커피와 사발에 담긴 건강 또르띠야칩이 다였어요. 심지어 살사소스나 소금도 없이. 그가 한 일이라고는 그냥 앉아서 눈을 동그랗게 뜨고 나를 쳐다보는 거였어요. 분명히 서로 말도 나누었을 텐데, 무슨 내용이었는지 기억이 나질 않아요. 그런데 아직도 악몽을 꿔요. 아이스 때문이라기보다는 그의 경호원들 때문에요. 그들 중 몇몇은 전과자들이었어요. 내 말이 틀림없어요."

"내 생각에 그들이 비공개동의서에 서명하게 했을 텐데요."

"그렇다고 그 안에서는 뭐라도 공개된다는 것은 아니에요. 아무도 속내를 정확하게 털어놓지 않았어요. 심지어 hwgaahwgh.com이 파산했는데도, 어느 쪽이 먼저든 간에 우주 혹은 「다이카타나」[17]의 예측 가능한 결말이 마침내 나올 때까지 비공개동의서는 계속 유효해요. 완전히 그들 마음대로죠. 일수가 사납거나 속이 꼬이면, 언제든 원할 때마다 나한테 분풀이할 수도 있어요."

"그러면 그…… 남자 화장실에서 한 토론은…… 실제로는 웹디자인에 관한 게 아니었을 수도 있겠네요?"

그는 근처의 조명을 반사해 경고 신호를 보내려는 듯 눈을 크게 뜨고 그녀를 쳐다본다. 마치 거기까지는 말할 수 없어, 그러니 너도 여기까지만 하는 게 좋겠어 하는 눈초리다.

"딴 게 아니라," 슬쩍 찔러본다. "아까 그 남자가 흔히 보는 너드 같지가 않아서요."

"아이스가 좀더 자신감을 드러내고 싶어하는 것 같죠, 안 그래요?" 가까운 주위로부터 무언가가 다가오는 것을 본 것처럼 멍하면서도 겁에 질린 표정으로 말한다. "그는 고위급 관계자를 많이

---

17 Daikatana. 미국의 유명 게임 개발자인 존 로메로가 개발한 비디오게임. 몇년간 수차례 발매일을 연기한 것으로 악명 높았다.

알아요. 하지만 지금은 불안정하고, 불안하고, 화가 난 거예요. 뇌물을 주던 경찰이나, 혹은 보고해야 하는 고위급 관계자에게 도움을 청할 수 없다는 사실을 알게 된 악덕 사채업자나 매춘업자처럼 말이에요. 그의 안타까운 불만을 들어줄 증권거래위원회도, 사기 전담반도 없이, 그는 혼자니까요."

"그러면 아까 거기서 말다툼을 벌인 실제 이유는 누군가가 정보를 누설해서였어요?"

"난 운이 매우 좋았어요. 정보가 자유롭고자 할 때, 누설은 경범죄보다 절대 더 나쁘게 간주되지 않거든요."

이렇게 말하고 나서 다른 무언가가 담긴 그다음 문장을 막 말하려는 찰나에, 펠릭스가 마치 그와 레스터 사이에 비공개동의가 되어 있는 양 전혀 의심스러워하는 구석 없이 나타난다.

레스터는 애써 순진하게 멍한 표정을 지으려 하지만, 그의 표정으로부터 무언가가 틀림없이 새어나온 듯, 펠릭스는 '여기서 일을 망치지 않는 게 좋아, 알겠지?' 하는 표정으로 맥신을 쏘아보며 레스터를 움켜잡고 옆으로 떠민다.

그녀는 다시 한번 남자 화장실에서 가짜 너드를 만났을 때처럼 은밀한 메시지의 암시를 강하게 받는다. 마치 금전등록기를 사용자가 원하는 대로 바꿔주는 작업조차 펠릭스가 실제로 벌이고 있는 무언가를 감추기 위한 술수인 것처럼.

누군가에게는 밤이 점차 흐릿해져간다면, 맥신에게는 망각에 의해 자주 끊기는 자그마한 에피소드들의 스타카토가 되어간다. 그녀는 신청곡집을 보고서, 왜 그랬는지는 정확히 모르지만, 추억과 미련에 관한 스틸리 댄의 빠른 박자의 발라드 「아 유 위드 미 닥터 우」를 청한 듯한 자신의 모습을 떠올린다. 그다음 장면에서 그녀는 마이크 앞에 서 있고, 레스터가 갑자기 끼어들어와 후렴 부분에서 화음을 맞춘다. 색소폰 간주 동안에 한국인들은 "마이크 돌려"하고 외치더니 어느새 디스코를 춘다. "난 파라다이스 거라지," 맥신이 말한다. "당신은?"

"주로 댄스테리아.[18]" 순간 그녀는 그의 얼굴을 쳐다본다. 그는 그녀가 이전에 너무 많이 본 적 있는 은밀하고 몽환적인 표정, 빌린 돈뿐 아니라 빌린 시간에 의지해 살고 있음을 아는 표정을 짓고 있다.

얼마 후 그녀는 거리로 나오고 모두 뿔뿔이 흩어진다. 한국 관광버스가 나타나자 운전사와 여종업원들은 길을 헤매던 승객들과 반갑게 소리를 지르고, 로키와 코닐리아는 렌트한 타운카로 향하며 손을 흔들고 허공으로 키스를 보내고, 펠릭스는 휴대폰으로 심각하게 통화하고, 남자화장실에서 본 육중한 체구의 변장한 사내는 두꺼운 플라스틱 안경을 벗고 야구모자를 쓴 다음 투명망토를 고쳐 입더니 블록 중간쯤에서 사라진다.

그 뒤에 남겨진 럭키 18에서는 텅 빈 반주가 텅 빈 방에서 울려 퍼진다.

---

18 Paradise Garage와 Danceteria 모두 뉴욕의 유명한 나이트클럽 이름.

15

오전 11시 30분 무렵, 맥신은 차체가 더 긴 것을 빼면 빈티지 패커드를 연상시키는 크고 튼튼한 검정색 차량이 거리 청소를 위한 한시간 반 동안의 주차금지 표시를 무시하고 그녀의 사무실 근처에 주차해 있는 것을 발견한다. 이런 경우 대개는 건너편에 이중주차를 해놓고 청소부가 일을 마칠 때까지 기다렸다가, 그뒤에 차를 옮겨 적법하게 주차를 한다. 주위를 둘러봐도 정체불명의 리무진 근처에서 아무도 기다리고 있지 않고, 더욱 이상하게는, 영양들이 모여 있는 주변의 치타들처럼 이 부근에서 흔히 목격되던 주차단속반이 신기하게도 눈에 띄지 않는다. 그녀가 지켜보는 동안, 실제로 청소차가 나타나서는 시끄럽게 씩씩거리며 길모퉁이를 돌더니, 리무진을 발견하고서 어떻게 할지 고민하는 듯 멈춘다. 절차대로라면 법을 위반한 차량 뒤에 청소차를 세워놓고 그것이 이동할 때까지 기다리는 게 보통이다. 그런데 청소차는 블록을 따라 소심하게 기어가더니, 미안한 듯이 긴 차도 쪽으로 방향을 바꿔 길모퉁이로 서둘러 간다.

맥신은 얼마 안 있어 뜻을 알게 된 '나의 다른 리무진은 마이바흐[1]'라는 키릴 문자로 된 범퍼 스티커를 발견한다. 알고 보니 실제로 이 차는 러시아에서 부품들을 하나씩 들여와 브루클린에서 조립한 ZiL-41047로 이고르 다시꼬프의 것이다. 선팅한 차창을 들여다보던 맥신은 흥미롭게도 마치 켈러허가 안에서 이고르와 밀담을 나누고 있는 것을 발견한다. 창문이 내려오더니, 이고르가 돈을 가득 채워넣은 듯한 페어웨이 쇼핑백과 함께 머리를 내민다.

"맥시, 잘 지냈어?[2] 메이도프 증권에 관한 충고가 훌륭했어! 시기가 딱 맞았어! 내 동료들이 너무 좋아해! 다들 황홀해한다고! 적절한 조처를 취했고, 자산도 안전해. 이건 당신을 위한 거야."

맥신은 움찔한다. 그저 조금은 진짜 지폐에 대한 회계사의 오래된 알레르기 때문이다. "제정신이야?"

"당신 덕분에 그들이 건진 금액이 상당했거든."

"받을 수 없어."

"의뢰비라고 생각해."

"그러면 정확하게 누가 나를 고용한 거지?"

어깨를 으쓱하고, 미소만 지을 뿐, 더이상 별다른 대답은 없다.

"마치, 이 작자 뭐예요? 그리고 거기서 지금 뭐 하고 있어요?"

"일단 타." 차에 오르자, 마치가 앉아서 무릎 위에 달러 지폐를 한가득 올려놓고 세고 있는 게 눈에 들어온다. "아니야. 난 여자친구도 아니고."

1 독일산 최고급 자동차의 이름.
2 Kagdila. 빠돈끼로 안부를 묻는 인사.

238

"어디 보자. 그렇다면 뭐죠…… 마약거래상?"

"쉬!" 그러면서 그녀의 팔을 움켜쥔다. 알고 보니 그녀가 이러는 이유는, 마치의 전 남편 씨드가 사실은 다이크먼 스트리트의 강 끝에 있는 터비 훅의 작은 선착장에서 물건을 중개해왔는데, 여기 있는 이고르가 그의 손님들 중 하나인 것 같아서다. "내가 강조하려는 것은 '중개'야," 마치가 분명하게 말한다. "소포가 무엇이든 간에, 씨드는 단지 배달부에 불과해서, 절대 안을 들여다보고 싶어하지 않아."

"이 소포 안을 그가 들여다보지 않기 때문이라고요……?"

음, 이고르의 것은 욕조 환각제로도 알려진 메트카티논[3]이다. "이 경우 욕조는 내 짐작에 뉴저지에 있어."

"씨드의 물건은 항상 좋아." 이고르가 고개를 끄덕인다. "제거되지 않은 과망간산염 때문에 핑크빛이 도는 그 가스레인지로 만든 싸구려 라트비아 물건[4]하고는 달라. 조금만 있으면 완전히 가버려. 똑바로 걷지도 못하고 부들부들 떨 만큼. 라트비아 약[5], 안돼, 맥신! 근처에도 가지 마. 그건 약도 아니야. 완전 똥[6]이야!"

"기억해둘게."

"아침식사 했어? 여기 아이스크림이 있는데. 어떤 맛 좋아해?"

맥신은 손받침 밑에 적잖은 크기의 냉동고가 있는 것을 발견한다. "고맙긴 한데 아이스크림 먹기에는 좀 이르네."

"아냐, 아냐, 이건 진짜 아이스크림이야." 이고르가 힘주어 말한

---

3 중독성 있는 환각제의 일종. 욕조에서 쉽게 혼합해 만들 수 있어서 욕조 환각제 (bathtub speed)라고도 불린다.

4 (러) shnyaga.

5 (러) dzhef.

6 (러) govno.

다. "러시아 아이스크림이라고. 유럽 시장의 식품 규제를 받는 허섭스레기하고는 달라."

"고高유지방이 함유되어 있어." 마치가 대신 설명해준다. "기본적으로 소련 시대의 향수가 담겨 있지."

"망할 놈의 네슬레." 이고르가 냉동고 속을 뒤진다. "망할 놈의 불포화 식용유. 히피 쓰레기. 세대 전체를 타락시켰어. 내가 다 방법을 마련해두었어. 한달에 한번은 냉장 비행기로 이걸 케네디 공항으로 실어와. 자, 그래서 여기에 아이스필리가 있는 거지, 람자이, 인마르꼬도, 노보시비르스끄에서 왔어, 아주 끝내주는 **모로제노예[7]**야, 메뗄리차, 딸로스또…… 오늘은 당신을 위해서 특별히 헤이즐넛, 초콜릿 칩스, 신 체리 맛 비시냐를 준비했어."

"받아놓고 나중에 먹어도 되지?"

결국 그녀는 여러가지 맛의 0.5킬로그램짜리 패밀리 팩들을 받아든다.

"고마워, 이고르. 모든 게 다 들어 있는 것 같네." 마치는 지폐를 그녀의 가방에 챙긴다. 오늘밤 시내로 가서 씨드를 만나 이고르에게 배달할 물건을 받아올 계획이다. "맥시, 나하고 같이 가야 해. 그냥 받아오기만 하면 돼. 괜찮아. 재미있을 거야."

"마약법에 대해서는 확실하게 알지는 못하지만, 마치, 지난번에 확인한 바로는 이건 규제약물판매죄에 해당돼요."

"맞아, 하지만 씨드 때문이기도 해. 상황이 복잡해."

"B급 중죄예요. 당신과 당신의 전 남편──아직도…… 가까운 사이인가봐요?"

---

7 (러) morozhenoye. 아이스크림.

"그렇게 노려보지 마, 맥시. 그러다 주름살 생겨." 그러고는 ZiL 에서 내려 맥신을 기다린다. "거기 페어웨이 쇼핑백에 든 거 잊지 말고 세어봐."

"왜요. 얼마에 시작하기로 한 건지도 모르는데요. 무슨 말인지 알겠어요?"

길모퉁이에 커피와 베이글을 파는 카트가 있다. 오늘은 날씨가 따뜻해서, 두 사람은 앉을 만한 계단을 찾아 잠시 커피를 마신다.

"이고르 말이 당신 때문에 그들이 많은 돈을 잃지 않을 수 있었 대."

"'그들'에 이고르 본인도 포함된다고 생각하세요?"

"그러면 너무 민망해서 아무한테도 말 못했을 거야. 무슨 일이 었는데?"

"일종의 피라미드 사기 같은 거예요."

"오. 별로 다르지 않네."

"이고르의 경우 말이에요? 그도 모종의 전력이 있다는—"

"아니, 내 말은 후기자본주의가 전지구적 규모의 피라미드 사기 라는 뜻이었어. 인간의 희생이 맨 위에 있고, 반면에 빨아먹는 자 들은 그것이 영원히 지속되리라 믿는 그런 종류의 피라미드 말이 야."

"저한테는 너무 과한 임무예요. 이고르의 사업 규모만으로도 불 안하다고요. 현금자동입출금기 주위를 맴도는 딱 그 수준의 사람 들이 더 편해요."

"이따가 적나라한 거리 드라마가 펼쳐질 테니까 본격 판타지를 맛볼 겸 외곽으로 와. 도미니카 남자들이 나와. 알겠지?"

"음. 옛날 메렝게° 정도라면 어떻게 해볼 수 있을지도 몰라요."

마치는 버밀리아 근처의 댄스클럽인 추이스 하이드어웨이에서 씨드를 만날 예정이다. 이 지역에서는 주거지 위로 높게 달리는 지하철 밖으로 걸어나오자마자, 음악소리가 들려온다. 그들은 느릿느릿 머뭇거리기보다는 미끄러지듯 뽐내며 계단을 내려간다. 거리에서는 이중주차된 카프리스와 에스컬레이드의 스테레오, 술집, 어깨에 멘 대형 카세트 라디오에서 살사 음악이 깊게 고동친다. 십대들은 서로 흥에 겨워 이리저리 돌아다닌다. 인도는 사람들로 붐비고, 과일 노점은 문을 열고 망고와 스타프루트를 줄 맞춰 진열하고, 모퉁이의 아이스크림 수레는 밤늦게까지 영업 중이다.

평범한 상점 뒤에 있는 추이스 하이드어웨이에서 그들은 다음 블록까지 쭉 이어지는 것처럼 보이는 환하고, 시끄럽고, 강렬한 긴 라운지를 발견한다. 아찔하게 높은 스파이크힐에 마약상용자의 기억력보다 더 짧은 바지를 입은 젊은 여자들이 금목걸이에 챙이 좁은 모자를 쓰고 셔츠 단추를 가슴팍까지 풀어헤친 젊은 남자들과 어울려다닌다. 대마초 연기가 공중에 자욱하다. 사람들은 럼코크, 쁘레시덴떼 맥주, 브루갈 빠빠 도블레를 마시고 있다. 디제이 공연과 지역 바차따[9] 그룹들의 라이브 공연, 경쾌하게 텅 하고 튕기는 만돌린/맥주병 소리, 춤추지 않고는 못 배기는 비트가 번갈아 이어진다.

마치는 헐렁한 빨간 드레스에 맥신이 기억하는 것보다 더 긴 속눈썹을 하고서, 아일랜드계 쎌리아 끄루스[10]처럼 머리카락을 아래

---

8 도미니까공화국에서 유래한 카리브해풍의 춤 또는 춤곡.

9 도미니까공화국에서 시작된 로맨틱한 성향의 아프리카계 라틴댄스의 일종.

10 Celia Cruz(1925~2003). 20세기의 가장 대중적인 라틴계 음악가로 손꼽히는 꾸바 출신의 가수.

로 늘어뜨린 모습이다. 입구의 사람들이 그녀를 알아본다. 맥신은 깊이 숨을 들이마신 뒤, 긴장을 풀고 들러리 모드로 바꾼다.

플로어는 사람들로 발 디딜 틈이 없지만, 마치는 주저 없이 그 안으로 사라진다. 자신의 이름이 핑고라고 말하는 미성년으로 보이는 애송이가 어딘가에서 나타나 정중하게 맥신을 붙잡고 그녀와 열정적으로 춤을 춘다. 처음에는 옛날 파라다이스 거라지 시절을 되살려 대충 추려고 하지만, 비트에 몸을 맡기자 금세 춤 동작들이 되돌아오기 시작한다······

파트너들이 친절하게 순서를 바꾸며 왔다 갔다 한다. 가끔씩 여자화장실에서 맥신은 마치가 깜짝 놀라는 표정으로 거울에 비친 자신을 응시하는 모습을 본다. "누가 백인 아가씨들은 춤 못 춘다고 했지?"

"까다로운 질문이에요, 그쵸?"

씨드는 쁘레시덴떼 병맥주를 들고 인자한 표정으로 늦게야 나타난다. 맥신이 생각해온 마약운반책의 명백히 왜곡된 이미지와는 거리가 멀게 짧고 뻣뻣한 군인머리를 하고 있다.

"나를 계속 기다리게 하거나 그러면 안돼." 마치가 짜증을 내며 밝게 미소 짓는다.

"점수를 따는 데 시간이 더 필요할 거라 생각했어, 자기."

"아무 데서도 씨퀸을 볼 수가 없어. 도서관이나 어딘가에서 독후감이라도 쓰고 있는 거야?"

무대 위의 밴드가 「꽌도볼베라스」를 연주하고 있다. 씨드는 맥신을 잡아당겨 일으켜세우고는 좁은 플로어 공간에 맞게 수정한 바차따를 추기 시작하면서, 조용히 후렴을 부른다. "내가 당신의 바깥쪽 손을 들면, 우리가 빙그르 돈다는 뜻이야. 잊지 말고 계속 돌아. 그래야 서로 마주 보며 끝낼 수 있어."

"이 플로어에서요? 돌리려면 허가가 필요할 텐데요. 오, 씨드," 그녀는 노래 여섯마디가 지나고 정중하게 묻는다. "혹시 저한테 작업 중인 거예요?"

"누가 안 그러고 싶겠어?" 씨드가 호탕하게 대꾸한다. "전 남편이라고 해서 무시하면 안돼."

씨드는 스튜디오 54[11]의 베테랑 직원 출신으로 화장실 안내원으로 근무했고, 휴식시간 동안에는 플로어에 나갔으며, 근무시간이 끝날 때면 단골손님들이 코카인을 코로 흡입하기 위해 밤새 말아 두었다가 깜빡 잊어버린 100달러 지폐들을 나머지 직원들이 오기 전에 최대한 쓸어모았다. 하지만 정작 본인은 팔러먼트 담배의 우묵한 필터를 일종의 일회용 스푼처럼 사용하는 것을 더 좋아했다.

아직 가게 문을 닫은 것은 아니지만, 그들은 아주 늦은 시각에 나와 다이크먼 스트리트로 가서 작은 터비 훅 선착장으로 향한다. 씨드는 마치와 맥신을 매끈한 아르데코 스타일에 모두 각기 다른 색조의 목재로 되어 있고 삼인용 조종석이 달린 납작한 8.5미터 소형 보트로 안내한다. "성차별적일지도 모르지만," 맥신이 말한다. "여기서 정말 늑대 휘파람 소리라도 내야 할 것 같아요."

씨드가 그들에게 보트를 소개한다. "1937년산 가 우드야. 200마력이고, 레이크조지에서 시험 항해를 했어. 모든 단계에서 추격을 따돌리는 명예로운 역사를 기록했지……"

마치가 이고르의 돈을 건네자, 씨드는 배 밑바닥에서 정말로 오래된 학생 배낭을 꺼낸다.

---

11 1970년대 말에 맨해튼에서 부유층들에게 인기가 높았던 유명 댄스클럽.

"숙녀분들 아무 데나 내려드려도 될까요?"

"79번가 선착장." 마치가 말한다. "밟아."

그들은 말없이 밧줄을 푼다. 육지로부터 10미터쯤 벗어나서, 씨드는 상류 쪽으로 살짝 고개를 돌린다. "젠장."

"다시는 안돼, 씨드."

"십중팔구 V-8 엔진의 쌍동선일 거야. 이 늦은 밤에, 잘난 마약 단속반 놈들. 이런, 그럼 난 뭐람, 패피 메이슨?[12]" 그는 엔진을 켠다. 그들은 밤의 어둠속으로, 허드슨강을 따라 물보라를 일으키며 규칙적이고 안정적인 리듬으로 뱃전을 철썩 때리는 물살을 가르며 나아간다. 맥신은 좌현으로 79번가 보트 정박지가 빠르게 스쳐 지나가는 것을 알아차린다. "이봐요, 저기에 내려야 하는데. 지금 어디로 가는 거예요?"

"이 사기꾼이라면," 마치가 중얼거린다. "바다로 나가고도 남지."

나중에 씨드가 인정한 것처럼, 그도 그런 생각을 했던 게 사실이다. 하지만 그러다보면 연안경비대를 끌어들이게 될 터여서, 좌현 뒤쪽으로는 기울어진 세계무역센터가 거대한 불빛 장막에 싸여 찬란하게 반짝이고 어둠속 저 멀리 광활하고 자비 없는 바다가 있는 어딘가에서 씨드는 마약단속반의 경고와 선체의 한계에 내기를 걸어보기로 하고, 강의 오른편에 붙어서 엘리스 아일랜드와 자유의 여신상 그리고 베이온 머린 터미널을 지나 계속 항해한다. 그러다 로빈스 리프 등대가 시야에 들어오자 그것도 지나칠 것처럼 하다가 마지막 순간에 핸들을 오른쪽으로 급히 꺾고는, 항해규칙을 가끔씩 어겨가며 민첩하게 전진하다 어디선지 모르게 눈앞에

---

12 Howard Pappy Mason(1959~). 미국의 악명 높은 마약밀수범.

갑자기 솟아오른 정박한 배들과 어둠속에서 운항 중인 유조선들을 피해 컨스터블 훅 리치를 거쳐 킬밴컬강으로 미끄러져간다. 포트 리치먼드를 지나자 씨드가 입을 연다. "이봐, 좌현 쪽에 드니노스가 있어. 누구 피자 먹고 싶은 사람?" 늘 덧붙이는 소리처럼 들린다.

높게 굽은 투조透彫형 베이온 브리지 밑. 석유 저장탱크를 실은 유조선들이 쉬지 않고 다닌다. 지나친 석유 의존은 또다른 국가적 악습인 폐기물 처리 능력의 부재로 이어진다. 잠시 나던 쓰레기 냄새는 폐기물이 높은 산처럼 쌓여 있는 곳에 다가갈수록 점점 강해진다. 방치된 작은 개울, 이상하게도 빛이 나는 쓰레기의 협곡, 메탄과 죽음과 부패의 냄새, 신의 이름처럼 발음하기 어려운 화학물질들, 맥신이 상상한 것보다 더 크고 씨드의 말에 따르면 머리 위로 60미터에 육박해서 여피들이 사는 어퍼웨스트사이드의 웬만한 주거용 건물보다 더 높은 산더미 같은 매립지.

씨드는 야간항행등과 시동을 끄고, 프레시킬스 쓰레기매립지와 아서킬 해협이 만나는 아일랜드 오브 메도스 뒤에 배를 세운다. 유독물의 중심지, 빅애플 폐기물 처리의 암흑의 핵심, 현재의 모습을 계속 지키기 위해 도시가 버려왔던 모든 것. 그런데 뜻밖에도 그 한복판에, 북대서양 철새 이동경로 바로 아래, 법에 의해 개발과 쓰레기 투기가 금지되어 늪지의 새들이 안전하게 잠잘 수 있는 100에이커의 손대지 않은 습지대가 있다. 이 도시를 지배하는 부동산의 막강한 힘을 감안하건대, 굳이 알고 싶다면, 정말로 사람을 우울하게 만드는 곳이다. 얼마나 오래갈 수 있을까? 그 순진무구한 생물들은 이 근처에서 언제까지 안식처를 찾을 수 있을까? 전형적으로, 이곳은 개발업자가 진심으로 노래하게 만드는 바로 그런 지역이다. "이 땅은 나의 땅, 이 땅도 나의 땅."[13]

맥신도 버린 적이 있는 감자 껍질, 커피 찌꺼기, 먹다 남은 중국음식, 쓰고 버린 티슈와 탐폰과 종이냅킨과 일회용 기저귀, 상한 과일, 유통기한이 지난 요구르트 들로 꽉 찬 페어웨이 쓰레기봉지가 그녀가 아는 도시의 모든 사람에 의해 배가되고, 그녀가 태어나기 전인 1948년부터 살아온 그녀가 모르는 모든 사람에 의해 배가되어, 저 안 어딘가에 쌓여 있다. 그래서 그녀가 잃어버렸다고 생각한 것, 그녀의 삶으로부터 빠져나온 것들이 집단의 역사를 이루어, 유대인처럼 죽음이 모든 것의 종말이 아님을 깨닫고, 갑자기 절대영도의 위안을 거부했다.

이 작은 섬은 그녀에게 무언가를 생각나게 한다. 잠시 후 그녀는 그것이 무엇인지 깨닫는다. 그것은 마치 어렴풋이 보이는 예언의 매립지, 그 지독하고 불결한 무질서로 인해 도시의 완벽한 치부라고 할 장소 안으로 들어가, 일련의 눈에 보이지 않는 링크를 발견해 클릭하고, 마침내 뜻밖의 피신처로, 일어난 일과 계속해서 일어나는 일로부터 벗어난 한 자락의 아주 오래된 강어귀로, 그 나머지 세계로 넘어가는 듯한 느낌이었다. 아일랜드 오브 메도스처럼, 딥 아처 역시 그 뒤를 쫓는 개발업자들이 있다. 철새 같은 방문객들이 아무도 그곳을 침입할 수 없으리라 믿고 있더라도 그들은 아주 가까운 어느날 아침 결코 사심이 없지 않은 목적을 위해 또다른 피신처를 찾아내 망가트리고 싶어 못 견뎌하는 기업 웹크롤러의 은밀한 급습을 받고 화들짝 놀랄 것이다.

연방 마약단속반이건 누구건 잘 따돌렸는지 보기 위해 그들은

---

13 미국의 민중가수 우디 거스리(Woody Guthrie)의 유명한 1940년 노래 「디스 랜드 이즈 유어 랜드」(This Land Is Your Land)에 빗댄 노랫말이다.

길고 으스스한 기다림을 견딘다. 눈에 보이지 않는 저 위 근처의 어딘가에서 육중한 기계들이 새벽이 깊도록 계속 돌아다닌다. "이 곳은 더이상 쓰레기 폐기장이 아닌 줄 알았는데." 맥신이 말한다.

"공식적으로는 일사분기 말에 마지막 바지선이 왔다 갔어." 씨드가 기억을 되살린다. "그런데 여전히 분주해. 경사를 완만하게 깎고, 표면을 덮고, 완전히 봉하고 씌워서 공원으로, 여피들을 위한 또다른 가족친화형 공간으로 만드느라고. 열혈 환경운동가 줄리아니의 작품이야."

이내 마치와 씨드는 여느 부모들처럼 자식들에 대해 조용한 목소리로 말을 생략해가며 대화를 한다. 이번 대화는 주로 탤리스에 관한 것으로, 그녀는 오빠들처럼 다 큰 어른이지만 아직도 성령수녀회 부속학교에서 사인펜 용액을 코로 흡입하는 십대 문제아처럼 계속해서 시간과 마음이 쓰이는 아이다.

"어떻게," 씨드가 곰곰이 생각하며 말한다. "어렸던 아이스가 지금처럼 변하게 되었는지 놀라워. 대학 시절에는 그저 컴퓨터밖에 모르는 귀여운 아이였는데. 탤리스가 그를 집으로 데려왔을 때 우리는 이렇게 생각했어. 보자, 성적 매력이 있는 아이네, 컴퓨터 모니터 앞에서 너무 많은 시간을 보내지만, 그런 애들치곤 사교성도 있고. 하지만 마치는 그가 부양자로서 훌륭한 자질이 있다고 생각했어."

"씨드는 이렇게 농담으로 말했어. 그래, 실컷 살아봐, 돼지 같은 성차별주의자야. 언제나 탤리스가 자기 자신을 돌볼 줄 알았으면 했지."

"그뒤로 곧 그애들을 만나는 일이 점점 더 줄었어. 그사이에 애들은 소호에 멋진 집을 장만할 만큼 큰돈을 벌었고."

"임차한 건가요?"

"산 거야," 마치가 약간 퉁명스럽게 대답한다. "현찰을 주고."

"그 무렵 아이스는 『와이어드』 『레드 헤링』 같은 잡지에 이름이 났고, 해시슬링어즈는 『실리콘앨리 리포터』가 뽑은 '주목해야 할 열두 회사' 목록에 올랐어……"

"그의 이력을 좇고 있었네요."

"나도 알아," 씨드가 머리를 좌우로 흔든다. "애처로워 보인다는 거, 안 그래? 하지만 우리가 뭘 할 수 있었겠어? 애들이 우리와 연락을 끊었는데. 마치 자기들은 지금의 이 삶을, 이 멀리 떨어진 가상의 삶을 열심히 좇으면서, 남은 우리는 현실의 실제 공간에서 꼼짝도 못한 채 화면의 이미지들을 눈만 깜빡이며 보게 내버려두는 것 같았지."

"최고의 시나리오는," 마치가 말한다. "아이스가 닷컴 붐에 의해 타락한 순진한 컴퓨터광이었다는 거야. 아무리 꿈꿔봐. 그 아이는 공개적으로 모습을 드러내지 않는 세력들의 은혜를 받아, 처음부터 취했어. 그들이 그에게서 무엇을 봤겠어? 다루기 쉽고 어리석다는 것. 전도유망한 어리석은 청년이라는 것."

"그러면 아마도 당신들을 소외시키는 건 실은 그 세력들, 그들의 계획의 일부겠네요. 탤리스의 생각이 아니라?"

두 사람 모두 어깨를 으쓱한다. 마치는 좀더 씁쓸해하는 모습이다. "훌륭한 생각이야, 맥시. 하지만 탤리스도 협력했어. 그게 뭐든 그애도 사들였다고. 그럴 필요가 없었는데."

거대한 폐허의 계곡 뒤편의 습지대로부터 들려오는 기계들의 소음이 점점 커진다. 인부들은 위생국의 오랜 관례에 따라 가끔씩 서로 길고 요란스럽게 소리를 지른다. "희한하게 교대하네요." 맥신에게는 그렇게 들린다.

"맞아. 누군가에게는 괜찮은 초과근무니까. 저들은 꼭 아무도 모르기를 바라는 무언가를 작당하고 있는 것 같아."

"누구든 알고 싶어한 적이 있었을까?" 마치는 쿠겔블리츠에서 했던 졸업식 연설 속의 보따리 노파, 도시가 거부하고자 한 모든 것을 지키는 데 헌신했던 그 인물로 잠시 돌아간다. "그들은 필사적으로 시류를 따라잡거나, 혹은 다시 쓰레기사업을 시작할 준비를 하거나 할 거야."

대통령이라도 방문하나? 누군가가 영화를 찍나? 누가 알겠는가.

일찍 일어난 갈매기들이 어딘가에서 나타나 메뉴를 훑어보기 시작한다. 하늘에는 솔질을 한 은은한 알루미늄빛이 감돈다. 아일랜드 오브 메도스 가장자리에서 오래 망을 보던 해오라기 한마리가 아침식사를 부리에 문 채 하늘로 날아오른다.

씨드는 마침내 시동을 걸고, 아서킬 상류의 뉴어크 베이로 뱃머리를 돌려, 커니 포인트에서 버려진 채 오염된 퍼세이크강으로 나아간다. "적당한 데서 두 사람 내려주고, 나는 내 은밀한 비밀기지로 돌아갈게."

포인트 노 포인트 근처, 펄래스키 스카이웨이의 검은 아치형 구조물 밑. 철처럼 강인한 빛이 하늘을 점점 밝힌다…… 높은 벽돌 굴뚝, 철도 조차장…… 너틀리에 동이 튼다. 그런데 엄밀히 말하면, 씨코커스에 동이 트는 중이다. 씨드는 너틀리 고등학교 조정팀 소유의 선착장에 배를 대고, 상상 속의 요트 모자를 벗고서, 그의 승객들에게 육지로 내리라는 제스처를 한다. "딥저지에 오신 것을 환영합니다."

"캡틴 스터빙¹⁴ 나셨네." 마치가 하품을 한다.

"오, 이고르의 배낭 잊으면 안돼, 내 깜찍한 자기."

맥신의 머리는 엉망이다. 그녀가 밤새 집 밖에 있었던 것은 전 남편과 아이들이 미국 어딘가에서 그녀 없이도 좋은 시간을 보냈을 게 분명한 1980년대 이후로 처음이다. 처음 얼마 동안은 그녀도 자유를 느꼈을 것이다, 적어도 가능성들의 가장자리에서는. 강을 덮친 공동의 죄와 부패에 관한 긴 이야기가 있기 이전에, 다이옥신과 고속도로 쓰레기와 아무도 슬퍼하지 않는 낭비행위가 있기 이전에 퍼세이크강을 처음 항해한 유럽인들이 틀림없이 느꼈을 감정을.

너틀리에서부터 뉴어크를 경유해 포트 오브 어소러티로 가는 뉴저지 환승버스가 있다. 그들은 잠깐 눈을 붙인다. 맥신은 중간에 잠시 꿈을 꾼다. 숄을 걸친 여인들, 불길한 불빛. 사람들은 모두 스페인어를 한다. 어쩐 일인지 낡은 버스 한대가 화산으로 보이는 위협에서 달아나기 위해 필사적으로 정글을 달린다. 그와 동시에 버스는 어퍼웨스트사이드의 백인들로 꽉 찬 관광버스로 바뀌고, 관광안내원으로 원더스트가 나타나 잘난 체하는 라디오방송용 목소리로 화산의 성질에 관해 뭔가를 강의한다. 그들 뒤편으로 보이는 화산은 사그라지기는커녕 점점 더 험악해진다. 맥신은 링컨 터널 진입로에서 정신을 차린다. 터미널에서 마치가 제안한다. "디즈니월드 지옥을 피해서 다른 길로 나가자. 그리고 어디 가서 아침을 먹자고."

그들은 9번가에 있는 라틴 음식점을 찾아 식사를 한다.

"뭔가 할 말이 있는 것 같은데, 맥신."

---

14 앞서 언급된 TV 드라마 「러브 보트」의 선장 캐릭터.

"이걸 물어볼까 한동안 생각했어요. 1982년에 과떼말라에서는 무슨 일이 있었던 거예요?"

"니까라과, 엘살바도르하고 똑같아. 로널드 레이건과 그의 일당인 엘리엇 에이브럼스[15] 같은 샤크트먼[16]파들이 중앙아메리카를 반공 판타지를 실행하기 위한 도살장으로 바꾸고 있었어. 그 무렵에 과떼말라는 레이건과 각별한 사이인 대량학살범 리오스 몬뜨의 손아귀에 넘어갔고, 그는 많은 술사들이 하는 것처럼 늘 자신의 피 묻은 손을 아기 예수에 닦았어. 미군의 자금 지원을 받은 정부 암살단이 서부의 고지대를 휩쓸고 다니며, 공식적으로는 EGP[17] 혹은 빈민들의 게릴라군을 표적으로 한다면서 실제로는 우연히 마주치는 원주민들을 말살했지. 죽음의 수용소가 태평양 연안에 적어도 하나는 있었고 정치적인 성격을 강조했지만, 실제로 산간지역에서는 현장에서 대량학살이 자행되었고, 심지어는 시신을 집단매장조차 하지 않고 정글에 그냥 내버려둬서 틀림없이 정부는 치우는 비용을 상당히 절감했을 거야."

왠지 맥신은 생각했던 것처럼 허기를 느끼지 않는다. "그러면 거기에 미국인들이 있었……"

"순진하고 거의 바보에 가까운 인도주의 청년, 혹은 비非백인들을 도살하는 해박한 전문기술을 전수해준 '조언자들'이었지. 하지만 그 무렵 대부분은 필요한 전문인력들과 함께 미국 의존국들로 위탁되었어. 왜 물어보는데?"

---

15 Elliott Abrams(1948~). 로널드 레이건, 조지 부시, 도널드 트럼프 정권에 기여한 미국의 신보수주의 성향의 외교관.

16 Max Shachtman(1904~72). 뜨로쓰끼 신봉자에서 사회민주주의자로 전향한 미국의 마르크스주의 이론가.

17 Ejército Guerrillero de los Pobres(빈민들의 게릴라군)의 약자.

"그냥 궁금해서요."

"그래. 언제든 준비가 되면 말해. 난 진짜 루스 웨스트하이머[18] 박사니까. 나는 어떤 것에도 안 놀라."

---

[18] Ruth Westheimer(1928~). 미국의 섹스치료사 겸 미디어 유명인.

16

 사무실 문 앞에 와인 상자 하나가 그녀를 기다리고 있다. 라벨을 보는 순간, "이런, 맙소사"가 저절로 나온다. 85년산 싸시까이아?[1] 상자만? 실수인 게 분명해. 그런데 쪽지 같은 게 보인다. "결국 우리도 당신 덕분에 돈을 건졌소이다." 적혀 있는 이름은 없지만, 민족포도주학자인 로키 말고 또 누가 있겠는가? 여하튼 죄책감에서라도 점점 더 문제가 되어가는 hwgaahwgh/해시슬링어즈 기록을 다시 들여다보는 구실은 되었다.
 그녀는 오늘따라 뭔가 좀 이상하다는 느낌이 든다. 보상 없는 야근을 의미하기에 반드시 고맙지만은 않은 성가신 유형들 중 하나 외에는 달리 새로울 게 없다. 그녀는 커피머신을 켜고, 아랍에미리트에서 hwgaahwgh와 해시슬링어즈 계좌 사이에 오고간 기록을

---

1 이딸리아 또스까나산 최고급 와인.

한번 더 살펴본다. 그리고 잠시 후 그것이 무엇인지 깨닫는다. 지속적인 부족액, 그것도 상당한 규모다. 누군가의 계좌로 돈이 빠져나간다는 증거다. 특이한 것은 총액이다. 또다른 합계액, 즉 아이스가 hwgaahwgh.com을 매입한 금액의 현금분에 비해 지속적으로 들어간 이상한 초과액과 맞먹는 액수다. 수표가 롱아일랜드에 있는 어떤 은행의 사업용 거래계좌로 계속 예금되고 있다.

　법을 지키지 않고 멋대로 하기로 작정한 뒤부터 맥신은 평판이 좋지 않은 몇몇 고객들의 도움을 받아 수많은 소프트웨어 장비를 입수해왔고, 그 덕에 타인의 은행계좌를 해킹해서는 안된다든가, 연방수사국에 걸릴 만한 일을 해서는 안된다든가 하는 일반회계기준에 정확하게 포함되지 않는 막강한 힘을 갖게 되었다. 그녀는 책상서랍 두개를 뒤져 보기 싫은 금속성 색조의 녹색빛이 도는, 라벨이 붙어 있지 않은 디스크 한장을 발견하고는, 점심시간 전에 레스터 트레이프스의 뒤를 캐기로 마음먹는다. 아니나 다를까, 정체불명의 부족액은 레스터의 개인계좌 중 하나로 정기적으로 송금되고 있는 총액과 정확하게 일치한다.

　그녀는 의미심장하게 숨을 내뱉는다. "레스터, 레스터, 레스터." 이런. 비공개 운운하며 했던 모든 말이 진짜 꿍꿍이를, 더 위험한 무언가를 감추기 위한 거짓말이었다는 거네. 레스터는 눈에 보이지 않는 지하의 현금 줄기가 곧 문을 닫는 자신의 회사를 거쳐 빠져나가고 있다는 사실을 발견하고, 리얄[2]로 송금되던 상당한 액수의 아이스의 유령 지불액을 자신의 비밀계좌로 빼돌리고 있었던 것이다. 크게 한건을 했다고 생각하면서.

2 사우디아라비아와 카타르의 화폐.

그렇다면 지난번 밤에 가라오케에서 그가 게이브리얼 아이스를 악덕 사채업자나 매춘업자에 빗대었을 때, 그것은 결코 쓸데없는 비유가 아니었다는 뜻이다. 레스터는, 마치 자신을 뒤쫓는 남자에게 비밀을 감추고 있는 육교 밑의 소녀처럼 위험에 빠져서, 필사적으로 도움을 청하며, 맥신에게 그녀가 미안하게도 전혀 읽으려고 하지 않았던 암호로 조난신호를 보내고 있었던 것이다.

게다가 안타까운 부분은 기업의 지시에 의해 만들어져 언론에서 유명해진 거물급 쓰레기들 밑에는 대단찮은 사기가 심각하고 가끔은 치명적인 죄로 바뀌는 바닥 모를 심연이 있다는 점을 그녀가 잘 알고 있다는 것이다. 특정 유형의 인물은 알아볼 수 없을 정도로 사정없이 망가지고, 처벌은 가혹하면서—반사적으로 벽시계를 불안하게 쳐다본다—즉각적이다. 이 친구는 자기가 얼마나 큰 곤경에 빠졌는지도 모를 것이다.

그녀는 벨소리가 울리자마자 레스터가 휴대폰을 받는 데 놀란다. "운 좋네요. 이번이 내가 이 일로 받는 마지막 전화예요."

"통신사를 바꾸게요?"

"휴대폰을 검사했는데, 도청용 칩이 설치된 것 같아요."

"레스터, 뭔가 심각한 것을 우연히 발견했어요. 만나야 돼요. 휴대폰은 집에 두고 나와요." 그의 숨소리를 들어보니 그도 그것이 무엇인지 아는 것 같다.

* * *

잘나가던 90년대에 문을 연 이터널 셉템버는 이제는 더이상 운영되지 않는 컴퓨터장이들의 살롱으로, 옛 IND³ 노선상의 어느 교통랑 적은 정거장으로부터 반 블록 떨어진 이발소와 넥타이 상점 사이에 끼어 있다.

"감상적인 애착이 생기네요." 맥신이 침울한 표정을 애써 감추며 주위를 둘러본다.

"아니요, 내 생각에는 실제로 한낮에 여기에 들르는 사람들은 자초지종을 전혀 몰라서 오히려 안전하게 얘기할 수 있어요."

"지금 곤경에 빠졌다는 거 알고 있는 거 맞죠? 그 점에 대해서 굳이 잔소리 안하게요."

"그날 밤 가라오케에서 당신한테 말하고 싶었어요. 그런데……"

"펠릭스가 중간에 계속 끼어들었죠. 혹시 당신을 감시하고 있었던 거예요? 아니면 보호하고 있었나요?"

"내가 화장실에서 싸운다는 얘기를 듣고는 나를 도와야 한다고 생각했대요. 그게 다예요. 펠릭스에 대해서는 그가 한 말을 믿어도 돼요."

어디서 들어본 말이다. 따져봐야 소용없다. 그는 펠릭스를 신뢰한다. 그것은 그가 알아서 할 일이다. "아이들 있어요, 레스터?"

"셋. 하나는 가을에 고등학교에 들어가죠. 내 계산이 틀렸다고 계속 생각하는 거죠? 당신은 어때요?"

"아들 둘이 있어요."

"당신은 애들을 위해 그 일을 하는 거라고 생각하죠." 레스터는 얼굴을 찡그린다. "애들을 핑계로 삼을 만큼 그 일이 나쁘지는 않다는 듯이."

맞아, 맞아. "그럼 당신은 애들을 위해 그 일을 하지 않는 건 아니

---

3 Independent Subway System을 말하며, 뉴욕 지하철 노선의 하나이다.

군요."

"이봐요, 꼭 갚을 거예요. 조만간 그럴 거라고요. 아이스에게 내가 정말로 그러고 싶다고 전해줄 안전한 방법이 있을까요?"

"아마도 그럴 리 없겠지만 설사 그가 당신을 믿더라도, 돈이 너무 커요, 레스터…… 그는 당신이 훔쳐간 것 이상을 돌려받고 싶어 할 거예요. 또한 소정의 수수료, 자기를 화나게 한 데 대한 보상을 원할 거예요. 상당한 액수가 될 수도 있어요."

"못된 짓을 한 대가군요." 조용히, 눈을 전혀 마주치지 않고 말한다.

"그럼 그걸 부당이자 조항에 동의하는 것으로 칠게요, 그래도 되겠죠?"

"이 문제를 해결할 수 있겠어요?"

"그는 나를 그다지 좋아하지 않아요. 만약 고등학교였다면 사정이라도 해볼 텐데. 반면에 게이브리얼 아이스는 고등학교 시절에……" 그녀는 고개를 가로젓는다. 뭘 거기까지? "내 매부가 해시슬링어즈에서 일해요. 좋아요, 메시지를 전달할 수 있는지 한번 볼게요."

"내가 딱 당신이 항상 법정에서 증언해주는, 욕심 부리다 망한 사람 신세군요."

"더이상 못해요, 레스터, 면허를 취소당해서 법정진술을 할 수가 없어요. 법원은 나를 몰라요."

"그런데 내 운명은 지금 당신 손에 달려 있다? 끝내주네요."

"제발 진정해요. 사람들이 보고 있어요. 정직한 세상 같으면 당신이 의지할 곳은 전혀 없었을 거예요. 지금 당신에게 도움을 줄 수 있는 것은 법의 바깥에 있는 사람뿐이에요. 내가 누구보다 나아요."

258

"그러면 수수료를 내야 할 텐데."

"여기 청구서 흔들고 있는 거 보여요? 됐어요. 언젠가 갚을 날이 있을 거예요."

"공짜는 싫은데." 레스터가 작은 소리로 말한다.

"그러시겠죠, 차라리 훔치면 훔쳤지."

"훔친 건 아이스야. 난 유용했을 뿐이야."

"바로 그런 위태로운 짓 때문에 나도 일에서 쫓겨났고 당신도 지금 위험에 처한 거예요. 그런 법 개념이라니, 정말 경이롭네요."

"제발," 놀랍게도, 이 말은 맥신이 지금까지 들어온 것처럼 유창하게 나오지 않는다. "내가 얼마나 미안해하는지 그들이 꼭 알도록 해줘요."

"레스터, 최대한 점잖게 말해서, 그들은 개뿔도 신경 안 써요. '미안'이라는 말은 지역 뉴스 채널에서나 통해요. 이건 게이브리얼 아이스의 비위를 거스른 거라고요. 아주 불쾌해하고 있을 거예요."

그녀는 이미 말을 너무 많이 해서, 자신도 모르게 레스터가 아이스는 이자를 얼마나 요구할 것 같으냐고 제발 묻지 않기를 기도한다. 만약 그런다면 전직 CFE이기는 하지만 그녀만의 냉정한 신조에 따라 "오직 미국 달러만 원하기를 바랄 뿐이에요" 하고 말할 생각이다. 하지만 지금 레스터는 그 외에도 걱정할 게 너무 많아서인지 그저 고개를 끄덕인다.

"그가 당신 회사를 사들이기 전에도 둘이서 거래한 적 있어요?"

"딱 한번 만났어요. 그때도 오직 자기밖에 몰랐어요. 지독했어요. 경멸 그 자체였죠. '나는 학위도 있고, 재산도 수십억인데, 당신은 안 그렇잖아.' 그는 내가 독학으로 공부한 컴퓨터광이 아니라운 좋은 우편물실 사환에 불과하다는 걸 바로 알아차렸어요. 한번에요. 그런 사람이 단돈 1.98달러라도 훔쳐 달아나게 그냥 내버려 둘 것 같아요?"

아니, 아니, 레스터, 그게 아니지. 그녀에게 이 말은 세금 따위의 문제가 아니라, 삶과 죽음의 영역에 속하는 회피의 문제로 들린다. "나에게 말하고 싶은 무언가가 있죠." 그녀가 부드럽게 말한다. "하지만 그것을 말한다면 당신의 목숨이 위험해요. 맞죠?"

그는 막 울음을 터뜨리려고 하는 어린아이처럼 보인다. "또 뭐가 있겠어요? 돈을 훔친 것으로 충분히 나쁘지 않아요?"

"내 생각에 당신의 경우는 그렇지 않아요."

"미안. 더이상 이야기하기 어렵겠어요. 다른 뜻 없어요."

"훔친 돈을 어떻게 하면 좋을지 한번 볼게요."

여기까지 말을 나누고 두 사람은 출구를 향해 빠르게 걸어간다. 레스터는 마치 안락한 가정극에서 베개로부터 빠져나와 공중에 떠다니는 깃털처럼 앞서 걸어간다.

음, 그래, 하지만 아직 마빈이 가져온 비디오테이프가 남아 있다. 마치 어떻게 하면 책망하는 듯 보일지 갑자기 알아낸 양 저기 식탁 위에 덩그러니 놓여 있다. 맥신은 옛날에 그녀의 부모가 전보를 대할 때와 똑같이 미신적인 거부감에 일부러 그것을 피해왔던 것이다. 일과 관련된 것일 수도 있다. 그리고 과거의 쓰라린 경험으로 볼 때 짓궂은 장난일 가능성도 완전히 배제할 수 없다. 어찌 되었든, 보는 게 너무 불쾌하다면, 그로 인해 드는 별도의 치료 비용을 사업비로 청구할 수 있을 것이다.

「스크림, 블라큘라, 스크림」, 아니, 뭔가 다르다, 어딘지 집에서 만든 티가 난다. 이동하며 차창 밖을 찍은 오프닝. 늦은 오후의 겨울 빛. 동쪽으로 가는 롱아일랜드 고속도로. 맥신은 불안해지기 시작한다. 출구 표시로 점프컷—아! 70번 출구. 그녀가 그러지 않았으면 하고 바라던 방향으로 정확하게 가고 있다. 그렇지. 27번 도로로 다시 한번 점프컷. 그렇다면 향하는 곳은 햄프턴밖에 없다. 물론 그럴 리는 전혀 없지만 만약 마빈이 주소를 잘못 안 게 아니라면, 누가 그녀를 얼마나 싫어했기에 이런 것을 보낸 것일까.

그녀는 적어도 목적지가 전설의 햄프턴은 아니라는 것을 알고 잠시 마음을 놓는다. 그녀는 그곳에서 필요 이상의 시간을 보낸 적이 있다. 영상 속의 장소는 오히려 프린지햄프턴에 가깝다. 그곳의 노동자들은 그들보다 더 부유하고 더 유명한 사람들을 손님으로 모시고 항상 그들의 비위를 맞추며 생계를 유지해야 하기 때문에 살인을 생각할 정도로 자주 화가 나 있다. 세월에 닳은 주택, 왜소한 소나무, 길가 상점들. 조명이나 장식물도 전혀 없이, 이곳의 겨울은 휴가철이 끝나면 깊고 기약 없는 공백을 겪어야 한다.

화면은 판잣집과 트레일러 들이 늘어선 흙길로 들어서더니, 모든 창문에서 조명이 쏟아지고, 사람들이 어슬렁거리며 들락날락하고, 흥에 겨운 소리와 모터 시티의 사이코빌리 밴드 엘비스 히틀러[4]를 포함한 음악소리가 들리는 것으로 보아 얼핏 도로변 술집 같은 곳으로 다가간다. 마침 그때 엘비스 히틀러가 「퍼플 헤이즈」의 곡조에 맞춰 부른 「그린 에이커스」[5]의 주제가가 들려오자, 맥신은 헤아

---

4 Elvis Hitler. 모터 시티라는 명칭으로도 알려진 미국 디트로이트 출신의 밴드. 사이코빌리는 로큰롤과 컨트리음악을 혼합한 1950년대의 로커빌리를 더 요란하고 빠르게 펑크록 분위기로 연주하는 음악 장르이다.

5 Green Acres. 1965~71년에 미국 CBS에서 방영된 유명 시트콤.

릴 수 없는 향수의 순간을 맛보고는 상황이 너무 믿기 어려워서 자신이 목표물이 된 것처럼 느끼기 시작한다.

카메라는 입구 계단으로 올라가 술집 안으로 들어간 뒤, 파티에 참석한 사람들을 어깨로 밀치고 맥주와 보드카 병, 반투명 봉투, 짝이 안 맞는 신발, 피자 상자와 프라이드치킨 용기로 어질러진 두 방을 통과한 다음, 계속해서 주방을 거쳐 문을 열고서 지하로, 특별히 교외의 레크리에이션실처럼 꾸민 공간으로 내려간다……

바닥 위의 매트리스, VHS 테이프 특유의 자줏빛 색조를 띤 킹 사이즈 가짜 앙고라 침대보, 구석구석에 놓인 거울들, 그리고 한창 벌어지고 있는 술잔치를 실황중계라도 하듯 한쪽 모퉁이에서 덜덜거리며 시끄럽게 윙윙대며 더러운 물이 질질 흐르는 냉장고.

먼지투성이의 야구모자를 빼고 실오라기 하나 걸치지 않은 단발머리 청년이 카메라를 향해 발기된 성기를 내보인다. 한 여자의 목소리가 카메라 밖에서 들려온다. "이름을 말해, 자기."

"브루노." 잔뜩 움츠러든 목소리다.

카우걸 부츠를 신고, 엉덩이 바로 위에 전갈 문신을 하고, 머리는 감은 지 오래되어 보이는 사악한 미소의 천진난만한 젊은 여자가 창백하고 풍만한 몸에 텔레비전 화면의 불빛을 받으며 자신의 이름이 셰이라고 말한다. "그리고 이쪽은 웨스트체스터 윌리. VCR를 보고 인사해, 윌리."

화면의 가장자리에서 망가진 몸매의 중년 남자가 고개를 끄덕이며 인사를 한다. 얼굴을 보는 순간 맥신은 존 스트리트에서 팩스로 보내온 머그숏의 빕 에퍼듀임을 금세 알아차린다. 숨길 수 없는 욕구가 담긴 빕의 얼굴로 카메라가 빠르게 다가가자, 그는 일반적인 파티 모드로 급하게 다시 돌아가려고 한다.

위에서 한바탕 웃음소리가 난다. 브루노의 손이 부탄 라이터와 코카인 파이프를 가지고 화면 안으로 들어온다. 그러자 셋은 바로 애정을 나눈다.

「쥘과 짐」(1962)[6] 쪽은 아니다. 복식부기에 관한 대화라니! 성인물로서도 확실히 결점이 많다. 젊은 남녀 주인공의 수준은 업그레이드가 필요할 것 같다. 셰이는 아주 명랑한 아가씨지만 눈 주위가 약간 멍해 보인다. 빕은 몸을 가꾼 지 몇년은 되어 보인다. 그리고 브루노는 비명을 지르는 습관이 있는 왜소한 호색한 같은 인상이다. 솔직히 성기는 각본에 필요한 만큼 크지 않아서, 셰이와 빕에게 어떤 목적으로든 다가설 때마다 짜증난다는 표정을 짓게 만든다. 맥신은 빕이라는 이 욕구에 굶주려 넙죽 엎드려 있는 여피에게 순간적으로 전문가답지 않은 혐오감을 느끼고 놀란다. 만약 나머지 두 사람이 짐작건대 코카인보다 더 참기가 쉽지 않은, 젊음이 아니라 젊을수록 유리한 하나의 분명한 것에 대한 중독 때문에, 멀리 웨스트체스터로부터 LIE[7]로 몇시간을 운전해 왔다면, 적어도 자신들이 무엇을 하고 있는지는 아는 시늉이라도 할 수 있을 텐데 왜 그러지 않을까?

그런데 잠깐. 맥신은 이런 생각들이 참견하기 좋아하는 여자의 반사적인 반응이라는 걸 깨닫는다. 가령, 제발 빕, 훨씬 더 잘할 수 있잖아, 등등 같은. 심지어 그를 알지도 못하는데, 그녀는 벌써 그의 섹스 파트너 선택을 비판하고 있지 않은가?

그녀는 그들이 활기차게 말을 나누면서 다시 옷을 입는 장면으로 눈길을 돌린다. 뭐지? 그녀는 깨어 있었던 게 분명한데, 사정 장

---

6 두 남자와 한 여자의 삼각관계를 소재로 한 프랑수아 트뤼포 감독의 프랑스 영화.
7 Long Island Expressway(롱아일랜드 고속도로)의 약자.

면 같은 것을 본 기억이 전혀 없다. 그 대신에 어떤 대목부턴가 정통 포르노에서 아! 즉흥극으로 바뀌기 시작한다. 그래, 그들은 지금 자신들이 직접 대사를 지어서, 고등학교 연극반 선생들을 약물에 손대고 싶게 만드는 그런 표현력으로 전달하는 중이다. 그러더니 갑자기 장면이 바뀌어, 점쟁이의 카드처럼 모두 펼쳐져 있는 빕의 신용카드들이 클로즈업된다. 맥신은 화면을 정지한 뒤 앞뒤로 돌려가면서, 저해상도 화면이라 일부는 흐릿하지만 그래도 할 수 있는 만큼 카드번호를 적어놓는다. 세 사람은 빕의 신용카드를 가지고 조악한 보드빌 놀이를 시작한다. 카드를 서로 주거니 받거니 하면서 카드 하나하나에 대해 재치 있는 말을 건네다가, 빕이 셰이와 브루노에게 검은색 카드를 내보일 때마다 둘은 마늘을 본 십대 뱀파이어들처럼 과장되게 무서워하며 움츠러든다. 맥신은 그것이 한 해에 적어도 25만 달러를 쓰지 않으면 회수당하는 전설의 아멕스 '센추리언' 카드임을 알아차린다.

"티타늄에 알레르기가 있구나?" 빕이 장난스럽게 말한다. "괜찮아. 이 안에 너희 같은 밑바닥 인생이 접근하면 소리 없이 경보를 울리는 탐지기 같은 칩이라도 들어 있을까봐 그래?"

"메일 보안은 두렵지 않아요." 브루노가 거의 징징거리듯 대꾸한다. "그런 것들은 평생 따돌려왔어요."

"살짝 벗어주면 돼요." 셰이가 거든다. "그러면 사족을 못 써요."

셰이와 브루노는 문을 향해 가고, 빕은 가짜 앙고라 위에 다시 눕는다. 그를 지치게 한 것이 무엇이든, 이것은 여흥이 아니다.

"아저씨, 탠저 아웃렛에나 가봐." 브루노가 큰 소리로 말한다.

"뭐라도 좀 가져다줄까, 비피?" 셰이가 '또 내 엉덩이를 쳐다보고 있네?' 하는 웃음을 지으며 어깨 너머로 말을 던진다.

"꺼져," 빕이 중얼거린다. "조금 있으면 괜찮을 거야."

카메라가 계속해서 빕을 찍고 있자 그는 그것을 향해 얼굴을 돌리며 화가 나고 못마땅한 표정을 짓는다. "오늘은 별로네, 그치, 윌리?" 카메라 뒤에서 누군가가 묻는다.

"알아차렸네."

"궁지에 몰린 사람의 표정이야."

빕은 눈을 다른 데로 돌리고 비참한 표정으로 고개를 끄덕인다. 맥신은 자기가 왜 담배를 끊었을까 자문한다. 카메라 뒤에서 들려온 목소리는 어딘지 귀에 익다. 왠지 텔레비전이나 그 비슷한 데서 들어본 것 같다. 특정 인물은 아니지만 지역 악센트가 섞인 어떤 유형의 목소리 같다……

이 테이프는 어디에서 온 걸까? 빕의 집안일에 대해서 맥신이 알고 있기를 원하는 누군가가, 스리섬 성행위를 극렬하게 싫어하는 눈에 보이지 않는 그런디 부인[8]이라도 있는 건가? 혹은 오히려 이 일의 주동자나 빕이 돈을 빼돌리는 행위에 관여한 측근? 이번에도 불만을 품은 직원들 중 한명의 앙갚음? 라부프 교수라면 그의 트레이드마크인 "장부책 밖의 세계가 분명히 있다"는 말 외에 뭐라고 할까?

늘 똑같은 안타까운 패턴이 여기서도 보인다. 지금쯤이면 빕의 사건에 안 좋은 징조가 나타날 때다. 아마도 그는 이미 불법수표를 사용하고 있을지 모른다. 그리고 그의 아내와 아이들은 여느 때와 같이 전혀 모를 것이다. 과연 좋게 끝날까? 보석 도둑이나 다른 대단한 악당들과 달리 이런 불법사기꾼들은 배반하지 못할 것도 사

---

8 Mrs. Grundy. 토머스 모턴의 희곡에 나오는, 성인군자인 척하며 남의 일에 참견하기 좋아하는 여자.

람도 없으며, 안전할 수 있는 여지가 계속 줄어들다가 언젠가는 양심의 가책을 못 이겨 인생에서 도망치거나 종국에 가서는 어리석은 짓을 저지르게 된다.

"자기야, 저속-징후 전직 CFE 증후군인데. 정직한 사람이 이곳 저곳에 적어도 한두명쯤 있다고 생각할 수는 없어?"

"물론 있지. 어딘가에는. 하지만 내 일상 구역에는 없어. 언제나 고마워."

"아주 냉소적이네."

"'전문가답네'는 어때? 자, 하고 싶으면 히피적인 생각을 실컷 즐겨. 그동안 빕이 멀리 바다로 떠내려가도 아무도 수색구조대에 말하지 않을 거야."

맥신은 테이프를 되감고 꺼낸 뒤에 현실세계의 텔레비전 프로그램으로 돌아와 아무 생각 없이 명상하듯 채널 서핑을 시작한다. 이내 그녀는 시청자 참가 채널 중 하나에서 방영하는 집단치료 프로그램 같은 것에 다다른다.

"자─티이퍼니, 우리에게 당신의 판타지를 말해봐요."

"내 판타지는요, 이 남자를 만나서, 둘이서 해변을 걸어요, 그런 다음 섹스를 해요."

잠시 시간이 흐른다. "그리고……"

"그 남자를 다시 만난다?"

"그게 다예요?"

"네. 그게 내 판타지예요."

"자, 즈에니퍼, 손 들었었죠? 당신의 판타지는 뭔가요?"

"섹스를 할 때 위에 있는 거? 대개는 그이가 위에 있거든요. 내 판타지는, 가끔씩은 내가 위에 있는 거예요."

집단치료에 참가한 여자들이 한명씩 자신의 '판타지'를 설명한다. 바이브레이터, 마사지 오일, PVC 의상이 언급된다. 설명하는 데 오래 걸리지 않는다. 맥신의 반응은, 그녀가 소름이 돋을 정도로 놀랐다는 것이다. 이게 판타지라고? 프안트-아-지? 로맨스 결핍장애를 겪고 있는 그녀의 자매들에게는 이런 것이 그들이 원한다고 생각하는 것을 채울 수 있는 최상의 방법일까? 잠자기 전의 과정을 천천히 밟으며, 그녀는 욕실 거울을 찬찬히 들여다본다.

"아아!"

오늘밤의 머리나 피부 상태 때문이 아니라 지금 입고 있는 닉스[9]의 원정 유니폼 때문이다. 등에는 스프리웰 8번이 박혀 있다. 심지어 호스트나 아이들이 준 선물도 아니다. 그녀가 실제로 가든[10]에 가서, 줄을 서서, 소매가로 직접 구입한 것이다. 당연히 완벽하게 합당한 이유, 즉 아무것도 입지 않은 채 침대에 들어 『보그』나 『바자』를 읽다 잠이 들었다가 잡지가 몸에 달라붙은 채 잠에서 깨는 습관 때문이다. 또한 대놓고 공개적으로 드러내지는 않았지만 라트렐 스프리웰과 그가 코치를 폭행한 전력에 반한 점도 있다. 보통은 호머가 바트의[11] 목을 조를 것으로 예상하지만, 반대로 바트가 호머의 목을 조를 때의 원칙에 입각한 것이다.

"분명히," 그녀는 거울에 비친 자신을 쳐다보며 말한다. "네가 그 시청자 참가 프로의 낙오자들보다 훨씬, 훨씬 더 잘할 수 있어. 자…… 매크시인! 네 판타지는 뭐야?"

음, 거품 목욕? 양초, 샴페인?

---

9 뉴욕의 프로농구팀 이름.
10 뉴욕 닉스의 전용 경기장 매디슨스퀘어가든을 일상적으로 이르는 말.
11 미국의 유명한 만화 시트콤 「심슨 가족」에 나오는 아버지 호머와 아들 바트.

"아하? 강가에서 산책하는 걸 깜빡했나? 옆에 있는 변기통으로 가서, 토하면 좀 괜찮을까?"

다음 날 아침 숀이 엄청난 도움을 준다.

"이런…… 고객이 생겨서요. 음, 실제 고객은 아닌데. 걱정이 되는 사람이랄까. 그는 수십가지 곤경에 처해 있고, 상황도 위험한데, 그만두지를 않아요." 맥신은 빕에 대해서 짤막하게 설명해준다. "똑같은 일을 되풀이해서 맞닥뜨리니까 기분이 안 좋아요. 이 바보들은 어떤 기회든 잡을 때마다, 항상 몸에다 내기를 걸어요. 정신에 거는 법은 절대 없어요."

"전혀 이상하지 않아요. 사실 아주 흔해요……"그가 말을 멈추자, 맥신은 기다린다. 하지만 그것으로 끝인 듯하다.

"고마워요, 숀. 이 일에서 내 의무가 무엇인지 잘 모르겠어요. 예전에는 이런 일에 신경 쓰지 않았는데. 그들이 무슨 일을 겪든, 다 그럴 만했으니까. 그런데 최근에는……"

"나한테 말해봐요."

"앞으로 일어날 일들이 마음에 걸려요. 그렇다고 이자를 경찰에 신고하자니 그것도 기분이 안 좋을 것 같고. 그래서 당신 머리를 좀 빌리면 어떨까 싶었어요. 그게 다예요."

"맥신, 당신 직업이 뭔지 알아요. 그게 온통 윤리적인 덫이라는 것도. 그래서 난 끼어들고 싶지 않아요. 알겠어요? 좋아요. 어쨌든 들어봐요." 숀은 그녀에게 불타는 석탄에 관한 불교 우화를 들려준다. "어떤 사내가 한 손에 불타는 석탄을 쥐고서, 누가 봐도 엄청난 고통을 참고 있어요. 지나가던 누가 물었어요. '와, 실례지만, 거기 당신 손에 든 게 불타는 석탄 아닌가요?'

268

'오. 아. 그래 맞아요. 진짜 아파요. 알잖아요.'

'그래 보여요. 그런데 그렇게 고통스러운데, 왜 계속 쥐고 있는 거죠?'

'응? 그러고 싶으니까, 안 그래요? 아으!'

'고통을…… 좋아한다고요? 미친 거 아니에요? 그게 뭐예요? 왜 그냥 놔버리지 않죠?'

'알았어요. 직접 봐요. 얼마나 아름다운지 안 보여요? 봐요, 빛나는 모습? 색깔도 각색이잖아요. 그리고 아으, 빌어먹을……'

'하지만 그렇게 계속 손에 쥐고 있다가는 3도 화상을 입을 거예요. 이봐요, 어디에다 좀 내려놓고 그냥 보면 안돼요?'

'누가 가져갈지 몰라요.'

등등."

"그래서," 맥신이 묻는다. "어떻게 됐는데요? 석탄을 손에서 놓았어요?"

숀은 그녀를 한동안 뚫어지게 쳐다보고는 불자처럼 조심스럽게 어깨를 으쓱한다. "그는 손에서 놓기도 하고, 놓지 않기도 했어요."

"어어, 분명 내가 뭘 잘못 말했나보네."

"어이. 잘못 말한 것은 나일지 몰라요. 다음번에 해올 숙제는 우리 중에 누가, 무엇을 틀렸는지 알아오는 거예요."

이런 식의 알쏭달쏭한 방문은 이번만이 아니다. 그녀는 액셀한테 가서 그에게 싸우스포크에 자주 들르는 빕의 손님 얘기를 한 뒤, 비디오테이프를 보고 가까스로 옮겨적은 신용카드 번호들을 넘겨야 한다. 하지만 이 대목에서 너무 서두르면 안돼, 어디 보자…… 하고 스스로에게 경고한다.

그녀는 다시 테이프를 틀고, 특히 그녀의 기억 언저리를 맴돌며 계속 사람 미치게 하는 카메라 뒤의 누군가와 빕이 나누는 대화에 귀를 기울인다……

하! 캐나다 악센트인데. 틀림없어. 라이프타임 무비 채널에서 그것 말고는 거의 들은 게 없을 정도다. 정확히는 퀘벡 사람의 말투인데. 그게 무슨 의미일까……

그녀는 펠릭스 보인고의 휴대폰으로 전화를 건다. 그는 아직 시내에서 벤처투자자의 돈을 좇는 중이다. "빕 에퍼듀에게 소식 온 거 있어?"

"기대도 안해요."

"전화번호 갖고 있어?"

"몇개 있기는 해요. 집, 무선호출기, 울리기만 하지, 절대 받지를 않아요."

"알려줄 수 있겠어?"

"그럼요. 운 좋게 통화가 되거든, 우리의 수표가 어디에 있는지 물어봐줘요, 예?"

이 정도면 충분해. 충분하고도 남지. 만약 카메라 뒤에 있던 사람이 펠릭스이고, 그가 그녀에게 테이프를 보냈다면, 이것은 사회복지사들이 빕에게 도와달라고 요청할 만한 상황이거나, 혹은 좀더 그럴싸하게는, 그것이 펠릭스임을 감안할 때 매우 정교한 계획일 확률이 높다. 어떻게 이 일이 본인 말로는 여기서 투자자들을 찾고 있다고 하는—이 문제는 잠시 차치하고—펠릭스, 부정직한 얼간이 녀석과 엮여 있는지에 관해서는 나중에 살펴볼 일이다.

전화번호 국번 중 하나는 웨스트체스터 번호인데, 아무도 안 받고 응답기도 없다. 또다른 하나는 롱아일랜드 번호로, 그녀는 사무실에서 뭔가 찜찜하고 의심적은 마음으로 십자말풀이를 풀 듯 곰곰이 따져보다가, 그것이 햄프턴 이면에 있는, 빕이 핑계를 대고 슬쩍 빠져나와 다른 유형의 삶을 위해 값을 치러온, 셰이와 브루노가 사는 아마추어 포르노 세트가 거의 확실하다는 생각에 이른다. 전화를 걸자, 시끄러운 전자음에 이어 죄송합니다, 이 번호는 더이상 사용할 수 없습니다, 하는 자동응답기의 안내가 나온다. 하지만 안내 음성에서, 마치 불완전하게 자동화가 된 것처럼, '이 불쌍한 바보'는 말할 것도 없고 내부 정보를 흘리는 이상한 무언가가 느껴진다. 확실성의 원광은 아니더라도 편집증의 후광이 맥신의 머리를 에워싼다. 대개는 롱아일랜드 동쪽 끝의 포탄 사정거리 안으로 그녀를 끌어들일 정도의 충분한 현금이 있을 리 없지만, 그래도 그녀는 어느새 톰캣 권총을 가방에 넣고 여분의 실탄을 챙기고, 작업용 청바지와 해변도시에 어울리는 티셔츠로 갈아입은 다음, 77번가로 가서 베이지색 캠리 자동차를 빌린다. 잠시 후 헨리 허드슨 파크웨이를 타고, 크로스 브롱크스를 빠져나와 스로그스 넥 브리지와 오른쪽으로 보초처럼 줄지어 서 있는 오늘따라 수정처럼 맑은 도시의 마천루를 지나, LIE로 진입한다. 그러고는 차창을 내리고 좌석을 뒤로 젖힌 다음 자동주행으로 맞춰놓고 동쪽을 향해 계속 간다.

17

90년대 중반 WYNY[1]가 프로그램 전체를 하룻밤 사이에 컨트리음악에서 클래식 디스코로 바꾼 뒤로는 운전하면서 들을 만한 음악을 이 부근에서 찾기가 어려워졌지만, 딕스힐스를 조금 지나자 아마도 코네티컷에 본부를 둔 컨트리음악 채널이 잡히고, 곧이어 슬레이드 메이 굿나이트의 신인 시절 베스트셀러 노래였던 「미들타운 뉴욕」이 흘러나온다.

> 너에게 전하고 싶어, 노래하는 카우걸이,
> 모자를 쓰고, 기타 밴드와 함께,
> 너에게 알려주고 싶어, 나 여기에 있다고,
> 언제든 도움이 필요할 때—

---

1 뉴욕의 라디오 방송국.

하지만 너는

그 옛날 카우걸 생각이 날 거야,

쇼가 끝난 뒤 그녀는 어디에 있을지,

늘 그런 희망 없는

이야기의 연속,

늘 그런 슬픈 결말, 잊-

어-버-려, 자기, 난 이미 알아──

그러니 나에게 말하지 마,

어떻게 하면,

내 마음을, 갉아먹는지,

고맙지만, 나는

없어도 돼──나이프와 포크,

들어봐

열차가⋯⋯ 기적을 울리며 지나가는 소리

너 없는 밤들을,

뉴욕, 미들타운에서

[들을 때마다 늘 맥신의 마음속으로 들어와 마음을 흔드는 페달-스틸 기타 간주]

여기에 앉아, 맥주병을 들고,

만화를 봐,

방과 후의 햇빛 속에서,

그러는 동안 그림자들이 길게 늘어져

마치 우리가 해내지 못한 것들에 관한 이야기처럼⋯⋯

결국

저 에어스트림 트레일러를 막지 못한 것처럼,

> 그래서 우리는
> 계속 머리가 돌 정도로 충격을 받았어,
> 그러다 우리는
> 며칠인지도 알 수 없었어,
> 아무것도 느끼지 못했어,
> 그러니 나에게 말하지 마
> 어떻게 하면, 내 마음을, 갉아먹는지……

등등. 이쯤 되자 맥신은 옆 차선 운전자들의 시선을 받으며, 바람에 눈물이 귓속으로 흐르게 맡긴 채, 완전히 몰입해서 노래를 따라 부른다.

그녀는 정오 무렵에 70번 출구로 나간다. 마빈이 준 비디오테이프는 조디 델라 페미나가 추천할 법한 지름길은 별로 참고하지 않아서,[2] 맥신은 직감에 따라 잠시 후에 27번 도로를 벗어나 대강 비디오에서 걸린 시간만큼 운전해 나아가다가, 점심식사를 하러 온 픽업트럭과 오토바이 들이 앞에 주차되어 있는 주니어스 우-라-라운지라는 선술집을 발견한다.

그녀는 가게 안으로 들어가 카운터에 자리를 잡고 미덥지 않은 샐러드에 PBR 병맥주 한병과 유리잔을 주문한다. 주크박스에서는 맨해튼의 어떤 점심식사 장소에서도 듣기 어려운 현악기 연주가 가미된 음악이 흘러나온다. 곧이어 세 의자 건너에 앉은 한 사내가 자신을 랜디라고 소개하며 말을 건다. "이런, 숄더백이 흔들리는 게 소형 총기가 들어 있는 것 같은데. 난 경찰 아니에요, 그쪽도 마

---

2 1999년에 출간된 햄프턴 지역의 도로 안내서 『조디의 지름길』을 염두에 둔 말.

약상은 아닐 테고. 그럼 뭐지, 궁금하네." 설명하자면 그는 오뚝이처럼 땅딸막하게 생겼는데, 맥신의 안테나로 감지하건대 그 역시 지금 휴대하고 있지는 않더라도 손이 닿는 어딘가에 무기를 가지고 있는 오뚝이의 부분집합 같았다. 턱수염을 아무렇게나 길렀고, 미트 로프[3]에 관한 표식이 있는 빨간 야구모자를 썼으며, 모자 뒤로 희끗해져가는 말총머리가 나와 있다.

"이봐요, 내가 정말 경찰일 수도 있죠. 잠복근무 중인."

"아니, 경찰에게는 눈에 띄는 특유의 뭔가가 있죠. 적어도 여기저기를 누비고 다녔다면 말이에요."

"아무래도 나는 뒷마당에서 설설 다녔나보네요. 사과라도 해야 하나요?"

"난 그저 사고 친 누군가를 잡으러 여기에 왔나 싶어서요. 누구 찾는 사람이라도 있어요?"

됐어. 그렇다면── "셰이와 브루노 알아요?"

"오, 걔들. 이봐요, 당신이 원하는 만큼 걔들을 곤경에 처하게 할 수 있어요. 이 근방의 모든 사람이 걔들 때문에 업보를 쌓고 있어요. 그런데 그 두 친구…… 도대체 걔들한테 원하는 게 뭐예요?"

"이 사람이요. 그 둘의 친구예요."

"설마 웨스트체스터 윌리를 말하는 거 아니죠? 땅바닥에 붙어다니고, 그 벨기에 맥주에 환장하는?"

"어쩌면요. 혹시 셰이와 브루노가 사는 곳까지 어떻게 가는지 알아요?"

"오. 그러면…… 보험사정관이다, 맞죠?"

---

3 Meat Loaf(1947~). 본명은 Marvin Lee Aday. 영화 「로키 호러 픽처 쇼」로 유명한 배우이자 하드록 가수.

“어째서요?”

“화재 때문에.”

“난 이 남자의 사무실에서 온 경리예요. 그가 한동안 회사에 안 나타나서요. 무슨 화재인데요?”

“두주 전에 집이 다 탔어요. 뉴스에도 크게 났어요. 사방에서 긴급대응팀들이 오고, 불꽃이 하늘 높이 타올라서, LIE에서도 볼 수 있었어요.”

“그러면—”

“타고 남은 거? 전혀. 그런 거 전혀 없었어요.”

“촉매 흔적이라도?”

“텔레비전에 나오는 과학수사연구소 사람은 확실히 아니네.”

“이제 좀 말씀이 부드러워지셨네.”

“나중에 가서는 그러려고 했죠. 하지만 당신이—”

“랜디, 만약 내가 지금부터는 사무실 모드로 너무 딱딱하게 굴지 않겠다고 하면요?”

잠시 정적이 흐른다. 휴식 중인 가게 안의 동료들이 너무 크게 웃지 않으려고 애쓴다. 이곳의 모든 사람이 랜디를 알고 있어서, 곧이어 누가 가장 힘든 시간을 보내고 있는지를 놓고 열띤 경연이 펼쳐진다. IT 호황이 붕괴된 작년부터, 시장에서 타격을 입은 이곳의 주택 소유주 대부분은 여기저기서 채무를 이행하지 못하고 있다. 90년대 주택개조의 황금기는 오직 특별한 경우에만 그 흔적을 찾을 수 있을 뿐으로, 이때 계속해서 나오는 이름은 놀랍지 않게도 게이브리얼 아이스다.

“그의 수표는 여전히 결제가 돼요.” 맥신이 조심스럽게 말한다. 랜디가 땅딸막한 사람들의 방식대로 쾌활하게 웃는다. “수표를 쓸

때 얘기예요." 욕실 개조 일을 하는 랜디는 자신도 모르게 계속 쌓여가는 청구서에 시달리고 있다. "온 사방에 빚이에요. 1000달러가 넘는 피자 크기만 한 샤워헤드, 이딸리아 까라라로부터 특별주문한 욕조용 대리석, 금사 장식 거울유리용 맞춤제작 유리판." 술집에 있는 모든 사람은 이런 이야기로 서로 맞장구를 친다. 마치 어느 시점에 타블로이드 유명인사인 도널드 트럼프의 원가회계 담당자들과의 운명적인 만남을 통해 아이스가 부자들의 지침을 모든 곳에 적용해, 대형 계약자들에게는 지불을 하고 소형은 날려버리기라도 한 것 같다.

아이스는 이 일대에서 팬이 거의 없다. 어느정도 예상은 했지만, 술집의 사람들이 브루노와 셰이의 집을 방화하는 데 아이스도 관여했을 거라고 이구동성으로 말하는 것을 보고 맥신은 자못 놀란다.

"어떤 연관이 있을까요?" 맥신이 눈을 찡그리며 묻는다. "그는 누구보다 햄프턴에 어울리는 사람이라고 늘 생각했는데."

"이글스의 노래대로, 도시의 기만적인 면에 어울리는 거겠죠. 햄프턴은 그하고는 안 맞아요. 그는 조명과 리무진에서 나와, 제멋대로 할 수 있는 브루노와 셰이의 집 같은 무너져가는 오래된 집으로 가야 해요."

"그들도 과거에는 그랬다고 생각해요," 화가의 작업복에 브라를 입지 않고 드러난 팔 전체에 중국풍 문신을 한 젊은 여자가 자신의 생각을 말한다. "환상을 품은 너드들 말이에요. 그때로 다시 돌아가고 싶어해요."

"오, 베테스다, 이런 앙큼한 것. 게이브리얼을 너무 봐주는 거 아냐. 그 인간은 다른 모든 일처럼, 그저 돈을 덜 들이고 섹스하기를 바라는 거야."

"그런데 왜," 맥신은 보험사정관의 목소리에 최대한 가깝게 말한다. "그곳을 불태운 거죠?"

"그들이 거기서 이상한 행동 같은 걸 한다는 소문이 있었어요. 아이스는 그것 때문에 협박을 받고 있었던 것 같아요."

맥신은 주위 사람들의 얼굴을 휙 훑어보지만 확실히 알고 있는 것 같은 사람은 눈에 띄지 않는다.

"부동산의 업보야." 누군가가 말한다. "아이스처럼 거대한 집을 가지려면 작은 집들 여러채를 어떻게든 없애야 해. 그래야 전체의 균형이 유지되니까."

"그 말은 수많은 방화가 필요하단 거네, 에디." 랜디가 말한다.

"그러면…… 크기가 상당하겠어요," 맥신이 슬쩍 물어본다. "아이스의 집 말이에요?"

"우리는 퍼킹엄 궁전이라고 부르는데. 한번 가볼래요? 그쪽으로 가던 참이니까."

맥신은 애써 극성스러운 팬처럼 들리게 말한다. "웅장한 집이라면 사족을 못 써요. 그런데 입구에서 들여보내줄까요?"

랜디는 신분증이 달린 목걸이를 꺼낸다. "입구는 자동문인데, 여기에 송수신장치가 있어요. 여분으로 하나를 항상 갖고 다녀요."

베데스다가 분명하게 말한다. "이곳의 전통이에요. 로맨틱한 상황 중간에 무례하게 방해받아도 상관없다면, 그런 큰 저택들은 데이트하기에 아주 좋은 장소예요."

"『펜트하우스 포럼』에서 그 주제를 특별호로 다루기도 했어요." 랜디가 거든다.

"여기 봐요, 그럼 좀 다듬어볼까요." 그들은 여자화장실로 간다.

베데스다는 머리빗과 240밀리리터 용량의 파이널 넷 헤어스프레이를 꺼내 맥신의 머리카락으로 손을 뻗친다. "이 곱창밴드 같은 건 안하는 게 좋겠어요. 이제 영락없이 바비 밴⁴ 사람들처럼 보여요."

맥신이 화장실에서 나오자, 랜디가 놀라서 어쩔 줄 모른다. "세상에, 셔나이어 트웨인⁵인 줄 알았어요." 맥신은 이 말이 싫지 않은 눈치다.

몇분 뒤에 랜디는 도급업체의 자재를 실은 F-350 트럭을 몰고 주차장에서 나온다. 맥신은 그 뒤를 바짝 쫓으며 이것이 과연 좋은 계획일까 고민한다. 백미러 속의 주니어스 선술집이, 길이 거의 누더기처럼 여기저기 파이고 주차장들의 철조망으로 막다른 골목과 작고 오래된 임대주택으로 가득한 황량한 주택가로 바뀌자 점점 더 의심이 커진다.

그들은 잠시 차를 세우고 셰이와 브루노 그리고 빕의 옛 놀이 현장을 둘러본다. 전소된 상태다. 여름철의 푸른 잡초들이 잿더미 위로 나고 있다. "사고였다고 생각해요? 아니면 누가 의도적으로 불을 냈다고?"

"당신 친구 월리에 대해서는 모르겠는데, 셰이와 브루노는 머리가 그렇게 좋은 친구들이 아니에요. 사실 한마디로 말하자면 얼간이들이죠. 그래서 다른 누군가가 어리석은 짓을 저질렀을지 몰라요. 그런 식으로 일어났을 수 있어요."

맥신은 현장사진을 몇장 찍기 위해 가방에서 디지털카메라를 뒤진다. 어깨 너머로 그녀를 주시하던 랜디는 가방 안에 든 베레타

---

4 Bobby Van(1928~80). 미국의 유명인사들과 친분이 두터웠던 뮤지컬배우 겸 쇼 호스트인 로버트 잭 스타인의 예명.

5 Shania Twain(1965~). 캐나다 태생의 가수 겸 배우.

권총을 알아본다. "오, 세상에. 그거 3032죠? 어떤 탄알을 써요?"

"60그레인 할로포인트요. 당신은요?"

"하이드로쇼크를 좋아해요. 버사 9밀리미터?"

"굉장하네요."

"그런데…… 당신 사실은 사무실에서 일하는 경리 아니죠."

"글쎄요, 어느정도는요. 오늘 망토를 세탁소에 맡겨놓고, 스판덱스 옷을 가지고 오는 것을 깜빡했어요. 그래서 완전한 힘을 발휘할 수가 없어요. 그래도 내 엉덩이에서 손 떼는 게 좋아요."

"맙소사, 난 그저—"

평소 일하던 때와 비교하면, 이 정도는 봐줄 만하다.

그들은 계속 차를 몰아 몬탁포인트 등대로 향한다. 몬탁은 햄프턴이 망쳐놓은 모든 것을 피할 수 있어서 모든 사람으로부터 사랑받는 듯하다. 맥신은 어린 시절 이곳에 한두번 와봤는데, 등대 꼭대기에 오르고, 거니스 리조트에 묵으며 해산물을 실컷 먹고 바다의 고동에 잠이 들었다. 그러나 이제는 27번 도로의 마지막 구간에서 속도를 줄이면서, 선택의 폭이 좁아지는 게 느껴진다. 여기서 모든 게 합쳐지기 때문이다. 롱아일랜드, 방위산업 공장, 살인적인 교통량, 영구히 사면되지 않는 공화당의 죄의 역사, 인정사정없는 신교외화, 제초된 수마일의 평지, 건설 하청업자의 굴착공사, 건축용 자재와 아스팔트 포장, 나무 없는 토지. 이 모든 것이 긴 대서양 연안의 황야 직전의 이 마지막 발판으로 집중되고 붕괴된다.

그들은 등대의 방문객 주차장에 차를 세운다. 관광객들과 그들이 데리고 온 아이들이 사방에 가득하다, 맥신의 순수했던 과거가. "여기서 잠깐만 기다려요. 비디오 감시장치가 있어요. 당신 차는 이곳 주차장에 놔둬요. 연인들이 만난 것처럼, 내 차를 타고 같이

가요. 그래야 아이스의 보안실로부터 의심을 덜 받아요."

그가 지금 짜낸다고 짜낸 게 정성 들였으나 한심한 즉흥 점심 이벤트 같기는 하지만, 맥신이 듣기에 일리는 있다. 그들은 주차장에서 다시 나와, 순환로를 돌아 올드몬탁 하이웨이에 진입한 다음, 곧이어 코스트아틸러리 로드로 가는 오른편 내륙도로로 빠진다.

게이브리얼 아이스가 부정하게 얻은 그의 여름별장은 알고 보니 부동산 중개업자들이 '포스트모던'하다고 부르기 좋아하는 침실 열개가 딸린 괜찮은 집이다. 창문과 창틀은 원형이나 조각난 원형으로 되어 있고 내벽을 최소화해서, 싸우스포크가 여전히 살아 있던 때에는 예술가들을 끌어당긴 대양의 신비한 측광側光으로 가득하다. 필수인 하트루 테니스코트,[6] 수치상으로는 '올림픽' 규격이지만 수영보다는 조정 경기에 더 어울리게 설계된 것 같은 거나이트[7] 수영장, 가령 싸이오싯처럼 맥신이 생각할 수 있는 웬만한 롱아일랜드 북부 부촌의 가족주택으로도 손색없을 오두막이 있다. 그리고 나무들 위로는 조만간 주립공원의 관광명소가 될 반反소련 핵무기 테러 시대의 거대한 옛 레이더 안테나가 솟아 있다.

아이스의 저택은 건축업자들로 바글거리고, 합성 혼합물과 톱밥 냄새가 모든 것에서 진동한다. 랜디는 커피가 든 종이컵과 회반죽 한 부대를 들고 뭔가에 정신이 팔려 있는 표정을 지으며 욕실 문제로 거기에 와 있는 척한다. 맥신은 그의 뒤를 따라가는 척한다.

이런 곳에 어떻게 비밀이 있을 수 있을까? 드라이브스루 주방,

---

6 Har-Tru. 'Hard'와 'True'를 합친 상표명으로, 잘게 부순 각섬암으로 만든 탄력이 좋은 전천후 테니스코트의 일종이다.
7 콘크리트나 모르타르를 호스로 분사하는 방식. 방수용으로 많이 쓰인다.

최첨단 영사실, 모든 것이 다 오픈되어 있어서 벽 사이의 통로나 감춰진 문은 전혀 없고, 전부 아직도 너무 새것들이다. 처음부터 끝까지 앞에 보이는 게 전부인데, 그런 앞면 뒤에 무엇이 숨겨져 있을 수 있을까?

그러는 사이에 그들은 와인 저장실로 내려간다. 그곳이 랜디의 원래 목적지였던 것 같다.

"랜디. 당신 설마—"

"내가 마시지 않는 건 이베이에 올려서 팔아야겠어요. 여기서 내 돈 좀 챙겨가려고요."

랜디는 보르도 화이트와인 한병을 손에 들고, 병에 붙은 라벨을 보며 고개를 젓고는 다시 내려놓는다. "이 멍청한 개자식은 91년산에 완전 꽂혔네. 정의가 그래도 조금은 살아 있나봐. 내 마누라도 이런 쓰레기는 마시려 들지 않을 거야. 잠깐, 이건 뭐지? 좋아, 요리할 때 쓰면 되겠어." 그는 레드와인 있는 데로 가서, 혼자 중얼거리고 먼지를 불며 그의 대형 주머니와 맥신의 큼지막한 손가방이 가득 찰 때까지 훔친다. "이것들을 차에다 몰래 숨겨둬야겠어요. 우리가 뭐 빠트린 거라도 있나요?"

"한번 더 둘러볼 테니, 조금 뒤에 밖에서 다시 만나요."

"청원경찰 조심해요. 항상 제복을 입고 있지는 않으니까."

그녀의 눈길을 끈 것은 와인 연도나 이름이 아니라, 한쪽 구석의 희미하고 눈에 거의 띄지 않는 문이다. 그 옆에는 키패드가 있다.

랜디가 문밖으로 나가자마자, 그녀는 어두운 조명 속에서 요즘 들어 흐트러진 종이 조각들로 꽉 찬 값비싼 폴더가 되어버린 필로 팩스 수첩을 꺼내, 에릭이 딥웹을 조사하다가 발견해 레지로부터 건네받은 해시슬링어즈의 패스워드 목록을 찾는다. 그것들 중 몇개는 키패드 암호였던 기억이 난다. 아니나 다를까, 딱 여섯번만의 시도 끝에, 전기모터가 윙 소리를 내더니 자물쇠가 탁 열린다.

맥신은 자기가 겁이 유난히 많은 편이라고는 생각하지 않는다. 그동안 그녀는 이상한 액세서리를 착용한 기금모금가들과 부딪치고, 해외에서 낯선 기어변환장치가 달린 렌터카를 몰고, 수금원, 무기거래상, 그리고 완전히 정신 나간 공화당원들과 몸으로든 마음으로든 별 망설임 없이 말다툼을 벌여 이겼다. 하지만 이제 문틈으로 발을 내디디면서, 흥미로운 질문이 떠오른다. 맥신, 너 정신 나갔어? 수세기 동안 사람들은 푸른 수염 영주의 성에 관한 이야기[8]를 젊은 여자들에게 주입시키려고 했다. 이제 그녀는 그 확실한 충고를 한번 더 무시하려 한다. 저 앞 어딘가에 분석을 거부하는 정체불명의 은밀한 공간이, 먼저 그녀를 업계에서 쫓겨나게 했고 언젠가는 죽일지도 모르는 것으로 끌어들이는 운명이 기다리고 있다. 지상은 처마 밑의 새들이 지저귀고, 정원의 말벌이 윙윙거리고, 소나무 향기가 그윽한 여름의 환한 대낮이다. 반면에 이곳 지하는 냉기가, 공장의 냉기가 발끝까지 느껴진다. 그것은 아이스가 그녀가 여기에 있는 것을 원하지 않기 때문만이 아니다. 그녀는 왜 그런지 이유는 모르겠지만 이것이 절대 걸어들어가지 말았어야 할 문임을 안다.

문을 열자, 깨끗하고 장식이 없는 긴 복도가 나온다. 트랙조명이 드문드문 설치되어 있어서, 밝아야 할 곳이 어둡다. 무슨 이유에서든 그녀가 뒤돌아서지만 않는다면, 복도는 커다란 레이더 안테나가 설치된 버려진 항공기지로 연결될 것이다. 울타리 너머, 복도의

8 프랑스의 민담. 자신의 부인들을 살해해온 푸른 수염의 귀족이 현 부인에게 성 안의 잠긴 방을 절대 열어보지 말라고 경고하는 이야기다.

다른 편 끝에 무엇이 있건, 게이브리얼 아이스의 출입이 너무나 중요해서 비밀번호에 의해 보호되고 있다면, 이는 단순히 돈 많은 남자의 순수한 취미만은 아닐 것이다.

그녀는 조심스럽게 안으로 들어간다. 무단침입자의 타이머가 그녀의 머리 안에서 조용히 깜빡거린다. 복도를 따라 나 있는 문들 중 몇개는 잠긴 채 닫혀 있고, 몇개는 열려 있다. 열려 있는 문 뒤의 방들은 냉기가 감돌고 인위적인 관리에 의해 텅 비어 있는 게, 마치 나쁜 역사를 수십년 동안 안전하게 보존하려는 곳 같다. 물론 이 공간이 단순히 경비 중인 사무실 공간, 에릭이 조사해온 해시슬링어즈의 비밀 아카이브의 물리적 형태가 아니라면. 최근에 소독을 했는지 방에서 표백제 냄새가 난다. 콘크리트 바닥, 낮게 설치된 하수구로 이어지는 배수로. 그 용도를 알 수도 없고 알고 싶지도 않은 부품들이 들어간 머리 위의 철제 보. 가구라고는 달랑 회색 포마이카 사무용 테이블과 접이의자 몇개뿐이다. 벽에 220볼트 콘센트가 설치되어 있지만, 무게가 나가는 가전제품의 흔적은 전혀 없다.

이곳에 오기 전에 뿌린 헤어스프레이가 그녀의 머리를 안테나로 만들었나? 그녀의 귀에 곧 라디오 소리로 바뀌는 속삭이는 듯한 소리가 들리기 시작한다. 스피커가 있는지 주위를 둘러보지만, 하나도 찾을 수가 없다. 그런데도 복도는 숫자와 위스키, 탱고, 폭스트롯이 포함된 나토의 표음문자,[9] 전파장애로 인해 끊기는 감정 없는 목소리, 혼선 소음, 갑작스러운 태양잡음…… 너무 빨라서 알아들을 수가 없는 영어 구절 등으로 점점 더 채워진다.

---

9 Wihskey, Tango, Foxtrot. 각각의 앞 글자인 WTF(What The Fuck) 대신 쓰는 표현.

그녀는 빙하의 맨 아래 종퇴석으로 더 깊이 내려가는 계단통에 다다른다. 눈으로 보는 것보다 더 멀다. 그녀의 좌표는 갑자기 90도로 바뀌어, 셀 수 없는 층들을 수직으로 내려다보고 있는 것인지 아니면 또다른 긴 복도를 똑바로 보고 있는 것인지 구분이 되지 않는다. 이런 감각은 찰나에 불과하지만 더 길 필요도 없다. 그녀는 누군가가 말한 미국의 막다른 길에 의미심장하게 놓여 있는 냉전 구원설, 잔인한 몰락에 대한 믿음, 축복받은 소수가 살아남아 세계의 종말과 無의 기꺼운 도래를 이겨내리라는 깊은 신앙심에서 우러난 자신감을 떠올린다.

오 젠장, 이건 뭐지? 한계단 아래로 발을 내딛는 순간 무언가가 자세를 잡고 부르르 떨며 그녀를 올려다본다…… 이런 조명에서 무엇인지 분간하기는 쉽지 않다. 그저 헛것을 본 것이기를 바랄 뿐. 살아 있지만 경비원이라고 하기에는 너무 작다…… 경비 동물도 아니다…… 그럴 리가…… 어린아이? 어린아이 사이즈의 군복을 입은 무언가가 신중하면서도 치명적으로 우아하게, 마치 날개로 날아오르듯 그녀를 향해 다가온다. 어둠속에서도 너무 또렷하고, 너무 창백하다 못해 거의 백색에 가까운 두 눈으로……

그녀의 머릿속 타이머가 땡그랑하고 울리며 긴급 상황임을 알린다. 왠지 베레타 권총을 바로 꺼내는 것은 현명한 생각이 아닐 것 같다. "그래. 에어 조던, 솜씨 좀 보여봐!" 그녀는 돌아서서 복도를 전력으로 질주하여, 애초에 열지 말았어야 했던 문을 거쳐, 와인 저장실로 돌아간다. 그녀를 찾고 있던 랜디가 그녀에게 묻는다.

"괜찮아요?"

답은 괜찮다는 게 어떤 의미인지에 따라 다르다. "여기 이 본로마네 있잖아요, 궁금한 게……"

"연도는 별로 중요하지 않아요. 어서 집어요. 자, 가요." 와인 도둑치고 랜디의 행동은 별로 세련되지 않다. 그들은 황급히 차에 올라 왔던 길로 나간다. 랜디도 마치 아이스의 집에서 무언가를 본 것처럼 등대에 도착할 때까지 아무 말이 없다.

"들어봐요. 혹시 용커스에 가본 적 있어요? 내 처가 식구들이 거기에 사는데, 가끔 센서빌리티라고 하는 여성용 사격장에 들러 사격을 해요—"

"'남자들도 언제나 환영합니다'. 그럼요, 그곳 알아요. 실은 나도 회원이에요."

"그래요. 언젠가는 거기서 보게 되겠죠?"

"그러기를 바랄게요, 랜디."

"잊지 말고 거기 있는 부르고뉴 챙겨요."

"음…… 아까 업보에 대해서 얘기했었죠. 먼저 가세요. 와인도 가져가고요."

그녀는 타이어 자국이 날 정도로 급하게 떠나지는 않지만, 그렇다고 꾸물거리지도 않는다. 적어도 스토니 브룩 근처까지는 걱정스러운 눈길로 백미러를 흘끔거린다. 어서 달려, 자동차야, 어서 달리라고. 헛고생을 했다. 빕 에퍼듀의 이전 주소는 숯덩이가 됐고, 게이브리얼 아이스의 건물은 호사스럽지만 놀랍지는 않다. 정체불명의 복도와 그녀가 보았지만 알고 싶지 않은 그 안의 무언가만 빼고. 그렇다면…… 이 중 일부는 비용에서 제해도 되지 않을까. 중형차 일일 렌트 요금, 신용카드 할인, 기름 한가득, 갤런당 1달러 25센트, 1.5달러라고 할까……

컨트리음악 채널이 주파수를 벗어나기 직전에, 드룰링 플로이드 워맥[10]의 명곡이 흘러나온다.

오, 내 머리,
요즘 들어 쑤시기 시작했어, 그리고
가끔은
어, 쿵쾅거리기도 해……
　　　　　　　　그리고 나의
소중한 밤잠을 도둑맞았어
머리가 쑤시고,
쿵쾅거려, 바로 너 때문에.
[여성 보컬] 도대체 왜
쿵쾅거리는 거지? 왜
쑤시는 거지? 모르겠어.
[플로이드] 어, 제발 말해줘, 이러다가
나 미치겠어……
혹시 어떤
사악한 마법에 걸린 걸까? 오
가만히 좀 있어, 쿵쾅거리고,
어, 쑤셔대는 내 머리……

　그날 밤 그녀는 실제와 결코 똑같지는 않지만 평소에 꿈속에서 자주 방문했던 맨해튼을 꿈에서 본다. 어떤 길이든 한참을 가다보면, 낯익은 격자형 도로망이 점차 허물어지고 흔들리면서 도시 외

---

10 토머스 핀천의 2009년작 『교유의 결함』에도 등장한 가상의 가수.

곽의 간선도로와 뒤섞이기 시작한다. 마침내 그녀는 끔찍한 제3세계 전쟁의 여파처럼 보이게 불에 새까맣게 탄 폐허의 모습을 의도적으로 재현한 쇼핑몰에 도착한다. 버려진 오두막집과 불에 완전히 타버린 콘크리트 토대들이 천연 원형극장에 설치되어 있고, 여러층에 걸쳐 상점들이 매우 가파른 경사를 따라 늘어서 있다. 모든 것이 슬픈 녹繰과 세피아 톤인 반면에, 오래된 느낌이 나게 공들여 꾸민 노천까페에서는 여피 쇼팽객들이 앉아서 기분 좋게 차를 마시며, 아루굴라와 염소치즈를 가득 넣은 여피 샌드위치를 주문하고, 우드베리 커먼이나 퍼래머스에 있을 때와 전혀 다를 바 없이 행동한다. 그녀는 여기서 하이디를 만나기로 되어 있지만, 해 질녘 갑자기 자기도 모르게 숲속 길을 걷는다. 앞에서 불빛이 깜빡거린다. 어디서 강한 유독성 연기 냄새가 난다. 플라스틱? 마약제조 설비? 알 수가 없다. 커브 길을 돌자, 빕 에퍼듀의 비디오테이프에 나왔던 집이 불타고 있는 게 보인다. 검은 연기가 서로 뒤엉켜 소용돌이치며, 형광오렌지색 화염 속에서 달구어지다가, 위로 솟구치더니 별 없는 흐린 하늘 속으로 사라진다. 근처에 사는 어느 누구도 지켜보기 위해 모여 있지 않다. 멀리서부터 점점 더 크게 들려오는 사이렌 소리도 없다. 아무도 불을 끄거나, 혹은 아직 집 안에 있을지도 모르는 누군가를 구하기 위해 오지 않는다. 어쩐지 이번에는 빕이 아니라 레스터 트레이프스다. 맥신은 톱니 같은 불빛 속에 꿈쩍 않고 서서, 자신에게 주어진 선택과 책임을 곰곰이 따져본다. 불은 격렬하게 모든 것을 집어삼키고 있고, 열기가 너무 세서 가까이 다가갈 수도 없다. 심지어 이렇게 떨어져 있는데도, 산소 공급이 모자라는 게 느껴질 정도다. 왜 레스터지? 그녀는 이런 다급함을 느끼며 잠에서 깬다. 무언가를 해야 한다는 것은 알지만,

그게 무엇인지는 알 수가 없다.

평소처럼 하루가 정신없이 밀려든다. 그녀는 곧 탈세자, 대박을 꿈꾸는 욕심 많은 재주꾼들, 도저히 이해가 안되는 스프레드시트에 매달린다. 점심쯤 하이디가 머리를 내민다.

"대중문화 전문가의 도움이 필요하던 참이야." 그들은 근처 델리에서 간단히 샐러드를 먹는다. "하이디, 몬탁 프로젝트에 대해서 다시 얘기해줘."

"80년대부터 유행했고, 지금은 미국 고유어의 일부가 되었어. 내년에는 관광객들에게 옛날 항공기지를 개방할 예정이야. 이미 관광버스를 운영하는 회사들이 생겼을 정도야."

"뭐라고?"

"결국에는 다른 것들처럼 브로드웨이 뮤지컬로 나오고 말 거라고."

"그러니까 네 말은 더이상 아무도 몬탁 프로젝트를 심각하게 생각하지 않는다는 거네."

과장된 한숨. "맥시, 심각한 맥시, 늘 법률가 같아. 이 도시의 신화들은 사람들을 끌어당기는 자석이 될 수 있어. 사람들은 어디에서건 조금이라도 기이한 것들이 있으면 주워모아. 얼마 후에는 아무도 전체를 보거나 완전히 믿지 못하게 돼. 너무 일관성이 없으니까. 그래도 우리는 여전히 흥미를 끄는 것들을 골라. 물론 속아넘어가면 안되겠지만, 우리는 그런 데에 빠삭하니까, 그렇다 해도 그중 어떤 것은 진실이 아니라는 결정적인 증거가 없는 거지. 항상 찬반이 있는데, 인터넷상의 논쟁으로 모두 변질되어서 불이 붙고 서로를 공격하다가, 결국에는 이야기가 점점 더 미궁으로 빠져들고 말아."

관광상품이 된다고 해서 원래의 의미가 반드시 퇴색하는 것은 아니라는 생각이 맥신의 머리에 스친다. 그녀는 나치의 죽음의 수용소 단체관광을 위해 여름에 폴란드로 간 사람들을 알고 있다. 버스에서 '무료 폴란드 매드도그[11]'를 즐기면서 몬탁에서 재미만 좇는 사람들이 지상을 떼 지어 다니는 동안, 그들의 한가로운 발밑에서는 아이스의 터널이 어디로 연결되고, 그것이 무엇이든 간에, 무엇인가가 진행되고 있다.

"그거 안 먹을 거면⋯⋯"

"실컷 먹어, 하이디, 실컷, 어서. 난 생각만큼 배가 안 고파."

---

11 보드까에 라즈베리 시럽과 핫소스 약간을 섞은 칵테일.

18

늦은 오후가 되자 하늘은 요란한 노란색을 띠기 시작한다. 무언가가 강을 건너오고 있는 모양이다. 맥신이 뉴욕의 교통 및 날씨 채널 WYUP를 켜자, 늘 듣던 속사포 같은 광고 멘트가 지난번보다 더 공격적으로 쏟아지고 이어서 친숙한 테마음악과 남자의 목소리가 흘러나온다. "저희에게 삼십이분만 투자하세요—돌려드리지는 않습니다."

내용에 비해 너무 명랑한 듯한 목소리로 여성 앵커가 뉴스를 전한다. "어퍼웨스트사이드의 한 고급 아파트 건물에서 오늘 발견된 시신의 신원은 실리콘앨리의 유명한 사업가 레스터 트레이프스로 확인됐습니다…… 자살로 보이지만, 경찰은 타살의 가능성을 배제하지 않고 있습니다."

"한편, 어제 퀸스의 쓰레기통에서 구조된 생후 일주일 된 베이비 애슐리는 상태가 양호하다는 소식입니다……"

"아니야," 자기보다 훨씬 더 나이가 많고 정신이 이상한 사람이 낼 법한 목소리로 그녀는 라디오를 향해 소리친다. "젠장 아니라고. 이런 멍청한 년. 레스터가 아니야." 그녀는 방금 그와 이야기를 나눈 터다. 그는 살아 있어야만 한다.

그녀는 횡령자의 참회, 눈물 어린 기자회견, 제발 나를 때려달라는 곁눈질, 갑작스러운 신경통 발현과 같은 주요 장면들을 계속해서 봐왔다. 그러나 레스터는 희귀한 예에 속하는 자이다, 아니, 였다. 그는 자신이 훔친 것을 돌려주고, 다시 좋은 사람이 되려고 했다. 그 같은 남자들이 그들만의 방식을 그만둔다는 것은 설사 있다 해도 매우 드문 일이다.

어디에서 발견됐다고? 아래턱을 따라 찌르는 듯한 고통이 느껴진다. 지금 당장 결론을 내리는 것은 결코 적절해 보이지 않는다. 데저렛 아파트라고? 망할 놈의 데저렛? 레스터를 프레시킬스로 데려가서 쓰레기 매립지에 남겨두면 뭐가 문제인데?

그녀는 자기도 모르게 창밖을 쳐다본다. 그러고는 점점 어두워져가는 하늘을 배경으로 이미 비에 젖은 듯 환히 빛나는 폭풍 직전의 조명에 드러난 지붕선 윤곽, 환풍구, 채광창, 물탱크와 처마 물받이 들을 거쳐 저주스러운 데저렛이 저 멀리 브로드웨이 위로 우뚝 솟아 있는 거리를 눈을 찡그리며 본다. 폭풍에 민감한 조명 한 두 개가 이미 켜져 있는 건물은, 먼 거리에서 보기에도 석조 외관이 너무 떼가 타고, 너무 거뭇거뭇해서, 도저히 손쓸 수 없을 정도다.

그녀는 미친 듯이 자신을 탓하기 시작한다. 자신이 아이스의 터널을 발견했기 때문이다. 그게 무엇이든 다가오는 무언가로부터 도망쳤기 때문이다. 아이스는 점점 더 거리를 좁혀오며, 그녀를 뒤쫓고 있다.

늦은 저녁 그녀는 빗속에서 레스터 트레이프스가 어느정도 나이가 든 매력적인 금발 여인과 함께 거리 건너편 브로드웨이와 79번가가 만나는 지점의 지하철역 안으로 걸어들어가는 것을 보지만 별 도움이 되지 않는다. 어쩐지 금발의 여인은 레스터의 조력자이고, 잠시 지상에서 같이 일을 처리하다가, 이제는 다시 그를 지하로 데려가려는 게 분명하다. 맥신은 뉴욕에서 가장 위험한 교차로를 있는 힘을 다해 건넌다. 양쪽으로 더러운 구정물을 마구 발사하는 잔인한 운전자들의 움직이는 장애물 코스를 간신히 빠져나와 지하철 승강장으로 내려가보지만, 레스터와 그 금발 여인은 어디에도 보이지 않는다. 뉴욕시에서 더이상 살아 있지 않은 게 확실한 누군가의 얼굴을 우연히 보게 되는 것은 결코 드문 일이 아니다. 때로는 당신이 쳐다보고 있는 것을 눈치채고 상대방이 당신을 쳐다볼 수도 있는데, 그 경우 두 사람은 전혀 모르는 사이일 때가 99퍼센트이다.

다음 날 아침, 중간중간 꿈을 꾸느라 잔 듯 만 듯 불면의 밤을 보낸 뒤, 그녀는 매우 혼란스러운 상태로 약속된 시간에 숀을 만나러 간다. "'레스터?' 하고 거리 건너편으로 바보 같은 말을 외치려고 했던 것 같아요. 당신 죽은 걸로 되어 있잖아 하고."

"제일 먼저 의심해봐야 할 것은," 숀이 조언한다. "기억이 정확한가 하는 거예요."

"아니요, 어어, 레스터였어요. 다른 누구도 아니었어요."

"음…… 내 생각에는 종종 있는 일 같네요. 당신처럼 특별한 재능이 전혀 없는, 도를 깨닫지 못한 평범한 사람들이 수년에 걸쳐 훈련받은 달인처럼 모든 환영을 꿰뚫어볼 것 같아요? 그들 눈에 보이는 것은 실재 인물, 선불교에서 '얼굴 이전의 얼굴'이라고 부르는 거예요. 나중에 거기에 좀더 낯익은 얼굴을 부여할 수도 있어요."

"숀, 고마워요. 잘 참고할게요. 그런데 정말로 레스터였다면 어쩔래요?"

"음 그러면 그 남자가 혹시 세번째 발레 포지션으로 걸어들어오기라도 했다는 거예요?"

"재미없어요, 숀. 그 남자는 막—"

"뭔데요? 죽었어요? 안 죽었어요? WYUP 뉴스에 났는데, 어떤 정체불명의 여자와 지하철을 탔다고요? 정신 차려요."

시내의 모든 신문 자동판매기에 붙여놓은 광고에서 숀은 '케이사꾸 절대 사용 안함'이라는 약속 문구를 내걸고 있다. 그것은 조동종의 스승이 제자들의 주의를 집중시키기 위해 사용하는 나무막대기인 '경책警策'을 말한다. 그래서 숀은 사람들을 때리는 대신에 말로 퍼붓는다. 맥신은 샤킬 오닐과 일대일 농구를 하고 난 느낌으로 상담을 마치고 나온다.

나가 보니 대기실에 다음 손님이 기다리고 있다. 밝은 회색 정장에 옅은 산딸기색 셔츠, 짙은 보라색으로 색깔을 맞춘 넥타이와 장식용 손수건을 착용했다. 그녀는 잠시 알렉스 트러벡[1]을 떠올린다. 숀은 머리를 내밀고, 한껏 살갑게 말한다. "맥신, 거기 콘클링 스피드웰을 만나봐요. 언젠가는 그게 운명이었다고 생각하게 될 거예요. 난 단지 참견하기 좋아하는 사람에 불과해요."

"상담시간을 침범했다면 미안해요." 맥신은 대기실의 남자와 악

---

1 Alex Trebek(1940~). 캐나다 출신의 방송인으로 미국 퀴즈쇼 「제퍼디!」의 진행자로 유명하다.

수를 하면서, 그의 손에서 이 도시에서는 접하기 힘든 뭐랄까 저의가 전혀 없는 듯한 느낌을 받는다.

"나중에 점심이나 사요."

레스터는 잠시 잊어도 돼. 서두를 필요 없어. 이제 그가 가진 건 시간뿐이니까. 그녀는 시계를 보는 척하며 묻는다. "오늘은 어때요?"

"그게 낫겠네요."

좋아. "길 아래편에 있는 대프니 앤드 월마 알아요?"

"그럼요, 훌륭한 향기역학 가게죠. 한번 가보게요?"

향기 뭐? 알고 보니 콘클링은 보통 사람들보다 훨씬 더 섬세한 후각을 갖고 태어난 프리랜스 향 감별사이다. 그는 흥미를 자극하는 향수의 잔향을 쫓아 도시 곳곳을 돌아다닌 끝에 그 근원이 밸리스트림에 사는 치과의사의 부인임을 알아낸 장본인으로 유명하다. 그는 부적절한 향수를 뿌리고 저녁식사에 나타나거나 엘리베이터를 탄 사람들을 위해 마련된 지옥이 있다고 믿는다. 그가 정식으로 만난 적 없는 개들도 호기심 어린 표정으로 그에게 다가간다. "먹고살 만한 재능이에요. 때로는 골칫거리이기도 하지만."

"그럼 맞혀봐요. 내가 오늘 무슨 향수를 뿌렸죠?"

그는 이미 웃음을 짓고 가볍게 머리를 가로저으며 눈을 피한다. 맥신이 보기에 그의 재능이 무엇이든 간에 그는 그것을 뽐내며 돌아다니는 사람이 아니다.

"다시 생각해볼게요……"

"너무 늦었어요." 막힌 코를 푸는 것처럼 킁킁거리는 척하며 말한다. "됐어요. 우선, 피렌쩨에서 온 향수예요……"

오오.

"산타 마리아 노벨라의 오피시나. 오리지널 메디치 조제법에 의한 1611번 향수네요."

맥신은 자기도 모르게 평소보다 입이 몇 밀리미터 더 벌어진다. "어떻게 알아맞혔는지 말하지 마요. 절대요. 카드 속임수 같은 거죠. 알고 싶지 않아요."

"실제로 오피시나 향수 쓰는 사람을 마주친 적은 거의 없어요."

"생각보다 주위에 많아요. 피렌쩨에 수없이 다녀온 사람들도 들어본 적 없는, 이 향기로 가득한 아름답고 고급스러운 오래된 상점에 들어가면 나만의 은밀한 발견이라고 생각할지도 몰라요. 하지만 갑자기 쇼핑객의 악몽이 되죠. 그 향이 도시 전체에서 나거든요."

"사람들은 꽃향기와 시프레²를 구분하지 못해요." 안타깝다는 듯 말한다. "미칠 노릇이죠."

"그렇군요…… 향 감별사라…… 훌륭한 직업이네요. 수입은 괜찮아요?"

"글쎄요, 대부분은 큰 회사들과 거래해요. 거래하는 회사들이 계속해서 바뀌어요. 얼마 후에는 회사 소유주가 바뀌고 구조조정이 된 것을 알게 되죠. 마치 오래된 향수들처럼요. 그러다가 다시 거리로 나와요. 수년 동안 난 이것이 우리 둘의 스승이 저 너머에서 온 메시지라고 부르는 것일지도 모른다는 생각은 전혀 못했어요. '누가 계급이 없는 사람일까요, 누가 얼굴의 문으로 들어갔다 나왔다 할까요?' 그가 한 말이에요."

"나한테도 같은 질문을 했어요."

---

2 백단나무에서 추출한 향유.

"'문'은 보통 눈을 뜻하지만, 나는 곧바로 콧구멍을 생각했어요. 뒤에 가서 그 선문답은 딱 들어맞았고, 스스로 생각할 여지를 주었어요. 그래서 요즘은 프리랜서로 일해요. 새 고객들의 대기자 명단이 여섯달쯤 밀려 있어요. 예전에 회사들하고 일할 때보다 더 길어요."

"그러면 손은……"

"가끔씩 손님을 소개해주고 약간의 수수료를 챙겨요. 그가 거의 목욕하다시피 온몸에 뿌려대는 에롤파 향수 값을 댈 만큼의 돈이죠. 그저 그런 향수예요."

"향 감별 사업이라면 당신만의 향수 브랜드 같은 게 있는 건가요? 아니면……"

그는 당황한 눈치다. "수사관에 가깝죠."

아하! "사설감별사군요."

"점점 더 심해져요. 사업의 90퍼센트는 결혼생활과 관련되어 있어요."

그것 말고 뭐가 있겠어? "어머나. 어떻게…… 그런 일이 가능하죠?"

"오. 사람들이 와서 '내 남편 냄새 좀 맡아봐요. 내 아내 냄새 좀 맡아봐요. 누구와 함께 있었고, 점심에는 뭘 먹었고, 술은 얼마나 마셨고, 그것들이 마약을 하는지, 오럴섹스도 하는지 알려줘요' 등등, 가장 많이 하는 질문들이에요. 문제는 그것이 모두 시간 순서로 되어 있어서, 각각의 표시는 그 전의 표시 위에 쌓인다는 거예요. 그렇게 모으면 하나의 연대기가 나와요."

"신기하게"—이게 과연 좋은 생각일까?—"내가 지금 그런 상황에 처해 있어요…… 괜찮다면 내가 당신의—다르게 말할게요,

당신 같은 향 감별사 중 한명이 범죄현장에 경찰 심령술사처럼 투입되어서, 코로 냄새를 맡고, 어떤 일이 일어났는지 재구성할 수도 있을까요?"

"물론이죠. 후각법의학이라고 있어요. 모스코위츠, 디앤졸리, 두어명 더요. 그쪽 전문가들이죠."

"당신은요?"

콘클링은 그녀의 애교스러운 말에 머리를 비스듬히 기울이고는 잠시 머뭇거린다. "경찰과 나는…… 코로 한번 훑고 나면, 그 친구들은 편집증 환자가 돼요. 내가 자기들도 훑고서, 경찰의 온갖 비밀을 속속들이 냄새 맡은 줄 알아요. 그래서 결국에는 항상 오해한 채 헤어지죠."

"모스코위츠나 다른 전문가들에게는 그게 문제가 안되었나요?"

"모스코위츠는 훈장을 받은 베테랑 사기 전담 형사예요. 디앤졸리는 범죄학 박사학위를 소지하고 있고, 가족들도 현직에 있어요. 신뢰의 문화가 형성되어 있죠. 나로 말하면, 무소속인 만큼 편해요."

"오, 이제 알 것 같아요." 그녀는 얼굴로 홀 건너편을 가리킨 다음 곁눈으로 그를 쳐다본다. "나한테서도 무슨 냄새가 나는 걸 이미 알아차린 거 아닌가요?"

"어떤 악명 높은 페로몬이 언제든 뿜어져나올 것 같네요. 잠깐, 다시 말해봐요, 지금 무슨 생각을—"

맥신은 환하게 웃으며 '돈오頓悟 유기농 대나무' 차를 마신다. "이성을 만나기가 더 복잡하겠어요. 당신의 그 코 때문에요."

"그래서 대개는 아무 말 안하고 가만히 있어요. 숀이 나를 소개해주려고 할 때를 빼고는요."

두 사람은 서로 흘끗 쳐다본다. 지난 1년 동안 맥신은 모자 페티시스트, 당일치기 투기자, 포켓볼 사기꾼, 사모펀드 거물 등과 데이트를 해봤지만 그들 중 누구든 다시 보게 될까봐 걱정해본 적은 거의 없다. 이제, 약간 늦기는 했어도, 그녀는 콘클링의 왼손을 잊지 않고 확인해본 뒤 자기처럼 반지가 없는 것을 알게 된다.

　그는 그녀가 자기를 쳐다보고 있다는 것을 알아차린다. "나도 당신 손가락을 확인하는 것을 깜박했네요. 우리 둘 다 대단해요." 콘클링은 중학교에 다니는 아들과 딸이 한명씩 있고 주말마다 아이들을 본다. 마침 오늘은 금요일이다. "내 말은, 아이들이 열쇠를 갖고 있긴 하지만, 대개는 내가 집에서 맞아줘요."

　"그래요, 나도 저녁시간에 맞춰 돌아가야 해요. 여기, 내 집, 사무실, 호출기 번호예요."

　"이건 내 명함이에요. 범죄현장 작업에 정말 관심이 있으면, 모스코위츠나 다른 사람을 연결해줄게요……"

　"당신이라면 더 좋을 텐데." 그녀는 심장이 잠시 쿵쾅거리게 내버려둔다. "이 일에 엮이고 싶지 않은 것처럼 뉴욕 경찰과는 같이 일하고 싶지 않아요. 민간인들이 경찰 업무를 들쑤시고, 미안해요, 내 말은 조사하는 걸 그들이 못마땅하게 여겨서는 아니에요."

　그래서 그들은 데저렛 수영장에서 정오에 만나 수영 데이트를 하기로 한다. 콘클링에 따르면, 인간의 후각은 평균적으로 오전 11시 45분에 가장 예민하다고 과학적으로 입증되었다. 맥신은 콘클링이 또다시 맞히더라도 깜짝 놀라 멀리 나가떨어지지 않도록 어차피 씻겨나가게 돼 있는 중간 가격대의 트리시 매커보이 향수를 뿌린다.

콘클링은 자주 수영을 하는 사람답게 몸매가 탄탄해 보인다. 오늘은 와스프들의 카탈로그에 실린 무언가를 입고 있는데, 두 사이즈는 큰 듯하다. 맥신은 눈썹으로 한마디 하고 싶은 걸 참는다. 몸에 착 달라붙는 스피도 삼각 수영복이라도 기대했어? 그녀는 조심스럽게 그의 물건 크기를 살펴보고, 그녀가 오늘 입은 것, 그러니까 생각조차 않는 게 나은 거의 일회용 같은 우편주문 꽃무늬 수영복 대신에 비싼 돈을 주고 산 리틀 블랙 드레스의 수영복 버전에 대해 그가 어떤 반응을 보일지도 궁금해한다…… 그런데 와우 섰네, 선 거지?

"뭐라도, 어……"

"오, 어 물안경을 찾고 있었어요."

"머리 위에 있는데요?"

"그러네요."

외관으로 보면 데저렛 수영장은 뉴욕에서 가장 오래된 수영장일지 모른다. 머리 위로는 초기의 반투명 플라스틱 조각으로 이루어진 거대한 반구형 지붕이 염소 냄새를 풍기는 김 사이로 치솟아 있다. 지붕의 조각들은 오목한 눈물 모양이고 청동색 틀로 나뉘어 있어서, 낮에는 태양의 각도가 어떻든 똑같은 녹청색 빛이 들어오고, 해 질 녘에는 표면이 점점 희미해지고 눈에 잘 안 보이다가 폐장시간이 다가오면 겨울 회색빛으로 사라진다.

지금은 수영장 관리를 맡은 호아낀이 근무 중이다. 평소에는 아주 수다스러운 친구인데 맥신이 보기에는 오늘따라 약간 말을 아끼는 것 같다.

"사람들이 발견한 시신에 대해 뭐라도 들은 거 있어?"

"다른 사람들처럼 전혀요. 입구를 지키는 친구들이나, 모든 걸

다 아는 야간경비 퍼거스도 마찬가지예요. 경찰들이 다녀가고 나서는 다들 잔뜩 겁먹고 있어요, 알겠죠?"

"세입자는 아니라고 들었는데."

"몰라요."

"누군가는 분명 뭔가 알고 있을 텐데."

"이 안에서는 귀와 입을 모두 닫아야 해요. 건물 전체의 지침이에요. 미안해요, 맥신."

대충 형식적으로 레인을 두번 왕복한 뒤에 맥신과 콘클링은 각자의 탈의실로 향하는 척하다가 다시 만나 직원 전용 계단으로 잠입한다. 그러고는 몸의 일부만 가리고 슬리퍼를 신은 채로, 수영장 밑의 층수가 적혀 있지 않은 어둡고 비밀스러운 13층 복도를 따라 움직인다. 13층은 항상 일어날 수 있는 재난, 즉 절대로 일어나서는 안되지만 혹시라도 수영장에 누수가 발생할 경우 위층으로부터의 범람 위험에 항시 대비하기 위해 마련된 완충공간이다. 이 수영장은 요즘 같으면 수많은 규정 위반에 해당되었을 사항들을 면제받아 당시에는 최첨단 기술이었던 콘크리트로 지어진 것이다. 현재는 하청업자, 감독관, 허가를 내준 사람, 그리고 공소시효가 한참 지나고 난 뒤 범람이 일어나기를 기대했던 오래전에 떠난 부정직한 관리인 들에게 건네진 뇌물이라는 남모르는 역사의 외적인 구조물로 남아 있다. 삐걱거리는 기반, 20세기 초의 지붕구조물과 기둥. 쥐가 나오는 데 차라리 덜 놀랄 정도로 다양하게 출몰하는 동물들. 빛이라고는 수조 안의 방수 관람창에서 희미하게 반짝거리는 게 전부다. 관람창은 오락실의 핍쇼처럼 개별 관람부스에 각각 설치되어 있어서, 초기의 부동산 안내책자에 따르면 "수영예술의 팬들은 직접 물에 들어갈 필요 없이 중력에 구애하지 않는 인간 형상을 교육적으로 관람할 수 있다". 수면 위에서 비치는 빛은 수영장 물과 관람창을 거쳐 어두컴컴한 아래층으로 스며들어, 기이하고 옅은 녹청색이 된다.

경찰이 마치 수영장을 들여다보려는 것처럼 창에 기대고 있는 레스터의 시신을 발견한 것은 바로 이 네모난 관람부스에서였다. 수영을 하다가 그를 처음으로 알아챈 누군가가 두바퀴를 더 돈 뒤에야 상황을 파악하고는 기겁을 했다. 신문 보도에 따르면, 어떤 칼날이 아주 강하게 레스터의 두개골에 박혔는데, 슴베의 일부가 레스터의 이마로 튀어나온 것으로 보아 분명 손으로 한 행위는 아니라는 것이었다. 칼자루가 없다는 것은 미국에서는 1986년부터 불법이 되었지만 러시아 특수부대의 표준장비로 알려져 있는 용수철로 발사되는 탄도형 칼을 의미했다. 냉전이 아직도 뜨거운 향수의 열기를 내뿜는 『포스트』는 특히 이런 이야기들을 좋아해서, KGB의 암살단이 도시 전체에 퍼져 있다는 선정적인 경고를 내보내기 시작했고, 이런 유의 기사가 거의 한주 내내 계속될 터였다.

탄도체로 판명!이라는 헤드라인을 보자마자, 맥신은 로키 슬래지엇에게 전화를 건다. "당신의 스뻬쯔나즈 친구 이고르 다시코프 있잖아. 이 일에 대해서 혹시 뭐라도 알고 있지 않을까?"

"이미 물어봤어. 그 친구 말이 그 칼은 도시전설이래. 스뻬쯔나즈에 거의 평생을 있었는데 전혀 본 적이 없대."

"내 질문은 그게 아니라—"

"어이. 러시아 암살단을 배제할 수 없어. 그게 아니면……"

맞아. 러시아 암살단처럼 보이게 하려고 누군가가 꾸몄을 가능성도 배제할 수 없어.

한편 이곳 범죄현장은 이미 샅샅이 뒤진 것처럼 보인다. 노란 테이프가 사방에 쳐 있고, 분필 자국과 버려진 증거물 수거용 비닐백, 담배꽁초, 패스트푸드 포장지가 눈에 띈다. 주위에 깔려 있는 냄새들을 하나씩 제외해나간다. 경찰들의 애프터셰이브 로션, 담배연기, 근처 술집의 배설물, 과학수사연구소의 용제, 지문 감식용 분말, 루미놀[3]——

"잠깐, 루미놀도 냄새가 있어요? 원래 없지 않아요?"

"아뇨. 연필밥, 히비스커스, 2번 디젤, 마요네즈——"

"미안하지만, 그거 와인 전문가가 하는 말인데요."

"어이쿠……"

콘클링은 얼마가 되었든 그밖의 다른 냄새들을 걸러낸 뒤 현장에 있었던 시체를 중심으로 한 주변에 다가간다. 시체는 전문가의 감각으로는 아직 현장에 있지만, 후각법의학 전문가들이 데스마스크에 비유하기를 좋아하는 것, 즉 신체가 부패할 때 발생하는 인돌이 혹시 있을 수 있는 다른 모든 냄새를 압도하기 때문에 문제의 소지가 있다. 물론 이 문제를 극복하기 위한 차별적인 기술들이 있어서, 그것을 배우기 위해 뉴저지에서 이상하게도 비밀리에 주말 내내 열리는 세미나에 참석하기도 한다. 이 모임은 실질적인 가치가 있을 때도 있고, 모임을 관장하는 지도자들도 편안하게 넘어가기 어려운 80년대 뉴에이지의 이해할 수 없는 말잔치에 불과할 때도 있는데, 이런 식으로 늘 희망에 차 있는 참석자들이 매번 139.95달러에 별도의 세금을 재정 문제의 오수관으로 쏟아붓게 한다. 그중 절반은 국세청으로부터 세금 공제를 받을 수 있지만, 대개는 애매하게 실망으로 끝난다.

---

3 혈흔 감식을 위해 사용하는 시약.

"이거 잡고 있어요." 콘클링이 더플백 안에서 튼튼한 비닐봉지와 작은 주머니 크기의 세트와 플라스틱 부품을 꺼낸다.

"그게 뭐예요?"

"공기채집 펌프예요. 귀엽게 생겼죠, 네? 충전용 배터리로 작동해요. 여기서 2리터를 담아갈 거예요."

잠시 후 그들은 손님용인지 화물용인지 잘 모르겠는 엘리베이터에서 내려 시끄럽고, 너저분하고, 아무것도 모르는 거리로 걸어나온다. "자…… 거기서 무슨 냄새가 나던가요?"

"그렇게 특이한 건 없었어요. 단…… 뉴욕 경찰이 도착하기 전, 어떤 냄새, 어떤 연한 향수 냄새를 빼고는요. 그게 뭔지 즉석에서 확인할 수는 없지만, 아마 몇년 전의 상업용 향수일지 몰라요……"

"거기에 누가 있었다는 거네요."

그는 잠시 생각하다가 말문을 연다. "실제로 도서관에 가서 확인할 차례예요."

알고 보니 이 말인즉슨 콘클링이 첼시의 거처에 보유하고 있는 그만의 방대한 빈티지 향수 컬렉션을 의미하는 것이다. 거기에서 맥신의 눈에 제일 먼저 들어온 것은 한가운데의 장치 때문에 돌연변이를 일으켰을지도 모르는 어마어마하게 큰 수많은 양치식물 사이의 충전기 위에 올려진 광택 있는 검은색 기계인데, 하나 이상의 음정으로 소리를 내면서 빨간색과 초록색 LED 조명이 여기저기서 환하게 깜빡거리고, 클린트 이스트우드 권총 크기만 한 손잡이와 길쭉한 원뿔 모양의 방출장치가 달려 있다. 정글의 나뭇잎 사이에 숨어 있는 생명체처럼 그 검은색 기계는 그녀를 처다보고 있다.

"이건 네이저," 콘클링이 소개한다. "혹은 후각 레이저라는 거예요." 그의 계속된 설명에 따르면, 냄새는 소리나 빛처럼 주기적인 파형을 갖고 있다고 생각하면 된다. 평상시에 인간의 코는 마치 눈이 일관성 없는 빛의 주파수들을 받아들이는 것처럼 모든 냄새를 뒤죽박죽으로 받아들인다. "이 네이저가 모든 냄새를 구성 '요소'들로 분류하고, 그것들을 각각 단계별로 나눠 배치하고, 이어서 그 각각을 '결합한' 다음, 필요에 따라 증폭해줘요."

물건이 위협적으로 보이기는 하지만, 왠지 약간 서부해안의 느낌이 난다. "이거 무기예요? 어…… 무섭지는 않아요?"

"아무것도 섞이지 않은 장미유 냄새를 맡으면," 콘클링이 예를 들어 설명한다. "뇌가 빨간 젤리가 되는 것과 똑같은 이치예요. 네이저는 함부로 건드리지 않는 게 좋아요. 절대로요."

"그냥 '스턴'⁴에 맞춰놓을 수도 있나요?"

"그것을 사용해야 한다는 건 내가 실수를 저질렀다는 뜻이에요." 그는 특별주문 또는 양산용 플라스크와 분무기로 가득 찬 앞이 유리로 된 캐비닛으로 향한다. "이 향기는요, 바로 알아맞힐 수 있는 게 아니에요. 신선한 비누라고 하기에는 소독제 냄새에 가까워요. 담뱃잎이라고 하기에는 퀴퀴한 담배꽁초 냄새에 가깝고요. 어쩌면 사향 냄새일지도 몰라요. 하지만 쿠로스⁵는 아니에요. 인간이 아닌 것의 소변도 아니고요." 맥신이 듣기에 이 말은 마법사의 주문 같다. 콘클링은 캐비닛 문 하나를 열고 120밀리리터짜리 향수병으로 손을 뻗어, 코에서 약 30센티 앞에 들고는, 펌프는 건드리지도 않은 채 가볍게 향을 들이마신다. "그렇지. 맞아, 이거네. 자 봐요."

---

4 Stun. 「스타트렉」에 나오는 광선총 페이저건의 설정 방법 중 하나로 '충격'이나 '기절'을 뜻하며 관용어처럼 쓰인다.
5 Kouros. 입생로랑의 남자 향수 중 하나.

"'9:30'," 맥신은 라벨을 읽는다. "'남자 향수'. 잠깐, 이거 D.C.에 있는 9:30 클럽이죠?"

"같은 거예요. 하지만 옛날 F 스트리트 주소에 있지는 않아요. 이 향수를 팔던 80년대 말쯤까지는 거기에 있었어요."

"꽤 됐네요. 이게 시내에 남은 마지막 향수겠네요."

"누가 알아요. 이것처럼 잠깐 나왔다가 사라지는 제품도 원래 용기에 수천 갤런을 보관해두었다가, 과거의 물건을 수집하는 향수 수집가들이 찾아낼 때까지 기다리는 경우도 있어요. 이 향수의 경우에는 전향을 거부한 펑크록 가수들이겠죠. 정신 나간 사람들도 빼놓을 수 없고요. 원래의 제조사는 다른 사람한테 팔렸어요. 그러고 나서 9:30은 내 기억이 맞으면 다시 상표등록을 했어요. 그래서 아직 중고시장, 할인점, 광고계, 이베이에 꽤 많이 남아 있어요."

"이게 얼마나 중요한데요?"

"여기서 신경 쓰이는 건 시간 순서예요. 사건과 관련이 없다고 하기에는 화약 냄새와 너무 근접해요. 만약 재버링 제이 모스코위츠를 데려왔다면, 그는 벌써 관계에 대해 알아냈을 테고, 그러면 주차단속원을 포함해 뉴욕 경찰의 모든 사람도 알게 될 거예요. 제이가 최상급 후각법의학 전문가이기는 하지만, 정보를 전문적으로 공유하는 방식이 언제나 분명하지는 않아요."

"그러면…… 이것을 뿌린 남자는……"

"그것을 뿌린 남자와 가깝게 지내는 여자도 배제할 수 없어요. 언젠가는 검색엔진 같은 게 있어서, 뭐든 소량을 안에 넣기만 하면, 머리를 긁적이며 놀라기도 전에 빼도 박도 못하게 사건의 전말이 짠 하고 화면에 뜰 거예요. 그러기 전까지는 향 감별사 커뮤니티가 있으니까, 출처가 불분명한 자료라 하고서 주위에 물어볼게요."

예의 어색한 침묵의 순간이 찾아온다. 콘클링은 아직도 발기한 상태이지만, 마치 하드웨어 설명서를 분실한 사람처럼, 그것을 쓸지 말지 주저한다. 맥신 자신은 두갈래 사이에서 망설인다. 아무도 말해주지 않는 무언가가 계속해서 일어나고 있는 느낌이다. 하지만 그 순간이 지나자, 자기도 모르게 어느새 사무실로 돌아와 있다. 아 그래, 스칼릿 오하라가 영화 마지막에 한 대사처럼……[6]

그녀는 꿈에서 데저렛의 맨 위층, 수조 옆에 홀로 있다. 뒤늦게 생각이 난 불안할 정도로 텅 비어 있는 수영장처럼, 시각적으로 완벽한 물속이 훤히 보이는 지나치게 매끄러운 수면 아래로, 정장에 넥타이를 맨 백인 남자의 시체가 얼굴을 위로 한 채, 마치 내세로부터 잠시 벗어나 기이한 반수면 상태에서 이쪽저쪽 굴러다니기라도 하려는 듯, 바닥에 길게 누워 있다. 그 시체는 레스터 트레이프스인 것도 같고, 아닌 것도 같다. 그녀가 좀더 자세히 보기 위해 수조 가장자리 위로 몸을 숙이자, 그가 눈을 뜨고 그녀를 알아본다. 굳이 수면 위로 일어나 말하지 않더라도, 그녀는 그가 물속에서 하는 말을 들을 수 있다. "아즈라엘." 그가 이렇게 말하더니, 다급하게 한번 더 말한다.

"가가멜의 고양이요?" 맥신이 묻는다. "「스머프」에 나오는?"

아니. 레스터이면서 레스터가 아닌 자의 얼굴은 그것도 모르느냐는 투의 실망한 표정을 짓는다. 그녀가 완벽하게 알고 있듯이, 성경에 입각하지 않은 유대 전통에서 아즈라엘은 죽음의 천사를 가리킨다. 이슬람에서도 그것은…… 이윽고 그녀는 다시 복도에,

---

6 영화 「바람과 함께 사라지다」의 마지막 대사 "내일은 또 내일의 태양이 뜰 테니까"를 두고 한 말.

몬탁에 있는 게이브리얼 아이스의 감시가 삼엄한 비밀 터널에 와 있다. 왜? 양질의 기반시설을 지칠 줄 모르고 추구하는 줄리아니 시장이 납세자들은 별도의 초과근무 수당 지급에 반대하지 않을 것이며, 어떤 메시지이든 오염되고 파편화되어 사라지리라 판단하고서, 근무시간이 시작되기 한참 전에 한개도 아닌 여러개의 착암기를 가동시키는 이유를 묻는 것보다는, 이편이 더 흥미로운 질문일 터이다.

19

한편 샌디에이고의 코믹콘[1]에서 방금 돌아와 머리가 슈퍼히어로, 괴물, 마법사, 좀비 들로 한가득인 하이디는 옛 약혼자 에번 스트루벨의 주소록을 조사 중인 뉴욕 경찰청 형사들의 방문을 받는다. 그는 최근에 연방 내부자거래 제보와 관련된 컴퓨터 부당변경 가중처벌 혐의로 체포된 상태다. 하이디의 머리에 맨 먼저 든 생각은 '아직도 내 이름이 주소록에 있다고?'였다.

"두 사람의 관계는 낭만적이었나요?"

"낭만적이지는 않았어요. 오히려 바로크적이었죠. 여러해 전의 일이에요."

"그가 결혼하기 전이었나요, 아니면 후였나요?"

"관할 경찰서에서 나온 줄 알았는데, 간통수사대가 아니라."

---

1 만화를 중심으로 애니메이션, 영화 등 다양한 엔터테인먼트 상품들이 거래되는 미국 최대의 전시회.

"꽤 민감한 편이군요." 나쁜 경찰이 보기에는 그런 모양이다.

"네, 건드리면 터지기도 해요." 하이디가 맞받아친다. "높으신 분께서 무슨 용건이신지?"

"사건 순서를 파악하려는 중이에요." 좋은 경찰이 달래듯이 말한다. "뭐든 공유할 게 있으면 편하게 말해줘요, 하이디."

"'공유'라고요. 어이, 제럴도,[2] 당신 프로 폐지된 줄 알았는데."

등등. 이런 식으로 경찰과 즉흥적인 대화가 오간다.

그들이 막 떠나려 할 때, 나쁜 경찰이 그녀를 보고 묘하게 웃는다. "오, 하이디……"

"네," 그녀는 애써 기억을 더듬는 척하며 말한다. "노졸리 형사님."

"이 여성영화들은 50년대 건가요? 이것들 중에 본 거 있어요?"

"영화채널에서 가끔씩 해요." 하이디는 눈 하나 깜짝 않고 말하려 하지만 생각처럼 되지 않는다. "분명 그럴 거예요. 알아서 뭐 하려고요?"

"다음 주에 앤젤리카에서 더글러스 써크 영화제가 열려요. 혹시 관심 있으면, 만나서 커피부터 한잔 해요. 아니면—"

"잠깐만요. 혹시 나한테 지금—"

"물론 '결혼'한 게 아니라면요."

"오, 요즘에는 결혼한 여자들도 커피 마실 수 있어요. 혼전계약에도 명시되어 있는데."

"하이디," 이 대목에서 맥신은 늘 그러듯 한숨을 내쉬며 말한다. "무모하고, 무분별한 하이디야. 노졸리 형사라고 했나? 아, 그 사람

---

2 Geraldo Rivera(1943~). 미국의 방송인으로 가십 토크쇼 「제럴도」의 사회자로 유명하다.

도 결혼했고?"

"넌 너무 쓸데없이 냉소적이야!" 하이디가 큰 소리로 말한다. "조지 클루니였어도 문제가 됐을까?"

"참 순진한 질문이네."

"「바람에 쓴 편지」(1956)³를 같이 보러 갔는데," 하이디가 마치 꿈꾸는 듯 기억을 되살리며 말을 잇는다. "도러시 멀론이 스크린에 나올 때마다, 카마인은 발기가 됐어. 그것도 아주 크게."

"영화관의 페니스 얘기라면 그만해. 50년대 스타일은 제발 넣어 둬."

"맥시, 이 가망 없는 웨스트사이드 진보주의자 맥시야. 법을 집행하는 남자들에게만 있는 걸 네가 안다면 다를걸. 내 말 믿어. 경찰을 한번 만나고 나면, 절대 못 멈춰."

"좋아, 그럼 말해봐 하이디. 「미이라」와 「미이라 2」에 나오는 아널드 보슬로한테 완전히 꽂힌 건 어쩌고. 그의 사무실에 연락해서 계속 인터뷰를 잡으려고 했잖아—"

"질투는," 하이디가 말한다. "우리 중 누군가의 인생을 매번 슬프고 공허하게 만들어."

오늘은 맥신이 테이크아웃 메뉴를 살펴보고 있는 동안에 하이디가 머리를 들이밀고 그동안 계속되어온 가방 연속극의 최근 일화를 늘어놓는다. 가방 상표에 민감한 사람들이 그녀의 오래된 코치 가방을 보고 그녀를 다양한 국적의 아시아계로 착각하는 바람에 정체성의 위기를 겪다 간신히 살아난 하이디는 가령 롱샴 같은 계급 이미지를 택해서 그 안에 아무것도 든 게 없는 채로 살

---

3 Written on the Wind. 록 허드슨과 도러시 멀론이 주연을 맡은 더글러스 써크 감독의 할리우드 영화.

지, 아니면 좀더 세분화된 모델을 전전하며 자신의 힙 레벨이 약간 떨어져도 받아들이고 살지, 자신의 기본적인 공주 스타일에서 현재 심각한 기로에 서 있다.

"하지만 그건 이제 다 지나간 일이야. 카마인이 고맙게도 그 모든 걸 해결해줬어."

"카마인…… 그 남자도 심각한…… 가방 페티시스트야, 하이디?"

"아니, 하지만 신경을 써주지. 자, 그 사람이 사준 것 좀 봐." 황금색 하트 모양이 들어간 단풍무늬의 비싸지 않은 토트백이다. "가을과 겨울, 맞지? 자 봐." 하이디가 손을 집어넣어 안에서 밖으로 완전히 뒤집자, 밝은 색깔의 꽃무늬가 들어간 전혀 다른 가방이 된다. "봄과 여름이야! 전환이 가능해! 일거양득이라고, 보여?"

"참 창의적이네. 조울증 가방이라니."

"그리고 물론 살아 있는 역사이기도 해." 가방 한쪽 구석에 당신을 위해 모니카가 특별히 제작함이라는 글자가 보인다.

"처음 보는 거네. 그런데…… 오. 아냐, 하이디, 잠깐만. '모니카'라니. 이거 벤델[4]에서 산 건 아니겠지?"

"맞아, 막 입고된 거야. 포틀리 페퍼포트[5]가 직접 제작했어. 이게 2년 뒤에 이베이에서 얼마에 팔릴지 상상이 돼?"

"모니카 르윈스키 오리지널이네. 힘든 결정이었을 텐데. 그런데 내 말이 지나칠지 모르지만 좋은 취향은 시간을 초월해."

---

4 Henri Bendel. 1895년 뉴욕에서 시작된 여성 가방, 의류, 액세서리 전문 상점.

5 Portly Pepperpot. 빌 클린턴 전 미국 대통령의 비서로 클린턴과의 성관계 사실을 폭로한 모니카 르윈스키의 별명. '풍실한 후추통'이라는 뜻으로, 클린턴이 자신을 그렇게 불렀다고 모니카가 고백하면서 알려졌다.

"그래 누가 맥시를 쫓아가겠어. 사계절 내내 드나들며 봐왔을 텐데."

"오 물론 그건 힌트야, 안 그래? 카마인은 **특정한** 행위를 제안한 거라고. 자, 가만 있자, 그게 뭘까. 아마 네가 그렇게 열심히 하려고 하지 않은 뭔가를……"

그 핸드백은 매우 가볍지만, 하이디는 그것으로 맥신을 작정하고 치려고 있는 힘을 다한다. 둘은 한동안 비명을 지르며 아파트 안을 뛰어다니다가, 저녁식사 휴식을 갖고 테이크아웃 메뉴가 문 밑에 늘 끼워져 있는 닝샤 해피라이프에서 주문하기로 합의를 본다.

하이디는 눈을 찡그리며 메뉴를 들여다본다. "아침 메뉴가 있어? '쓰촨 대장정 뮤즐리'? '마법의 장수 고지베리 셰이크'? 잠깐, 이게 다 뭐야?"

문 앞에 나타난 배달원은 중국계가 아니라 라틴계다. 그러자 하이디는 더 혼란스러워한다. "아파트 주소 확실히 맞아요?[6] 우리는 중국 음식을 기다리고 있는데? 푸도 치네소?[7]"

포장을 벗겨보니 무엇을 시켰는지 절반도 기억이 나지 않는다. "야, 이거 먹어봐." 맥신은 하이디에게 미심쩍어 보이는 에그롤을 건넨다.

"이상해…… 강한 이국적인 맛이야…… 이건…… 고기인가? 무슨 종류인 것 같아?"

메뉴를 보는 척하며 말한다. "'벤지 롤'이라고만 적혀 있었는데? 아주 흥미로운 이름이었어, 그래서—"

"개고기야!" 하이디는 펄쩍 뛰며 싱크대로 뛰어가서 다 토한다.

6 (스) Seguro usted tiene el correcto apartmento?
7 Foodo Chineso? 스페인어를 흉내 낸 엉터리 표현.

"오, 세상에! 거기 사람들은 개고기를 먹어! 이걸 주문하다니, 어떻게 그럴 수가 있어? 그 영화 본 적 없어? 어린 시절에 뭐 했어? 아아아!"

맥신은 어깨를 으쓱한다. "토하는 거 도와줄까, 아니면 알아서 할래?"

'열두가지 맛 술 취한 오징어'는 약간 너무 익힌 상태다. 그들은 참고 앉아서 높이가 서로 다른 용기에서 음식을 꺼내 각자의 접시에 던 다음 서로 얼마나 더 펄쩍 뛸지 보기로 한다. '놀라운 비취보신 요리'는 청 황조의 비취 보석함처럼 만든 플라스틱 용기에 담겨 있다. "놀랍게도," 하이디가 신경질적으로 말한다. "쪼그라든 머리가 안에 있어." 알고 보니 그것은 대부분 브로콜리다. 반면에 '4인방 채식 콤보'는 고급스러우면서 신비스러워 보인다. 닝샤 레스토랑에서 그것을 직접 먹은 사람이라면 안에 든 게 뭔지 참지 못하고 물었다가 오직 눈총만 받았을 것이다. 중국식 포천쿠키에 든 오늘의 운수는 훨씬 더 가관이다.

"'그 남자는 보기와 다르다.'" 하이디가 읽는다.

"딱, 카마인이네. 오, 하이디."

"제발. 포천쿠키에 불과해, 맥시."

맥신은 자신의 쿠키를 깨뜨린다. "'심지어 황소도 마음속에 폭력성을 품고 있다.' 뭐지?"

"딱 호스트네."

"아니. 누구든 그럴 수 있어."

"호스트는 절대…… 너를 막 대하거나 그런 적은 없잖아?"

"호스트? 비둘기 같아. 다만, 딱 한번 내 목을 조르려고 했던 것 빼고……"

"뭘 어쨌다고?"

"응? 그 사람이 너한텐 말 안했구나."

"호스트가 실제로는——"

"이렇게 말할게, 하이디. 그가 두 손으로 내 목을 감싸고는 쥐어짜려고 했어. 그걸 뭐라고 하더라?"

"무슨 일이었는데?"

"아, 경기를 시청하고 있었는데, 그가 기분이 상했어. 브렛 파브[8]인지 누군지가 무언가를 했어. 잘은 모르겠어. 어쨌든 그는 꽉 쥐고 있던 손을 풀고, 냉장고로 가서, 맥주를 꺼내 왔어. 버드 라이트 캔이었던 것 같아. 물론 우리는 계속 말다툼을 했지."

"와우, 아슬아슬했네."

"꼭 그렇지는 않았어. 난 항상 목 조르는 자들의 선량함을 믿고 있거든." 이렇게 말하고 맥신은 자신의 젓가락으로 하이디의 머리를 좌우로 빠르게 번갈아 친다.

연방 범죄 데이터베이스에 접속할 수 있는 카마인 노졸리 형사는 의외로 친절한 사람이어서, 가령 맥신이 탤리스의 광섬유 세일즈맨 남자친구를 급하게 신원조회 할 수 있게 도와준다. 언뜻 보기에 채즈 라데이는 미국 남부 어딘가의 평범한 하류층 출신으로, 현지에서 전과가 얼마나 있었는지 아무도 모르는 멕시코만 연안에서 조용히 담금질을 하며 두각을 드러낸 뒤 출세하기 위해 뉴욕시로 왔다. 팩스를 이용한 텔레마케팅 사기를 포함해 법률 제18조 범죄로 곧 확대되는 수많은 작은 불법행위, 재생 토너 카트리지 허

---

8 Brett Favre(1969~). 그린베이 패커스에서 오랫동안 쿼터백으로 활약한 미식축구 선수.

위 유통 공모, 그리고 주 경계를 넘나들며 법적 허가가 반드시 필요 없는 곳에 슬롯머신을 들여온 이력을 거쳐, 소문에 의하면 서로를 알거나 심지어는 좋아하지도 않는 전과자와 전자동 총기를 소지한 악한 들의 느슨한 연합인 딕시 마피아의 명령에 따라, 중서부 교외의 시골길을 돌아다니며 아무 이유 없이 차를 멈추기를 싫어하는 술주정뱅이들과 온갖 십대 범죄자들에게 빨간 신호등을 파란 신호등으로 바꿔주는 불법 적외선 섬광등을 몰래 팔고 다녔던 자이다.

카마인은 그저 고개를 젓는다. "조폭의 행동은 이해할 수 있어요, 강한 가족애도. 하지만 이 전형적인 남부 백인 남자들은 충격적이죠."

"이 채즈라는 친구는 형을 살았나요?"

"딱 두번 짧게, 시골 교도소에서요. 보안관의 부인이 캐서롤 등등을 해다 줬대요. 하지만 큰 건들은 혐의 없이 걸어나왔어요. 뒤를 봐주는 사람이 있는 것 같아요. 그때나 지금이나."

최악의 고등학교 연극반 지도교사였던 플리블러 선생님이라도 맥신은 공인된 사기 경찰의 수호신으로 한번 더 불러내었을 것이다. "오, 안녕하세요. 여기는 해시슬링어즈인데요? 혹시 라데이 씨인가요?"

"당신들은 이 번호 모를 텐데."

"어어. 저는 법률팀의 헤더라고 해요. 저희 회사 감독관인 아이스 부인과 하셨던 합의들 중에서 한두가지 세부사항을 분명하게 정리했으면 해서요?"

"아이스 부인이라." 정적. 사기 분야에서 얼마간 일하다보면, 전화상의 침묵도 읽을 줄 알게 된다. 침묵은 길이와 깊이, 실내의 분위기와 최전방 공격 여부에 따라 각각 다르게 다가온다. 이번의 침묵은 채즈가 자신이 방금 했던 말을 내뱉지 말았어야 했는데 하고 깨달았다는 것을 맥신에게 말해주고 있다.

"죄송한데요, 그러면 그 정보가 틀렸나요? 아이스 씨하고 합의를 하셨다는 뜻인가요?"

"여봐, 당신은 아는 게 아예 없거나, 아니면 가십거리나 싣는 그 빌어먹을 블로거 중 한 명 같은데, 어떤 쪽이든 간에 내 말 잘 들어. 이 전화기에 추적장치가 있어서, 당신이 누구며 어디에 있는지 다 알아. 우리 쪽 사람들이 당신을 바로 뒤쫓을 거야. 오늘 하루 잘 보내고. 알겠어?" 그가 전화를 끊자 그녀는 다시 전화를 걸지만, 아무도 받지를 않는다.

경찰 TV 프로에서처럼 말하는 그에게 행운이 있기를. 하지만 더 중요한 게 있다. 탤리스는 어떻게 된 걸까? 그녀는 이 일에서 얼마나 결백한 걸까? 만약 그녀도 무언가에 연루되어 있다면, 어느 정도까지인 걸까? 그리고 그게 결백하고 순수한 걸까, 아니면 결백하고 어리석은 걸까?

주위의 있음직한 부패 수준을 감안할 때, 게이브리얼 아이스는 이스트할렘의 작은 잉꼬 둥지에 대해 모든 것을 알고 있을지 모르고, 심지어는 임대료도 내고 있을지 모른다. 그리고 또? 그는 또한 탤리스를 다크리니어 솔루션스로 돈을 은밀하게 보내기 위한 운반책으로 이용하고 있었던 건가? 도대체 왜 그렇게까지 은밀하게 하려는 거지? 질문은 너무 많은데, 답이 없다. 맥신은 거울에 비친 자신을 바라본다. 지금은 입을 벌리고 있지 않지만, 그러는 편이 더 나을지도 모른다. 헨리 영맨⁹에게 진단을 부탁했다면, 특히 더 무시할 것이라고 했을 터이다.

한편 바이어바는 라스베이거스와 데프콘에서 기대만큼 수영장 태닝을 하지 못하고, 사실 맥신이 보기에는, 뭐랄까, 어정쩡하달까, 넋이 나갔달까, 이상하달까 한 상태로 돌아와 있다. 마치 때가 되면 나쁜 짓을 하려고 이곳 지구로 눈에 안 띄게 차를 얻어 타고 들어온 외계 유전자처럼, 거기에 다 묻어두기 어려운 무슨 일이, 어떤 불길한 범람이 베이거스에서 발생한 듯하다.[10]

피오나는 아직 캠프에서 「사운드 오브 뮤직」(1965)을 퀘이크영화처럼 각색하는 작업을 하고 있다. 피오나와 그녀의 팀은 나치당원 역을 맡고 있다.

"애가 많이 보고 싶겠어."

"당연히 보고 싶지." 그녀는 살짝 너무 빠르게 답을 한다.

맥신은 '내가 뭐랬다고?' 하는 뜻으로 눈썹을 삐딱하게 치켜 올린다.

"차라리 여기에 없는 게 더 나아. 지금은 상황이 정신없이 돌아가고 있으니까. 모두들 딥아처를 뒤쫓고 있어. 다들 라스베이거스에서 홀딱 빠져버렸어. NSA, 모사드, 테러리스트 중개자, 마이크로소프트, 애플, 1년 뒤면 없어질 스타트업 회사, 오래된 투자사, 신규 투자사, 뭐든 다 대봐."

맥신은 내내 마음에 있었던 하나를 댄다. "그럼 해시슬링어즈도 있었겠네."

"당연하지. 거기에서 저스틴과 내가 아무것도 모르는 관광객 부

<hr />

9 Henry Youngman(1906~98). 한줄 유머로 유명한 미국의 코미디언.
10 라스베이거스의 모토 '라스베이거스에서 있었던 일은 라스베이거스에 묻어두세요.'(What happens in Vegas stays in Vegas)에 빗댄 말.

부처럼 시저스 호텔을 어슬렁거리는데, 갑자기 게이브리얼 아이스가 로비 자료가 잔뜩 든 서류가방을 든 채 뷔페 테이블 옆에서 도사리고 있는 거야."

"아이스가 데프콘에 있었다고?"

"매년 데프콘 전주에 열리는 일종의 컴퓨터 보안 학회인 블랙해트 브리핑 때문에 와 있었어. 카지노 호텔 전체가 백열전구 하나도 해킹하는 친구들, 기업경찰, 숨은 천재들, 염탐꾼과 사기꾼, 디자이너, 역설계 엔지니어, TV 네트워크 간부, 뭐든 팔 게 있는 사람들로 가득했어."

그들은 트라이베카의 길모퉁이에서 우연히 만난 참이다. "자, 어디 가서 아이스커피나 한잔 해."

바이어바는 시계를 보려다가 멈춘다. "좋지."

그들은 마땅한 곳을 찾다가 고맙게도 에어컨이 가동 중인 데로 들어간다. 점성술에 관한 무언가가 진행 중이다. 물고기처럼 생긴 모든 것의 상징인 물고기자리에 부富의 행성 목성이 보인다. "봐—" 바이어바가 한숨을 내쉬며 말한다. "재물운이 있다고."

아휴. "전에는 없었고?"

"솔직히 말해서, 그 망할 소스코드를 누가 소유하느냐가 그렇게 중요해? 그것이 양심을 갖고 있다면 또 모를까. 딥아처는 그냥 거기에 있는 거야. 누구든 사용자가 될 수 있어. 도의적 물음 같은 게 필요해? 사실은 돈에 관한 것일 뿐이야. 결국 누가 얼마를 버느냐뿐이라고."

"하지만 내 분야에서는," 맥신이 다정하게 말한다. "순진한 사람들이 평소에 비해 어마어마하게 많은 돈을 벌려고 악마적인 세력과 그런 거래를 하는 경우를 자주 봐. 그러다가 결국에는 그것이 그들을 덮치고 그들은 망하게 돼. 때로는 다시 일어서지도 못해."

그러나 바이어바는 벌써 저 멀리 가 있다. 여름의 바깥 거리, 뉴저지 위로 피어오른 뭉게구름, 점점 심해지는 러시아워 가운데, 그녀가 어디에 있든 한참을 가야 무주공산 같은 딥아처를 거닐 수 있다. 공기 중의 발자국, 아무도 귀 기울이지 않는 무료상담처럼 클릭 내역이 뒤로 사라지도록 놔둔 채. 그래서 맥신은 그것이 무엇이든, 거래동의서에 최종적으로 적힌 게 무엇이든 계속 지켜야 하리라고 생각한다.

20

늘 그러듯 노졸리 형사의 친절한 도움으로 맥신은 에릭 제프리 아웃필드의 신분증 사진을 입수하여, 레지에게 받은 에릭이 나타날 가능성이 높은 장소를 추린 목록을 들고 푹푹 찌는 8월 저녁에 퀸스의 '주아 드 비브르'라는 스트립클럽으로 간다. 클럽은 LIE 바로 옆으로 길게 난 측면도로상에 있고, 외설적으로 의인화되어 베레모를 쓴 비버가 몸을 씰룩거리는 스트리퍼에게 눈을 번갈아가며 윙크하는 네온사인이 걸려 있다.

"안녕하세요. 스튜 고츠를 만나보라고 해서요."

"뒤에 있어요."

그녀는 뮤지컬영화에 나오는 분장실을 기대했지만, 막상 보게

---

1 Joie de Beavre. '삶의 기쁨'(joy of living)이라는 영어 표현의 프랑스어 번역 'joie de vivre'에서 'vivre'를 여성의 성기를 뜻하기도 하는 동물 비버로 바꿔서 쓴 중의적 표현.

된 곳은 대충 꾸민 일종의 여자화장실, 임시 칸막이 따위이다. 아니나 다를까, 몇몇 칸의 문짝에는 화려한 스타들의 사진이 테이프로 붙어 있고, 파인트들이 술병, 마리화나 꽁초와 바퀴벌레, 쓰고 버린 클리넥스가 어지럽게 널려 있다. 한눈에 봐도 빈센트 미넬리[2] 세트는 아니다.

스튜 고츠는 한 손에는 담배를, 다른 한 손에는 정체가 모호한 무언가가 담긴 종이컵을 든 채 사무실에 앉아 있다. 담배는 곧 컵 안에 있게 될 운명이다. 그는 길게 오-오를 연발한다. "오디션 보러 왔군요. MILF[3] 밤은 매주 화요일이에요. 그때 다시 와요."

"화요일은 터퍼웨어 파티[4]가 있는 날이어서요."

그가 의미심장하게 곁눈질을 하며 말한다. "알았어요. 지금 바로 도전하기를 원한다면……"

"제가 맡고 있는 조사의 일환이라고 할까요? 이 집의 단골손님 중 한명을 찾으려고 왔어요."

"잠깐, 경찰이에요?"

"정확히는 아니에요, 오히려 회계사에 가깝죠."

"가족적인 분위기라고 해서 내가 단골손님의 이름 하나하나를 다 안다고 생각하면 곤란해요. 이름을 알긴 알죠. 그런데 다 똑같아요. 루저?[5]"

"와. 손님한테 하는 말이 참 근사하네요."

"기분 나쁘게 듣지 마세요. 현실보다는 컴퓨터 화면 앞에서 자

---

2 Vincente Minnelli(1903~86). 극장에서 세트 디자이너로 무대감독으로 일하다 영화감독이 되어 다수의 고전 뮤지컬영화를 연출했다.

3 'Mother I'd Like to Fuck'의 약어. 주로 섹시한 중년 여자를 이르는 비속어이다.

4 플라스틱 음식 용기인 터퍼웨어의 판촉용 이벤트.

5 실패자라는 뜻의 'Loser'를 사람 이름처럼 썼다.

위하는 걸 더 편해하는 해고당한 컴퓨터광들이요? 내가 너무 인정머리가 없다면 미안해요. 어서 가서, 맞는 옷을 직접 찾아봐요. 사이즈가 뭐죠? 2 정도? 걱정 마요. 맞는 게 있을 거예요."

하지만 맥신은 2사이즈가 정말로 2였던 시절 이후로는 2사이즈를 입어본 적이 없다. 현재는 상업적인 목적 때문에 예전의 2사이즈가 16까지 갈 수 있다. 혹은 그 너머까지. 그녀는 예의상으로라도 듣기 좋은 말을 해줘서 고맙다는 표시 없이 어깨를 으쓱하고 벽에 붙은 낡아빠진 옷장 속을 살펴보기 시작한다. 옷장은 누군가의 머릿속에서 나온 화려한 란제리, 수녀·여학생·공주 전사 같은 하위문화 취향의 복장, 그리고 뒤로 갈수록 분명히 더 매혹적인 여러 켤레의 스파이크힐―정확히 디자이너 신발은 아니고 할인점용으로 보이는, 발 전문 치료사들이 페라리를 타고 타이거 우즈에게 개인 골프 레슨을 받는 꿈을 꾸게 하는 종류의 힐로 가득하다.

그녀는 형광청록색 플랫폼힐을 고르고, 거기에 맞춰 스팽글이 달린 가죽 타이츠에 넓적다리까지 오는 스타킹을 택한다. 딱 좋아. 다만……"음, 고츠 씨?"

"드라이클리닝에 소독까지 했어요. 보장해요." 왠지 미덥지가 않아서, 그녀는 자기 스타킹을 신은 채로 그 위에 야한 옷을 걸치고 몇 차례 심호흡을 한 뒤에, 모조 스와로브스키 크리스털로 된 커튼을 헤치고 에어컨이 힘차게 나오는 시끄럽고 어두침침한 주아 드 비브르 안으로 들어간다. 두세명의 여자가 바를 따라 간격을 두고 서서, 음부를 문지르며 반쯤 취한 눈으로 먼 곳을 쳐다보고 있다. 맥신은 마침 비어 있는 봉을 발견하고 거기로 향한다. 공교롭게도 그녀는 14번가 남단의 보디 앤드 폴이라는 헬스클럽에 가끔씩 다닌 덕분에 두어가지 동작을 알고 있다. 어퍼웨스트사이드에서는 하이디를 비

롯한 많은 사람이 보기에 아주 흉하다고 생각하는 것과 달리, 이곳
최첨단 유행 지역에서 폴 댄스는 이미 대중적인 운동으로 자리 잡
았다.

"불쌍한 욕구불만 맥시, 차라리 진동기를 하나 장만하는 게 어
때? 너도 깜빡 속아넘어갈 만큼 성능 좋은 것들이 꽤 나와 있다고
들었는데."

"꽉 막힌 평가쟁이 하이디, 언제 밤에 직접 와서 폴 댄스를 한번
해보는 건 어때? 그러면 어려서 쾌락을 좇던 내면의 너를 되찾게
될 거야."

맥신의 계획은 MILF 밤의 정해진 순서대로 즉석에서 춤을 추면
서 객석에서 에릭의 면허증 사진과 일치하는 얼굴을 찾아내는 것
이다. 레지에 따르면, 컴퓨터광들의 특기인 다양한 에릭-음모론으
로 인해, 그 젊은 컴퓨터 고수는 공식적인 얼굴 사진에서 콧수염을
없앴지만 아직까지 똑같은 머리 색깔을 유지하고 있다.

맥신은 빼놓지 않고 가방에서 물티슈를 꺼내 가정주부답게 꼼
꼼히 봉을 위아래로 닦으면서 차분하게 바를 훑어본다. 남색 형광
조명에 물든 사람들의 피부는 마치 음극방사선 과다 노출로 피부
색이 영원히 변한 사람처럼 창백한 색조를 띠고 있다.

고맙게도, 스튜 고츠 혹은 누군가가 수많은 디스코 음악과 U2, 건
즈 엔 로지즈, 저니의 노래들로 이루어진 MILF 밤 믹스를 튼다. 대
부분은 「댓츠 웬 아이 리치 포 마이 리볼버」[6]를 제외하고는 맥신의
취향에 비해 너무 '모비'스러운, 손님들에게 맞춘 노래들이다.

---

6 That's When I Reach for My Revolver. 보스턴 출신의 펑크록 밴드 미션 오브 버마
의 1981년 노래. '모비'라는 별명으로 더 유명한 미국 뮤지션 리처드 멜빌 홀이
1996년에 리메이크하여 크게 히트했다.

맥신은 큰 가슴을 가져본 적이 없다. 하지만 이곳의 감식가들은 드러낸 가슴이기만 하면 별로 개의치 않는 것 같다. 그들이 유독 쳐다보지 않는 부분은 그녀의 눈이다. 고등학교시절부터 들어온 이 '남성의 시선'은 그 반대편의 여성의 시선과 좀처럼 만나지 못한다.

바닐라 리플과 체리 리플 사이의 다리 걸기, 나선 하강, 물구나무 방아 등등의 폴 댄스 동작을 하는 동안 먼발치의 둥그런 바에서 한 남자가 나중에 보니 밖에서 가져온 편의점용 600밀리리터 컵에 예거마이스터와 바카디151 럼을 따라 형광 빨대로 사정없이 들이마시는 모습이 눈에 들어온다. 술에 취한 기미를 전혀 보이지 않는 것으로 보아 비정상적으로 술에 강하거나 범접할 수 없는 절망에 빠진 듯하다. 그녀는 좀더 자세히 보기 위해 몸을 굽혀 흔든다. 아니나 다를까, 바로 찾고 있던 그자다. 에릭 제프리 아웃필드, 컴퓨터 천재. 수염을 깎은 인중과 새로 기른 가늘고 긴 턱수염만 빼고는 그의 신분증 사진과 생김새가 똑같다. 그는 지구 밖까지는 아니어도 이역만리의 전투지대에 맞춘 듯한 위장복 무늬의 카고바지와 헬베티카 글꼴로 〈P〉진짜 컴퓨터광들은 명령 프롬프트를 사용함〈/P〉이라고 박힌 티셔츠를 입고 있다. 그리고 액세서리로 텔레비전, 스테레오, 에어컨 리모컨과 그 외에 레이저 포인터, 무선호출기, 병따개, 와이어 스트리퍼, 전압계, 확대경 등 너무 작아서 제대로 작동이 되는지 궁금하지 않을 수 없는 온갖 기기가 팔찌 장식처럼 짤랑거리는 배트벨트[7]를 하고 있다.

그때 들을 때마다 베이스 연주에 도저히 저항할 수 없는 자미로

---

7 Batbelt. 해커들이 흔히 갖고 다니는 유틸리티 벨트로 배트맨이 착용한 벨트에서 유래했다.

콰이의 「캔드 히트」가 나온다. 그녀는 포스트디스코의 감흥에 취해 여기에 왜 왔는지 잠시 잊고 봉을 무시한 채 정신없이 춤을 춘다. 음악이 「코즈믹 걸」로 바뀌고 나자, 그녀는 다른 무엇보다도 그녀의 반짝이는 청록색 신발에 넋이 나가 있는 에릭 바로 앞의 바 위에 쭈그리고 앉아, 노래가 끝나고 모두 쉬러 갈 때까지 기다리다가, 바를 미끄러지듯 넘어가 그의 옆자리에 앉는다.

"난 1달러짜리 없어요." 그가 먼저 말을 꺼낸다.

"자기, 나스닥 때문에 우울한 거지. 우리 모두 돈을 잃었어, 엿 같아. 자기한테 부탁할 게 하나 있어서. 내가 여기가 처음이라 그런데 자기는 자주 와본 것 같아. 혹시 이 가게에서 샴페인 라운지⁸가 어디인지 말해줄 수 있어?"

"20달러짜리도 없어요."

"없어도 돼."

"그다음엔 이렇게 말하겠죠, '그런데 잠깐만!'" 그는 마치 개인적인 물음에 대한 답이 십이면체의 한 면에 둥둥 떠올라 나타나기를 기다리는 사람처럼 앞에 있는 독한 술을 잠시 재미있다는 듯 들여다보고는, 천천히 휘청거리며 조심스럽게 일어난다. "화장실에 갈 거예요. 자, 이쪽이요."

그는 맥신을 데리고 뒤편으로 가서 계단을 내려간다. 조명은 점점 더 짙은 빨간색으로 바뀐다. 아래쪽에서 맥신 생각에 70년대에 맥이 끊긴 낭만적인 현악 연주곡이 흘러나온다. 오늘밤엔 더이상 예전처럼 매력적으로 들리지 않는다.

"난 여기 있을게. 하고 싶은 말이 있다면. 요금은 없어. 약속해."

---

8 일종의 VIP 룸.

샴페인 라운지는 매드도그 유틸리티 룸처럼 시설이 아늑하다. 몇개는 소음만 들리고, 다른 몇개는 골동품 같은 저해상 코다크롬 포르노 테이프가 깜빡거리며 나오는 비디오 스크린이 벽에 여기 저기 걸려 있다. 몇몇 여자들이 테이블마다 홀로 앉아 담배를 피우며 쉬고 있다. 다른 여자들은 뒤편에 있는 얼룩진 벨루어 천으로 된 어두운 '프라이버시 부스'에서 손님들 위에 다리를 벌리고 올라타 있다. 얼핏 눈에 익지 않은 라벨이 붙은 술병들이 두어개 선반에 진열된 작은 바가 있다. "처음 오셨군요." 패션인형 같은 얼굴을 한 바텐더가 부루퉁한 입술과는 어울리지 않게 발랄한 목소리로 말한다. "컴퓨터광들의 천국에 오신 것을 환영합니다. 모히또 한잔은 무료이고요, 그다음은 알아서 시키시면 됩니다."

"사실대로 고백하자면," 맥신이 말한다. "난 일반인이에요. 오늘 밤이 MILF 밤인 줄 알았어요. 내가 틀렸나보네요."

"손님 데리고 왔어요?"

"내 이웃의 조카요. 그녀가 나더러 그애를 감시해달라고 부탁해서요. 원래는 착한 아이인데, 인터넷에 너무 빠진 모양이에요."

그때 에릭이 주렴 사이로 머리를 내민다.

"오 안돼요, 이 친구는 안돼요. 어, 수상쩍은 아가씨, 그애는 쫓겨났어요. 뽀르피리오를 이리로 내려오게 해서, 밖으로 나가는 길을 알려드리라 할까요?"

"괜찮아요." 맥신이 웃으며 어깨를 으쓱하고, 슬그머니 출입구로 나가며 말한다. "볼일 다 봤어요."

"멍청한 새끼." 에릭이 작게 중얼거린다. "그쪽 발이 마음에 드는데 어쩌죠?"

"어디 살아? 데려다줄게."

"맨해튼, 시내요."

"가자, 택시를 부를게. 안에 들어가서 바로 옷만 갈아입고 올게."

"바깥에서 기다릴게요."

"풋보이는 뭐예요?" 스튜 고츠는 그녀가 언제 다시 정식으로 일할지 궁금해한다. "좋은 친구를 두었네요."

"오, 일 때문에 만나는 거예요."

"일 얘기가 나온 김에, 이쯤에서 기쁜 마음으로 한달 계약을 제안하고 싶네요. 단, 매우 유감스럽게도 우리 단골손님들 중에 지나치게 많은 편인 다양한 종류의 과학기술 분야 실직자와 심리사회적 부적응자 들에 관해 숙지할 수 있는 예비 프로파일링 세미나에 참석한다고 하면요."

그녀는 지금 당장은 알 수 없지만 언젠가는 쓸모 있을지도 모를 그의 명함을 받아든다.

에릭은 로이사이다의 엘리베이터가 없는 5층 원룸에 산다. 한쪽 구석에는 문 없는 욕실이 겨우 들어차 있고, 다른 구석에는 전자레인지, 커피메이커, 소형 싱크대가 있다. 일상용품이 가득 든 주류판매점 상자들이 아무렇게나 쌓여 있고, 얼마 안되는 바닥 면적의 대부분은 빨지 않은 세탁물, 테이크아웃 중국음식 용기, 피자 상자, 스미노프 아이스 빈 병, 『헤비메탈』『맥심』『애널 틴 님포스 쿼털리』지난 호, 여성 신발 카탈로그, SDK 디스크, 「울펜슈타인」「둠」그밖의 다른 게임들의 컨트롤러와 카트리지로 어질러져 있다. 천장은 군데군데 페인트칠이 벗겨져 있고, 창문 장식은 온통 거리의 때이다. 에릭은 재떨이로 사용하고 있는 운동화 한짝에 담긴 담배꽁초들 중에 좀더 긴 것을 하나 골라 불을 붙이고, 지저분한 커피머신 쪽으로 비틀거리며 가서, 하루 지난 차가운 남은 커피를 CSS는 끝내줘라는 문구가 직사각형 외곽선 바깥까지 나와 있는 머그잔에 따른다. "참. 좀 마실래요?"

그들은 마리화나에 불을 붙인다. 에릭은 바닥에 편하게 앉는다. "이제 슬슬," 그녀가 충분히 단호하게 들리길 바라는 목소리로 말한다. "발을 어떻게 좀 해볼까."

"자, 신발부터 벗죠. 걱정 마요. 바닥이랑 씨름할 필요 없어요. 내 위에 올려놔도 돼요."

"나도 그러려고 했어."

그녀의 두 발이 이렇게 관심을 받아본 것은 정말 오랜만이다. 그녀는 한순간 공포를 느끼며, 이런 짓을 하다니 내가 이상한 건가 생각한다. 에릭은 알 수 없는 미소를 지으며 고개를 들고는 끄덕인다. "맞아요, 그래요."

그녀의 발이 그의 무릎 위에 잠시 놓여 있는 모양새가 되어, 그녀는 그가 한껏 발기된 것을 알아차릴 수밖에 없다. 그것은 바지 밖으로 나와 실제로 그녀의 발 사이에서 앞뒤로 움직이고 있다…… 이런 일이 그녀에게 자주 있었던 것은 아니다. 그래서 그녀는 손의 '핸들'에 상응하는 발의 행위가 무엇이든, 성난 기관을 시험 삼아 이를테면 '푸틀'하기로⁹ 마음먹은 것이다. 평소에도 언제나 그녀의 발가락은 양말, 열쇠, 떨어진 동전을 충분히 집을 수 있고, 그녀의 발바닥은 마리화나 때문인지는 몰라도 설명할 수 없을 만큼 민감해, 반사요법 마사지사들은 특히 그녀의 발뒤꿈치 안쪽

---

9 영어 단어 'hand'의 파생어 'handle'에 상응하는 'foot'의 파생어로 'footle'을 두고 하는 말. 실제로 'footle'은 '허튼짓을 하다' '빈둥거리다'의 뜻으로 쓰이며, 여기서는 '발을 이용해 이상한 짓을 하다' 정도의 중의적인 뜻을 지닌다.

이 자궁과 직접 연결되어 있다고 말했을 정도다…… 그녀는 한쪽 발의 매끈하게 손질한 발가락을 그의 고환 밑으로 밀어넣고, 다른 쪽 발가락의 바닥으로 성기를 쓰다듬기 시작한다. 그런 다음 실험해보고 싶은 순수한 호기심에 잠시 뒤 발을 바꾸고는 어떤 일이 일어나는지 지켜본다.

"에릭, 이건 뭐야? 혹시…… 내 발에 했어?"

"음, 네? 그런데 정확하게 말해 '발에' 한 건 아니에요. 제가 콘돔을 착용하고 있으니까?"

"뭐가 걱정인데? 균?"

"악의는 전혀 없어요. 그냥 콘돔이 좋아서 그래요. 때로는 그냥 착용하고 싶어서 착용하고는 해요, 알죠?"

"알았어……" 맥신은 그의 성기를 흘낏 쳐다본다. 그리고 만지던 것이 밖으로 완전히 나오자 방안을 두리번거리기 시작한다. "에릭, 미안한데, 그거 더러운 피부병 아니야?"

"이거요? 오, 디자이너 콘돔이에요. 트로이 추상표현주의 컬렉션일 거예요. 여기요—" 그는 콘돔을 벗어 그녀에게 흔들어 보인다.

"됐어, 됐다고."

"괜찮았어요?"

왜, 자기. 응? 괜찮았냐고? 그녀는 옆으로 고개를 슬쩍 기울이고 미소를 짓는다. 너무 시트콤 같지 않기를 바라면서.

"자주 이러는 거 아니지?"

"그렇게 자주는 아니에요. 대디 워벅스[10]가 항상 말한 것처럼요……" 이제 그는 데이트 중인 소년의 자상한 표정을 하고 있다.

---

10 Daddy Warbucks. 1924년에 『뉴욕 데일리 뉴스』에 처음 연재된 만화 「고아 소녀 애니」에 나오는 인물.

그러니까 맥신, 제발 얼간이 짓 좀 그만해. "내 말 잘 들어, 에릭. 있는 그대로 다 털어놓을게, 알겠지?" 그녀는 그에게 그동안 레지와 협력했던 일들을 들려준다.

"뭐라고요? 그 스트립클럽에 나를 찾으려고 일부러 왔다고요? 어이 레지, 고마워 친구. 그 사람은 지금 뭐 해요? 나를 감시하는 거예요?"

"진정해. 나를 그저 현실세계의 너라고 생각해. 내 말 알겠지? 너는 딥웹에서 무법자처럼 모험을 해왔어. 우리 둘 중에 누가 더 즐기고 있다고 생각해?"

"그래요." 그는 그녀를 한번 휙 쳐다본다. 그녀가 계속 그를 지켜보고 있지 않았다면 그 모습을 놓쳤을 것이다. "그게 재미있다고 생각하는군요. 언제 한번 데리고 가서 구경시켜줄게요."

"좋아. 데이트 약속한 거야."

"정말요?"

"낭만적이겠는데."

"대부분은 안 그래요. 아주 단순해요. 혼자서 디렉터리에 접속해 찾아야 해요. 왜냐하면 어떤 검색 크롤러로도 안되니까요. 그 안으로 들어가게 해줄 링크가 전혀 존재하지 않아요. 가끔 이상할 때도 있어요. 해시슬링어즈 같은 자들이 숨겨놓고 싶어하는 것들이나, 혹은 링크로트, 파산, 방치 등으로 버려진 사이트들 때문에요……"

그러니까 딥웹은 원래 대부분 쓸모없는 사이트와 끊어진 링크로 이루어진 끝없는 쓰레기장인 셈이다. 영화 「미이라」(1999)에서처럼 훗날 모험가들은 먼 이국적인 왕조의 유적을 뒤지기 위해 이곳을 찾을 것이다. "하지만 겉으로만 그렇게 보일 뿐이에요." 에릭이 말을 이어간다. "그 뒤에는 눈에 전혀 보이지 않는 복잡한 제약

들이 심어져 있어서, 어떤 곳으로 들어가게 하고, 다른 어떤 곳에
는 들어가지 못하게 해요. 이 감추어진 행동 코드를 배워서 그것에
따라야 해요. 잘 구축된 쓰레기 더미죠."

"에릭…… 내가 안에 들어가서 캐내고 싶어할 만한 무언가가 있
는 거지……"

"에이. 성性심리학적인 이력 때문에 나를 좋아한 줄 알았는데. 진
즉에 알아차렸어야 했는데. 내 인생이 그렇지 뭐."

"쉬, 아니야. 전혀 그렇지 않아. 내가 생각하는 사이트는 거기에
아예 없을지 몰라. 오래된 냉전 사이트 중 하나인데, 비주류 판타
지, 시간여행, UFO, 마인드 컨트롤 같은 것들이야."

"아직까지는 굉장하게 들려요."

"암호로 철저하게 차단되어 있을 거야. 내가 만약 그 안에 들어
가려면, 최정상급의 암호 해제 고수가 필요해."

"그래요, 그게 날 거예요. 그런데……"

"이봐, 내가 고용할게. 난 합법적이야. 레지가 보증해줄 거야."

"당연히 그러겠죠. 우리 만남을 주선한 게 그 사람이니까. 나한
테 중개수수료를 요구할 만해요." 그는 그녀의 한쪽 신발을 기대에
부푼 표정으로 들고 있다.

"그럴 계획은 아니었나보네."

"아니요. 하지만 이해해요. 돌아가야 한다면, 내가 이것을 다시
신겨줄게요……"

"내 말은, 이 신발이 조금 너무 평범한 것 같아서. 그렇게 생각하
지 않아? 너는 뭐랄까 마놀로 블라닉[11] 과처럼 보여."

11 스페인 태생의 구두 디자이너가 자신의 이름을 따 만든 브랜드. 정장이나 드레
스 차림에 어울리는 화려한 스타일이 많다.

"사실은, 크리스티앙 루부탱이라는 남자가 있는데요? 이 5인치 스틸레토힐을 만들거든요? 끝내줘요."

"여기서는 짝퉁밖에 못 본 것 같은데."

"이봐요, 짝퉁은요, 전혀 문제 되지 않아요."

"다음번에는, 어쩌면……"

"약속해요?"

"아니?"

집에 도착하니 쉴 새 없이 전화벨이 울린다. 자동응답기에 이미 수많은 메시지가 와 있다. 모두 하이디가 남긴 것이다.

내가 어디에 있었는지 도대체 알아서 뭐 하려고?

"인맥 쌓는 중이었어. 중요한 일이야, 하이디?"

"오. 그냥 궁금해서…… 새 남자친구는 누군데?"

"그……"

"며칠 전에 중국-도미니까 식당에서 너를 본 사람이 있대. 아주 대단했다던데. 서로만 바라보고."

"그러면," 혹시라도 불쑥 내뱉지 않으려고 조심해서 말한다. "FBI거나 그랬나보지. 하이디, 일이었어…… 여행 및 엔터테인먼트.[12]"

"맥신, 넌 뭐든 여행 및 엔터테인먼트 항목에 넣잖아. 입 냄새 제거 민트, 뉴스 가판대용 우산. 카마인과 내가 도저히 이해하지 못하겠는 건 네가 왜 계속해서 우리한테 NCIC[13] 데이터베이스에 들어가게 해달라고 그렇게 도움을 청하느냐는 거야. 엘리엇 네스[14]인

---

12 사업에서 업무상 출장이나 고객 접대 혹은 그 비용을 이르는 표현.

13 National Crime Information Center(전미범죄정보센터)의 약자.

14 Eliot Ness(1903~57). 알 카포네를 체포하고 시카고에 금주법을 관철시킨 미국

지 누구인지를 이미 만나고 있다면 말이야."

"그 말을 들으니 생각나는 게 있어……"

"뭔데, 또? 카마인이, 그렇다고 그가 생색을 내려는 건 아니야, 절대 그렇지 않아, 자기가 부탁을 들어준 답례로 너에게 작은 부탁을 해도 괜찮을지 궁금해해."

"뭔데……"

"그게, 가령 데저렛에서 발견된 시신과 네가 요즘 데이트 중인 마피아 단원과 관련된 것?"

"누구? 로키 슬래지엇? 그 사람도 지금 의심받고 있는 거야? 데이트라니 그건 무슨 소리야?"

"물론 우리 생각에 너하고 슬래지엇 씨는……" 이제 하이디의 목소리에는 온통 특유의 능글맞은 웃음기가 배어 있다.

맥신은 손 닿는 거리에 있는 자신의 베레타 권총이 모스라[15]처럼 평화의 목적에 헌신하는 화려한 캘리포니아 나비로 변형되는 손의 상상 훈련에 잠시 빠진다. "슬래지엇 씨는 횡령 사건으로 나를 도와주고 있어서, 지금은 상호신뢰가 가장 중요해. 그를 당국에 밀고하는 것도 포함되어 있는지는 잘 모르겠네. 어때, 하이디?"

"카마인이 알고 싶어하는 건 단지," 하이디가 물러서지 않고 꿋꿋하게 말한다. "슬래지엇 씨가 그의 전 고객에게 죽은 레스터 트레이프스에 대해 이야기했냐는 거야."

"벤처투자에 관한 얘기? 미안, 우리는 그런 얘기 거의 안해."

"그러면 즐거운 여운이 깨지니까. 충분히 이해해. 하지만 D.C.

의 주류단속반 수사관.

15 1961년 일본 판타지영화 「모스라」에 처음 등장한 괴수 나방. 1990년대에는 영화 「고질라」 시리즈에서 고질라 다음으로 자주 등장하여 큰 인기를 얻었다.

관료와 은밀히 시간을 내어 만나는 자리에서―"

"어쩌면 그 작자보다는 그가 더 재미있을걸."

"'재미있다'. 아." 하이디는 그녀만의 짜증 섞인 스타카토로 아하고 내뱉는다. "그래, 히틀러는 훌륭한 댄서였어. 유머감각도 뛰어났고. 이건 말도 안돼. 우리 라이프타임 채널에서 똑같은 영화를 봤잖아. 그런 자들은 항상 나중에 가서 반사회적 인격장애가 있는 쥐새끼로 판명되는 것들이야. 접수 담당자와 섹스하고, 아이들의 점심값을 쓱싹하고, 아침식사에 살충제를 넣어서 순진한 신부를 천천히 독살하는 것들이라고."

"그건 마치…… " 순진한 척 말한다. "시리얼 킬러[16] 같은데?"

"내가 전에 경찰이랑 사귀는 것에 대해 광고해서 이러는 거야? 너는 그걸 믿었어?"

"그는 경찰이 아니야. 우리는 신혼부부가 아니야. 기억하고 있지? 하이디, 제발 정신 차려."

---

16 cereal killer. 아침식사용 시리얼을 감쪽같이 먹어치우는 자를 뜻하며, 동음이의어인 연쇄살인범(serial killer)에 빗대서 약을 올리려고 하는 말이다.

21

소호-차이나타운-트라이베카가 만나는 거대 쇼핑지역에서 하루 종일 헤매고 난 뒤, 맥신과 하이디는 어느 저녁 이스트빌리지에서 드리스콜이 프링글 칩 이퀘이션[1]이라는 너드코어 밴드[2]와 함께 노래하기로 되어 있는 술집을 찾아다닌다. 그때 거리상 강렬하기보다는 높낮이에 따라 순도가 이상하게 다른 냄새가 훅 풍기더니, 그들이 땅거미 지는 후덥지근한 거리를 걷는 동안 그들을 따라붙기 시작한다. 곧 거리 한가운데에서 시민들이 겁에 질려 비명을 지르고 코와 더러는 머리를 꽉 움켜쥔 채 황급히 달리기 시작한다. "영화 같아." 하이디가 말한다. "무슨 냄새지?"

1 Pringle Chip Equation. 유명한 감자칩 프링글스의 포물면처럼 생긴 과자 모양에서 따온 허구적인 그룹명.
2 nerdcore. 새로운 힙합 장르. 하드코어에 빗대어, 한가지에만 몰두하는 괴짜를 뜻하는 'nerd'와 'core'를 합친 말.

나중에 보니 콘클링 스피드웰이 그의 네이저 장비를 챙기는 중이다. LED가 점점이 박힌 원뿔형 방출장치가 격렬하게 깜빡거리는 것으로 보아 방금 전에 사용한 모양이다. 그의 옆에는 디자이너 브랜드 군복 차림의 소규모 기업보안 파견대가 함께 와 있다. 그들의 군복 어깨에는 샤넬 No. 5 향수병처럼 생긴 패치가 붙어 있는데, 병마개에는 가로로 향기 부대가, 그리고 라벨 위에는 거울에 비친 모양의 C 로고 양옆으로 글록 권총이 새겨져 있다.

　　"함정수사예요." 콘클링이 설명한다. "라트비아산 모조품을 한 트럭 구매하기로 되어 있었는데, 악취가 지독했어요." 그는 반쯤 정신을 잃은 채 출입구에 허탈하게 쓰러져 있는 세명의 파르다우가바 조직폭력배를 고개로 가리킨다. "괜찮을 거예요. 알데히드 쇼크 때문이에요. 주 로브를 이용해서 전쟁 전의 니트로 사향과 순수 재스민 향을 극대화했어요, 알겠죠?"

　　"누구든 똑같이 할 수 있겠네요." 화학에 대해서? 잠깐, 하이디와 콘클링에게 지금 무슨 일이 일어나고 있는 거지?

　　"저어…… 혹시 뿌아종[3]을 뿌리셨나요?" 콘클링의 코가 희미한 불빛 속에서 천천히 꿈틀거리며 달아오른다.

　　"어떻게 아셨대요?" 하이디가 속눈썹 등등으로 아양을 부린다. 오랫동안 하이디와의 사이에서 부글부글 끓고 있는 뿌아종 향수 문제만으로도 이미 충분히 짜증이 나던 맥신이다. 특히 향수를 뿌린 채 엘리베이터에 타는 하이디의 습관은 맥신을 더욱 짜증나게 했다. 심지어 몇년이 지나도 도시 곳곳의 엘리베이터들이 하이디가 아주 잠깐이라도 다녀간 흔적에서 벗어나지 못해서, 그중

---

3 Poison. 프랑스어로 '독'이란 뜻의 디올 향수.

몇몇은 엘리베이터 복구 특수 클리닉에 해독을 요청해야만 할 정도다. "이건 손님 잘못이 아니니까 자책하지 마세요. 손님도 피해자⋯⋯"

"그녀가 못 타게 문을 닫고 바로 옥상으로 갔어야 했는데⋯⋯"

그사이에 관할 경찰과 폭탄제거반, 두대의 구급차, 그리고 경찰특공대가 도착한다.

"이런, 그 꼬맹이는 아니겠지."

"모스코위츠, 무슨 일로 오셨어요?"

"애들 데리고 수다 떨며 크리스피 크림으로 가다가, 스캐너에 우연히 이게 떠서─세상에, 불이 깜빡거리는 저게 그 악명 높은 네이저지, 응?"

"오⋯⋯ 뭐, 이거요? 아니, 아니, 그냥 아이들 장난감이에요, 들어보세요." 유인용 버튼을 눌러 사운드 칩을 작동시키자 「베이비 벨루가」가 나오기 시작한다.

"귀엽네. 그런데 자네 눈에는 내가 무슨 바보로 보여, 콘클링?"

"아마, 배운 게 많은 바보겠죠. 그런데 잠깐만요, 제이, 저쪽 승합차에 샤넬 No. 5가 한가득 실려 있는데, 누가 감시하지 않으면 이러다가 소품실로 사라질지도 몰라요."

"이런, 그건 내 아내가 가장 좋아하는 향수인데."

"음, 그렇다면."

"콘클링," 맥신도 여기에 남아서 함께 수다를 떨고 싶지만 참는다. "혹시 이 근처에 보드까스크립트라는 술집 알아요? 그곳을 찾고 있던 중이에요."

"지나쳐 왔어요. 오던 길로 딱 두 블록 전에 있어요."

"우리랑 함께 가도 돼요." 하이디가 지나치게 열성적으로 기를 쓴다.

"우리가 여기에 얼마나 있을지 잘 몰라서……"

"아, 어서요." 하이디가 말한다. 오늘밤 그녀는 청바지에, 콘클링이 그것 때문인지, 아니면 그것에도 불구하고인지 넋이 나가 있는, 어울리지 않는 진한 오렌지색 카디건 세트를 입고 있다.

"여러분, 서류 작업은 57번가에서 다시 모여 마치는 걸로 합시다. 알겠죠?" 콘클링이 말한다.

맥신이 보기에도 신속한 조처이다.

보드까스크립트에 들어서니 실내는 보헤미안 라이프스타일을 추구하는 부잣집 자식, 사이버고스족, 실직 중인 프로그래머, 덜 지루한 삶을 좇는 주택지구 거주자 들로 가득하다. 모두 에어컨은 없고 앰프는 너무 많은, 과거의 작은 동네 술집에 다닥다닥 붙어서 프링글 칩 이퀘이션의 연주를 듣고 있다. 밴드는 하나같이 너드 안경테를 끼고, 실내의 모든 사람처럼 땀을 흘리고 있다. 리드기타 주자는 에피폰의 레스 폴 커스텀 기타를 연주하고, 키보드 주자는 코르그 DW-8000을 연주한다. 이외에도 여러 종류의 호른을 갖춘 관악기 주자와 다양한 열대 악기를 갖춘 타악기 주자가 있다. 오늘밤의 특별 게스트 초청 시간에 드리스콜 패짓의 목소리가 간간이 들린다. 맥신은 드리스콜의 세 글자 약어 사전에 'LBD'[4]가 들어 있을 줄은 꿈에도 몰랐지만, 지금 완전히 새로운 그녀의 모습을 본다. 핀으로 고정한 올림머리, 맥신이 보기에도 놀랄 만큼 사랑스러운 청소년 모델 같은 육각형 얼굴, 화장을 덜 한 눈과 입술, 인생에 대한 진지한 각오를 나타내는 듯한 단호한 턱을 말이다. 무릇 얼굴

4 Little Black Dress의 약자.

은 알아서 진가를 발휘하는 법이라고 맥신은 생각하지 않을 수 없
다……

　　더 앨리를 기억해,
　　매일 파티였지, 그리고
　　우리는 도시에 새로 온 애송이였어……
　　폭주 드라이브에 취한 컴퓨터광들,
　　모두 난폭하고 눈은 붉었어,
　　너무 높아 내려올 수가 없었어……

　　더블클릭의 남쪽
　　환영 간판, 찾기 어려워
　　집 안의 식상한 일상,
　　기술자들은 거기 그냥 편안히 있다가
　　백만장자가 돼
　　마우스 움직임 몇번에……

　　그건 현실이었나?
　　　　　　그건
　　다른 무엇이었나?
　　점심시간에 꾼 꿈 말고,
　　비행 중에 한 기도 말고,
　　느낄 수 있었어……
　　모니터 가장자리 밖, 무언가
　　시시하고 궁상맞은, 우리를 스쳐지나가던……

그 잘나가던 시절과

못 나가던 인생과 좋은 소식과

나쁜 일이 모두 사라진 뒤에도,

이 거리는 여전히 북적거려

분투와 갈망으로

바로 예전에

그랬던 것처럼⋯⋯

난 지금 새로운 곳에 있어,

방값은 비싸고, 데이트 상대는 날 속이고,

도시는 그때만큼 포근하지 않아,

나에게 전화해, 계속 해봐,

어쩌면 날 찾게 될 거야⋯⋯

어쩌면 날 찾게 될 거야,

또다시⋯⋯

노래가 끝나자 드리스콜은 손을 흔들며 다가온다.

"드리스콜, 하이디, 그리고 이쪽은 콘클링이야."

"오, 알아요, 히틀러에 꽂혀 있던 남자잖아요." 맥신을 힐끗 쳐다본다. "어, 그 일은 어떻게 돼가요?"

"히틀러." 마치 그녀와 콘클링이 함께 좋아한 팝스타의 이름을 들은 것처럼 하이디의 속눈썹이 격렬하게 떨리더니 마스카라 가루가 우수수 떨어진다.

젠장 또 시작이군, 맥신은 아주 작게 말한다. 그녀는 콘클링이 히틀러 전반에 대해서라기보다는 정확하게 히틀러의 냄새가 어떠했는지에 초점을 맞춘 물음에 오랫동안 집착해왔다는 사실을 최근에 직접 알게 되었다. "내 말은 분명히 채식주의자에 비흡연자 같았겠죠, 그런데…… 가령, 히틀러의 향수는 뭐였을까 하는 거죠."

"4711이라고 나는 늘 생각했는데." 하이디가 다른 일반인들보다 약간 빠르게 박자를 타며 말한다.

콘클링은 바로 최면에 걸린 듯 맞장구친다. 옛날 디즈니 만화에서 보던 그런 사람처럼. "나도 그렇게 생각해요! 어디에서—"

"그냥 대충 추측한 거예요. JFK도 같은 걸 썼어요, 맞죠? 그리고 두 남자 모두, 필요한 부분만 약간 다른 쌍둥이처럼, 똑같은 종류의, 있잖아요, 카리스마를 지녔어요."

"맞아요. 그리고 어린 잭[5]이 아버지가 쓰던 향수를 썼다면—부자간 이전 모델은 문헌에 자주 나와요—아버지 케네디는 히틀러를 찬양해서 그의 냄새까지 그대로 닮고 싶어할 정도였고, 게다가 히틀러는 되니츠 제독[6] 함대의 모든 U보트에 4711을 항상 뿌리게 했고, 출항할 때마다 그것을 가득 싣고 나갔으며, 나아가 되니츠는 사적으로 히틀러에 의해 그의 후계자로 지명되었다고—"

"콘클링," 맥신은 이번이 처음은 아닌 듯 부드럽게 말한다. "그래서 히틀러가 열렬한 U보트 애호가가 된 건 아니에요. 그때쯤에는 그가 믿을 사람이 아무도 없었어요. 어쨌든 그렇게 생각하는 근거가 뭐예요?"

맨 처음에는 콘클링이 단지 가설을 소리 높여 늘어놓는 것이라

---

5 미국 전 대통령 John F. Kennedy는 흔히 Jack Kennedy로도 불린다.
6 Karl Dönitz(1891~1980). 히틀러의 후기 내각을 조직하고 무조건 항복을 지휘한 독일의 해군 장교.

생각하고, 맥신은 한동안 그가 말하도록 그냥 내버려두었다. 그러나 곧 그녀는 왠지 불안해지기 시작했고, 겉으로 보이는 순수한 호기심 뒤로 광신자의 집요한 시선을 보았다. 어느 시점에 그는 맥신한데 되니츠가 라벨이 선명하게 보이는 거대한 4711 향수병을 히틀러에게 건네는 "역사적인 보도사진"을 보여주었다. "와우," 콘클링을 자극하지 않으려고 애쓰면서 맥신이 말했다. "간접광고네요, 네? 이거 복사해도 돼요?" 단지 직감으로 한 말이었지만, 드리스콜에게 보여주고 싶어서였다.

사진을 보는 순간 드리스콜이 눈동자를 굴렸다. "포토샵한 거네. 봐요." 드리스콜은 그녀의 컴퓨터를 켜고 웹사이트들 이곳저곳을 클릭한 뒤 검색어 두어개를 입력하더니, 마침내 되니츠와 히틀러의 1942년 7월 사진을 한장 띄웠다. 사진은 두 남자가 악수를 하고 있는 것을 빼고는 콘클링의 것과 일치했다. "되니츠의 팔 각도를 아래로 2도 내리고, 병 이미지를 찾아서 원하는 크기로 변경한 다음, 그것을 그의 손에 쥐여주고, 히틀러의 손은 원래의 자리에 놔둬요. 그러면 그가 병을 향해 손을 뻗고 있는 것처럼 보여요. 알겠죠?"

"콘클링에게 이런 걸 얘기해주는 게 의미가 있을까요?"

"그건 그가 어디서 그 사진을 구했고 얼마나 돈을 썼는지에 달렸어요."

맥신이 거리낌 없이 묻자 콘클링은 당황한 표정을 보였다. "중고품 시장…… 뉴저지…… 거기에 가면 나치 수집품이 항상 있잖아요…… 들어봐요, 해명할 수 있어요. 여전히 그게 진짜 나치 선전 사진일 수 있다고요, 네? 포스터나 다른 용도로 그들이 직접 바꿨을 수 있어요."

"그렇더라도 전문가의 감정을 받아보는 게 좋겠어요. 오, 콘클링, 다른 번호로 전화가 계속 와서 받아야 할 것 같아요."

그 이후로 맥신은 그와 일에 관해서만 대화하려고 노력했다. 콘클링은 히틀러에 관한 언급으로 만회해보려고 하지만, 맥신을 오히려 불안하게 할 뿐이다. 그녀가 오래전 사기 대학 뉴욕 캠퍼스에서 배웠던 것처럼, 최고의 코 콘클링 같은 야생의 재주꾼들은 가끔 미치광이일 수도 있다.

하이디의 생각에는 당연히 그가 매력적이다. 콘클링이 자리를 비우고 화장실에 가자, 그녀는 머리가 서로 닿을 정도로 몸을 구부리고 작게 속삭인다. "그래서 맥신, 지금 문제 되는 거 있어?"

"네가," 맥신은 충직한 들러리로 돌아와서 말한다. "에벌리 브러더스의 「버드 도그」를 말하는 거라면, 콘클링은 지금 그 누구의 새도 아니야.[7] 게다가 너는 오직 남의 남편들을 가로채고 있어, 그렇지 않아, 하이디?"

"아하! 너는 절대—"

"그러면 카마인은 뭐야? 그 열정적이고, 두말할 필요 없이 질투심 많은 이딸리아 남자 말이야. 네이저 대 글록의 결정적 대결을 위한 비법이지, 안 그래?"

"카마인과 나는 미친 듯이 행복해. 난 오직 네 생각만 해. 나의 가장 친한 친구, 맥신, 너를 방해하고 싶지 않다고……"

그 순간 콘클링이 화장실에서 돌아오고, 두 사람의 당 수치는 덜 위험한 수준으로 떨어진다.

---

7 미국의 컨트리 록 듀오 에벌리 브러더스가 부른 「버드 도그」(Bird Dog)는 친구의 여자친구를 뺏으려고 하는 남자에 관한 노래로 콘클링을 가사에서 연인을 의미하는 새에 빗댔다.

"환상적인 화장실이네요. 웰컴 투 더 존슨스[8]처럼 복잡하진 않지만, 오래되고 새로운 이야기들이 많아요."

세무서에서 일하는 액셀이 전화로 알려온 빕 에퍼듀의 최근 소식에 따르면, 그는 보석 중에 도망쳐서 사법권을 피해 있는 모양이다. "그의 어린 친구들도 사라졌어. 다른 방향으로 도망쳤을 수도 있고, 아직 다 함께 모여 있을 수도 있고."

"내가 괜찮은 채무자 수색원이라도 소개해줄까?"

"뭘 뒤쫓겠다고? 더이상 우리 문제도 아닌데. 머핀스 앤드 유니콘스는 법정관리 중이고, 빕의 계좌는 모두 동결됐고, 납세채무는 협상 중이고, 부인은 이혼 소송을 신청한 상태에 곧 부동산중개사 자격증을 딸 예정이래. 어느 모로 보나 행복한 결말이야. 내가 눈물을 훔치더라도 양해해줘."

맥신은 엉클 디지 사건을 일종의 짜증 조절 지침서로 여기고 디지의 영수증과 장부의 복사본을 한두시간 동안 들여다보다 잠시 휴식을 취하는 중에 『프로드』 지난 호들을 뒤적거리는 콘클링을 발견한다. "왜 아무 말도 안했어요?"

"아주 바빠 보여서요. 방해하고 싶지 않았어요. 그 9:30 제품에 관해 새로운 정보를 알아냈어요──내 동료에게 물어보니, 옛날 IF&F[9] 시절로 거슬러 올라간대요. 그녀는 냄새예언가예요. 앞으로 일어날 일들을 냄새로 알 수 있어요. 가끔은 냄새가 방아쇠 역

---

8 Welcome to the Johnsons. 뉴욕 맨해튼의 로어이스트사이드에 위치한 저가의 대중주점.

9 International Flavors and Fragrances의 약자. 맛과 향기 관련 제품을 생산하는 주요 제조사.

할을 해요. 이번 경우는 기폭제에 좀더 가까워요. 내가 그녀에게 보여준 공기 샘플을 한번 맡더니 정신이 나가버렸어요." 이미 몇주 동안 그 여자는 잔뜩 겁을 먹고 숨을 헐떡이며 온 사방을 헤매고, 아무 이유 없이 잠에서 깨어 미래의 흔적인 역향의 탐문을 조용하면서도 집요하게 받아왔다. "그녀의 말로는 이전까지 살아 있는 사람은 아무도 맡아본 적 없는 냄새래요. 독성이 있고, 톡 쏘고, 인돌과 소다 냄새가 나는 게, 마치 '바늘을 코로 들이마시는 것 같다'고 해요. 특허 분자, 합성물, 혼합물, 이 모든 게 산화가 되어 커다란 재앙을 일으킬 수 있대요."

"그 말인즉슨, 화재 같은 거요?"

"아마도요. 그녀는 대형 화재를 포함해 화재와 관련된 풍부한 기록을 가지고 있어요."

"그래서요?"

"그녀는 도시를 떠날 거예요. 그녀가 아는 모든 사람에게 그렇게 하라고 말하고 있어요. 9:30 향수가 D.C.와 관련이 있기 때문에, D.C. 근처로도 가지 않을 거예요."

"당신은요? 남아 있을 거예요?"

그가 잘못 알아듣고 대답한다. "이번 주말이요? 그럴 생각이 없었는데, 누구를 만나고 나서 생각이 바뀌었어요."

"'누구'라."

"지난번 밤에 만난 당신 친구요. 뿌아종을 뿌리고 다니는."

부끄럼쟁이 난쟁이가 여기에 있었네. "하이디. 음, 여자를 고르는 안목이 대단하네요. 축하해요."

"이 일 때문에 두 사람 사이가 나빠지지 않았으면 좋겠어요."

그녀가 지난 수년간 연습해온 두 박자 늦게 깜짝 놀라는 척하기

346

를 좀더 표가 안 나게 한 박자 반으로 줄인다. "뭐라고요? 누가 당신과 데이트할지를 놓고 알렉시스와 크리스틀이 풀장 옆에서 하듯이[10] 우리가 서로 아옹다옹하기라도 할 거라는 거예요, 콘클링? 말해줄 게 있어요. 난 좀더 고상한 일을 할 거예요. 남편에게 다시 가서 나랑 할 생각이 있는지 물어볼 거라고요."

"왠지…… 화가 난 것 같은데요. 미안해요."

"언제든 돌아올 호스트에게 참다 못해 화가 나지, 당신은 아니에요."

"당신에게는 남편이 늘 있었어요. 난 그걸 바로 알아차렸죠. 음, 실제로 냄새로도 맡았어요. 그래서 그때부터 계속 우리의 관계를 엄격하게 일로서만 유지하려고 했어요. 당신이 모르고 있을 경우에 대비해서요."

"오, 콘클링. 그동안 너무 불편하지 않았기를 바라요."

"불편했어요. 그런데 내가 진짜로 무엇을 물으려고 왔냐면, 오늘 그녀를 봤어요?"

"하이디요? 하이디는……" 맥신은 여기서 잠시 말을 멈추지 않으면 안된다. 지금 그녀가 윤리적으로 해야 할 일은 하이디가 지닌 성격의 소소한 단점을, 음, 경고하는 게 아니라 한두개 정도 슬쩍 흘리는 것일지 모른다. 하지만 이 가엾은 덜렁이 콘클링은 지금 그녀에 대해서 말하고 싶어 죽을 지경이다. 오, 그녀의 별자리는 무엇인지, 그녀가 제일 좋아하는 밴드는 무엇인지 등등……

제발. "원하는 게 뭐죠, 나의 축복? 내가 랍비인 줄 알아요? 회계 감사 의견이라도 써줄까요? 그거라면 할 수 있는데."

---

10 미국의 1980년대 TV 드라마 「다이너스티」에서 두 여주인공이 다투는 장면을 두고 하는 말.

미리 준비했지만 생각에 잠긴 듯 말한다. "그 일에 관한 한 당신과 나는 꽤 잘 맞았다고 생각해요."

"맞아요, 우리가 커플이 될 수도 있었죠." 맥신은 반추하는 척한다.

"하이디와 있으면 생각이란 걸 못해요. 오직 네이저뿐이에요, 안 그래요?"

"당신 자신으로서 인정받고 싶군요."

"일단 네이저를 꺼내면, 사람들은 바로 결론을 내려버려요. 어떤 여자들은 군대와 관련된 거라면 아무리 동떨어진 거라도 사족을 못 써요. 난 전혀 실전형이 아니에요. 마음속에서 난 늘 책상 뒤에 있어요. 그렇다고—"

"뭔데요?"

"아니에요."

그가 막 윈더스트를 언급하려고 했을 가능성은 정신이 나가지 않고서야 거의 없다. 정신이 나갔다, 그래? 그럼, 누가 또 있는데?

22

새벽 3시에 전화벨이 울린다. 꿈에서 들은 건 그녀를 뒤쫓는 경찰들의 사이렌 소리인 듯하다. "당신들은 모든 증거를 갖고 있지 않아." 그녀가 중얼거린다. 수화기를 손으로 더듬어 찾는다.

상대편에서 나는 소리를 들어보니 전화기가 익숙하지 않은 것 같다. "와우, 이 물건 이상하네. 이봐, 지금 뭐 해. 이런, 시간이 얼마 안 남았어……" 에릭인 것 같다. 전날 새벽 3시부터 깨어 있다가 아데랄[1]을 한줌 더 갈아서 코로 막 흡입하려는 모양이다.

"맥신! 최근에 레지와 연락했어요?"

"음, 뭐라고?"

"이메일, 전화, 집 초인종 모두 다 계속 응답이 없어요. 사무실이나 휴대폰으로도 연락이 안돼요. 모든 곳을 샅샅이 찾아봤는데, 갑

---

[1] 해외에서 주의력 결핍 및 과잉행동 장애 증세에 처방하는 치료용 각성제.

자기 레지가 사라졌다고요."

"마지막으로 연락한 게 언제였는데?"

"지난주요. 걱정해야 할 시점일까요?"

"시애틀로 급하게 떠났을 수 있어."

에릭은 다스 베이더[2] 주제곡 몇 마디를 흥얼거린다. "무슨 다른 일은 없겠죠?"

"해시슬링어즈? 이미 잘렸어. 너도 알고 있잖아."

"그래요, 그 덕에 나도 잘렸으니까요. 레지는 훌륭한 사람이에요. 나한테 퇴직금까지 보냈어요. 그런데 그거 알아요? 해시슬링어즈 내부에 어디든 들어갈 수 있는 핵심 권한까지 줬다는 거. 최근에는 나와 더욱더 상관없는 일일수록, 거기서 빠져나오기가 더욱더 힘들어요. 사실은 거기에 막 다시 들어가려다가 당신한테 전화부터 하는 게 낫겠다는 생각이 들었어요⋯⋯"

"내가 자는 중에 말이지, 고맙네."

"오 젠장, 맞다, 사람들은 잠을 자죠, 저기요, 난—"

"알았어." 그녀는 침대에서 나와 발을 끌며 컴퓨터로 향한다. "같이 다녀도 괜찮겠어? 딥웹 좀 구경시켜줄래? 우리 데이트도 했던 사이잖아."

"그럼요, 내 네트워크로 오면 돼요. 패스워드를 알려줄 테니까, 안으로 들어와요⋯⋯"

"막 커피 올렸어⋯⋯"

이내 그들은 서로 연결되어 꼭두새벽의 맨해튼으로부터 짙어지는 어둠속으로 천천히 내려간다. 링크 사이를 미끄러지듯 다니느

2 「스타워즈」 시리즈에 악인으로 등장하는 인물.

라 바쁜 머리 위의 서피스넷 크롤러들을 지나, 배너와 팝업과 사용자 그룹과 자기복제 대화방을 뒤로한 채…… 사이버폭력배들이 주변, 스팸메일 운영센터, 현재 정의되고 있는 시장의 기준으로는 지나치게 폭력적이거나 공격적이거나 혹은 격하게 아름답다고 이렇게 저렇게 판단되는 비디오게임을 지키고 있는 통합 주소 공간 구역을 돌아다닐 수 있는 곳으로 내려간다.

"근사한 발 애호가 사이트도 있어요." 에릭이 불쑥 말한다. 그뿐 아니라, 아동 포르노로 시작해 점점 더 유독성이 강해지는 금지된 음란물들은 말할 것도 없다.

맥신은 준準스파이더 공간이 그렇게 바글거리는 데 적잖이 놀란다. 모험가, 순례자, 송금인, 도망 중인 연인, 선취특권 횡령자, 부랑자, 배회증 환자, 그리고 호기심 넘치는 안트러프러너드[3] 들로. 그들 중에서 프로모맨이란 자를 에릭이 그녀에게 소개한다. 프로모맨의 아바타는 사각테 안경에 그의 이름이 적힌 구식 샌드위치 광고판을 착용한 상냥하게 생긴 컴퓨터광이다. 그리고 그 옆에는 각선미가 좋은 그의 조수 샌드위치걸이 서 있는데, 13세 미만의 망가 스타일 얼굴 위에 다각형 GIF 이미지로 된 모닥불이 타고 있어서 정말로 머리가 불타오르는 것 같다.

"미래의 물결, 딥웹 광고입니다." 프로모맨이 맥신에게 인사한다. "중요한 건 지금 위치를 잡고 준비하고 있다가, 크롤러들이 언제든 이곳에 나타나기만 하면 바로 달려가는 거예요."

"잠깐—여기서도 사이트 광고를 통한 수입이 실제로 보여요?"

"지금은 무기, 약물, 섹스, 닉스 입장권 등이네요."

---

3 entreprenerd. 기업가를 뜻하는 'entrepreneur'와 'nerd'의 합성어. 프로그래밍이나 공학 기술을 이용해 제품을 만들고 창업한 사람을 가리킨다.

"모두 정말 엄선된 것들이에요." 샌드위치걸이 거든다.

"아직은 끄떡없어요. 이 상태가 영원히 가리라 믿고 싶겠지만, 식민지 개척자들이 오고 있어요. 정장을 입은 풋내기들이죠. 능선 너머로 블루아이드 솔⁴ 음악이 들릴 거예요. 재원이 풍부한 소프트웨어 설계 프로젝트 대여섯개가 딥웹을 이미 휩쓸고 있어요."

"마치," 맥신이 놀라며 말한다. "「라이드 더 와일드 서프」⁵처럼요?"

"여름이 순식간에 끝나리라는 것만 빼고요. 그들이 여기에 일단 내려오고 나면, 모든 것이 '후기자본주의'화되는 것보다 더 빠르게 교외화될 거예요. 그리고 나면 저 위의 얕은 물처럼 되는 거죠. 링크마다 하나씩 완전히 장악해서 안전하고 근사하게 만들 거예요. 길모퉁이마다 교회가 세워지고, 모든 술집은 허가증이 있어야겠죠. 여전히 자유를 원하는 사람들은 누구든지 말에 안장을 얹고 다른 곳으로 향해야 할 거고요."

"싼 물건을 찾으시면," 샌드위치걸이 안내한다. "냉전 사이트 주위에 괜찮은 데가 있어요. 그런데 싼 가격은 오래 안 갈 수도 있어요."

"그 문제는 다음번 이사회에 올릴게요. 그 전에 한번 둘러보고 싶네요."

전망이 있는 지역은 아니다. 만약 딥넷에도 로버트 모지스 같은 사람이 있다면, "당장 없애버려!" 하고 소리칠 터이다. 옛 군사시설의 부서진 잔재, 오래전에 해산된 부대들, 마치 정체불명의 통신을 위한 송전탑들이 저 멀리 세속의 어둠속 절벽 위에 여전히 버티고

---

4 백인들이 연주하거나 부르는 솔뮤직을 이르는 약간의 경멸적 표현.

5 Ride the Wild Surf. 해변의 로맨스를 그린 1964년 영화이자 2인조 록밴드 잰 앤드 딘이 불러서 크게 히트한 주제가.

서서, 녹슬고 방치된 뼈대는 시든 덩굴옻나무의 덩굴과 잎사귀에 휘감긴 채로 오래전 침묵 속으로 사라진 이미 폐기된 작전용 전술 주파수를 사용하고 있는 듯하다…… 프로펠러로 움직이는 러시아 폭격기를 격추하기 위해 개발되었으나 한번도 배치된 적 없는 미사일들이 경비가 가장 삼엄한 한밤중에만 나타나는 지독하게 가난한 사람들이 쉽게 주워가도록 하려는 듯 분해되어 널려 있다. 엄청난 공간을 차지하는 거대한 진공관 컴퓨터들은 내부 부품이 제거된 채 소켓이란 소켓은 모두 비어 있고 배선들은 흩어져 있다. 어지럽혀진 상황실, 누렇게 색이 바래고 삭은 60년대 중반의 플라스틱 세부장식, 덮개 달린 둥근 스크린이 장착된 레이더 계기판, 깜빡거리는 섹터 지도 앞에 최면에 걸린 뱀처럼 곧추앉아 흔들거리는 상급 장교의 아바타들이 아직도 차지하고 있는 책상들, 손상되고 쓸모없게 되어 티끌로 사라질 이미지들.

맥신은 지도 중 하나가 동부 롱아일랜드에 초점이 맞춰져 있는 것을 알아차린다. 방은 장식 없이 삭막한 게 어딘지 낯익은 느낌이다. 불길한 예감이 든다. "에릭, 이 방에는 어떻게 들어가?"

키보드를 탭댄스 추듯 몇번 두드리자 그들은 안에 들어와 있다. 몬탁에서 보았던 지하의 방들 중 하나가 아니라 해도 상관없다. 이곳의 유령들은 더 잘 보인다. 담배 연기는 창문 없는 공간에서 움직임 없이 정지해 있다. 스코프 마법사들[6]이 레이더 화면을 주시하고 있다. 가상의 부하들이 클립보드와 커피를 들고 들락날락한다. 대령 계급장을 단 당직 장교가 패스워드를 요구하려는 듯 그들을 쳐다본다. 메시지 창이 뜬다. "접속은 AFOSI 7 지역의 ADC에[7] 배

---

6 Scope Wizards. 1950년대 말에 미 공군에 도입된 초음속 전천후 전투기의 후방석 조종사를 가리키는 별명.

속된 적법한 승인을 받은 자로 제한함."

에릭의 아바타가 어깨를 으쓱하며 웃는다. 턱수염이 눈부신 녹색빛을 발산한다. "암호가 아주 옛날식이에요. 잠시면 돼요."

대령의 얼굴이 화면을 가득 채우더니, 여기저기 이미지가 깨지고, 흐려지고, 화소로 나뉘고, 소음과 망각의 바람을 정면으로 맞아, 링크가 끊기고, 서버와 단절된다. 그 목소리는 여러 세대 전에 합성된 것으로 전혀 업데이트되지 않았으며, 만약 그랬다 하더라도 입술의 움직임과 말이 서로 맞지 않는다. 그것이 하려고 한 말은 이렇다.

"끔찍한 감옥이 있다. 대부분의 제보자들은 그것이 이곳 미국에 있다고 믿는다. 또한 우리가 가진 러시아 정보에 따르면 유감스럽게도 구소련의 강제노동수용소 중에서도 최악의 수용소와 비교되기도 한다. 러시아에 대한 오랜 반감 때문에 그들은 그것에 대해서 말하려고 하지 않는다. 그것이 어디에 있든 간에, 잔인하다는 표현은 너무 순화된 것이다. 그들은 사람을 죽이지만 계속 살려놓지. 자비란 없다.

원래 그것은 군사 시간여행자들을 위한 일종의 신병훈련소였다. 나중에 드러나지만, 시간여행은 민간인 관광객을 위한 게 아니다. 단순히 기계에 올라타는 게 아니라, 마음과 몸으로, 그걸 거꾸로 해야 되지. 시간 항해는 용서 없는 훈육이다. 수년에 걸친 고통, 고된 노동, 그리고 손실을 요구한다. 어떤 것에 대한 것이든, 어떤 것으로부터든, 구원이란 없다.

장기간의 교육을 감안할 때, 이 프로그램은 아이들을 납치해서

---

7 AFOSI는 Air Force Office of Special Investigations(공군특수수사기관)의 약자. ADC는 Aerospace Defense Command(항공우주방위사령부)의 약자.

충원하는 것을 선호한다. 대개는, 소년들을. 동의 없이 데려다가 체계적으로 재교육한다. 비밀 간부들에게 맡겨서 시간축의 과거와 미래로 보내 정부의 임무를 수행하게 하지. 그들을 파견한 사령부 고위급에 도움이 될 대체역사를 만들라는 명령하에서 말이다.

그들은 혹독한 상황에서 임무를 해낼 준비를 해야 한다. 굶주리고, 얻어맞고, 항문성교를 당하고, 마취 없이 수술을 받기도 한다. 가족이나 친구도 다시는 볼 수 없다. 설사 이런 일이 우연히 임무 수행 중이나 혹은 순전히 당일의 변수로 일어난다 하더라도, 그들을 알아보는 사람이면 누구든지 즉시 죽여야 하는 게 그들의 상시 명령이다.

대중의 관심을 피하기 위한 일반적인 전략의 시행도 고려 중이다. UFO에 의한 납치, 교정수용소로의 실종, MK울트라[8] 유형의 프로그램들은 주의를 돌리기 위한 서사로 유용성이 입증됐다."

그렇다면…… 그래, 사춘기 이전의 소년이 1960년쯤에 유괴되었다는 거지. 약 40년 전이네. 지금쯤이면 쉰살 전후겠네. 사람들 사이를 걸어가다가 아무도 모르게 사라진 채 시간의 무자비한 황야 속으로 몇번이고 보내져, 운명을 고쳐쓰고, 다른 사람들의 생각에 이미 쓰인 것을 다시 썼다니. 아마도 이들은 근처의 동부 써퍽 카운티의 아이들은 아니었을 거야. 되도록 멀리서 훔쳐오는 게 더 나았을 테니. 집으로부터 수천 마일 떨어진 곳으로 데리고 와야, 아이들이 방향을 잃고, 아이들을 떼어놓기도 쉬웠을 거야.

자, 그러면 맥신의 주소록에서 이전까지는 의심도 하지 않았던

---

8 MKUltra. 인간의 정신과 행동을 제어하기 위해 미국 CIA가 1950~60년대에 비밀리에 추진했던 프로젝트로 정신의학, 뇌과학, 약물, 최면술, 고문, 학대 등의 방법이 동원되었다.

수백명의 사람 중에 누가 그 조건에 들어맞을까? 에릭은 이른 아침부터 하던 일을 계속 하도록 내버려둔 채, 맥신은 지상으로 다시 올라와 하루의 평범한 용무로 복귀하고 한참 뒤에 자신도 모르게 윈더스트의 배경 이야기를 상상해본다. 천진난만한 아이가 지구의 외계인들에게 납치되어서, 자신에게 가해지고 있는 것을 이해할 만큼 나이가 들었을 무렵에는 이미 너무 늦은 거지, 그의 영혼은 그들의 차지가 되었을 테니까.

맥신, 그만. 아무도, 심지어는 IMF의 꼭두각시 살인 용의자도, 구원받지 못할 리 없다는 터무니없는 생각을 어디서 갖게 된 것일까? 인터넷이 믿을 만하지 못하다는 점을 참작하더라도, 윈더스트는 그를 좀더 유명한 기네스북 살인자들의 무리 속에 쉽게 넣어줄 수많은 순수한 영혼들과 함께 표를 받을 수 있을 것이다. 단, 그는 법도 미디어도 그를 괴롭히지 않을 멀리 떨어진 사법권에서, 한번에 살인 한건씩을 위임받아 천천히 진행했다는 점에서 다를 뿐이다. 하지만 막상 그를 직접 보게 되면, 학자 같은 품행과 딱히 사랑스럽다고 할 수 없는 치명적인 패션 센스 때문에 두 이야기를 연결할 수가 없다. 그녀의 생각과 다르게, 아무래도 이 문제를 상의할 만한 사람이 달리 없기에, 맥신은 하는 수 없이 숀의 도움을 받기로 한다.

숀은 자신의 치료사를 만나기 위해 외출 중이어서, 맥신은 대기실에 앉아 서핑 잡지를 훑고 있다. 그는 약속시간보다 십분 늦게 행복에 젖은 듯한 모습으로 경쾌하게 들어온다.

"우주와 하나가 된 기분, 고마워요," 그가 그녀에게 인사한다. "당신은 어때요?"

"꼭 심술 부리지 않아도 돼요, 숀."

맥신이 들은 것을 종합해보면, 숀의 치료사 레오뽈도는 상당 부분 그의 조국 경제에 대한 신자유주의의 간섭 때문에, 몇해 전 부에노스아이레스에서 꽤 괜찮았던 개인 의원을 포기할 수밖에 없었던 라깡 계열의 정신과 의사이다. 알폰신[9] 치하의 초超인플레이션, 메넴-까바요[10] 시기의 대규모 정리해고, 여기에 정권의 굴종적인 IMF 협약은 아버지의 법[11]이 미친 듯이 날뛰는 것처럼 보일 수밖에 없어서, 진저리가 난 레오뽈도는 유령도시가 된 그가 사랑했던 고향에 미래가 거의 없다고 보고, 그의 의원과 빌라 프로이트로 알려진 정신과 의사 구역의 고급 저택을 버리고 미국으로 건너왔다.

어느날 숀은 거리에 있는 시내 공중전화에서 정말로 필요한 전화를 걸기 위해 할 수 있는 모든 것을 다 해보았지만 소용이 없었다. 계속해서 전화기에 동전을 집어넣어도 신호음은 들리지 않고 음성안내만 계속 나와서, 결국에는 뉴욕시 스타일의 분통을 터뜨리며 수화기를 전화기에 세게 내던지고 빌어먹을 줄리아니 하고 외쳤다. 그때 진짜 인간의 차분한 목소리가 들려왔다. "거기 무슨 문제라도 있어요?" 레오뽈도가 나중에 고백하기를 그는 이런 식으로 고객을 유치하기 위해, 뉴욕시의 공중전화 부스같이 정신건강의 위기가 분출되기 쉬운 곳들을 찾아 고장 표시를 먼저 제거한 뒤에 주위를 서성거리던 터였다. "어쩌면 간편한 윤리적 지름길이라고 할까요." 숀이 설명한다. "하지만 일주일에 상담시간이 훨씬 적고,

---

9 Raul Alfonsin(1927~2009). 아르헨띠나의 군부독재 시기 이후 첫 민선 대통령으로 1983~89년 재임했다.

10 알폰신에 이어 당선된 아르헨띠나 대통령 까를로스 메넴과 당시 경제부 장관 도밍고 까바요.

11 라깡 정신분석학의 주요 개념 중 하나로, 아버지로 상징되는 국가, 군대, 지도자 등의 권위 및 상징체계를 가리킨다.

오십분을 항상 꽉 채우지도 않아요. 얼마 뒤에 나는 라깡 연구자들이 얼마나 선불교 신자와 비슷한지 깨닫기 시작했어요."

"정말요?"

"근본적으로, 자아의 완전한 허구성에서요. 당신이 생각하는 당신은 전혀 당신이 아니에요. 그보다 못한 존재인 동시에—"

"그보다 나은,이겠죠, 그 점을 분명히 해주면 고맙겠어요, 숀."

레오뽈도의 과거를 듣자니 지금이 윈더스트의 이야기를 꺼내기 딱 좋은 순간처럼 보인다. "당신의 정신과 의사가 그곳의 경제에 대해서도 말한 적 있어요?"

"거의 없어요. 고통스러운 주제니까. 그가 생각할 수 있는 최악의 모욕은 누군가의 어머니를 신자유주의자라고 부르는 거예요. 그러한 정책들이 아르헨띠나의 중산층을 파괴하고, 지금까지 어떤 누가 집계한 것보다 더 많은 사람의 삶을 가지고 놀았거든요. 어쩌면 사라지는 것보다는 나쁘지 않을지도 모르지만, 있는 건 뭐든 다 쓸어갔어요. 왜 묻는데요?"

"내가 아는 사람이 90년대 초에 그 일에 관여했었는데, 요즘은 D.C.에서 여전히 똑같은 위험한 일을 하고 있어요. 그래서 걱정이 돼서요. 내가 지금 시뻘건 석탄을 쥐고 있는 남자 신세예요. 놓을 수가 없어요. 내 몸에도 해롭고, 좋은 점도 전혀 없어요. 하지만 계속 꼭 쥐고 있어야 해요."

"공화당 전쟁범죄자들을 위해 무슨 일을 꾸미기라도 하는 것 같네요? 콘돔은 사용하죠, 그렇죠?"

"귀엽게도 말하네요, 숀."

"에이, 정말로 기분 상한 거 아니잖아요."

"설마요? 잠깐. 이거 주철로 만든 부처네요, 맞죠? 잘 봐요." 그녀는 부처의 머리를 향해 손을 뻗는다. 만지자마자 놀랍게도 한 손에 완벽히 잡히는 게, 마치 무기 손잡이로 특별히 제작된 것 같다. 순간 모든 안 좋은 감정이 누그러든다.

"전과기록을 봤더니," 맥신은 가급적 대피 덕[12] 모드에 빠지지 않으려고 애쓰면서 말한다. "그는 전기 소몰이 막대로 사람들을 고문하고, 지하수를 펌프로 다 빼내어 농부들을 강제로 토지에서 내쫓고, 자기는 믿지도 않는 말도 안되는 경제이론을 들먹거리며 정부를 완전히 파괴하던 사람이에요. 그에 대해서는 요만큼의 환상도 없어요──"

"그러니까 뭐예요. 오해를 받는 어떤 십대 남자아이가, 필요한 건 오직 딱 맞는 여자아이를 만나는 것뿐인데, 알고 보니 그 여자아이는 남자아이보다 아는 게 적더라? 이건 뭐 고등학교로 다시 돌아간 거예요? 나중에 커서 누가 의사가 될지, 혹은 월 스트리트에서 성공할지 남자아이들을 놓고 다투다가, 결국은 늘 마약중독자, 자동차 도둑, 편의점 절도범과 몰래 도망치고 싶어하는 여자아이들 이야기잖아요."

"그래요, 숀. 그런데 서퍼들이 빠졌네. 미안하지만, 무엇 때문에 이 일을 하는 거죠? 누군가를 구하고 싶은데 잃어버리면 어떻게 돼요?"

"내가 할 수 있는 건 라깡이 말하는 '자애로운 객관화'를 위해 노력하는 것뿐이에요. 만약 내가 있는 힘을 다해 고객들을 '구하려' 애쓴다면, 얼마나 도움이 될 거라고 생각해요?"

"많이요?"

---

12 Daffy Duck. 미국의 TV 만화영화 「루니 툰」(The Loony Tunes)에 나오는 욕심 많고 이기적인 검은 오리.

"다시 한번 생각해봐요."

"음…… 별로예요?"

"맥신, 내 생각에 당신은 그 남자를 무서워해요. 그는 죽음의 신이에요. 그는 당신을 데려가려 하고, 당신은 거기서 어떻게든 도망치려 하죠."

으악. 이럴 땐 어깨 너머로 당당하면서도 분명하게 엿이나 먹어 하고 문을 박차며 나가야 하는 거 아닌가? "그래요. 한번 생각해볼게요."

23

    브룩과 에이비가 마침내 미국에 돌아와 모니터만 응시하는 이상한 반反키부츠[1] 모임에서 한해 동안 햇빛을 쐬지 않고 끼니는 별로 거르지 않은 듯한 몰골로 나타난다. 일레인은 브룩을 한번 쳐다보더니 곧바로 근처의 헬스클럽 메가렙스로 데려가 체험 회원권을 흥정하고, 그러는 동안 브룩은 1층 스낵바를 어슬렁거리며 머핀, 베이글, 스무디를 덜 객관적인 방식으로 자세히 들여다본다.

    맥신은 여동생을 그렇게까지 보고 싶지는 않지만 적어도 얼굴을 내밀기는 해야겠다고 마음먹는다. 나중에 보니 그 시간 일레인과 브룩은 세계무역센터에서 아직 탐사하지 않은 센추리 21 백화점의 쇼핑 잠재력을 눈으로 훑는 중이다. 원래 일레인은 링컨 센터에서 평이 좋은 키르기스스탄 영화를 볼 예정이었으나 실제로는

---

1 kibbutz. 이스라엘의 이상주의 생활 공동체.

소니 멀티플렉스 영화관에서 몰래 「분노의 질주」를 보고 있다. 그래서 맥신은 하는 수 없이 제부인 에이브럼 데슐러와 한시간 반째 홀린 듯이 함께 보내는 중이다. 에이브럼은 하루 종일 부엌에서 천천히 삶아서 처음에는 미각을 자극하는 정도이다가 곧 강렬한 냄새를 풍기는 일레인의 텅 폴로네즈[2]가 신경 쓰이는 모양이다. 연방수사관이 다녀간 얘기를 꺼내지 않을 수 없다.

"그냥 내 비밀정보 사용허가[3] 때문일 거예요."

"제부의……?"

"해시슬링어즈라는 컴퓨터 보안회사에 관해 들어봤어요?"

그녀의 신발 밑바닥이라도 뚫을 듯한 표정이다. "어렴풋이요."

"연방정부, NSA 등과 많은 일을 하고 있어요. 나한테도 일을 제안해서, 사실 다다음 주에 시작할 예정이에요." 놀라서 감탄하는 표정이라도 기대하며 말한다.

그게 연방수사관이 다녀간 이유의 전부였나? 글쎄, 맥신은 어쩐지 의심스럽다. 비밀정보 사용허가는 일상적인 허드렛일이다. 더 난해한 말도 안되는 일들이 진행 중이다.

"그럼…… 대표인 게이브리얼 아이스도 만났겠네요."

"사실 그가 나를 채용하려고 하이파에 직접 나타났어요. 와디니스나스의 팔라펠[4] 식당에서 아침식사를 같이 했어요. 그가 가게 주인을 아는 것 같았어요. 그에게 내가 원하는 연봉, 상여금을 말했더니 좋다고 했어요. 협상 같은 건 전혀 없었어요. 그가 셔츠에 타히니 소스만 잔뜩 묻혔죠."

---

2 Tongue Polonaise. 소의 혀와 과일을 조려서 만드는 유대인의 전통 명절 음식.
3 Security clearance. 미 정부기관에서 채용 시에 진행하는 일종의 신원 확인.
4 중동 국가에서 흔히 먹는 병아리콩을 으깨 튀긴 경단.

"아주 평범한 사람이네요."

"맞아요."

아무 생각 없이 화제를 옮기는 척하며 맥신이 묻는다. "에이비, 혹시 프로미스라고 하는 소프트웨어에 대해 뭐 아는 거 있어요?"

임신 테스트기의 파란 줄보다 한두주는 더 긴 듯한 침묵이 흐른다. "업계에서는 옛날이야기예요. 인슬로[5]에서의 계략과 맞계략, 법정소송, 연방수사국의 가로채기 등등. 하지만 모사드에게는 돈줄이었죠. 사람들한테 들은 얘기예요."

"부정거래 건 소문이 있던데……"

"원래는 한건이 아니라 몇몇 고객들과 부정거래가 있었어요. 그래서 프로그램이 변경되었죠. 한번 이상이요. 사실 계속해서 변화해왔어요. 최근 버전을 보면 못 알아볼 거예요. 나도 그렇다고 들었어요."

"계속 캐는 것 같아 미안한데, 누가 또 나한테 컴퓨터 칩에 대해 말해줘서. 제부도 우연히 마주쳤을지 몰라요. 어떤 이스라엘 장사꾼이 고객의 컴퓨터에 가만히 앉아서 데이터를 모으고 있다가 소송 관계자들에게 모아둔 것을 가끔씩 넘겨준대요."

그가 펄쩍 뛰거나 그런 것은 아니지만, 그의 두 눈은 방을 두리번거리기 시작한다. "내가 알기론 엘빗이라는 회사가 그런 걸 만들었어요."

"직접 눈으로 본 적 있어요?"

그는 마침내 그녀와 시선을 마주치고, 마치 그녀가 일종의 모니터인 양 앉아서 그녀를 쳐다본다. 그녀는 수확체감점에 이르렀음

---

5 Inslaw. 워싱턴 D.C. 기반의 IT 회사로 기업 및 정부 사용자들을 위한 사례 관리 소프트웨어를 개발하여 판매한다.

을 직감한다.

이윽고 브룩과 일레인이 수많은 센추리 21 쇼핑백과 투명한 속을 들여다볼수록 혼란스럽지만 점점 더 빠져드는 낯선 채식 프차[6]를 들고 시내에서 돌아온다. "멋있어," 일레인이 말한다. "깐딘스끼의 삼차원 작품 같아. 혀와 궁합이 딱 맞아."

텅 폴로네즈는 여기서는 어린 시절의 인기 메뉴이다. 맥신이 생각하기에 그것은 늘 고전 피아노의 색다른 연주곡이었다.[7] 소금에 절인 소의 혀가 다진 살구, 망고 퓌레, 파인애플 조각, 씨를 뺀 체리, 자몽 마멀레이드, 두세 종류의 건포도, 오렌지주스, 설탕과 식초, 겨자와 레몬주스, 그리고 가장 중요하게, 몽롱한 구름처럼 이어져온 전통 속에서 왜 넣게 되었는지 그 이유는 사라졌지만 생강쿠키가 들어간 공들인 스튜 가운데서 하루 종일 끓고 있다. 생강쿠키는 키블러가 예전의 선샤인 종합과자세트 생산을 2년 전에 중단한 뒤로는 자동적으로 나비스코 것을 쓴다.

"네 엄마가 생강쿠키를 또 잊었어." 어니가 장난 삼아 투덜거린다. "『데일리 뉴스』에도 날 거야."

두 자매는 조심스럽게 서로 포옹한다. 벨트웨이[8] 지식인 리처드 어클만이 진행하는 채널 13의 회심의 프로 「싱킹 위드 딕」이 거실 텔레비전에서 시작할 때까지 대화에서 논쟁적인 주제는 모조리 피한다. 오늘의 초대 손님에는 브룩과 에이비가 파티에서 자주 마주쳤던 이스라엘 내각의 관료가 포함되어 있다. 웨스트뱅크 정착

6 p'tcha. 송아지 발을 고아서 만든 젤리처럼 생긴 동유럽계 유대인의 전통 음식.
7 폴로네즈는 폴란드의 댄스곡을 뜻하기도 하며, 쇼팽의 피아노 연주곡들이 유명하다.
8 워싱턴 D.C.를 둘러싼 고속도로의 명칭으로, 흔히 미 연방정부 관료 및 관계자들의 활동 범위를 가리킨다.

촌[9]에 관한 늘 활기 넘치는 주제로 토론 중이다. 좀더 길게 느껴지기는 했지만 약 일분 삼십초가량의 정부 측 선전이 끝나자 맥신이 불쑥 내뱉는다. "저 친구가 너한테 부동산을 팔려고 하지는 않았겠지?"

정확하게 브룩이 기다리고 있던 얘기다. "하여튼 빈정거리는 건 알아줘야 해." 약간 가시 돋친 말투다. "그냥 지나가는 법이 없어. 나중에 야간순찰을 나가봐. 아랍인들이 폭탄을 던지면, 그 입이 얼마나 더 갈지 보자고."

"얘들아, 얘들아." 어니가 중얼거린다.

"'얘야, 얘야'겠죠." 맥신이 말한다. "지금 느닷없이 비난당하고 있는 건 나라고요."

"브룩 말은 자기는 키부츠에 갔다 왔고 너는 안 그랬다는 거야." 일레인이 달래려고 말한다.

"맞아요. 하이파의 그랜드캐니언 몰에서 남편이 번 돈을 하루 종일 썼겠죠. 키부츠 맞네요."

"언니, 언니는 남편도 없잖아."

"오, 그래, 누구 목소리가 더 큰지 시합해보자는 거지. 내가 그것 때문에 왔거든." 그녀는 프차를 향해 키스를 보내더니 주위를 둘러보며 가방을 찾는다. 키스에 대한 답례인 듯 프차가 떨리는 것처럼 보인다. 브룩은 부엌으로 우당탕하고 내뺀다. 어니가 그녀를 뒤쫓아가고, 일레인은 맥신을 애처롭게 쳐다본다. 에이비는 혼자 텔레비전에 빠져 있는 척한다.

"그래, 그래, 엄마, 내가 잘할게. 그냥…… 브룩에 대해 하려고

9 요르단강 서안의 팔레스타인 자치구역 내 유대인들의 정착촌.

했던 말이 있어서. 그런데 그 순간이 30년 전에 지나가버린 것 같네." 이내 언니는 생강쿠키를 먹으며 부엌에서 나오고, 맥신은 부엌 안으로 들어가 동생이 라트케[10]에 넣을 감자를 채 썰고 있는 모습을 본다. 맥신도 칼을 들고 양파를 잘게 썰기 시작한다. 한동안 그들은 말없이 재료 준비만 한다. 둘 중 누구도 먼저 말을 꺼내거나, 행여 "내가 잘못했어" 같은 말을 하려 하지 않는다.

"야, 브룩?" 결국에는 맥신이 먼저 말을 꺼낸다. "네 머리 좀 잠깐 빌리자."

별다른 선택의 여지가 없다는 듯 브룩이 어깨를 으쓱한다.

"자기가 모사드였다고 말하는 남자와 데이트를 했는데. 나한테 허풍을 치는 건지 어떤 건지 알 수가 없어서."

"그 남자가 혹시 오른쪽 신발과 양말을 벗고—"

"어떻게 알았어?"

"어느 밤이든 하이파의 싱글들이 모이는 어느 바든 가면, 사인펜을 들고 자기 발바닥에 점 세개를 찍는 멍청이들을 항상 볼 수 있어. 비밀 문신에 관한 아주 오래된 미신 때문인데, 다 허튼소리야."

"아직도 그런 거에 속아넘어가는 젊은 여자들이 있어?"

"언니는 그런 적 없어?"

"세상에, 유대인과 문신이라고? 난 절박하기는 해도, 지킬 건 지켜."

모두 남은 저녁시간은 화목하게 보낸다. 텅 폴로네즈가 맥신의 기억에 유월절에만 본 것 같은 웨지우드 접시에 담겨 나온다. 어니

---

10 latke. 갈거나 채 썬 감자로 만든 유대식 팬케이크.

366

는 보란 듯이 칼을 갈고 혀를 추수감사절 칠면조처럼 격식을 갖추어 자르기 시작한다.

"어때?" 어니가 한입을 베어물자 일레인이 묻는다.

"입으로 하는 시간여행이네, 여보. 프루스뜨 슈무스뜨.[11] 이걸 먹으니 바르 미츠바로 곧장 돌아간 기분이야." 그러고는 그것을 증명해 보이려고 「제나, 제나, 제나」[12]의 두마디를 부른다.

"시어머니의 요리법이야." 일레인이 분명히 한다. "음, 망고만 빼고. 그건 아직 개발되기 전이었거든."

엔타 익스프레소의 이디스가 손님을 끌어들이려는 듯 복도에 나와 그녀의 사무실 앞에서 어슬렁거리고 있다. "맥신, 어떤 남자가 며칠 전 여기에 와서 너를 찾았어. 데이토나도 나가고 없어서, 나더러 다시 오겠다고 전해달래."

"어오," 직관적인 느낌이 스친다. "멋진 신발을 신었고?"

"값이 세 자릿수 후반대의 에드워드 그린[13]에 뱀가죽, 잘 어울리더라. 하지만 조심하는 게 좋을 것 같아. 미심쩍어 보였어."

"고객이겠지?"

"알 만한 사람은 다 알아. 내 말 오해하지 마. 외로운 건 괜찮아. 그건 내 주 종목이니까. 외로움도 겪어봤고, 절박함도 겪어봤어. 하지만 이 남자는……"

---

11 마르셀 프루스뜨의 소설 『잃어버린 시간을 찾아서』에서 주인공 뽈이 마들렌을 먹고 어린 시절의 기억을 떠올리는 걸 두고 이디시어로 '바보'를 뜻하는 'schmo' 와 음운을 맞춘 언어유희.

12 Tzena, Tzena, Tzena. 폴란드 출신 유대인 아이자카 미론이 1941년에 히브리어 가사로 작곡했고, 1950년에 미국 포크 밴드 위버스가 크게 히트시킨 노래.

13 영국제 고급 가죽신발 브랜드.

"그런 표정 짓지 마, 이디스, 제발. 로맨틱한 관계 아니야."

"내가 이 업계에 발을 들여놓은 지 30년이야. 내 말 믿어. 그 관계가 얼마나 로맨틱하냐? 그건 가봐야 알아."

"기분이 으스스하네. 그 남자가 다시 나타날 거라고 했댔지?"

"걱정 마. 이미 『타임스』에 제보해두었으니까. 네 이름 철자는 맞게 쓸 거야."

아니나 다를까, 이디스에게 도청장치라도 달아놓은 것처럼, 니컬러스 윈더스트에게서 전화가 걸려온다. 이스트사이드에 있는 모조 빠리풍 식당에서 브런치를 함께 하자는 전화이다. "굳이 오시겠다면." 맥신은 부담 안되는 연방세 환급이라 여기고 받아들인다.

윈더스트는 이것을 데이트로 생각하는 듯하다. 그는 누구의 아이디어인지 모르겠지만 말도 안되는 힙스터 복장으로 도배를 하고 나타난다. 청바지, 샤크스킨[14] 캐주얼 재킷, 퍼플 드랭크[15] 티셔츠까지 L 열차에서 쫓겨나기에 충분한 복장규정 위반이다.[16] 맥신은 그의 복장을 볼 수 있는 만큼 쳐다보고 나서 마지못해 말한다. "볼 만하네요."

그는 안에 들어가 앉고 싶어하고, 맥신은 거리에 가까울수록 더 안전한 느낌이 드는데다 오늘 날씨도 좋아서 바깥이 더 근사할 것 같다. 윈더스트는 반숙한 달걀과 블러디 메리 칵테일을 주문하고,

---

14 상어가죽처럼 거친 질감의 모직물.

15 Purple Drank. 시럽용 감기약에 든 코데인이나 프로메타진 등의 중추신경계 작용 약물과 스프라이트를 섞어 만든 마약성 음료로 보라색을 띠며 미국 남부의 힙합 커뮤니티에서 인기가 있다.

16 L train은 이스트빌리지를 거쳐 브루클린에 이르는 전철 노선으로 힙스터들이 많이 이용하는 구간이다.

맥신은 자몽 반쪽과 커피를 주문한다. "시간이 나시다니 놀랐어요, 윈더스트 씨." 뻔뻔하게 가짜 웃음을 지으며 말한다. "참! 내 제부가 마침 미국에 돌아와 있어요. 분명 그것 때문에 오셨을 거라고 생각해요."

"해시슬링어즈에 고용됐다는 것을 알고 우리도 흥미로웠어요. 그런데 당신이 지금 입고 있는 옷이 아르마니 같은데, 그래요?"

"H&M에서 산 싸구려예요. 그렇게 봐줘서 고마워요." 갑자기 귀여운 척하는 건 뭐지, 안돼, 안돼, 맥신 도대체 너는 언제……?

"우리 생각대로 만약 에이브럼 데슐러가 모사드가 심어놓은 사람이라면, 주고받은 게 아주 많겠는데요."

맥신은 손에게 배워서 종종 유용하게 써먹어온 대로 그냥 멍하니 쳐다본다. "나한테는 너무 어려워요."

"하고 싶으면 바보 흉내를 내요. 하지만 이미 당신에 대해 조사를 했어요. 제러미 핑크를 교도소에 보냈더군요. 뉴저지에서 마날라판 폰조이드 일당을 체포했고요. 그랜드케이맨에 레게 코러스 가수로 변장하고 가서, 스위스프랑으로 현금 150억을 소이탄으로 날려버리고 범인들의 걸프스트림 제트기에서 탈출했어요."

"그건 실제로는 미치 터너였어요. 사람들은 항상 우리 둘을 헷갈리죠. 미치는 반항적인 활동가고, 난 그저 일하는 엄마예요."

"그것과 상관없이, 해시슬링어즈가 연관된 미국 정부 계약의 수를 보면—"

"이봐요, 에이비는 당신이 환상으로 지어낸 어두운 세계의 해커 공작원이거나, 아니면 우리들처럼 이곳 벨트웨이 밖에서 성공하려고 노력하는 또 한명의 평범한 컴퓨터광에 불과할지 몰라요. 뭐가 되었든, 내가 그것과 무슨 관련이 있는지 아직도 모르겠어요."

원더스트는 알루미늄 서류가방을 열고 손을 뻗어 서류철을 꺼낸다. 안에 든 면도기 일습과 갈아입을 속옷으로 보건대 그 가방을 갖고 1년 내내 떠돌이 생활을 하는 것 같다. "그가 게이브리얼 아이스와 다음에 단둘이 만나기 전에, 당신이 보고 싶어할 만한 것이 여기 있어요."

그의 눈을 볼 수가 없어서, 그녀는 그의 입을, 뭐랄까, 각주 삼아 쳐다본다. 그런데 잠깐, 그는 그녀에게 그저 미소 짓고 있을 뿐이다. 그것도 사교적인 미소가 아니라, 마치 승리의 패, 혹은 그녀의 심장을 겨눈 권총을 손에 쥐고 있는 듯한 미소를.

원더스트의 속옷과 맞닿아 있던 물건을 만지는 건 썩 내키지 않지만, 그녀 역시 '아무도 모른다'를 첫번째 강령으로 여기는 사기 조사관이 아니던가. 결국 그녀는 서류철을 조심스럽게 들고 케이트 스페이드 가방 안에 챙긴다.

"데버라 커 혹은 마니 닉슨이 말한 대로, 아니 실제로는 노래한 대로," 맥신이 얼른 덧붙인다. "명확한 이해를 위해 말씀드리면, 이건 결코 나의—"[17]

"나 때문에 불안해요?"

그녀는 재빨리 옆을 흘끗 쳐다보고는 그의 얼굴에서 인기 많은 후보들은 상대를 만나 문밖으로 빠져나가고 남은 후보들마저 별 도움이 안되게 점점 더 줄어드는 토요일 늦은 밤, 14번가 남쪽의 나이트클럽에서라면 전혀 뜬금없지 않을 표정을 보고 깜짝 놀란다. 이건 뭐지? 그녀는 그의 그런 표정에 어떻게 반응해야 할지 모른다. 침묵이 찾아와 길어지더니, 내면을 나타내는 또 다른 지표

[17] 마니 닉슨은 미국의 유명한 소프라노 겸 더빙 가수로 영화 「왕과 나」(1956)에서 데버라 커의 더빙을 맡았다. 맥신의 말은 영화에 나오는 실제 대사이다.

쪽으로 우연히 시선을 돌리자 길어진 것은 침묵만이 아님을 깨닫는다. 상당한 크기로 발기된 그의 물건을 보고 만 것이다. 더욱 난감한 것은 그녀가 쳐다보고 있는 것을 그가 알아차렸다는 사실이다.

"됐죠. 일하러 가야 해요." 맥신이 그 이상은 목소리가 나오지 않아서 자기도 모르게 쉰 목소리로 바보처럼 대꾸한다. 그러나 움직이지도, 가방을 향해 손을 뻗지도 않는다.

"자, 이게 더 쉬울지도 모르겠군요." 그러고는 냅킨 위에 무언가를 쓴다. 좀더 조심스러운 시대이거나 혹은 좀더 이른 시대였다면, 그것은 괜찮은 레스토랑의 이름이나 스타트업의 아이디어였을 터다. 요즘에는 아무리 좋게 봐주더라도 멍청함과 실수로의 초대일 뿐이다. 딱 봐도 지하철로 가기에는 불편한 주소이다. "러시아워는 어때요, 사람들 눈에도 안 띌 수 있고, 그럼 괜찮겠어요?"

그전까지 알아차리지 못한 많은 것 중에 그의 이 목소리는 특별히 매혹적이지는 않지만 다그치는 투다. 그렇다고 판을 깨는 사람의 말투는 아니다. 그러면 어떤 목소리여야 하지? 그는 자리에서 일어나 고개를 끄덕이고는 그녀에게 수표를 남기고 떠난다. 자기가 내겠다는 말을 남기고. 내가 또 무슨 생각을 하는 거지?

책임감 있게 행동할 최후의 기회를 가져다주는 친절한 천사이기라도 한 듯, 콘클링이 평소에 하던 대로 대기실에 예고도 없이 모습을 드러낸다. "우," 데이토나가 크게 움찔한다. "깜짝 놀랐잖아요. 왜 자꾸 뒷골목 깡패처럼 나타나는 거예요?" 한편 콘클링은 자신만 아는 이유 때문에 완전히 이상해져 있다.

"뭐예요. 무언가 냄새를 맡았군요."

"그 남자 향이 다시 나요. 9:30 남자 향수 말예요. 이 방에 냄새를 풍기는 게 있다고요." 탈옥영화의 사냥개처럼 콘클링은 문제의 잔향을 따라 맥신의 사무실 안으로 들어와 최종적으로 그녀의 가방에서 멈춘다. "이 물건 위에서 아주 천천히 말랐어요. 그런 걸로 보아 두시간 전쯤이겠네요."

오, 뭐겠어. 윈더스트지. 그녀는 자신의 가방에 손을 넣어 그가 준 서류철을 꺼낸다. 콘클링은 페이지를 넘긴다. "바로 이거예요."

"음, 함께 브런치를 먹은 남자예요, D.C.에서 온."

"레스터 트레이프스와 아무 관련이 없는 거 확실해요?"

"함께 대학을 다녔던 친구예요." 뭐? 콘클링과 윈더스트에 관한 정보를 갑자기 공유하지 않으려고 하는 건 또 뭐야? 무슨 이유로? 지금 당장은 말하고 싶지 않아서? "지금은 EPA[18]의 중간관리자로 일해요. 아마 유독성 오염물질 목록에 관한 일일걸요?"

그녀의 생각이 계속 옆길로 새도, 아무도 되돌려놓으려 하지 않는다. 윈더스트도 한때 호감 가던 청년 시절에 맥신이 파라다이스 거라지에서 그랬듯이 옛 9:30 클럽에서 실제로 많은 시간을 보냈던 것일까? 아니면 세계를 돌아다니며 나쁜 짓을 하다가 본토에 돌아와 쉬는 동안, 타이니 데스크 유닛과 배드 브레인스가 지역에서 활동하던 시절 그들에 빠져서, 이 9:30 향수 냄새가 그의 타락하지 않은 청년 시절과의 마지막 남은, 유일한 연결고리인 걸까? 아니면 콘클링이 계절성 알레르기가 있어서 오늘 그의 코가 약간 이상한 걸까? 아니면 맥신이 감상적 백치 기가 도져 그 수렁으로 점점 더 빠져드는 걸까? 빌어먹을 아니면. 됐어. 정황상 윈더스트

---

18 Environmental Protection Agency(환경보호국)의 약자.

는 레스터가 제거될 때 거기에 있었던 게 분명하다. 그리고 어쩌면 그가 그 일을 했을지도 모른다.

젠장.

오늘 있었던 아찔한 낭만적 이야기의 가능성은 어떻게 되는 거지? 갑자기 현장조사 분위기로 바뀐다.

한편 콘클링은 너무나도 당연하게 하이드로포비아 공주에 대해 말하고 싶어한다. 맥신은 건강에 해로울 정도로 집착이 심한 콘클링을 문밖으로 가까스로 쫓아내고 나니 뭐랄까, 윈더스트와의 업무상 만남을 위해 준비할 시간이 채 삼십분도 남지 않았다. 어쨌든 그녀는 집에 돌아와 침실 옷장 앞에 가만히 서서, 자신의 머릿속이 왜 이렇게 멍해졌는지 의아해한다. 아마도 새빨간색의, 그렇다고 부적절한 건 아니지만, 폴리염화비닐 옷은 왠지 아닌 것 같다. 청바지도 말이 안된다. 마침내, 사상事象의 지평선[19] 같은 망각의 옷장 깊숙한 곳에서 그녀는 차분한 가지색의 멋진 칵테일파티용 정장을 발견한다. 오래전 라파예트 백화점 폐업 세일에서 구입한 뒤 아마도 과거에 대한 향수와는 상관없을 이유 때문에 보관해온 옷이다. 그녀는 윈더스트가 그 옷을 어떻게 해석할까 궁금해한다. 그가 만약 해석하고, 만약 손에 쥐고 찢지 않는다면…… 여성성의 꼭짓점, 아니 소용돌이로부터 반복해서 들려오는 메시지들이 응답 없이 계속 쌓이고 있다.

19 event horizon. 블랙홀의 바깥 경계.

24

윈더스트가 적어준 주소는 일대를 무심하게 밀어버리고 들어선 열차 조차장과 터널 입구들로 둘러싸인 헬스키친[1] 남부의 서쪽 끝에 위치해 있다. 그 사이사이에는 공장을 개조한 아파트, 녹음 스튜디오, 당구대 전시장, 영화장비 대여점, 훔친 자동차의 부품을 파는 가게 등등이 덩그렇게 남아 되는대로 버티고 있다. 맥신이 알고 지내는 정통한 부동산 전문가는 이곳이 다음 유망 지역이라고 장담한다. 재개발의 기운이 감돈다. 언젠가 지하철 7호선이 이곳까지 확장되면 재비츠 컨벤션센터에 정거장이 생길 것이다. 그리고 언젠가는 공원, 고층 콘도, 고급 관광호텔도 들어설 것이다. 지금은 아직도 접근이 용이하지 않은 비바람에 노출된 지역이어서, 뉴욕이 오래전에 잊히고 난 수세기 뒤에 다른 행성에서 온 방문객들

---

1 Hell's Kitchen. 맨해튼 서쪽의 우범지구.

이 이곳을 본다면 경건하고, 심지어 종교적이며, 대중 집회와 대규모 제의와 단체 점심식사를 위해 사용되는 장소로 여길 것이다.

오늘은 일레븐스 애비뉴 일대와 텐스 애비뉴까지의 모든 블록에 경찰들이 대거 모여 있다. 맥신은 이 순간에 걸어가지 않는 것만으로도 다행이라고 여긴다. 난감한 상황에 처한 택시 운전사는 테러리스트들이 재비츠 센터를 점거한다는 시나리오에 따라 경찰이 훈련하는 중일 거라고 생각한다.

"누가," 맥신은 궁금해서 묻는다. "왜 그런 짓을 하겠어요?"

"음, 테러가 자동차 쇼 동안에 일어난다고 쳐요. 그러면 그들이 그 모든 차와 트럭을 차지하게 될 거예요. 그 일부를 팔아치운 돈으로 폭탄과 AK 소총 따위를 살 수 있고요." 운전사는 자신만의 시나리오를 가지고 분명하게 말을 이어간다. "페라리와 파노즈 같은 멋진 차들은 본인들이 갖고, 트럭을 군용차량으로 쓸 거예요. 아, 그리고 보니 자동차 수송차량들도 납치해야 되겠네요. 피터빌트 378 같은 것들로. 거기에다…… 거기에다 이스빠노-수이사, 애스턴 마틴같이 진짜 좋은 유서 깊은 차를 갖고 있다가 돈을 요구할 수도 있고요."

"'1000만 달러를 내놓지 않으면 이 차를 부숴버린다?'"

"안테나를 조금 휘어놓기만 해도 중고차 판매가격에 심각한 타격을 줘요, 알겠죠?" 그들 주위로 경찰이 떼 지어 모여, 경계를 서고, 대형을 맞춰 거리를 뛰어다닌다. 저 높이 환한 초가을 하늘에서는 UFO 같은 것들이 비밀정찰을 지질 줄 모르고 수행 중이다. 가끔 확성기를 든 경찰이 다가와 눈을 부라리며 택시 운전사에게 계속 움직이라고 소리친다.

마침내 택시가 주소지 앞에 멈춰 선다. 언젠가는 철거되어 고층 콘도가 들어설 계획 때문에 버려져 있는 볼품없는 6층짜리 임대건물처럼 보인다. 아마도 밤에는 불 켜진 창이 층마다 하나씩 있을 터이다. 그녀는 재개발조합이 지역을 주무르던 80년대에 살았던 곳이 떠오른다. 세입자들은 나갈 수도 없을뿐더러 나가려 하지도 않았고, 개발업자들은 그곳을 부수고 싶어 안달이 나서 험악하게 행동했다.

초인종을 누르자, 이웃사람들의 절반이 갑자기 모여들어 족히 십분은 그녀를 쳐다보고 비웃는 느낌이 들려는 찰나에 소형 스피커에서 날카로운 소음이 들린다.

"나예요, 맥신."

"느그으?"

그녀는 이름을 다시 외치고 더러운 유리창을 들여다본다. 문은 계속해서 꼼짝도 않는다. 마침내 그녀가 돌아서려 하자, 윈더스트가 와서 문을 연다.

"초인종이 작동하지 않아요. 작동한 적도 없어요."

"알려주다니 고맙네요."

"얼마나 기다릴지 보고 싶었어요."

청소가 안된 어둡고 황량한 복도가 건물 외곽에서 추측하는 것보다 더 길게 뻗어 있다. 벽은 병원 폐기물의 색깔을 연상시키는 꺼림칙한 노란색과 때에 찌든 녹색으로 기분 나쁘게 반짝거린다…… 1인칭 슈팅게임의 목표물처럼 가끔씩 눈앞에 나타났다가 바로 숨는 불법거주자들 외에도 온갖 불청객의 침입에 무방비로 노출되어 있다. 바닥 카펫은 복도 입구부터 벗겨져 있다. 누수는 수리되지 않은 상태 그대로다. 페인트 조각이 벽에서 떨어질락 말락 한다. 수명을 넘긴 형광등 전구들이 머리 위에서 자줏빛으로 윙윙거린다.

윈더스트에 따르면, 사나운 개들이 지하실에 사는데 해 질 녘에 나타나 밤새 현관을 돌아다닌다. 원래는 마지막 남은 세입자들을 겁줘서 내쫓으려고 데려다놓았는데, 개 사료에 드는 비용이 강제 퇴거 예산보다 더 커지자 알아서 살아남으라고 이곳에 그냥 내버려둔 것이다.

아파트 안으로 들어서자 윈더스트는 더이상 시간을 끌지 않는다. "바닥에 엎드려요." 이미 성적으로 흥분한 것 같다. 그녀는 그를 흘끗 쳐다본다.

"어서."

"그거 알아, 너 혼자 해, 그게 더 재밌을 거야." 이렇게 말하고 밖으로 걸어나갔어야 하는 거 아닌가? 아니, 오히려 그녀는 즉시 꼬리를 내리고 무릎을 꿇는다. 잽싸게, 더이상의 말씨름 없이. 침대가 있었다 해도 더 좋지는 않았을 것이다. 그녀는 카펫 위에 몇 달째 쌓여 있는 쓰레기와 한 몸이 되어, 얼굴을 바닥에 대고 엉덩이를 공중으로 올린 채, 치마를 위로 걷는다. 손톱 정리를 딱히 한 것 같지 않은 윈더스트의 손톱이 얼마 전 싹스에서 살지 말지 정하는 데에만 족히 이십분은 걸린 그녀의 반투명 회갈색 팬티스타킹을 솜씨 좋게 찢는다. 그의 성기가 거의 힘들이지 않고 그녀의 몸속으로 들어간 것으로 보아 그녀는 자신도 모르게 이미 젖어 있었던 게 틀림없다. 그는 두 손, 살인자의 두 손으로 그녀의 엉덩이를 부여잡고, 정확하게 가장 중요한 그곳, 그녀가 지금까지 그저 어렴풋이 짐작만 해오던 악마의 신경수용체가 게임 컨트롤러의 단추처럼 누군가에 의해 발견되어 사용되기를 기다리는 바로 그곳으로 파고든다…… 그가 움직이는 것인지 아니면 그녀 자신이 움직이는 것인지 도저히 분간할 수가 없다…… 물론 훨씬 뒤에도 계속 분간이 안되고, 된다 하더라도, 어떤 소용돌이 속의 거대한 무언가로 다가온다……

바닥에 엎드려 전기 콘센트를 마주 보며, 그녀는 플러그를 꽂는 십일자 구멍 바로 뒤로 눈부시게 빛나는 힘을 순간 본 것 같은 상상을 한다. 쥐만 한 크기의 무언가가 그녀의 시야 언저리에서 종종거리며 지나간다. 그것은 레스터 트레이프스, 적어도 맥신에 의해서는 아니지만 버림받고서 은신처를 필요로 하는 레스터의 수줍고 상처받은 영혼이다. 그는 콘센트 앞에 서서 손을 안으로 집어넣어 출입문처럼 구멍을 양옆으로 벌리고는, 미안한 표정으로 뒤를 바라본 뒤 꺼져가는 환한 빛 속으로 미끄러지듯 사라져버린다.

그녀는 비명을 지른다. 하지만 그것은 정확하게 레스터를 향한 것은 아니다.

우울한 조명 속에서 그녀는 윈더스트의 얼굴을 훑으며 감정의 흔적을 찾는다. 순식간의 섹스였기에 눈맞춤 같은 게 전혀 없다 해도 괜찮았다. 한편 적어도 그는 콘돔을 사용했다. 잠깐, 잠깐, 고등학교 2학년 무도회 같은 반사신경도 그렇게 나쁘지 않다. 이렇게 또 회계장부를 기록하고 있다니!

창밖으로, 각기 다른 뉴욕의 드라마를 비추는 불빛들의 거대한 파노라마 대신에, 허름한 저층 건물의 경관이 보인다. 이주 노동자들이 몇 세대 전에 대걸레로 마지막 방수작업을 한 옥상에 고대의 봉화처럼 자리한 물탱크들, 다른 창문으로부터 들어오는 불빛을 가리기 위해 못으로 박은 침대보, 낡은 페이퍼백으로 가득 찬 책꽂이, 텔레비전 수상기의 뒷면, 오래전의 세입자가 완전히 내린 뒤로 한번도 올리지 않은 블라인드.

이곳에도 부엌 같은 게 있는데, 찬장에는 임시 주소지처럼 다양한 물건들이 가득하다. 보이지 않는 긴 행렬의 이름 없는 판매원과 해결사와 뜨내기 들이 이곳에 머무는 동안 틀림없이 필요하리라는 생각에, 그리고 감히 거리 밖으로 나갈 의욕이 없거나 허락을 받지 못한 밤을 위해 준비한 물건들…… 이상한 모양의 파스타, 낯선 색상의 사진이 붙은 정체불명의 식품 통조림, 발음하기 어려운 이름의 수프, 대개는 영양 정보가 인쇄된 자리에 공식 허가서 같은 게 붙어 있는 과자 제품. 냉장고에서 그녀가 본 거라고는 접시 위에 보란 듯이 놓여 있는 비트 한개가 전부이다. 푸른곰팡이의 흔적이 보인다. 시각적으로는 흥미롭지만, 딱히……

"커피 마실 시간 있나요?"

"아뇨, 괜찮아요. 돌아가봐야 해요."

"내일 학교 가야 되죠, 그래요. 난 도티에게 전화해야 돼요."

"도티라면……"

"내 아내예요."

하. 혼자 속으로 두 박자쯤 늦게 깜짝 놀란다. 뭐야? 그러면 지금 부인이 몇명인 거야, 둘? 그런데 그게 너랑 무슨 상관인데, 맥신? 마지막으로 남는 근본적인 질문. 그가 아내를 언급하기 위해 일부러 지금까지 기다렸다는 거야?

윈더스트는 포장에 일본어가 쓰인 해초 스낵처럼 보이는 상자를 찾아내 잔뜩 입맛을 다시며 손을 집어넣는다. 맥신은 딱히 속이 메스꺼운 건 아니지만, 그렇다고 입맛이 당기지도 않아서 그냥 지켜본다.

"하나 먹어봐요. 맛이…… 별나요…… 그리고 맥신…… 나는 화안 났어요.”

로맨틱한 감정의 폭발 같은 소리 하네. 화가 안 났다니. 차라리 ‘거기가 섰다’고 하지?[2] 어디에서 불어오는지 모를 바람에 9:30의 향기가 코끝을 스치자, 그녀는 다시 데저렛 옥상 수영장과 레스터 트레이프스가 떠오른다.

“오늘은 약간 정신이 없는 것 같아요.” 그녀는 악의 없이 대꾸한다. “사건이 하나 있어서요. 엄밀히는 내 분야가 아닌데, 계속 마음에 걸리네요. 어쩌면 당신도 뉴스에서 봤을지 모르겠어요. 레스터 트레이프스 살인사건이라고?”

지극히 냉정한 고객 같은 대답. “누구라고요?”

“제가 사는 곳에서 길 따라 조금만 가면 나오는 데저렛이라는 데에서 발생했어요. 혹시 거기에 가본 적 없죠? 내 말은, 게이브리얼 아이스에 대해 관심이 많은 것 같아서요. 그 건물 일부를 소유하고 있거든요.”

“정말요.”

법정 드라마의 자백하는 장면이라도 기대했니? 그녀가 보기에, 자기가 알고 있다는 것을 그는 알고 있다. 이 정도면 하루 치 일로 충분하다.

일단 택시에 오르자 그는 차 밖으로 나와서 그녀가 집으로 들어갈 때까지 배웅하지 않고, 바로 도시 외곽으로 향한다. 그제야 그녀는 마음속으로 스스로에게 물을 수 있게 된다. 젠장, 내가 지금 무슨 생각을 하고 있지? 그녀 생각에 최악의, 아니 최고인가, 부분은 지금 당장 지체 없이, 그래, 바로 여기서 방향을 바꿔, 몸을 앞으

---

2 윈더스트가 말한 ‘upset’을 음절의 순서를 바꿔 ‘set up’으로 비꼬아서 하는 말.

로 구부리고, 무전기로 주고받는 택시 운전사의 험담에 끼어들어, 떨리는 게 분명한 목소리로 어둡고 황량한 건물에 있는 살인청부업자에게 아까와 똑같은 이유 때문에 다시 데려다달라고 하는 것이다.

그녀는 윈더스트가 가져다준 서류철을 그날 저녁 늦게까지 읽어볼 틈이 없다. 싱크대 밑의 스펀지들을 크기와 색깔 별로 정리하고, VCR에 헤드클리너 테이프를 넣어 돌리고, 중복되는 테이크아웃 메뉴들을 살펴보고, 이렇게 해치워야 할 재미있는 잡일들이 갑자기 생겨나서다. 마침내 그녀는 희미하게 펑크록의 기운이 감도는 문제의 서류철을 집어든다. 그 서류철 겉표지에는 제목, 작성자, 로고, 신원을 나타내는 어떤 표시도 없다. 그 안에서 그녀는 즉시 알 수 있을뿐더러 그게 누구든 이 자료를 수집한 사람에게는 엄청나게 중요한 모양이었던 정보, 곧 게이브리얼 아이스가 유대인이라는 사실이 담긴 기록을 발견한다. 또한 그는 어쨌든 이 기록에 따르면 테러리스트 자금원으로 알려진 와하브파 초종교 우애(WTF)[3] 기금의 관리를 받는 두바이의 은행계좌로 수백만 미국달러를 불법송금하는 데 계속해서 중요한 역할을 해왔다.

"왜," 기록자는 하소연하듯 따져묻는다. "아이스는 유대인이면서 이스라엘의 적들에게 이렇게 아낌없는 지원과 편의를 제공하는 걸까?" 가능한 대답은 순수한 탐욕, 이중첩자, 동족을 혐오하는 유대인 정도다.

에릭이 찾아낸 하왈라 조직을 뒤져 돈을 추적한 시도들이 열두페

---

3 Wahhabi Transreligious Friendship의 약자. 가상의 단체.

이지에 걸쳐 기록되어 있다. 베이리지에 있는 빌하나 와아시파 수출입회사로부터 시작해, 미국 내로 들여오는 할바, 피스타치오, 제라늄 원액, 병아리콩, 다양한 종류의 라스 엘 하누트[4]와 미국 밖으로 보내는 휴대폰, MP3 플레이어, 다른 가벼운 전자제품, 특히 옛날에 방영된 「베이워치」와 같은 DVD 등의 화물송장을 재발부한 기록을 담고 있다. 단서를 찾는 데 취약하고 놀랍게도 일반회계원칙도 잘 모르는 어떤 위원회가 수합한 이 데이터들은 너무 아무렇게나 끌어모은 것이라, 삼십분이 지나자 맥신은 반대 방향으로 눈이 돌아갈 지경이 되고 도대체 이 문서가 자축을 위한 것인지 아니면 두툼하게 위장된 실패의 자백을 위한 것인지 전혀 이해가 되지 않는다. 그래도 요점은 그들이 하월라에 대해서 아는 것 같다는 사실이다. 어이, 대단해. 그밖에 또 뭐가 있지? 마지막 페이지에는 '조처를 위한 권고'라는 제목하에 해시슬링어즈 제재, 보안승인 철회, 기소, 미지불 계약 취소, 그리고 눈에 거슬리는 각주 "옵션 X—매뉴얼 참고" 등의 일반적인 목록이 나열되어 있다. 물론 매뉴얼은 포함되어 있지 않은 채.

윈더스트는 왜 이것을 그녀에게 보여주고 싶어하는 걸까? 함정일 가능성이 점점 커진다. 동틀 무렵이 가까워지자, 그녀의 꿈속에서 '제리' 역의 폴 헨리드와 '샬럿' 역의 베티 데이비스가 또다시 담배를 피우려고 하는 「나우 보이저」(1942)의 한 장면이 다른 버전으로 재생된다. 늘 그렇듯, '제리'는 능숙하게 담배 두개비를 입에 물고 둘 다 불을 붙인다. 하지만 이번에는 '샬럿'이 기다렸다는 듯 자기 것을 향해 손을 뻗자, '제리'는 두개비를 계속 입에 물고 연기

---

4 중동 지역에서 흔히 사용하는 혼합 향신료.

를 내뿜으며 환하게 웃고는, 결국 아랫입술에 축축한 담배꽁초 두 개만이 남을 때까지 거대한 연기구름을 피운다. 역촬영 장면에서 점점 더 초조해하는 '샬럿'의 모습이 보인다. "오…… 오 이런…… 물론 당신이……" 맥신은 침대에 무언가가 함께 있다는 느낌을 받고 비명을 지르며 잠에서 깨어난다.

최근에 여피 수집가 시장에서 한없이 잘 속아넘어가는 구멍을 발견한 씨가 위조단 일당은 웨스트 30번가의 담배 가게에서 일하면서, 당시로서는 매력적인 가격인 개당 20달러에 "밀수입"한 꾸바 씨가를 일련의 "희귀 골동품" 씨가들과 함께 내놓았다. 그중에는 믿거나 말거나 J. P. 모건의 개인 소장품, 그루초 막스[5]가 영화에서 실제로 입에 물었던 소품, 그리고 『인도의 역사』에서 데 라스 까사스가 언급한 크리스토퍼 콜럼버스의 최초의 꾸바 씨가 같은 초기의 씨가가 포함되어 있다. 놀랍게도, 이 가짜 씨가들은 모두 부르는 가격대로 팔려서, 시내의 어느 부티크 헤지펀드는 이 불법복제 사기꾼들에게 거액을 지불한 뒤 여행 및 엔터테인먼트 경비로 처리하고, 나중에 언론에 날 때에는 '엄청난 리베이트'라고 불릴 만 한 것을 챙겼다. 이틀 뒤 아침 맥신이 1년 내내 이어진 이 사건에 익숙해질 때쯤 데이토나가 두 눈을 내리깔고 오른쪽을 쳐다보며 머리를 절레절레 흔들면서 들어온다. 그녀가 애틀랜틱시티에서 한차례 참석했던 신경언어학 워크숍이 생각난 모양이다. "또 혼잣말하고 있네."

"저한테 그놈의 잔소리 좀 그만해요. 1번에 전화가 와 있어요.

---

5 Groucho Marx(1890~1977). 미국의 코미디언이자 배우. 「꼬빠까바나」 같은 대표작에서 씨가를 늘 입에 물고 연기한 것으로 유명하다.

그 사람이나 어떻게 좀 해봐요."

제부인 에이비 덕분에 맥신은 최근에 신기한 이스라엘 음성분석기를 전화기에 연결해놓았다. 걸려온 전화가 '공격적인' 거짓말인지 '방어적인' 거짓말인지, 혹은 그저 단순한 농담인지 그 차이를 식별할 수 있게 알고리즘이 포함된 장치이다. 윈더스트가 어떤 종류의 일상적인 대화를 데이토나와 나누었는지 알 수는 없지만, 그를 오늘 귀찮게 하는 것은 장난의 범주에 들어가지 않는 것만은 분명해 보인다.

"내가 준 자료는 봤어요?"

그날은 너무 좋았어요라든가, 당신 생각을 머리에서 지울 수가 없어요라든가, 뭐 이런 말을 해야 하는 거 아냐? 이 대화를 바로 끝내는 게 낫겠어, 안 그래? 하지만 성격이 좋은 맥신은 차마 그러지 못한다. "대부분은 이미 알고 있는 내용이에요. 아무튼 고마워요."

"아이스가 유대인이라는 것도 알고 있었군요."

"네, 슈퍼맨이라는 것도요. 그래서 뭐요? 미안한데, 다시 1943년이라도 된 거예요? 당신들에게 뭐가 그렇게 문제인데요?"

"그가 당신의 제부를 고용했어요."

"그래서요? 유대인들은 정말로 함께 뭉치기를 좋아한다고 말하려는 거예요? 그래요?"

"모사드에 관한 문제라면, 그들은 미국의 동맹이에요. 단, 어느 지점까지만요. 그들은 협조하기도 하고, 협조하지 않기도 해요."

"맞아요, 유대인 방식의 선禪이에요. 아주 흔하죠. 처음에는 흑인 분장을 했다가, 바로 다음에는 사원에서 노래하는 알 졸슨[6] 기억해

---

6 Al Jolson(1886~1950). 유대계 미국 가수이자 코미디언 겸 배우.

요? 게르숌 숄렘[7]의 『유대 신비주의의 주요 흐름』을 추천할게요. 계속해서 남는 질문들을 깔끔하게 해소해줄 거예요. 그리고 할 일이 많아서 그만 끊어야 해요. 이런 전화들 때문에 일이 조금도 줄질 않아요. 당신이 우리 용어로 실토라고 부르는 걸 할 생각이 없다면요?"

"아이스가 돈을 얼마나 빼내왔고, 그것이 어디로 가는지 우리는 알아요. 그게 누구한테 가는지도 거의 확신해요. 하지만 현재까지는 아직 별개의 단서들만 갖고 있어요. 그 자료를 읽었으니, 그게 얼마나 흩어져 있는지 잘 알 거예요. 우리는 사기조사 기술을 갖춘 누군가가 그것을 잘 엮어서 다음 단계로 가져갈 수 있게 틀을 잡아주었으면 해요."

"왜 이래요, 도무지 이해가 안돼요. 정말 납득이 안된다고요. 당신네의 방대한 데이터베이스 어디에도 단 한명의 전문적인 거짓말쟁이와 접촉할 연락처가 없다는 말이에요? 그게 당신들이 하는 일이고, 당신 고장의 산업이잖아요." 맥신은 로맨틱했던 과거를 내려놓고 스스로에게 다짐한다. 레스터 트레이프스가 데저렛의 수영장 밑으로 던져졌을 때 거기에 함께 있던 남자라는 사실을 명심해야 해.

"오 그런데," 쓰레기수거 트럭처럼 건성으로. "모스끄바에 있는 민간인 해커 학교에 대해서 들은 적 있어요?"

"아뇨, 전혀요."

"내 동료들에 따르면, KGB가 만들었는데, 아직도 러시아 간첩 활동의 한 축으로, 사이버전쟁을 통해 미국을 파괴하는 일을 사명

---

7 Gershom Scholem(1897~1982). 유대 신비주의 철학 연구를 선도한 이스라엘 철학자.

으로 삼고 있대요. 당신이 최근에 사귄 가장 친한 친구인 미샤와 그리샤가 최근 졸업생인 것 같던데."

감시하고 있다고. 오케이. 러시아혐오 반사신경을 건드리시겠다. 그렇더라도 지금 이건 너무 뻔뻔한데. "내가 러시아 사람들과 친하게 지내는 걸 안 좋아하는군요. 미안하네요, 난 냉전 드라마가 다 끝난 줄 알았는데. 그건 마피아들의 짓이에요, 뭐예요?"

"요즘 들어 러시아 마피아와 정부가 많은 관심사를 공유하고 있어요. 당신 친구들에 대해서 좀더 깊이 생각해주기를 바랄 뿐이에요."

"고등학교 때보다 더 심하네, 진짜. 한번 데이트했다고 자기 것이 된 줄 안다니까."

몹시 화가 난 듯한 찰칵 소리와 함께 전화가 끊긴다.

25

집에 와 보니 우편함에 미국의 깊숙한 오지 소인이 찍힌 작은 정사각형의 노란색 봉투가 기다리고 있다. 첫 글자가 M으로 시작되는 주州인 것 같다. 처음에는 애들 아니면 호스트가 보낸 것인 줄 알았는데, 아무런 쪽지도 없이 플라스틱 케이스에 담긴 DVD 한개만 들어 있다.

디스크를 DVD 플레이어에 집어넣자, 저 멀리 웨스트사이드, 뒤로 허드슨강과 뉴저지가 보이는 어딘가의 옥상을 비스듬히 찍은 화면이 갑자기 나타난다. 햇살로 보아 이른 아침이다. 화면에 새겨진 시간 표시는 약 일주일 전의 오전 7:02:00을 가리키고 있고, 얼어붙은 듯 멈춰서 있다가 늘어나기 시작한다. 이어지는 화면에는 먼 곳의 구급차 사이렌 소리, 거리에서 쓰레기를 수거하는 소리, 헬리콥터가 지나가거나 공중에 떠 있는 소리들이 계속해서 띄엄띄엄 들린다. 촬영은 건물의 물탱크가 설치된 어떤 구조물 뒤편 아니면 안에서 한 것이 분명하다. 옥상에는 스팅어[1]로 보이는 미사일을 어깨에 메고 있는 두 남자와 길고 가는 안테나가 달린 휴대폰에 대고 소리를 지르느라 정신이 없는 세번째 남자가 있다.

중간에 별다른 사건 없이 시간이 흘러갈 때가 있다. 대화는 그렇게 분명하지는 않지만 영어로 주고받고 있고, 악센트에 딱히 지역색이 없는 게 연안 일대의 어딘가 사람들 같다. 레지는(레지가 틀림없다) 마음껏 줌을 쓰던 옛날로 돌아가, 옥상의 스탠바이 상태로 돌아오기 전에 하늘 높이 보이는 여객기들을 일일이 줌인한다.

여덟시 삼십분경, 인접한 건물의 옥상에서 움직임이 포착되자, 카메라는 그쪽을 향해 돌더니 AR15 돌격용 자동소총을 든 사람을 클로즈업한다. 그는 소총에 양각대를 장착한 채 엎드려쏴 자세로 엎드렸다 일어난 뒤, 양각대를 분리하고 옥상 난간으로 다가가 그것을 지지대 삼아, 자기가 원하는 자세가 나올 때까지 계속 자세를 바꾸며 이쪽으로 움직인다. 그의 유일한 목표물은 스팅어 미사일을 멘 남자들 같다. 더 흥미롭게도, 그는 몸을 숨기려고 전혀 노력하지 않는다. 마치 스팅어 미사일을 멘 자들이 그의 존재를 알고 있고 그러든 말든 전혀 개의치 않는 듯하다.

잠시 후 휴대폰을 든 남자가 손가락으로 하늘을 가리키자 모두 행동에 들어간다. 팀원들은 조준을 한 뒤, 남쪽으로 향하는 보잉 767처럼 보이는 목표물을 포착한다. 그들은 비행기를 추적하고 발사 준비를 하는 것 같은 시늉을 한다. 하지만 발사하지는 않는다. 비행기는 계속해서 날아가더니 이내 어떤 건물들 뒤로 사라진다. 통화 중인 남자가 "됐어, 이제 그만" 하고 외친다. 그러자 팀원들

---

1 Stinger. 개인 휴대용 지대공 미사일.

은 모든 짐을 싸고 옥상에서 완전히 철수한다. 다른 옥상에 있던 저격수도 똑같이 사라진다. 아래에서 바람소리와 짧은 정적이 전해진다.

맥신은 바로 마치 켈러허에게 전화를 건다. "마치, 비디오 자료를 당신 블로그에 어떻게 올리는지 알아요?"

"그럼, 인터넷 속도만 괜찮으면. 목소리가 이상한데. 재미있는 거야?"

"직접 봐야 해요."

"이쪽으로 와."

마치는 몇 블록 떨어진 콜럼버스와 암스테르담 애비뉴 사이, 마지막으로 들른 게 언제인지 기억이 잘 안 나는 교차로에 산다. 와보긴 했는지도 모르겠다. 세탁소, 인도 식당은 전혀 기억에 없다. 옛 보리꽈 지구는 긁히고 더럽혀진 채 안으로 쫓겨나 거의 끝장나다시피 한 원래의 텍스트들에 무참히 덧칠을 당하면서 살아남아 있다. 50년대의 갱단, 20년 전의 마약거래, 이 모든 것은 고층 건축물이 자기회의라고는 전혀 없이 북쪽으로 진군함에 따라 여피의 무관심 속으로 공공연히 사라진다. 모두 언젠가는 곧 중간지구[2]가 될 것이다. 그렇게 되면 슬픔에 잠긴 어두운 벽돌 건물, 섹션 8 주택,[3] 화려한 영국식 영어 이름이 붙어 있고 고전적인 기둥이 좁은 현관계단 양옆으로 서 있는 오래된 소형 아파트, 그리고 아치 모양의 창과 빠르게 녹스는 연철로 정교하게 만든 비상계단은 전부 허물어져 점점 쇠해가는 기억의 매립지 속으로 떠밀릴 터이다.

쎄인트 아널드로 알려진 마치가 사는 건물은 브라운스톤 건물

2 midtown. 상업지역과 주택지역의 중간 지역.
3 연방정부의 보조를 받는 저소득계층을 위한 주택.

로 가득한 블록에 침입자처럼 서 있는 중간 크기의 2차대전 이전 건축물로, 보란 듯이 꾀죄죄한 외관이 소유주가 자주 바뀐 티를 내고 있다. 오늘은 영세 업체의 이삿짐 트럭 한대가 밖에 세워져 있고, 페인트공과 미장이 들이 현관에서 작업 중이며, 엘리베이터들 중 하나에는 '고장' 표시가 붙어 있다. 맥신은 운행 중인 엘리베이터의 탑승 허락을 받기에 앞서 의심쩍은 O의 숫자가 평소보다 많은 것에 유의한다.[4] 만약 여러 세입자들이 수상한 짓거리를 벌여 직원을 매수하면 이렇게 깐깐한 보안도 고장 날 수 있을 것이다.

마치는 뒤꿈치에 사운드 칩이 들어 있어서 걸어다닐 때마다 「죠스」(1975)의 주제곡 도입부가 흘러나오는 상어처럼 생긴 신기한 슬리퍼를 신고 있다. "그 슬리퍼를 구할 수만 있다면 값은 전혀 문제가 안돼요. 얼마든지 낼게요."

"손자한테 물어볼게. 용돈으로 샀으니까 아이스의 돈이지. 하지만 아이를 통해 빠져나간 돈이니까 아마 충분히 세탁되었을 거야."

그들은 부엌으로 간다. 바닥에는 옛날 프로방스 타일이 깔려 있고, 페인트칠을 하지 않은 소나무 테이블은 그들 둘이 앉고 나서도 마치의 컴퓨터와 책 한무더기와 커피메이커가 놓일 공간이 있다. "여기가 내 사무실이야. 갖고 있는 게 뭔데?"

"잘 모르겠어요. 눈으로 본 대로라면, 방사선 주의 경고라도 붙어 있어야 할 것 같아요."

그들은 디스크를 튼다. 마치는 첫번째 장면을 보고 상황을 파악하자 맙소사 하고 중얼거리고는, 앉아서 안절부절못하며 소총을 든 남자가 나타날 때까지 얼굴을 찡그리더니, 정신을 팔고 앞으로

---

4 고장을 나타내는 'Out of Order'의 첫 글자들을 두고 하는 말.

몸을 구부리다가 아침에 비싼 돈을 주고 산 『가디언』에 커피를 약간 엎지른다. "이럴 수가." 화면이 끝나자 "음" 하고는 커피를 따른다. "누가 이걸 찍었지?"

"레지 데스파드라고 알고 지내는 다큐멘터리 작가인데, 해시슬링어즈에 관한 프로젝트를 진행—"

"오, 레지 기억나. 96년에 세계무역센터에서 있었던 사태 동안에 만난 적이 있어. 수위들의 파업이 있었는데, 유언비어, 뇌물 등등 온갖 이상한 일이 벌어졌지. 끝날 무렵에는 우리 둘 다 늙은 퇴역군인 같은 느낌이었어. 우리는 그 자리에서 뭐든 재미있는 게 있으면 의기투합하기로 했고, 나는 우선 내 블로그에 올리기로 했어. 용량이 되면 말이야. 그 이후로 서로 연락이 끊겼는데, 결국에는 돌고 돌아서 다시 보게 되네. 당신도 나처럼 보고 있는 것 맞지?"

"누군가가 비행기를 거의 격추하려다가, 마지막 순간에 마음을 바꿨어요."

"그게 아니면 예행연습일지 몰라. 비행기를 격추하려고 **계획 중인** 누군가의, 가령, 현재의 미국 정권을 위해 일하는 민간 부문에 있는 누군가의."

"왜 그런—"

아일랜드인들은 조용히 유대 기도문을 외운다고 알려져 있지 않지만, 마치는 잠시 동안 앉아서 그러는 것처럼 보인다. "자, 우선 이 영상은 가짜이거나, 혹은 설정일지 몰라. 내가 『워싱턴 포스트』라고 상상해봐, 알겠지?"

"네." 맥신은 마치의 얼굴을 향해 손을 뻗으며 페이지를 넘기는 동작을 하기 시작한다.

"아니, 아니. 그 워터게이트 영화[5]에서처럼 말이야. 책임 있는 저

널리즘 등등을 다룬. 우선, 이 디스크는 복사본이야, 그렇지? 그래서 레지의 원본이 수많은 방법으로 변조되었을 수도 있어. 화면 모퉁이의 그 일시 표시도 가짜일 수 있어."

"누가 이것을 위조할 것 같아요?"

마치는 어깨를 으쓱한다. "부시를 크게 골탕 먹이고 싶어하는 사람? '부시'와 '멍청이'를 한번 구분해보라면서? 아니면 희생자 놀음을 통해, 부시를 골탕 먹이려는 자를 골탕 먹이려고 하는 부시 측근 중 한명일지도."

"알겠어요. 하지만 그게 일종의 예행연습이라고 생각해봐요. 다른 건물의 옥상에 있는 그 저격수는 누구일까요?"

"그들이 일을 잘하고 있는지 지켜보는 감시자?"

"그러면 그 남자가 큰 소리로 통화하는 상대는요?"

"잠깐, 내가 무슨 생각 하는지 이미 알고 있잖아. 그 스팅어 미사일을 멘 친구들은 영어로 말하고 있었어. 내 추측에는 민간업자들이야. 최대한 민영화하라는 게 공화당의 이념이니까. 비밀스러운 사운드 랩에서 대화를 모두 깨끗이 복원해 옮기면, 그 민간용병들은 옥상을 제대로 수색하지 못한 것 때문에 개고생 좀 할 거야. 그런데 물어도 될지 모르겠지만, 레지는 이걸 어떻게 보냈어?"

"자기 멋대로 일방적으로요."

"그걸 보낸 게 레지라는 걸 어떻게 알아? CIA일지도 모르잖아."

"알았어요, 마치. 그건 모두 가짜예요. 제가 여기 와서 괜히 시간만 뺐고 있네요. 어떻게 할까요? 아무것도 하지 말까요?"

"아니, 이 옥상 건물이 어디인지부터 우선 찾아보자고." 그들은

5 워터게이트 사건을 취재한 『워싱턴 포스트』의 두 젊은 기자 이야기를 다룬 「모두가 대통령의 사람들」(1976)을 말한다.

화면을 다시 찬찬히 살펴본다. "좋아. 저건 허드슨강이고…… 저건 뉴저지야."

"호보켄은 아니에요. 다리가 없는 걸로 봐서 포트리의 남쪽이에요."

"잠깐, 멈춰봐. 저건 포트 임피리얼 마리나야. 씨드가 거기에 가끔 들락날락했어."

"마치, 이렇게 말조차 꺼내기 싫고, 거기에 가본 적도 없지만, 이 옥상은 왠지 기분이 으스스해요. 저건……"

"말하지 마."

"……저건 그놈의……"

"맥시?"

"데저렛이에요."

마치는 눈을 가늘게 뜨고 화면을 본다. "식별하기가 어려운데. 각도가 그렇게 선명하지 않아. 길게 뻗은 브로드웨이에만 그런 건물이 열채도 넘을 거야."

"레지는 그 건물을 몰래 조사하고 있었어요. 제 말 믿으세요. 분명히 거기에서 찍었어요. 제 직감이 그래요."

미친 사람을 대하듯이 마치가 조심스럽게 말한다. "어쩌면 거기가 데저렛이기만을 바라서가 아닐까?"

"왜요……?"

"거기에서 레스터 트레이프스가 발견되었으니까. 연관성이 있다고 믿고 싶어서일지 몰라."

"연관성이 있을지 몰라요, 마치. 평생 동안 그곳은 제게 악몽을 꾸게 했고, 이제 그 악몽을 믿게 되었다고요."

"그게 같은 옥상인지 확인해보는 게 그리 어렵지는 않을 거야."

"제가 거기 화물용 엘리베이터 단골이에요. 수영장 초대권을 구해드릴 테니, 같이 옥상으로 가는 방법을 찾아봐요."

인적이 드문 복도와 비상계단의 미로를 요리조리 통과한 그들은 모험을 좋아하는 십대들, 밀회 중인 연인들, 거금을 챙겨 도망 중인 범법자들에게 어울리는 건물의 두 구역 사이에 난 좁은 통로 옆의 높고 탁 트인 곳으로 나온 뒤, 어지러움을 견디며 철제계단으로 건너뛰어 마침내 계단을 따라 빙빙 돌아서 옥상으로, 도시 위의 바람 속으로 오른다.

"조심해," 마치가 환풍기 뒤로 몸을 숨기며 말한다. "금속 장치를 든 남자들이 있어."

맥신은 그녀 옆에 쭈그리고 앉는다. "맞아요, 저 사람들의 앨범을 갖고 있어요, 아마도요."[6]

"그 미사일팀이야? 들고 있는 게 뭐지?"

"스팅어 같지는 않아요. 직접 가서 물어보는 게 더 낫지 않을까요?"

"내가 당신 남편이라도 돼? 여기가 주유소야? 그러고 싶으면, 어서 가서 물어봐."

그들이 일어서자마자 또다른 무리가 엘리베이터에서 내린다.

"잠깐," 마치가 선글라스를 기울이며 말한다. "저 여자 알아. 세입자협회의 베벌리야."

"마치!" 처방약의 도움을 안 받았다고 하기에는 너무 활기차게 손을 흔든다. "여기서 만나다니 반가워."

---

6 마치가 금속장치(metal accessories)를 들고 있다고 말한 것을 헤비메탈 액세서리를 하고 있다는 의미로 비틀어 농담하는 것으로 보인다.

"베브, 웬일이야?"

"쓰레기 같은 조합 이사회가 또 사고를 쳤어. 모든 사람의 뒤를 캐고, 휴대폰 통신사에 이 공간을 임대해줬어. 이 친구들은," 작업 팀을 가리킨다. "주변 지역을 조사하기 위해 극초단파 안테나를 설치하는 중이야. 누군가 막지 않으면 우리 모두 결국에는 어둠속에서 발광하는 뇌 신세가 되고 말 거야."

"나도 끼워줘, 베브."

"마치, 음⋯⋯"

"괜찮아, 맥시. 끼든 말든, 네가 사는 곳이기도 하잖아."

"알았어요, 잠깐만이에요. 저한테 또 죄책감 들게 하고 계세요."

"잠깐만"이라고 했지만 결국 맥신은 남은 하루 내내 옥상에서 꼼짝달싹 못한다. 떠나려고 할 때마다, 작은 문제들이 잇따른다. 설치기사, 감독관, 건물 관리인 들과 말다툼을 벌이고 나자, 목격자 뉴스팀이 나타나더니 촬영을 하고, 이어서 더 많은 수의 변호사, 늦게 일어난 피켓 시위자, 한량과 싸움 구경을 좋아하는 사람들이 들락날락거리며 저마다 한마디씩 거든다.

시계를 보는 것조차 너무 힘이 드는 축 처진 오후의 모퉁이에서, 마치가 단서를 찾기 위해 이곳에 왔다는 게 갑자기 생각난 듯 몸을 구부려 지름이 5~6센티 정도 되는 빛바랜 마개를 줍고는 여기저기를 툭툭 치자 마커펜으로 쓰인 희미한 글씨가 나타난다. 맥신은 눈을 가늘게 뜨고 들여다본다. "이게 뭐죠? 아라비아어인가?"

"군사용처럼 보이는데, 안 그래?"

"당신 생각에는⋯⋯"

"내 말 들어봐⋯⋯ 이걸 이고르에게 보여주면 어때? 그냥 직감이야."

"이고르라면 모종의 범죄 주모자일 수도 있는데, 그래도 괜찮겠어요?"

"악덕 집주인, 크리크먼 기억해?"

"그럼요. 우리가 처음 만났을 때, 그를 향해 피켓 시위를 하고 계셨잖아요."

"그 2년 뒤 어느 순간에, 당연히 사업상의 이유 때문이었겠지만, 그 인간한테 정나미가 떨어진 이고르가 파운드리지로 가서, 닥터 크리크먼의 수영장에 피라냐를 쏟아부었어."

"그런 다음 두 사람은 영원토록 가장 친한 친구 사이가 되었고요?"

"메시지가 분명히 전달되자, 그뒤로 크리크먼은 그것이 무엇이든 간에 하던 짓을 그만두고 아주 예의 바르게 행동했어. 그래서 나는 이고르를 부동산 따위는 부업에 불과한 자비로운 폭력배로 생각하게 되었어."

* * *

그들은 ZiL에서 모임을 갖는다. 차는 이고르가 이곳저곳에서 벌이고 있는 수상쩍은 사업들을 점검하기 위해 맨해튼을 도는 중이다.

"알고말고. 갑자기 옛날 생각이 나는군. 스팅어 미사일 발사기의 부품이지. 배터리 냉각수 용기 마개야."

"과거에 스팅어 미사일을 써봤겠네." 마치가 아주 조심스럽게 콕 집어 말한다.

"나도 쓰고, 내 친구들도 쓰고, 개인적인 감정은 없어. 아프가니스탄 사태 이후에 스팅어 미사일은 무자헤딘의 차지가 되어 암시장으로 넘어갔고, 그중 상당수를 CIA가 다시 사들였지. 나도 몇번 거래를 도와준 적이 있어. CIA는 값은 전혀 신경 쓰지 않아서, 개당 15만 달러까지 챙길 수 있었어."

"오래전 일이네." 맥신이 말한다. "아직도 거래되는 게 있어?"

"넘치지. 전세계에 대략 6~7만기 정도가 있고 거기에 중국 복제품까지 더하면…… 미국에는 그렇게 많지 않아. 그래서 이번 건이 더 흥미롭네. 혹시 물어봐도 괜찮다면, 어디에서 이걸 찾았지?"

마치와 맥신은 서로의 얼굴을 쳐다본다. '문제 될 게 있을까?' 맥신은 생각한다.

"사실 지난번에 누군가가 말해줬는데……"

"나도 듣고 싶은데." 이고르가 환하게 웃는다.

그들은 그에게 DVD의 짧은 줄거리를 포함해 전말을 들려준다. "그러면 누가 이걸 찍은 거지?"

알고 보니 레지와 이고르는 함께 사업을 했던 적이 있다. 그들은 미국에서 러시아 아기 입양 열풍이 한창이던 시절에 모스끄바에서 만났다. 그 무렵 레지는 미국 본토의 소아과 의사들이 곧 양부모가 될 사람들과 상담하는 것을 돕기 위해 적합한 아기들을 영상에 담고 있었다. 혹시 모를 사기의 가능성 때문에 아기들을 가만히 앉혀놓고 클로즈업 화면에 맞춰 포즈를 취하게 하기보다는 실제로 물건을 향해 손을 뻗고, 구르거나 기어다니도록 하는 게 중요했고, 그러려면 레지가 지시를 하거나 입씨름을 할 수밖에 없었다. "마음이 잘 통하는 젊은 친구야. 러시아 영화에 대해서도 조예가 상당하고. 고르부시까 상가에서 늘 DVD를 한무더기씩 구입했다고. 물론 해적판이기는 해도, 할리우드 영화는 일절 없고, 러시아

영화들뿐이었어. 따르꼽스끼, 지가 베르또프, 「개를 데리고 다니는 부인」, 그리고 역사상 가장 위대한 만화영화 「안개 속의 고슴도치」(1975)는 말할 것도 없었어."

맥신은 갑자기 코를 훌쩍이는 소리를 듣고 앞 좌석에서 미샤와 그리샤가 눈물을 머금은 채 아랫입술을 떨고 있는 모습을 발견한다. "아, 저 친구들도 그걸 좋아하나보네?"

이고르는 참다 못해 머리를 흔든다. "고슴도치, 러시아 명물이지. 물어 뭐 해."

"배터리 마개에 적혀 있는 이거, 뭐야, 읽을 수 있어?"

"파슈토어네, '신은 위대하다'. 아마 정품이거나, 어쩌면 무자헤딘처럼 보이게 해서 자신들의 범죄를 감추려고 하는 CIA의 위조품일 수도 있어."

"이왕 말을 꺼낸 김에, 다른……"

"무슨 생각을 하고 있는지 내가 말해볼까. 스뻬쯔나즈 칼, 맞지?"

"레스터 트레이프스 살인 흉기로 추정되는 탄도형 칼이요."

"가엾은 레스터." 그가 동정과 경고가 뒤섞인 묘한 표정을 짓는다.

"어오." 또다른 관계가 있나보네, 그럴 줄 알았어. "내 짐작에 칼 이야기는 조작이야."

"스뻬쯔나즈는 사람들에게 칼을 발사하지 않아. 스뻬쯔나즈는 칼을 던지기만 해. 탄도형 칼은 가까이 접근하는 것을 무서워하고 발포소리를 피하고 싶어하고 던지는 기술이 없는 애송이⁷를 위한 무기야. 그리고—" 머뭇거리는 척한다. "레스터의 시신에서 나

---

7 chainik. 초심자를 비꼬는 러시아 속어.

온 그 칼은, 알았어, 내 먼 친척이 시내의 뉴욕 경찰 본청에서 일하는데, 그 친구가 물품 보관실에서 그걸 봤대. 있잖아. 나 참 어이가 없어서. 심지어 오스트마르크 칼도 아니야. 어쩌면 중국산, 그것보다 더 싼 걸지도 몰라. 언젠가 더 말해줄 날이 오면 좋겠어. 하지만 「고인돌 가족 플린스톤」의 주제곡대로 그건 역사에 없는 이야기야. 지금은 감당해야 할 대가가 너무 커."

"뭐든 좋으니까 편할 때 얘기해, 이고르. 그런데 다른 무기는 어떻게 해야 되지? 옥상의 최첨단 무기 말이야? 시한이 정해져 있는 거라면?"

"괜찮다면 DVD를 봐도 될까? 단지 옛날에 대한 향수 때문에. 알겠지?"

26

코닐리아가 전화를 걸어 미리 겁준 대로 쇼핑을 가자고 한다. 맥신은 버그도프나 싹스를 예상하지만, 그 대신에 코닐리아는 그녀를 택시에 몰아넣더니 다짜고짜 브롱크스로 향한다. "전부터 항상 로만스¹에서 쇼핑을 하고 싶었어요." 코닐리아가 설명한다.

"하지만 절대 들여보내주지 않을걸요. 왜냐면…… 반드시 유대인을 동반해야 하니까?"

"나 때문에 기분 상했나보네요."

"다른 뜻 없어요. 그런 역사가 있다는 거죠, 그게 다예요. 지금 있는 게 전설의 로만스는 아니라는 걸 알았으면 해요. 그건 다른 데로 옮겼어요. 잘은 모르지만, 80년대 후반이었던가?"

맥신과 하이디가 소녀이던 시절에 그 백화점은 여전히 포덤 로

___
1 Loehmann's. 1921년 뉴욕 브루클린에 처음 문을 연 백화점. 디자이너 브랜드 재고를 싼값에 사들여 시중보다 싸게 파는 것으로 유명했다.

드에 있었다. 거의 매달 엄마들은 그들을 백화점에 데리고 가서 어떻게 쇼핑하는지 배우게 했다. 그 당시의 로만스는 규정상 반품이 허용되지 않아서, 처음 살 때부터 잘 결정해야 했다. 그곳은 마치 신병훈련소 같아서 규율과 반사작용을 익히게 했다. 하이디는 전생에 의류업계의 슈퍼스타였던 것처럼 그곳을 좋아했다. "이상할 정도로 마음이 편해져. 여기에 있으면 진짜 나인 것 같아. 말로는 설명할 수가 없어."

"내가 말해줄게." 맥신이 말했다. "넌 쇼핑중독자야."

맥신에게 그곳은 별로 대단하지 않았다. 탈의실은 프라이버시가 부족했고, 사람들이 부르기 좋아하는 대로 '공동체적'이었으며, 고른 것 중 절반은 맞지도 않는 옷들을 입어보면서도 누구든 필요해 보이는 사람들, 그러니까 모두에게 공짜로 패션 상담을 해주는, 여러 단계로 옷을 벗고 자세를 취하는 여자들로 붐볐다. 꼭 그 옛날 시기심과 편집증이 없는 줄리아 리치먼 고등학교의 로커룸 같았다. 그런데 이제는 진주목걸이를 한 와스프 친구가 그녀를 그 안으로 다시 끌어들이고 싶어한다.

지금의 로만스 백화점은 북쪽, 예전에 스케이트장이었던 곳으로 자리를 옮겨, 인정사정없이 시끄러운 디건 고속도로 바로 옆 거의 리버데일 쪽에 위치해 있다. 맥신은 이미 알고 있는 자의 비명을 지르지 않으려고 거의 몸부림을 친다. 과거와 똑같이 사람들이 사려고 골라놓은 옷들이 수북이 쌓여 있는 수많은 복도, 단언컨대, 과거와 똑같이 구매자들의 실수와 스팽글이 사방으로 떨어지는 무시무시한 무도회 드레스로 가득한 악명 높은 뒤편 탈의실. 한편 코닐리아는 백화점에 발을 들여놓기가 무섭게 마법에 걸린다. "오, 맥시! 여기 마음에 쏙 들어요!"

"그래요, 음……"

"계산대에서 만나요. 1시쯤에 점심 먹으러 가요. 알겠죠?" 코닐리아가 상인들이 방향을 위해 옷에 뿌린 포름알데히드 냄새 속으로 사라지자, 맥신은 딱히 폐소공포증까지는 아니지만 너무 생생하게 밀려드는 옛 기억들을 못 견디고 다시 바깥 거리로 나와 최소한으로 뭐가 뭔지 둘러보다가, 디건 방향으로 조금만 더 가면 용커스선線 바로 너머에 그녀가 얼마 전 우편으로 연회비를 1년 더 납부했던 여성 전용 사격장 센서빌리티가 있다는 생각을 해내고는, 이렇게 로맨스에 들를 줄 알았더라면 베레타 권총도 가지고 나올걸 하고 후회한다.

에이. 코닐리아는 몇시간은 족히 걸릴 거야. 맥신은 승객을 내려주는 택시를 발견한다. 이십분 뒤 그녀는 센서빌리티 방문기록부에 이름을 적은 다음 고글, 귀마개, 머리보호대를 착용한 채 탄환이 가득 담긴 편의점 컵을 놓고 사격선에 서서 총을 쏜다. 게이머에게는 그만의 좀비가 있는 법이다. 한 쏠로에게는 타이 파이터가,[2] 엘머 퍼드에게는 도망다니는 토끼가 있다면,[3] 맥신에게는 경찰들 사이에서 '더 서그'[4]로 알려진 상징적인 종이 표적이 있는데, 이곳에서는 자홍색과 형광녹색으로 되어 있다. 그는 나이가 들어가는 비행청소년의 표정에 윤기 나는 50년대 헤어스타일, 성난 얼굴, 그리고 근시로 인해 가늘게 뜬 듯한 눈초리를 하고 있다. 오늘은 그 표적이 멀리 모래둔덕까지 물러나도, 그녀는 그의 머리, 가슴, 그

---

2 영화 「스타워즈」 시리즈에 나오는 조종사 한 쏠로와 은하제국의 전투기를 말한다.
3 미국의 인기 만화 시리즈 「루니 툰」에서 벅스 버니를 노리는 사냥꾼 엘머 퍼드를 말한다.
4 The Thug. '폭력배'라는 뜻.

리고 실제로 성기 부분에 꽤 많이 명중시킨다. 그 부분은 몇해 전이었다면 망설였을지도 모른다. 하지만 어느정도 시간이 흐른 뒤에 맥신의 눈에는 화가가 표적의 사타구니 부분에 빛이 나게 그려넣은 바지 주름 몇줄이 거기도 맞혀보라는 유혹으로 보였다. 그녀는 잠시 두발 연속사격을 연습한다. 그러는 동안, 그냥 재미 삼아, 자기가 쏘고 있는 게 윈더스트라는 가정을 잠시 해본다.

출구 쪽 로비에서 그녀는 공중전화로 택시를 부른다. 그때 다른 누구도 아닌 옛 와인 절도 파트너, 몬탁 등대의 주차장에서 차를 몰고 가는 모습을 본 게 마지막인 랜디와 마주친다. 오늘은 뭔가에 정신이 약간 나가 있는 모습이다. 그들은 베티 데이비스가 신뢰할 수는 없지만 그렇다고 고마운 구석이 아예 없는 건 아닌 '데이비드 뉴웰'을 향해 여섯발의 총알을 쏘는 척하는 「레터」(1940)의 첫 장면을 캡처한 벽 크기의 사진 밑에 있는 긴 안락의자로 자리를 옮긴다.

"있잖아요, 그 아이스 개새끼 말예요? 자기 집에 못 들어오게 내 출입증을 막았어요. 누가 와인 재고 목록을 본 게 틀림없어요. 폐쇄회로 화면으로 내 자동차 번호를 확인한 거죠."

"실망이네요. 법적인 후속 조치는 없기를 바라요."

"아직까지는 없어요. 솔직히 말해서, 그곳에서 벗어난 것만으로도 좋아요. 최근에 아주 괴상한 이야기를 들었거든요." 어두운 시각의 이상한 불빛, 수상쩍어 보이는 눈매의 방문객들, 부도처리가 되었다가 알아볼 수 없는 글씨가 잔뜩 적혀서 돌아온 수표들. "전혀 들어본 적 없는 방송국의 촬영팀이 갑자기 몬탁 일대에 나타나고, 경찰들은 브루노와 셰이가 살던 곳에서 발생한 그 화재사건을 비롯해 현재 수사 중인 기이한 사건들 때문에 온갖 종류의 초과근무를 하고 있어요. 지금쯤이면 웨스트체스터 윌리에 대해서도 이미 들었겠네요?"

"도망 중이라고 들은 게 마지막이에요."

"지금은 유타에 있어요."

"뭐라고요?"

"어제 우편물을 받았는데, 그들 셋이 결혼한대요. 다 같이요."

"그냥 떠난 게 아니라, 눈이 맞아 도망친 거였나요?"

"여기요. 직접 봐요." 화환, 결혼식 종, 큐피드, 이해하기가 그렇게 쉽지 않은 히피 글자체가 오목하게 새겨진 카드를 보여준다.

맥신은 속이 메스꺼워지기 시작하는 것을 느끼며 의무감으로 최대한 읽어본다. "이게 그들의 혼전 파티 초대장인 거죠, 랜디? 그러니까 유타에서는 세명이 결혼하는 게 합법이라는 거죠?"

"아마 아닐 거예요. 하지만 어떻게 그렇게 되는지 알잖아요. 술집에서 누군가를 우연히 만나, 말도 안되게 진도가 나가고, 그러고는 곧바로, 제정신이 아닌 충동적인 아이들이 차에 뛰어올라 거기로 향하게 되죠."

"그래서 그 파티에 참석할 계획이에요?"

"무엇을 선물할지 정하기가 너무 어려워요. 두 남자와 한 여자를 위한 부부용 목욕용품? 삼인용 세면대?"

"서른개 세트 취사도구는 어때요?"

"그거네요. 그들에게 분명히 연방 지명수배가 걸려 있을 거예요. 얼른 옷 갈아입고, 비행기를 타고 거기로 날아가요. 나도 따라가서 힘을 보탤 수도 있고요."

"난 현상금 사냥꾼이 아니에요, 랜디. 자금이 동결되고 십분이 지난 뒤에도 관계가 지속되는 것에 조금 놀란 경리에 불과해요. 사실은 약간 귀엽다는 생각이 들어요. 우리 엄마도 분명히 그런 마음이었을 거예요."

"맞아요. 셰이와 브루노도 윌리에게 그런 식으로 다가갔을 거예요. 인간 본성에 대해서 처음에는 약간 씁쓸하게 느끼죠. 그런 다음에는 사람들에게 속게 되죠."

"혹은 제 업종에서는," 맥신은 랜디보다는 자기 자신에게 일깨우듯 말한다. "사람들에게 속고, 그런 다음 잠시 후에 씁쓸해하게 되죠."

맥신이 로만스에 다시 도착한 시각에 마침 코닐리아는 옷걸이에 걸린 할인 의류들을 주물럭거리며, 디자이너 딱지를 의심스러운 눈길로 째려보고, 제로 사이즈를 입는 십대 딸에게 휴대폰으로 조언을 청하는 탈의실을 가득 메운 여성들 틈에서 걸어나온다. 맥신은 코닐리아에게서 상급 디츠,[5] 곧 할인상품 가격표 중독의 징후를 알아챈다.

"배고파서 어떡해요. 쓰러지기 전에 먹을 걸 찾아보자고요." 그러고는 점심을 먹으러 밖으로 나간다. 그녀의 기억대로라면, 옛날 포덤 로드 시절에는 근처에서 적어도 괜찮은 크니시[6]와 전통 에그크림 집을 찾을 수 있었다. 지금은 근처에 도미노 피자와 맥도날드, 그리고 진짜처럼 꾸며놓은 듯한 유대 델리 식당 베이글 엔 블린츠가 있다. 코닐리아는 분명히 주니어 리그[7] 소식지에서 읽었을 이 음식점에서 당연히 점심식사를 해야만 한다. 이내 그들은 '충동

---

5 DITS. Discount Inventory Tag Stupor의 약자로 바보를 뜻하는 'ditz'에 빗대어 만든 말로 보인다.
6 knish. 감자, 소고기 등을 밀가루 피로 싸서 튀기거나 구운 유대 요리.
7 Junior League. 미국 상류계급의 젊고 부유한 여성들로 이루어진 사회봉사 단체.

적'이라는 말이 무색할 만큼 쓰레기 더미처럼 많은 코닐리아의 쇼핑백에 에워싸인 채 칸막이 자리에 앉는다.

적어도 이곳은 미드타운 부인들의 찻집은 아니다. 종업원 린다는 전형적인 델리의 베테랑 직원으로 코닐리아의 말을 단 이초만 듣고도 "누굴 아래층 가정부로 아나" 하고 작게 투덜거리기 시작하고, 코닐리아는 아랑곳 않고 "유대인" 호밀빵을 콕 집어 말하며 터키파스트라미와 로스트비프 콤보를 주문한다. 그러고는 샌드위치가 도착하자 묻는다. "이거 유대인 호밀빵 맞아요?"

"내가 물어볼게요. 여보세요!" 종업원이 샌드위치를 얼굴 가까이 들고 말한다. "유대인이세요? 손님이 당신을 먹기 전에 알고 싶어해서요. 뭐라고요? 아뇨, 손님은 고이시[8]예요. 하지만 코셔가 없어서 이렇게 꼬치꼬치 따져묻는 걸로 대신하나봐요" 기타 등등.

맥신은 코닐리아에게 닥터브라운의 셀레이를 소개하고 그녀를 위해 잔에 따라준다. " 자, 유대인 샴페인이에요."

"재밌네요. 세미드라이 계열이네요. 미안하지만, 오 린다? 이걸 좀더 드라이하게, 안 달게 해줄 수 있을까요?"

"쉬." 맥신이 말린다. 하지만 린다는 와스프식의 농담임을 알아차리고 못 들은 척한다.

점심 수다를 떨며 맥신은 슬래지엇의 결혼 이야기를 한바탕 듣는다. 서로가 반한 게 비뚤어지고 즉흥적이기는 했지만, 코닐리아와 로키는 사랑에 빠졌다기보다는 어쩌다 정통 뉴욕시식의 감응성 정신병[9]을 얻은 것 같았다. 코닐리아가 이주민 가족에 시집간다는 생각에 매료되어 지중해의 영혼, 비할 데 없는 요리, 쉽게 상상

8 goyishe. 유대교도들이 이교도를 다소 경멸적으로 이르는 말.
9 가족 등 밀접한 관계의 두 사람이 동일하거나 유사한 정신장애를 가지는 현상.

이 안 가는 이딸리아식 성행위를 비롯해 아무 거리낌 없는 삶의 포용을 기대했다면, 반면 로키는 계급의 신비, 우아한 의상과 몸단장과 사교계의 재치, 그리고 여기에 더하여 채무상환을 크게 걱정할 필요 없이 무한정 빌릴 수 있는 몇 대에 걸친 재산, 혹은 어쨌든 이전의 자신과는 거리가 먼 그런 세계로의 진입을 기대했다.

실제 상황에 대해 알게 되었을 때 그들이 서로 느꼈을 실망을 상상해보라. 자신이 기대했던 채널 13[10]의 상류층 명문가는커녕, 로키는 스럽웰가家에서 패션감각과 대화술은 늑대가 기른 아이들 것 같고 총순자산이 던 앤드 브래드스트리트[11]로부터 거의 인정도 못 받을 수준에 불과한 코나 후비는 속물 부족을 발견했다. 마찬가지로 코닐리아는 대부분이 나소 카운티 너머 동쪽의 교외 단지를 따라 흩어져 살고 있고, 이딸리아식 파티에 가장 근접한 것이라고는 피자헛 음식을 배달시키는 게 전부인데다, 슬래지엇가家는 심지어 자신들끼리도 "온기를 주고받지" 않고, 아이들을 훈육할 때에도, 가령, 설라이아 극장에서 네오리얼리즘 영화를 보는 데 사춘기를 다 써버린 이가 기대할 법하게 애정을 담아 고함을 지르거나 손바닥으로 때리는 게 아니라, 말없이 차갑게, 그야말로 병적이다 싶게 노려보았다.

이미 하와이에서의 신혼여행 때부터 로키와 코닐리아는 우리가 무슨 짓을 한 거지 하는 눈빛으로 서로를 쳐다보고 있었다. 하지만 그래도 그곳은 하프 대신에 우쿨렐레가 있는 천국이었고, 때로는 천국이 알아서 찾아오기도 했다. 어느 저녁, 섹스 후에 지는 해를 바라보며 "역시 와스프 영계야" 하고 로키가 자신 있게 말했다. 너

---

10 고학력 고소득 계층이 선호하는 뉴욕시의 PBS 방송국을 말한다.
11 Dun & Bradstreet. 미국 기업의 재무 내용을 구독자에게 제공하는 회사.

무 좋아서 이미 떨리는 목소리였다. "음."

"우리는 위험한 여자들이야. 우리만의 범죄조직이 있어. 알잖아."

"정말?"

"여자 머피아.[12]"

일종의 이해의 선명도 같은 것이 분명해지고 증가했다. 코닐리아가 스럽웰가 사람들을 변호하기 위해 대부분의『사교계 명사 인명록』[13]은 말도 안되게 민족색이 짙은 출세지상주의자들이라고 계속 우겼다면, 로키는 그녀가 샤워하는 모습을 곁눈으로 지켜보면서「돈나 논 비디 마이」[14]를 계속 흥얼거렸고, 종종 노래를 부르며 시칠리아 피자를 먹었다. 하지만 점점 더 가까워지는 과정에서 그들은 자신들이 서로 놀리는 게 누구인지를 또한 깨닫게 되었다.

"당신 남편이 점점 이상한 차원으로 빠지고 있는 것 같아요." 맥신이 조심스럽게 말한다.

"코리아타운에서는 그를 '4차원'이라고 불러요. 어쨌든 신통력이 있기도 하고요. 요즘 당신이 어려움을 겪고 있다고 생각하나봐요. 하지만 그이 말대로 '끼어들기'를 꺼려해요." 코닐리아는 거의 유전에 가까운 와스프들의 습관대로 눈썹을 움직이며 제발 루저는 이제 그만…… 하는 속내를 드러낸다.

하지만 아무리 의도된 게 아니라 해도 잠재적 계율은 따져봐야 한다. "말 돌리지 않고 얘기할게요. 우연히 보게 된 어떤 비디오 때

---

12 Muffya. 마피아에 대한 말장난. 'muff'는 여자의 음부를 뜻하는 속어로도 쓰인다.

13 Social Register. 반년마다 발간되는 미국 사교계 명부.

14 Donna non vidi mai. 이딸리아어로 '나는 이런 여자를 결코 본 적이 없네'라는 뜻. 푸치니의 오페라「마농 레스꼬」의 아리아.

문이에요. 그게 심하게 정치적인 내용만 아니라면 내가 얼마나 걱정해야 할지 신경조차 안 썼을 거예요. 아마 국제정치와 관련되어 보여요. 이제는 정말로 도움을 받아야 할 시점에 와 있는 것 같아요."

코닐리아는 맥신이 보기에 아무 거리낌 없이 말한다. "그런 경우라면 반드시 챈들러 플랫을 만나봐야 해요. 그는 결과를 용이하게 끌어내는 비범한 재능을 갖고 있어요. 정말로 아주 끝내줘요."

이 말을 듣는 순간 게임쇼 버저가 울린다. 맥신의 기억이 틀리지 않는다면, 그녀는 이 플랫이라는 자를 이미 만난 적이 있다. 그는 금융계의 거물이자 평판 좋은 해결사로서, 상급기관에 두터운 인맥이 있고, 그녀가 보기에는 자신의 최고 이익이 어디에 있는지에 대해 포격 지도처럼 정교한 감각을 지니고 있다. 지난 몇년 동안 그들은 이스트사이드의 기부금과 웨스트사이드의 죄책감이 만나는 지점의 다양한 행사에서 서로 본 적이 있다. 지금 떠오르는 기억으로는, 챈들러가 그녀의 가슴을 휴대품 보관소 같은 곳에서 다른 어떤 것보다도 반사적으로, 아무런 피해나 악의 없이, 한번 정도 짧게 움켜잡았던 것도 같다. 그녀는 그가 기억이나 할지 확신이 없다.

그리고 아무튼 해결사들은 늘 있는 법이다. "그의 비범한 재능으로 어떻게 하면 입을 닥치는지도 알 수 있을까요?"

"아. 대부가 항상 말하듯이, 그러기를 바랄 뿐이에요."

챈들러 플랫은 과대망상을 유발하는 경관이 내려다보이는, 식스스 애비뉴를 따라 늘어선 유리상자 건물 중 하나의 고층에 자리한 고압적인 하노버, 피스크 로펌에 널찍하고 고급스러운 미드타운 사무실을 갖고 있다. 전용 엘리베이터는 진행 중인 사업이 얼마 짜리인지 짐작하고, 어떤 종류인지 잊어버리기가 거의 불가능하게 만드는 운행 흐름으로 설계되어 있다. 전체적으로 짙은 호박색과 제정러시아의 빨간색이 두드러져 보인다. 아시아계의 나이 어린 인턴이 맥신을 챈들러 플랫이 있는 곳으로 안내한다. 그는 가구라기보다는 부동산에 좀더 가까운 4만년 된 뉴질랜드 카우리소나무로 만든 책상 뒤에 앉아서, 맥신처럼 어쩌다 들른 방문객이, 설사 이런 문제들에 대해 예사 견해를 가졌더라도, 그 책상 밑에 얼마나 많은 비서들이 편안하게 들어가 있을 수 있고 어떤 쾌적한 시설들이 공간에 설치될 수 있을지 생각해보게 한다. 화장실 편의시설, 인터넷 접속, 깜찍한 귀염둥이들이 교대로 일할 수 있는 간이침대? 이러한 건전하지 않은 상상은 플랫의 얼굴에 드리운 음탕함과 인자함 사이에서 불안하게 도사리고 있는 미소로 인해 오히려 설득력을 얻는다.

"반갑네요. 로플러 씨. 이게 얼마 만이죠?"

"오…… 지난 세기 어느 때쯤이었죠?

"엘리엇 스피처를 위해 싼레모에서 열린 해산물 파티 아니었던가요?"

"그런 것도 같네요. 민주당 기금모금 행사에서 보게 될 줄은 전혀 몰랐어요."

"오, 엘리엇과 나는 오랫동안 알고 지낸 사이예요. 스캐든, 아프스[15] 시절부터요. 어쩌면 더 오래되었을 수도 있어요."

"지금 그 사람은 법무장관이 되어서 과거에 조폭들을 뒤쫓았던

---

15 Skadden, Arps. 미국의 거대 로펌.

것처럼 당신들을 쫓고 있어요." 차이가 있긴 하다면요, 하고 그녀는 거의 말을 덧붙이려다 만다. "아이러니하네요, 그렇죠?"

"비용과 편익. 모든 것을 감안할 때, 그는 우리에게 도움이 되었어요. 결국에는 우리를 가로막고 물어뜯을 수도 있는 요인들을 없애줬죠."

"다방면에 친구들이 있다고 코닐리아가 의미심장하게 말하던데요."

"길게 보았을 때 결국에 중요한 건 라벨이 아니라 모든 사람이 행복해지는 거예요. 그들 중 몇몇은 진짜로 내 친구가 되었어요. 인터넷 이전 시대의 뜻으로요. 코닐리아가 그래요. 오래전에 그녀의 엄마에게 잠시 구애한 적이 있는데, 현명하게도 나를 쫓아냈어요."

맥신은 레지의 DVD와 소형 파나소닉 플레이어를 꺼낸다. 플랫은 벽에 콘센트가 정확하게 어디에 있는지 몰라서 맥신더러 알아서 플러그를 꽂게 한다. 그가 작은 스크린을 보고 환하게 웃자, 그녀는 손주가 할아버지에게 뮤직비디오를 보여주었을 때와 같은 느낌을 받는다. 하지만 스팅어 미사일 팀이 준비하는 장면에서 그는 웃음을 멈춘다.

"오. 오, 잠깐만요. 이게 일시정지 버튼인가요? 괜찮다면—"

그녀는 재생을 멈춘다. "무슨 문제라도?"

"이 무기들, 그건…… 스팅어 미사일 같은데요. 내 분야가 아니에요. 이해해줘요."

달아날 핑계만 있었다면 그녀는 센트럴파크에 가 있을 터이다. "맞다, 계속 깜빡하네요. 당신들은 만리허-까르까노 소총[16] 쪽이

---

16 Mannlicher-Carcano. 리 오즈월드가 존 F. 케네디 대통령을 저격할 때 사용한 소총.

었죠."

"재키와 나는 친한 친구였어요." 그는 쌀쌀맞게 대꾸한다. "그 일로 화내면 안되는데 잘 모르겠네요."

"화내세요, 화내세요, 제발. 이건 실수라는 걸 알고 있었어요." 그녀는 자리에서 일어나 케이트 스페이드 가방을 들면서 평소와 다르게 가방이 가볍다는 것을 알아차린다. 당연히, 이런 뭣 같은 날에는 베레타 권총을 가져왔어야 하는데. 그러고는 DVD를 빼기 위해 손을 뻗는다. 그때쯤 플랫의 외교적 반사신경이 돌아왔는지, 아니면 와스프 특유의 통제강박이 작동한 것인지, "자, 자" 같은 말을 낮게 중얼거리며 감춰진 호출 버튼을 누르자, 곧 인턴이 포트에 담긴 커피와 각종 쿠키를 들고 안으로 들어온다. 맥신은 걸스카우트가 이 일에 부적절하게 연루된 것은 아닐까 생각해본다. 플랫은 옥상 영상의 나머지를 잠자코 시청한다.

"음. 자극적이네요. 나한테 이분 정도 시간을 줄 수 있겠죠?" 그는 입구에 기대고 서서 그녀를 쳐다보고 있는 인턴에게 맥신을 맡긴 채 안쪽 사무실로 사라진다. 그녀는 인턴이 알아들을 수 없게 말하고 싶지만 인종차별적일 것 같아 그만둔다. 전체 성분 목록이 없는 상태에서, 그녀는 당연히 쿠키를 먹을 시도조차 하지 않는다.

"자…… 일은 좀 어때요? 여기서 법조계에 첫발을 내딛는 건가요?"

"설마요. 사실 난 래퍼예요."

"그러니까, 어, 누구더라, 제이지 같은?"

"음. 사실 나즈[17] 쪽에 가까워요. 혹시 알지 모르겠지만 그 둘이

---

17 Nas. 뉴욕 출신의 힙합 뮤지션으로 성장지인 퀸스를 중심으로 활동했고, 브루클린 출신의 힙합 뮤지션 제이지와의 디스 경합으로도 유명하다.

지금 다투고 있어요. 옛날 퀸스 대 브루클린 대결을 다시 벌이고 있죠. 어느 쪽 편을 들기는 싫어요. 하지만 「더 월드 이즈 유어스」,[18] 어떻게 거기에 견줄 수 있겠어요?"

"클럽처럼 관객 있는 곳에서도 공연해요?"

"그럼요. 클럽 데이트가 곧 예정되어 있어요. 실은 이거예요. 한 번 들어보세요." 그는 어딘가에서 내장 스피커가 달린 TB-303 신 시사이저 복제품을 가져다가 플러그를 꽂고 전원을 켠 다음, 5음 장조의 베이스 멜로디를 손가락으로 연주하기 시작한다. "빠져볼 까."

> 투팍과 비기[19]에게 감사를 전하고 싶어
>
> 마오쩌둥 주석 모양의 빨간 벨벳 돼지저금통으로,
>
> 홍콩의 스크리밍 제이[20]처럼
>
> 빠져버렸네 잘못된 결론으로
>
> 옛날 영화의 혼동으로, 요 누구지 그
>
> 아지안을 맡은 스칸디나비아인[21]
>
> 넌 모르지 씨그리드[22]가

---

18 The World Is Yours. 1994년에 발매된 나즈의 1집 앨범 대표 수록곡.

19 투팍(2Pac)과 비기(The Notorious B.I.G.)는 1990년대의 대표적인 흑인 힙합 뮤지션으로 각각 미국 서부해안과 동부해안에서 활동했으며, 인종차별에 대한 저항을 담은 가사로 유명하다.

20 Screamin' Jay Hawkins(1929~2000). 미국의 싱어송라이터 겸 배우. 「홍콩」(1958)이라는 노래에서 홍콩을 미개한 곳으로 묘사하며 중국어 발음을 희화화했다.

21 「마르코 폴로의 모험」(1938)을 비롯한 여러 할리우드 영화에서 아시아인 역할을 백인 배우들이 맡은 것을 두고 하는 말. '아지안'(Azian)은 인터넷 초창기에 '아시안'(Asian)을 AZN으로 줄여 쓴 것에서 유래했다.

22 Sigrid Gurie(1911~69). 「마르코 폴로의 모험」에서 쿠빌라이 칸의 딸 역을 맡은

쿠빌라이 칸의 딸,

워너 올랜드,[23] 찰리 챈, 옌 장군의

쓰디쓴 차,[24] 강요한 어리석음 때문에

베티 데이비스는 게일 손더가드의 칼에 찔렸지[25]

어느 잊힌 교도소 마당

혹은 감방에서처럼

아주 멀리 떨어져 있었지

모트와 펠[26]의 모퉁이에서

"좋아, 그런데 대런," 챈들러 플랫이 다시 들어오며 약간은 퉁명스럽게 말한다. "시간이 되면, 나한테 브라운, 플렉위드 추가 계약서 복사본을 가져다주겠어? 그리고 저기에 있는 휴 골드먼 서류도?"

"되고말고요, 요." 그는 디지털 악기의 플러그를 뽑고 문을 향해 간다.

"고마워요, 대런." 맥신이 웃으며 말한다. "멋진 노래였어요. 플랫 씨 때문에 조금밖에 못 들었지만."

"사실, 대표님은 보기 드물게 관대하세요. 그의 동족들이 모두 공스터랩[27]을 좋아하는 것은 아니거든요."

노르웨이계 미국 배우.

23 Warner Oland(1879~1938). 1930년대의 유명 시리즈 영화 「찰리 챈」에서 중국계 형사 챈 역할을 맡은 스웨덴계 미국 배우.

24 The Bitter Tea of General Yen. 1933년 영화로 모든 아시아인 역할을 백인 배우들이 맡았다.

25 영화 「레터」(1940)에서 베티 데이비스의 남자 하인의 아사계 부인 역을 덴마크계 배우 게일 손더가드가 맡았다.

26 모트(Mott) 스트리트와 펠(Pell) 스트리트. 뉴욕시 차이나타운의 중심부 거리.

27 동양의 악기 징(gong)과 갱스터랩을 합성한 핀천의 언어유희.

"네. 내 생각에 한두마디는 들렸던 것 같아요. 확실하지는 않지만, 인종적인 의미가 함축되어 있는 것 같던데……"

"선수 치는 거죠. 나한테 누런 검둥이[28] 어쩌고 해대면, 이런 식으로 맞받아친다고." 그는 그녀에게 투명 시디 케이스에 담긴 디스크를 건넨다. "내 믹스 테이프예요. 재밌게 들어요."

"그는 공짜로 줘요." 챈들러 플랫은 저예산 만화영화의 캐릭터처럼 일정한 간격을 두고 아무 생각 없는 표정으로 두 눈을 깜박거린다. "내가 실수로 그에게 어떻게 돈을 벌 생각이냐고 한번 물은 적이 있어요. 그랬더니 그건 핵심이 아니라고 대답하더군요. 그렇다고 핵심이 뭔지 전혀 설명하지도 않았어요. 난 소름이 돋았죠. '교환'이라는 것의 폐부를 강타하는 말이었어요." 그는 손을 뻗어 초콜릿칩 쿠키를 쥐고서 유심히 바라본다. "과거에 내가 사업에 뛰어들던 시절에는, '공화당원이라는 것'은 일종의 원칙에 입각한 탐욕을 뜻했어요. 나와 내 동료들이 다 같이 잘되게 일을 추진했고, 전문적으로 처신했고, 무엇보다도 노력을 기울여서 오직 돈을 번 뒤에만 그것을 가져갔어요. 그런데, 걱정스럽게도, 그러던 공화당이 불운을 겪고 있어요. 요즘 세대에게 돈은 거의 종교예요. 밀레니엄, 최후의 날들, 더이상 미래까지 책임지고 갈 필요가 없어요. 그들의 어깨에서 짐을 내려놓았죠. 아기 예수는 속세의 일들을 관리해요. 아무도 그의 이익배당을 시샘하지 않아요……" 갑자기, 그리고 쿠키의 입장에서 보면 무례하게, 쿠키를 우적우적 씹고 부스러기를 여기저기 흘린다. "한개 먹어보지 않을래요…… 쫴…… 생각 없어요? 괜찮아요, 고마워요, 그러면 내가 마저……" 그러고

---

28 rice-nigga. 아시아인들을 흑인에 빗대어 이르는 비속어.

는 쿠키를 하나, 아니 두세개 더 움켜쥔다. "방금 어떤 사람들과 통화했어요. 뭐랄까, 수수께끼 같은 대화였어요. 최소한 전화를 받기는 했어요."

"일반적인 업무 전화는 아니었나보네요."

"맞아요, 좀 달랐어요. 어딘가…… 특이했어요. 목소리가 크거나, 말수가 많지도 않았는데, 마치……"

"잠깐요. 말하고 싶지 않으면—"

"……마치 무슨 일이 일어날지 이미 알고 있는 것 같았어요. 이…… 사건에 대해서 말이에요. 이미 알고 있고, 그것에 대해 아무것도 하지 않을 것 같은."

일반인을 겁줘서 계속 징징거리며 보호해달라고 애원하게 만들려는 또다른 수작인가? 무서운 척이라도 해야 하나? "저 때문에 곤경에 빠지지 않았으면 해요."

"'곤경'이라," 그녀는 이 정도 연봉의 남자들에게서 나타나는 절망의 표정을 볼 만큼 보았다고 생각한다. 하지만 그의 얼굴에 잠시 나타난 표정을 위해서는 새로 파일을 만들어야 한다. "그 패거리 때문에? 그렇게 쉽게 단정할 순 없어요. 설사 불쾌한 일이 있다 해도, 주저없이 젊은 대런의 도움을 받을 수 있어요. 쌍절곤부터…… 음, 장담하는데 스팅어 미사일과 그 이상까지 모든 분야의 자격증을 갖고 있어요. 내 안전에 대해서는 안심해도 돼요, 젊은 숙녀분. 대신 당신 안전을 신경 써요. 테러리스트와 관련된 활동을 되도록 피해요. 오, 괜찮으면 뒷문으로 나가줄래요? 여기에 온 적 없는 거예요. 무슨 말인지 알겠죠?"

마침 뒤쪽 출구는 대런의 자리 근처에 있다. 칸막이 안쪽을 흘끗 들여다보니, 대런이 몸을 비스듬하게 돌린 채 창가에 서서 50층 밑의 뉴욕, 그 세세한 심연 속을, 딥아처 시작 화면에서 본 강렬한 포즈로 바라보고, 아니, 관망하고 있다. 칸막이 안으로 달려들어가, 캐시디 알아요, 아처를 위해 포즈를 취했어요 하는 질문으로 그의 주의를 방해해서, '알 게 뭐야 내 앞에서 당장 꺼져버려' 하고 공스터랩으로 불만을 터트리게 해야 할까…… 이 청년과 스크린 이미지 사이의 직접적인 연관 때문에 이렇게 절실한 것인가? 만약 언제나 그 둘 사이에 아무 연관도 없음을, 그 화면 속 인물은 거기에 있었고, 늘 거기에 있어왔고, 그게 전부임을, 그리고 어떻게 명명해야 할지 아무도 모르는 어떤 개입 덕분에 캐시디가 세계의 가장자리에서 말없이 버텨온 존재에게로 알아서 다가와 그녀가 기억했으나 거기로 돌아가는 길은 즉시 잊어버린 것을 복제했음을 알게 된다면……

불안한 생각들로 머리가 시끄러운 상태에서 거리로 나온 맥신은 조금만 걸으면 싹스라는 것을 깨닫는다. 약 삼십분 정도의 패션 관련 푸가라면, 그건 쇼핑도 아니지만, 그녀를 적당하게 진정시켜줄 것이다. 그녀는 47번가를 거쳐 피프스 애비뉴로 건너간다. 누군들 안 그럴까, 다이아몬드 디스트릭트다. 이곳에는 아무리 멀리서라도 그녀가 평생 기다려왔던 세팅의 바로 그 보석을 흘끗 볼 수 있는 기회뿐 아니라 막연한 호기심을 불러일으키는 분위기가 있다. 이 블록의 그 누구, 그 무엇도 현재 있는 곳에 우연히 위치해 있는 게 아닌 느낌, 복잡하게 얽히고설킨 드라마들이 연속극을 집으로 송출하는 파장처럼 공간을 가득 채우며, 온 사방에 넘실대고 있는 느낌이다.

"맥신 터노? 맞죠?" 지기의 크라브마가 선생님 에마 레빈인 것 같다. "남자친구와 점심 먹으러 들렀어요."

"그러면 둘이서, 뭐죠, 다이아몬드 쇼핑을 하는 중이겠네요? 혹시…… 그 다이아몬드예요? 오! 그…… 딩동 소리는 뭐죠? 그 거……" 아니. 실제로는 이렇게 말하지 않는다. 아니면 그랬던가? 내가 실제로 일레인으로 변하고 있는 건가? 가령, 느닷없이 늑대 인간으로 변한 래리 탤벗처럼?[29]

전 모사드였던 그녀의 남자친구 나프탈리는 이 거리의 다이아 몬드 상점에서 경호원으로 일하고 있다. "우리가 몇해 전에 일하다 가 만난 줄 아실 거예요. 현장요원이 사무실을 방문했다가 쾅! 마 법처럼! 하지만 아니에요. 그냥 허름한 곳에서였어요. 그래도 똑같 은 번개가 튀었죠."

"지기가 크라브마가를 배우기 시작한 뒤부터 집에서 나프탈리 얘기를 종종 해요. 큰 감명을 받았대요. 지기는 좀처럼 그런 일이 없는데도요."

"저기 오네요. 저의 매력덩어리 남자친구." 나프탈리는 조용히 방아쇠가 당겨지면 곧바로 거세게 폭발하는 한량처럼 어느 점포 앞을 등지고 어슬렁거리는 시늉을 하고 있다. 지기의 말에 따르면, 나프탈리가 스튜디오에 처음으로 왔을 때 친구 나이절이 몇명을 죽였는지 그에게 즉시 물어봤더니, 그는 어깨를 으쓱하며 "세다가 놓쳤어" 하고 답을 했는데, 에마가 노려보자 다시 "내 말은…… 기 억이 안 나" 하고 말을 바꿨다. 아마도 꼬맹이들을 놀리려고 한 말 이겠지만, 맥신은 군이 알고 싶지 않다. 군살 없는 몸매에 짧게 깎 은 머리, 검은색 정장, 반 블록 밖에서는 온화해 보이다가 조금씩 가까워질수록 상처, 손상, 프로답게 거리를 두어온 감정의 역사를

---

29 공포영화 「울프 맨」(1941)의 주인공을 말한다.

다시 드러내는 얼굴. 하지만 에마 레빈에게만큼은 그도 예외를 허락한다. 그들은 마주 웃고, 포옹한다. 잠시 동안 그들은 이 블록에서 가장 빛나는 두개의 보석이 된다.

"아, 지기의 어머니시군요. 터프한 친구예요. 지기는 여름내 잘지내고 있죠?"

터프하다고? 우리 귀여운 지거랫[30]이? "일리노이, 아이오와 어딘가에 있어요. 매일 동작을 익히고 있을 거예요. 틀림없어요."

"좋은 곳이죠." 나프탈리가 약간 빠르게 답한다. 그러자 에마가 그를 휙 쳐다본다.

한때 불쑥 말을 꺼내기 좋아했던 사람으로서 맥신은 그렇게 말할까 하다가, 그가 무슨 말을 하려고 한 건지 궁금해하며 슬쩍 떠본다. "저도 도시에서 잠시 벗어날 방법이 있으면 좋겠어요."

그는 그녀를 유심히 쳐다보며, 딱히 웃는다기보다는 마치 에티켓을 지키기 위해 질문에 응하는 사람처럼 기분을 맞춰주는 표정을 짓는다. "이렇게 트인 곳에 나오면, 아시잖아요, 온갖 이야기를 알게 돼요. 그런데 문제는 대부분이 쓰레기라는 거예요."

"그러면 별 도움이 안되겠네요. 걱정이 많은 편이라면요."

"걱정이 많은 편이세요? 그렇게 안 보이시는데."

"나프탈리 펄먼," 에마가 으르렁거리듯 말한다. "이제 그만 귀찮게 해. 결혼한 분이야."

"별거 중이에요." 맥신이 눈을 깜박인다.

"보셨죠. 이렇게 소유욕이 심해요." 나프탈리가 환하게 웃는다. "저희는 점심 먹으러 가는데, 함께하실래요?"

---

30 Ziggurat. 지기의 본명 또는 별명으로 보이며 고대 메소포타미아의 신전, 곧 지구라트라는 뜻이다.

"일하러 다시 가봐야 해요. 고마워요."

"직업이…… 혹시…… 모델?"

매우 굵고 짧게, 에마 레빈은 한발짝 옆으로 움직이더니, 팔꿈치를 치켜세우고, 쿵후영화에 나오는 표정을 짓는다.

"내 스타일이야!" 나프탈리는 에마가 피하지 못하게 그녀를 대놓고 꼭 껴안는다.

"조심해요, 친구들. 샬롬."

27

어느날 밤 아이들이 프레리두신 혹은 폰주락¹ 혹은 어딘가에서 전화로 이틀 뒤에 집에 올 예정이라고 말한다.

좋아, 그렇다면, 맥신은 에이스 벤츄라²처럼 말하고 심지어 노래한다. 그녀는 불안하게 집 안을 서성거린다. 그 이유는 딱히 호스트와의 사이에 문제를 야기한다기보다는 그가 겉보기와 다르게 실제로 품고 있을지 모르는 감정을 신경 쓰게 만들 부정한 행위의 증거를 자신이 눈에 훤히 보이게 남겼으리라는 확신이 들어서다. 그녀는 윈더스트를 제외하고 호스트가 도시를 떠난 뒤에 만났던 사람들을 급히 떠올려본다. 콘클링, 로키, 에릭, 레지. 모두 다 정당하게 일 때문에 만난 거라고 주장할 수 있어서, 호스트가 국세청에

---

1 둘 다 미국 위스콘신주의 도시 이름.
2 Ace Ventura. 짐 캐리가 연기한 1994년작 동명 영화의 동물 탐정 주인공. "Allrighty then"이라는 대사를 자주 한다.

서 나왔다 해도 문제없을 것이다.

하이디가 미덥지 않기는 하지만, 맥신은 물어본다. "혹시 카마인하고 같이 들러줄 수 있어? 말하자면, 우연인 것처럼?"

"무슨 문제 있어?"

"그냥 마음이 그래서."

"음……? 그러니까 네 말은 내가 다른 사람과 사귀는 모습을 호스트에게 보이고 싶다는 거네. 너는 호스트와 내가 아직도 연애를 한다고 철석같이 믿나봐? 맥시, 불안에 떠는 맥시, 언제쯤 그만할 수 있을까?"

요즘 들어 하이디가 예민한 것 같다. 하이디 자신이 보기에도 그렇다. 그래서 맥신은 그녀의 소녀 시절 단짝친구가 카마인과 함께이든 아니든 으레 나타나지 않아도 그렇게 놀라지 않는다. 그때 로플러가 남자들이 야단법석을 떨며 집으로 돌아와 혈기 넘치는 큰소리로 복도와 문을 거쳐 들어온다.

"엄마, 보고 싶었어."

"오, 내 새끼들." 그녀는 바닥에 무릎을 꿇고 서로 당황스럽게 느껴질 때까지 아이들을 꼭 껴안는다.

그들은 모두 빨간 컴 앤드 고³ 모자를 쓰고 있다. 맥신에게도 하나를 건네자 그녀는 바로 쓴다. 그들은 안 가본 데가 없다. 인디애나 주의 플로이즈노브스. 베텐도프의 덕크리크 플라자. 척 E. 치즈와 로코 조스. 그들은 그녀에게 하이비⁴ 시엠송을 불러준다. 그것도 몇번씩이나.

시카고에 도착하자마자 그들은 호스트의 추억이 담긴 거리를

---

3 Kum & Go. 미국 중서부에서 흔히 볼 수 있는 편의점.
4 Hy-Vee. 미국 중서부에서 흔히 볼 수 있는 식품점.

여행했다. 그곳은 호스트에게 최초이자 가장 오래된 홈구장이었던 라셀 스트리트의 빌딩 협곡이다. 거기서 그는 거래일마다 하루도 안 빠지고 거래소에 출근하는 당찬 모험가 중 한명이었다. 머크[5]에서 세련된 옅은 녹색과 자홍색 줄무늬에 세 글자로 된 이름표를 핀으로 꽂은 트레이더 전용 맞춤재킷을 입고 3개월짜리 유로달러 선물先物을 고객과 본인을 위해 매매하기 시작했다. 거래소가 오후 3시 무렵에 폐장한 뒤에는 평상복으로 갈아입고 시카고 상품거래소 쪽으로 가서 씨어리즈 까페로 출근했다. CME가 이중거래를 금지하기로 결정했을 때, 호스트는 유로달러의 움직임이 겉으로 보기에도 덜 활발한데도 불구하고 그러한 제약이 전혀 없는 CBOT[6]로의 꽤 많은 이주 물결에 합류했다. 재무부 채권으로 잠시 갈아타기도 했지만, 얼마 안 있어 잘 정돈된 중서부 유전자 깊숙한 곳으로부터의 부름에 응답하기라도 하듯이 자기도 모르게 농산물거래소에 발을 들여놓았고, 그런 다음에는 미국의 깊숙한 시골 지역에서 한줌 밀의 향을 들이마시고, 콩에서 보라색 얼룩을 찾아내고, 봄보리밭 사이를 걸으며 낟알을 쥐어짜고 꽃받침과 꽃자루를 검사하고, 농부와 기상예보관과 보험사정관과 말을 나누면서, 그가 스스로에게 말하듯이, 자신의 뿌리를 다시 발견했다.

끝없이 이어지는 밭과 컴 앤드 고, 하지만 그를 실제로 잡아끈 것은 시카고이다. 호스트는 아들들을 데리고 CBOT의 트레이더 카페테리아, 믿기 힘든 크기의 거대한 생선 샌드위치를 파는 브로커스 인, 숙성 중인 소고기가 앞창에 걸려 있고 종업원이 아이들을 '신사분들'이라고 부르는 루프의 옛날식 스테이크하우스에 들렀다. 접시 옆의 스테이크용 나이프는 플라스틱 손잡이에 톱니 모양 칼날의 작고 조잡한 것이 아니라 맞춤제작한 참나무 손잡이에 숫돌에 간 강철을 단단하게 박아넣은 것으로 견고함 그 자체이다.

로플러 부자는 여행 내내 달 위를 둥둥 떠다니는 느낌이었다. 특히 현관에서 보는 아이오와의 달은 아이들이 여태껏 봐온 어느 달보다도 커서, 막대사탕처럼 그림자가 지는 키 작은 나무들 위로 높이 떠오르면, 집 안에서 가벼운 음성처럼 들려오는 텔레비전을 까맣게 잊게 해주었다.

그들은 아이오와를 누비며 쇼핑몰에서, 빌라 피자와 비숍스 뷔페에서 식사를 했고, 호스트는 루이빌 핫 브라운[7]을 변형한 다양한 지역 샌드위치뿐 아니라 메이드라이트를 아이들에게 소개했다. 그리고 여름과 날이 깊어질수록 서부로 향해 서로 다른 밀밭에서 부는 바람을 지켜봤고, 사방에 퍼진 고요 속에서 한낮에 하늘이 어두워지고 지평선 너머에 번개가 보일 때까지 기다렸다. 그들은 문 닫은 쇼핑 플라자, 강가의 당구장, 대학도시의 오락실, 거리 중간의 소형 쇼핑몰에 박혀 있는 아이스크림 가게를 다니며 아케이드게임을 찾아헤맸다. 호스트는 그곳들이 대부분 그가 떠난 뒤로 점점 더 낡아서, 바닥은 더 지저분해지고, 에어컨은 약해지고, 담배 연기는 오래전의 중서부 여름보다도 더 짙어진 데 놀랐다. 그들은 놀런 부시넬[8]이 직접 만들었다고 하는 멀리 캘리포니아에서 건너온 매우 오래된 게임들을 했다. 쑤시티의 에임스앤드잭슨에서는 「알

---

7 켄터키주 루이빌의 브라운 호텔에서 처음 선보인 뜨거운 치즈소스를 끼얹은 오픈 샌드위치.

8 Nolan Bushnell(1943~). 미국의 기업인 겸 게임 개발자. 비디오게임 회사 아타리(Atari)와 척 E. 치즈 창립자.

카노이드」를 했다. 또한 「로드 블래스터」와 「갤러그」와 「갤러그 88」, 「템페스트」와 「램페이지」와 호스트가 역대 최고의 아케이드 게임이라고 믿는 「로보트론 2084」를 했다. 대부분은, 그것을 어디에서 구했든, 「타임 크라이시스 2」를 하는 듯 보였다.

혹은 지기와 오티스가 하고 있었다. 그 게임의 가장 큰 장점은 두 사람이 같은 게임기로 게임을 하면서 서로를 계속 지켜볼 수 있다는 것이었다. 그러는 동안 호스트는 일과 관련된 여러 잡무를 처리하러 자리를 떴다.

"애들아, 근처 술집에 금방 갔다 올게. 잠시면 돼. 일이 있어서."

지기와 오티스는 계속 총을 쏘아댄다. 지기는 대개 파란색 권총을, 오티스는 빨간색 권총을 들고서, 은신처를 찾느냐 혹은 나와서 사격을 하느냐에 따라 페달을 수시로 밟는다. 어느 순간에 동전을 바꾸러 가다가 그들은 주위에서 그들이 게임하는 것을 지켜보며 어슬렁거리다가도, 이상하게 아케이드게임 때문인지 중간에 끼어들기를 주저하는 현지 아이들 두명을 본다. 지기나 오티스의 눈에 보이는 실제 무기를 흘리거나 지니고 있는 것은 아니지만, 그들은 중서부에서는 너무나 자주 아낄 줄 모르는 무표정한 위협의 분위기를 풍긴다. "무슨 일 있어?" 지기가 최대한 중립적으로 묻는다.

"너희들 '꾼'이지?"

"꾼, 그게 어때서?" 암청색 중절모에 녹색 렌즈의 스쿠비두 색안경을 쓴 오티스가 말한다. "이건 패키지라서, 함께 해야 해."

"우리도 꾼이거든." 둘 중에 키 작은 아이가 말한다.

지기와 오티스는 조심스럽게 쳐다보고 교외의 평범한 아이들임을 확인한다. "너희가 꾼이면," 지기가 조심스럽게 말한다. "이 동네의 꾼 아닌 애들은 어떻게 생겼는데?"

"잘 몰라," 둘 중에 키가 큰 그리들리가 말한다. "대개는 보기 힘들어. 심지어 낮에도."

"특히 낮에는." 옆에 있는 커티스가 거든다.

"아무도 「타임 크라이시스」에서 이렇게 높은 점수를 못 내. 대개는."

"한 명도 없었어, 그리들리. 오팀와에서 온 애를 빼고는."

"맞아. 하지만 걔는 외계인이야. 머나먼 은하에서 온. 너희도 외계인이지?"

"대부분 보너스 점수가 그냥 쌓여." 지기가 시범을 보인다. "오렌지색 옷을 입은 사람들 있지? 초짜들이야, 게임에서 점수가 제일 낮아. 한 명당 5000점인데, 대신 여기도 5000점," 탕! "저기도 5000점," 탕! "금방 점수가 쌓여."

"그렇게 많은지 전혀 몰랐어."

"오," 모두가 아는 사실을 들려주듯이 지기가 점잖게 말한다. "다음에 보스가 고개를 돌리는 걸 보면—"

"저기!" 오티스가 손가락으로 가리킨다.

"그래, 음, 모자를 쏘는 거야. 봤지? 정말 빠르게, 네 번, 쫓아가다가 머리 조금 위를 겨냥해서. 그럼 바로 저기에 있는 탱크로 갈 필요 없어. 먼저 이 변변찮은 보너스 녀석들이 가득한 골목으로 가면 돼. 머리를 쏴. 그러면 추가 점수를 얻어."

"너희 뉴욕에서 왔구나?"

"알아차렸네." 지기가 말한다. "그래서 우리가 총 쏘는 게임에 좀 강해."

"모터보트는 어때?"

"괜찮을 것 같은데, 왠지."

"「하이드로 선더」 해봤어?"

"본 적만 있어." 오티스가 사실대로 대답한다.

"자," 그리들리가 말한다. "어떻게 하면 보너스 보트를 찾을 수 있는지 바로 보여줄게. 대포가 장착된 경찰보트가 있어. 무장대응 보트, 바로 저거야."

"너는 잠자코 앉아 있으면 돼."

"내 동생이 조금 이상해."

"어, 여기 있었네, 형."

"너희들 형제야? 우리도 그래."

그동안 근처 술집에서 마진콜[9]을 하고, 7~11월의 콩 중간이윤을 조정하고, 캔자스시티의 적색 경질 겨울밀에 관한 추가 정보를 사회공학적으로 처리하고, 버그호프 맥주를 몇병인지 기억이 안 나게 해치우고 돌아온 호스트는 그의 아이들이 뭐랄까 평소와 다르게 제멋대로 소리 지르고, 대재앙 이후 물에 반쯤 잠긴 뉴욕에서 고성능 모터보트들을 폭파하고, 어두침침한 조명 속에서 생생하게 위험에 빠져 있는 낯익은 지형지물을 배경으로 물안개에 둘러싸여 있는 모습을 본다. 해초 왕관을 쓴 자유의 여신상. 위험한 각도로 기울어진 세계무역센터. 최근에 근처에서 벌어진 시가전 때문인지 불규칙하게 듬성듬성 불이 나간 타임스스퀘어의 조명들. 해안선까지 쭉 이어지는 검은색 비계로 연결된 손상되지 않은 건물들. 지기는 무장대응 보트에 있고, 오티스는 그 유명한 비운의 원양여객선을 축소해놓은 타이니태닉호를 조종한다. 그리들리와 커티스는 마치 이 세상이 아닌 곳에서 온 앞잡이들이 실세계에서 맡은

---

9 margin call. 선물계약의 예치증거금이나 펀드의 투자원금에 손실이 발생할 경우 이를 보전하라는 요구를 말하며, 이런 전화에서 유래한 용어다.

임무를 수행하는 것처럼, 지기와 오티스를 그들의 고향 도시를 숨어서 기다리고 있을지 모르는 폐허의 물바다로 안내하고는 어딘가로 사라져버린다. 마치 모터보트 기술이 지구온난화만은 아니더라도 그것을 포함해 다가올 뉴욕시의 재해를 대비하는 데 필요한 것처럼.

"그러니까 엄마, 생각해봤는데, 덜 위험한 곳으로 이사 가면 안 돼? 머리힐? 아니면 리버데일?"

"음…… 우리 6층에 사는데……"

"그러면 적어도 구명정을 창가에 두는 건 어때?"

"바닥이 얼마나 된다고. 그만해 요놈들, 알겠지?"

아이들이 잠자리에 들고 난 뒤, 맥신이 새로운 살인자 베이비시터 TV 영화를 보려고 자리를 잡자, 호스트가 머뭇거리며 다가온다. "잠시 머물러도 될까?"

맥신은 머뭇거리기 싫어서 그냥 묻는다. "오늘밤?"

"어쩌면 좀더 오래?"

이건 뭐지? "좋을 대로 해, 호스트. 생활비는 계속 나눠 내고 있으니까." 당장은 가능한 우아하게 말하지만, 전 시트콤 배우가 위기에 처한 젊은 엄마인 척하는 것을 보고 싶을 지경이다.

"문제가 될 것 같으면, 다른 곳에 머물러도 돼."

"내 생각에는 애들이 무척 좋아할 거야."

그녀는 그의 입이 열렸다 다시 닫히는 모습을 지켜본다. 그는 고개를 끄덕이더니 부엌으로 들어간다. 곧바로 냉장고를 열고 뒤지는 소리가 들린다.

지금 텔레비전에서 방영되는 드라마가 위기로 치닫는 중이다. 베이비시터는 자신의 흉계가 무산되기 시작하자 아기를 움켜쥐고 악어가 득실거리는 어떤 지역으로 부적절한 구두를 신은 채 필사적으로 도망친다. 총 끝 어디를 용의자에게 겨누어야 하는지도 잘 모르는 카탈로그 모델처럼 생긴 경찰대가 구조를 위해 달려간다. 모두 야간촬영인 게 분명하다. 그때 호스트가 초콜릿 콧수염을 한 채 아이스크림 통을 들고 부엌에서 나타난다.

"온통 러시아 글자네. 이고르라는 작자지, 맞지?"

"맞아, 배로 들여온대. 자기가 먹을 수 있는 것보다 항상 많이. 그래서 초과되는 양을 내가 도와주게 됐어."

"그러면 그가 베풀어준 대가로—"

"호스트, 이건 사업상 거래야. 그는," 부드럽게 말한다. "여든살에 브레즈네프[10]처럼 생겼어. 벌써 0.5킬로를 먹어치웠네. 내가 대신 갖다놓고 위 세척기라도 찾아올까?"

호스트는 기적에 가까운 힘으로 통을 꽉 쥔다. "안 그래도 돼. 사실, 이거 끝내주게 맛있어. 다음에 그 나이 든 이고르를 만나면, 거기에 초콜릿 마카다미아도 있는지 알아봐줄 수 있어? 패션프루트 스월도?"

맥신은 다음 날 아침 모리스 브러더스에 들러 아이들을 위한 개학용품을 둘러본 뒤 점심시간 무렵에 아파트에 잠깐 들른다. 0.5파인트들이 요구르트 뚜껑을 막 열려고 할 때 리고베르또가 인터컴의 버튼을 누른다. 음질 스피커로도 그의 목소리가 약간 격앙된 게 들린다. "로플러 씨? 손님이 오기로 되어 있나요?" 어떻게 말할까 고민하는 것처럼 잠시 정적이 흐른다. "제니퍼 애니스턴이 당신을

---

10 Leonid Brezhnev(1906~82). 1964~82년 소련 공산당 서기장을 지낸 정치인.

만나러 여기에 와 있는 것 같은데요?"

"리고베르또, 제발, 교양 있는 뉴요커인 걸 잊지 마요."그녀는 문에 난 작은 구멍으로 가서 아니나 다를까 엘리베이터에서 내려 복도를 걸어오는 레이철 '난 로스를 좋아한다, 난 로스를 좋아하지 않는다'[11] 그린의 와이드스크린 버전을 본다. 맥신은 라텍스로 된 유명인의 가면을 쓴 사이코패스 같은 부정적인 생각이 들기 전에 현관문을 연다.

"애니스턴 씨, 먼저 말씀드리자면, 저는 그 프로그램의 엄청난 팬이에요—"

드리스콜이 머리카락을 흩날린다. "정말요?"

"똑같이 생겼어요. 나한테 머리와 모리스가 실제로 뭐 어쨌다는 말은 하지 마요."

"네. 거기 소개해줘서 너무 고마워요. 제 인생이 바뀌었어요. 그 분들이 당신한테 보고 싶다고 전해달래요. 그리고 그 사소한 드라이어 고장 때문에 아직도 화가 나 있지 않기를 바란대요."

"아니, 연방 재난에 콘 에드[12] 직원 절반이 착암기를 들고 거리에 나왔는데, 사소한 뭐? 어서 부엌으로 가요. 지마는 다 떨어졌지만, 그래도 맥주는 있어요. 아마도."

웬일인지 호스트가 미처 보지 못한 롤링록 두병이 냉장고 뒤 편에 숨어 있다. 그들은 안으로 들어가서 식탁에 앉는다.

"여기요."드리스콜이 옛날 플로피디스크만 한 크기에 모양도 비슷한 회색과 진홍색으로 된 봉투 하나를 건넨다. "당신 거예요."

---

11 시트콤「프렌즈」에서 제니퍼 애니스턴이 맡은 레이철 그린이 로스와 사귀었다 헤어졌다를 반복하는 데서 나온 말.

12 Con Ed. 뉴욕시의 전력을 공급하는 회사 Consolidated Edison의 약자.

안에는 값비싼 종이에 필기체로 직접 쓴 초대장이 들어 있다.

맥신 터노-로플러 씨
아래 자리에 함께해주시면 감사하겠습니다
제1회 연례
그랑드 랑트레 무도회, 혹은
컴퓨터광들의 무도회
2001년 9월 8일 토요일 밤
Tworkeffx.com
주류 제공
의상 자유
〈하 하 농담 아님/〉

"이게 뭐예요?"

"오 제가 속해 있는 위원회예요."

"이 규모로 파티를 열 정도면 거물 같은데요?"

음, 게이브리얼 아이스 같다. 그 아니면 누구이겠는가. 알려진 바에 따르면 최근에 가상 사설 통신망을 구축하고 관리하는 Tworkeffx를 인수하고 나서, 그는 회사 자산 중에 우리가 아는 세계의 이런 특별한 종말 같은 것이[13] 오기를 기다리며 수년 동안 조건부 날인증서로 처박혀 있던 특별 펀드를 발견했다.

맥신은 기분이 안 좋다. "그동안 아무도 그 계좌를 털 생각을 안 했다고요? 너무 이상적인데? 내가 매일 상대하는, 하나같이 변변

---

13 미국 록밴드 R.E.M.이 부른 노래 "It's the End of the World as We Know It"(1987) 에 빗댄 말.

찮고 명청한 사기꾼들은 그 기회를 놓쳤을 텐데. 물론 그 망할 아이스가 나타나기 전까지는 말이죠. 그러다 이제는 그가 친절한 주최자 행세를 하며 자기 주머니에서는 돈 한푼도 안 쓰다니."

"하지만 그게 앨리 최대의 실직자 파티에 불과하더라도, 잔치를 즐길 수는 있을 거예요. 다른 건 몰라도 최소한 술은 무료로 제공될 테니까."

* * *

노동절[14]이 다가오자, 온 세상 사람들이 전화를 걸어오기 시작한다. 몇년 동안 소식이 없던 사람들, 대책 없이 인사불성이던 어느 저녁의 딱 필요한 순간에 어떻게 택시를 불러 목숨을 구해주었는지 자세히 생각나게 하는 헌터 시절의 동창생, 쇠락의 장관을 보기 위해 단풍을 좇아 반대편으로 향하는 도시 거주자와 달리 매년 가을 순례자처럼 지방에서 뉴욕시로 찾아오는 사람들, 여름 내내 기막히게 멋진 관광지에 가 있다 돌아와서는 캠코더로 찍어온 테이프와 환상적인 흥정, 좌석 업그레이드, 원주민과 함께 지내기, 남극 사파리, 인도네시아의 가믈란 축제, 리히텐슈타인의 볼링장 호화 투어에 관한 이야기로 만나는 사람마다 지루하게 만드는 수준 높은 여행객들.

호스트는 정확하게 하루 종일 집에 있는 것은 아니지만 그와 지내던 시절의 점점 더 가물거리는 기억에 비춰 이전보다는 좀더 많은 시간을 아이들과 함께 보낸다. 아이들을 데리고 양키스 게임을

14 미국의 노동절은 9월 첫째 월요일. 2001년엔 9월 3일이었다.

보러 가고, 맨해튼의 마지막 남은 스키볼[15] 게임장을 찾아내고, 심지어는 그가 계절 훈련처럼 늘 회피해왔던 개학 맞이 이발을 위해 아이들을 집 근처로 솔선수범해서 데려간다.

엘아띨다도 이발소는 반지하에 있다. 들어가면 반기는 것은 북극 바람이 나오는 시끄러운 에어컨, 『오예』와 『노베다데스』 지난 호, 그리고 거의 90퍼센트는 텔레비전에서 하는 메츠 야구 경기의 해설 같은 카리브계 스페인어 대화이다. 호스트는 메츠와 필리스[16]의 경기에 한창 빠져 있다. 그때 조니 빠체꼬[17] 티셔츠를 입은 한 사람이 프로판가스통까지 딸린 실외용 바비큐 그릴 세트를 끌고 거리에서 계단을 거쳐 문으로 들어와서는, 매력적인 가격에 팔려고 한다. 엘아띨다도에서는 흔히 보는 장면이다. 이발소 주인 미겔은 인정 많은 사람이라서 왜 이곳에는 크게 관심 있는 사람이 없을 것 같은지 참을성 있게 설명하려고 애쓴다. 그것을 가지고 집에까지 갈 방법도 요원하지만, 두말할 필요 없이, 엘아띨다도를 요주의 리스트에 올려놓고서, 나이 어린 자기 여동생도 속지 않을 평상복 차림의 건장한 백인들을 계속 보내 요란하게 연석 가까이 주차한 뒤 차에서 튀어나와 행동을 취하는 경찰들도 문제라고 말이다. 실제로, 길 아래편의 어느 수위가 휴식 중에 엿들은 경찰감시의 최근 소식에 따르면, 이러한 이야기는 거의 사실에 가깝다. 낮은 음성의 긴박한 대화가 오간다. 바비큐 그릴을 팔려던 남자가 힘겹게 물건을 문밖으로 다시 날라 계단을 올라가고 나서 일분도 채 지나지 않아, 글록 권

---

15 skee-ball. 딱딱한 고무공을 경사진 레인 아래쪽에서 굴려, 위쪽의 둥근 홈에 집어넣어 득점하는 실내놀이.

16 Phillies. 미국 프로야구팀 필라델피아 필리스.

17 Johnny Pacheco(1935~). 도미니까공화국 출신의 가수이자 작곡가이자 음악 프로듀서.

총을 완전히 가리지도 않고서 하와이 셔츠 차림의 20구역 경찰이 소리를 지르며 나타난다. "자, 그 녀석 어디 있어. 우리가 좀 전에 콜 럼버스에서 그놈을 봤어. 여기에 있는 거 다 알아. 말 안하면 가만 안 놔둘 거야. 내 말 알아듣겠어. 이 개새끼들아. 뒈질 줄 알아. 뒈질 줄 알아. 내 말 알아듣겠냐고.[18]" 기타 등등.

"어, 저기," 오티스가 말하는데, 그의 형이 조용히 하라는 신호를 보낸다. "카마인 아저씨다. 여기요! 여기! 카마인 아저씨!"

"오, 친구들." 노졸리 형사가 텔레비전 화면을 보며 눈을 깜빡거 린다. "어떻게 돼가?"

"5대 0이요." 지기가 대답한다. "페이턴이 막 홈런을 쳤어요."

"나도 볼 수 있으면 좋을 텐데. 범인을 잡으러 가야 해서. 엄마한 테 인사 전해줘."

"'엄마한테 인사 전해'달라고?" 호스트는 이닝이 끝나고 광고가 나올 때 묻는다.

"저 아저씨하고 하이디 아줌마가 사귀어." 지기가 차분하게 설 명한다. "아저씨를 가끔씩 데려왔었어."

"그러면 네 엄마는……"

그렇게 해서 맥신이 경찰들과 함께 일한다는 사실도 알려진다. 어떤 종류의 경찰인지는 아이들도 잘 모른다. "지금 범죄 사건을 맡고 있대?"

"고객에 관한 일인 것 같아."

화면을 향한 호스트의 시선이 울적해진다. "점잖은 고객들이 네……"

---

18 (스) mierda honda, tu me comprendes.

나중에 맥신은 집 식당에서 호스트가 지기를 위해 파티클보드로 된 컴퓨터 책상을 조립하느라 애쓰는 모습을 본다. 피가 이미 여러 손가락에서 흐르고, 콧등의 독서용 안경은 땀 때문에 미끄러지기 직전이다. 묘하게 생긴 금속과 플라스틱 고정장치들이 바닥에 흩어져 있고, 설명서는 찢긴 채 여기저기 날아다닌다. 호스트의 비명. "빌어먹을 이케아"란 말이 자동으로 튀어나온다.

전세계의 다른 수백만명처럼, 호스트도 스웨덴의 DIY 갑부를 싫어한다. 일전에 그는 맥신과 함께 뉴저지주 엘리자베스에 있는 지점을 찾았다가 주말을 날린 적이 있다. 그 지점은 공항 옆에 있었는데, 다른 사람들이 뉴저지 유료고속도로상에서나 거기에서 나와서나 하루 종일 길을 잃고 헤매는 동안, 세계에서 네번째로 부유한 억만장자가 화물비용을 아낄 수 있게 해주기 위해서였다. 마침내 그들은 카운티 크기만 한 주차장에 도착해 호스트에게는 너무 이질적이어서 전혀 끌리지 않는 가정의 사원, 혹은 박물관, 혹은 이론이 멀리서 어른거리는 모습을 바라보았다. 화물수송기들이 근처에서 계속 부드럽게 착륙했다. 매장의 전체 섹션은 하자가 있거나 빠진 부품과 고정장치를 교환해주도록 되어 있었다. 이것은 이케아에서는 그렇게 낯선 문제가 아니었다. 매장 내부는 하나의 부르주아 환경 또는 '주택의 방'에서 또다른 방으로, 가용 바닥 면적을 최대한 채워서 만들어놓은 프랙털 길을 따라 끝없이 걸어가도록 되어 있다. 출구는 분명하게 표시되어 있지만 다다를 수가 없다. 호스트는 길을 잃고 당황해서 거의 폭발할 지경이었다. "이것봐. 바 스툴인데, 이름이 스벤이다? 옛날 스웨덴 관습인가? 겨울이 닥치고, 날씨가 혹독해지면, 얼마 후 자기도 모르게 가구와 뜻하지 않게 이야기를 나눈다?"

결혼하고 몇년 뒤 호스트는 자신이 가정적인 사람은 아니라고 고백했다. 그때쯤에는 그 말에 크게 놀라는 사람은 없었다. "내가 꿈꾸는 이상적인 거주 공간은 첫눈이 내릴 무렵의 중서부 깊숙한 불모지 어딘가에 있는 너무 초라하지 않은 모텔방이야." 사실 호스트가 생각한 것은 맥신이 사는 것은 물론이고 결코 찾아오지도 못할 정도로 강한 바람이 휘몰아치는 먼 공간 속의 눈으로 완전히 뒤덮인 모텔방이다. 그의 밤이 깊어질수록 순백의 이야기들이 하나씩 쌓이고, 그러고 나면 다시는 입으로 옮길 수 없다. 그것들이 모여 그녀가 읽을 수 없는 겨울의 공허함이 된다.

"그만하고. 쉬어." 그녀는 텔레비전을 켠다. 그들은 앉아서 잠시 소리를 죽인 채 날씨 채널을 시청한다. 한 기상 전문 앵커가 무언가를 말하면 다른 앵커는 그쪽을 보며 반응하고는 다시 카메라를 쳐다보고 고개를 끄덕인다. 그런 다음에는 순서를 바꿔, 다른 앵커가 말을 하면 첫번째 앵커가 고개를 끄덕인다.

어쩌면 그런 형식상의 온화함이 전염된 걸까. 맥신은 자신도 모르는 사이에 일에 대해 말하고, 호스트는 평소라면 상상할 수도 없게 귀 기울여 듣는다. 그것은 물론 자신의 일이어서가 아니라, 다시 잘해보려는 마음 때문이다. 더 나빠질 게 뭐가 있다고? "다큐멘터리를 만드는 레지 데스파드와 그보다 두배는 더 편집증이 심한 IT 천재 에릭이 hashslingrz.com의 장부에서 재미있는 것을 발견했어. 뭐 그렇다 치고, 레지가 그것을 가지고 나한테 와서는, 그것이 불길하고, 범위가 지구적이고, 어쩌면 중동과 관련이 있을지 모른다고 생각한대. 하지만 너무 「X 파일」 같은 것일 수도 있어." 잠시 멈추고, 슬쩍 숨을 고르는 척한다. 호스트가 싫증 내기를 기다리면서. 그러나 그는 오히려 눈을 천천히 껌벅이며 관심을 보인다. "그런데 레지가 감쪽같이 사라져버렸나봐. 시애틀밖에는 갈 데가 없지만 말이야."

"당신 생각에는 무슨 일인 것 같아?"

"오, 생각? 내가 생각할 시간이 있나? 연방수사관들이 나에 대해서도 캐고 있어. 아마 브룩과 그애의 남편, 그리고 모사드와 연관된 정황 때문일 거야. 그게 전부일 텐데, 어떻게 그 작자들은 어디 출신이냐고 대놓고 물을 수가 있지?"

호스트는 이제 그것으로 자유투를 던지려고 하는 사람처럼 머리를 양손으로 쥐고 있다. "여미마, 굿시아, 게렌합북!¹⁹ 내가 어떻게 도우면 돼?"

"사실, 당신 그거 알아?" 이 말은 어디서 나왔고, 그녀는 실제로 얼마나 진지한 걸까. "토요일 저녁에 시내에서 너드들이 모이는 큰 해산물 파티가 있거든? 그런데, 그런데 에스코트해줄 사람이 필요해. 괜찮겠어, 응?"

그는 눈을 가늘게 뜬다. "그럼." 반은 질문하듯 덧붙인다. "잠깐…… 춤도 춰야 해?"

"누가 알겠어, 호스트, 어쩌다 딱 맞는 음악이 나오기라도 하면? 알잖아, 상황에 따라 그래야 할지도 모른다는 걸."

"음. 아니 내 말은……" 호스트는 안절부절못할 때에는 은근히 귀여운 구석이 있다. "내가 춤을 안 배우는 걸 당신은 결코 용서하지 않았잖아, 그랬지?"

"호스트, 내가 지금 당신의 미안한 마음을 발끝으로 달래주기라도 해야 한다는 거야 뭐야? 원하면 아주 간단한 스텝 두가지 정도

---

19 구약 욥기에 나오는 욥의 세 딸.

는 지금 가르쳐줄 수 있어. 괜찮겠어?"

"내가 엉덩이를 흔들지 않아도 된다면. 남자에게는 지켜야 할 선이란 게 있거든."

그녀는 CD를 뒤져서 디스크를 튼다. "좋아. 이건 메렝게야. 정말 간단해. 사일로[20]처럼 거기 그냥 서 있기만 하면 돼. 그러다 마음이 내키면 가끔 한발씩 움직여봐. 그러면 훨씬 더 좋아질 거야."

잠시 후 아이들이 안을 들여다보니 두 사람은 자세를 잡고 껴안은 채「꼬빠까바나」의 박자 하나하나에 맞춰 천천히 춤을 추고 있다.

"너희 둘, 교감 선생님 사무실로 와."

"그래, 당장."

---

20 silo. 원탑 모양의 곡물 저장고 혹은 미사일 발사대.

28

약간 더운 저녁. 저녁노을이 뉴저지 상공에서 짙어지고 근처 음식배달 오토바이들의 교통량은 정점에 가까워지며, 도시의 나무들은 하나둘씩 들어오는 가로등에 맞춰 최고조에 달하는 새들의 대화로 가득하다. 저녁 출발 비행기들이 남기고 간 구름이 창공에 환하게 걸려 있는 동안, 호스트와 맥신은 아이들을 어니와 일레인 집에 맡기고 지하철을 타고 소호로 향한다.

최근에 인수된 Tworkeffx는 가장 비싼 임대료를 내가며 한창 잘나가던 지난 몇년 동안 이딸리아 궁전 같은 건물을 사용해왔다. 석회석의 외관을 흉내 낸 주철로 된 건물 정면은 오늘밤 거리 조명을 받아 으스스한 느낌을 풍긴다. 과거와 현재를 대표하는 앨리의 모든 사람이 그곳으로 한데 모이는 중이다. 도착하기 전부터 몇 블록 떨어진 곳에서도 축제 소리가 들린다. 파티에 신난 무리들의 소프라노 같은 목소리, 건물 안에서 들리는 음악의 베이스 멜로디 사이

사이로 보안경찰의 워키토키에서 지지직거리며 나는 귀에 거슬리는 고음이 끼어든다.

오늘밤은 즉석에서 향수를 불러일으키려는 시도가 역력해 보인다. 유통기한이 조금 지난 90년대의 아이러니가 이곳에서는 다시 만개해 있다. 맥신과 호스트는 문에 서 있는 경비원들을 지나 가짜 모히칸 스타일과 탈색 머리와 이모 머리,[1] 더벅머리와 크롭 커트와 일본 공주 머리, 짝퉁 본 더치 트럭 운전사 모자, 임시로 새긴 문신, 입술에 매달린 마리화나 담배, 「매트릭스」 시대의 레이밴 선글라스, 호스트의 셔츠를 빼고 유일하게 칼라가 있는 하와이풍 셔츠의 소용돌이 속으로 떠밀려간다. "맙소사," 그가 외친다. "완전히 키어커크[2] 같네." 바로 그거라고 그에게 말하기에는 근처에 있는 사람들이 너무 힙하다.

한때는 타원형 그래프로 사람들의 눈길을 끌었던 닷컴 버블이 아마도 얕은 호흡의 흔적 외에는 그 안에 아무것도 남기지 않은 채 시대의 아스라한 끝에서 선명한 분홍빛 하향곡선을 그리며 이제는 사그라지고 있지만, 오늘밤만큼은 비용을 조금도 아끼지 않는다. 공식적으로는 '1999년'이라고 명명된 모임의 테마에는 부인否認이라는 좀더 어두운 부수적 의미가 깔려 있다. 이내 분명하게 드러나지만, 오늘밤 모든 사람은 아직도 자신들이 몰락 이전의 환상적인 시간 속에 있다고 가정하고서, 이제는 무사히 역사로 안착한 지난해의 무서웠던 Y2K의 그림자 속에서 춤을 추고 있다. 그러나 그 그림자가 아직은 완전히 드리워지지 않은 이 공동의 망상에 따라, 이

---

1 emo는 펑크록의 일종인 emotional hardcore의 약자로, 삐쭉삐쭉하게 눈을 가리고 새까맣게 염색한 머리를 가리킨다.

2 Keokuk. 미국 아이오와주 동남부에 있는 도시.

곳의 모든 사람은 십억 분의 일초 뒤면 세계의 컴퓨터들이 연도를 정확하게 계산하지 못해 대재앙을 불러올 밀레니엄 직전의 자정, 신데렐라의 시각에 정지화면처럼 멈춰 있다. 널리 퍼진 주의력결핍장애 시간에 향수를 달래며. 사람들은 밀레니엄 이전의 티셔츠를 그들이 덜렁덜렁 들고 온 보관용 봉지 안에서 꺼낸다. Y2K가 다가온다, 아마겟돈 이브, Y2K에도 끄떡없는 러브 머신, 나는 살아남았다…… 왕자가 말을 몇번이고 재촉하는 소리가 들려올수록, 지금이 1999년인 듯 파티에 온 몸을 던지겠다는 마음으로.

동유럽 어딘가의 파산한 경기장에서 훔쳐온 쏘비에뜨 시대의 음향 시스템에서 블링크-182, 에코 앤드 더 버니멘, 베어네이키드 레이디스, 본 서그스-엔-하모니, 그밖의 감상적인 옛날 노래들이 쾅쾅 울리는 동안, 나스닥 호경기의 상한가 주식시황이 무도회장 전체를 두른 띠 모양 장식에 설치된 자막 스크린 위로 천천히 흐른다. 그 위에 있는 4×6미터 크기의 대형 LED 스크린에는 빌 클린턴의 대배심 증언 "그것은 '이즈'의 의미가 무엇이냐에 따라 다릅니다",[3] 동명이인인 빌 게이츠가 벨기에에서 파이에 얼굴을 묻고 있는 모습, 「헤일로」[4] 예고편, TV 만화 시리즈 「딜버트」와 「스펀지밥」 첫번째 시즌의 비디오 클립, 로만 코폴라의 Boo.com 광고, 「SNL」의 호스트로 출연한 모니카 르윈스키, 어지 오버킬의 동명 노래가 디제이를 거쳐 흘러나오는 가운데 에리카 케인 역할로 마침내 데이타임 에미상을 수상하는 수전 루시 같은 역사적인 장면

3 빌 클린턴 전 미국 대통령이 1998년 대배심 증언에서 그의 변호사가 했었던 "어떤 종류의 섹스도 전혀 없다"(There is absolutely no sex of any kind)라는 진술이 사실이냐는 판사의 질문에 한 대답 "It depends upon what the meaning of the word 'is' is"를 말한다.

4 Halo. 2001년 마이크로소프트에서 출시한 비디오게임.

들이 연속해서 나왔다가 사라진다.

Tworkeffx는 그 정도 규모의 다른 뉴욕시 건축물들처럼 현재 주거용으로 전환 중인 외곽의 양식이 불분명한 본사 건물을 고풍스러운 바로 개조해 수많은 네오이집트 장식으로 정교하게 꾸며놓았다. 신비스러운 마력이 고대 코카서스종 호두나무에 아직도 스며 있다면, 사람들 앞에 모습을 드러낼 순간을 기다리고 있을 터이다. 오늘밤 남은 숙제는 이곳의 모든 사람이 간단히 그 당시의 스타트업 소속을 밝히기만 하면 매일 밤 공짜로 술을 마실 수 있었던 90년대의 모든 무료 바의 좋은 추억을 소환하는 것이다. 오늘밤의 바텐더들은 대부분 실직한 해커나 혹은 2000년 4월 이후로 씨가 마르기 시작한 거리의 마약상 들이다. 예컨대, 어쩔 수 없이 공짜 술을 권하지만 여전히 이 무도회장에서 가장 머리가 좋은 이들은 알고 보니 레이저피시[5] 출신들이다. 싸구려 술이란 있을 수 없다. 천지에 탠커레이 넘버 텐, 빠뜨론그란 플래티넘, 매켈란, 엘리뜨 등이다.[6] 물론 이외에도 아이러니가 없는 저녁을 쉽게 감당할 수 없는 이들을 위해 으깬 얼음이 가득 담긴 대야에 PBR[7]이 준비되어 있기는 하다.

오늘밤 사업 이야기가 오간다면, 시간이 곧 돈이라 파티 같은 것에 낭비해서는 안되는 시내의 다른 곳에서 이루어질 것이다. 삼사분기 수입은 화장실에 다 들어가고, 거래의 흐름은 천천히 가라앉고, 회사의 IT 예산은 팰로앨토의 어느 술집 기계로 만드는 마르가리따 칵테일처럼 꽁꽁 얼고, 마이크로소프트 XP는 이제 막 시험 테스트를 마친 상태이지만 벌써부터 보안 및 이전 버전과의 호환성 문제를 놓고 너드다운 불평과 컴퓨터광다운 불만이 쏟아진다. 채용 담당자들은 조심스럽게 사람들 사이를 배회하지만, 오늘밤은 색상 코드로 된 팔찌를 찬, 단기 수입 일거리를 찾는 해커가 전혀 눈에 띄지 않아서, 누구를 고용할지 직관에 따라 판단해야만 한다.

여기에 있었던 사람들은 나중에 이곳이 얼마나 수직적으로 이루어졌는지 대부분 기억할 것이다. 계단, 엘리베이터, 아트리움 유리천장 아래에 모여 있거나 흩어져 있는 사람들의 머리 위로 계속 돌진해올 것 같은 그림자…… 딱히 춤을 추고 있다기보다는 한곳에 서서 음악에 맞춰 가끔씩 위아래로 움직이는, 플래시 조명 밑에서 반쯤 정신이 나가 있는 댄서들까지.

"그렇게 복잡해 보이지 않는데." 호스트가 혼잣말처럼 말하며 일시적으로 해상도가 저하된 환한 소란 속으로 천천히 걸어간다.

"맥시, 안녕?" 바이어바다. 올림머리에 짙은 눈 화장을 한 채 기본 블랙 의상에 스파이크힐을 신고 있다. 저스틴이 그녀의 뒤에서 머리를 내밀고 마리화나를 피운 사람처럼 웃으며 눈썹을 씰룩거린다. 이렇게 점점 더 퇴폐적이 되어가는 분위기에서도 그는 여전히 믿을 만한 서부해안의 사랑스러운 영혼답게 저스틴\전혀 다른 펄[8] 해커라고 박힌 티셔츠를 입고 있다. 함께 온 루커스는 집에서 입는 것 같은 헐렁한 청바지와 연방수사관을 봤어라고 박힌 데프콘 티셔츠를 입고 있다.

"와우, 물러서 킴 베이신저! 여기서 너를 보니까 평소보다 훨씬

---

8 Perl. 텍스트 처리를 위한 스크립트 언어.

더 초라해지는 것 같아, 바이어바."

"뭐야, 이 오래된 누더기 옷은? 개가 깔고 자면 좋아하겠네. 하루 저녁만 빌릴 수 있을까." 눈도 마주치지 않은 채, 전혀 관심 없는 얼굴로, 바이어바는 무언가 운명적인 영화 장면이 나타나기를 기다리는 사람처럼 머리 위의 대형 스크린 쪽으로 시선을 돌린다. 맥신은 뇌 검사를 해보지는 않았지만 오랜 경험으로 왠지 조마조마한 느낌이 든다.

"엄청난 무도회장이네, 안 그래? 돌아다니는 곳마다 바르 미츠바 모티브가 느껴져. 아이스라는 사람은 비용을 전혀 아끼지 않아. 근처 어딘가에 숨어서 지켜보고 있는 게 분명해."

"잘 모르겠네. 찾아보지를 않아서."

"나는 말야," 루커스가 말한다. "내 생각에 그는 조시 해리스[9]와 이상한 복고 경쟁을 벌이고 있어. 수도pseudo에서 있었던 밀레니엄 전야 파티 기억해? 몇달 동안 계속됐잖아?"

"너 지금," 저스틴이 말한다. "일반에 공개된 투명한 플라스틱 방 안의 사람들 말하는 거야?[10] 어딘데? 어디?"

"여어, 맥시." 에릭이 연한 형광녹색으로 염색한 머리에 교태 섞인 눈, 자세히 보면 비열함에 속하는 것으로 평가가 나올 듯한 웃음을 지으며 서 있다. 맥신은 호스트가 눈에 띄지는 않지만 바로

---

9 Josh Harris(1960~). 미국의 인터넷 선구자 겸 사업가. 그가 1993년 창립한 최초의 인터넷 스트리밍 네트워크 pseudo.com은 닷컴 버블이 끝난 2000년에 부도 처리됐다.

10 조시 해리스가 1999년에 진행한 일종의 아트 프로젝트 「Quiet: We Live in Public」을 말한다. 자원한 참가자들이 한 아파트에서 생활하는 일거수일투족을 스트리밍으로 대중에 공개했으며, 2000년 1월 1일에 뉴욕 경찰의 명령으로 프로젝트가 중단되었다.

근처에 있음을 감지하고서 약간 멍청한 사람처럼 행동한다. 아이고. "이 근처에서 내 남편 봤어?" 근처에 있다면 호스트가 충분히 들을 수 있게 큰 소리로 말한다.

"누구요?"

"오," 다시 원래의 목소리. "일종의, 유사 전 남편이었던 사람. 내가 말하지 않았던가?"

"진짜 놀랐어요." 명랑하게 웅얼거린다. "워, 오늘밤에 신고 온 이 신발은 뭐예요? 주세페 자노티, 맞죠?"

"스튜어트 와이츠먼이거든, 아는 척. 잠깐, 여기서 네가 만나볼 사람이 있어. 내가 잘못 안 게 아니라면 지미 추를 몹시 좋아하는 사람이야." 애니스턴과 똑같이 꾸미고 온 드리스콜이다. 보는 순간 맥신의 사랑의 로보덱스, 혹은 머릿속에 내장된 중매 앱의 화면이 깜빡거리기 시작한다. "두 사람이 서로 이미 알고 있는 게 아니라면……"

또다시, 맥신은 왜 그녀를 쥐고 흔들려는 조상들의 중매쟁이 기질에 저항하지 못하는 걸까? 제발, 중매는 이제 그만. 중매쟁이들보다 파티가 중매를 더 잘할 거야. 규모의 경제 등등으로 봐도 확실히. 에릭은 매력적으로 눈을 가늘게 뜨고 쳐다본다. "우리 혹시…… 사이버서즈[11] 행사 때 나를 강 같은 곳에 던지려 하지 않던가요? 아니, 잠깐, 그 여자는 키가 좀더 작았구나."

"혹시 맥주가 빠진 행사였던가요?" 레이철이 로스에게 은밀하게 말하듯 묻는다. "리눅스 인스톨페스트?[12]" 손바닥에 마커펜으로

---

11 Cybersuds. 1990년대에 실리콘앨리의 IT 업계 종사자들이 한달에 한번 모여 친목을 다지던 행사.
12 컴퓨터 마니아들이 서로 프로그램을 설치해주고 사용을 도와주는 축제.

전화번호를 적거나 그런 의례적인 절차를 거친 뒤에 드리스콜은 다시 사라진다.

"들어봐요, 맥시." 에릭이 진지해진다. "만나야 할 사람이 있어요. 레스터 트레이프스의 동업자였던 캐나다 남자예요."

"펠릭스? 아직 시내에 있다고?" 왠지 그렇게 좋은 뉴스 같지는 않다. "무슨 문제인데?"

"당신을 봐야 한대요. 레스터 트레이프스에 관한 일로요. 그런데 편집증 환자처럼 행동하고, 분주하게 계속 움직이고, 지나치게 파티를 좋아하는 것 같았어요."

"미숙함을 가장한 보안이네." 레스터, 레스터는?

가라오케에서 만난 그날 밤 이후로 전혀 소식이 없던 펠릭스가 이제 와 갑자기 이야기를 하고 싶다니. 그를 믿던 동업자가 살해되었을 때 그는 어디에 있었지? 편안하게 몬트리올에? 아니면 게이브리얼 아이스와 몬탁에서, 어떻게 하면 레스터를 함정에 빠트릴지 궁리하면서? 오늘밤에는 무엇을 그토록 긴급하게 얘기하려는 것일까?

"어서요. 화장실들을 닥치는 대로 한번 훑어보러 가요."

그녀는 그를 따라 이제는 행사 공간으로 바뀌어 쿵쾅대고 북적거리는 작업 공간의 틈바구니 속으로 걸어가며 사람들을 훑어본다, 호스트가 다른 사람들과 똑같이 플로어에서 Z축 바운스를 추면서 적어도 혼자 즐기지 않는 것은 아닌 모습이 슬쩍 보인다.

에릭은 그녀에게 문을 열고 복도를 따라서 화장실로 향하도록 몸짓으로 알린다. 화장실에 가보니 남녀공용에 프라이버시가 보장되지 않는 곳이다. 일렬로 늘어선 소변기 대신에 물줄기가 계속해서 내려오는 스테인리스스틸로 된 벽이 있다. 남자들 그리고 그럴

의향이 있는 여자들은 벽을 향해 소변을 보면 된다. 반면에 모험심이 덜한 사람들을 위한 속이 비치는 아크릴로 된 칸막이 화장실이 있다. Tworkeffx가 지금보다 번창하던 시절에는 근무태만 단속원들이 칸막이 안을 들여다보며 누가 일을 안하고 있는지 확인하며 다니기도 했다. 그래서 칸막이 안쪽에는 시내의 잘나가는 그래피티 예술가들에게 의뢰해 그린 성기를 입에 넣고 있는 유명한 이미지뿐 아니라, 나약한 마이크로소프트 놈들아 죽어라, 라라 크로프트는 폴리곤에 문제가 있어[13] 같은 감상적인 낙서들이 있다.

이곳에 펠릭스는 없다. 그들은 계단을 따라 한층씩 위로 올라가며, 환한 과대망상의 홀들을 살피고, 너무 일찍 게이브리얼 아이스 같은 사람들의 먹잇감이 될 수밖에 없었던 파산한 닷컴 회사로부터 헐값으로 가구를 들인 사무실과 칸막이 자리들을 훑는다.

어디를 가나 파티의 물결. 밀고, 밀리며…… 움직이는 얼굴들. 빈 샴페인병들이 둥둥 떠 있는 직원 전용 풀장. 최근에야 서로에게 소리 지르며 담배 피우는 법을 배운 듯한 여피들. "지난번에 훌륭한 아르투로 푸엔테[14]를 맛봤어!" "끝내줬어!" 이제 막 끝난 광란만큼이나 뉴욕 시장의 열기가 강렬했던 시대로까지 거슬러 올라가는 오래전에 철거된 고급 호텔의 원형 아르데코 거울 앞에 일렬로 서서 코를 킁킁거리며 부산을 떠는 인간들.

수많은 테마 화장실들. 하나같이 거대하지만 끝부분이 둥글게 휜 아일랜드 바 스타일 소변기, 양각으로 무늬를 새긴 수백년 된

---

13 라라 크로프트는 비디오게임 「툼 레이더」의 여전사 주인공. 폴리곤은 3D게임에서 물체를 표현할 때 기본 단위로 사용되는 다각형으로, 초창기 라라 크로프트는 어색하게 각진 외형을 하고 있었다.
14 미국의 고급 씨가 브랜드.

빈티지 좌변기, 벽에 고정된 물탱크와 물 내리는 체인, 90년대 중반부터 소독약을 뿌리지 않고 변기는 하나뿐이어서 낡고 비위생적인데다 사람들이 줄을 서서 기다려야만 하는 고전적인 시내 클럽 화장실을 흉내 낸 좀더 어둡고 덜 세련된 다른 공간들.

한편 펠릭스는 어디에도 없다. 마침내 꼭대기 층에 도달한 에릭과 맥신은 포스트모던 화장실의 대부, 브로드웨이 남부의 대저택에 있던 것을 재활용한 황토색, 담청색, 바랜 진홍색의 벨기에산 납화 타일에 서른여섯칸의 부스, 전용 바, 텔레비전 라운지, 음향 시스템, 그리고 디제이까지 갖춘 광장 크기만 한 화장실에 들어선다. 때마침 디제이는 댄서들이 앤티크 타일 위에서 육 곱하기 육 행렬로 일렉트릭 슬라이드[15]를 추는 동안 한때 차트를 흔들어놨던 나치 베지터블의 디스코 명곡을 튼다.

화장실에서 [허슬 템포]

아주 기괴하고 이상한 느낌이야, 네
머리가 천장에 붙어 있어,
화장-실에서!
[여자 코러스]──화장-실에서!
코카인과 엑스터시와 마리화나,
언제 필요할지 전혀 모르지
화장-실에서
(다 같이, 화장-실에서!)

---

15 일렉트릭 음악에 맞춰 단체로 줄을 서서 추는 라인댄스의 일종.

이제 막 들어와서 몰래 보다가, 결국

일주일 동안 머물렀어, 바로

화장-실에서……!

(화장실! 화장실!)

그 모든 거울, 수많은 크롬,

집에서는 전혀 안하는 것들, 여기

화장-실에서—

워, 오, 소녀와

[자유롭게]

소년 여러분, 그냥

밤에 맡겨,

낮과는 바이바이야,

너무 많이 하지는 마,

보기만 하고 만지진 마, 안 그러면

망가져,

침착해, 화-장-실이니까—

그 기대에 부푼, 소독약 가득 뿌린

레스-트룸 만-남……

소변기 멋쟁이가, 마치 영화에서처럼,

매력으로 네 바지를 벗겨줄 테니—어서

와

화장실로! 물과 함께 모든 근심

내려버리고 춤을 춰!

허비한 젊음으로부터 모두가 다 이득을 보는 것은 아니다. 맥신이 자란 시대의 십대들은 80년대의 클럽 화장실에서 길을 잃고 들어갔다 다시는 나오지 못했다. 운이 좋은 몇몇은 그뒤로 너무 앞서 갔거나 혹은 그 시절의 진가를 알아볼 만큼 앞서가지 못했다. 나머지는 맥신처럼 단지 이따금씩 그때로 돌아가서 발작을 유발하는 섬광등, 현장에서 판매하는 퀘일루드,[16] 변두리의 헤어스타일을 떠올릴 뿐이었다…… 그 애콰넷 헤어스프레이 연기! 거울 앞에 앉아 정신이 팔려 있는 소녀들의 시간! 댄스 음악과 가사의 묘한 불일치, 「꼬빠까바나」「왓 어 풀 빌리브스」, 이 이상하게 흥이 나는 가락에 어울리면서도 심지어는 비극적인 가슴 아픈 이야기들……

일렉트릭 슬라이드는 맥신이 십대 시절의 파라다이스 거라지 이후로 계속 흐릿해져가는 수많은 성인식 장면들 중에 또렷이 기억하는 사각형 대열 라인댄스이자 일주일 중에 정말로 중요했던 유일한 순간이다. 토요일 밤마다 그녀는 새벽 1시 혹은 1시 30분쯤에 몰래 집에서 나와, 휴스턴행 지하철을 타고 수많은 블록을 지나 킹에 도착해서, 순간이동으로 클럽 경비원을 통과해 안으로 들어가 다른 거라지 핵심 멤버들과 잠시 재회하고는, 마법에 홀린 세계에서 밤새 춤을 추고, 근처 식당에서 동이 틀 때까지 기다리며 이번에는 엄마 아빠에게 어떤 이야기를 둘러댈까 궁리했다…… 그 다음에는 휴지가 다 떨어져 가방에서 휴지를 찾고, 또 그다음에는 모두가 다 살아남지는 못했던 더 냉혹한 시절로의 추방이 기다리고 있다. 에이즈와 마약과 잊어서는 안 될 빌어먹을 후기자본주의가 버티고 있었고, 그래서 어떤 종류가 되었든 피난처를 찾아낸 것은 정말로 불과 몇 안되었다.

---

16 Quaalude. 당시에 큰 인기를 끌었던 수면진정제 메타콸론 상품의 일종.

"음, 맥신, 괜찮아요……?"

"그럼. 아니. 난 괜찮아…… 왜?"

에릭은 머리로 저쪽을 가리킨다. 바닥의 복잡한 아르누보 장식 사이, 모여 있는 사람들의 대열 한가운데에서 맥신은 그동안 피해 다니던 유력한 살인 공범 펠릭스 보인고가 캐나다의 단풍나무 잎사귀 로고와 더 예? 팀[17]이란 문구가 박힌 티셔츠 위에, 염가로 산 게 거의 확실하고, 충동적으로 사고 나서 곧 후회했을, 미친 듯이 강렬한 산호색 더블니트 디스코 시대 정장을 입고 서 있는 모습을 발견한다. 댄스 대열이 2인 1조로 다시 바뀌자, 펠릭스는 땀을 흘리며 초조한 표정으로 걸어온다.

"요, 펠릭스, 안녕?[18]"

"레스터 때문에 실망했어요, 예?" 눈 하나 깜짝 않는 당돌한 표정으로 눈을 마주치며 말한다.

"이러려고 나를 보고 싶어했던 거야, 펠릭스?"

"그 일이 터졌을 때 난 여기에 없었어요."

"내가 뭐라고 했어? 하지만 레스터는, 음, 네가 자기 뒤를 봐주고 있다고 생각했을 거야."

이번 의뢰인을 흔들 수 있는 가능성은 앨리 맥빌[19]의 몸무게처럼 희박하다. "그러니까 아직도 그 사건을 뒤쫓고 있다는 거네요."

"우리는 그 사건에 관한 기록을 계속 공유하고 있어." 일부러 수사상의 '우리'라는 단어를 쓴다. 그녀를 고용한 제삼자가 있다는

---

17 THE EH? TEAM. 80년대에 큰 인기를 끌었던 미국 TV 드라마 시리즈 「The A-Team」의 패러디.

18 ça va. 캐나다 퀘벡에서 쓰는 프랑스 인사.

19 Ally McBeal. 캘리스타 플록하트가 연기한 미국 법정 드라마 「앨리 맥빌」의 주인공. 플록하트는 깡마른 체형이었다.

생각을 심어주기 위해서다. "뭐든 우리에게 도움이 될 만한 게 없을까?"

"어쩌면요. 어쩌면 당신이 곧바로 달려가서 경찰한테 얘기할 수도 있고요."

"난 경찰 안 좋아해, 펠릭스. 낸시 드루나 좋아하지. 비교가 좀 지나쳐도, 그냥 넘어가줘."

"이봐요. 당신 때문에 빕스터가 잡힐 뻔했다고요." 그렇게 말하면서 펠릭스가 의심스러운 눈초리로 에릭을 째려보기 시작하자, 에릭은 춤추는 사람, 술 마시는 사람, 마약 하는 사람들의 밀려갔다 밀려오는 물결 속으로 순순히 물러난다.

그녀는 한숨을 내쉬는 척한다. "그 푸틴 때문에 그러는구나, 그렇지? 절대 나를 용서하지 않겠지만, 펠릭스, 그렇게 말해서 다시 한번 미안해. 바보 같고 치사한 소리인 거 알아."

그 말에 공감하며 그가 말한다. "몬트리올에서는 그게 도덕성을 알아볼 수 있는 척도예요. 푸틴을 거부하는 사람은 인생을 거부하는 거니까."

"푸틴에 대해서는," 파티를 즐기는 사람들을 둘러보며 말한다. "나중에 생각해봐도 될까? 월요일쯤? 약속할게."

"봐요, 봐요. 게이브리얼 아이스예요." 그가 바가 있는 쪽으로 고개를 끄덕인다. 아니나 다를까 그곳에 그들을 초대한 자비로운 주최자가 소수의 숭배자들에게 모습을 드러낸다.

"만난 적 있어요?"

그녀는 이것이 문제의 핵심임을 알아차린다. "통화한 적 있어. 그에게는 시간이 귀중하다는 것을 알게 되었지."

"같이 가요. 내가 소개해줄게요. 같이 작은 사업을 하고 있는 사이니까요.”

당연히 네가 하는 거겠지, 개자식 같으니. 그들은 대화라기보다는 일종의 판매 권유를 하고 있는 말쑥한 재벌의 말이 들릴 때까지 사람들로 바글바글한 곳을 가로질러 슬금슬금 다가간다.

올리버 피플스[20] 뿔테 안경을 쓴 그의 두 눈은 맥신이 생선가게에서 주의 깊게 본 많은 생선보다 표현력이 떨어진다. 하지만 욕망에 흔들리지 않을 것처럼 보이는 사람이 때로는 알고 보면 더 심하게 취약할 수 있고 위험스럽기까지 한 법이다. 일단 꼭 그래야만 할 것처럼 울타리를 뛰어넘어 정상을 향하고 나면 그다음에는 어떻게 해야 하는지 전혀 모르기 때문이다. 얇고 세심한 입술. 사업을 하면서 이런 얼굴을 너무나 많이 마주치지만, 그들이 무엇을 원하는지, 혹은 얼마나 원하는지, 혹은 원하는 것을 일단 갖고 나면 그걸 어떻게 하려는 것인지 알 길이 없다.

“점점 더 많은 서버들을 같은 공간에 설치하면 엄청난 열이 발생해요. 그래서 에어컨 설비에 예산을 쓰지 않으면 곧바로 문제가 생기게 되죠. 따라서 해야 할 일은,” 아이스가 힘주어 말한다. “북쪽으로 가서, 방열이 그렇게 큰 문제가 되지 않는 서버 팜을 세우고, 수소나 태양열 같은 재생 가능 에너지로 전력을 충당하고, 잉여 열에너지는 공동체가 데이터 센터 주위에서 재배하는 것들을 지원하는 데 사용하는 것입니다. 북극 툰드라 일대의 불운한 공동체 말입니다.

나의 컴퓨터광 형제 여러분! 열대지역은 값싼 노동력과 섹스 관광 때문에 괜찮을 수도 있습니다. 그러나 미래는 저 영구동토,[21] 새

---

20 미국의 고급 안경 브랜드.
21 지층의 온도가 연중 0도 이하로 얼어 있는 지대.

로운 지정학적 긴요함에 있습니다. 계산할 수 없는 가치를 지닌 천연자원으로서 냉기 공급을 독점하고, 지구온난화와 훨씬 더 중요한——"

북으로 가라는 이 주장에는 소름 끼치게 친숙한 무언가가 있다. 오직 어퍼웨스트사이드에서만 타당한 고드윈 법칙[22]의 당연한 귀결에 따르면 히틀러의 이름처럼 스딸린의 이름이 긴 토론에 등장할 확률은 100퍼센트이다. 그리고 맥신은 어니가 대량학살을 자행한 그 조지아인이 1930년대에 세웠던 계획에 대해 해준 이야기를 떠올린다. 어니에 따르면 스딸린은 북극을 돔형 도시와 젊은 기술자 군단, 혹은 다르게 말하면 어니가 언급할 때 늘 세심하게 주의하는 강제노동으로 식민지화하고, 꽁꽁 얼어붙은 스텝지대[23]와 열역학적인 밤을 상기시키는 교살당한 러시아 베이스-테너 이중창으로 이루어진 숙청기의 무명 오페라 「자조쁜스끄의 매력적인 여학생」의 78rpm 앨범을 멀티미디어용으로 세상에 내놓을 계획을 갖고 있었다. 그리고 지금 이 자리에서 게이브리얼 아이스가 자본주의 파티의 가면을 쓴 채 신스딸린주의를 재방송하고 있는 것이다.

아, 하느님 맙소사. 이 얼마나 야비한가? 어쩌다 이 지경까지 오게 되었는가? 임대한 궁궐 같은 대저택, 흐르는 시간을 거부하는 오만, 자신을 록스타라고 생각하는 IT 분야의 블랙다이아몬드 슬로프 위에 우뚝 선 거물. 맥신은 속아넘어가지 못하는 게 아니라,

---

22 일종의 온라인 속담으로, 온라인에서 토론이 길어지면 상대방을 히틀러나 스딸린에 비유하며 공격하는 말이 나올 확률이 100퍼센트에 가까워진다는 주장이다. 이를 처음 주장한 미국 변호사 마이크 고드윈의 이름에서 따왔다.
23 시베리아 등지의 수목이 없는 대초원.

속기가 싫다. 만약 누구라도 그녀를 무리해서 속이려고 한다면, 그녀는 권총을 집어들 것이다. 혹은 이 경우에는 등을 돌려 계단으로 가고, 펠릭스와 게이브리얼 아이스는 그들이 원하는 대로, 악한 대 악한끼리 서로를 속이게 내버려둘 것이다.

노라 찰스[24]는 이런 일을 참고 넘길까? 낸시 드루도? 그들이 참석하는 파티, 출장 전채 요리, 아름다운 손님 들. 하지만 맥신은 밖으로 나가서 조금 즐기고, 잊어버리려고만 하면 늘 이런 식으로 끝이 난다. 평일의 의무, 죄책감, 유령들.

어떤 이유 때문인지 그녀는 밤새 남아서 마리화나를 해치운다. 아마도 간접흡연의 영향으로 과거의 파티광 시절로 돌아간 호스트는 싹싹한 표정을 지으며 온 사방을 돌아다닌다. 맥신은 자기도 모르는 사이에 한마디도 이해하지 못하는 컴퓨터광들의 논쟁에 끼어들고 이내 중재한다. 그녀는 화장실에서 한두차례 꾸벅꾸벅 존다. 그러다 꿈이라도 꾸게 되면, 그녀의 주위에서 빙빙 돌다가, 속도를 늦추며, 거의 침묵에 가까운 흑과 백으로 꺼져가는 눈에 보이지 않는 거대한 무언가로부터 벗어나지 못해 애를 먹고, 그러다 마침내 CD 물결표 홈[25]을 입력할 시간에 이른다. 파티를 마치는 종료음악으로, 지난 세기에 바치는 네개 화음으로 된 이별노래, 세미소닉의 「클로징 타임」이 흘러나온다. 과거와 미래의 컴퓨터 귀족들은 천천히, 누가 봐도 내키지 않는 표정으로, 밖으로, 지지난해 봄 이후로 그들과 사실상 함께했고, 계속 깊어져만 가는 그 길고긴 9월의 거리로 걸어나온다. 거리로 나와서도 얼굴은 계속 그

---

24 Nora Charles. 대실 해밋의 탐정소설과 그것을 각색한 동명 영화 「그림자 없는 남자」(The Thin Man)에 나오는 형사 닉의 부유한 아내.

25 CD tilde home. 홈 디렉터리로 돌아가기 위해 누르는 리눅스 명령어 단축키.

쪽으로 돌아간다. 이미 무언의 공격을 받은 얼굴이다. 마치 미래의 무언가에 의해, 아무도 상상하지 못하는 주중의 Y2K, 작은 전설의 거리로 서서히 흩어지는 사람들, 새벽의 광명이 오기 전에 걷히는 장막 속으로 사라지기 시작하는 황홀감, 아무도 읽지 않는 티셔츠의 바다, 앨리의 밤의 역사가 담긴 진정한 텍스트인 양 아무도 이해하지 못하는 메시지의 아우성, 놓치지 않도록 주의해야 하는 외침, 코딩 부서와 밤새 서류를 파쇄하는 사람들을 위한 새벽 3시의 코즈모 배달, 들락날락거리는 동료, 클럽 밴드, 심심할 때를 계속 숨어서 기다리는 것 같은 후렴구의 노래, 회의에 관한 회의와 대책 없는 상사가 기다리고 있는 직장, 비현실적인 숫자 0의 연속, 시시각각 바뀌는 비즈니스 모델, 매일 밤 특히 목요일에는 파악이 안 될 정도로 더 많이 열리고 시대의 부름을 받았던 얼굴들이 그 시대의 종말을 밤새 축하했던 스타트업 모임들에 의해—그들 중 일부는 이진법의 미기후 가운데서도 앞을 내다보고서, 지구 곳곳을 검은 광섬유와 동축케이블과 그리고 요즘에는 사적 공적 가릴 것 없이 모든 공간을 관통하는 무선으로, 조금도 쉬지 않고 번쩍거리는 사이버 노동착취 공장의 바늘 사이와 모두들 앉아서 일하느라 어느 순간 불구가 된 듬성듬성한 바느질의 그 거대하고 불온한 태피스트리를 누비며 다닌다—어떻게 하면 찾을 수 있는지 전혀 설명이 없는 검색 결과, 실행을 기다리는 절차, 임박한 그날의 계시가 이루어지기를 기다리며.

집으로 가는 택시의 라디오에서 아랍어로 통신하는 소리가 크게 들린다. 맥신은 처음에는 시청자 참여 프로그램인 줄 알았으나 운전사가 송수화기를 들고 합류한다. 그녀는 플렉시글라스 창에 붙은 신분증을 쳐다본다. 사진 속의 얼굴은 너무 희미해서 알아볼 수가 없다. 하지만 이름은 이슬람식으로 모하메드 뭐라고 되어 있다.

　다른 방에서 파티를 하는 소리가 들리는 것 같지만, 음악소리나 웃음소리는 전혀 나지 않는다. 눈물 혹은 분노에 좀더 가까운 격앙된 감정이 느껴진다. 남자들이 서로 떠들고, 소리치고, 말을 가로막는다. 그중에 두명은 여자 목소리 같다. 하지만 나중에 알고 보면 고음의 남자 목소리일지도 모른다. 맥신이 알아들을 수 있는 유일한 단어이자 한번 이상 들은 단어는 인샬라다. "아랍어로 '뭐든'이라는 뜻이야." 호스트가 고개를 끄덕이며 말한다.

　택시가 신호등에 서서 기다리는 중이다. "신의 뜻이라면." 운전사가 그가 한 말을 바로잡는다. 이 말을 하려고 자리에서 몸을 반쯤 돌리는 사이에 맥신은 우연히 그의 얼굴을 정면으로 바라본다. 그녀가 본 것 때문에 곧바로 잠들지 못할 그런 얼굴이다. 혹은 그렇게 뇌리에 남을 것만 같다.

29

도박사들이 예측한 제츠와 인디애나폴리스[1]의 일요일 경기 점수 차는 2점이다. 늘 그렇듯 지역 충성심이 강한 호스트는 콜츠가 이기는 데 지기와 오티스와 피자 내기를 하고, 콜츠는 실제로 21점 차이의 일방적인 승리를 거둔다. 페이턴 매닝은 전혀 실수가 없고, 비니 테스터버디는 일관성이 약간 떨어져서,[2] 가령 마지막 오분을 남기고 콜츠의 2야드 선상에서 공을 떨어트리는 바람에 상대편 디펜시브 엔드가 공을 들고 98야드를 달려 터치다운에 성공한다. 테스터버디가 혼자서 그 뒤를 쫓는 동안 나머지 제츠 선수들은 쳐다만 보고, 지기와 오티스는 난폭한 말을 정신없이 퍼부어서 호스트는 어떻게 말릴지 난감해한다.

약간 더운 저녁. 그들은 피자를 주문하는 대신에 콜럼버스로 가

1 미국 프로미식축구의 뉴욕 제츠(Jets)와 인디애나폴리스 콜츠(Colts)를 말한다.
2 각각 콜츠와 제츠의 쿼터백.

서 어퍼웨스트사이드 사람들의 기억 속으로 곧 사라질 동네 식당 톰스 피자에서 먹기로 한다. 맥신의 머릿속에 나중에야 떠올랐지만, 그들이 가족으로서 다 함께 무언가를 한 것은 몇년 만에 처음이다. 그들은 바깥 테이블에 앉는다. 과거에 대한 향수가 숨어서 기다리다가 금방이라도 나타날 분위기다. 맥신은 아이들이 아주 어렸을 적에, 근처의 피자 가게들에서 아이들이 먹기 쉽게 늘 피자 조각을 한입 크기로 네모나게 잘라주던 동네 미풍양속을 떠올린다. 아이가 피자 조각 하나를 혼자서 먹을 수 있는 때가 되면, 다 컸다는 뜻이다. 그러다 나중에 치아교정기를 하게 되면 좀더 작은 네모 조각으로 다시 돌아간다. 맥신은 혹시라도 과거의 기억을 떠올리나 싶어 호스트의 얼굴을 흘끗 쳐다본다. 하지만 천만에, 그 둔감하고 답답한 인간은 일정한 속도로 피자를 입에 쑤셔넣으며 아이들이 몇조각이나 먹었는지 잘못 세게 하느라 여념이 없다. 맥신 생각에는 가히 집안의 전통이라 해도 될 정도이다. 특별히 칭찬할 만한 것은 아니지만, 아무러면 어떤가, 그녀는 상관하지 않는다.

나중에 집에 돌아와서 호스트는 컴퓨터 모니터 앞에 앉는다. "얘들아, 이리로 와서 이것 좀 봐. 기가 막힌 거 있어."

화면은 숫자로 가득하다. "이건 지난 주말 직전의 시카고 거래소야, 보여? 유나이티드 에어라인의 풋옵션이 갑자기 엄청 올랐어. 풋은 수천인데, 콜은 별로 없어. 자, 오늘도 똑같은 일이 아메리칸 에어라인에 일어날 거야."[3]

"풋은," 지기가 말한다. "공매空賣하고 같은 거야?"

---

3 put option. 시장가격에 관계없이 주식, 채권 등의 특정 자산을 특정 시점 특정 가격에 팔 수 있는 권리. 콜옵션(call option)은 그 반대 개념으로 살 수 있는 권리를 말한다.

"그래, 주가가 떨어질 것 같을 때 하는 거야. 그사이 총 거래량은 자그마치 평소의 여섯배야."

"저 두 항공사가?"

"응. 이상하지, 어?"

"내부자거래 같아." 지기에게는 그렇게 보인다.

월요일 밤 바이어바가 겁에 질린 목소리로 맥신에게 전화를 걸어온다. "이 남자들 지금 정신이 나갔어. 해킹 중이던 난수亂數소스⁴가 갑자기 비非난수로 바뀌고 있대."

"그런데 그걸 왜 나한테 말하는 거야?"

"피오나 데리고 잠깐 가도 돼?"

"그럼." 호스트는 「먼데이 나이트 풋볼」을 보기 위해 시내 근처의 스포츠 바에 가 있다. 자이언츠와 브롱코스가 덴버에서 시합 중이다. 오늘밤은 배터리파크시티⁵에 사는 멈춰 선 사춘기 시절의 친구 제이크 피멘토의 아파트에서 자고, 거기에서 세계무역센터로 출근할 예정이다.

바이어바가 헝클어진 모습으로 나타난다. "서로 소리 지르고 난리야. 느낌이 안 좋아."

"캠프는 어땠어, 피오나?"

"끝내줬어요."

"엉망은 아니었나보네."

"그럼요."

오티스, 지기, 피오나는 호머 심슨 앞에 자리를 잡고 앉아, 누아

---

4 특별한 배열, 순서, 규칙이 없이 연속되는 임의의 수들로 이루어진 소스.
5 허드슨 강변을 따라 들어선 초고층 고급 주거단지.

르 또는 어쩌면 황색 필름의 'D.O.H.'[6]라고 불리는 에피소드들을 골라서 튼다.

바이어바는 부모들이 보이는 초기의 당혹감을 감추지 못한다. "피오나가 갑자기 퀘이크영화를 만들고 있어. 그중에 몇개는 온라인으로 돌고 있고, 벌써 따르는 사람들도 있어. 배급계약에 우리도 같이 싸인했는데, 북극 가족 상봉 모임보다 조항이 더 많아. 물론 우리가 무엇에 동의한 건지는 전혀 몰라."

맥신은 팝콘을 준비한다. "자고 가도 돼. 호스트는 오늘밤 안 올 거야. 방 많아."

밤늦도록 수다를 또 한바탕 늘어놓지만, 별다른 것은 없다. 드라마를 적당히 보고 자러 간 아이들, 소리를 꺼놓는 게 더 좋은 TV 프로그램, 심각한 고백 같은 것 없이, 일상적인 대화를 나눈다. 자정 무렵 바이어바는 저스틴과 통화한다. "지금은 다시 뭉치는 중이 래. 아까보다 더 나빠. 자고 가는 게 좋겠어."

화요일 아침 다 같이 쿠겔블리츠로 가서, 종이 울릴 때까지 현관 입구에서 서성거리다, 바이어바는 시내를 가로지르는 버스를 타러 떠나고, 맥신은 일하러 가는 길에 근처의 담배 가게에 들러 신문을 집다가, 모든 사람이 동시에 몹시 흥분했다가 침통해하는 모습을 본다. 무언가 나쁜 일이 시내에서 일어난 모양이다. "방금 비행기 한대가 세계무역센터와 부딪쳤어요." 카운터에 있는 인도 남자가 말한다.

"뭐라고요? 개인 비행기가요?"

6 「심슨 가족」에서 주인공 호머 심슨이 바보 같은 실수를 하거나 다칠 때 지르는 소리 "D'oh"에서 따온 말.

"여객기예요."

어오. 맥신은 집에 가서 CNN을 켠다. 그러자 모두 드러난다. 상황은 점점 더 나빠진다. 온종일. 정오 무렵 아이들 학교에서 전화가 와 오늘은 학교 문을 닫으려 하니 어서 와서 아이들을 데려가달라고 당부한다.

모두가 안절부절못한다. 고개를 끄덕이고, 머리를 가로젓고, 사교적인 대화는 별로 하지 않는다.

"엄마, 아빠 오늘 시내의 사무실에 있지 않아?"

"어젯밤에 제이크 아저씨 집에서 잤으니까, 대부분 컴퓨터로 일하고 있을 거야. 시내로 가지도 않았을 거야."

"하지만 아빠하고 직접 말하지는 않았잖아?"

"모든 사람이 서로 연락하려고 난리여서, 전화가 먹통이야. 아빠가 전화할 거야. 엄마는 걱정 안해. 너희들도 그렇지, 응?"

아이들은 그 말을 믿지 않는다. 안 믿는 게 당연하다. 하지만 그래도 둘 다 고개를 끄덕이고 계속 움직인다. 대견한 아이들이다, 이 둘은. 그녀는 아이들의 손을, 양옆으로 한명씩, 집에 도착할 때까지 잡고 간다. 이것은 어린아이 시절에나 하던 일이고 대개는 아이들을 짜증나게 하지만, 오늘만큼은 엄마에게 맡긴다.

잠시 후 전화벨이 울리기 시작한다. 그럴 때마다 매번 호스트이기를 기대하며 뛰어가서 받지만, 받고 나면 하이디거나 어니와 일레인이거나, 혹은 모든 게 한시간의 시차만큼 잠의 순수함에 더 가까운 아이오와에서 걸려온 호스트 부모의 전화다. 그러나 바라건대 아직 그녀와 삶을 같이하고 있는 자로부터는 아무 소식이 없다. 아이들은 자기네 방에서, 벌써부터 너무 멀게 느껴지는, 연기에 휩싸인 두 건물의 단일하게 반복되는 망원영상을 지켜본다. 그녀는 계속해서 방으로 머리를 들이민다. 엄마가 허락하는 간식과 그밖의 먹을거리를 가져다주지만, 그들은 손도 대지 않는다.

"우리 전쟁 중이야, 엄마?"

"아니. 누가 그래?"

"저 울프 블리처라는 사람이?"

"보통은 나라들끼리 싸워. 내 생각에는 누가 이 일을 저질렀든 나라인 것 같지는 않은데."

"TV 뉴스에서 그러는데 사우디아라비아 사람들이래."오티스가 말한다. "아마 우리가 사우디아라비아와 전쟁 중인가봐."

"그럴 리 없어." 지기가 지적한다. "석유가 필요하잖아."

텔레파시가 통했는지, 전화벨이 울리더니 마치 켈러허가 말한다.

"독일제국 의사당 화재 사건 같은 거야."[7] 그녀가 맥신에게 인사를 건넨다.

"뭐라고요?"

"워싱턴에 있는 나치 놈들이 들고 일어날 핑계가 필요했던 거야. 이제 그걸 얻은 거야. 이 나라는 곤경에 빠졌어. 우리가 걱정해야 하는 건 중동 사람들이 아니라, 부시와 그 일당들이야."

맥신은 잘 이해가 되지 않는다. "그들 중 아무도 지금 자신들이 무엇을 하고 있는지 모르는 것 같아요. 너무 놀라서요. 마치 진주만처럼요."

"그렇게 믿도록 하는 게 바로 그들이 원하는 거야. 그런데 진주만이 짜고 한 게 아니었다고 누가 그래?"

---

7 1933년 베를린에서 일어난 독일제국의회 의사당 방화 사건. 공산주의자들이 독일 정부에 맞설 음모를 꾸미고 있다는 증거로 사용되었고 나치독일 설립의 기폭제가 되었다.

실제로 이것을 논의한다고? "자기 나라 사람들한테 그렇게 한다고요? 자기네 나라의 경제에 그렇게 하고 싶은 사람이 어디 있어요?"

"'돈을 벌려면 돈을 써야 한다'는 말 못 들어봤어? 자본주의의 사악한 신에게 십일조를 바쳐야 하니까."

그러자 맥신의 머리에 무언가가 떠오른다. "마치, 그때 그 레지의 DVD요, 스팅어 미사일 나오는 거요……"

"알아. 우리 꼼짝도 못하게 됐어."

전화벨이 울린다. "괜찮아?"

나쁜 자식. 그 인간은 도대체 뭘 신경 쓰는 거지? 그녀가 그토록 듣고 싶어하던 목소리가 아니다. 수화기 너머로 아수라장이 된 사무실에서 계속 울려대는 전화벨 소리, 하위급 직원들이 말로 혼나는 소리, 쉼 없이 돌아가는 파쇄기 소리가 들린다.

"누구라고요?"

"필요할 때 연락해요. 내 번호 갖고 있잖아요." 원더스트가 전화를 끊는다. '연락'하라는 건 '한번 하자'는 뜻인가? 그녀는 별로 놀라지 않는다. 그 정도로 절박한 상황이니까. 실제로 시내에서 펼쳐지는 비극을 이용해 돈을 덜 들이고 섹스하려고 하는 낙오자들이 있기 마련이다. 그녀가 알게 되었듯이, 원더스트가 그중의 한명이 아니라는 법은 절대 없다.

아직까지 호스트에게서는 전혀 소식이 없다. 가능한 걱정하지 않고, 아이들에게 했던 말을 믿어보려고 애쓰지만, 그래도 걱정이 된다. 그날 밤 늦게, 아이들이 잠자리에 든 후에도, 그녀는 자지 않고 텔레비전 앞에 앉아서 꾸벅 졸다가 누군가가 문을 열고 들어오는 잠깐의 꿈 때문에 깨어났다가, 다시 꾸벅 존다.

그러던 한밤중에 맥신은 미국으로 짐작되는 어느 거대한 아파트 빌딩의 벽 안에서 제멋대로 질주하는 쥐가 되어, 음식을 구하러 위험을 무릅쓰고 부엌과 식료품 저장실을 허둥대면서도 자유롭게 다니는 꿈을 꾼다. 심야에 그녀는 일종의 자비로운 쥐덫으로 보이는 것에 끌리지만 그 안에 든 미끼, 고전적인 피넛버터나 치즈가 아니라 미식 코너에서나 보는 파테 혹은 트러플 같은 것에 저항하지 못한다. 그녀가 매혹적인 작은 구조물 속으로 들어가는 순간, 얼마 안되는 그녀의 몸무게만으로도 쉽게 열렸던 용수철 달린 문이 그녀의 등 뒤에서 그렇게 큰 소음 없이 닫히더니 다시는 열리지 않는다. 어느새 그녀는 낯선 얼굴, 동료 쥐, 정확하게는 더이상 쥐들만은 아닌 존재들로 이루어진 어떤 모임 또는 파티가 열리는 다층으로 된 이벤트 공간 같은 곳 안에 들어와 있다. 그녀가 이해하기에 이 공간은 황야에서의 자유와 한마리씩 풀려날 여태껏 상상된 적 없는 다른 어떤 환경 사이에 있는 임시 축사이고, 그것은 유독 죽음 및 죽음 이후와 유사해 보인다.

그러자 필사적으로 잠에서 깨어나고 싶어진다. 그리고 일단 깨어날 거면, 딥아처처럼 겉만 번지르르한 컴퓨터광들의 낙원일지라도, 다른 어떤 곳이고 싶다.

그녀는 땀을 흘리며 침대에서 나와, 아이들이 코를 골고 자는 방을 들여다본 다음, 부엌으로 가서 냉장고를 그것이 그녀가 알아야만 하는 무언가를 말해줄 텔레비전인 듯 뚫어지게 바라보며 서 있는다. 그때 손님방에서 소리가 들린다. 기대하지 않으려고, 숨가빠하지 않으려고 애쓰면서, 그녀는 살금살금 걸어들어간다. 그러자 바로 거기에서 호스트가 그날의 재난을 유일하게 이십사시간 내

내 방송하지 않는 바이오픽스 채널을 켜놓은 채 편하게 코를 골며 자고 있는 것이 아닌가. 마치 그렇게 살아서 집에 있는 것이 세상에서 가장 자연스러운 일인 양.

"덴버가 31 대 20으로 이겼어. 나는 제이크네 소파 위에서 잠들어버렸어. 밤에 깼는데, 바로 잠이 오지를 않았어." 한밤의 배터리 파크에 있으니 기분이 묘했다. 호스트는 어린 시절 크리스마스 전날 밤이 떠올랐다. 산타클로스가 저 하늘 높이 어딘가에서 사람들 눈에 안 띄게 오는 중이었다. 너무 고요했다. 침실에서 코를 골고 자는 제이크를 빼고는. 그 근처에서는, 세계무역센터가 눈에 보이지 않을 때에도, 그 쌍둥이 빌딩이 느껴진다, 아니 느껴졌다. 마치 엘리베이터 안에서 나란히 서 있지만 어깨가 한참 위에 있는 사람처럼. 그러고는 햇빛 속에서 날아오르는 희뿌연 알루미늄 물체가……

다음 날 아침 바깥의 모든 것이 순식간에 아수라장으로 변했다. 제이크가 커피를 찾고 호스트가 TV 뉴스를 켤 때쯤, 온 사방에 사이렌과 헬리콥터 소리가 퍼지자, 그들은 곧이어 창밖으로 사람들이 물가를 향해 가는 것을 목격하고는, 그들과 합류하는 게 좋겠다고 생각했다. 예인선, 연락선, 개인 보트 들이 한편에 서서, 요트 정박지의 사람들을 놀라운 협동심을 발휘하며 직접 알아서 태운다. "책임을 맡은 누구랄 게 따로 없었어. 다들 와서 도왔어. 그렇게 도착해보니 뉴저지의 어떤 모텔이더라고."

"당신다운 장소네."

"텔레비전이 잘 나오지 않았어. 뉴스 속보 외에는 나오는 게 없었어."

"그러니까 만약에 당신들이 그냥 자버리기로 하지 않았다면……"

"거래소에 있었겠지. 예전에 알고 지내던 조금 광적인 기독교도 커피 트레이더가 그랬는데 그건 은총 같은 거래. 달라고 청한 적 없는 어떤 것 말이야. 그냥 주어진 거지. 물론 언제든 철회될 수도 있고. 유로달러를 어느 쪽으로 움직여야 할지 내가 항상 알았던 때처럼 말이지. 아마존에서 손해 볼 때마다, 주당 70달러가 되었을 때 루슨트로 만회했던 것 기억나? 내가 '알고' 뭘 한 게 아니야. 하지만 뭔가가 있었어. 뇌 회로에 갑작스럽게 추가된 두 회선 때문인지 누가 알아. 난 그냥 따라 했을 뿐이야."

"하지만 이번엔…… 그때와 똑같은 이상한 능력이 당신을 살렸다면……"

"어떻게 그럴 수 있겠어? 어떻게 시장행동을 예측하는 게 무서운 재난을 예측하는 것과 같을 수 있겠어?"

"만약 그 둘이 똑같은 것의 서로 다른 형식이라면?"

"나한테는 너무 반자본주의적이야, 자기."

나중에 그는 이렇게 회상한다. "당신 때문에 나는 늘 내가 돈 버는 재능만 있는 백치인 줄 알았어. 세상물정에 밝은, 박식하고 실리적인 사람은 당신이고, 나는 그렇게 운이 좋을 자격이 없는, 뻣뻣한 재주꾼에 불과하다고." 그가 이 얘기를 그녀에게 직접 한 것은 이번이 처음이지만, 미국과 외국의 호텔에서 밤에 혼자 있을 때 상상 속의 전 부인에게 한두번 열을 내며 말해본 게 아니다. 그때 호텔방의 텔레비전에서는 돌아다니는 데 필요한 몇몇 표현 말고는 모르는 외국어가 나오고, 룸서비스를 시키면 항상 다른 손님의 음식을 가져와서 결국 과감한 호기심으로 받아들이게 되었는데, 그런 일이 아니었더라면 결코 경험해보지 못했을, 가령 프라이드 피클을 곁들인 검게 태운 악어 캐서롤이라든가 양 눈알 피자 따위의 음식들이었다. 그가 낮에 보는 업무는 다른 것들, 즉 그날의 뒷골목, 새벽 3시에 더욱 공포스럽게 다시 꾸는 기분 나쁜 꿈, 창밖 도시 그림자의 도저히 알 수 없는 풍경과 눈에 띄는 연관은 전혀 없어 보이는 식은 오리수프 먹기다(실제로 한번은 우루무치에서 아침식사로도 나온 적이 있다). 그는 보고 싶지 않지만 계속 커튼을 살짝 걷어 그 사이로 눈을 깜박이며 독이 든 푸른 덩어리를 필요한 만큼 오래 지켜본다. 마치 그가 절대 놓쳐서는 안되는 무언가가 저기에서 일어나고 있는 것처럼.

다음 날 맥신과 아이들이 쿠겔블리츠로 향하자, "같이 가도 돼?" 하고 호스트가 묻는다.

되고말고. 맥신은 다른 부모들과 인사한다. 그들 중 일부는 몇년 동안 말을 나누지 못했는데, 나이나 생활 수준과 상관없이, 아이들을 안전하게 데려다주고 가기 위해 함께 온 것이다. 윈터슬로우 교장은 현관 입구에 서서 모든 사람과 일일이 인사를 나눈다. 근엄하면서 정중하게, 그리고 이번만은 교양적인 설교를 삼가며. 그는 사람들과 피부를 맞대고, 어깨를 꼭 껴안고, 포옹하고, 손을 잡는다. 로비에는 재해 현장 자원봉사 신청서가 놓인 테이블이 있다. 다들 아직도 정신이 나간 채로 주위를 서성거린다. 어제 하루를 집에서든, 술집에서든, 직장에서든, 텔레비전 앞에 앉거나 서서, 눈앞에 펼쳐지고 있는 장면을 어떻게 받아들여야 할지 전혀 모르는 채 좀비처럼 응시한 탓이다. 텔레비전 시청 인구가 말문이 막히고, 무방비에, 너무 놀란 원래의 상태로 다시 돌아온 것이다.

자신의 블로그에서 마치 켈러허는 지체 없이 그녀가 말하는 구 좌파의 장황설 모드로 들어간다. "사악한 이슬람교도들이 그 일을 저질렀다고 그냥 말하는 것은 너무 터무니없다. 우리는 그걸 안다. 우리는 텔레비전으로 공식적인 클로즈업 화면을 본다. 뭔가 찔리는 데가 있는 거짓말쟁이의 표정, 알코올중독 치료를 받고 있는 자의 눈빛을. 그 얼굴들을 한번 보면 우리가 상상할 수 있는 최악의 범죄에 대해 유죄라는 것을 알 수 있다. 그럼 누가 한번 대충이라도 상상해볼까? 말도 안되는 연관성이어도? 히틀러가 총리가 된 지 한달도 안돼서 나치가 독일제국의회 의사당에 불을 질렀던 1933년의 독일 말고. 물론 그렇다고 해서 부시와 그의 일당들이 실제로 나가서 9월 11일의 사건을 꾸몄다고 말하는 건 아니다. 아무 희망 없이 편집증을 앓고 있는 사람이라야, 그야말로 극도로 반미국적인 미치광이라야, 그 무시무시한 날이 끝없는 오웰적인 '전쟁'[8]과 우리에게 곧 닥쳐올 비상령의 구실로 의도적으로 기획되었을 가능성을 떠올릴 수 있을 것이다. 아니, 아니, 그런 생각은 집어치우자.

그러나 다른 것이 여전히 늘 존재한다. 우리의 열망. 그것이 진실이기를 바라는 우리의 깊은 속내. 어딘가, 국민정신의 수치스럽고 어두운 내면에서, 우리는 배신감을, 심지어는 죄책감을 느끼기를 원한다. 마치 부시와 그의 일당을, 체니와 로브와 럼즈펠드와 피스와 그 나머지를 세운 게 우리인 것처럼. 우리가 '민주주의'의 신성한 번개를 내려달라고 비는 바람에, 대법원의 과반수를 차지

---

8 조지 오웰이 그의 소설 『1984』에서 그린 국민을 감시하는 전체주의적인 통치를 말한다.

하는 파시스트들이 스위치를 작동하고, 부시가 묘지에서 일어나 미쳐 날뛰기 시작했다. 그 이후로 일어난 무슨 일이든 우리의 책임이 된 것이다."

약 일주일 뒤에, 맥신과 마치는 피레우스 다이너에서 아침식사를 한다. 창에 큼지막한 미국 국기와 우리는 하나라고 적힌 포스터가 걸려 있다. 마이크는 무료 식사를 기대하고 들어오는 경찰들을 특별히 더 신경 쓴다.

"이것 좀 봐." 마치가 앞면 가장자리에 볼펜으로 "세계무역센터는 CIA가 파괴했다. 아버지 부시의 CIA가 아들 부시 대통령을 평생 영웅으로 만들려 한다"라고 적힌 1달러 지폐를 내민다. "오늘 아침에 길모퉁이 식품점에서 거스름돈으로 받은 거야. 공격당한 지 일주일도 안됐어. 뭐라고 부르든, 이건 역사적인 문서야." 맥신은 하이디가 벽에 장식용으로 붙여놓은 달러 지폐 컬렉션을 떠올린다. 그 위에 농담, 욕, 슬로건, 전화번호, 흑인 분장을 한 조지 워싱턴, 이상하게 생긴 모자, 아프로헤어스타일과 레게머리와 마지심슨 머리, 입에 물고 있는 불붙은 마리화나 담배, 그리고 재치 있는 말에서 바보 같은 말에 이르기까지 다양한 말풍선 대사들이 가득 담겨 있어서, 그녀로서는 미국 통화제도의 공중화장실 벽을 보는 것 같다.

"이것에 대한 공식 설명이 어떻게 나오든 간에," 하이디가 자신의 생각을 말했다. "이것들은 신문이나 텔레비전에서가 아니라 변두리, 그래피티, 규제를 받지 않는 발언, 공공장소에서 자다가 악몽을 꾸고 비명을 지르는 사람 들에게서나 볼 수 있는 것들이야."

"이 지폐 위에 적힌 메시지보다는 이것이 그렇게 즉각적으로 나왔다는 게 저는 더 놀라워요." 맥신이 마치와의 대화로 돌아와 말한다. "분석을 그렇게 빨리 하다니."

좋든 싫든 간에, 맥신은 마치의 공식적인 비평가가 되어 대개는 기쁜 마음으로 거든다. 하지만 요즘에는 다른 사람들처럼 혼란을 느낀다. "마치, 그 일이 일어난 후로는, 무엇을 믿어야 할지 모르겠어요."

그러나 끈질기게 사건을 조사 중인 마치는 레지의 DVD 얘기를 다시 꺼낸다. "이미 배치된 스팅어 미사일 팀이 첫번째 767기, 노스 타워를 강타하기 위해 계속 날아가던 그 비행기를 격추하라는 명령을 기다리고 있었다고 생각해봐. 어쩌면 뉴저지에 배치된 또다른 팀이 남서쪽으로부터 빙빙 돌면서 접근 중이었을 두번째 비행기를 노렸을지도 몰라."

"왜요?"

"불신 보험. 누군가는 비행기 납치범들이 일을 잘해내리라고 믿지 않거든. 서구적인 사고방식이지. 믿음에 봉사하는 행위로서의 자살 같은 개념을 불편해해. 그래서 납치범들이 마지막 순간에 겁을 먹고 꽁무니를 빼면 그들을 격추하겠다고 협박하는 거야."

"그런데 만약 납치범들이 마음을 바꾸면요? 만약 스팅어팀도 똑같이 마음을 바꿔 비행기를 격추하지 않으면요?"

"그게 바로 다른 건물 옥상에 예비 저격수가 있는 이유야. 스팅어팀 요원들도 그가 거기에 있다는 것을 알아. 그들의 임무가 끝날 때까지 그들을 시야 안에 두고 있는 거야. 그래서 휴대폰을 손에 든 남자가 비행기가 약속대로 했다는 말을 듣자마자, 모두 깨끗이 정리하고 자리를 뜬 거야. 그때는 한낮이어서 사람들의 눈에 띌 위험이 별로 없었어. 다들 모든 관심은 시내에 있었으니까."

"도와줘요. 너무 복잡해요. 멈추게 해줘요!"

"그러려고 하는데, 부시가 내 전화를 받을 것 같아?"

한편 호스트는 다른 문제 때문에 머리를 쥐어짜고 있다. "이 사건이 일어나기 전주에, 유나이티드와 아메리칸 에어라인이 풋옵션으로 야단났던 거 기억해? 납치된 두 비행기가 바로 그 항공사 비행기로 판명되었어. 음, 바로 그주 목요일과 금요일에 모건 스탠리, 메릴 린치, 마찬가지로 무역센터 건물에 입주해 있던 다른 두 곳의 풋-콜 비율이 한쪽으로 기울어졌던 것 같아."

"주가의 하락을 미리 예견한 거네. 누가 그런 거래를 하고 있었는데?"

"지금까지 아무도 나서서 말하지 않고 있어."

"그 일이 일어날 걸 알았던 정체불명의 선수가 있었나보네. 혹시 외국인가? 에미리트연합국 같은?"

"내가 아는 상식에 따라 생각해보려고는 하는데……"

맥신은 점심식사를 하러 부모님 집에 가서, 예상대로 에이비와 브룩을 만난다. 자매는 서로 포옹하지만 따뜻하게는 아니다. 아무래도 무역센터에 대해 이야기하지 않을 수가 없어서다.

"그날 아침엔 아무도 할 말이 없었어." 어느 순간 에이비의 야물커[9]에 있는 뉴욕 제츠의 로고가 맥신의 눈에 들어온다. "끔찍하지 않아? 너무 심각했어. 단 하나의 카메라 앵글, 연기가 나는 건물을 찍은 정지화면 같은 망원영상, 전혀 새롭지 않은 똑같은 뉴스, 바보 멍청이 같은 똑같은 모닝쇼—"

"사람들은 충격에 빠졌었어." 브룩이 중얼거린다. "그날은 모두

---

[9] yarmulke. 유대인 남자들이 머리의 정수리 부분에 쓰는 작고 둥글납작한 모자.

가 그랬어. 뭐야, 언니는 안 그랬어?"

"그렇다고 계속 똑같은 걸 보여줘? 우리가 기다리고 있어야 했던 게 뭔데? 무슨 일이 일어날 거였는데? 건물이 너무 높아서 호스를 쓸 수가 없다고 쳐. 좋아. 그러면 불이 다 타고 꺼지거나 혹은 다른 층으로 번지거나 하겠지, 또 뭐가 있겠어? 우리가 무엇 때문에 그렇게 붙들려 있었던 건데? 그러지 않았다면 무슨 일이 일어났는데? 한명이 떨어지고, 이어서 한명이 더 떨어지고, 그래서 누가 놀랐어? 그때는 이미 어쩔 수 없는 일 아니었어?"

"언니는 방송사들이 사전에 알고 있었다고 생각해?" 브룩이 기분이 상한 듯 노려본다. "언니는 어느 편이야? 미국인이야, 아니면 뭐야?" 브룩의 분노가 극에 달한다. "이 너무나, 너무나 무서운 비극, 세대 전체가 입은 정신적 외상, 지금 당장이라도 터질지 모를 아랍 세계와의 전쟁, 심지어 이런 상황에서도 언니의 그 알량하고 어리석은 힙스터식 비꼬기에서 벗어나지 못한 거야? 그다음은 뭔데? 아우슈비츠 농담?"

"JFK가 저격당했을 때도 똑같은 일이 벌어졌지." 뒤늦게 어니가 노인네다운 향수로 분위기를 전환하려고 애쓴다. "아무도 공식적인 설명을 믿고 싶어하지 않았단다. 그러다 갑자기 이상한 우연의 일치들이 있었고."

"그것이 내부 범행이었다고 생각해, 아빠?"

"음모론에 맞서는 주된 주장은 항상 너무 많은 사람이 일에 연루되어서, 누군가는 반드시 배반할 거라는 거야. 하지만 미국 안보 기관들을 봐. 그 친구들은 와스프, 모르몬교도, 스컬 앤드 본스[10] 출

---

10 Skull and Bones. 미국 예일 대학의 고학년 학부생들로 이루어진 비밀 동아리. 예일 대학에서 가장 오래된 동아리로, 아버지 부시와 아들 부시 모두 회원이었다.

신들이야. 비밀을 지키는 걸 타고났어. 말을 절대 늘어놓지 않도록 훈련을 받는데, 때로는 태어나자마자 받아. 만약 규율이라는 게 어디에든 존재한다면, 바로 그들 사이에서야. 그래서 충분히 가능해."

"에이비 생각은 어때요?" 맥신은 제부를 향해 얼굴을 돌린다. "4360.0킬로헤르츠에서 가장 최근에 뭐라고 했죠?" 아주 상냥한 말투로 묻는다. 그러나 그는 놀라서 펄쩍 뛴다. "이런, 메가헤르츠라고 해야 되나?"

"젠장 뭐라고?"

"말조심." 일레인이 그 말을 한 게 브룩이라는 사실을 깨닫기 전에 자동적으로 말한다. 브룩은 무기를 찾아 주위를 두리번거리는 것처럼 보인다.

"아랍 선전이에요!" 에이비가 큰 소리로 말한다. "반유대주의 버러지들이죠. 이 주파수는 누가 말해줬어요?"

"인터넷에서 봤어요." 맥신이 어깨를 으쓱한다. "아마추어 무선 기사들은 항상 알고 있었어요. 그것은 E10 스테이션이라고 불리고, 이스라엘, 그리스, 중남미의 모사드들이 운영해요. 무전 동호인들의 성적인 백일몽에 등장하는 여자들 목소리로 영숫자[11]를 암송하는데, 물론 암호겠죠. 봉급을 받기도 하고 안 받기도 하는 디아스포라 요원들에게 전하는 메시지라고 대부분 믿고 있어요. 이 잔학 행위를 준비했을 기간에 그 주파수의 통신량이 크게 증가했다는 거예요."

"유대인을 싫어하는 이곳의 모든 사람은," 에이비가 억울해하는

---

11 영어 알파벳과 숫자로 된 기호.

투로 말한다. "9·11이 모사드의 소행이라고 생각하고 있어요. 심지어는 무역센터에서 근무하던 유대인들이 모사드로부터 그들의 '비밀 네트워크'를 통해 미리 경고를 받고 그날 모두 전화로 병가를 냈다는 이야기가 주위에 돌고 있어요."

"뉴저지의 승합차 위에서 유대인들이 춤을 추며," 브룩이 씩씩거린다. "건물이 무너지는 걸 지켜봤다는 이야기도 있어. 그걸 빠트리면 안돼."

나중에 맥신이 떠날 준비를 하려고 하자, 어니가 현관까지 따라온다. "그 FBI 남자한테 전화해봤니?"

"했어요. 그런데 있죠? 그 남자는 에이브럼이 실제로 모사드라고 생각해요, 알겠어요? 채널을 켠 채, 그만이 들을 수 있는 클레즈머[12] 박자에 발을 구르며, 지령이 내려오기를 기다리고 있는 사람이요."

"사악한 유대인 음모론이네."

"그런데 아시게 될 테지만 에이비는 자기가 이스라엘에서 무엇을 하고 있었는지 절대로 말 안해요. 부부가 다요. 여기에서 해시슬링어즈를 위해 무슨 일을 하고 있는지 절대로 말 안하는 것처럼요. 아빠한테 장담할 수 있는 건 후하게 보상을 받을 거라는 거예요. 기다려봐요. 에이비가 아빠 엄마 결혼기념일 선물로 메르세데스를 한대 뽑아줄 테니까."

"나치 자동차? 좋지, 그러면 팔아버릴 거야……"

---

12 klezmer. 유대인의 민속음악.

30

만약에 오직 유력 일간지만 읽으면, 국가처럼 슬픔과 충격으로 하나가 된 뉴욕시가 전지구적 지하디즘[1]의 도전에 맞서, 부시 내각이 현재 '테러와의 전쟁'이라고 부르는 정의의 십자군에 합류했다고 믿을 수 있다. 만약에 가령 인터넷 같은 다른 매체들로 가면, 그와는 다른 시각을 접할 수 있다. 사이버스페이스의 거대하고 불확실한 무정부주의 속에서, 수십억개의 자기반향적인 환상 속에서, 어두운 가능성들이 부상하기 시작한 것이다.

피어오르는 연기 기둥과 잘게 쪼개진 구조물과 인간의 잔해 들이 남서쪽 베이온과 스태튼 아일랜드를 향해 날리고 있지만, 그 냄새는 모든 방향의 도시 외곽까지 퍼져 있다. 이 도시에 사는 어느 누구도 여태껏 맡아본 기억이 없는 죽음과 화염의 퀴퀴한 화학물

---

1 주로 서구에서 이슬람 원리주의 무장투쟁 및 그 사상을 이르는 말.

질 냄새가 몇주 동안 계속 떠나지 않는다. 14번가 남단의 모든 사람은 이런저런 식으로 직접 접하지만, 도시의 훨씬 더 많은 곳에서 그 경험은 주로 텔레비전에 의해 사람들에게 전달된다. 더 멀리 떨어진 도시 외곽일수록, 그 순간은 더 간접적으로, 일하러 출근하는 가족들, 친구들, 친구들의 친구들, 통화, 소문, 민담을 통해 들은 이야기들에 의해 전달된다. 그리고 그 과정에서 최대한 빨리 서사를 장악하는 데 여념이 없는 힘들이 작용하고, 신뢰할 만한 역사는 60년대 초에 큰 인기를 끌었던 핵전쟁 시나리오로부터 차용한 냉전 용어 '그라운드 제로'의 황량한 주변으로 움츠러든다. 이번 일은 맨해튼 시내를 겨냥한 소련의 핵 공격과는 전혀 관련이 없음에도 불구하고, '그라운드 제로'를 계속해서 입에 올리는 자들은 어원에 대한 관심이나 염치도 없이 그러고 있다. 그 목적은 사람들을 특정한 방식으로 혼란에 빠트리려는 데 있다. 혼란에 빠져, 겁먹고, 어쩔 줄 모르게.

이틀 동안, 웨스트사이드 하이웨이는 침묵에 빠진다. 리버사이드와 웨스트엔드 사이에 사는 사람들은 주위의 소란을 보지 못해도 그리 쉽게 잠자리에 들지 못한다. 반면에 브로드웨이는 사정이 다르다. 수압 크레인과 트랙 로더와 다른 육중한 장비를 실은 트레일러들이 무리 지어 주야로 시내를 쿵쾅거리고 다닌다. 전투기들은 머리 위에서 으르렁거리고, 헬리콥터들은 옥상에 가까운 공중에서 공기를 강타하고, 사이렌 소리는 일주일 내내 울린다. 도시의 모든 소방서는 9월 11일에 동료를 잃었고, 매일 인근 지역의 사람들은 꽃과 집에서 요리한 식사를 모든 소방서에 놓고 간다. 무역센터 건물에 세 들어 있던 기업들은 시간 내에 미처 빠져나오지 못한 사람들을 위해 정성껏 추모식을 열고, 백파이프 연주자와 해병 의장대가 특별연주를 한다. 주위의 교회와 학교에서 온 어린이 합창단들은 '그라운드 제로'에서의 엄숙한 공연을 위해 이미 몇주는 예약이 된 상태이고, 「아메리카 더 뷰티풀」과 「어메이징 그레이스」가 행사의 표준곡으로 불린다. 신성시되거나 적어도 일말의 존중을 받을 줄 알았던 비극의 현장은 그곳의 부동산으로서의 미래를 놓고 온갖 권모술수와 논쟁과 비방이 오가는 열린 결말의 대하소설이 되고, 그러면 모두 빠짐없이 신문의 뉴스거리로 세상에 알려진다. 몇몇 사람의 귀에는 브롱크스의 우들론 묘지 방향으로부터 지하에서 웅얼거리는 이상한 소리가 들려오는데, 결국에는 무덤에 누워 있는 로버트 모지스가 의견을 제시하는 것으로 확인된다.

모든 것이 중지된 대략 하루 반의 충격 뒤에, 다양한 민족들이 평소에 내뱉던 독한 말들이 종전처럼 격렬하게 다시 시작된다. 누가 뭐래도, 여기는 뉴욕이니까. 미국 국기가 온 사방에 등장한다. 아파트 건물 입구와 창밖에, 옥상에, 상점 정면과 모퉁이 식료품 가게에, 간이음식점에, 배달 트럭과 핫도그 가판대에, 오토바이와 자전거에, 조금이라도 덜 멸시받는 소수민족이 되기를 바라며 근무시간 사이에 제2외국어로 스페인어 수업을 수강하는 이슬람교 신도가 운전하는 택시에. 하지만 라틴계 사람들이 뿌에르또리꼬 국기처럼 생긴 변형된 국기를 내걸 때마다, 그들은 거꾸로 욕을 먹고 미국의 적이라고 비난받는다.

나중에 제기된 주장에 의하면, 그 무시무시한 아침, 쌍둥이 빌딩 반경의 수많은 블록에서 모든 가판용 손수레가 그 당시에 대부분 무슬림으로 알려진 손수레 주인들이 멀리 떨어지라고 미리 경고라도 받은 것처럼 일제히 사라졌다. 모종의 네트워크를 통해서. 아마도 수년 동안 스파이 역할을 한 사악하고 은밀한 이슬람 네트워크를 통해서. 손수레들은 멀리 물러났고, 그 탓에 사람들은 아침을 평소보다 불편하게 시작해 늘 마시던 커피, 대니시 페이스트리, 도넛, 생수 없이 출근해야만 했고, 그것은 곧 일어날 사건의 음울한 전조로서 충분했다.

이러한 믿음들이 시민들의 상상력을 쥐고 흔든다. 길모퉁이의 신문 가판대들이 공격당하고 이슬람교도처럼 생긴 용의자들이 버스 한가득 끌려간다. 꽤 큰 이동 경찰지휘소들이 다양한 위험지역에, 특히 이스트사이드상의, 가령, 고소득 이슬람 회당과 아랍 대사관이 같은 블록에 우연히 위치하는 곳이면 영락없이 등장한다. 그런데 이런 이동 지휘소들은 점점 이동성을 잃어서, 시간이 지날수록 도시 풍경의 영원한 일부가 되고 인도와 거의 하나가 된다. 마찬가지로, 깃발도 달지 않고 화물선 행세를 하지만 돛 활대보다 더 많은 안테나를 단 선박들이 허드슨강에 나타나 닻을 내리고는, 사실상 접근금지 구역에 둘러싸인 익명의 보안기관 소유의 섬이 된다. 검문용 바리케이드가 주요 교각과 터널로 통하는 도로를 따라 세워졌다 치워지기를 계속해서 반복한다. 총과 탄창을 찬 깨끗한 새 위장복 차림의 젊은 경비부대원들이 펜 역과 그랜드센트럴 역과 항만청 일대를 순찰한다. 국경일과 기념일 들은 근심을 공유하는 날로 바뀐다.

집의 자동응답기에서 이고르의 목소리가 들린다. 맥신은 수화기를 든다. "맥시! 레지의 DVD 있잖아. 복사본 갖고 있나?"

"어딘가에 있을걸." 맥신은 스피커 모드로 바꾼 뒤 디스크를 찾아 플레이어에 넣는다.

유리잔에 술병이 부딪는 소리가 들린다. 술을 마시기에는 조금

이른 편이다. "행운을 위하여." 이어서 테이블에 머리를 박는 것처럼 리드미컬하게 나무를 쿵 하고 치는 소리가 들린다. "젠장!² 뉴저지 보드까네. 160프루프³야. 화기 근처에 두면 안돼."

"음, 이고르, 좀 전에—"

"맞다. 그 깜찍한 스팅어 영상, 고마워, 다시 생각났어. 더 있었던 거 알아?"

"옥상 장면 말고?"

"숨겨진 트랙."

아니, 그런 게 있는지 그녀는 몰랐다. 마치도 마찬가지였다.

그것은 레지의 '이름 없는 해시슬링어즈 프로젝트'의 편집되지 않은 영상을 말한다. 그 영상에는 예상대로 너드들이 모니터를 들여다보는 모습과 칸막이들로 이루어진 사무실 풍경, 실험실과 휴식 공간, 철조망 펜스 안에서 백인과 아시아계 여피 들이 팔꿈치로 반칙을 하고, 들어가지도 않는 점프슛을 쏘아대고, 도시 빈민가에서 쓰는 욕을 퍼부으며 진짜로 오래된 것처럼 만든 아스팔트 위를 뛰어다니는 실제 크기의 실내 하프코트 장면들이 나온다.

그녀가 여전히 이해가 잘 안되는 것은 레지가 방을 잘못 알고 들어갔을 때 아랍계의 젊은 남자들이 전자기기 같은 것을 정신없이 조립하는 장면이다.

"그게 뭔지 알아, 이고르?"

"버케이터,"⁴ 그가 그녀에게 알려준다. "극초단파 발생기."

---

2 (러) Za shastye. Pizdets!
3 미국에서 사용하는 증류주의 알코올 도수 표기법. 160프루프는 80도에 해당한다.
4 vircator. <u>vir</u>tual <u>cat</u>hode <u>or</u>cillator의 약자.

"뭐 하는 데 쓰는 건데? 무기? 폭발을 일으키나?"

"눈에 보이지 않는 전자기電磁氣장치지. 다른 사람의 전자장치를 무력화하고 싶을 때 커다란 에너지 펄스를 제공해. 컴퓨터, 무선링크, 텔레비전, 사정거리에 있는 건 죄다 튀겨버려."

"불에 굽는 게 건강에는 더 좋은데. 잠깐," 그녀가 기회를 노리다 묻는다. "그걸 사용해본 적 있어, 이고르? 현장에서?"

"내 시대가 가고 난 뒤에. 몇개 샀을걸, 아마. 몇개 팔기도 했고."

"거래가 돼?"

"요즘 군수조달 쪽에서 아주 잘나가. 전세계적으로 많은 군대들이 단거리 극초단파 발생기를 이미 배치하고 있고, 연구기금도 대호황을 누리고 있어."

"여기 화면에 나오는 남자들. 레지의 말로는 아랍인들 같다던데."

"그럴 만하지. 펄스 무기에 관한 대부분의 과학기술 논문은 아랍어로 되어 있어. 실제로 위험한 현장시험을 해보려면, 그건 당연히 러시아 쪽이고."

"러시아산 극초단파 발생기라, 평이 아주 좋은가보지?"

"왜? 하나 갖고 싶어? 빠돈끼들한테 말해봐. 그 친구들은 수수료를 받고 해. 난 그것의 1퍼센트만 받아."

"그들이 사람들이 생각하는 아랍인들처럼 자금이 풍부하다면, 왜 직접 만드는지 궁금해서."

"화면을 하나하나 살펴봤는데, 부품을 처음부터 조립하는 게 아니라, 이미 존재하는 하드웨어를 변조하고 있었어. 아마 어딘가에서 구입한 에스토니아산 복제품 같던데."

그렇다면 아마 방에 모인 너드들은 최종 결과물 없이 잡일만 실컷 한 건지도 모른다. 하지만 걱정거리가 하나 더 있을 수 있다. 만약 누군가가 실제로 뉴욕이나 D.C. 한복판에 도시 전역으로 퍼지는 전자기 펄스를 설치하거나, 혹은 영상 속의 그 장치가 세계의 다른 곳으로 실어나르기 위한 거라면? 그리고 아이스는 어떤 종류의 거래를 위해 끼어든 것일까?

디스크에는 그밖의 다른 것은 없다. 이제 코를 쳐들고 우렁차게 울며 곧 안으로 들어오려고 하는 훨씬 더 커다란 물음과 맞닥뜨리는 일만 남은 것이다. "좋아. 이고르. 말해줘. 당신 생각에는…… 그것과 모종의 관계가 있는 것 같아?"

"아, 이런, 맥시, 아니기를 바랄 뿐이야." 뉴저지 보드까를 한잔 더 마시는 소리가 들린다.

"그다음에는 어떻게 되는 거지?"

"생각해보리다. 당신도 생각해봐. 어쩌면 우리가 찾아낸 답이 마음에 안 들 수도 있어."

어느날 밤, 초인종도 누르지 않고, 누군가가 머뭇거리며 문을 두드린다. 광각렌즈가 달린 구멍으로 내다보니, 머리를 바짝 깎아서 연약해 보이고 부들부들 떨고 있는 젊은 사람의 모습이 보인다.

"안녕, 맥시."

"드리스콜. 머리가 그게 뭐예요? 제니퍼 애니스턴은 어떻게 하고?" 맥신은 젊음의 경박함, 새로 발견한 진지함 등등에 관한 또다른 9·11 이야기를 기대한다. 하지만 그 대신 드리스콜은 말한다. "유지비를 감당할 수가 없어서요. 레이철 가발이 29.95달러밖에 안 하는데, 진짜하고 전혀 구분이 안돼요. 자, 보여줄게요." 그러고는 히말라야 원정이라도 갈 것 같은 배낭을 어깨에서 내려놓더니, 안에서 가발을 찾아 써본 뒤에 벗는다. 두번을 이렇게 반복한다.

"왜 여기에 왔는지 맞혀볼게요." 온 동네에서 이런 일이 일어나고 있었다. 돈 많은 상류층이든 서민이든, 자신의 아파트에 들어가지 못하는 로어맨해튼의 피난민들은 먼 도시 외곽에 사는 친구들의 집에 아내, 아이들, 때로는 유모, 운전사, 요리사까지 대동하고 나타나서, 철저한 조사와 손익분석을 해본 결과 여기가 자신과 식구들에게 현재로서는 가장 유용한 피난처라고 결론을 내렸던 것이다. "누가 알아 다음 주면 돌아갈 수 있을지, 응? 한번에 일주일씩만 머물게." "한번에 하루가 더 낫지 않을까." 어퍼웨스트사이드의 마음 넓은 여피들은 거주지를 잃고 달리 오갈 데가 없어진 이 피해자들을 받아주었는데, 가끔은 금세 가까워진 그들의 우정이 더 깊어지기도 하고, 또 가끔은 영원히 깨지기도 했다……

"괜찮아요," 맥신이 드리스콜에게 말한다. "남는 방 있으니까." 호스트가 9·11 직후에 잠자리를, 서로가 불편하지 않게 그리고 만약 그녀가 다른 사람과 함께 방에 들어가더라도 별로 놀라지 않게, 맥신의 방으로 옮긴 터라 마침 방이 비어 있던 참이다. 그나저나 무슨 상관이지? 자신이 그를 얼마나 보고 싶어했는지 그녀로서는 아직은 판단하기가 어렵다. 소위 '부부관계'면 어때? 무슨 문제 있어? 그건 그렇고, 너하고 무슨 상관인데? 음악 트랙? 굳이 알고 싶다면, 문제는 프랭크 씨나트라다. 칸과 스타인의 노래 「타임 애프터 타임」에서 "하루가 끝나가는 저녁에"라는 구절이 시작되며 라운지음악 중에서도 가장 애절한 B플랫이, 집 안의 레코드 장식장에나 있을 법한 LP판으로 들을 때가 가장 감명 깊은, 씨나트라의 목소리를 통해 흘러나올 때가 문제다. 이런 순간이 되면, 호스트는 어쩔 줄 몰라하고, 맥신은 오래전부터 그 기회를 노리는 법을 익혀왔다. 물론 그것이 그의 아이디어인 것처럼 생각하게 두고서.

드리스콜이 온 지 두시간도 안되어서 에릭이 그녀보다 훨씬 더 큰 배낭을 메고 비틀거리며 나타난다. 시민들의 비극을 핑계로 에릭과 다른 세입자들을 내보내고 공동조합주택으로 변경해서 공적 자금까지 챙기려는 집주인에 의해 쫓겨난 게 틀림없다.

"음, 좋아, 같이 써도 괜찮다면 방은 있어. 드리스콜, 에릭, Tworkeffx의 파티에서 서로 만난 적 있을 거야. 기억해봐. 잘 지내, 싸우지 말고……" 맥신은 혼잣말하듯 중얼거리고는 자리를 비킨다.

"안녕." 드리스콜은 머리카락을 넘겨볼까 생각하다가, 다시 생각한다.

"안녕." 그들은 곧 공통된 관심사가 많다는 것을 알게 된다. 그 중에는 에릭이 모든 CD를 소장하고 있는 싸르꼬파구[5]의 음악뿐 아니라, 버줌과 메이헴 같은 노르웨이 블랙메탈 아티스트들이 있고, 특히 후자는 그날 저녁 에릭이 앰비엔[6] 로고가 박힌 티셔츠를 입은 드리스콜을 본 지 십분도 채 안되어 시작된 손님방 활동의 정식 사운드트랙으로 곧 선정된다. "앰비엔이라, 멋진데! 지금 갖고 있어?" 그렇고말고. 보아하니 그들은 그 기분전환용 수면제를 유독 좋아한다는 점에서 서로 맞는 것 같다. 그 약을 먹은 상태에서 억지로 깨어 있으려고 하면 리비도의 엄청난 증가뿐 아니라 환각제를 복용한 것 같은 환각을 일으켜서, 그들로서는 사실 지나온 지 얼마 안된 십대처럼 섹스를 하게 된다. 반면에 또다른 부작용으로 기억상실이 있어서, 둘 중 누구도 그 일이 다시 벌어지기 전까지는 무슨 일이 있었는지 정확하게 기억하지 못한다. 그리하여 첫번째 사랑이 처음부터 다시 시작되는 셈이다.

5 Sarcófago. 뽀르뚜갈어로 '고기를 먹는'이란 뜻의 브라질 데스메탈 밴드.
6 Ambien. 불면증 치료에 널리 쓰이는 수면제 졸피뎀의 상품명.

지기와 오티스를 만나자마자, 해롱대던 두 사람은 거의 한목소리로 외친다. "너희들 진짜야?" 널리 알려진 앰비엔으로 인한 환각 중에는 잡다한 집안일을 하며 분주하게 돌아다니는 조그만 사람들도 있다. 두 아이는 매료되기는 했어도 도시 아이들답게 거리를 유지할 줄 안다. 호스트는 컴퓨터광들의 무도회에서 에릭을 만난 기억이 있기는 하지만 최근 사건들로 인해 그것이 싹 씻긴 상태다. 어쨌든 에릭-드리스콜이 서로 한 몸이 된 모습은 평소의 호스트다운 반응인 광적인 질투심을 불러일으킨다. 꽤 차분한 그의 가정적인 태도가 약물, 섹스, 로큰롤에 충성하는 세력에 의해 침략당하고 있다는 사실은 전혀 위협으로 받아들여지지 않는 것 같다. 맥신은 생각한다. 어쨌든 우리도 잠시 서로 포개져 있을 테니까, 다른 사람들은 더 심하겠지만.

누군가에게는 사랑이 활짝 필 때, 다른 누군가에게는 사랑이 시든다. 어느날 하이디가 너무나도 익숙한 불만의 먹구름을 잔뜩 이고 나타난다.

"오 안돼." 맥신이 큰 소리로 말한다.

하이디가 고개를 젓다가 끄덕인다. "경찰하고 데이트하는 건 이제 신물이 나. IQ와 상관없이 갑자기 이 도시의 젊은 여자애들 전부가 제일 먼저 강하게 반응해주는 사람의 관심을 받고 싶어하는 작고 힘없는 바보가 된 것 같아. 트렌디? 트웬디?[7] 영 별로야. 이건 완전히 말도 안돼."

카마인이 주변의 관심에 저항하지 못하고 다른 여자들을 만나고 다니는지 묻고 싶은 충동을 누르며 맥신은 말한다. "정확하게

---

7 twendy. 이십대들이 추종하는 트렌드.

무슨 일인데? 아냐. 정확하지 않아도 돼."

"카마인이 신문을 읽다가 기사에 완전히 빠져들었어. 그래서 지금은 자기가 영웅이라고 생각해."

"영웅 아니야?"

"그는 관내 형사야. 두번째 혹은 세번째로 출동하는 사람이고. 사무실에서 대부분의 시간을 보내. 늘 똑같은 일에, 똑같은 좀도둑, 마약상, 가정폭력범이야. 하지만 요즘 카마인은 자기가 테러와의 전쟁 선봉에 있는데 내가 자기를 충분히 존경하지 않는다고 생각해."

"언젠 존경했어? 그 사람도 알고 있지 않았어?"

"그 사람은 여자의 태도에 고마워했어. 그가 그렇게 얘기했어. 내 기억엔. 그런데 9·11 공격 이후로는……"

"맞아. 태도가 고압적으로 바뀐 걸 느끼지 않을 수 없지." 뉴욕 경찰은 늘 거만한데, 최근에는 으레 보도에 차를 세우고, 아무 이유도 없이 시민들에게 고함치고, 어린아이가 개찰구를 뛰어넘으려 할 때마다 지하철 운행이 중단되고 지상과 공중의 온갖 경찰 수송수단이 집결해서 머무르기 일쑤다. 페어웨이에서는 다양한 경찰 관할구역의 이름을 딴 커피 혼합원두를 팔기 시작했다. 커피숍에 납품하는 제과점들은 순찰차가 나타날 때를 대비해 똑같은 이름의 유명한 샌드위치 모양을 본떠 거대한 '히어로' 젤리 도넛을 개발해 내놓았다.

하이디는 『저널 오브 밈스페이스 카토그래피』에 실을 '이성애를 신봉하는 떠오르는 스타, 동성애를 혐오하는 어두운 동반자'라는 제목의 글을 쓰는 중이다. 이 글에서 그녀는 도시 게이 유머의 핵심 요소이자 90년대까지 인기를 끌었던 아이러니가 비극의 발생을 어떻게든 막지 못했다는 이유로 9·11의 또다른 2차 피해자가 되었다고 주장한다. "마치," 그녀는 맥신에게 요약해 들려준다. "농담 좋아하고 고상한 척하는 제5열[8]이 즐겨온 아이러니가 계속해서 나라의 경각심을 떨어트리고 '현실' 파악력을 약화함으로써 실제로 9·11 사건을 초래한 것처럼 말해. 그래서 모든 종류의 허구는—나라가 이미 빠져 있는 망상은 잊어줘—고초를 겪을 수밖에 없어. 이제는 모든 것이 사실에 충실해야만 해."

"맞아. 애들도 학교에서 그런 얘기를 듣고 있어." 만약 쿠겔블리츠가 마을이었다면 유명한 잔소리꾼이었을 영어 교사 청 선생이 더이상 이야기 읽기 숙제는 없을 거라고 공지한 참이다. 오티스는 몹시 놀라고, 지기는 그보다 조금 덜 놀란다. 맥신이 방에서 「아기천사 러그래츠」나 「우당탕탕 로코와 친구들」[9] 재방송을 시청하는 아이들을 우연히 보기라도 하면, 아이들은 반사적으로 "영어 선생님한테는 말하지 마!" 하고 소리친다.

"그거 알아?" 하이디가 계속 말한다. "'리얼리티' 프로그램이 갑자기 모든 케이블방송에 쫙 깔린 거? 개똥처럼? 물론, 그렇게 하면 제작자들이 실제 배우들에게 지급하는 만큼 출연료를 주지 않아도 돼. 하지만 잠깐! 그것 말고도 더 있어! 누군가는 미국 전역의 시청자들이 마침내 모두 깨달았다고, 인간 조건의 깊숙한 부분까지 알게 되었다고, 그래서 그들을 심각하게 길을 잃게 한 허구로부터 자유로워졌다고 믿게 하려고 해. 마치 허구적인 삶에 관심을 기울이는 행위는 일종의 사악한 약물남용이므로 쌍둥이 빌딩의 붕괴를 치료하려면 모든 사람을 직접적으로 다시 겁주어야 한다고 주장

8 a fifth column. 국내에서 이적행위를 하는 일단의 사람들.
9 Rugrats와 Rocko's Modern Life 둘 다 미국의 TV 만화영화 시리즈.

하는 것처럼 말이야. 그런데 옆방에서 들리는 소리는 뭐야?"

"나랑 가끔씩 일하는 두 젊은 친구가 있어. 시내에서 살았거든. 또다른 재배치 이야기야."

"호스트가 인터넷으로 포르노를 보고 있는 줄 알았어."

맥신은 다시 기운을 차려 "그는 너를 보고 있을 때에만 그 짓을 해" 하고 말해주고 싶었지만, 요즘에는 호스트를 그녀가 하이디와 단둘이 주고받는 대화에 넣기가 싫어진다. 설마…… 뭐랄까, 호스트에 대한 일종의 의리 때문일 리는 없겠지? "그는 오늘 퀸스에 갔어. 그곳으로 상품거래소를 소개疏開시켰대."

"이미 오래전에 떠난 줄 알았는데. 저기 어딘가로." 그러면서 허드슨강 너머를 손으로 대충 가리킨다. "다른 건 다 괜찮은 거지?"

"뭐라고?"

"너도 알잖아. 오, 로키 슬래지엇이라든가?"

"더할 나위 없이 잘 지내지, 내가 알기로는. 그런데 왜?"

"요즘 로키가 무척 들떠 있는 것 같아서, 응?"

"내가 어떻게 알아?"

"내 말은 FBI가 요원들을 마피아 임무에서 빼서 반테러리즘 쪽으로 배치하고 있다고."

"그러면 9·11이 조폭들을 위한 성년식인 거네, 하이디."

"내 말은 그런 뜻이 아니고. 그날은 무시무시한 비극이었어. 하지만 그게 전부가 아니야. 모든 사람이 얼마나 퇴보하고 있는지 못 느꼈어? 9·11이 이 나라를 유아기로 돌려놓았어. 성장할 기회가 있었는데, 유년기로 다시 돌아가는 쪽을 택했어. 어제 밖에 나갔는데, 뒤에서 고등학교 여자아이 두명이 이런 십대들의 대화를 하고 있지 뭐야. '그래서 내가 그랬다, "오, 맙소사"? 그러니까 그 남자가 그런다, "내가 그 여자를 본 적 없다고 말한 게 아니잖아"?' 그래서 결국 고개를 돌려서 보니까, 내 또래의 두 여자가 서 있었어. 더 많았다! 네 또래였어. 사실, 더 알 만한 나이인데. 마치 빌어먹을 시간 왜곡의 덫에 걸린 것 같았다고."

매우 희한하게, 맥신도 최근에 암스테르담 애비뉴의 길모퉁이 근처에서 똑같은 일을 겪고는 한다. 쿠겔블리츠로 향하는 등교일 아침마다, 그녀는 모퉁이에서 늘 같은 아이 세명이 호러스 만이나 그 비슷한 학교의 버스를 기다리며 서 있는 모습을 본다. 그러다가 어느 아침에는 그녀의 마음속 안개인지, 채 걷히지 않은 꿈인지, 아무튼 안개가 끼었는데, 그녀가 정확하게 같은 위치에서 그 시간에 본 것은 머리가 희끗하고 덜 젊어 보이는 중년 남자 세명이었다. 그럼에도 불구하고 그녀는 이들이 **똑같은** 아이들, 오직 나이만 마흔에서 쉰살 더 먹은 똑같은 얼굴의 아이들임을 약간의 전율을 느끼며 깨달았다. 더 심각한 문제는, 그들이 침침한 아침 공기 속에서 음산하게, 오직 그녀에게만 초점을 맞춘 채, 무언가를 아는 듯한 기이하고 강렬한 눈빛으로 그녀를 쳐다보고 있었다는 것이다. 그녀는 거리를 훑어보았다. 차들의 디자인은 지금보다 더 앞서지 않았고, 통상적인 경찰 및 군 수송수단 이상의 어떤 것도 지나다니거나 머리 위로 떠다니지 않았으며, 버티고 서 있는 저층 건물들이 더 높은 건물로 교체되지도 않았다. 그러니 여전히 '현재'라고 해야만 할 터였다. 그렇다면 무언가가 이 아이들에게 일어난 것이 틀림없었다. 그러나 다음 날 아침이 되자 모든 것은 '정상'으로 돌아왔다. 아이들은 평소처럼 그녀를 거들떠보지도 않았다.

젠장, 그렇다면 대체 무슨 일이 벌어지고 있는 거지?

31

그녀가 이 문제로 슌에게 찾아갔을 때, 그녀는 자신의 스승이 그만의 방식대로 미쳐 날뛰는 모습을 본다. "전에 말했던 쌍둥이 불상을 기억해요? 아프가니스탄의 어느 산을 깎아 만든 것. 지난봄에 탈레반이 다이너마이트로 폭파해버렸다는? 비슷한 점 못 느끼겠어요?"

"쌍둥이 불상, 쌍둥이 빌딩, 흥미로운 우연의 일치네요. 그래서 뭐요?"

"무역센터 빌딩도 종교적이었죠. 그것들은 이 나라가 모든 것 가운데 가장 숭배하는 것을 상징해왔어요. 시장, 그 빌어먹을 신성한 시장을."

"종교적인 불만을 말하는 거예요?"

"그게 종교가 아니라고? 이들은 시장의 보이지 않는 손이 모든 것을 지배한다고 믿는 자들이에요. 그들은 마르크스주의 같은 경쟁 관계의 종교들과 성전聖戰을 벌이고 있어요. 세계는 유한하다는 모든 증거에 맞서서, 자원은 결코 고갈되지 않을 것이고, 더 많은 값싼 노동력과 중독된 소비자를 의미하는 세계인구와 마찬가지로 이윤은 영원히 증가할 것이라는 이 맹목적인 믿음으로요.”

“마치 켈러허처럼 말하네요.”

“맞아요, 그게 아니면,” 손 특유의 능글맞은 웃음. “어쩌면 그 여자가 나처럼 말하는 걸지 몰라요.”

“어어, 내 말 들어봐요, 손……” 맥신은 그에게 길모퉁이에서 본 아이들과 그녀의 시간왜곡 이론에 대해서 이야기한다.

“봤다고 말하는 게 좀비예요?”

“한 사람 말이에요, 손, 내가 아는 사람. 죽었을 수도 있고, 그렇지 않을 수도 있어요. 좀비 얘기는 이제 그만해요.”

음 그래, 하지만 이제는 미쳤다고 말할 수밖에 없는 또다른 의혹이 이곳을 둘러싼 캘리포니아 햇살 속에서 만개하기 시작한다. 즉 그 ‘아이들’은 실제로 몬탁 프로젝트를 통해 시간여행을 해온 군인이자 공작원으로서, 오래전에 유괴되어 상상도 할 수 없는 노예생활을 하고, 여러해에 걸친 군사훈련을 통해 근엄함과 연륜을 쌓고, 지금은 그녀로서는 도저히 명료하게 이해가 안되는 어떤 이유 때문에 특별히 맥신에게 파견된 것이라는 의혹 말이다. 아마도 게이브리얼 아이스에 의해 사적으로 고용된 아마추어 해커 일당과 은밀하게 공모하여. 왜 아니겠는가…… 아아아! 편집증에 의한 신경과민이 이런 건가?

“알았어요.” 그가 진정시키듯 말한다. “터놓고 말하자는 거죠? 내게도 그런 일이 일어났냐고요? 죽은 줄 알았던 사람들을 거리에서 볼 때가 있어요. 때로는 내가 아는 사람들 중 빌딩이 무너졌을 때 그 안에 있었던 사람들을요, 여기에 있을 수가 없는데 여기에 있는 자들."

그들은 이곳 역사의 술집 바닥에서 서로를 잠시 바라보며, 불시의 타격을 당한 사람처럼, 자리에서 일어나 갑자기 구멍으로 꽉 찬 하루를 헤쳐나갈 분명한 방도를 찾아내지 못한다. 가족, 친구들, 친구들의 친구들, 주소록에 적힌 전화번호, 이제는 더이상 존재하지 않는…… 어떤 아침에는 나라 자체가 더이상 존재하지 않고, 차분하게 기다리며 엄지손가락으로 클릭할 준비를 하고 있는 사람들에 의해 다른 무언가로, 어떤 깜짝 놀랄 꾸러미로 화면마다 조용히 대체될 것 같은 불길한 감정을 느낀다.

"미안해요, 숀. 당신 생각에는 그게 뭘 것 같아요?"

"그들이 얼마나 그리운지, 그것만으로도 너무 힘든데. 단지 이 비참한 도시, 너무 많은 얼굴들이 우리를 미치게 만드는 걸까요? 죽은 자들의 대규모 귀환을 보게 될까요?"

"소규모면 더 좋겠어요?"

"지역 뉴스에 나왔던 그 장면을 기억해요? 첫번째 빌딩이 무너질 때 어떤 여자가 거리 밖에서 상점 안으로 뛰어들어가 문을 닫자마자 무시무시하게 피어오르는 검은 연기, 재, 파편이 거리를 온통 휩쓸고 돌풍이 창을 강타하던…… 그 순간이었어요, 맥시. 그때 '모든 것이 바뀐' 게 아니었어요. 모든 것이 드러난 거였어요. 장엄한 선禪적 계시가 아니라, 암흑과 죽음의 강습이었어요. 우리가 앞으로 무엇이 되고, 그동안 무엇이었는지 우리에게 정확히 보여주는 순간이었어요."

"우리가 그동안 무엇이었는데요……?"

"남의 시간을 빌려서 살고 있는 존재요. 싸게 샀어요. 누가 그 값을 지불하고, 누가 다른 어딘가에서 함께 웅크린 채 굶주리고 있는지 전혀 신경을 안 써요. 그래서 우리는 싼 음식, 주택, 교외의 조그만 땅을 가질 수 있는 거예요…… 지구 전역에 걸쳐, 매일매일 더, 보복이 쌓여가고 있어요. 그러는 사이에 우리가 매체로부터 얻는 유일한 도움은 무고한 사자死者들을 위해 울어주는 거죠. 빌어먹을 흑흑. 그거 알아요? 모든 사자들은 무고해요. 무고하지 않은 사자는 없어요."

잠시 시간이 흐른다. "그래서 그건 설명 안해줄 거예요? 아니면……"

"당연하지. 그건 선문답이니까."

그날 저녁 익숙지 않은 웃음소리가 침실로부터 들려온다. 호스트는 텔레비전과 수평을 이루어 마주 보고 앉아 있다. 호스트에게는 그것이 대책 없이 즐겁다. 어떤 이유에서인지 그는 바이오픽스 채널 대신에 NBC를 시청한다. 호박색 선글라스를 쓴 긴 머리의 소심해 보이는 사람이 심야 쇼 프로그램에서 스탠드업 코미디를 하고 있다.

모든 이의 인생에서 가장 최악의 비극이 발생하고 난 한달 뒤에 호스트는 깔깔거리고 웃는다. "왜 그래 호스트? 살아 있다는 지연 반응이야?"

"살아 있어서 행복해. 그런데 지금은 이 미치 헤드버그라는 친구가 너무 웃겨서 그래."

호스트가 진짜로 웃는 것을 그녀는 그렇게 많이 보지 못했다. 가장 최근에 본 것은 4~5년 전 「키넌과 켈」[1]의 '나사를 참치 통조림에 빠트렸어' 에피소드였다. 가끔은 뭔가에 낄낄 웃기도 하지만 그

조차 드물다. 다른 사람들은 모두 웃는데 왜 그는 웃지 않느냐고 누가 물을 때마다, 호스트는 웃음은 신성하다는 그의 믿음, 웃음은 우주에 있는 어떤 힘으로부터 온 순간적인 계시인데 사전 녹음한 것 같은 웃음소리로 인해 그저 저렴해지고 하찮아진 거라는 믿음을 설명한다. 그는 이렇다 할 이유가 없고 억지스러운 웃음을 대개는 견디지 못한다. "특히 뉴욕에 사는 많은 사람들에게 웃음은 할 말도 없으면서 크게 떠드는 것과 같아." 그나저나 그는 여태 뉴욕에서 뭘 하고 있는 거지?

어느날 아침 일하러 가는 길에 맥신은 저스틴과 마주친다. 우연처럼 보이지만, 더이상 우연적인 사건은 없을지 모른다. 애국자법이 다른 모든 것과 함께 그것을 불법으로 금지한 여파이다. "같이 이야기나 할까요?"

"위로 올라가요."

저스틴은 맥신의 사무실 의자에 구부정하게 앉는다. "딥아처에 관한 거예요. 무역센터가 공격당하기 바로 직전 기억해요? 바이어바가 분명히 얘기했을 거예요. 우리가 사용하고 있던 난수들이 약간 이상해지고 있다고?"

"어렴풋이 생각나요, 어렴풋이. 그래서 다시 정상으로 돌아갔어요?"

"그랬던 게 있기나 해요?"

"호스트가 그러는데 증권시장도 미쳤었대요. 그 직전에."

"글로벌 의식 프로젝트[2]라고 들어본 적 있어요?"

---

1 Kenan & Kel. 1996~2000년에 방영된 미국 TV 시트콤.
2 Global Consciousness Project. 집단적 의식과 물리적 체계의 상호작용을 찾기 위

"캘리포니아 거였던가?"

"사실은 프린스턴이에요. 이 프로젝트 진행자들은 전세계에 걸쳐 삼사십개에 이르는 무작위사상 생성기 네트워크를 운영하고 있어요. 그 산출물이 프린스턴 사이트로 끊임없이 전부 모여서 서로 섞이면 난수 열이 나와요. 일급 소스로 순도도 매우 뛰어나죠. 실제로 우리의 마음이 어떻게든 모두 연결되어 있다면, 어떤 주요한 지구적 사건이나 재난도 숫자로 다 나타나리라는 이론에 따른 거예요."

"어쨌든 숫자들이 덜 임의적으로 된다는 거네요."

"그렇죠. 반면에 딥아처를 사람들이 찾아낼 수 없게 하다보니, 우리는 질 높은 난수의 공급이 필요해졌어요. 그래서 우리가 한 일은 자원한 컴퓨터들에 일련의 가상 노드를 전지구적으로 만드는 거였어요. 각 노드는 오직 수신하고 다시 발신할 동안만 존재해요. 그런 다음에는 사라져요. 난수는 노드들끼리의 전환 패턴을 설정하기 위해서 사용돼요. 이 프린스턴 소스에 대해서 알자마자, 루커스와 나는 그 사이트로 들어가 결과물을 몰래 복제하기 시작했어요. 9월 10일 밤까지는 모든 게 순조롭게 진행되었죠. 그러다 갑자기 프린스턴에서 나오던 숫자들이 임의성에서 벗어나기 시작했어요. 내 말은 정말로 느닷없이, 강렬하게, 아무 설명도 없이 그렇게 됐어요. 확인해볼 수 있어요. 그래프들이 누구나 볼 수 있게 그들의 웹사이트에 게시되어 있으니까. 그게 무슨 의미인지 내가 알았다면…… 뭐랄까 무서웠을 거예요. 11일 그리고 그후로 며칠까지 계속 그랬어요. 그런 다음 불가사의하게도 모든 것이 다시 거의 완

해 1998년에 시작된 초심리학 실험. 줄여서 GCP라고 한다.

벽에 가까운 난수로 돌아왔어요."

"그러면……" 왜 자기에게 이 얘기를 자세히 하는 것인지 의아한 듯 맥신이 묻는다. "그게 뭐였든, 그러고 만 거예요?"

"그 이틀 동안 딥아처가 취약해졌다는 것 외에는요. 그래서 우리는 달러 지폐의 일련번호를 이용해 최선을 다했는데, 기술 수준이 낮은 의사疑似 난수 생성기를 위한 토대로는 꽤 괜찮았어요. 하지만 그렇게 했는데도 딥아처의 방어벽이 무너지기 시작해서, 모든 게 좀더 눈에 띄고, 접근이 더 쉬워졌어요. 들어와서는 안되는 사람들이 찾아들어오는 게 가능해질 정도로요. GCP의 숫자들이 다시 난수가 되자마자, 프로그램에서 나가는 길이 침입자들의 눈에는 사라졌을 수 있어요. 그들은 프로그램 안에 갇힌 거죠. 그래서 거기에 계속 남아 있을 수도 있어요."

"그냥 '나가기'를 클릭하면 안돼요?"

"만약 우리의 소스코드에 접근하는 길을 역설계하느라 정신이 없었다면 안돼요. 그건 불가능해요. 하지만 그래도 그 안에 있는 것의 상당 부분을 가지고 구성해볼 수는 있어요."

"오픈소스로 가야 하는 또다른 이유처럼 들리네요."

"루커스도 똑같은 얘기를 해요. 그렇게 할 수만 있다면……" 그의 표정이 너무 혼란스러워 보여서 맥신은 하지 않는 게 나을 말을 꺼내고 만다. "혹시 들어본 적 있는 말이면 중단시켜도 돼요. 어떤 남자가 뜨겁게 불타는 석탄을 손에 쥐고 걸어가고 있었어요……"

그날 저녁, 현관에서부터 아주 좋은 냄새가 그녀를 제일 먼저 맞이한다. 호스트가 저녁을 요리하는 중이다. 꼬끼유 쌩자끄[3]와 프로

방스식 비프스튜인 것 같다. 또다시. 물론, 죄책감 특별 메뉴다. 결혼생활 한도의 이상한 불변성으로 봤을 때, 호스트는 최근에, 거의 못 견딜 정도로, 가정적인 사람으로 변하고 있다. 그녀가 집에 늦게 온 어느 밤에는 불이 다 꺼져 있었는데, 뭔가 기계장치 같은 것이 그녀의 발목을 갑자기 콩 하고 박아서 보니 로봇 진공청소기였다. "나를 죽이려고 하네!"

"당신이 좋아할 줄 알았는데." 호스트가 말했다. "룸바 프로 엘리트야. 공장에서 갓 나온 신제품이야."

"배우자 공격 기능도 있고."

"사실은 가을 전에는 출시가 안되는 건데, 얼리 어답터들을 위한 사전 세일에서 샀어. 미래의 물결, 어때, 자기?"

아이러니라고는 없다. 한두해 전에는 상상할 수도 없었던 일이다. 반면에 지금은 맥신이 이, 음, 비가정적 충동을 누릴 차례이다. 잔고장부가 어울리는 사람들에게는 그편이 공평해 보인다. 죄책감? 그게 뭐더라?

에릭과 드리스콜은 집을 때로는 함께, 때로는 따로, 때로는 예측할 수 없게 들락날락한다. 하지만 그들은 아이들이 학교 가기 전날 밤 비공식적인 11시 통금만큼은 지킨다. 그 시각보다 더 늦어질 것 같으면 다른 곳에서 잔다. 그러면 맥신의 걱정도 줄고, 모두가 만족스럽다. 어쨌든 아이들은 아빠처럼 누가 업어가도 모를 만큼 잠을 잘 자서 오히려 그들 옆의 평범한 목석같은 맥신이 불면증에 시달린다.

어느날 맥신은 에릭이 손님방에서 800밀리리터짜리 페브리즈

---

3 와인소스를 곁들여 만든 가리비 요리.

를 자신의 더러운 세탁물 하나하나에 뿌리는 모습을 본다. "지하에 세탁실이 있어, 에릭. 세제 빌려줄게."

그는 쥐고 있던 티셔츠를 이미 페브리즈를 뿌려놓은 세탁물 더미 위에 떨어트린 뒤, 스프레이 통을 마치 자살하려는 사람처럼 그의 귀에 가져다댄다. "다우니 에이프릴 프레시 향이 들어간 거죠?" 깎아내리는 듯한 대꾸다. 하지만 그의 얼굴에는 걱정스러운 표정이 어려 있다.

신경을 곤두세우며 말한다. "더 좋은 거 있어, 에릭?"

"이 일로 다시 밤을 꼬박 샜어요. 빌어먹을 해시슬링어즈 때문에요. 손을 못 놓겠어요."

"커피 마실래? 좀 내리려고 하는데."

그녀를 따라 부엌으로 들어오면서 에릭이 말한다. "에미리트로 들어가던 해시슬링어즈의 그 자금 경로, 기억해요? 두바이 등등에 있는 은행들이요. 똑같은 의문이 반복해서 드는 걸 어쩔 수가 없어요. 만약 그 은행들이 무역센터 공격에 자금을 대고 있었다면 어쩌죠? 아이스가 또다른 닷컴 밉상일 뿐 아니라 조국의 배신자라면요?"

"워싱턴에 있는 누군가도 너랑 같은 생각이야." 그녀는 윈더스트가 건넸던 펑크록 향수가 밴 서류 기록의 요지를 에릭에게 들려준다.

"그렇군요, 이 '와하브파 초종교 우애'는 뭐예요? 그것에 대해서 말하던데요?"

"그들은 그 조직이 지하디스트가 운영하는 계좌로 자금을 보내는 데 선봉 역할을 한다고 생각해."

"그것보다 훨씬 더 깜찍해요. 선봉, 맞아요. 그런데 사실 그것은 지하디스트인 척하는 CIA예요."

"농담 그만해."

"어쩌면 앰비엔 때문인지도 몰라요. 항상 바로 앞에 있었는데 못 본 것 같아요. 그런데 어쨌든 이번에는 모든 장막이 하나씩 걷히고 마타 하리⁴가 보여요. 지역의 다양한 반ஂ이슬람 지하단체에 자금을 대는 역할을 쭉 해왔던 거죠. 그 대가로 아이스는 자금이 오갈 때마다 발생하는 수수료와 고액의 상담료를 받고요."

"저런, 그럼 그 남자는 애국자네."

"욕심 많은 새끼." 에릭의 머리가 대피 덕의 거품 방울 후광에 휩싸인다. "앤드루 로이드 웨버의 음악들이 오디오에서 무한반복되는 텍사스 휴스턴에 있는 모텔 라운지에서 영원히 머무는 것도 그놈에게는 과분해요. 맥신, 이것 하나만은 나를 완전히 믿어줘요. 그 자식을 꼭 조져놓고 말 거예요."

"곧 하려나보네."

"어쩌면요."

"리커스 교도소에 보내는 것만으로는 충분하지 않아. 서비스 거부 공격이라도 계획하고 있는 거야?"

"아이스에게는 그것도 과분해요. 연루된 모든 회사가 도스⁵ 공격을 당한다면? 기술 분야에 아무것도 안 남죠. 그럼 이쯤에서 나의 가장 최근 발명을 보여줄게요. 이건 맛보기 같은 거예요."

그는 자신의 노트북을 켜서 보여준다. 90년대의 악명 높은 코밋 커서⁶에 경의를 표하기 위해 비슷하게 이름을 붙인 보밋 커서를 최

4 Mata Hari(1876~1917). 1차대전 당시 프랑스와 독일을 오가며 이중간첩으로 활동한 무희 출신의 스파이.
5 DOS. 서비스 거부를 뜻하는 'Denial of Service'의 약자. 시스템이나 웹사이트 등에 과도한 부하를 일으켜 정상적인 운영을 방해하는 해킹 공격.
6 Comet Cursor. 코밋 시스템스가 제작한 소프트웨어. 마이크로소프트 윈도우 운

근에 만들어서 그의 옛 동네 이웃인 마녀와 동업을 시작한 모양이다. 건강, 부富, 행복 등등을 약속하는 눈길을 사로잡는 가짜 팝업광고를 미끼로 하여, 보밋 커서는 선택된 목표물에 옛날식 저주를 몰래 숨겨놓고서, 한번만 클릭해도 호되게 당하게 한다. 어쨌든 라틴계 여자마법사가 에릭에게 설명했듯이, 나중에 밝혀진 것처럼 인터넷은 특히 HTML 이전의 좀더 오래된 언어들로 쓰인 경우에는 저주의 역학을 희한하게 좋아하는 성향을 보인다. 사이버세계의 무수히 많은 상반된 동기들로 인해 아무 생각 없이 클릭하기만을 좋아하는 사용자들의 운명은 더욱 곤경에 빠지게 된다. 시스템이 다운되고, 데이터가 손실되고, 은행계좌가 털린다. 이 모든 것은 예상대로 컴퓨터와 관련된 피해이다. 하지만 나아가 여드름, 외도하는 배우자, 물이 새는 변기 같은 까다로운 사건들처럼 현실세계의 불편함이 뒤따르고, 이는 인터넷이 훨씬 더 방대한 통합적인 연속체의 작은 일부에 불과하다는 주장에 보다 형이상학적으로 치우친 추가 증거를 제공한다.

"이것으로 아이스의 시스템이 무너질까? 그는 유대인이야. 쌍떼리아[7]에 관해서도 몰라. 에릭, 너한테도 이건 무리야. 스펙트럼의 불가사의한 끝을 향해 가는 것 같아."

"오싹할 거예요. 본론은 아직 시작도 안했거든요. 이건 예고편에 불과해요. 그동안 그의 malloc(3)[8]에 오류를 일으켰을 뿐 아니라 그걸 아예 못 쓰게 만들어놓았어요. 다시 정상으로 복구하는 데 몇년

영체제 사용자들이 마우스 커서의 모양을 바꾸고 웹사이트에서 방문자들을 위해 맞춤형 커서를 사용할 수 있도록 하는 프로그램.
7 Santeria. 아프리카 기원의 꾸바 민속신앙으로 가톨릭적인 요소를 포함한다.
8 동적 기억장치 할당(memory allocation)을 의미하는 C 언어의 함수.

은 걸릴 거예요."

"그래도 꼭 조심해야 돼. 영화에서 본 것 같은데, 결국에는 일종의 인과응보 암시로 끝나더라고. 영화의 엔딩크레디트를 보면 '현재 연방교도소에서 무기징역 복역 중' 같은 게 올라가잖아?"

그녀는 그가 이런 표정을 짓는 것을 여태까지 본 적이 없다. 두려워하면서도 단호한 표정이었다. "나가기 키 같은 것은 없어요. 게임샤크 16진수 치트[9]로 돌아가서 들뜬 기분으로 오버플로우[10] 곡예를 하는 것은 이제 불가능해요. 즐거운 시절은 끝났어요. 내게 남은 유일한 길은 더욱 깊이 들어가는 것뿐이에요."

불쌍한 친구. 그녀는 그를 어루만져주고 싶지만 어디를 그래야 할지 잘 모른다. "꽤 까다로울 것 같은데."

"문제없어요. 혹시 아이스의 고객 명단 중에 거물급 악당들이 몇 명이나 있는 줄 알아요? 다른 해커들과 크래커[11]들에게 어떻게 하면 유용한 곳으로 들어갈 수 있는지 적어도 보여줄 수는 있거든요. 무법행위의 인도자가 되는 거죠."

"만약에 그들 중 몇몇이 이미 변심해서 너를 연방요원들에게 팔아넘기기라도 한다면?"

그는 어깨를 으쓱한다. "그러면 아마추어 해커 시절보다 좀더 조심해야겠네요."

"에릭, 훗날 타임머신이 생기면, 우리는 온라인으로 표를 예매해서, 아마도 한번 이상은 다시 돌아가, 그랬어야 하는 방향으로 선

---

9 GameShark. 각종 게임의 치트(원래는 제작자들만 알고 있는 게임 비법 또는 속임수)를 16진수 코드로 제공하는 제품명.
10 서버가 처리 가능한 데이터 용량을 초과하여 정지되는 것.
11 해커 중에서도 좀더 비윤리적이고 불법적인 활동을 하는 해커.

택을 다시 쓰게 될 거야. 우리가 아프게 했던 사람들을 아프게 하지 않고, 우리가 했던 선택들을 하지 않도록 말이야. 그리고 빌려준 돈은 탕감해주고, 점심 데이트 약속은 지키도록. 물론, 처음엔 표값이 어마어마할 거야. 하지만 나중에 제품개발비용이 분할상환되면……"

"어쩌면 보너스 연도를 받을 수 있는 시간여행자 마일리지 프로그램이 나올지 어떻게 알아요? 그러면 나는 많이 쌓을 수 있어요."

"제발. 너는 그렇게 많은 후회를 하며 살기에는 너무 젊어."

"저기요, 우리 사이도 후회가 되는걸요."

"우리라, 뭐가?"

"그날 밤 주아 드 비브르에서 돌아오고 나서요."

"따뜻한 추억이었어, 에릭. 발과 관련된 간통은 아직 형법에 없을걸? 안 그래?"

"혹시 호스트에게 말했어요?"

"언제든 그런 순간은 오지 않을 거야. 아니면 입장을 바꿔서, 왜? 드리스콜에게 말했어?"

"아뇨, 꽤 확실히 난 말 안……"

"'꽤 확실히' 넌……" 순간 그녀는 자기가 신발을 벗고 두 발을 비비고 있다는 것을 깨닫는다. 적어도, 뭐랄까, 그리운 마음에.

"뭐 다른 거 물어봐도 돼요?"

"그러든가……"

"있잖아요, 라디에이터 밑에서 작은 빗자루와 쓰레받기를 들고 나오는 조그만 사람들이 실제로 있는—"

"에릭, 그만. 됐거든."

32

다음 날 아침 레지 데스파드가 서쪽 지평선 너머에서 전화를 걸어온다. "지금 스페이스 니들을 보는 중이야."

"그건 지금 뭐 하는데?"

"마까레나 춤. 괜찮아? 좀더 일찍, 쌍둥이 빌딩 사건 직후에 전화했어야 했는데. 여행 중이었어. 그러고 나서 여기에 도착해 집을 보러 다니다—"

"딱 맞춰 떠났어."

"자동차 라디오에서 들었어. 유턴을 해서 돌아갈까 생각했는데, 그러지 않고 계속 운전했어. 살아남은 자의 죄책감을 느끼면서."

"주간州間 고속도로의 최면이야. 너무 깊게 생각하지 마, 레지. 지금 있는 곳이 건강에 좋은 상록수와 커피인 척하는 숯덩이들이 있는 라이어트 걸'의 고장이잖아, 응? 그냥 편히 쉬어."

"내가 보는 건 뉴스에 나오는 게 전부야. 거기는 힘들어 보이던데."

"많이 비통해하고 있어. 모두들 아직 불안해하고, 경찰은 아무나 마음대로 불러세워서 배낭을 뒤져. 네가 예상하던 대로야. 그러나 태도로 보면, 삶은 계속되고 있어. 길거리 모습은 크게 달라진 게 없어. 일자리는 찾았어?"

머뭇거림. "마이크로소프트에서 임시직으로 일하고 있어."

"으악."

"그래, 복장규정에 적응해야 해. 화생방 도구에 스톰트루퍼[2] 장비⋯⋯"

"아이들은 봤고?"

"아무것도 밀어붙이지 않으려고, 대신에⋯⋯"

"넌 뉴욕에서 온 사람이야. 밀어붙여도 다들 그러려니 할 거야."

"어젯밤에 저녁식사에 초대받아 갔어. 허비가 직접 요리를 하더라고. 여기서 난 재료로 만든 부야베스.[3] 야키마밸리[4]의 슈냉 블랑.[5] 그레이시는 멋진 새 남자와 살게 된 이후로 계속 환하게 빛이 났어. 내가 보고 싶었던 거야. 그런데 딸들은⋯⋯ 뭐라고 해야 할까⋯⋯ 내가 알던 것보다 더 조용했어. 뚱해서 말이 없거나, 인상을 찌푸리거나, 삐져서 아랫입술을 내밀지는 않았고, 오히려 한두번 웃기까지 했어. 확실하지는 않지만, 아마 나를 보고 웃은 것 같아."

"레지, 잘되기를 바랄게."

"잠깐, 맥신." 어오. "지금 통화하고 있는 이 전화, 혹시—"

---

1 Riot Grrrl. 90년대 초에 워싱턴주를 중심으로 한 태평양 서북부 연안에서 펑크록을 저항의 수단으로 삼은 페미니즘 운동.
2 영화 「스타워즈」 시리즈에 등장하는 은하제국군.
3 향신료를 많이 넣은 프랑스 남부의 생선수프.
4 워싱턴주 남동쪽에 위치한 광활한 포도재배 지역.
5 프랑스의 발 드 루아르 지방의 화이트와인용 포도 품종.

"만약 그러면, 우린 모두 끝이야. 왜?"

"그 DVD 말이야."

"재미있던데. 한두 장면은 기포 수준기[6]를 이용해서 찍었을 수 있겠구나 싶었어……"

"새벽 3시면 늘 잠에서 깨."

"상관없는 장면일 수도 있어, 레지."

"옥상에 있던 그 남자들, 그리고 해시슬링어즈의 닫힌 방에 있던 아랍인들. 훈련 중이었어. 분명해."

"만약 게이브리얼 아이스가 어떤 대규모 비밀작전에 가담한 거라면, 그렇다면 네 말은……"

"스팅어 미사일 팀이 민간 용병처럼 보이더라도, 미국 정부 고위급으로부터 지원을 받아야만 했을 거야."

"에릭도 같은 생각이야. 그리고 마치 켈러허는, 음, 말할 것도 없고. 그녀가 블로그에 비디오 올렸는데 괜찮아?"

"항상 그 생각을 했지. 용량이 되는 사람이 최소한 한개는 올려주기를 바라면서 대략 DVD 열개나 스무개를 뿌리려고 시도했었어. 언젠가는 비디오를 위한 냅스터[7]가 생길 거야. 그러면 무엇이든 올리고 누구하고든 공유하는 게 일상이 될 거야."

"그렇게 해서 누가 돈을 벌 수 있다는 거지?" 맥신은 전혀 이해가 되지 않는다.

"뭐든 돈이 나오게 하는 방법은 항상 있어. 내 전문 분야는 아니지만. 공개하게 된 것만으로도 충분히 만족해."

---

6 기포를 이용하여 평면이나 표면의 경사를 측정하는 기기.
7 Napster. 1999년에 개발된 인터넷의 음악 공유 소프트웨어. 지금의 유튜브 같은 것.

"너만의 통신을 만들어. 그러면 네트워크 효과가 나타나기 시작할 거야. 너무 친숙해서 진부하게 들려도 진정한 비즈니스 계획이야."

"게시물이 확산되기만 하면. 그리고 그것을 쉽게 다시 올릴 수 있게 누군가가 HTML로 변환하기만 하면."

"부시 일당이 배후에 있다고 진짜 믿는구나."

"넌 안 그래?"

"난 고작 사기조사관에 불과해. 부시라면 다시는 말도 꺼내지 마. 아랍 설說이라, 나도 유대인다운 반사작용이 있어, 그래서 그 문제에 대해서라면 편집증을 갖지 않으려고 해."

"잘 들어. 형제애에는 문제가 없어. 누구에게도 절대 무례하게 굴지 않으려는 생각을 버려. 새로운 촬영을 준비하느라 너무 바빠. 레지2.0, 비폭력, 서부해안, 스트레스 제로."

"조심해서 다녀. 가끔 영상도 보내주고. 참, 레지?"

"뭐든 말해, 남매 같은 사이잖아."

"나도 마이크로소프트에 잠시 다녀볼까?"

맥신과 코닐리아는 다음에 점심식사를 같이 하기로 하고, 스트리트라이트 피플에서 만나기로 약속한다. 맥신은 로키에게 윈더스트가 준 해시슬링어즈 서류의 복사본을 건넨다.

"여기, 해시슬링어즈가 당신 돈을 어떻게 쓰고 있는지에 관한 가장 최근 기록이야."

로키는 야릇한 표정을 지으며 한두페이지를 훑어본다. "이건 누가 작성한 거지?"

"분명히 딴 속셈이 있는 D.C.의 익명의 요원이겠지. 그 속셈이 뭔지는 알 수가 없어. 속이기 좋아하는 싱크탱크 뒤에 숨겨져 있어서."

"아무튼 때마침 주었네. 우리는 그동안 해시슬링어즈에서 벗어날 출구를 보고 있었어. 이걸 스퍼드와 이사회에 보여줘도 될까?"

"이해할 수만 있다면, 얼마든지. 요즘에는 무슨 생각을 하고 있어? 유상증자?"

"그럴 수도. IPO나 M&A는 없어.[8] 정부 수주가 많아. 솔직히 지금이 빠져나갈 적기야. 당연히 현금을 챙겨서. 그런데 저기 어딘가에 다른 뭔가가 있어. 이를테면…… 사악한 뭔가가?"

"바로 이거네, 「미스터 로저스 네이버후드」?[9] 내 짐작에는 IBM이나 마이크로소프트 유형의 악을 말하는 것 같은데."

"그자와 눈을 마주친 적 있어? 꼭 그자가 내가 그게 얼마나 나쁠 수 있을지 알고 있는 걸 자신도 알고 있으면서 전혀 개의치 않는 그런 느낌이랄까?"

"나만 그렇게 느끼는 줄 알았어."

"우리 중 아무도 이게 얼마나 복잡해질지 몰라. 그들이 실제로 누구를 위해 일하는지도. 하지만 이제는 D.C.에 있는 사람들마저 걱정을 하고 있다면 얘기는 다르지." 서류철을 손가락으로 두드리면서 말한다. "지금은 주식을 현금화할 시기야."

"그럼 나는 이 사건에서 빠지게 되겠네."

"그래도 내 주소록에는 영원히 남지."

"그만 봐줘." 코닐리아가 중간에 끼어든다. "나한테도 항상 똑같

---

8 각각 신규상장과 합병매수를 가리키는 주식시장 용어.
9 Mister Rogers's Neighborhood. 1962년 미국 CBC 방송에서 시작한 어린이용 교육 프로그램 시리즈.

은 얘기예요. 귀 기울여 듣지 마요."

"아무것도 모르는 아줌마들, 그만 여기서 나가. 일해야 해."

맥신이 코셔 지침을 어떻게든 지킨다고 생각하는 코닐리아 때문에, 그들은 결국 또다른 '유대인' 음식점, '핀커스 부인의 치킨수프 엠포리엄'에 간다. 이미 사람들이 줄을 서 있다. 모두 도시 밖으로 나온 모양이다. 다행히, 맥신과 코닐리아는 출처가 의심되는 게필테 피시[10]보다는 수다 떨기에 욕구가 남은 상태이다.

이내 코닐리아는 능숙한 클로즈업 카드 마술사의 재주를 발휘해, 임의로 섞은 점심식사 대화 같은 것에서 가족과 그 안에 숨어 있는 기인들이라는 주제로 가볍게 끌고 간다.

"내 방침은," 맥신이 말한다. "시작도 않는 거예요. 안 그러면 너무도 빨리, 어두운 마법이 진행 중인 유대인 촌으로 돌아가버려요."

"오, 있잖아요. 우리 가족은, 음…… '문제가정이라면 말도 마!' 하나로 다 설명돼요. 우리는 심지어 CIA도 한명 있어요."

"한명이라고요? 난 식구 모두가 CIA를 위해 일하는 줄 알았는데."

"사촌 로이드뿐이에요. 음, 내가 아는 건."

"그는 자기가 하는 일에 대해 말해도 되나봐요?"

"아마 아닐걸요. 우리도 확실히 몰라요. 그게…… 로이드예요. 알겠죠."

"아…… 음, 잘 모르겠는데요."

"이건 롱아일랜드의 스럽웰가 얘기예요. 맨해튼의 분가와 헷갈

---

10 gefilte fish. 송어나 잉어 같은 민물고기 살과 계란, 다진 양파 따위를 섞어 어묵처럼 뭉친 유대 요리.

리면 안돼요. 우리가 우생학 같은 걸 수용한 적은 절대 없지만, 정확하게 패턴처럼 나타나는 것에 관한 유전자에 근거한 설명을 마음속으로 받아들이지 않기가 때로는 힘들어요.”

“높은 비율의……”

“저능아, 태어날 때부터, 음…… 내 뜻을 오해하면 안돼요. 로이드는 늘 쾌활한 아이였어요. 나하고도 잘 지냈고, 가족모임에서 그가 던진 음식이 실제로 나를 직접 맞힌 적은 한번도 없어요…… 그러나 식사시간의 공격 외에, 그의 진정한 재능, 혹은 충동이라고도 말할 수 있는 것은, 고자질이었어요. 그는 늘 몰래 돌아다니며, 친구들이 어른들의 감독이 허술한 틈을 타서 하는 행동들을 관찰하고, 그것을 자세하게 기록하고, 말하기가 좀 난처하지만, 그것이 확실하다 싶지 않을 때에는, 지어냈어요.”

“CIA감으로 너무 완벽한데요.”

“대기자 명단에 아주 오래 있다가, 마침내 작년에 감찰관 사무실에 자리가 하나 비게 됐어요.”

“국내 문제 같은 거군요. CIA에 대해서도 실제로 고자질해요? 그러면 그에게 위험하지 않나요?”

“대개는 물품 빼돌리기에 관한 거예요. 자신들의 개인 총기에 사용하기 위해 실탄을 계속해서 훔치고 있대요. 그게 로이드의 불만 중 하나인가봐요.”

“어쨌든 그는 마사 앤드 더 밴덜러스 노래대로 ‘지금은 D.C.’[11]에서 근무 중이네요. 부업 같은 것도 한대요? 가령, 자문 같은 거?”

“물으나 마나죠. 저능아들도 돈 쓸 데가 있어요. 약값, 공갈협박

---

[11] 미국의 여성 보컬 트리오 Martha and the Vandellas가 1964년에 발표한 「댄싱 인 더 스트리트」(Dancing in the Street)의 가사.

에 의한 빈번한 지출, 경찰 뇌물, 당연히 맞춤제작해야 하는 뾰족한 모자[12]…… 혹시 맥시, CIA 때문에 어떤 어려움에 빠져 있는 건 아니죠?"

왜 갑자기 이 대목에서 솔직하지 못함 경보가 울리는 것일까? "어떤 기관, 아마도 거긴 아닐 텐데, 적어도 그쪽 방면에서, 사실 그래요, 그러니까 있잖아요, 한번 생각해봐줘요. 만약 내가 자기 사촌과 의논하고 싶은 일이 있으면……"

"그더러 연락해보라고 할까요?"

"고마워요, 코닐리아. 이번 일로 내가 신세 한번 졌어요…… 아니, 아직 로이드를 만나지도 않았는데, 뭐랄까 적어도 신세 절반은 진 것 같아요."

"아니에요. 내가 더 고마워요, 맥시. 이곳은 다 너무 멋져요. 너무……" 코닐리아는 무슨 말을 해야 할지 모르는 사람처럼 음식점 안을 몸짓으로 가리킨다.

맥신은 입술을 다물고, 한쪽 눈을 다른 쪽 눈보다 더 가늘게 뜨며, 미소를 짓는다. "이국적이죠."

지금처럼 서두르면 바로 퇴짜를 맞을 수 있는 뉴욕시의 데이트 상황이 아닌 것이 다행이게도, 사촌 로이드가 다음 날 일찍 맥신에게 전화를 걸어온다. 그의 목소리가 너무 긴장한 듯해서 맥신은 일반적인 분식회계 대화로 그를 달래주기로 마음먹는다. "지금 전부 그쪽의 탱고라고 하는 싱크탱크로 모이고 있다는데, 들은 적 있어요?"

---

12 옛날 학교 수업시간에 공부를 못하는 학생에게 벌로 씌우던 모자 'dunce cap'을 말한다.

510

"오. 지금 여기서 한창 잘나가는 곳이죠. 더블유와 그의 사람들에게 인기가 대단해요."

"그 사람들 중에 첩보명 윈더스트라는 요원이 약간 문제가 있는 걸로 드러났어요. 그런데 나는 그에 대해서 아무것도 찾아낼 수 있을 것 같지가 않아요. 공식적인 이력서조차도요. 패스워드 보안이 최대로 설정되어 있어요. 방화벽 뒤에 방화벽이 또 있는데, 그것을 뚫고 들어갈 수단이 없어요." 조금 더 자신을 낮추며 말한다. "그런데 만약 그가, 오, 예를 들어…… 횡령에 연루된 것으로 판명되면……"

"그런데 실례가 안된다면…… 두 사람은…… 친구예요?" 목구멍에 가래가 걸린 목소리로 로이드가 묻는다.

"음. 누가 이 말을 듣든 간에, 한번 더 말해서, 나는 윈더스트 씨의 팬층에 들어 있지 않아요. 그에 대해서는 거의 아무것도 몰라요. 그가 프리드먼[13]을 신봉하는 살인청부업자이고, 아마 스럽웰 씨 당신 같은 사람들이 이 세계에서 편하게 지낼 수 있도록 일주일 내내 불철주야 일한다는 것을 빼고는요."

"오, 저런. 악의는 없었어요…… 이쪽에서 제가 무엇을 할 수 있는지 볼게요. 우리의 데이터베이스는 세계적으로 유명해요, 알잖아요. 나는 극비문서까지 깊숙이 접근할 수 있어요. 그건 일도 아니에요."

"진심으로 기대가 되네요."

물론 마빈이 배달해준 USB 드라이브 덕분에 맥신은 윈더스트

---

13 Milton Friedman(1912~2006). 자유방임주의와 시장제도를 통한 자유로운 경제 활동을 주장한 미국의 대표적인 보수 경제학자. 레이건 대통령 집권 당시 경제 자문을 맡았으며 1976년 노벨 경제학상을 수상했다.

의 이력서 대부분을 이미 가지고 있다. 로이드를 그의 사건에 끌어들인 것은 정보가 목적이 아니라, 특별히…… 사실대로 말해서, 맥신, 왜 너는 그 남자를 괴롭히고 있는 건데? 레스터 트레이프스의 유력한 살인자를 붙잡고 말겠다는 고결한 집착 때문에? 그게 아니면 무시당한 것 같아서? 팬티스타킹을 찢은 그자가 전희前戱에 대해 갖고 있는 기이한 생각이 그리워서? 모호한 것은 알아줘야 해!

적어도 그의 사촌 코닐리아의 생각대로 로이드가 절반은 저능아라면, 윈더스트는 CIA의 관심을 꽤 빠른 시간 내에 알아차리게 되어 있다. 그리고 다른 모든 사람처럼 뒤를 조심하고 다녀서는 안 될 이유는 없다. 지금 당장 소소한 방해가 그녀와 관련된 모든 시시한 일에서, 도덕적인 시선 같은 것 따위는 전혀 아랑곳하지 않은 채, 벌어지고 있는데도, 순조롭게 배달된 무한함의 신화로 언제나 모든 것을 거는 윈더스트 고용주들의 전세계에 걸친 피라미드 조직과 바로 그런 엘리트 수준에서 어떻게 싸워야 할지 그녀로서는 알 길이 없다. 어떻게 하면 그녀 자신의 안전한 선택의 역사 밖으로 걸어나와 이 위태로운 시간의 사막을 헤쳐서 건너갈 수 있을지도 모른다. 그렇게 해서 찾길 바라는 게 무엇인지, 어떤 피난처, 어떤 미국의 딥아처인지도……

512

33

맥신은 바이어바로부터 평균 십오분마다 바뀌는 딥아처 패스워드를 한가득 받는다. 그곳이 얼마나 달라졌는지 이번에는 한눈에 들어온다. 한때 철도역이었던 곳은 이제 젯슨[1] 시대의 우주공항이 되어 있다. 건물의 각도는 죄다 이상하고, 저 멀리 들쭉날쭉한 탑들이 보이고, 렌즈 모양의 외함이 저 높이 기둥 위에 세워져 있으며, 비행접시들이 네온 불빛 창공에서 계속 왔다 갔다 한다. 여피화된 면세점들도 있는데, 그중 몇몇은 맥신이 서체도 본 적 없는 역외 브랜드를 취급한다. 사방에 광고 천지다. 벽에, 엑스트라 군중의 옷과 피부에, 보이지 않는 곳에서 코앞으로 튀어나오는 팝업창에. 그녀는 궁금해한다. 아니나 다를까, 저기, 스타벅스 입구 주위에 사이버산책자 두명이 숨어서 기다리고 있다. 알고 보니 에릭

---

[1] The Jetsons. 우주의 자동화된 주택에 사는 젯슨 가족을 중심으로 펼쳐지는 미국의 TV 만화 시트콤.

이 광고업을 하며 알게 된 프로모맨과 샌드위치걸이다.

"시간을 보내기 좋은 장소예요." 샌드위치걸이 말한다.

"사업은 말할 것도 없지요." 프로모맨이 거든다. "연결이 빠르게 늘고 있어요. 저 많은 사람들이 그저 가상 배경처럼 보인다고요? 그들은 실제 사용자들이에요."

"진짜예요. 온갖 종류의 난해한 암호화가 되어 있어요."

"백도어도 있어요. 몰랐어요?"

"언제부터?"

"몇주…… 몇달 전?"

루커스와 저스틴이 충분히 타당한 이유로 그렇게 걱정했던 9·11로 인한 보안의 취약성을 틈타 달갑지 않은 손님들이 몰래 들어왔을 뿐 아니라, 게이브리얼 아이스, 연방수사관, 연방수사관의 동조자, 그동안 사이트를 감시해온 알려지지 않은 다른 세력들이 백도어를 설치했다. 그에 따라 쉽게, 근처의 웬만한 사람들은 다 들어온다. 그녀는 한참을 클릭한 끝에, 저녁이 끝나기도 전에 몸에 탈이 날 걸 아는 클럽의 스포트라이트 같은 낯설고 으스스한 원광圓光에 마침내 도달하여, 순간 고개를 드는 의심을 무시하고는, 어지럽고 흐릿한 불빛의 한가운데로 계속 클릭해 들어간다. 그러자 모든 것이 잠시 캄캄해지더니, 지금까지 화면에서 봐온 어떤 것보다 더 새카매진다.

화면이 다시 돌아오자, 그녀는 우주선을 타고 먼 우주공간을 여행하는 느낌이 든다…… 경관을 선택할 수 있는 메뉴가 있어서 잠시 외부 장면으로 바꾸고 나니, 지금 타고 있는 것이 단일 우주선이 아니라 호송대와 비슷하다는 것을 알게 된다. 그것도 그저 단순히 연결된 게 아니라, 각기 다른 시대와 크기의 우주선들이 드넓은 영원 가운데서 무리 지어 움직이고 있다. 하이디에게 물었다면 「배틀스타 갤럭티카」[2]의 영향이 눈에 띈다고 대답했을 것이다.

안으로 시선을 돌리자 깜박이는 우주시대의 합성물로 가득한 대로처럼 긴 회랑이 보인다. 날아오르는 듯한 내부의 원근, 조각 같은 그림자, 위로 갈수록 짙어지는 황혼 속을 다니는 차들, 다리를 건너는 보행자, 분주하게 깜박이는 여객기와 화물기…… 코드에 지나지 않아. 그녀는 스스로에게 되새긴다. 그런데 이 얼굴 없고 이름도 올라 있지 않은 자들 중에 누가, 왜 코드를 써놓은 것일까?

팝업창이 공중에 갑자기 뜨더니, 그녀에게 함교 위로 오라고 요청하면서 몇가지 안내를 한다. 그녀가 로그인하는 것을 누가 본 게 틀림없다.

그녀는 함교 위에서 빈 술병과 쓰고 난 주사기를 발견한다. 함장의 의자는 담뱃불 자국 천지에 낡디낡은 끔찍한 베이지색의 레이지 보이[3] 안락의자이다. 칸막이벽에 스카치테이프로 붙인 데니즈 리처즈와 티아 카레러[4]의 싸구려 포스터가 있다. 힙합 믹스 같은 게 숨겨진 스피커에서 흘러나온다. 네이트 도그와 워런 지가 엄청난 인기를 끌었던 90년대 중반의 서부해안 히트곡 「레귤레이트」다. 선원들이 다양한 용무로 왔다 갔다 하지만, 걸음걸이는 활기차다고 할 수 없다.

"함교에 오신 것을 환영합니다, 로플러 씨." 카고 반바지와 카우

2 Battlestar Galactica. 1978년에 처음 방영된 미국 SF TV 시리즈로 2004년에 다시 제작되어 방영됐다.
3 La-Z-Boy. 미국의 가구 회사.
4 영화 「스타십 트루퍼스」와 캐나다 TV 시리즈 「렐릭 헌터」에 각각 출연한 미국 배우.

벨을 더⁵라고 박힌 얼룩진 티셔츠 차림에 면도를 하지 않은 거칠게 생긴 청년이 인사를 한다. 주변의 분위기가 바뀐다. 음악은 「데이어스 엑스」⁶의 주제곡으로 넘어가고, 조명이 어두워지면서, 공간은 보이지 않는 사이버요정들에 의해 정돈된다.

"그런데 다들 어디 있어요? 함장은요? 참모들은요? 과학장교는요?"

그러자 한쪽 눈썹을 치켜올리고 끝이 뾰족한지 보려는 듯 두 귀의 윗부분을 만지작거리며 청년이 말한다. "미안합니다, 제1명령이죠, 빌어먹을 장교는 없다." 그러고는 몸짓으로 그녀에게 전방의 관측 창을 가리킨다. "우주의 장엄함을 감상하시죠. 엄청나게 많은 별이 있는데, 각각 자기만의 픽셀을 갖고 있죠."

"멋지네요."

"어쩌면요. 하지만 그냥 코드일 뿐이죠."

안테나가 돌아간다. "루커스, 맞죠?"

"딱 걸렸네!" 화면은 잠시 사이키델릭한 아이튠즈 비주얼라이저 패턴으로 가득 채워진다.

"무슨 문제를 해결하려고 여기에 와 있는 거예요? 혹시 백도어 문제?"

"음. 꼭 그렇지는 않아요."

"요즘에 완전히 열렸다고 하던데."

"독점의 단점은 머잖아 백도어가 생길 수밖에 없다는 거예요."

"그래도 괜찮은 거죠? 저스틴은 어때요?"

---

5 More Cowbell. 미국의 코미디 쇼 「새터데이 나이트 라이브」(SNL)의 에피소드 중 하나로 타악기 카우벨을 조금 더 쳐달라는 뜻.
6 Deus Ex. 2000년에 출시된 사이버펑크 스타일의 비디오게임.

"우리는 문제없어요. 사실 옛날 모델이 편했던 적은 한번도 없어요."

옛날 모델이라. 그 말인즉슨…… "뭔가 깜짝 놀랄 뉴스가 있나 본데요. 내가 맞혀볼게요."

"옙. 마침내 오픈소스로 가기로 결심했어요. 이제 막 타르볼을 보냈어요."

"그 말은…… 아무나…… ?"

"끝까지 해낼 인내심이 있는 사람이라면 누구든요. 원하면, 가져도 돼요. 이미 리눅스 번역이 진행되고 있어요. 아마추어들이 떼를 지어 모여들 거예요."

"그러면 큰돈은……"

"더이상 가능성이 없어요. 있었던 적도 없었는지 몰라요. 저스틴과 나는 한동안은 계속 뼈 빠지게 일해야만 할걸요."

그녀의 눈앞에서 별들의 물결이 펼쳐진다. 창조의 순간 환한 빛방울로 산산이 부서진 유대교 신비주의 선박들이, 다른 곳에서는 팽창우주로 알려진, 그들이 태어난 특이점으로부터 분출되어 나온다…… "여기 이 픽셀들을 클릭하면 어떻게 되죠?"

"운이 따를 수도 있어요. 우리는 아무것도 입력해놓지 않았어요. 다른 곳으로 연결된 링크가 있을 수 있어요. 물론 텅 빈 공간을 평생 뒤져도 나오는 게 전혀 없을 수도 있고요."

"그러면 이 배는 딥아처로 가는 중이 아니네요, 그렇죠?"

"원정 중이라고 하는 게 더 적절해요. 탐험 중이에요. 최초의 바이킹들이 북부 대양으로 이동하기 시작했을 때, 세계의 꼭대기에서 거대한 구멍을 찾았다는 이야기가 있어요. 한번 휩쓸려들면 블랙홀처럼 절대 밖으로 빠져나오지 못하는 깊은 소용돌이를요. 요즘의 서피스웹을 봐요. 온갖 쓸데없는 말과 세일 상품, 스팸 발송자, 호객꾼, 딱히 할 일 없이 키보드를 만지작거리는 사람, 모두 다 자신들이 말하는 경제에 혈안이 되어 있어요. 반면에, 이곳의 깊은 어딘가에는 머잖아 코드로 되어 있는 것과 코드가 없는 것 사이에 경계지대가 생길 거예요. 심연 말이에요."

"그것을 찾는 중이에요?"

"우리들 중 몇몇은요." 아바타들이 썩 적극적이지는 않지만, 그래도 맥신은 무언가를 감지한다. "다른 몇몇은 그것을 피하려고 해요. 무엇에 관심이 있느냐에 따라 달라요."

맥신은 한동안 회랑을 계속해서 돌아다니며, '무작위'라는 말이 여기서 무엇을 뜻하건 간에 무작위로 대화를 시작한다. 그러던 중에 최근에 온 여행객들의 일부는 무역센터 사건의 피난민일 수 있겠다는 오싹한 느낌을 받는다. 직접적인 증거는 없지만, 아마 9·11이 그녀의 마음에 계속 남아 있기 때문일 것이다. 하지만 어디를 둘러봐도, 그녀의 생각에는 사별한 생존자, 국내외 범죄자, 부랑자, 브로커, 그날의 사건에 가담했거나 어떤 사기극의 일부로서 그렇게 했다고 주장만 하는 불법무장단체를 본 것 같다.

실제 사상자로 추정되는 사람들의 경우, 그들의 아바타는 사랑하는 친지들이 그들의 내세를 위해 가족앨범에서 얼굴을 스캔하여 여기에 가져다놓은 것이다…… 어떤 것들은 이모티콘보다도 표정이 풍부하지 않고, 어떤 것들은 파티에 취한 표정부터 시작해 사진 찍기를 쑥스러워하는 표정과 비참할 정도로 슬픈 표정에 이르기까지 다양한 감정을 나타낸다. 어떤 것들은 정적이고, 카르마처럼 순환하는 GIF 애니메이션으로 된 어떤 것들은 한쪽 발로 피루엣 동작을 하고, 손을 흔들고, 결혼식인지 성인식인지 아니면 밤 외출인지 셔터가 깜박일 때 손에 들고 있던 것을 먹거나 마시고 있다.

하지만 서로 사귀고 싶어하는 사람들처럼, 그들은 눈을 마주치고, 웃고, 뭔가를 물으며 머리를 갸우뚱한다. "맞아요, 그게 뭐였죠?" 혹은 "문제 있어요?" 혹은 "지금은 아니에요, 됐죠?". 만약 이것이, 보통 사람들이 생각하듯 죽은 자들은 말할 수가 없기에, 죽은 자들의 실제 목소리가 아니라면, 그게 누구이든 그들의 아바타를 올린 자가 그들을 대신해서 그 말들을 하고 있는 것이고, 그들이 실제 말하는 것처럼 보이는 것은 그렇게 말해주었으면 하고 살아 있는 자들이 바라는 것이다. 몇몇은 블로그를 시작한다. 다른 몇몇은 코드를 입력하고 그것을 프로그램 파일에 더하느라 바쁘다.

그녀는 구석 카페에 들러 어떤 여인, 혹은 여인처럼 보이는 어떤 사람과 알려져 있는 우주의 끝으로 향하는 여정에 대해 대화를 나눈다. "이렇게 아무것도 모르는 사람들이 들어와서 끼어들다보면, 서피스웹하고 다를 게 없어요. 그들 때문에 점점 더 깊숙이, 암흑 속으로 들어가게 돼요. 어느 공간을 넘어서면 그들이 편안해할 거예요. 그러면 바로 그곳이 근원이 존재하는 곳이에요. 성능이 뛰어난 망원경이 더 먼 물리 공간으로, 빅뱅의 순간에 좀더 가깝게 데려다주는 것처럼, 이곳에서도 더 깊숙이 들어가다보면, 접경지대, 더이상 항해할 수 없는 세계의 끝, 아무 정보도 없는 지역에 다가가게 돼요."

"이 프로젝트에서 일하세요?"

"그냥 한번 둘러보러 왔어요. '말씀'이 있기 이전에 시작의 가장자리에서 얼마나 머물 수 있는지 보려고요. 상사병 때문이든, 속이 메스꺼워서든, 다른 무엇 때문이든, 현기증이 나서 쓰러질 때까지 얼마나 오래 들여다볼 수 있는지 보려고요."

"이메일 주소 있어요?" 맥신이 궁금해서 묻는다.

"물어봐주니 고맙네요. 하지만 다시 돌아오지 않을지도 몰라요. 어느날 당신이 수신함을 들여다봐도 내가 없을지 몰라요. 자. 나랑 같이 걸어요."

그들은 우주선으로부터 강도 높은 경질 방사선, 진공, 생명 없는 공간으로 외팔보처럼 위험하게 나 있는 일종의 관측대에 도착한다. "봐요."

누구인지는 몰라도, 그녀는 활과 화살을 지니고 있지 않고, 머리카락도 별로 길지 않다. 하지만 맥신의 눈에는 그녀가 딥아처 시작 화면의 인물과 똑같은 각도로 아래쪽을, 똑같이 공간에 넋 나간 표정으로 무한의 세계를, 눈에 보이지 않는 링크들로 헤아릴 수 없을 만큼 빽빽하게 채워진 허공을 응시하고 있는 게 보인다. "희미한 빛이 있어요. 잠시 후에 보일 거예요. 누구 말로는 빅뱅으로 인한 복사처럼, 한때 어떤 것이었던, 무無에서의 기억의 흔적이래요."

"혹시 당신은—"

"아처냐고요? 아니요. 아처는 말이 없어요."

실제 공간으로 돌아온 맥신은 그 새롭고 곧 알아볼 수 없게 될 딥아처에 대해 누구에게라도 말하고 싶은 마음에 바이어바의 휴대폰으로 전화를 건다. "지하철을 타러 계단을 막 내려가던 참이야. 다시 수신이 되면 내가 전화할게." 맥신은 휴대폰 속임수에 대해 잘 몰라서 그녀의 말을 듣자 불안해진다. 삼십분 뒤에, 본인 말로는 이스트사이드에서 막 돌아오는 길이라는 바이어바가 비니 베이비 인형이 한가득 든 대용량 쓰레기봉지를 끌고 직접 사무실에 나타난다. "시즌 상품이에요!" 그녀가 큰 소리로 외치며, 작은 핼러윈 박쥐, 마녀 모자를 쓴 채 씩 웃고 있는 호박 초롱, 유령 곰, 드라큘라처럼 망토를 입은 곰을 하나씩 꺼낸다. "작은 호박을 들고 있는 소녀 유령 굴리앤이야. 봐, 귀엽지 않아!"

음 오늘 아침따라 바이어바에게서 약간 조증 증세 같은 것이 느껴진다. 이스트사이드가 사람들에게 먼치킨 효과를 확실히 일으킨 것일 수 있다. 하지만 과거의 공인사기조사관 회로가 완전히 작동되기 시작하면서, 비니 베이비 인형은 공적인 이익과는 거리가 있는 어떤 활동을 감추기 위한 수단일 수 있겠다는 생각이 맥신의 머리에 스친다.

사교적으로 하는 저스틴은 어때, 피오나는 어때, 모두 괜찮아, 고마워 등의 말이 오간다. 뭔가 숨기는 게 있는 듯 눈을 깜박이는 것도? "그들…… 내 말은 우리가 요즘 너무 스트레스를 받고 있어, 하지만……" 바이어바는 거리에서 5달러에 파는 라벤더색 렌즈에 금속테 선글라스를 쓰고 있는데, 왜 지금 그러는 것인지 그 이유는 얼마든지 있을 터이다. "뉴욕에 왔을 때, 우리는 모두 너무 순진했어…… 캘리포니아에서는 재밌었는데. 그저 코드를 쓰고, 근사한 해결책을 찾고, 품위를 지키고, 할 수 있을 때 파티를 하고. 그런데 여기에서는 점점 더—"

"어른이 되어가는 것 같아?" 조금은 너무 반사적이다 싶게 말이 나온다.

"맞아. 남자들은 아이들 같아. 우리 모두 알고 있어. 그런데 지금은 그들이 어떻게 해야 멈출 수 있을지 모르는 비밀스런 악에 굴복하는 모습을 지켜보고 있는 것 같아. 그들은 과거의 순수했던 아이들로 남고 싶어해. 그러는 게 눈에 보여. 그런데 이 무시무시한 단

절, 어린아이 같은 희망과 뉴욕이라는 실제 공간의 타락 사이의 단
절이 점점 견디지 못할 지경이 되고 있다고."

디어 애비,[7] 큰 문제를 안고 있는 제 친구가 있는데요……

"자기 말은, 자기가 견디지 못하겠다는 거지…… 여하튼…… 감
정적으로."

"아니," 바이어바가 순간적으로 눈을 마주친다. "작다고 얕보면
큰코다친다는 말처럼, 모두가 견디다 못해 고통스러워하고 있어."
재잘거리면서도 으르렁거리는 말투가 맥신의 업계에서는 아주 흔
한 수법이다. 아마도 돈을 덜 들이고, 이해를 구하고자 하는 요량
일 것이다. 이것은 회계감사원들이 영원히 폐기했다고 생각한 증
거를 끌어내려고 할 때 쓰는 방법이다. 그때 세무서 직원은 사무실
온도조절기의 온도를 끝까지 올려놓고 책상 건너편에 앉아서, 무
표정한 얼굴로 IRS 직인이 찍힌 싸구려 씨가를 피우며 기다린다.

우선은 다른 뜻 없이 던진 말처럼 보이려고 신경을 쓴다. "아마
사업 때문에 힘든가보지?"

"아니. 소스코드로 인한 압박은 더이상 없어. 이제는 그것으로
부터 완전히 벗어났어. 아무한테도 말하면 안돼. 오픈소스로 풀 거
래."

맥신은 그 소식을 처음 들은 척한다. "그냥 줘버린다고? 세금 상
황은 살펴봤대?"

바이어바에 따르면, 어느날 저녁 저스틴과 루커스는 웨스트
50번대 스트리트에 있는 관광 모텔의 불이 환하게 밝혀진 바에 있
었다. 대형 텔레비전 화면은 스포츠 채널에 맞춰져 있고, 몇그루는

---

7 Dear Abby. 1956년부터 애비게일 밴 뷰런(Abigail Van Buren)이라는 필명으로 독
자의 질문에 답해온 미국 신문의 유명한 인생 상담 코너.

키가 6미터나 되는 가짜 나무, 긴 금발머리의 여종업원, 구식 마호가니 바가 있는 술집이었다. 두 동업자는 크라운로열에 바나나 리큐어를 섞은 싸구려 독주를 마시다가, 그 시간대에는 좋게 봐주려 해도 무례한 편인 목소리가 들리자 낯익은 얼굴이 있나 보려고 술집을 훑어봤다. "페르네트 브랑까요, 이왕이면 더블로. 진저에일이랑 같이." 그러자 루커스는 마시던 술을 뱉으며 소리쳤다. "그놈이야! '부어히스, 크루거'의 그 미친 개자식! 우리를 쫓아온 거야. 자기 돈을 돌려받으려고!"

"너 편집증 있는 거 아니야?" 저스틴은 제발 그러기를 바랐다. 그들은 플라스틱 브로멜리아드 뒤에 숨어 눈을 가늘게 뜨고 지켜봤다. 차림새는 근래에 약간 달라졌지만, 몇 해 전 쌘드힐의 어린이용 조립자동차 경주대회에서 옆으로 미끄러지는 것을 본 게 마지막이었던 이언 롱스푼이 분명해 보였다. 지금은 형광아보카도 색깔의 정장에 오클리 엠 프레임 선글라스를 쓴 아담한 체구의 남자가 그에게 다가가고 있었다. 저스틴과 루커스는 그 남자의 정체가 나름대로 심혈을 기울여 위장한 게이브리얼 아이스임을 바로 알아차렸다.

"아이스가 우리의 옛 투자자를 은밀히 만나서 무슨 이야기를 하려는 거지?" 루커스가 물었다.

"저들의 공통 관심사가 뭐지?"

"우리네!" 둘이 동시에 말했다.

"저 칵테일 냅킨을 봐야겠어, 어서!" 그들은 마침 모텔의 보안 담당을 알고 있어서 즉시 그의 사무실로 가 길게 늘어선 CCTV 모니터들을 살펴봤다. 아이스와 롱스푼의 테이블을 확대하자, 화살, 박스, 느낌표, 그리고 L은 물론이고 커다랗게 쓴 J처럼 생긴 글자들로 가득한 물에 젖은 낯선 도식들이 보였다.

"뭔 거 같아?"

"무슨 의미든 있겠지, 안 그래?"

"잠깐. 가만히 보니까……" 그들은 서로 도식을 하나씩 골라 앞 뒤로 반복해서 확대해보던 끝에, 얼마 후 편집증적인 공포에 완전히 휩싸였다. 그러자 보안 담당 친구가 기분이 언짢아진 나머지 그만 나가라고 내쫓았다.

"이 남자들이 내린 결론은," 바이어바가 요약해서 말한다. "아이스가 '부어히스, 크루거' 출신의 그 남자더러 보호 계약조항을 행사해서 사업을 접수한 다음에 자산, 물론 딥아처 소스코드를 자신에게 매각하라고 설득하는 중이었대."

"빌어먹을." 저스틴이 그날 밤늦게 갑자기 침통하게 내뱉었다. "그자가 원하는 게 그거야. 가져가라고 해."

"자네답지 않게, 친구. 다음에 또 실패하면 우리는 어떻게 될까?"

"그럴 일 없어." 저스틴의 목소리가 왠지 약간 울적하게 들렸다.

"어쩌면 나는 그럴지도 몰라." 루커스가 분명하게 말했다.

"다른 곳을 또 만들면 돼."

"저스틴, 이 도시가 우리 머리에 무슨 짓을 하고 있는 걸까? 우리는 이랬던 적이 전혀 없었어."

"캘리포니아였더라도 더 낫지는 않았을 거야. 썩은 건 마찬가지야. 우리는 똑같은 거리를 함께 누비며 다녔던 거야. 거기든 여기든, 결국 어떻게 되는지 알잖아."

엄밀히 말하면 비유대적 유대인 여자이긴 하지만, 바이어바는 남자들끼리 계속 말하게 내버려둔 채, 엄마처럼 왔다 갔다 하며 간

524

식을 내오고 스스로를 성가시게 했다. 그런데 지금은 맥신에게 그러는 중이다. "실패는 무슨. 언젠가는⋯⋯"

자, 사기꾼의 한탄이 시작된다. 맥신은 눈알 굴리기 정복 워크숍을 운영하고도 남을 정도이다. "그런데⋯⋯"

"그런데 만약 그들이 실패한다면, 그러면 그건," 들릴 듯 말 듯 말한다. "내 잘못일 수 있어."

그때 데이토나가 대니시 페이스트리가 가득 든 봉지와 플라스틱 커피병을 들고 들어온다. "어어 바이어바, 무슨 일이에요, 자기!"

바이어바가 쾌활한 척하며 자리에서 일어나 데이토나와 엉덩이를 부딪치며 거의 들어본 적 없는 옛날 노래 「쏠 기짓」[8]의 코러스 여덟마디를 부르자, 데이토나는 그녀를 물끄러미 쳐다보며 한마디 한다. "차라리 「어 화이터 셰이드 오브 페일」[9]을 부르죠. 지금 약간 거식증 환자처럼 보여요. 돼지고기 좀 먹어요! 콜라드그린[10]도!"

"프라이드 피치파이." 바이어바가 힘은 없지만 즐겁게 대꾸한다.

"내 말은," 데이토나가 문밖으로 손을 흔들고 나가면서 말한다. "마요네즈는 넣지 말라고요!"

"바이어바—"

"아니야. 괜찮아. 내 말은 안 괜찮다고. 오, 맥시⋯⋯ 내가 그런 죄의식에 사로잡혀 있는 건가?"

"네가 유대인이 아니라면, 허가증이 있어야 해. 우리는 특허를

---

8 Soul Gidget. 핀천의 전작 『고유의 결함』에 나온 가상의 노래.

9 A Whiter Shade of Pale. 영국 록밴드 프로콜 하룸(Procol Harum)이 1967년에 발표한 데뷔곡. 데이토나가 바이어바의 창백한 안색을 빗댄 것이다.

10 collard green. 미국 흑인들이 고기와 자주 곁들여 먹는 케일 비슷한 야채.

갖고 있잖아."

바이어바가 머리를 가로젓는다. "어떻게 해야 하지? 지금 너무 무서워. 내가 너무 깊숙이 들어간 건가?"

"루커스는? 얼마나 깊숙이 들어갔는데?"

"루커스? 아니? 루커스는 아닌데?" 하도 흥분을 해서 맥신은 무슨 소리인지 못 알아듣는다.

"어오. 우리 지금 다른 사람에 대해서 이야기하고 있는 거야? 다른 누구?"

"제발…… 진심으로 내가 도움이 될 줄 알았어. 피오나, 저스틴, 우리 모두를 위해서. 그가 하는 말이 남자라면 자기만의 계획을 세울 수 있어야 한댔어."

"누군가," 드디어 공룡만 한 비늘이 맥신의 눈에서 덜커덕하고 떨어진다. "딥아처의 소스코드를 손에 넣고 싶어한 누군가가 동업자 중 한명의 부인과 데이트를 하면 문에 발을 들여놓을 수 있을 거라고 생각했네. 내가 지금까지 잘 쫓아가고 있는 거지?"

"맥시, 믿어줘—"

"아니. 그렇게 말한 건 69년 메츠였어.[11] 뉴욕 시민권 시험에 나올 거야. 그런데 그 많은 구애자들 중에서 누가 그런 짓을 시도할 만큼 썩어빠진 걸까? 잠깐, 잠깐. 이제 막 생각나려고 해……"

"너에게 말했더라면 좋았을 텐데. 하지만 네가 그를 너무 싫어해서……"

"모두가 게이브리얼 아이스를 싫어해. 그래서 네가 아무한테도

---

11 1969년에 월드시리즈 우승을 한 미국 프로야구팀 뉴욕 메츠를 말한다. 하지만 "You gotta believe"는 뉴욕 메츠의 투수 터그 맥그로가 1973년에 말한 캐치프레이즈였다.

이야기하지 않았다고 난 생각해."

"게다가 그는 복수심에 불타는 쪼다 새끼야. 만약 내가 관계를 끊었다면, 아마 저스틴에게 모든 것을 말하고, 내 결혼과 내 가정을 망가뜨렸을 거야…… 그러면 난 피오나를 잃고, 모든 게―"

"자, 자, 너무 깊게 생각하지 마. 그건 최악의 경우고. 어떻게 끝날지 몰라. 얼마 동안 사귀었는데?"

"지난여름 라스베이거스에서부터야. 9월 11일에도 잠깐 만났는데, 그것 때문에 상황이 훨씬 더 나빠졌어……"

맥신은 눈을 찡그리지 않을 수 없다. "설마 자기 때문에 그 일이 어찌어찌 일어났다고 말하는 건 아니지? 그건 진짜로 미친 소리야, 바이어바."

"똑같은 종류의 부주의 때문이야. 안 그래?"

"무엇과 똑같다는 건데? 태만한 사람들은 잘 들어 식의 얘기야? 미국이 가족의 가치를 소홀히 해서 알카에다가 비행기를 납치해 무역센터를 무너뜨렸다는?"

"그들은 지금 우리가 어떻고, 무엇이 되었는지를 알고 있었어. 얼마나 나약하고, 얼마나 태만하고, 제멋대로인지를. 그들은 우리를 쉬운 표적으로 생각했어. 그들이 옳았다고."

"아무튼 그게 무슨 인과관계가 있는 건지 모르겠지만, 바로 내 얘기인 것 같네."

"나는 바람을 피운 여자야!" 바이어바가 조용히 흐느낀다.

"아, 그만. 철이 없어 바람을 피운 거겠지."

하지만 이런 상황에서 자세한 이야기 한두개쯤 어떻게 안 들을 수 있겠는가? 가령, 트라이베카에 있는 아이스의 독신자용 안식처, 프로농구 코트만 한 크기의 욕실, 그 안에 특별히 비치된 온갖 브랜드, 크기, 흡수성의 다양한 탐폰, 아주 먼 곳에서 수입해 와서 라벨을 한 글자도 읽을 수 없는 샴푸와 컨디셔너, 머리핀부터 밑에 앉아 있으려면 실제로 그 안으로 기어서 올라가야만 되는 거대한 복고풍 미용실 드라이어, 드웨인 리드의 계산대 옆 진열대를 주유소 남자화장실의 자판기처럼 보이게 만드는 정선된 콘돔들.

"중요한 건," 코를 풀고 나서 바이어바가 말한다. "섹스가 늘 너무나 좋았다는 거야."

"섬세하고, 배려심이 있는 연인이네."

"천만에, 개자식이야. 항문으로 해본 적 있어?"

이런 얘기까지 정말로 듣고 싶은 건가?

델먼스에서 신발을 팔던가?

"그럴 줄 알았어." 안심시키듯이 말한다. "그의 전공이네. 왜 아니겠어?"

34

　핼러윈이다. 14번가 이남에서 이날은 지난 몇년 동안 가장행렬의 텔레비전 보도가 추수감사절의 메이시 백화점 행사에 뒤지지 않을 정도로 도시의 주요 축제로 자리매김하고 있다. 여피들이 주로 사는 저 위쪽의 어퍼웨스트사이드에서는 축제가 구역 전체의 파티로까지 확장되어서, 69번가는 차량이 모두 통제되고, 건물 사이의 통로는 유령의 집, 거리 공연, 음식을 파는 노점 들의 차지가 되어 해마다 더 많은 군중이 찾는다. 맥신은 대개 그곳에서부터 아이들을 데리고 '과자 안 주면 장난칠 거예요'를 하며 여러 아파트 건물 현관을 돌아다니다, 79번가나 때로는 86번가에서 끝마친다. 하지만 올해는 시장이 최근에 시즌용 팝업 가게에서 쉽게 볼 수 있는 고무 가면 같은 이상한 표정으로 모든 지역 채널에 출연하여, 여전히 강경한 어조로, 뉴요커들은 평소처럼 핼러윈을 기념함으로써 테러에 맞서달라고 호소하는데도 불구하고, 9·11 이후의 불안감 때문에 그러한 거리 행사가 줄어들거나 심지어는 취소될 거라는 소문이 돈다.

"재그딥의 가족들도 핼러윈 파티를 하네." 지기가 뭐랄까 약간 비꼬아서 말을 한다.

맥신의 기억으로는 네살 때부터 코딩을 할 줄 알았던 지기의 같은 반 친구를 두고서 하는 말이다. 우연하게도 그 아이는 데저렛에 산다. "딱 맞네. 그곳 전체가 유령의 집이니까."

"데저렛에 무슨 문제 있어, 엄마?" 오티스도 눈을 크게 뜨고 장단을 맞춘다.

"모든 게 다 문제야." 맥신이 대답한다.

"그것 빼고는 괜찮은데." 지기가 조용히 말한다.

"너희들 그 건물에서만 과자 달라고 할 거야?"

"다른 데 갈 필요 없어. 그곳의 핼러윈은 비교가 안돼. 모든 아파트가 서로 다른 공포 주제로 꾸며져 있어."

"그러면…… 재그딥의 누나하고는 아무 상관이 없는 거네. 나이에 비해 몇년은 일찍, 어……"

"망가졌지." 오티스가 슬쩍 말하고는, 불시에 날아온 형의 크라브마가 주먹을 가까스로 피한다. "어차피 그 누나 못 볼걸, 지기. 저기 빌리지에서 파티 중일 거야." 오티스가 도망치자 지기가 쫓는다. "뉴욕 대학 남자들하고만 데이트하니까."

호스트가 한편으로는 히죽거리면서도 무표정한 얼굴로 들어온다. "시리즈가 오늘밤 시작돼. 엘 두께가 선발로 나와서 아마 커트 실링하고 붙을 거야.[1] 집에서 같이 경기를 보면……"

---

1 스페인어로 공작(公爵)을 뜻하는 'El duque'는 당시 뉴욕 양키스 투수 오를란도 에르난데스의 별명. 커트 실링은 당시 애리조나 다이아몬드백스 투수.

"땅콩하고 크래커 잭 팝콘 사줄 거지?"

오티스는 「드래곤볼 Z」의 베지터 분장을 하고 나가기로 이미 결정한 터라, 머리카락 깊숙이 젤을 발라 뿔 모양으로 만들고, '장바구니에 넣기'를 클릭하기가 무섭게 주문 완료되어 배송된, 어떤 이상한 아시아 사이트에서 구입한 은색과 푸른색으로 된 의상을 차려입는다. 지기는 장난감 원숭이가 턱밑까지 붙어 있는 엠파이어 스테이트 빌딩 복장을 하고서 나간다. 바이어바와 저스틴은 사교계의 후원자 자격으로 데저렛에서 그들과 만나기로 한다.

에릭과 드리스콜은 각각 낸드 게이트[2]("나는 모든 것에 '예스'예요")와 영화 「파이널 판타지」의 아키 로스로 분장을 하고서 빌리지의 가장행렬로 향한다. "모두가 꿈꾸는 헤어스타일이에요. 육만 개의 가닥이 하나하나 따로 움직이고 대역폭도 장난 아니에요. 비록 이 가발은," 드리스콜이 짧게 시연 삼아 머리를 흔든다. "되는대로 만든 파생상품에 속하지만 말예요."

"레이철은 이제 끝난 거야?"

"계속 바뀌어요."

하이디가 열대풍의 베이지색 드레스, 헝클어진 짧고 거무스름한 가발, 커다란 금속테 안경에 야광으로 보이는 플라스틱 화환을 목에 걸고서 급하게 잠시 들른다. "어딘지 낯익은 모습인데." 맥신이 하이디를 맞이한다. "누구……더라?"

"마거릿 미드.[3] 하이디가 대답한다. "오늘 같은 도시의 원시적인 밤에 인류학적으로 뛰어드는 기념이야. 전부 다 밖에 있어. 난 완전

<hr>

2 NAND gate. 컴퓨터 논리연산에서 부정곱(Not AND)의 약자. 두 입력값이 모두 '참'이면 '거짓'이 산출된다.
3 Margaret Mead(1901~78). 대중매체에 자주 출연했던 미국의 인류학자.

히 빠져드는 중이야. 커넬 스트리트에서 내가 뭘 찾았는지 봐봐."

"손을 펴봐. 안 보여. 그게 뭐야?"

"디지털 캠코더. 대개는 일본에서만 구할 수 있어. 배터리가 몇 시간은 가. 여분 배터리도 가져와서, 밤새 찍을 수 있어."

"그런데 너 좀 불안해 보여."

"누군들 안 그러겠어. 역사의 모든 순간적인 충동이 매년 하룻 밤에 응집해서 나타나잖아. 어떤 쪽을 찍어야 할지 모르면 어떡 해? 정말로 중요한 무언가를 놓치면 어떡해?"

"내 목소리를 들어봐." 그들이 소녀 시절에 하던 역할놀이다. "너는 히스테리에 빠지지 않을 거야, 침착해, 그래야 착한 공주님 이지."

"오, 레이디 맥시패드, 정말 고마워. 넌 참 현실적이야⋯⋯"

"맞아. 그래서 난 현금인출기로 갔고, 그럴 일이 생기면 보석금 을 지불할 수 있어."

저녁이 되자, 맥신과 호스트는 집에서 가장 큰 휴지통을 꺼내 스 위디시 피시 젤리, 페이데이, 골든버그 피넛 추를 포함한 각기 다 른 상표의 미니 사이즈 캔디로 가득 채워 현관 밖에 내놓은 다음, 문손잡이에 '방해하지 마시오' 표시를 걸어놓고 그만 침실로 물러 나, 핼러윈이 알아서, 즉 어퍼웨스트사이드의 거리가 올해의 남은 기간 동안 더뷰크의 교외처럼 희미해지더라도, 이국적인 그리니치 빌리지의 아메바 속으로 옮겨가게 내버려둔다.

집 안에서는, 저녁과 함께 그들만의 축제가 벌어진다. 맥신은 거 의 한시간가량을 호스트 위에 올라탄다. 물론 아무도 상관할 바는 아니지만, 여러번 시도한 끝에 마침내 호스트와 격렬하게 합을 맞 춘다. 그러고 나서 얼마 지나지 않아, 소리를 죽여놓았던 텔레비전의 어떤 초감각적인 신호에 따라, 그들은 성적 유희 이후의 나른함에서 시간에 딱 맞게 깨어나 데릭 지터의 10회 끝내기 홈런과 또 하나의 명장면으로 남을 양키의 승리를 목격한다. "그렇지!" 호스트는 못 믿겠다는 듯 기뻐서 소리를 지르기 시작한다. "전기영화에 키아누 리브스가 나오면 좋겠네!"

"어오. 당신은 뉴욕이라면 모든 걸 싫어하잖아." 맥신이 그의 기억을 상기시킨다.

"오. 음 차를 몰고 애리조나를 지나가봤어. 애리조나에 전혀 반감은 없어. 다만 양키스에 돈을 약간 걸었거든. 개인적인 생각이야, 정말……" 그러고는 방향 없는 아늑한 대화로 막 빠지려고 한다.

"정말?" 어쩌면 아닐지도 모른다, 호스트는 "잠깐, 애들 내일 학교에 가야 하잖아? 거리로 나가서 다들 어떤지 봐야 할 것 같아."

"그러지 마, 자기. 신나지 않았던 건 아니야. 돼지우리 근처에서 하는 말대로, 새끼돼지 같았지만 달콤했어.⁴ 나중에 하이라이트를 볼까봐."

호스트로서는 이 말이 사랑의 고백임을 그녀도 알고 있다. 그러나 지금 무언가가 그녀를 집으로부터 관심을 돌려 데저렛에, 그리고 그곳에서 특이하게 수직으로 펼쳐지는 소름 끼치는 축제 같은 것에 집중하도록 유도하고 있다.

보름달이 여전히 한쪽으로 약간 치우쳐 아직은 절정에 이르지 않은 상태이다. 소녀 시절의 네메시스⁵였던 수위 패트릭 맥티어넌이 데저렛이라는 글자가 금색으로 박힌 짙푸른 제복을 입고서 입구를 지키는 중이다. 제복의 양 소매에는 갈매기 모양 연공 수장

---

4 '짧지만 달콤했어'의 말장난으로 'short' 대신에 새끼돼지를 뜻하는 'shoat'을 썼다.
5 그리스신화에 나오는 율법을 주관하는 여신.

이, 양 어깨에는 금몰 견장이 달려 있고, 오른쪽 어깨 위로는 금색 장식끈이 늘어져 있다. 그의 명찰은 왼쪽 가슴 주머니 위에 있다. 그것 역시 금색인 것으로 보아, 아마도 핼러윈 분장인 듯하다. 그게 아니라면 세월이 흐르면서, 패트릭이 연공 수장을 추가로 받고, 거기에 덧붙여 기품 있는 노신사의 수훈을 인정받은 것일지도 모른다. 당연히 그는 과거의 기억을 되살려서든, 정체불명의 수영장 손님으로서든, 맥신을 알아보지 못한다. 그녀가 술 취한 십대 무리가 아니라는 사실을 확인하자 그녀를 손짓으로 들여보낸다.

싱의 가족은 10층에 산다. 엘리베이터가 전부 바쁘거나 탑승인원 초과로 인해 고장이 난 모양이다. 맥신은 건강에 유익하다는 주위의 말을 듣고 그냥 계단을 걸어올라가는 쪽을 택한다. 거무스름한 옛 랜드마크가 오늘밤은 확실히 돋보인다. 계단과 복도는 온갖 종류의 자그마한 자유의 여신상, 엉클 쌤, 소방관, 제복 차림의 경찰과 군인, 그리고 말할 것도 없이 슈렉, 뚝딱뚝딱 밥 아저씨, 스펀지밥과 패트릭과 다람쥐 샌디, 아미달라 여왕, 그리고 퀴디치 고글, 그리핀도르 망토, 마녀 모자를 쓰거나 걸친 「해리 포터」 등장인물 들로 바글거린다. 아파트의 문들은 모두 활짝 열려 있고, 안에서 스틸리 댄의 「에인트 네버 고너 두 잇 위드아웃 더 페즈 온」[6]을 비롯해 다양한 음악이 들린다. 세입자들은 평상시처럼 모두 외출 중으로, 수천 달러를 들여 유령의 집 장식, 자외선 조명과 안개 발생기, 공연장 음향, 로봇처럼 움직이는 좀비뿐 아니라 기분 나쁠 정도로 작게 움직이는 살아 있는 배우들, 딘&델루카와 자바스에

---

6 Ain't Never Gonna Do It without the Fez on. 1970년대 미국 록밴드 스틸리 댄(Steely Dan)의 1976년 데뷔 앨범 「로열 스캠」(Royal Scam)에 실린 노래. 줄여서 「더 페즈」라고도 한다.

서 산 과자 세트, 그리고 최고급 디지털 소형 장난감, 에르메스 스카프, 타히티와 크슈타트 같은 곳으로 가는 공짜 비행기표가 들어 있는 선물 꾸러미를 준비해놓은 상태이다.

싱의 아파트에 가보니 프라브누르와 암리타가 빌 클린턴과 모니카 르윈스키처럼 옷을 입고 있다. 고무 가면과 이것저것. 프라브누르가 씨가를 건넨다. 당연히 파란색 드레스를 입은 암리타는 소리가 안 나는 가라오케 마이크를 들고 달콤한 목소리로 "내 방식대로 살았네"[7]를 부르고 있다. 그들은 더할 나위 없이 상냥한 사람들처럼 보인다. 모두가 술에 취해 있다. 바 주위와 뒤편에 쌓여 있는 빈병들로 보아, 대부분 보드까를 마신 것 같다. 하지만 배틀 드로이드[8]처럼 옷을 입은 출장요리 업체 직원들은 또한 샴페인과 필레미뇽 까나뻬와 바닷가재 샌드위치가 담긴 쟁반을 들고 돌아다닌다. 그럼 그렇지, 피카츄 비니 베이비처럼 분장한 바이어바가 맥신에게 다가오더니 말을 쏟아낸다. "정말 훌륭한 분장인데! 몸집이 큰, 다 자란 숙녀 같아!"

"아이들은 지금까지 어때?"

"아주 좋아. 유홀[9]이라도 빌려야 할까봐. 저스틴이 아이들을 데리고 돌아다니면서, 한집 한집 들르고 있어. 대단한 핼러윈이야, 그치?"

"맞아. 내가 왜 이런 계급 적대감을 느끼고 있는지 잘 모르겠지만."

"이 정도 가지고? 2년 전의 앨리 옆 동네처럼? 평균적인 스타트업 파티인데? 자기야, 이건 각주야. 해설이랄까."

<hr>

7 I did it my way. 프랭크 씨나트라의 명곡 「마이 웨이」의 가사.
8 영화 「스타워즈」 시리즈에 나오는 전투로봇.
9 U-Haul. 트럭, 트레일러 등을 렌트해주는 업체.

"뉴욕에 너무 오래 있었어, 바이어바. 말하는 게 꼭 우리 아버지 같아."

"저스틴이 휴대폰 갖고 있어. 내가 전화해서—"

"여기는 데저렛이야. 행성 밖이라 로밍 요금이 감당 못할 정도로 나올지 몰라. 그냥 나가서 돌아다녀볼게, 고마워."

맥신은 조금도 호감을 느껴본 적 없는, 퇴마술을 하기에는 이미 너무 늦은 건물로 다시 나온다. 100년 전 조랑말이 끄는 배달 마차가 이곳의 거대한 수압승강기를 타고 올라가 세입자들의 문간에 직접 우유 캔, 밀가루 포대, 샴페인 상자를 배달했던, 거리처럼 생긴 복도를 따라 걸으며, 오늘밤 맥신은 크리스털 호수 야영장,[10] 미라의 무덤, 모두 흑백으로 된 프랑켄슈타인의 아르데코 실험실의 정교한 모조품들을 발견한다. 세입자들의 환대가 진취적인 편이다. 얼마 후 눈썹을 치켜올릴 겨를도 없이, 어느새 그녀는 아이가 들기에는 너무 무거운 핼러윈 약탈물이 가득 담긴 자루를 질질 끌며 걷는다.

저녁이 깊어가자, 드나드는 사람들의 평균연령도 높아지고, 분장에서도 눈 화장, 반짝이, 그물 스타킹, 두개골에 박힌 도끼, 가짜 피가 훨씬 더 강조된다. 어쩔 수 없이 누군가는 오사마 빈라덴으로 변장을 하고 있고, 맥신은 그들 중 두명이 미샤와 그리샤라는 사실을 원하는 것보다 더 일찍 알아차린다.

"우리는 세계무역센터로 분장하려고 했는데," 미샤가 설명한다. "오사마 빈라덴이 훨씬 더 공격적일 거라는 결론을 내렸어요."

"그런데 어째서 빌리지에는 안 가는 거야? 텔레비전에서 방송

---

10 영화 「13일의 금요일」의 배경인 여름 캠프.

중인데?"

그들은 '저 여자 믿어도 돼' 하는 표정을 서로 교환한다.

"이유가 있을 거야," 그녀가 추측한다. "공적인 거 말고 사적인."

"빌어먹을 핼러윈이잖아요, 네?" 그리샤가 말한다.

"존중을 표하는 거예요." 미샤가 설명한다.

누구에게? 이곳 데저렛에서 그 대상은 당연히 오늘밤의 진짜 핼러윈 유령인 레스터 트레이프스, 어떤 쪽이 먼저이든 빚을 갚을 때까지 혹은 영원히, 100년 된 복도를 떠돌아야만 하는, 마무리되지 않은 과제를 남긴 정체불명의 탄도형 칼의 희생자 레스터밖에는 없다. 레스터는 뼛속까지 앨리인 실리콘 앨리의 사람이었다. 앨리에서 이야기들은 달콤하기는커녕 그렇게 짧지도 않다. 그곳의 이야기들은 최근 들어 퇴색했지만 매스컴이 좋아하는 꿈의 무대일 뿐 아니라, 가장 최근에는 '사실 피하는 게 상책인 뉴욕 앨리'의 전통에 입각한, 정신적으로 불안정한 목소리들로 가득한 그림자, 석조 건물에서 흘러나오는 메아리, 도시의 황량함이 담긴 울음소리, 바람에 흔들리는 오래된 쓰레기통보다 덜 순수한 금속성 소음이기도 하다.

"너희들 레스터와 친구였어? 사업을 같이 했어?" 혹은 다른 식으로 말해서, 어떤 세속적인 관계라도…… 만약 그게 핵심이 아니라면, 그리고 그 관계가 결코 세속적인 게 아니라면. 빌어먹을 핼러윈.

"레스터는 밑바닥 인간들[11]의 동료였어요." 미샤가 변변찮은 소리에 멋쩍어진 사람처럼 얼굴을 약간 붉힌다. "온 천지의 쓰레기 같

11 (러) podonok.

은 해커들의 친구였거든요."

"구소련을 포함해서 말이지." 그녀에게 문득 생각이 떠오른다. "혹시 무슨 비밀경찰 임무라도 되는 거야?"

미샤와 그리샤가 킥킥 웃으면서 서로의 얼굴을 쳐다본다. 알고 보니, 누가 먼저 정신을 차리고 망자에게 존중을 표할지 서로 눈치를 보는 중이다. 감옥에서 흔히 하는 일이다.

"너희 둘," 맥신이 조심스럽게 찔러본다. "정말로 모스끄바의 민간인 해커 학교에 다녔었지, 안 그래?"

"움니끄[12] 아카데미!" 미샤가 큰 소리로 말한다. "그 친구들이에요, 아니, 어어!"

"우리는 아냐! 우리는 애송이에 불과해요!"

"보브루이스크[13] 출신의!" 미샤가 열렬하게 고개를 끄덕인다.

"심지어는 키보드 앞에 앉아 있을 줄도 몰라요!"

"내가 뭘 캐내려는 게 아니라, 단지 레스터가 너희도 반드시 알아두어야 하는, 사실상 미국의 컴퓨터 보안정책과 동의어인 게이브리얼 아이스와 충돌이 생겼을 수도 있다는 거야. 그래서 러시아 정보국도 당연히 그의 활동에 관심을 갖게 됐을 테고."

"그가 이 건물을 소유하고 있어요." 그리샤가 말을 불쑥 내뱉었다가 그의 조수의 눈총을 받는다. "만약 그가 오늘밤 여기에 있다면, 우리는 그와 마주칠지 몰라요. 그 혹은 그의 사람들 중 하나와. 아마 그들은 오사마 쌍둥이를 보고 싶어하지 않을 거고. 누가 알겠어요? 일종의「모탈 컴뱃」게임처럼 될지."

---

12 UMNIK. 젊은 과학 연구자들을 지원하는 Member of the Youth Research and Innovation Competition의 러시아어 약자.
13 바브루이스크라고도 하며 벨라루스 동부에 있는 도시이다.

맥신은 속으로 메모를 한다. 이고르를 슬쩍 찔러볼 것. 그는 분명히 이게 다 무슨 일인지 알고 있을 거야. 가상의 포스트잇에 읽기 어려운 글씨로 갈겨쓰고서, 거의 쓰지 않는 뇌 한쪽에 붙인다. 이내 떨어지더라도, 미미하지만 계속 두고 보면 언젠가는 쓸모가 있을 것 같아서다.

아직 중학교 들어갈 나이도 아닌 듯한 화려한 프랑스 가정부, 거리의 창녀, 그리고 어린 여왕이 덜덜 떨며 계단을 올라온다. "봐! 내가 뭐라 그랬어?"

"오 세상에나?"

"힉, 오싹한데?"

미샤와 그리샤는 환하게 웃으며 손을 가슴에 올리고는 가볍게 묵례한다. "타 초 칼란 예이?"[14]

"타 주마트 타 제이?"[15]

꼬마 숙녀들이 깜짝 놀라서 뒷걸음치며 계단을 내려가자, 미샤와 그리샤는 그들을 향해 큰 소리로 다정하게 말한다. "와 알라이쿰 유 살람!"[16]

"히브리어야?" 맥신이 묻는다.

"파슈토어예요. 그들의 평화를 기원하는 말이에요. 그리고 나이는 얼마인지, 규칙적으로 모스크에 다니는지 물었어요."

"저기 우리 애들이 오네."

지기의 엠파이어스테이트 빌딩 복장에는 스프레이로 그래피티가 그려져 있다. 그리고 누군가가 레드삭스의 미니 기념품 모자를

---

14 "Tha tso kalan yee?"
15 "Tha jumat ta zey?"
16 "Wa alaikum u ssalam!"

킹콩의 머리에 씌워놓았다. 오티스의 머리카락은 아직도 반항적으로 곧게 뻗어 있다. 그리고 신사답게 피오나의 가방을 자기 것과 함께 끌고 있다.

"피오나, 옷이 멋진데. 그게 뭐더라? 네가 분장한 것은—"

"미스티?"

"포켓몬에 나오는 여자아이구나. 그러면 이것은—"

피오나의 친구 임바는 미스티의 늘 우울해하는 친구 고라파덕 분장을 하고 있다.

"동전을 던져서 정했어요." 피오나가 말한다.

"미스티는 체육관 리더예요." 임바가 설명한다. "그런데 그애는 참을성에 문제가 있어요. 고라파덕은 힘은 있는데, 항상 슬퍼요." 그녀와 피오나는 S. Z. 싸칼[17]처럼 각자의 머리 양쪽을 동시에 잡고 원작처럼 "파덕, 파덕" 하고 소리를 낸다. 고라파덕이 일본 만화 캐릭터이기는 하지만 유대인일 수도 있겠다는 생각이 맥신의 머리를 스친다.

"안녕하세요, 기술지원팀입니다. 제가 좀 망가트려도 될까요?" 오늘밤 저스틴은 딜버트의 권력욕에 눈먼 개 도그버트[18]로 분장하고서 투명한 안경 대신에 남색 선글라스를 끼고 있다. 맥신이 모두를 소개한다.

"당신이 바로 그 저스틴 매켈모예요?" 맥신은 이 무리들 중 누군가가 '바로 그'라고 말하는 소리를 처음 듣는다.

---

17 S. Z. Sakall. 헝가리계 유대인 배우 겸 감독. 영화 「카사블랑카」 「애수의 이별」 등에 단역으로 출연했다.

18 Dogbert. 미국의 연재만화 「딜버트」(Dilbert)에 나오는 주인공 딜버트의 말하는 개. 기술지원 업무뿐 아니라 변호사, 상담사, 토크쇼 진행자 등 수많은 역할을 수행한다.

"모르겠어요. 밖에 나가면 그런 이름을 가진 사람들이 많이 있을 거예요."

"딥아처의 저스틴 말이에요." 그리샤가 좀더 자세하게 밝힌다.

"그냥 게임보이를 좋아하는 두 팬이에요." 맥신이 작은 소리로 말한다.

"거기에 들어가봤어요? 얼마나 됐는데요?" 저스틴이 놀랐다기보다는 궁금해하며 묻는다.

"아마 9월 11일일걸요? 그 전에는 해킹하기가 훨씬 더 어려웠어요. 그런데 갑자기, 테러 공격이 있던 날에는, 좀더 쉬워졌죠. 그뒤로는 다시 불가능해졌어요."

"그래도 아직까지 들어가나봐요."

"나올 수가 없어요!"

"아주 끝내주던데요."[19] 그리샤가 히죽히죽 웃는다. "항상 새로운 이야기, 새로운 그래픽이 있어요, 매번 다른."

"모든 게 진화하고 있어요." 미샤가 말한다. "말해줘요, 저스틴. 당신이 그런 식으로 고안했어요?"

"진화한다고요?" 저스틴이 놀란 표정을 짓는다. "아니요. 일정한 것으로, 그러니까, 초시간적인 것으로 설정해놓았을 뿐인데요? 피신처로요. 역사로부터 자유로워지는 게 루커스와 내가 바라던 거예요. 당신들이 보고 있다는 게, 뭐죠?"

"늘 보는 쓰레기들이에요." 그리샤가 말한다. "정치, 시장, 탐험, 갈취."

"게이머들을 위한 시나리오가 아니에요, 이해하죠. 거기에서는

---

19 (러) Pizdatchye.

게이머여서는 안돼요. 여행자들이어야 해요."

이제 명함을 주고받아도 충분할 분위기다.

또다른 허튼소리로 옮겨가기 전에, 두 조직원은 맥신을 한쪽으로 잡아끈다. "딥아처, 당신도 알고 있었네요. 당신도 거기에 가봤군요."

"음," 맥신은 손해 볼 것 없다고 생각한다. "저기, 그냥 코드 같은 거잖아?"

"아니! 맥신, 아니에요!" 순진한 믿음 혹은 미쳐 날뛰는 광기로. "그곳은 실제 장소예요!"

"그곳은 피난처예요. 당신이 가장 가난하고, 집도 없고, 가장 비참한 죄수, 사형선고를 받은 죄수여도 상관없는—"

"죽은 자들의—"

"딥아처가 늘 당신을 받아들여서, 안전하게 지켜줄 거예요."

"레스터," 그리샤가 수영장을 향해 두 눈을 계단 쪽으로 치켜뜬 채 속삭이듯 말한다. "레스터의 영혼도. 알죠? 옥상의 스팅어 미사일 팀. 그거." 그러고는 고개를 저 밖의 만성절 전야로, 무역센터가 서 있었던 저 먼 시내를 향해, 불이 환하게 켜져 있거나 반만 켜진 거리의 가면을 쓴 눈에 보이지 않는 수십만 축제 인파를 지나, 섬의 아랫자락에 냉전의 이름이 적힌 지독한 악취를 풍기는 구덩이를 향해 돌린다.

맥신은 고개를 끄덕이며, 이해할 수 없는 것을 이해한 척한다. "고마워. 조심해서 다녀, 친구들." 그녀는 이미 토이셔 트러플을 허쉬 키세스처럼 먹어치우고 있는 지기와 오티스를 데리고, 데저렛의 으스스한 현관 밖으로 나와 집으로 향한다.

"다들 근사한 저녁 보내요." 패트릭 맥티어넌이 큰 소리로 말한다.

네, 그런데 그 작은 요정의 춤도 있었으면 좋았을 텐데.

542

호스트는 아직 안 자고 「미하일 바르시니꼬프 스토리」의 앤서니 홉킨스를 완전히 넋이 나간 채, 숟가락으로 뜬 어번 점블 아이스크림이 입에서 30센티미터 떨어진 거리에 그대로 멈춰 있다가 신발로 뚝뚝 떨어지는 것도 모르고 바라보고 있다.

"아빠, 아빠! 멈춰!"

"너희도 보려고?" 호스트가 눈을 깜박인다. "올드 한니발이 열정적으로 춤추고 있어."

핼러윈 인류학 탐험을 마친 뒤에 하이디가 다른 사람이 되어서 다시 나타난다. "모든 시대의 아이들은 광범위한 대중문화의 순간을 연기하지. 모든 것은 단일한 현재시제로 무너지고, 모두 동시에 이루어져. 모방과 연기." 얼마 후 그녀는 약간 앞뒤가 맞지 않게 될지도 모른다. 어떤 것의 완벽한 복사를 어디에서도 보지 못했던 터이다. "오, 나는 나 자신으로서 살아갈 뿐이야"라고 말한 사람들조차도 자신들을 진짜와 똑같이 옮기지는 못했다.

"우울해. 코믹콘이 독특하다고 생각했는데, 이게 진실이었어. 마우스를 한번 클릭하기만 하면 모든 게 거기에 다 있어. 모방은 더이상 가능하지 않아. 핼러윈은 끝났어. 사람들이 그렇게까지 똑똑해질 줄은 전혀 몰랐어. 앞으로 우리는 어떻게 될까?"

"그리고 너는 비난하는 사람의 입장일 테니……"

"오, 내가 비난하는 것은 빌어먹을 인터넷이야. 진심이야."

이고르와의 통화를 기다려온 것은 아니다. 그와 게이브리얼 아이스 사이에 무슨 대단한 업보가 있든 간에, 그녀는 안에 간직하고 싶었던 그녀만의 일상 너머에서 슬쩍 날아온 미샤와 그리샤 때문에 아예 불가능하게 되기 전까지는 그것을 의도적으로 피하고 있었다. 게다가 두 들뜬 조직원은 어떤 숨은 이유로 해시슬링어즈를 몰래 추적해온 것 같다. 그래서 세부적인 것은 크게 기대하지 않지만, 그녀로서는 그 이유가 뭔지 알아낼 필요가 있다.

이고르가 들떠 있다. 지나칠 정도다. 이 전화를 평생 기다려온 사람 같다.

"잠깐, 이고르. 누가 레스터를 그랬는지 알아내라고 나에게 돈을 준 사람은 없는 것 같은데."

"누가 그랬는지 알고 있잖아. 나도 그렇고. 경찰들은 행동에 나서지 않을 거야. 그것의 핵심은 결국……" 내가 나머지 말을 채워주기를 바라는 건가?

"정의지."

"회복이지."

"그는 죽었어. 무엇을 회복한다는 거야?"

"놀랄 텐데."

"제발 그러고 싶어. 만약 그것이 KGB의 소관이고 당신과 당신의 일당은 파견된 요원들이라면 특히 더 그럴 거야."

잠시 흐르는 침묵에 그녀는 흐뭇해한다. "더이상 KGB라고 안 불러. FSB라고 하지. SVU라고 하기도 하고.[20] 푸틴 이후로, KGB는 정부의 늙은 관료들을 의미해."

"뭐가 됐든 간에. 아이스는 반۶지하드파의 자금 형성에 깊이 관여했어. 러시아는 러시아대로 이슬람 문제 때문에 골치를 앓고 있고. 두 나라가 서로 협력한다고 상상하면 너무 막 나가는 걸까? 레

---

20 FSB는 러시아 연방안보국(Federal Security Service)의 약자. SVU는 러시아 해외 정보국 SVR(Sluzhba vneshney razvedki)의 오기로 보인다.

스터가 무단으로 보너스를 챙기기 시작하자 화가 난 거고?"

"맥신. 아니야. 단지 돈 때문만은 아니었어."

"뭐라고? 그러면 뭔데?"

십초 같은 일초가 흐른다. "그는 너무 많은 걸 봤어."

그녀는 영원한 9월, 레스터와 마지막으로 만났던 때를 떠올려본다. 그녀가 놓친 이야기, 깜박한 것, 무언가가 틀림없이 있었다. "만약 그가 자신이 본 것을 이해했다면, 다른 누군가에게 말하지 않았을까?"

"그러려고 했지. 내 휴대폰으로 전화를 걸어왔어. 그들에게 붙잡히기 전날 밤에. 그의 전화를 받을 수가 없었어. 음성사서함에 긴 메시지가 남겨져 있더군."

"당신의 휴대폰 번호를 갖고 있었군."

"모두들 갖고 있지. 사업을 하려면 어쩔 수 없어."

"어떤 메시지였는데?"

"완전히 정신 나간 소리였어. 검은색 에스컬레이드가 그를 롱아일랜드 고속도로 밖으로 떨어트리려 한다나. 부인에게 전화가 걸려오고, 아이들이 협박을 당한대. 그는 나, 나의 사람들이 관련 있을 거라 생각했나봐. 서로 이해하게 중간에서 도와달라더군."

"가령 무엇을……"

"그는 자기가 본 것을 잊었다. 그들은 그를 죽이지 않는다. 행운을 빈다."

"그가 본 거라면……?"

"그때 그는 미쳐 있었어. 그들은 이미 그의 정신 줄을 쥐고 있었고, 굳이 죽일 필요가 없었지. 회복돼야 하는 게 한가지 더 있어. 당신은 현실의 인과관계를 원해. 미안하지만 여기서는 모든 게 책에 적힌 대로 되지 않아. 레스터가 말하더군. '나에게 남은 유일한 선택은 딥아처뿐이야.' 딥아처 사이트에 대해서 **빠돈끼**들로부터 들은 적이 있어. 그래서 그게 무엇인지는 대충 아는데, 그가 한 말은 무슨 뜻인지 모르겠어."

은신처. 한편 그녀는 그를 죽인 살인자들 중 한명에 의해 놀림을 당하는 중이었다.

뉴욕시 마라톤 대회가 열리는 날. 잔학한 사건이 발생한 지 7주가 지났지만, 그 무서웠던 날의 여운은 아직도 생생해서 애국적인 분위기로 이어진다. 수천명의 주자들이 그러한 사건이 다시 일어날 가능성에 굴하지 않고 9·11과 그 희생자들을 추모하기 위해 거리로 나온다. 최고 수위의 보안이 가동되어 베라자노 다리는 철통 경비 중이고, 항구 전체의 교통은 통제되며, 쉬지 않고 계속 감시하는 헬리콥터를 제외하고 머리 위 상공에는 아무것도 보이지 않는다.

정오 무렵, 근처 중학교에서 매주 열리는 벼룩시장으로 가는 길에 맥신은 처음에는 한명씩, 그런 다음에는 잇따라서, 슈퍼히어로 사업이 이곳에서 갑자기 싸구려가 되었는지, 마일러²¹ 망토를 걸친 채 공원에서 넘어오기 시작하는 여피들을 발견한다. 77번가와 콜럼버스 애비뉴가 만나는 길모퉁이에서 그들은 군중으로 바뀌더니 사방에서 와 하고 외치고 소리를 지르고 껴안고 깃발을 흔든다.

번쩍이는 공식 망토로 보아 마라톤을 막 완주하고 회복 중인 듯한 다른 주자들과 함께 기진맥진한 채 벽에 등을 기대고 인도에 앉

21 은박 또는 금박으로 된 폴리에스테르 필름의 일종의 상품명.

아 있는 윈더스트가 보인다.

웨스트사이드 외곽에서 뜨거운 저녁시간을 보낸 뒤 얼굴을 마주 보는 것은 이번이 처음이다. "나를 봤다고 아무한테도 말하면 안돼요." 아직도 약간 숨이 찬 목소리다. "그건 범죄예요. 특히 9·11이 있고 나서 얼마 되지도 않았는데, 너무 많은 죽음이 이미 주위에 산재한데, 굳이 더 많은 죽음을 맞이한다는 건? 그건 그렇고," 피곤하다는 듯 손을 내젓는다. "여기서 이렇게 만나네요." 그 것은 물론 그가 거리에서 누군가로부터 기념품 망토를 산 게 아니고 맥신은 또다시 속기 위해 이곳에 와 있는 게 아닐 때의 이야기이다.

"나한테는 너무 깊었어요."

능글맞게 음흉한 웃음을 짓는다. "그래요, 기억해요."

"반대로, 가끔은 1센티미터가 정말 과할 때가 있죠. 괜찮아요. 달리기를 해서 기분이 좋아졌나봐요. 일어날 수 있겠어요? 커피 한잔 살게요." 그럼 그렇지, 왜 안 그러겠어, 맥신, 치즈 대니시도 사지 그래? 내가 정신이 나간 건가? 이것은 결코 해서는 안 될 일이다. 그러나 어둠속에 가만히 앉아 있던 유대인 엄마의 본성이 이 순간을 노리고 갑자기 벌떡 일어나, 스컬리&스컬리에서 산 운치 있는 램프를 켜고는, 맥신의 허를 찔러 또다시 창피한 에페스 에센[22]식 배려를 드러내게 한다. 잠시 그녀는 윈더스트가 너무 지쳐 있기를 기대해본다. 그러나 체력단련이 잘되어 있는 그는 바로 일어서고, 그녀가 핑곗거리를 생각하기도 전에 그들은 콜럼버스의 복고풍 간이식당에 앉는다. 이곳은 근처 지역이 한창 잘나가던

---

[22] Eppes Essen. 가정식 유대요리 식당 체인점으로 '먹을 것 좀 줄게요'라는 뜻의 이디시어이다.

80년대에 생긴 식당으로, 지금은 하위문화의 역사를 찾아다니는 관광객들에게 더 인기가 있다. 오늘따라 식당 안은 카페인을 보충 중인 마라토너들로 북적거린다. 하지만 아무도 지나치게 큰 소리로 말하지는 않아서, 대화의 가능성은 여느 때와 달리 최소한 반반이다.

윈더스트는 어떤 종류의 전前에 해당될까 맥신은 생각해본다. 전 섹스 파트너, 전 실수, 전 조루, 그밖의 알 수 없는 전 미지수 같은 존재? 이제 그녀는 그런 일이 전혀 일어나지 않은 것처럼 행동해야 한다. 하지만 이 요란한 형광색 폴더 아이콘 같은 자가 눈을 깜박이며 미결산 계정처럼 그녀를 쳐다보고 있다.

바깥의 군중들이 창문을 밀고 들어와 서로 축하의 인사를 외치고, 소란스럽게 웃어젖히고, 볼이 터질 정도로 먹고, 망토를 과시한다. 승리의 홈 화면에서 윈더스트만이 유일한 불만의 픽셀이다. "하, 아랍인들에게 본때를 보여주었다고 생각하나봐요. 저들을 봐요. 9·11을 소유하고 있다고 믿는 무지한 군중이 따로 없어요."

"이봐요, 그러면 왜 안되죠? 그들은 당신들에게서 샀어요. 우리 모두가요. 당신들은 우리만의 소중한 슬픔을 가져다가, 가공해서는, 마치 다른 상품인 것처럼 우리에게 되팔았어요. 뭐 물어봐도 돼요? 모든 것이 변한 그날, 어디에 있었어요?"

"내 작은 칸막이 사무실에서, 타키투스를 읽고 있었어요." 전사 겸 학자다운 일상이다. "그는 네로가 로마에 불을 지르지 않았으며 그 책임은 기독교인들에게 있다고 주장한 사람이에요."

"왠지 들어본 것 같아요."

"당신들은 이것이 모두 위장범죄라고 믿고 싶어해요. 어떤 보이지 않는 슈퍼 팀이 정보를 위조하고, 아랍에 관한 소문을 지어내고, 항공교통, 군사통신, 민간 뉴스매체를 통제한다고. 모든 것이 조금의 오차나 오작동 없이 맞물려 돌아가서 비극적인 참사 전체가 테러 공격인 것처럼 보이게 꾸민 거라고 말이에요. 제발. 사람 마음을 아프게 하는 나의 현명한 민간인에게 부탁할게요. 있잖아요. 이쪽 업계의 어느 누구도 그렇게 솜씨가 좋지 않아요."

"이 일로 더이상 지나치게 흥분할 필요가 없다고 말하는 거예요? 음. 그렇다고 해도 마음이 놓이지는 않아요. 그사이에 당신들은 원하는 것을 가졌으니까요. 테러와의 전쟁, 끝없는 전쟁, 그리고 엄청난 수의 고용보장을요."

"누군가는 그럴지도 모르죠. 난 아니에요."

"폭력단 전문요원은 더이상 수요가 없나봐요? 저런."

그는 아래쪽을, 자신의 복부, 성기, 시간을 비켜가지 못한 눈을 자극하는 색상의 오래된 미즈노 웨이브 운동화를 내려다본다. "무엇보다 은퇴가 얼마 안 남았어요."

"당신 같은 사람들에게도 출구 옵션이 있어요? 농담 그만하고요."

"음…… 출구가 무엇이냐를 고민하면서, 개인적으로들 준비하려고 하죠."

"예비비를 모아둔다든가, 플로리다키스 제도, 아이스박스에 도스 에끼스[23] 같은 것을 가득 채워놓은 소형 보트……"

"나는 좀더 구체적이면 좋겠는데."

마빈이 지난여름에 가져다준 플래시드라이브의 파일에 따르면, 윈더스트의 포트폴리오는 제3세계 일대의 민영화된 국가 자산들로 빽빽하다. 그녀는 인적 없는 과거 식민지 지역의 몇몇 축복받은

23 Dos Equis. 멕시코 라거 맥주.

대지, 그게 무엇을 뜻하든 간에 감시망 바깥의 '안전한' 어딘가, 미국의 공작에 의한 정권 교체, AK 소총을 든 아이들, 산림 파괴, 폭풍우, 기근, 그리고 다른 후기자본주의의 전지구적인 부당함으로부터 어떻게든 벗어나 있고…… 최후의 톤토[24]처럼 그가 믿을 수 있는 누군가가 세월이 흘러가도 그를 위해 주변을 계속 감시해주는 어딘가를 상상해본다…… 자료에 다양하게 기록되어 있는 윈더스트의 전력으로 볼 때 그러한 충성심이 가능할까?

그녀는 이러한 생각에 빠지기 전에 오늘 그의 두 눈에 비친 어두움, 오랜 피로 너머의 결핍을 알아차렸어야 한다. '은퇴'는 완곡어법이고, 그녀는 왠지 그가 이곳의 중년을 위한 심장강화 피트니스 프로그램에 등록했을 것 같지는 않다. 생각할수록 이 자리는 그가 떠나기 전에 해결해야 하는 소소한 일들을 끝마치기 위한 점검표처럼 느껴진다.

그렇다면, 맥신으로서는 아무 생각 없이 즐긴 그 밤의 데이트로 족하며, 잘 짜인 하루의 벌어진 이음매 사이로 차가운 바람이 불어오고, 여기에 더이상 투자할 만한 가치가 없음을 느낀다. "자, 얼마나 먹었어요? 셋? 특대 카푸치노, 거기에 베이글……"

"베이글 세개, 그리고 덴버 오믈렛 딜럭스, 당신은 플레인 토스트와……"

밖으로 나온 두 사람은 점잖게 인사를 나누고 헤어질 방법을 찾지 못한다. 삼십초의 침묵이 또다시 흐른 뒤에, 그들은 결국 고개를 끄덕이고 서로 다른 방향으로 돌아선다.

집으로 가는 길에 그녀는 근처의 소방서를 지나간다. 소방관들

---

24 Tonto. 미국의 전통 서부극에서 조수로 자주 등장하는 원주민 출신의 인물.

이 소방차 한대에서 일하고 있다. 맥신은 페어웨이에서 엄청난 양의 식재료를 사려고 장을 볼 때마다 마주치는 한 남자를 알아차린다. 그들은 서로 웃으며 손을 흔든다. 귀엽게 생긴 친구이다. 다른 상황이었다면……

물론 그런 상황은 흔치 않다. 그녀는 인도 위에 매일 쌓이는 꽃다발 사이를 지나간다. 얼마 후면 치워질 것들이다. 9월 11일에 목숨을 잃은 이곳 소방관들의 명단은, 세상의 눈에 띄지 않게 좀더 친밀한 곳에, 하지만 누구든 보고 싶으면 요청할 수 있게 보관되어 있다. 때로는 그러한 것들을 옥외 게시판에 붙이지 않는 게 좀더 경의를 표하는 방법이다.

만약 급여나 명예 때문이 아니라면, 그리고 어떨 땐 돌아오지 못할 수도 있다면, 그러면 무엇일까? 무엇 때문에 이들은 건물 안으로 들어가서, 이십사시간 교대로 일하고도 계속해서 또 일하고, 계속해서 위험한 폐허 속으로 몸을 던지고, 철근 사이로 불을 비춰 사람들을 안전한 곳으로 데리고 나오고, 다른 사람들의 절단된 신체를 수습하고, 그러다 결국 본인은 병에 걸리고, 악몽에 시달리고, 멸시받고, 죽고 마는 것일까?

그것이 무엇이 되었든, 윈더스트는 그것을 알기나 할까? 일어나고 있는 현실로부터 얼마나 멀리 벗어난 것일까? 어떤 은신처를 찾아다니는 것일까? 만약 그러한 게 있다면, 어떠한 것일까?

추수감사절이 다가오면서, 도심 일대는 테러리스트의 잔인한 만행 혹은 뭔가가 일어났든 말든 원래의 견디기 힘든 모습으로 돌아와, 추수감사절 전날 밤에 절정을 맞이한다. 거리와 인도는 메이시 백화점의 퍼레이드를 위한 풍선 바람 넣기 행사를 보려고 시내로 몰려든 사람들로 발 디딜 틈이 없다. 곳곳에 경찰이 서 있고, 경계가 삼엄하다. 모든 간이음식점 앞으로 줄이 문밖까지 늘어서 있다. 평소에는 안에 들어가서 가져갈 피자를 주문하고 길어봐야 굽는 데 걸리는 시간 정도만 기다리면 되는 가게들인데, 지금은 적어도 한시간씩이나 늘어지고 있다. 인도 위의 사람들은 걸어다니는 메르세데스처럼 서로 안하무인으로 부딪치고, 고함지르고, 심지어는 빈말로라도 이 지역 특유의 완곡어구인 "실례합니다"조차 하지 않고 앞으로 밀치고 간다.

오늘 저녁 맥신은 이러한 전형적인 뉴욕시의 모습을 보이는 인파 속으로 나가, 일레인이 요리하리라는 생각에 칠면조값을 지불하고, 함께 곁들일 재료들을 72번가 쪽에 위치한 고급 식료품점 크러미라지에서 예약주문하는 실수를 저지른다. 저녁식사 후 들렀을 때 그곳은 사람이 가장 많은 시간대의 지하철보다 추수감사절 축제 음식을 장만하러 온 근심 어린 시민들로 더 붐빈다. 칠면조 줄은 평소보다 여덟배 혹은 열배 더 많이 겹쳐 있고, 줄어드는 속도도 매우, 매우 더디다. 사람들은 벌써부터 서로 소리치고 있고, 선반 위의 모든 물품처럼 예의범절은 거의 동이 난 상태이다.

연쇄 새치기범이 칠면조 줄을 따라 앞으로 움직인다. 사교술이라는 걸 갖고 있다 해도 수준에는 못 미치는 덩치 큰 백인 남자가 사람들 한명 한명에게 길을 비키라고 윽박지른다.

"잠시만요?" 그가 맥신 바로 뒤에 서 있는 노부인 앞으로 밀치고 들어오며 말한다.

"이 새치기가." 노부인이 고함을 지른 뒤 숄더백을 내려 휘두를 채비를 한다.

"다른 곳에서 왔군요." 맥신이 그 무례한 남자에게 말한다. "여기 뉴욕에서는요, 그렇게 행동하면? 중죄예요."

"바빠서 그래, 이 아줌마야. 그러니까 뒤로 물러나. 바깥에서 한 번 붙고 싶지 않으면."

"오. 결국 이러려고 그 난리를 친 거군요? 있잖아요, 저기 가서 기다려요, 알겠죠? 오래 걸리지 않을 테니까, 약속해요."

남자의 표정이 분노로 바뀐다. "집에 먹여야 할 아이들이 한가 득─" 그때 짐 싣는 곳에서 누군가가 지르는 소리에 그의 말이 끊긴다. "야 이 재수 없는 놈아!" 사람들의 머리 위로 냉동 칠면조가 대포알처럼 날아오더니 그 문제의 여피 남자 머리를 정면으로 맞힌다. 그러자 남자는 바닥에 철퍼덕 쓰러지며 맥신의 손에 머리를 박는다. 맥신은 갑자기 침대를 함께 써야 하는 어떤 아기를 대하는 베티 데이비스처럼 가만히 서서 그의 머리를 눈을 깜박이며 쳐다본다. 그러고는 그것을 뒤에 있는 노부인에게 전달한다. "당신 것 같은데요."

"뭐라고요? 얻어맞고 이미 맛이 갔는데? 아무튼 고마워요."

"내가 받을게요." 그녀의 뒤에 있던 남자가 말한다.

줄이 앞으로 줄어들자, 모두들 바닥에 쓰러진 새치기를 넘어가는 게 아니라 확실하게 밟고 간다.

"옛날 방식대로 다시 정상으로 돌아가서 다행이군, 안 그래?" 귀에 익은 목소리가 들린다.

"로키, 여기서 뭐 해?"

"코닐리아 때문에. 어려서부터 먹어온 이 브랜드의 칠면조 속재료가 없으면 추수감사절이 아니라나. 딘&델루카는 다 나갔고, 크러미라지가 뉴욕시에서 유일하게 남은 가게라서."

맥신은 그가 들고 있는 거대한 비닐 포대를 눈을 찡그리며 본다.

"스콴토스 초이스, 정통 옛날식 와스프 조리법."

"아주 오래된 화이트브레드를 사용한대서."

"아주 오래된……"

"얇게 잘라서 팔기 전의 원더브레드라나?"

"70년은 된 거네, 로키. 곰팡이는 없어?"

"시멘트처럼 딱딱해. 자르려면 드릴이 있어야 할걸. 그만큼 더 특별하지. 줄은 왜 서고 있는 건데? 스위프트 버터볼 파는 사람인 줄 알았어."

"엄마의 짐을 좀 덜어주려고 했지. 그런데 또 틀렸어. 이놈의 동물원을 봐. 업보의 범죄현장을. 그 업보가 음식 속으로 안 들어갈 것 같아?"

"올해는 가족이 다 모이나보지, 응?"

"『포스트』에 날걸. '관찰 중인 사람들 가운데……'"

"참, 몬트리올에서 온 친구 있잖아? 그 안티재퍼 프로그램을 가지고 있는 펠릭스라는 친구? 우리가 그에게 투자를 하고 있거든. 스퍼드 로이터먼이 직감이 뛰어난데, 바로 지금이래."

"그래서 지금 나를 고용할 거야, 아니면 보비 더린[25]의 노래처럼 펠릭스가 '바다 저편으로' 사라질 때까지 기다릴 거야?"

"그래, 맞아, 그 녀석이 사기를 치고 다니지, 근데 뭐, 나도 한때 그랬는데, 어쨌든 이제 와 하는 얘기지만 내가 누구일까, 불협화음의 딘 마틴?"

---

25 Bobby Darin(1936~73). 1950~60년대에 활동한 미국의 가수 겸 배우. 「바다 저편으로」(Beyond the Sea)는 그의 히트곡 중 하나다.

35

　막상 닥치고 보니, 추수감사절은 그렇게 끔찍하지는 않다. 아마도 9·11과 관련이 있는 것 같다. 테이블에는 선지자 엘리야가 아니라 비극이 있던 그날 예언이 지켜주지 못했던 어떤 이 혹은 알려지지 않은 어느 영혼을 위해 유월절 양식으로 차려진 빈자리가 있다. 음향은 나직하고, 귀에 거슬리지 않는다. 어니와 아이들은 매년 돌아오는 「스타워즈」 마라톤 방영 앞에 자리를 잡고 앉아 있고, 호스트와 에이비는 스포츠 이야기를 나눈다. 방마다 요리 냄새로 가득 차 있고, 일레인은 목조 주택에 사는 요정들의 살림을 떠맡은 여성 한명으로 이루어진 부대처럼 식당, 식료품 저장실, 주방을 들락날락한다. 오후가 끝날 무렵이 되자 맥신과 브룩은 흉기만 안 들었을 뿐 살벌하게 말다툼을 벌인다. 일레인의 손에서는 흔히 일어나는 일이지만 음식은 형태를 갖춘 시간여행이다. 칠면조 요리는 크러미라지에서 재료를 사서 한 것인데도 다행히 징크스를 피해가고, 페이스트리들은 지나치게 세세한 것들에 목숨을 거는 브룩의 운명에서 용케 벗어나 심지어 오티스로부터 보통 호박파이였다는 극찬을 듣는다. 어니는 모두에게 말할 기회를 주고 사과주잔으로 빈 의자를 가리킨다. "오늘을 모두가 기념했어야 하는데 그러지 못한 사람이 있어."

집을 나서는데, 에이비가 맥신을 한쪽으로 끌어당긴다. "사무실에 뒷문 같은 거 있어요?"

"아무도 못 보게 사무실에 들르려고요? 그렇다면…… 어디에서 같이 아침식사라도 할까요?"

"음……"

"보는 눈이 너무 많죠. 좋아요, 이렇게 해요. 길모퉁이를 돌면, 평소에 열려 있는 배달 전용 입구가 있어요. 안마당으로 들어와서 오른쪽으로 가면, 빨간 연단鉛丹으로 칠한 문이 보일 거예요. 문을 열면 바로 직원용 엘리베이터가 있어요. 거기서 기다릴게요. 연락해요."

에이비가 그한테는 너무 꽉 끼는 청바지에, **너희들의 모든 기지는 우리 차지다**[1]라는 문구가 박힌 티셔츠와 데이토나가 카메라 렌즈를 조정하는 척하며 삼중촬영한 보송보송한 흰색 솜털의 캉골 504 모자로 위장하고서 사무실로 몰래 들어온다. "쌤 더 킹 오브 쿨[2]이 걸어오는 줄 알았어요. 요즘 손님들이 내 수준에 비해 너무 힙해요, 대

1 All Your Base Are Belong To Us. 일본의 토아플랜에서 만든 슈팅게임인 「제로 윙」의 수출판 시작 화면에 나오는 문구. 일본어의 오역으로 큰 인기를 끌었고 이후에 게임에서 자주 패러디됐다.

2 캉골 모자를 즐겨 쓴 미국 영화배우 쌔뮤얼 잭슨의 별명.

표님!"

"내 제부 만난 적 없지?" 에이비가 모자를 벗자, 야물커가 눈에 띈다. 두 사람은 조심스럽게 악수를 한다.

"커피 한 주전자 내려올게요. 그럼 이만."

"딱 맞게 왔어요, 에이비. 대니시 페이스트리 배달하는 친구가 방금 막 왔다 갔어요."

"안 그래도 물어보려고 했는데, 이 근처에는 더이상 없나요? 돌아와 보니, 72번가에 있던 더 로열은 없어졌더라고요."

"사실은 우리도 23번가에서 배달시켜야 해요. 여기 앉아요. 커피 들어요. 고마워, 데이토나."

"잠깐 들렀어요. 바로 출근해야 돼요. 메시지만 전달해주고 가려고요."

"분명히 그 아이스란 분이 보낸 거겠네요. 둘 중 누구든 전화로는 안되나보죠?"

"음, 단지 그것 때문만은 아니에요. 처형한테 좀 묘한 걸 물어봐야 돼서요."

"만약 그 상사의 메시지가 해시슬링어즈의 감사 기록을 그만 들여다보라는 거라면, 나한테 맡겨요. 9월 11일 이후로 중지된 상태니까."

"내 생각에는 의뢰할 일이 있는 것 같아요."

"정중하게 사양할게요."

"그냥 이렇게요?"

"사람들은 다 달라요, 에이비. 지난 몇년 동안 밑바닥 인생들 한둘을 위해 일한 적은 있지만, 이 아이스 같은 인간은 아니에요. 그와 친하게 지내지 않았으면 좋겠어요. 그 사람은 뭐라고 해야 할까—"

"게다가 그는 처형을 매우 칭찬해요."

"그렇다면 어떤 일을 내게 제안하려는 거죠? 트럭에 치이기라도 하라고요?"

"회사 내의 모르는 사람들로부터 돈을 뜯기고 있다고 생각하나 봐요."

"오, 제발. 전 CFE더러 그 이야기를 그럴싸하게 만들어달라고요? 엄청난 비밀을 알려줄게요, 에이비. 우연하게도 이 모르는 사람들이란 아이스 본인, 그리고 아마도 거기에 가담했을 그의 부인이에요. 회사감독관이라고 하면 기억날걸요? 비밀을 전하게 되어 유감이지만, 아이스는 지난 몇달, 어쩌면 몇년 동안 본인의 회사를 완전히 갈취하고 있었어요."

"게이브리얼 아이스가…… 횡령을 하고 있다고요?"

"맞아요. 그것만으로도 충분히 경멸할 만해요. 그런데 이제는 부정직한 직원 때문이라고 투덜거린다고요? 가장 오래된 사기꾼인 주제에 쓸 만한 변호사를 고용할 여유가 없는 가엾은 사람에게 덮어씌우려는 거잖아요. 내 진단은요? 전형적인 사기예요. 제부의 고용주는 전문 사기꾼이라고요. 상담시간은 십초예요. 청구서 보낼게요."

"그 사람 조사 중이에요? 기소당하나요?" 목소리가 너무 애처로워서 맥신은 결국 손을 뻗어 제부의 어깨를 도닥거린다.

"아무도 그 일에 대해서 법적으로 따지지 않을 거예요. 연방 수준의 호기심이 많은 사람이면 모를까. 하지만 아이스는 그쪽에 인맥이 많아서 어느 순간에는 모든 것을 비밀리에 협상할 테고, 그러면 어떤 문제도 법원까지 가거나 밖으로 알려지지 않을 확률이 높아요. 물론 제부와 나는 납세자니까 결국에는 아주 조금 더 가난해지겠죠. 하지만 그런들 누가 우리를 신경 쓰겠어요. 직장은 안전할 테니, 걱정 마요."

"내 직장이요. 음, 그건 다른 문제예요."

"오, 누군가가 기분이 좋지 않군요?" 그녀는 거리에서 굳이 소개받고 싶지 않은 빽빽거리는 아이들에게 즐겨 건네는 목소리로 말한다.

"아뇨. 그리고 난 도피나 닥이 아니에요.[3] 만약 이 도시가 정신병원이라면, 해시슬링어즈는 편집증 환자 병동일 거예요─사람 살려, 사람 살려, 적이다, 봐, 바깥에 적이 나타났다, 우리는 완전히 포위됐다! 마치 운 나쁜 날에 이스라엘에 가 있는 것 같아요."

"그러면 직장 안에서 봤을 때, 이 비즈니스 세계가 정신 나간 상태에서 범죄를 저지른 아랍인들에 의해 완전히 둘러싸여 있다는 이 비유는……"

그가 비협조적이면서도, 약간은 절박한 투로 어깨를 으쓱한다. "그게 누구든, 절대 망상이 아니에요. 누군가가, 어떤 정체불명의 스토커가 적극적으로 우리 네트워크를 해킹하고, 술집 같은 곳에서 우리에게 사교적으로 접근하고 있어요."

"알았어요. 이렇게 말해서 미안하지만, 모든 종업원을 계속해서 편집증에 시달리게 하는 고의적인 회사 방침은 그렇다 쳐요…… 브룩은 어때요? 스토킹이나 괴롭힘, 뉴욕의 보통 기준을 뛰어넘는 취향 착오에 관한 말은 없어요?"

"안 그래도 남자 두명이 있어요."

---

3 백설공주의 일곱 난쟁이 중 Dopey와 Doc을 말한다.

"어오." 이번에는 자신의 직감 회로가 정말로 고장이 났기를 기대하며 묻는다. "혹시 러시아 힙합 그룹 같던가요?"

"그렇게 얘기하니까 신기하네요."

젠장. "내 말 들어요. 그들이 내가 생각하는 자들이라면, 아마도 해를 가하지는 않을 거예요."

"'아마도'요."

"누구라고 말해줄 수는 없어요. 하지만 전화해볼게요. 무슨 일인지 알아볼 테니, 브룩에게는 걱정하지 말라고 전해줘요."

"사실은 아내와 이 일에 대해 전혀 얘기하지 않아요."

"훌륭해요, 에이비. 그애의 스트레스 상태를 항상 생각해주고, 동생이 복 받았네요."

"음, 꼭 그런 건 아니에요…… 기밀유지 서약서에 부인도 포함되어 있거든요."

그가 사무실에서 나가는데, 데이토나가 반짝거리는 손톱을 치켜들고 나타난다. "「펄프 픽션」에서 멋졌어요, 자기. 성경을 인용한 거였죠? 음!"[4]

아침 5시 무렵 맥신은 계속 되풀이되는 괴로운 악몽 같은 것을 꾸다 잠에서 깨어난다. 이번에는 이고르가 꿈에 나타나더니 리투아니아 출신의 농구 선수 이름을 딴 특대 보드까를 그것이 마치 사람인 양 그녀에게 계속 소개해주려고 한다. 그녀는 침대에서 나와 주방으로 간다. 주방에서는 드리스콜과 에릭이 마운틴듀 병에 빨

---

4 영화 「펄프 픽션」의 마지막 장면에서 쌔뮤얼 잭슨이 에스겔서의 구절을 잘못 인용한 것을 두고 하는 말. 에이비의 복장이 영화 속 잭슨과 닮았다고 한 장면과 이어진다.

대를 두개 꽂고 평소처럼 함께 아침식사를 하고 있다. "이걸 말해 주려고 했어." 드리스콜이 먼저 말을 꺼낸다. 그러고 두 사람은 자선 콘서트의 컨트리 가수처럼 서로를 마주 보며, 옛날 시트콤 「제퍼슨네 사람들」 주제가를 부르기 시작한다. "이사를 나가자고."[5]

"잠깐. '이스트사이드로는' 안 가."

"윌리엄즈버그야," 에릭이 말한다. "사실은."

"모두가 브루클린을 향해 가네. 우리가 옛 앨리 사람들 중 마지막인 것 같아."

"우리 때문이 아니면 좋을 텐데."

"너희 때문이 아니야. 맨해튼 전체야." 드리스콜이 설명한다. "과거와는 달라졌어. 아마 너도 알아차렸겠지만."

"탐욕 때문이야." 에릭이 강조해서 말한다. "쌍둥이 빌딩이 무너졌을 때 도시, 부동산업, 월 스트리트를 위한 리셋 버튼으로, 그 모든 것을 깨끗하게 다시 시작할 수 있는 기회로 생각했을 거야. 그런데 그것들을 봐봐. 이전보다 더 심각해."

그들을 둘러싼, '잠들지 않는 도시'는 전보다 더 잠들지 않으려하고 있다. 길 건너 창문에 조명이 들어온다. 문 닫는 시간이 한참 지나서야 가게를 나선 취객들은 투덜거리며 소리 지른다. 저 아래 거리에서는 자동차 경보장치가 경보음 메들리를 울리기 시작한다. 저 멀리 양 옆 도로에는 중장비 차량들이 으르렁거리며 대기하고 있다가, 아무것도 모르고 아직 자고 있는 시민들의 창 밑으로까지 들이닥칠 채비를 하고 있다. 너무 어리석거나 고집이 너무 세서 겨

---

5 The Jeffersons는 1975년부터 10년간 미국 CBS에서 방영된 시트콤. 아프리카계 미국인 가족이 뉴욕 퀸스에서 맨해튼으로 이사 가는 내용을 다룬다. 실제 주제가 제목은 「무빙 온 업」(Movin' on Up)이다.

울이 슬금슬금 다가오기 전에 도시를 떠나지 못한 새들은 왜 아직 조류치료를 받지 못하는지 서로 의논하기 시작한다.

평소처럼 커피를 준비하느라 바쁜 맥신은 그녀의 집에 찾아든 철새를 안타깝게 바라본다. "그래서 브루클린에서는 같이 살 거야, 아니면 따로 살 거야?"

"둘 다요."

맥신은 잠깐 천장을 올려다본다.

"죄송. 비非배타적 '또는'이라는 거예요."

"컴퓨터광들의 용어예요." 드리스콜이 설명한다.

＊ ＊ ＊

맥신이 사무실에 나타날 때쯤 윈더스트로부터 욕설은 물론이고 다급함이 섞인 전화가 이미 수없이 걸려온 상태이다. 데이토나는 희한하게도 재미있어하는 표정을 짓고 있다.

"전화 받느라 고생하게 해서 미안해…… 그가 인종을 가지고 뭐라 하지는 않았기를 바라."

"아마 그는 아닐 거예요, 그런데……"

"오, 데이토나." 맥신은 다음번에 걸려온 전화를 받는다. 윈더스트는 확실히 불안해 보인다. "진정해요. 이러다 내 스피커폰이 터지겠어요."

"그 무책임하고 일을 망치는 빌어먹을 년은 대체 뭐 하고 있는 거예요? 얼마나 많은 사람을 위험에 빠트렸는지 알기는 한대요?"

"'그녀'는……"

"내가 지금 무슨 말을 하고 있는지 알죠, 젠장. 맥신, 그 일과 관련이 있어요?"

"그 일이라면……" 달리 방법이 없다. 이런 식으로 그를 대하는 게 그녀에게도 좋다. 결국 그녀는 그가 말을 내뱉게 만든다. 마치 켈러허가 레지가 데저렛 옥상에서 찍은 영상을 마침내 인터넷에 올린 모양이다. 음, 알림 고마워요, 마치, 조금 늦었긴 하지만.

"여기서 확인해볼게요."

마치는──맥신은 그녀가 어떤 짓궂은 눈빛을 띠었을지 상상이 간다──일류의 접근을 시도하려고 한 것 같다. "우리들 중에는 이슬람 악한들이 등장하는 편하고 단순한 줄거리를 필요로 하는 사람이 많다. 그러면 유력 일간지 같은 상호조력자들이 기꺼이 도와준다. 가엾고 가엾은 미국. 왜 이 사악한 외국인들은 우리를 증오하고, 아무리 비뚤어졌다 해도 모두 우리의 자유임에 틀림없는데 왜 그 자유를 증오하는 걸까? 철거가 이미 이루어진 그 모든 건축 가능한 부지에 대해서 제대로 생각해보시기를. 하지만 만약 대항 담론에 관심이 있다면, 이 링크를 클릭해서 어느 맨해튼 건물 옥상의 스팅어 미사일 팀 영상을 보시기 바란다. 이론과 대항이론도 확인해보라. 그리고 여러분 자신의 이론을 올려주시기를."

실제로는 권유할 필요가 전혀 없다. 인터넷은 편집증 환자와 댓글 부대를 위한 참회의 화요일[6] 축제장이 된다. 거기에 달린 아수라장 같은 논평들은 너무 많아서 규칙 위반으로 삭제된 것들을 감안하더라도 우주의 예상 나이만큼 시간이 주어져도 끝까지 읽을 수 없을 정도다. 이 외에도 집에서 촬영한 비디오와 오디오 트랙들이 달려 있고, 그 사이에 데저렛 대변인 씨머스 오바우티가 보내온

---

6 Mardi Gras. 사순절의 전날.

경쾌한 메시지도 포함되어 있다. "우리 건물의 보안은 뉴욕에서 최고입니다. 이것은 내부자 소행이 틀림없고, 십중팔구는 입주자들 중 몇몇과 관련이 있을 겁니다."

"와, 실망이네요." 맥신은 약간 성의 없게 말한다.

"아직 시작도 안됐……"

"아뇨, 데저렛 때문에 하는 말이에요. 나는 정문으로 들어가는 데에만 몇년 걸렸는데, 미사일팀은 전체가 옥상까지 그냥 어슬렁거리며 올라가네요."

"그녀에게 비디오를 내려달라고 해도 소용없겠죠?"

"이미 복사본 백만개가 퍼져나갔어요."

"지금 난처한 상황에 처했어요. 나한테 성가신 문제가 생겨서, 사실상 도망자 신세가 되었어요. 집에도 몰래 들어갔다 나와야 해요. 도티로부터 마지막으로 연락을 받은 게 한밤중인데, 집 앞에 번호판 없는 승합차들이 서 있대요. 지금은 그녀와 연결이 완전히 끊겨서 언제나 보게 될지 전혀 몰라요."

"지금 어디에서 전화하고 있는 거예요? 전화기 너머로 중국말이 계속해서 들려요."

"차이나타운이에요."

"아."

"이곳으로 나를 만나러 와줄 수 없을까요?"

"아뇨?" 뭐래. "내 말은, 무슨 일로요?"

"갖고 있는 현금카드가 더이상 안되는 것 같아요."

"그러면, 잠깐요, 돈을 빌리고 싶다는 거예요? 나한테서?"

"빌린다고 말 못해요. 그러려면 돈을 갚을 미래가 전제되어야 하니까."

"당신 때문에 조금씩 무서워지려고 해요."

"좋아요. 그러면 D.C.로 돌아가는 데 필요한 만큼만 줄 수 있어요?"

"맞다, 그 영화 봤어요. 엘리자베스 테일러가 당신 역을 맡았던 것 같은데요?"

"그렇게 나올 줄 알았어요."

오늘따라 그녀는 시내에 갔다가 모든 포천쿠키들이 아우성치던 게 생각난다. "얼간이들은 아무리 조심해도 지나치지 않다!" 이 남자는 자비를 받을 자격이 없어, 맥신. 지금 가장 좋은 선택은 그가 알아서 망하게 내버려두는 거야. 그가 현금이 부족하대, 흑흑. 그의 다양한 재주를 감안할 때, 편의점을 터는 정도는 그에게 큰일도 아니야. 뉴저지에 있는 가게면 더 좋지. 이미 D.C.까지 절반은 간 거니까. 물론 여기 그녀는 작은 여행가방에 달러 지폐를 가득 채워 그에게 급히 가고 있다. 하지만 이번 일에서 명백한 인과관계를 한 번 따져볼 가치가 있다. 마치는 영상을 게재하고, 윈더스트는 도망가는 신세가 되고, 그의 자금줄은 꽁꽁 얼어붙는다. 그 사이의 연결은 놓치기 어렵다. 윈더스트가 만약 데저렛 옥상 작전 전체를 지휘한 게 아니라면 적어도 보안 책임을 맡았던 게 분명하다. 그런데 그가 일을 그르친 것이다. 누구든 인터넷에 접속하고 양처럼 매애하고 울 줄 아는 민간인이라면, 무언가를 계속 숨기는 게 윈더스트의 임무였다는 것을 이제는 알아차릴 수 있다. 그렇다면, 그에게 가해진 제재가 나중에 보니 심각하고, 어쩌면 과격하다 한들 크게 놀랄 일일까?

그녀는 뒷좌석 모니터에서 GPS의 안내에 따라 차량이 맨해튼 시가를 느릿느릿 통과하는 모습을 바라보며 헛된 상념에 빠진다.

누군가의 목숨을 구해주면 그 순간부터 그에게 일어나는 모든 일을 책임져줘야 하는 게 북아메리카 원주민의 저주이던가? 북아메리카 원주민이 이스라엘의 사라진 부족이라는 낭설은 제쳐두더라도, 내가 나도 모르게 윈더스트의 목숨을 오래전에 한번 구해준 적이 있어서, 눈에 보이지 않는 업보의 힘이 내게 그가 너를 필요로 하니, 어서 가봐! 하고 메시지를 전달하는 것인가?

그녀는 윈더스트가 수많은 중국인들과 함께 저 너머로 맨해튼교가 어렴풋이 보이는 차양 밑에서 버스를 기다리고 있는 모습을 발견한다. 길 건너에서 잠시 지켜보던 맥신은 윈더스트 양쪽에 서 있는 사람들이 대화를 서로 직접 하지 않고 그를 통해서 하고 있다는 것을 깨닫는다. 늘 머리가 잘 돌아가던 그답게 윈더스트는 한 종류의 중국어를 다른 중국어로 번갈아가며 옮기고 있는 모양이다. 그는 그녀가 자기를 쳐다보는 것을 발견하고, 고개를 끄덕이며, 거기에 가만히 있으라는 몸짓을 한다. 그러고는 길을 건너 그녀에게 온다. 그다지 좋아 보이지는 않는다. 사실은 벼랑 끝에 선 사람의 모습이다.

"딱 맞춰 왔어요. 방금 D.C.행 버스에 마지막 남은 돈을 다 써버렸는데."

"이 근처에 버스 터미널이 있어요?"

"거리 승차라는 게 있어요. 그렇게 해서 모인 돈은 고객에게 돌아가죠. 세기의 흥정이에요. 유대인인데, 그런 것도 못 들어봤다니 놀랍네요."

"원하던 봉투예요."

보통 사람처럼 돈을 세는 대신에, 윈더스트는 간결하고 익숙한 손놀림으로 봉투를 들어본다. 시간이 흐르면서 저절로 몸에 밴 전문 수금원이나 하는 행동이다.

"고마워요. 천사가 따로 없네요. 언제쯤 갚게 될지는 모르겠지만."

"갚을 수 있을 때 갚아요. 가외 수입으로 생각할게요. 어쩌면 티파니 매장 1층에서일지도 모르죠―아니, 잠깐요, 부인 이름이 뭐라고 그랬죠? 도티? 아니에요, 그녀가 알아차리는 건 원치 않겠죠."

그는 그녀의 얼굴을 살펴본다. "귀걸이가. 단순한 다이아몬드 스터드네요. 머리만 올리면……"

"실은, 내가 유로와이어[7] 타입이거든요." 그녀가 "이건 볼품없어 보여요?"하고 덧붙일까 생각하던 찰나에 총알이 눈 깜짝할 사이에 소리 없이 날아와 벽을 맞히더니, 핑 하고 경쾌한 소리를 내며 차이나타운 쪽으로 튕겨나간다. 그 순간 윈더스트는 맥신을 움켜잡고 건축 폐기물로 가득 찬 커다란 쓰레기통 뒤로 끌어내린다.

"젠장. 지금 뭐 하는―"

"잠깐요," 그가 조심스럽게 말한다. "잠시만 있어봐요. 어느 각도인지 분명하지 않아요. 어느 곳에서든 날아온 것일 수 있어요. 저 위에서도." 그가 머리로 주변의 위층을 가리킨다. 그들은 인도가 나중에는 그저 아스팔트에 난 흔한 구멍 몇개 정도로만 여겨질 형태로 깨지는 것을 지켜본다. 길 건너의 사람들은 알아차리지 못한 것 같다. 살살 불어오는 바람결에 멀리서 천천히 더듬거리는 말소리가 들려온다. "3열발 경기관총인 줄 알았는데. 소리를 들으니 AK 같아요. 가만히 있어요."

"이럴 줄 알았으면 오늘 케블라[8]로 된 옷을 입고 왔어야 하는

---

7 귀에 꽂는 부분이 갈고리 모양처럼 생긴 귀걸이.
8 방탄복 소재로 쓰이는 인조섬유의 상표명.

데."

"러시아 조직에 있는 당신 친구들 사이에서 거리는 곧 실력이에요. AK-47로 저격할 수 있다면 높이 사줄 만해요."

"저런, 당신 대단한 사람이었던 게 분명하네요."

"십오초 뒤에," 그가 시계를 보며 말한다. "나는 여기서 모습을 감추고 내 길을 갈 거예요. 당신도 잠시 여기서 기다렸다가 갈 길을 가요."

"대단해요. 내 팔을 움켜쥐고 영화에서처럼 어디론가 달려갈 줄 알았는데. 중국 사람들이 길 밖으로 뛰쳐나가고요. 아니면 내가 금발이어야 했나요?" 그사이에 그녀는 위층을 훑어보고는 가방에서 베레타 권총을 꺼내 엄지손가락으로 안전장치를 푼다.

"좋아요," 때가 되었다는 듯 윈더스트가 고개를 끄덕인다. "나를 엄호해줘요."

"저기 저거, 열려 있는 거, 저거면 돼요?" 아무 대답이 없다. 이글스 노래처럼, 이미 가고 없다.⁹ 그녀는 게걸음으로 쓰레기통 뒤에서 나와 창문을 향해 연이어 두발을 쏜 뒤 소리친다. "개새끼들아!"

맙소사, 맥신, 어디서 그런 것을 배웠지? 아무도 대응사격을 하지 않는다. 버스를 기다리던 사람들이 이쪽을 가리키며 웅성거린다. 거리를 오가는 차들을 계속 지켜보며, 그녀는 뒤에 숨어도 될 만큼 큰 차량이 나타나기를 기다린다. 나중에 보니 그렇게 해서 나타난 차는 장난스러운 히브리어 글자로 된 **미츠바 이삿짐**이라는 상표와 함께 미친 랍비가 피아노를 등에 지고 있는 만화가 그려진 이삿짐 트럭이다. 맥신은 이내 그곳을 벗어난다.

---

9 이글스의 1974년 노래 「Already Gone」을 말한다.

음, 윈스턴 처칠이 항상 말했듯이, 헛되이 총을 맞는 것보다 더 신나는 일은 없다. 그렇기는 해도 맥신에게는 다른 면 혹은 보상이 있다. 그것은 몇시간 뒤에, 방과 후 쿠겔블리츠의 건물 입구에 모인 다양한 어퍼웨스트사이드 엄마들 앞에서 드러난다. 그들은 타인의 고통이 조금만 늘어나도 금세 알아차리는 눈썰미 등의 생활기술을 갖고 있다. 그렇다고 맥신이 눈물을 보인 것은 아니다. 단지 무릎이 휘청거리고 머리가 새하얘지는 경험을 했을 뿐이다……

"괜찮아, 맥신? 얼굴이 너무…… 이상해."

"모든 일이 한꺼번에 터져서. 로빈, 자기는 왜 그래?"

"스콧의 바르 미츠바 때문에 미칠 것 같아. 자기는 몰라. 직장, 출장요리 업체, 디제이, 초대장. 그리고 스콧은 알리야[10] 때문에 아직도 외우느라 허우적거리고 있어. 히브리어는 반대 방향으로 적혀 있어서 혹시라도 애가 난독증에 걸릴까봐 걱정이야."

"음," 그 순간 그녀가 낼 수 있는 가장 합리적인 목소리로 말한다. "토라를 버리고, 잘은 모르겠지만, 톰 클랜시[11] 소설의 한 구절을 읽으면 안돼? 그렇게 고리타분하지도 않고, 맞아, 심지어는 유대 작가도 아니지만, 있잖아, 딩 차베스[12]도 나오는 대단한 작품이야." 잠시 침묵이 흐른 뒤 그녀는 로빈이 자기를 이상하게 쳐다보고 사람들이 옆으로 피하는 모습을 지켜본다. 다행스럽게도 바로

---

10 aliyah. 유대교 예배에서 율법서 토라를 낭독하는 의식.

11 Tom Clancy(1947~2013). 스파이, 범죄, 군사 소설로 유명한 미국의 소설가. 대표작으로 영화로도 만들어진 『붉은 10월』 『패트리어트 게임』 등이 있다.

12 Ding Chavez. 클랜시의 소설 『긴급 명령』에 처음 등장하고, 나중에 게임으로 만들어질 만큼 큰 인기를 끌었던 대테러 스릴러 소설 『레인보우 식스』(1998)에서 중요한 역할을 하는 유능한 지격수 겸 요원.

그 순간에 아이들이 로비에서 나와 현관 입구로 뛰어온다. 그러자 부모들의 반복적인 일상이 시작된다. 그녀는 지기와 오티스를 데리고 계단을 내려와 거리로 향한다. 그녀의 눈에 나이절 샤피로가 녹색과 자주색이 섞인 물결 모양 포켓 사이즈 기기의 작은 키보드를 조그만 전자 펜으로 콕콕 찌르느라 분주한 모습이 들어온다. 모양이 게임보이 같지는 않다. "나이절, 그게 뭐야?"

잠시 뒤에 나이절이 고개를 들고 대답한다. "이거요? 사이비코[13]예요. 누나가 줬어요. 라과디아에 있는 애들은 다 갖고 있어요. 가장 큰 장점은 소리가 안 나는 거예요. 그리고 무선이에요, 보세요, 수업시간에 문자를 주고받아도 아무도 못 알아차려요."

"그러면 지기와 내가 서로 하나씩 갖고 있으면, 메시지를 주고받을 수 있겠네?"

"범위 안에 있으면요. 지금은 한 블록 반에 불과해요. 하지만 저를 믿으세요, 로플러 아줌마. 이건 미래의 물결이 될 거예요."

"내 생각에는, 너도 하나 갖고 싶겠는데, 지기?"

"이미 있어, 엄마." 그러면 누가 또 갖고 있을지 알 게 뭔가. 순간 맥신의 눈썹이 떨린다. 전용 네트워크는 말하나 마나일 것이다.

사무실 전화에서 로봇 같은 소리가 나자 맥신이 수화기를 든다. 다소 흥분한 로이드 스럽웰의 전화다. "당신이 알아봐달라고 했던 그 사건 있잖아요? 너무 미안한데. 이제는 더이상 알아볼 수 없을 것 같아요."

그래. 내가 아는 벨트웨이-영어 숙어집을 들여다볼까. "그만두

13 Cybiko. 손에 쥐고 하는 러시아산 컴퓨터로 2000년에 처음 출시됐다.

라고 지시를 받고 있군요, 맞죠?"

"그 사람은 내부 메모장의 단골 주제였어요. 그것도 여러번에 걸쳐. 그 이상은 더 말할 수가 없어요."

"어쩌면 이미 들었을 수도 있을 텐데, 윈더스트와 내가 어제 총격을 당했어요."

"그 사람의 부인이요," 그가 장난 삼아 묻는다. "아니면 당신의 남편이요?"

"와스프답게 그 말을 '둘 다 무사해서 정말 다행이에요'라는 뜻으로 받아들일게요."

수화기 너머로 누가 소리를 죽여 말하는 게 들린다. "잠깐요, 죄송해요, 당연히 심각한 사건이죠. 이미 조사하고 있어요." 잠시 침묵이 흐른다. 에이비가 달아놓은 음성 강세 분석기상으로 거짓말 범위를 훨씬 넘는 것으로 나온다. "두분 중 누구든 총격범의 정체에 대해서 짚이는 데가 있나요?"

"윈더스트가 그의 조국의 구린 일을 오랫동안 해오면서 생긴 적들 중에 있겠죠. 오, 이런, 로이드, 그걸 생각만 해도 짜증이 날 것 같은데요."

아까보다 더 목소리를 죽이고 지껄이는 소리가 들린다. "전혀 문제 되지 않아요. 하지만 간접적으로라도 그 사건에 대해 접촉을 하려고 한다면, 그만하시라고 강력하게 충고드리고 싶네요." 에이비의 기계장치 표시가 선명한 새빨간색을 넘더니 깜빡거리기 시작한다.

"내가 정보국의 업무에 간섭하는 것을 원하지 않아서예요, 아니면 다른 뭐가 있어요?"

"다른 뭐가 있어요." 로이드가 속삭인다.

전화기 내선으로 연결되자 배경음이 바뀌고, 새로운 목소리가 들린다. 적어도 현실세계에서는 한번도 들어본 적 없는 목소리다. "당신의 개인적인 안전 때문에 그러는 겁니다, 로플러 부인. 브러 더 윈더스트에 관한 내부평가에 따르면, 그는 고등교육을 받은 자 원이기는 하지만, 모든 것을 알지는 못합니다. 로이드, 다 됐어, 이 제 전화 끊어도 돼." 전화연결이 끊어진다.

36

언제든 연휴 시즌이 되면, 맥신은 스크루지가 원작과 달리 착한 인물로 나오는 수정된 버전의 「크리스마스 캐럴」을 텔레비전에서 특집으로 방영해주기를 기대한다. 빅토리아 시대의 자본주의가 수십년간 스크루지의 영혼을 타락시켜, 그를 순진한 사회 초년생에서 모든 사람을 개똥같이 취급하는 인색한 노인으로 바꿔놓는다. 하지만 못되기로는 그의 경리로 겉만 봐서는 정직한 밥 크래칫이 더하다. 사실 크래칫은 가엾게도 유령에 홀린 힘없는 스크루지를 계획적으로 등쳐먹고, 장부책을 위조하고, 정기적으로 빠리로 도망쳐서 그동안 훔친 돈을 샴페인, 도박, 깡깡 무희들에 흥청망청 쓰고, 런던에 있는 타이니 팀과 그의 가족은 굶어죽게 내버려둔다. 끝에 가서는, 밥이 스크루지의 구원을 돕는 매개가 되는 게 아니라, 스크루지를 통해서 밥이 인간성을 되찾게 된다.

매년 크리스마스와 하누카¹ 축제가 무르익을 때마다, 이 이야기가 넘치기 시작해 일에까지 흘러든다. 맥신은 자기도 모르게 정반대되는 인물들을 뒤집어서, 죄가 명백한 스크루지는 대충 넘기고, 몰래 죄를 지은 크래칫에 집중한다. 죄 없는 자들은 유죄가 되고, 죄 있는 자들은 희망과 멀어지고, 모든 것은 뒤집어진다. 특별히 마음을 편안하게 해주지는 않는, 후기자본주의 모순의 십이야[2]다.

창문을 통해 「루돌프 사슴 코」의 똑같은 진심 어린 거리 트럼펫 연주를, 음표 하나도 다르지 않게 천번 반복해서 듣다가, 그것이 마침내 뭐랄까 더럽게 지겨워진 나머지, 맥신과 호스트와 두 아이는 다 같이 잠시 휴식을 취하기로 결정하고, 여피화에 물들지 않은 뉴욕시의 마지막 볼링장이 있는 포트 어소리티 버스 터미널에 가서 볼링을 치기로 한다.

터미널에서 수많은 여행객, 사기꾼, 어깨 너머로 개인정보를 훔치는 사람, 그리고 사복경찰 들 사이로 계단을 오르던 중에 맥신은 거대한 배낭을 메고 씩씩하게 걸어가는 한 사람을 목격한다. 아마도 그의 생각에 미국과 범죄인인도조약을 맺지 않은 어떤 곳으로 향하는 것 같다. "금방 갈게." 그녀는 인파를 뚫고 다가가서 사교적인 미소를 짓는다. "이런. 펠릭스 보인고, 안녕? 몬트리올로 돌아가는 거야?"

"이 시기에요? 미쳤어요? 햇빛, 열대 바람, 비키니 차림의 여자들을 향해 가는 중이에요."

"우호적인 카리브해의 사법구역이겠지, 물론."

---

1 11월이나 12월에 8일간 진행되는 유대교의 성전 봉헌 기념축제.
2 Twelfth Night. 윌리엄 셰익스피어의 희극. 크리스마스 경축 기간의 끝을 나타내는 주현절 전야를 말한다.

"가봐야 고작 플로리다예요. 고마워요. 무슨 생각을 하고 있는지 알아요. 하지만 다 지난 일이에요, 안 그래요? 이제 난 어엿한 사업가예요. 직원 건강보험료를 비롯해 모든 걸 내고 있고."

"로키한테서 브리지 라운드³에 대해 들었어. 축하해. '컴퓨터광들의 무도회' 파티 이후로 처음이네. 그러고 보니 게이브리얼 아이스와 그때 심각한 얘기를 나누던데. 무슨 사업 자금이라도 얻어냈어?"

"그냥 소소한 자문이에요." 뻔뻔한 녀석. 현재 펠릭스는 자신의 이전 동업자를 망하게 했을지도 모르는 남자의 채무계정과도 같은 자이다. 어쩌면 내내 그랬을지도 모른다.

"있잖아, 심령술 점괘판을 놓고 레스터 트레이프스에게 그 일에 대해 어떻게 생각하는지 한번 물어봐. 나에게 말했었잖아, 강하게 암시하면서, 당신은 알고 있다고, 누가 레스터를—"

"이름을 말하지는 않았어요." 그가 불안한 표정을 짓는다. "이 일이 복잡하지 않았으면 좋겠죠. 하지만 안 그래요."

"딱 한가지만—있는 그대로 말해줘, 알겠지?" 이것으로 은밀한 눈동자의 떨림을 찾는다? 그만둬. "레스터가 당하고 난 뒤에, 누군가가 당신도 뒤쫓고 있다는 생각이 조금이라도 들었던 적 있어?"

함정이 있는 질문이다. 만약 아니라고 대답한다면, 펠릭스는 자신이 보호받고 있음을 스스로 인정하는 셈이 되고, 그러면 다음 질문에 답해야 한다. "그게 누군데?" 만약 예라고 대답할 경우, 그가 조건만 맞는다면 아무리 당혹스러울지라도 거래를 할 가능성이 남아 있다. 그는 이런 고민을 하며 마치 테이크아웃 용기에 든 푸

---

3 벤처기업이 착수금 마련 이후 보다 큰 규모의 투자를 유치하기 전까지 필요한 자금을 유치하는 단계.

틴처럼 딱딱하게 굳은 채 서 있다. 수많은 크리스마스 여행객, 가짜 산타, 미아 방지용 끈에 매인 어린아이, 직장에서의 점심 파티에서 술에 잔뜩 취한 피해자, 몇시간 늦거나 며칠 이른 통근자 사이에서. "언젠가 우리는 친해질 수 있을 거예요." 펠릭스가 배낭을 고쳐메며 말한다. "약속해요."

"나도 그러기를 고대해. 여행 잘 다녀와. 레스터를 추모하며 얼린 마이타이를 실컷 마셔둬."

"저 사람 누구야, 엄마?"

"저 사람? 음, 몬트리올에서 출장 온 산타의 요정 중 하나야. 거기는 북극 지역 활동을 위한 중심지이고, 날씨 같은 게 똑같아."

"산타의 요정은 존재하지 않아." 지기가 자신 있게 말한다. "사실—"

"다 가짜야, 그래." 맥신이 중얼거리는 것과 거의 동시에 호스트가 말린다. "그 정도면 됐어."

오티스와 지기가 알고 지내는 뉴욕시의 똑똑한 체하는 여러 어린아이들 사이에 산타가 존재하지 않는다는 이야기가 이미 널리 퍼져 있는 모양이다.

"걔들은 자기들이 무슨 말을 하고 있는지 몰라." 호스트가 말한다.

아이들이 아빠를 째려본다. "아빠는 뭐야, 사십, 오십살이지, 그런데 산타클로스를 믿는다고?"

"그럼 믿고말고. 이 불쌍한 도시가 너무 똑똑해서 그것을 받아들이지 못한다면, 자기들," 그가 주위를 과장스럽게 둘러보며 말을 잇는다. "똥이나 퍼먹으면 돼. 지난번에 보니까 어퍼이스트사이드 어딘가에 쌓여 있더라고."

가족들이 레저타임 레인에 접수하고서, 볼링화를 신고, 튀김 메뉴를 살펴보는 동안, 호스트는 길모퉁이의 복제 산타들과 마찬가지로 부모들 또한 산타의 대리인으로서 산타클로스를 대신해서 활동하고 있는 거라고 계속해서 설명한다. "사실은 크리스마스이브가 가까워질수록 대리 산타들이 활동해. 봐, 북극은 더이상 속이고 말고의 문제가 아니야. 요정들은 점점 더 작업실에서 나와 주문 처리와 배송 쪽으로 옮겨가고 있어. 거기서 그들은 하청을 주고 요청이 들어온 장난감을 발송하느라 바빠. 요즘에는 거의 모든 것을 산타넷을 통해 처리한다고."

"무엇을 통해서라고?" 지기와 오티스가 묻는다

"잘 들어. 아무도 인터넷을 믿는 데 별 어려움이 없잖아, 그렇지, 그건 정말로 마술인데. 그렇다면 산타의 업무를 위한 가상의 전용 네트워크를 믿는 데 무슨 문제라도 있나? 그 덕분에 진짜 장난감, 진짜 선물이 크리스마스 오전에 배달돼. 차이가 뭐지?"

"썰매," 오티스가 지체 없이 대답한다. "사슴."

"그건 단지 눈 덮인 지역에서의 비용효율성 때문이야. 지구가 따뜻해지고, 제3세계 시장이 점점 더 중요해지면서, 북극의 본사는 지역 회사들에 배달 하청을 주기 시작했어."

"그러면 그 산타넷도," 지기가 끈질기게 묻는다. "패스워드가 있어?"

"아이들은 허용이 안돼." 호스트는 이미 주제를 바꿀 준비를 하고 있다. "그건 너희들이 해적판 영화를 보지 못하게 하는 것과 비슷해."

"뭐라고?"

"해적판 영화? 왜 안되는데?"

"17세 미만 관람불가이기 때문이야. 자, 누가 이 스코어보드 입력하는 것 좀 도와줄래? 약간 헛갈려서……"

아이들은 기꺼이 자원한다. 하지만 맥신은 흥겨운 연휴 기간 중에 찾아오는 불길한 예감으로 이 기쁨이 형집행정지처럼 너무 일시적이리라는 걸 안다.

그사이 마치 켈러허는 접촉하기 훨씬 더 어려워진다. 쎄인트 아널드 건물의 경비원들 중 아무도 그녀에 대해서 들은 적이 없고, 그녀의 어떤 전화기도 더이상 자동응답기에조차 연결되지 않은 채 수수께끼 같은 침묵 속에서 단지 전화벨만이 하염없이 울린다. 그녀의 블로그에 따르면, 경찰과 공공 및 민간 경찰 관계자 들의 관심이 경보 수준에 육박해서, 그녀는 어쩔 수 없이 매일 아침 간이 매트리스를 말아 자전거를 타고 새로운 곳으로 거처를 바꿔, 똑같은 장소에서 너무 여러 밤을 잇달아 자지 않으려고 노력한다. 그녀에게는 소형 PC를 가지고 자전거로 시내의 비非보안 무선 네트워크를 찾아다니면서 그녀에게 무료 와이파이 핫스폿의 목록을 계속 제공해주는 친구들이 있다. 마찬가지로 이 경우에도 그녀는 똑같은 네트워크를 너무 자주 쓰지 않으려고 노력한다. 그녀는 키라임으로 알려진 빛깔의 조개껍데기 모양 아이북을 가지고 다니면서 어디서든 무료 인터넷 접속이 되는 곳에서 로그인을 한다.

"점점 더 이상해지고 있다." 자신의 블로그 게시글에서 그녀는 이렇게 털어놓는다. "내가 계속해서 한두발 앞서가고 있는 것일 수도 있다. 하지만 우리는 그들이 무엇을 알아냈고, 그것이 얼마나 새로운 것이고, 누가 그들을 위해 일하며 누가 그러지 않는지 결코 알지 못한다. 내 말을 오해하지는 마시기를. 나는 그들 너드들을 사랑하고, 다시 태어난다면 너드를 쫓아다니는 소녀가 될 테니까. 하지만 심지어 너드들조차 돈으로 사고팔 수 있다. 그것은 거대한 이상의 시대가 그에 상응하는 거대한 타락의 가능성을 수반하는 것과 다름없다."

"9·11 공격 이후에," 마치는 어느날 아침 사설에 쓴다. "그 모든 혼돈과 혼란의 한가운데에서, 미국 역사에 조용히 하나의 구멍이 생겼다. 책임의 진공으로 인적, 재정적 자산이 사라지기 시작한 것이다. 소박함을 추구하던 옛 히피 시절에 사람들은 'CIA' 혹은 '독단적인 비밀작전'을 지목해서 비난하기를 좋아했다. 그러나 지금은 어떤 조직도나 예산 라인에도 나와 있지 않은, 명명할 수 없는 새로운 적과 마주하고 있다. 어쩌면 CIA조차 그들을 두려워할지 모른다.

어쩌면 아무도 이길 수 없고, 또 어쩌면 맞서 싸울 방법이 있을지도 모른다. 필요한 것은 시간, 수입, 일신의 안전을 기꺼이 희생할 수 있는 헌신적인 전사들, 그리고 몇 세대 동안 이어질 수 있고 그 모든 노력에도 불구하고 완전한 패배로 끝날지 모르는 불확실한 투쟁에 전념하는 형제애와 자매애다."

맥신이 보기에 그녀는 미쳐가고 있다. 꼭 제다이[4]'가 하는 말 같다. 혹은 어쩌면 지난여름 쿠겔블리츠에서 했던 졸업식 연설은 실제로 예언이었을지도 모른다. 그렇다면 이제 그것이 실현되는 중이다. 맥신이 아는 한, 마치는 현재 공원에서 잠을 잔다. 소지품은 자바스 쇼핑백에 넣어두고, 제멋대로 자란 머리카락은 희끗희끗해진 채, 더이상 뜨거운 목욕도 못하고, 겨울비가 내릴 때에나 샤

---

4 영화 「스타워즈」 시리즈에 나오는 신비스러운 힘을 가진 기사단.

위를 한다. 그녀에게 레지의 비디오를 건넨 데 대해 맥신은 얼마나 죄책감을 느껴야 할까?

어느날 아침 바이어바가 아이들을 학교에 데려다주고 나서 들른다. 그녀와 맥신 사이에 냉랭함이 딱히 남아 있지는 않다. 사기조사 업계의 기본 규칙 중에는 토요일 밤이면 언제나 누구든 특별히 점수표에 적힌 것만큼 중요하지 않은 그 누구와도 까나스따 카드놀이를 할 수 있어야 한다는 것이 있다.

자신의 커피잔에 코를 박고 바이어바가 말한다. "결국 일어나고 말았어. 그가 나를 버렸어."

"무슨 일인데, 자기?"

"음…… 내가 싸움을 건 것 같아."

"그러면 그가 그런 게 아니고……"

"딥아처를 오픈소스로 돌린 데 대한 보복으로? 절대 아냐. 그는 아주 기뻐했어. 그의 말이 공짜로 얻었다나. 피오나, 저스틴, 내가 살 시내의 방 열 두개짜리 펜트하우스를 구입할 돈을 아꼈다고."

"오?" 부동산이라. 정신건강이 회복되고 있다는 건데. "집을 보러 다녔던 거야?"

"나 혼자. 물론 저스틴을 설득하기로 마음먹고서. 그가 떠나온 캘리포니아를 그리워하니까."

"너는 안 그런가보네."

"「아라비아의 로렌스」(1962)라는 영화 기억해? 영국에서 온 남자가 사막에 가더니, 갑자기 고향에 온 것처럼 깨닫는 영화?"

"그럼 너는 「오즈의 마법사」(1939)라는 영화 기억해? 거기서—"

"알았어, 알았어. 하지만 이건 도러시가 에메랄드시티 주거용 부동산에 과하게 몰두하는 이야기야."

"마법사와 부적절한 관계를 갖고 난 뒤에 말이지."

"그게 누구든 나와는 어쨌든 끝났어. 나를 찼다고. 타락한 여자
지만 죄책감을 안고 살 거야. 아무튼 난 자유야. 분명히 말하지만
나는 자유라고."

"그런데 얼굴은 왜 그래?" 맥신은 1년에 한번 하워드 코셀[5]의 흉
내를 내는데, 오늘이 그날이다. "바이어바, 눈물이 글썽한데."

"오, 맥시. 나 완전히 이용당한 것 같아."

"뭐라고? 너처럼 단정하게 생긴 여자가? 적어도 엉엉 울지 않을
때는. 단지 사업상의 계략이 아니었다면? 실제로 그가 욕망을 느
낀 거라면?" 지금 진심으로 이 말을 하고 있다고? "내내 진정하고
순수한 욕망을 말이야."

결국 수도꼭지를 최대로 틀어버린 꼴이 된다. "귀엽고 매력적인
남자였는데! 그에게 꺼져버리라고 말했어. 그의 마음을 아프게 했
다고. 내가 나쁜 년이야……"

"자," 두루마리 종이타월을 건네며 말한다. "비슷한 경험을 한
사람의 조언이야. 티슈보다 흡수가 더 잘돼. 그렇게 많이 안 써도
돼서, 나중에 치울 게 별로 없어."

데이토나가 마치 새해 결심을 한 사람처럼 특유의 익살스러운
표정을 잠시 짓는다. "대표님?"

"어어." 보복을 원하는 사람, 수금원, 경찰에 관한 항목을 살펴
본다.

---

5 Howard Cosell (1918~95). 미국의 유명한 스포츠 기자 겸 작가로 신랄한 해설과
  고함으로 비난도 많이 받았다.

"아뇨, 단지 에블러-코언 사건에 관한 건데요? 아주 괴상한 확정급여형 퇴직연금을 갖고 있는? 그들은 스프레드시트에 그걸 숨겨놓고 있었어요. 봐요."

맥신은 살펴본다. "어떻게—"

"운이 좋았어요. 정말로요. 우연히 독서안경을 벗었는데, 갑자기, 흐릿하게 패턴이 보였어요. 텅 빈 셀이 너무 많다 싶더니."

"제발 이 바보 같은 양식을 어떻게 다루는지 보여줘. 사람들이 엑셀이라고 부르는 이 스프레드시트에 난 젬병이야. 엑셀 그러면 티셔츠 사이즈처럼 들린다니까."

"자, 봐요. 도구를 아래로 당겨서 회계감사를 클릭하면, 수식 셀로 나뉜 모든 자료가 보이고, 그러면…… 하나씩 보면 돼요."

"오, 와." 가르쳐준 대로 따라 해본다. "훌륭해." 그러고는 요리 쇼에서처럼 감사의 표시로 고개를 끄덕인다. "잘되네. 나는 절대 못 좇아갈 줄 알았는데."

"뭐, 바깥일로 바빴잖아요. 그 덕분에 전 자유를 누렸고……"

"어디에서 이런 걸 배웠대? 물어봐도 돼?"

"야간학교에서요. 지금껏 제가 중독치료를 받고 있다고 생각했죠? 하, 하. CPA 수업을 듣고 있었어요. 다음 달에 자격증을 따요."

"데이토나! 너무 멋진데. 왜 계속 비밀로 했어?"

"「이브의 모든 것」6 같은 걸 생각하실 것 같아서요."

크리스마스가 왔다가 간다. 맥신보다는 호스트와 아이들의 연휴라고 하는 게 맞을 것이다. 그래도 올해 맥신은 덜 힘든 것 같다.

---

6 All About Eve. 팬을 자처하며 성공한 여배우의 자리를 빼앗으려 하는 주인공이 나오는 1950년 미국 영화.

하지만 그녀는 예상대로 크리스마스 전날 한밤중에 메이시 백화점에서 너무 힘들어 비명을 지른다. 그녀의 뇌는 쭈글쭈글한 아이스크림콘처럼 되어, 2층과 3층 사이에서 생각해두었던 선물을 계속해서 바꾼다. 그러던 중에 갑자기 누군가가 따뜻하고 친근하게 그녀의 어깨를 두드린다. 아아! 그녀의 치과 주치의 닥터 이즐링이다! 결국 이렇게 만나게 되어 있다!

그러나 눈부시게 반짝이는 트리 장식용 띠 사이로 일주일에 걸쳐 오븐으로 준비한 음식 냄새 또한 풍겨온다. 거기에 호스트와 아마도 독이 들었을 그의 전통 에그노그,[7] 만나면 늘 모헬[8] 농담으로 말을 끝맺는 먼 사돈을 포함해 왔다 갔다 하는 친척과 친구 들, 옵티머스 프라임, 리녹스, 치터와 그 일당이 라디오시티 뮤직홀에서 가축으로 분장해 카메오로 노래를 거들면서 어느 중학교의 크리스마스 성극을 도와주는 「비스트 워즈 패밀리 크리스마스」, 게임기, 액션 피겨, DVD, 운동기구, 입을지 안 입을지 모르는 옷 들이 모습을 드러낼 산더미처럼 쌓인 재사용 불가 포장지와 상자 사이에 이른 아침 넋이 나간 채 앉아 있는 아이들.

이 와중에 잠시 느슨해진 틈을 타 이상한 순간이 찾아온다. 이곳에 있어서는 안되고, 혹은 결코 있지도 않을 사람들의, 유령에 가까운 사람들의 방문을 위해 마련된 순간이. 그들 중에는 연휴의 즐거움과는 특히 거리가 먼 곳에 있는, 전혀 소식이 없고 있을 이유도 없는 닉 원더스트가 있다. 그 유목민의 무관심의 들판 어딘가에서, 차이나타운 버스를 타고 불명확한 일정과 선택이 줄어든 미래로 향하는. 그것은 얼마나 오래 지속될까?

7 맥주, 포도주 등에 달걀과 우유를 섞어서 만든 술.
8 유대교 의식에 따라 할례를 해주는 사람.

"닉."

그는 어디에 있든 말이 없다. 지금쯤 양치기들이 일시적으로 놓친 또 한마리의 미국의 양은 이 폐허의 시간 너머 고지대 어딘가에서 폭풍우를 맞으며 험준한 바위를 오르고 있을 터이다.

크리스마스 연휴가 끝나고 난 월요일, 쿠겔블리츠는 다시 학교 문을 열고, 호스트와 제이크 피멘토는 사무실 공간을 찾기 위해 뉴저지에 가 있다. 맥신은 좀더 잠을 청하거나, 아니면 일하러 가야 한다. 그러나 지금 어디에 있어야 하는지를 알기에 그녀는 모두 집에서 나가자마자, 열두컵 정도의 커피를 내려놓고, 컴퓨터 앞에 앉아, 로그인을 한 뒤, 딥아처로 향한다.

오픈소스는 확실히 눈에 띄는 변화를 가져왔다. 요즘 중심부는 재주를 부리는 친구들, 여피, 관광객, 그리고 무엇이든 자신들이 원한다고 생각하는 것을 위해 코드를 쓰고 실행하지만 결국에는 다른 정신 나간 자들이 나타나 그것을 제거해버리는 멍청이들로 득실거린다. 맥신은 무엇을 만나게 될지 전혀 모르는 채 안으로 들어간다.

화면에 마침 사막, 아니, 그 사막이 갑자기 나타난다. 좀더 순수한 시절엔 붐볐던 기차역과 우주공항 터미널처럼 텅 비어 있다. 화살표 너머로 지평선 부근까지 살펴볼 수 있지만 중산층을 위한 시설 같은 것은 이곳에 없다. 이곳은 생존주의자를 위한 나라이다. 움직임은 흠이 없고, 모든 픽셀은 제 몫을 하고, 위에서 쏘아대듯 방사하는 색상들은 헥스코드[9]라고 하기에는 과하며, 지면의 사운

---

9 hex code. 컴퓨터 코딩에서 색상을 #과 뒤에 붙는 여섯자리 16진수로 나타낸 것.

드트랙은 사막바람이다. 눈에 보이지 않는 불확실한 링크에 도달하기 위해, 그녀는 어떻게든 이곳을 건너는 길을 찾아, 단지 사막에 그치지만은 않는 이 사막을 뒤져야 한다.

아직은 절망에 빠지지 않은 채 그녀는 길을 나선다. 모래언덕과 광물의 색조로 아름답게 물든 깊고 순수한 계곡 위아래로, 바위와 능선, 오마 샤리프가 신기루로부터 말을 타고 오지 않는 텅 빈 지류 밑으로,[10] 다가갔다 우회하며. 총 쏘는 게임도 아니고, 아무튼 지금까지는 그렇고, 줄거리도 없고, 목적지에 관한 정보도 없고, 참고할 설명서도 없고, 치트키 목록도 없다는 것을 빼고는, 십대 소시오패스 비디오게임과 다를 게 없다. 누가 여러분의 목숨을 갖고 있는가? 누가 지금 이 목숨이라도 부지하고 있는가?

그녀는 사막바람의 불안하고 화려한 선율 속에서 잠시 멈춘다. 이 모든 게 찾는 것이 아니라 놓치는 것에 관한 거라면. 그녀는 무엇을 놓쳤는가? 맥신? 이봐? 다르게 말해서, 그녀는 무엇을 놓치려고 하는가?

윈더스트, 다시 윈더스트로 돌아가자. 화면 밖에서의 그날그날의 일상을 되짚어보면, 그녀는 9·11 이전의 과거에 그녀를 그와 연결시켜준 눈에 보이지 않는 정확한 픽셀을 한번이라도 클릭한 적이 있던가? 그도 똑같은 방식을 거쳐서 그녀의 삶 속으로 들어왔던 것인가? 어떻게 해야 그 과정이 뒤바뀌는가?

수평과 수직의 시야 사이에서 왔다 갔다 하면서, 그녀는 둘 사이의 각도에 변화를 줄 수 있는 방법을 발견한다. 그 결과 동틀 녘의 고고학자처럼 이 사막의 풍경을 아주 완만한 경사각에서 볼 수

---

10 영화 「아라비아의 로렌스」에 출연한 오마 샤리프를 두고 하는 말.

있게 되고, 안 그랬더라면 보이지 않을 지면의 기복을 알아차린다. 이것들은 그녀가 클릭해서 들어가야 하는 링크들의 풍부한 소스임이 드러난다. 어느새 그녀는 중계국, 오아시스로 이동한다. 저 앞에 무엇이 있든 그곳으로부터 돌아온 여행객은 거의 없고, 운하가 없는 얼음 덮인 강에 대한 수수께끼 같은 암시 외에는 알려주는 게 거의 없다. 저 멀리 강둑 위에는 자기만의 비밀에 싸여 회색빛을 어렴풋이 발하며, 길게 신호를 주고받은 뒤에야 안으로 들여보내주는, 보기 드문 철벽같은 금속으로 지어진 도시가 서 있다.

구조물들이 앞에서 모습을 드러내기 시작하고, 썩은 고기를 찾아다니는 새들이 하늘에 나타난다. 때로는, 아주 먼 곳에서, 원근법에 비해 키가 크고 예복에 두건을 쓴 인간의 형상이 가만히 선 채로 바람에 옷자락을 펄럭이며 맥신을 지켜본다. 그들은 다가오거나 맞이하려는 아무런 시도도 하지 않는다. 저 앞쪽에서, 그녀의 주위로 솟아난 구운 진흙으로 된 지역 너머로, 어떤 존재가 느껴진다. 하늘이 변하면서 수증기를 잔뜩 머금기 시작하더니, SVG[11]의 엷은 청색으로 천천히 바뀐다. 그러자 풍경은 기이한 광채를 띠며 그녀를 향해 움직이고, 갑자기 속도를 내 몰려와 그녀를 뒤덮는다.

그녀가 정확하게 어디에서 환각에 빠져야 하는가? 도시, 성채, 그것이 무엇이든 무언가가 휩쓸고 지나가며, 조명이라고는 듬성듬성 타오르는 불밖에 없는 제3세계의 암흑 속에 그녀를 떨궈놓는다. 잠시 후, 어둠속에서 그녀는 길을 더듬다가 원유를 찾아낸다. 거대한 기름 줄기가 갑자기 강렬한 저음을 내며 온통 시꺼멓게 위로 계속 솟구치고, 시굴자들이 발전기와 탐조등을 들고 전혀 모르

11 Scalable Vector Graphics(가변 벡터 그래픽)의 약자.

는 곳에서 나타나는데, 머리에 단 조명 때문에 아무것도 보이지 않는다. 모든 채굴업자의 꿈이자, 많은 이들이 바라는 여행의 목적이 이루어지는 순간이다. 맥신도 덩달아 열광하며 가상의 스냅사진을 찍고, 계속해서 길을 나선다. 얼마 되지 않아, 솟구치던 원유가 불꽃을 내뿜고 몇마일이 지나도록 등 뒤로 계속 타오른다.

누군가에게는 길어서 못마땅한 밤. 누구든 바깥에 있는 자를 미지의 눈먼 탐사자로 만드는 게 목적인 야간경비는 텅 빈 숙소에 거의 파묻혀 있다. 눈으로 볼 수 있는 것에는 절대 집중하지 않으면서.

가상의 새벽에 맥신은 사막이 보이는 능선에서 다른 누구도 아닌 빕 에퍼듀를 우연히 만난다. 그도 그녀를 알아보는지는 확실하지 않다. "셰이와 브루노는 어떻게 지내요?"

"아마 LA에 있을걸요. 난 아니에요. 아직 라스베이거스에 있어요. 우리는 더이상 스리섬이 아닌 것 같아요."

"무슨 일 있었어요?"

"우리는 MGM 그랜드에 있었어요. 나는 스투지스 슬롯머신을 하고 있었는데 페이라인에 래리 세개, 모 하나, 그리고 파이 하나가 나와서 기쁨을 나누려고 옆을 돌아봤더니, 셰이와 브루노가 아무데도 안 보이는 거예요. 그래서 잭팟 상금을 챙긴 뒤 그들을 샅샅이 찾으러 다녔는데, 가버리고 없었어요. 그들이 언젠가 달아난다면, 난처하게 나를 사람들이 지나다니는 곳의 가로등 기둥 같은 것에 수갑으로 채워놓고 떠날 거라고 늘 생각했었어요. 하지만 막상 그러고 가니, 방값도 이미 냈겠다 어쨌든 이틀 정도는 신나게 즐길 만큼 카지노 밑천도 있겠다, 보통 시민들처럼 자유로워졌어요."

"많이 놀랐겠어요."

"그때는 사실 슬롯머신에 너무 정신이 팔려 있었어요. 그애들이 돌아오지 않으리라는 걸 깨닫고 나서는, 노스라스베이거스에서 원룸 정도는 임대할 수 있을 만큼 돈을 땄어요. 그 기세로 나머지도 쉽게 땄고요." 요즘 빕은 전문적인 슬롯머신 도박꾼으로 지금까지 승률에서 영 점 몇 퍼센트 앞서 있고, 호화 카지노부터 편의점까지 도시 전역에 알려져 있는 단골손님이다. 그는 하루 종일 카지노에 앉아 있어도 지치지 않는 자세가 몸에 배어서, 천직을 찾았다고 해도 과언이 아니다.

"내 자동차 어때요?" 그러면서 비탈길에 세워져 있는 시트로엥 사하라를 몸짓으로 가리킨다. 60년대에 생산된 차로, 앞뒤에 장착된 엔진, 사막지형을 위한 사륜구동, 정성 들여 만든 세부에 이르기까지, 후드 위에 스페어타이어가 있는 것만 빼면 일반적인 2CV와 비슷하다. "딱 육백대만 생산됐죠. 아무도 안 믿어도 낚싯바늘[12] 두 장으로 딴 진짜예요. 원하면 태워줄게요. 흔치 않은 기회예요. 이곳의 아름다움이 궁금하다면 말이죠." 그가 텅 빈 사막의 풍경을 둘러보며 말한다. "이건 라스베이거스가 아니에요. 카지노도 없고, 배당률은 정직하죠. 여기서 임의의 수는 완전히 합법이에요."

"나도 한번 들은 적이 있어요. 요즘에는, 잘 모르겠어요. 당신도 조심하길 바라겠죠. 자, 빕? 나 기억나요?"

"이런, 마지막 거래도 기억을 못하는데요."

그녀는 오아시스로 향하는 링크를 발견한다. 링크를 따라가자, 이슬람 낙원을 그대로 옮겨놓은 듯한 말굽 모양의 정원, 그녀가 지나온 모든 척박한 지역에서 흐르던 것보다 더 많은 물, 야자나무,

---

12 fishhook. 카드게임에서 잭(jack) 또는 7을 가리키는 용어.

바가 있는 수영장, 와인과 파이프담배 연기, 멜론과 대추야자, 혜자즈 음계의 과격한 음악이 이어진다. 이번에는 실제로 오마 샤리프가 천막 안에서 브리지카드를 하며 특유의 살인 미소를 짓는 광경을 목격한다. 그런 다음에는, 아무 소개도 없이,

"안녕, 맥신." 윈더스트의 아바타는 원래의 그보다 젊고, 아직 타락하지 않은 머리 좋은 사회 초년생답게 더 밝다.

"여기서 보게 될 줄은 전혀 상상도 못했어요, 닉."

오, 정말? 이런 일이 일어나길 바라지 않았다고? 그녀의 온라인 기록을 가진 누군가, 모든 걸 다 아는 어떤 사이버-수다쟁이가 그녀가 클릭하는 것 하나하나를, 커서의 모든 움직임을 기록하고 있을 텐데도? 그녀가 깨닫기도 전에 그녀가 원하는 것을 알고 있는데도?

"D.C.로 무사히 돌아갔죠?" 너무 '그나저나 내 돈은 어디 있는데' 하는 투다.

"끝까지 못 갔어요. 출입금지 구역이 있어요. 내 집과 가족 주변. 잠도 별로 못 잤어요. 그들이 나와 관계를 끊은 것 같아요. 결국에는 이렇게. 모두 사라졌어요. 내 주소록에 있는 모든 사람, 이름은 없고 전화번호만 있는 사람들까지도."

"지금 있는 곳은 어디예요? 물리적으로?"

"어느 와이파이 핫스폿. 스타벅스, 아마도."

그는 생각에 빠진다. 그러자 그녀는 갑자기 숨을 들이쉰다. 방금 대답이 그가 한 말 중 그녀가 진정으로 믿는 거의 첫번째 말이다. 그는 더이상 자기가 어디에 있는지 개뿔도 모른다. 어떤 투명한 감정의 빛줄기 같은 게 그녀를 관통한다. 그녀는 나중에야 그것이 무엇인지 깨닫게 될 것이다. 이렇게 연민을 느낀 것도 너무

오랜만이다.

돌연, 누가 먼저 걸음을 내디뎠는지도 모르게, 그들은 사막으로 다시 돌아와, 그녀가 잠들어 있고 꿈을 꾸고 있는 것은 아니기에 정확하게 날았다고는 할 수 없지만, 아주 빠른 속도로 움직인다. 평소보다 더 환하게 빛나는 초승달 밑에서 바람이 깎아놓은 바위지대를 지날 무렵, 윈더스트는 갑자기 몸을 피하더니 바위 뒤로 숨으며 그녀를 자기 쪽으로 홱 끌어당긴다.

"누가 우리에게 총을 쏘고 있어요?"

"아직은 아니에요. 하지만 무언가가 우리를 쫓고 있다고 생각해야 돼요. 모든 행동을 짧게 끊어서 하는 게 좋아요. 우리가 총알을 피해 이리저리 뛰고 있다고 그들은 생각할 거예요. 그때 우리는 탁 트인 곳에 나타나 그들을 놀래주는 거죠……"

"우리라고요? 나는 혼자서 바위 뒤에 숨어 있는 것 같은데요. 그때 우리를 향해 AK를 쐈던 사람들과 같은 사람들이에요?"

"나를 너무 감정적으로 대하지 마요."

"왜 안되는데요? 우리 이럴 뻔했잖아요. 도망다니는 연인들같이."

"오, 참 대단하네요. 당신의 아이들, 가정, 가족, 사업과 평판을 당신이 구하지 못할 사람들을 위해 싸구려 숙명론과 바꾸려 하다니. 그거 좋네요." 아바타는 꿈쩍 않고, 후회하는 기색 없이, 작정한 듯 전방만을 주시하며, 당당하게, 그녀를 바라본다. 하지만 "그들"이 누구든 간에, 그녀는 윈더스트가 그들을 위해 일하면서 나중에 어떻게 변하더라도 그들이 그보다 훨씬 더 나쁘다고 믿고 싶다. 그들은 그에게서 소년의 잔인함이라는 경솔한 재능을 찾아내고 그것을 발전시켜, 야금야금 배치하고 이용했다. 그 결과 어느날 그는

590

GS-1800번대[13]의 임무를 수행하면서도 전혀 가책을 못 느끼는 전문 사디스트가 되었다. 아무것도 그의 마음을 움직이지 못했다. 그리고 앞으로 계속, 은퇴하고 나서도 그럴 것이라고 그는 생각했다. 멍청이. 역겨운 인간.

그녀는 화가 치민다. 어찌할 줄을 모른다. "내가 뭐라도 해줄──"

"없어요."

"알았어요. 그래도──"

"내가 당신을 찾으러 온 게 아니에요. 당신이 나를 클릭했어요."

"맞아요."

마치 그가 자신과 말싸움을 하고 있는 듯, 오랜 침묵이 흐른다. 결국 두 사람은 결론을 내린다. "그곳에 있을게요. 발기가 될지는 보장 못해요."

"에이. 누군가에게 마음을 열 줄은 알아요?"

"그보다는 이런 생각을 하죠. 돈 가져왔어요?"

"아이들한테서 얼마나 더 훔칠 수 있는지 볼게요."

13 미 연방정부 소속의 직군 분류 체계에서 특수수사관 직군을 가리킨다.

37

　총을 휴대하는 것에 대한 아마도 007과 관련된 심리적 거부감 때문에 그녀는 손잡이에 레이저 포인터를 장착한 발터 PPK는 가급적 피하려고 노력한다. 휴대 여부는 권총도 직장이란 게 있다면 승진을 원할지 모르는 두번째 후보 베레타에 달려 있다. 하지만 이번만큼은 사다리를 가져다 벽장의 뒤편을 뒤져서 PPK를 꺼낸다. 적어도 그것은 손잡이가 핑크 펄 색상으로 된 숙녀용 모델은 아니다. 그녀는 배터리를 확인하고, 레이저 포인터를 돌려서 켰다 껐다 해본다. 언제 여자에게 레이저가 필요할지는 아무도 모르는 법이다.

　어느 답답한 겨울 오후, 뉴저지의 하늘은 고대 겨울왕국의 빛바랜 전투 깃발처럼 위는 헥스코드의 라벤더색, 아래는 버터밀크색으로 수평으로 나뉘어 있다. 맥신은 브로드웨이 방면으로 가는 택시를 잡으려고 한다. 하루 중 이맘때는 택시들이 교대를 하기 위해 롱아일랜드시티로 돌아가느라 승차를 꺼려할 시간이라서 맥신은 차를 잡는 데 애를 먹는다. 마침내 택시 한대를 불러세울 즈음, 도시의 불빛이 켜지고 어둠이 깔리기 시작한다.

'은신처'에 도착한 맥신은 초인종을 누르고 기다리고 또 기다린다. 아무 응답이 없다. 출입문이 잠겨 있다. 그러나 문의 가장자리로 불빛이 새어나오는 게 보인다. 잠긴 상태를 확인하기 위해 문틈을 들여다보니 단지 걸쇠만 걸려 있고, 빗장은 채워져 있지 않다. 지난 몇년 동안 다양한 백화점카드와 신용카드로 실험해본 경험을 바탕으로, 그녀는 아이들이 ESPN 구역에서 받아 집으로 들고 온 강하면서도 유연한 플라스틱 게임카드에서 답을 찾는다. 게임카드 하나를 꺼내 한쪽 무릎을 살짝 꿇은 뒤, 문틈으로 슬쩍 밀어넣자마자 이렇게 해도 괜찮은 건지 의심이 든다.

설치류의 그림자가 그녀 앞으로 휙 지나간다. 계단통에 메아리가 울리고, 다른 층에서 비명을 지르는 소리가 들린다. 뭔지 알 수 없는 인간 아닌 것들이 내는 소리이다. 구석의 그림자는 윤활유처럼 짙어서 전구가 아무리 밝다 해도 그 속을 들여다볼 수가 없다. 복도의 조명은 나갔다 들어왔다를 반복하고 있으나 마나 한 난방은 몇몇 라디에이터에서만 나온다. 그러다보니 맥신이 알고 지내는 전 뉴에이지 애호가들의 말대로, 악의적인 영혼의 힘을 나타내는 냉기의 조각 같은 게 느껴진다. 어떤 복도에서인지 배터리가 죽어가는 화재경보기에서 날카롭고 황량한 소리가 반복해서 울린다. 그녀는 해 질 녘이 되면 개들이 밖으로 나온다는 윈더스트의 말을 떠올린다.

아파트의 문은 열려 있다. 그녀는 PPK를 꺼내, 레이저를 켜고, 안정장치를 손가락으로 튀겨 올린 다음, 안으로 천천히 들어간다.

개들이 보인다. 서너마리가 그녀가 서 있는 곳과 부엌 사이에 있는 무언가를 둘러싸고 있다. 개가 아니어도 맡을 수 있는 어떤 냄새가 난다. 맥신은 개들이 급히 자리를 떠날 경우를 대비해 문 옆으로 비켜선다. 그녀는 아주 단호한 목소리로 외친다. "됐어, 토토. 꼼짝 마!"

개들이 고개를 든다. 주둥이가 필요 이상으로 어두운 색깔을 띠고 있다. 그녀는 벽을 따라 안으로 움직인다. 문제의 그 무언가는 전혀 움직이지 않는다. 그것은 그 스스로 요주의 대상임을 알린다. 설사 죽어 있다 해도, 그것은 여전히 이야기를 이끌려고 한다.

개 한마리가 문밖으로 뛰어나가자, 다른 두마리가 그녀 앞으로 다가와 으르렁거리고, 또다른 한마리는 윈더스트의 시체 옆을 지키고 서서 이 침입자가 처리되기를 기다린다. 그 개는 만약 손이 여기에 있었더라면 분명하게 말해주었겠지만 실제로 개의 표정이라기보다는, 얼굴을 마주 보는 듯한 표정으로 맥신을 응시한다. "작년에 웨스트민스터에서 본 적 있지 않니? 최우수견으로?"

가장 근처에 있는 개는 로트바일러[1]에 다른 뭔가가 섞인 품종이다. 작고 붉은 점이 앞머리 중앙에까지 퍼져 있으며, 다행히 신경질적으로 돌아다니지 않고 바위처럼 꿈쩍 않는다. 파수견처럼 마치 어떤 일이 일어날지 지켜보려는 듯 가만히 앉아 있다.

"자," 그녀가 낮게 말한다. "야, 너도 이게 뭔지 알잖아. 그러다 텔레파시라도 통하겠어…… 자…… 꼭 그럴 필요는 없잖아……" 개들은 으르렁거리는 것을 멈추고 조심스럽게 출구로 향한다. 부엌에 있던 우두머리 개는 마침내 시체로부터 물러나, 마치 그녀를

---

1 덩치가 크고 사나운 독일산 사냥개로 경찰견 중에 많다.

향해 고개를 끄덕이는 듯하다가, 그들과 합류한다. 그들은 복도에서 그녀가 일을 끝내기를 기다린다.

개들이 가한 상처를 보지 않으려고 애쓰지만 냄새는 남아 있다. 그녀는 오래전 어린 시절의 동요를 혼자 부른다.

죽었네요, 의사가 말했어요,

죽었네요, 간호사가 말했어요,

죽었네요, 여자가 말했어요

악어가방을 들고 다니는……[2]

그녀는 화장실로 비틀거리며 가서 환풍기를 켜고, 시끄러운 환풍기 밑의 차가운 타일 바닥에 무릎을 꿇는다. 변기통의 내용물이 마치 메시지를 전달하려는 듯 살짝이지만 의심의 여지 없이 솟아오른다. 그녀는 구토를 하고서, 도시의 모든 황량한 사무실과 잊힌 임시공간으로부터 나오는 모든 오염된 공기가 거대한 다기관을 거쳐 하나의 파이프로 흘러들어, 방귀, 입 냄새, 그리고 부패한 화장지의 항풍 속을 으르렁거리며 가로지른 끝에, 예상컨대 뉴저지 어딘가에서 배출되는 상상에 사로잡힌다. 그러는 동안 수백만개에 이르는 배기구의 격자 모양 뚜껑 안쪽에는, 기름때가 작은 구멍과 살에 계속해서 끼고, 먼지가 피었다 가라앉았다 하며 몇년 동안 쌓여 검고 누르스름한 비밀스러운 백태처럼 된다…… 무자비한 엷은 청색 조명, 흑백 꽃무늬 벽지, 거울에 비친 그녀의 흔들거리는 모습…… 코트 소매에 묻은 토사물 자국을 차가운 물로 닦아보지

---

2 줄넘기할 때 부르는 동요 「악어가방을 든 부인」(The Lady with the Alligator Purse) 의 일부.

만, 아무 소용이 없다.

그녀는 다른 방의 말 없는 시체에게 다시 가본다. 구석에서 악어 가방을 든 부인이 말없이 지켜본다. 그녀의 눈에서는 빛이 나지 않고, 오직 미소 짓는 입모양만이 어둠속에서 희미하게 보이며, 한쪽 어깨에는 가방을 메고 있다. 가방 안에 무엇이 들었는지는 그것을 보기도 전에 늘 잠에서 깨서 영원히 비밀이다.

"시간 낭비야." 부인이 속삭인다. 매정한 목소리는 아니다.

그럼에도 불구하고 맥신은 과거에 닉 윈더스트였던 자를 잠시 바라본다. 그는 고문자였고, 여러차례 살인자였으며, 그의 성기를 그녀의 몸 안에 넣었었다. 지금 어떤 기분인지 그녀는 확실하지 않다. 눈에 들어오는 건 맞춤 처카 부츠[3]뿐으로, 이곳 조명 속에서 흙 묻은 담갈색을 띠고 있다. 내가 지금 여기서 뭘 하고 있는 거지? 세상에, 이 일을 막을 수 있을 거라 믿고 달려왔던 건가……? 이 가엾고, 어리석은 신발을……

그녀는 그의 주머니를 잽싸게 뒤져본다. 지갑, 지폐든 뭐든 돈 같은 것, 열쇠, 필로팩스 수첩, 휴대폰, 담배, 성냥, 라이터, 약, 안경 등등 아무것도 없고, 그저 텅 빈 주머니뿐이다. 말할 것도 없이 완전히 빈털터리이다. 적어도 그는 일관됐다. 이 일에서 그는 결코 돈이 목적은 아니었다. 신자유주의의 악이 그에게 어떤 다른, 지금은 알 수 없는 매력을 발휘했음이 틀림없다. 죽음이 가까이 오자, 결국 그에게 남은 것은 전과기록뿐이었고, 그를 관리하던 자들은 그것에 의해 어떻게 되든 말든 그를 내버려두었다. 전과기록의 길이, 기간, 무게에 의해 어떻게 되든 말든.

---

3 chukka boots. 발목까지 오고 끈이 있는 스웨이드 구두.

그렇다면 나는 딥아처의 오아시스에서 누구와 이야기를 나눈 거지? 만약 윈더스트가 냄새로 판단하건대 그때 이미 죽은 지 오래되었다면, 둘 중 하나를 선택해야 하는 문제가 생긴다. 그가 그녀에게 저승에서 말하고 있었든가, 아니면 그가 가짜였고 꼭 남의 행복을 비는 사람이나 유령이나 게이브리얼 아이스일 필요는 없지만 어느 누군가가 그 링크로 접속했든가…… 캘리포니아에 사는 누군지도 모르는 열두살짜리일지도. 그런데 왜 이런 것을 믿지?

전화벨이 울린다. 그녀는 약간 흠칫한다. 개들이 호기심에 출입구로 온다. 전화를 받아? 그녀는 받지 않기로 마음먹는다. 벨이 다섯번 울리고 나자 부엌 조리대 위의 응답기가 켜지고, 볼륨을 높게 맞춰놓아서 흘러나오는 소리를 듣지 않을 수가 없다. 그녀가 아는 목소리가 아니다. 누군가가 높고 거칠게 속삭인다. "있는 줄 다 알아. 안 받아도 돼. 그저 지금은 등교일 전날 밤이라는 걸 알려주려는 것뿐이야. 당신의 아이들이 언제 당신을 필요로 할지 당신은 결코 모를 거야."

오, 젠장. 오, 젠장.

밖으로 나가는 길에, 그녀는 거울을 지나면서 자동적으로 거울을 본다. 흐릿하게 움직이는 모습이 보인다. 어쩌면 그녀 자신일 수도 있고, 어쩌면 다른 무엇, 다시 나타난 악어가방을 든 부인일 수도 있다. 그녀의 결혼반지에서 반사되는 한줄기 빛을 제외하고는 모두 어둠속에 있다. 잠시 상상으로라도 빛을 맛으로 느낄 수 있다면, 약간 쓴맛이 난다고 해야 할 그런 빛이다.

* * *

바깥 어느 곳에도 경찰은 없고, 택시도 없다. 한겨울 초입의 어둠뿐이다. 차가운 날씨에 바람이 거세게 분다. 사람들이 있는 도시 거리의 불빛은 저 멀리 떨어져 있다. 그녀는 완전히 다른 밤, 완전히 다른 도시로 나와 있다. 보기에는 영원히 돌아다닐 수 있을 것 같지만 결코 벗어날 수 없는, 1인칭 슈팅게임 속 도시 같은 곳이다. 눈에 띄는 유일한 인간이라고는 저 멀리 보이는 가상의 보조출연자뿐이지만, 그들 중 아무도 그녀가 원하는 도움을 주지는 않는다. 그녀는 가방을 뒤져 휴대폰을 꺼낸다. 물론 문명으로부터 이렇게 멀리 떨어진 곳에서 메시지를 받는 것은 불가능하다. 설사 가능하다고 해도, 배터리가 거의 다 되었다.

어쩌면 그 전화는 단순한 경고였을지 모른다. 어쩌면 그게 전부이고, 아이들은 안전할지 모른다. 어쩌면 그건 그녀가 더이상 어쩌지 못할 거라는 어떤 바보의 섣부른 판단일지 모른다. 오티스는 바이어바가 학교에 들러 차에 태울 예정이고, 지기는 크라브마가 수업에 나이절과 함께 가기로 되어 있다. 하지만 그게 뭐? 그녀가 당연하게 여기던 과거의 모든 장소는 더이상 안전하지 않다. 결국 도달하게 되는 유일한 질문은 이것이다. 지기와 오티스가 위험으로부터 보호를 받으려면 어디로 가야 하는가? 그녀가 실제로 아는 사람들 중에 이제는 누구를 믿어야 하는가?

지금은 공황에 빠질 때가 아니라고 그녀는 스스로에게 다짐한다. 그녀는 자신이, 평소에 도로변에 서서 '손짓으로 택시를 부르며' 그녀를 짜증나게 했던 뉴욕의 모든 여자들의, 정확하게 소금기둥까지는 아니어도 그것과 기념비 사이의 무언가, 강철로 된 수척한 무언가로 딱딱하게 굳어가는 상상을 한다. 10마일 내의 어느 방향으로도 택시는 보이지 않지만, 그럼에도 불구하고 텅 빈 도로와 있지도 않은 다가오는 차량을 향해 애원하기보다는 이상하게 거만한 자세로 손을 내밀며, 모든 택시 운전사의 경보를 울리는 은밀한 자세를 취하는 여자들 말이다. "길모퉁이에서 손을 공중에 들고 서 있는 년 좀 봐! 가! 가!"

하지만 그 자리에서 자신도 알아보지 못하는 모습으로 바뀌어, 그녀는 자신의 손이 바람을 따라 강 너머로 떠다니는 것을 아무렇지 않게 지켜보며, 희망의 부재, 구원의 실패에서 벗어나 마법 같은 탈출을 요청해보려고 한다. 어쩌면 그 여자들에게서 본 것은 거만함이 아니었을지 모른다. 그것은 사실 신념에서 나온 행위일지 모른다. 엄밀히 말하면, 뉴욕에서 거리 밖으로 나간다는 것부터가 바로 그렇다.

맨해튼의 실제 세계로 돌아온 그녀는 결국 경찰이 없는 어둑한 교차로를 거쳐 텐스 애비뉴로 가서, 도시 외곽 방향의 거리 모퉁이마다 생기발랄한 노란색 옥상 위의 문자와 숫자에 불이 들어와 있는 광경을 보며, 점점 더 어두워져가는 시간 속을 여행한다. 그러는 동안 인도는 마치 검은 강처럼 계속해서 도시 외곽으로 흐르고, 모든 택시와 트럭과 교외 거주자들의 차량은 오직 그 길을 따라 실려가는 것 같다.

호스트는 아직 집에 없다. 오티스와 피오나는 아이들 방에서 평소처럼 창의적인 의견 차이를 겪고 있다. 지기는 텔레비전 앞에서 별일 없었다는 듯 「스쿠비 남미에 가다!」(1990)를 보고 있다. 맥신은 욕실에 잠시 들러 매무새를 고친 뒤에, 가급적 질의응답으로 시작하지 않는 게 좋겠다는 마음을 먹고, 거실로 나와 광고가 시작될 즈음 지기 옆에 앉는다.

"안녕, 엄마." 그녀는 영원히 아이를 안아주고 싶은 마음이다. 하지만 그 대신 아이가 영화 줄거리를 간추려서 말하도록 내버려둔다. 승합차를 운전해도 된다는 허락을 용케 받은 새기는 운전 중 헷갈려서 길을 잘못 들고, 결국 모험심 강한 5인조는 당시에 악명 높은 코카인 카르텔의 본거지였던 꼴롬비아 메데인에 도착한다. 그곳에서 그들은 다른 것도 아니고 암살당한 마약조직 두목의 유령 행세를 하여 카르텔을 장악하려고 하는 사악한 마약단속국 요원의 계략을 우연히 알게 된다. 하지만 거리를 떠돌아다니는 인근 부랑아들의 도움으로 스쿠비와 그의 친구들은 그 계획을 저지한다.

만화는 다시 시작하고, 악한은 재판에 회부된다. "저 메데인 아이들만 아니면," 지기가 아쉬워한다. "나 같아도 훔쳐서 달아났을 텐데!"

"그래서," 맥신은 아무것도 모르는 척하며 묻는다. "오늘 크라브 마가 수업은 어땠어?"

"엄마도 알잖아. 물어보니까 이상해. 왜 묻는지 알 것 같아."

수업이 끝나자마자 나이절은 바깥 어딘가에서 시터를 기다리고 있었고, 에마 레빈은 안전선을 설치하고 다녔다. 그때 지기는 배낭에서 삐 소리가 나는 것을 들었다.

"어오. 나이절." 지기는 그의 사이비코를 꺼내 화면을 확인한 뒤, 작은 전자펜으로 버튼을 누르기 시작했다. "그는 길모퉁이 근처의 드웨인 리드에 있어. 그곳 앞에 기분 나쁘게 생긴 남자들을 태우고 공회전 중인 승합차가 한대 서 있어."

"어이, 멋진데. 포켓용 키보드네. 그걸로 이메일도 보낼 수 있어?"

"인스턴트 메시지 정도는 가능해. 네 생각에 그 승합차는 걱정 안해도 될 것 같아?"

갑자기 불빛이 크게 번쩍이더니 폭발음이 들렸다. "제기랄!"[4] 에마가 중얼거렸다. "인계철선[5]이야."

그들은 뒤쪽 출구로 뛰어나갔다가 불법무장단체원 같아 보이는 덩치 큰 남자가 건물 사이의 통로에 서서 눈을 깜빡이고, 비틀거리며, 욕하는 모습을 보았다. 사방에서 불꽃놀이 화약 냄새가 났다.

"우리가 도와드릴 거라도 있나요?" 에마는 신속하게 오른편으로 가면서 지기에게 왼편으로 가라고 몸짓을 했다. 그 방문객은 그녀의 목소리가 들리는 쪽으로 몸을 돌리더니 무언가를 향해 손을 뻗는 것 같았다. 에마는 표 안 나게 행동에 들어갔다. 그 인간이 하늘 높이 날아간 것은 아니지만 그가 그 물건을 건드렸을 무렵에는 이미 그것으로부터 분리되어, 에마가 지기의 도움을 받아 그를 제압하는 데에는 간결한 동작 몇개면 충분했다.

"아마추어일 뿐 아니라 멍청하기까지 하네. 장난치려는 상대가 누구인지도 모르고?"

"멋있어요, 레빈 선생님."

"당연하지, 너 말이야. 너는 내 팀의 요원이야, 지기. 아무도 우리한테 까불지 못해. 이자도 얼마 버티지 못했잖아?"

그녀는 침입자의 몸에서 특대 탄창이 장착된 글록 권총을 발견했다. 지기의 두 눈은 내면의 무언가를 바라보는 듯 점점 깊어졌다. "음…… 민간인이 아닐지도 몰라. 그렇다고 전문가도 아니고. 그러면 뭔지 모르겠네."

4 Harah! 히브리어 비속어.
5 건드리면 연결된 폭탄이 터지는 가는 철선.

"용병인가요?"

"나도 그렇게 생각하고 있었어."

"그러면 결국 잠복조네요."

어깨를 으쓱했다. "나는 일주일 이십사시간 내내 대기하고 있어. 내가 필요할 때면, 항상 있어. 내가 필요한 것 같아서. 관측기를 하나 더 설치한 뒤에, 지하실로 내려가서 손수레를 가져다가, 이 바보 녀석을 실어 승합차에 있는 그의 친구들이 주워가게 놔두자."

그들은 의식을 잃은 총잡이를 거리로 싣고 나와 빗물에 붇고 한쪽으로 처진, 도로변의 부서진 널빤지 찬장 옆에 버렸다. 그들은 911에 전화를 걸지 의논하다가, 더 나쁠 게 있겠냐고 결론 내렸다. "그게 다야. 나이절은 역시나 자길 안 끼워줬다고 화가 났어."

"그러니까…… 이게 다 네가 「파워 레인저스」 같은 데서 본 거라는 말이지." 맥신이 기대감을 갖고 말한다.

"그런 것 주변에는 나쁜 업보가 따라다녀…… 엄마? 괜찮아?"

"오 지거랫…… 네가 무사해서 기뻐서 그래. 너무 대견해. 그렇게 직접 맞서다니…… 레빈 선생님도 분명히 그렇게 생각할 거야. 엄마가 선생님한테 나중에 전화해도 괜찮지?"

"걱정 마, 선생님이 알아서 처리할 거야."

"그냥 고맙다는 인사를 하려고, 지기."

오티스와 피오나가 침실 문을 박차고 나온다.

"내 말 잘 들어, 피오나. 영구 언어를 잃어버리면, 후회할 거라고."

"진부한 표현에 불과해. 싸치반이 그것 없어도 내 맘대로 걸어다닐 수 있다고 했어."

"그걸 믿어? 그는 모집원이야."

"너 지금 말하는 거 질투심 많은 남자친구 같아."

"철 좀 들어, 피오나."

호스트가 눈을 깜박이며 집으로 들어오더니 맥신을 쳐다본다. "얘들아, 엄마하고 잠깐 얘기 좀 할게." 그러고는 그녀의 한쪽 팔목을 붙잡고, 그녀를 침실로 조용히 데리고 간다.

"나 괜찮아." 맥신이 눈을 피하며 말한다.

"당신 지금 떨고 있어. 목요일의 코네티컷 그리니치보다 더 하얘. 아무 걱정 안해도 돼, 자기. 지기의 선생님하고 얘기했어. 그냥 크라브마가로 충분히 맞설 수 있는 일반적인 뉴욕의 범죄자래." 그녀는 진실을 결코 알 리 없는 이 순진한 얼굴이 어떻게 바뀔지 알기에, 만약 그게 무엇이든 죄책감 같은 것에 무너지고 싶지 않다면 이렇게 흘러가도록 내버려두는 게 낫겠다고 생각한다. 그녀는 그저 고개를 끄덕이고 참담한 표정으로 멍하니 바라보면서, 호스트가 일반적인 범죄자 이야기를 하게 내버려둔다. 이 도시에는 두려워할 것이 천개, 어쩌면 이천개는 된다. 다른 것들도 너무 많아서 그는 알고 싶지 않을 것이다. 모든 침묵, 모든 시간, 육체관계는 없는 사기조사관의 부정不真한 행위, 이 외에도 예상치 않은 진짜 육체관계. 이제 상대방은 죽었다. 오늘 일어난 일에 대해 즉흥적으로 둘러댈 수는 없다. 그러면 먼저 그가 따질 것이다. 죽은 남자? 그를 보러 갔다고? 그러면 그녀가 발끈할 것이다. 당신은 지금 자기가 무슨 말을 하는지도 몰라. 그러면 그는 다시 아이들을 위험에 빠뜨린 책임을 그녀에게 물을 것이고, 그러면 그녀도 못 참고, 그러면 당신은 아이들과 있어야 할 시간에 어디에 있었는데 하고 따질 것이다. 이런 식으로 계속 주고받으면, 다시 옛날로 돌아갈 게 분명하다. 따라서 가장 좋은 방법은 이쯤에서 그냥 입을 꽉 다무는 것이다. 맥신, 한번 더, 그냥, 입 다물고 있어.

다음 날 에마 레빈이 전화를 걸어, 모든 게 다 잘될 거라는 내용의 히브리어 쪽지와 함께 장미가 가득한 꽃다발이 익명으로 그녀의 스튜디오에 배달된 소식을 전한다.

"남자친구인가보죠?"

"나프탈리는 꽃이 존재한다는 건 알아요. 길모퉁이 가게에 있는 꽃을 보기는 하니까. 하지만 아직도 그게 먹을 건 줄 알아요."

"그럼 어쩌면……?"

"어쩌면. 그렇다고 누가 우리에게 셜리 템플처럼 돈을 준 건 아니니까요.[6] 기다려보죠."

하지만 어쩌면 그렇게 나쁜 신호는 아닐지도 모른다. 그러는 동안 에이비와 브룩이 해시슬링어즈에서 받는 에이비의 연봉과 일치하는 터무니없는 임대료의 리버사이드 근처 조합 아파트로 이사를 하자, 맥신은 아이들을 미국 수도의 어느 빌딩과 비교해도 보안이 결코 뒤지지 않는 아이들 조부모의 집에 잠시 안전하게 맡길 그럴싸한 핑계가 생긴다. 호스트도 이 생각에 적극 찬성하는데, 꼭 그가 자신의 유사 전처를 욕망의 대상으로 재발견해서만은 아니다. "나도 그 이유를 설명할 수는 없어……"

"괜찮아. 설명하지 않아도 돼."

"간통하는 느낌이랄까? 약간 다르기는 하지만."

이렇게 품위 있는 남자를 봤나. 맥신 생각에 그것은 그녀가 풍기는 행실 나쁜 여자의 분위기와 무관하지 않다. 또한 그게 유령이든 뭐든, 그녀의 엉덩이를 움켜쥘 만한 거리에 있는 모든 남자에 대한

---

6 배우 시절 영화 제작자로부터 성폭행을 당할 뻔한 뒤 장미 꽃다발을 받았다는 일화가 있다.

그의 과도한 의심과도 무관하지 않다. 그리고 그녀의 고집을 무리하게 꺾지 않아도 기분이 우쭐해질 수 있어서, 그녀는 그가 생각하고 싶은 대로 생각하게 내버려둔다. 그렇다고 그로 인해 발기에 문제가 생기지도 않는다.

게다가, 호스트는 어느날 불쑥 나타나더니 그녀에게 임팔라 키를 건넨다.

"내가 이게 왜 필요해?"

"만약의 경우를 위해서."

"어떤 경우……"

"확실치는 않아. 그냥 느낌상."

"뭐라고, 호스트?" 그녀는 그를 빤히 본다. 지극히 정상적인 표정이다. "그래도 되겠어? 쿵 하고 차 박는 거 당신 못 참잖아?"

"아, 차체 수리 비용. 그건 물론 당신이 내야 하고."

그 말인즉슨 그는 집에서 내내 빈둥거리고 있지 않을 거란 얘기다. 어느날 밤 그는 배터리파크에서 머리힐로 이사한 동업자 제이크 피멘토와 함께, 직감상으로 곧 인기 절정의 상품이 되리라는 확신이 든 희토류에 최근 관심을 보이는 바다 건너에서 온 벤처투자가 무리와 밤샘모임을 하러 나간다. 그래서 맥신은 친정집에서 아이들과 함께 자기로 결정한다.

그녀는 일찍 잠이 들지만 계속 잠에서 깬다. 토막 꿈이 쳇바퀴처럼 빠져나올 수 없게 반복된다. 그녀는 거울을 들여다본다. 그러자 악의로 가득 찬 자신의 또다른 얼굴이 그녀의 뒤에서 어른거린다. 밤새 이런 얼굴과 마주할 때마다 그녀의 가슴은 계속 두근거리면서도 서늘해진다. 어느 순간 그녀는 그만 지쳐서, 축축한 시트 사이에 누워 중얼거리며 몸을 뒤척인다. 누군가가 브로드웨이 북단에서 니노 로타의「대부」주제가 첫 여덟마디로 된 경적을 시끄럽게 몇번이나 반복해서 울려대고 있다. 이런 일이 1년에 한번은 있는데, 오늘밤이 바로 그날인 게 분명하다.

맥신은 살금살금 아파트를 돌아다닌다. 아이들은 2층 침대에서 자고 있고, 문은 약간 열려 있다. 언젠가는 아이들의 방문이 닫혀 있을 테고, 그러면 노크를 해야 하리라는 것을 그녀는 잘 안다. 어니의 사무실에는 세탁기와 건조기와 함께 책상 위에 골동품 애플 CRT 모니터가 방치되어 있고, 일레인의 식당 박물관에는 이 아파트에서 오래전부터 사용된 백열전구들이 새로 끼운 날짜와 다 쓴 날짜가 적힌 채 작은 발포고무 진열받침에 담겨 있다. 기록상으로는 특정 시대의 실바니아 전구가 가장 오래갔던 것 같다.

클래식음악 같은 게 텔레비전이 있는 방에서 들려온다. 모차르트의 음악이다. 이 긴박한 이른 아침 시각에 그녀는 텔레비전 앞에 붙어 있는 어니의 모습을 본다. 옛날 트리니트론 화면의 불빛에 다르게 보이는 얼굴로, 그는 잘 알려지지 않았을 뿐 아니라 사실 한번도 유통된 적 없는, 그루초 주연의 막스 브러더스[7]판「돈 조반니」를 감상하고 있다. 그녀는 맨발로 살금살금 들어가 소파의 아버지 옆에 앉는다. 두 사람이 먹기에도 너무 많은 팝콘이 담긴 커다란 플라스틱 사발이 보인다. 잠시 후 어니는 그것을 그녀 쪽으로 내민다. 레치타티보[8]가 나오는 동안 그는 오페라에 대해 설명해준다. "기사단장 부분을 잘라내서 돈나 안나와 돈 옥따비오는 없어, 그러다보니, 살인 장면도 없고, 코미디가 됐어." 레뽀렐로는 치코와 하

---

7 Marx Brothers. 1900년대 초중반에 브로드웨이 보드빌 공연과 영화에서 활동한 가족 코미디 그룹. 예명인 치코, 하포, 그루초, 거모, 제포 오형제를 말한다.
8 오페라에서 대사를 말하듯이 노래하는 부분.

포가, 한명은 대사, 한명은 동작 개그를 담당하는 식으로 연기하고 있다. 치코가 유창한 말솜씨로 가령 카탈로그 아리아⁹를 치고 나가면, 하포는 (마거릿 듀몬트가 이 역할을 맡기 위해 태어났다고 해도 좋을) 돈나 엘비라를 뒤쫓아다니며, 꼬집고, 더듬고, 자신의 자전거 경적을 울려댄다. 그뿐 아니라 「데, 비에니 알라 피네스뜨라」¹⁰의 하프 반주도 한다. 마세또 역할은 넬슨 에디가 아닌 스튜디오 바리톤이고, 제를리나는 아주 젊고 외모가 빼어난 비어트리스 피어슨이란 배우가 립싱크로 맡고 있다. 나중에 「포스 오브 이블」(1948)에서 존 가필드에 맞서는 악당들과 치명적으로 엮인 천진한 여자 역을 맡게 되는 배우이다.

오페라가 끝나자, 어니는 음소거 버튼을 누른 뒤, 고개 숙여 인사하는 베이스 가수처럼 어깨를 반쯤 올리며 두 손을 뻗는다. "자. 네가 오페라가 끝날 때까지 앉아 있는 걸 보는 게 이번이 처음이구나."

"잘 모르겠어, 아빠. 그냥 같이 앉아 있었을 뿐이에요."

"아이들도 보라고 테이프로 복사해놓았어. 걔들 취미에도 맞을 것 같아서."

"문화 교환이네요, 요즘에 아이들이 「메탈기어 솔리드」 가르쳐주는 걸 봤거든요."

"너와 브룩이 뚫어져라 보던 쓰레기 같은 텔레비전 프로보다 더 나아."

"맞아요. 모든 경찰 드라마를 정말 싫어하셨죠. 우리가 그런 프로를 보다가 들키면, 바로 꺼버리고 바깥에 못 나가게 했어요."

"그래서 경찰은 조금이라도 나아졌던? 사설탐정은 어떻게 됐

---

9 오페라 가수가 사람, 장소, 음식 등의 정보를 나열하는 아리아.
10 Deh, vieni alla finestra. 이딸리아어로 '오, 창가로 나와주오'라는 뜻.

고? 사랑스런 범죄자들은? 60년대 이후의 그 모든 선전물 속으로 사라지고, 오웰에게 얼굴을 걷어차이고, 끝없는 기소와 집행, 경찰, 경찰, 경찰. 우리 딸들이 그것들에 가까이 가지 못하게 해서, 너희들의 민감한 감성을 보호해주면 왜 안되는데? 그 결과 얼마나 좋아졌는지 봐봐. 리쿠드 당원인 네 동생이, 오로지 임대료를 내느라 쩔쩔매는 그 불쌍한 바보의 뒤치다꺼리를 해주고 있잖냐."

"과거의 텔레비전은 사람들을 세뇌시켰을지 몰라도, 지금은 절대 그럴 수 없어요. 아무도 인터넷을 통제하지 못하거든요."

"진짜 그렇게 생각하니? 얘, 할 수 있을 때 그렇게 실컷 믿어. 온라인 낙원이 다 어디서 온 건지 알아? 옛날 냉전 시대에 시작된 거다. 그때의 싱크탱크들은 핵 시나리오를 만드는 천재들로 가득했어. 네모난 서류가방에 뿔테 안경, 하나같이 학식과 양식이 있게 생긴 사람들이 매일 출근해서 세상이 끝장 날 모든 방법을 상상했지. 너희가 쓰는 인터넷을 그 당시 국방부는 다르파넷[11]이라고 불렀는데, 진정한 원래 목적은 소련과의 핵 교전 이후에도 미국의 지휘와 통제가 가능하도록 확실히 해두려는 거였어."

"정말요?"

"그럼. 원래의 취지는 아무리 공격을 받더라도 남은 것들을 연결해서 일종의 네트워크를 언제든 다시 조립할 수 있게, 노드를 넉넉하게 설정해두자는 거야."

이곳 불면증의 수도에서 몇시간 뒤면 동이 틀 시각에 부녀간의 순수한 대화는 이렇게 흘러간다. 창 밑으로 한밤중 거리의 제어할

---

11 DARPAnet. 군사기술을 주로 연구하는 미국 국방부 산하의 핵심 연구개발 조직인 국방고등연구기획청(The Defense Advanced Research Projects Agency)의 약자와 네트워크의 합성어. 인터넷의 원조인 아르파넷을 처음 개발했다.

수 없는 소리들, 파손, 비명, 차량 배기, 너무 크고, 너무 경박한 뉴욕의 웃음소리, 속이 뒤틀리는 굉음을 내며 부딪치기 전 너무 늦게 밟은 브레이크 소리가 들린다. 맥신이 어렸을 때에는 이 밤에 들리는 소음들이 사이렌처럼 너무 멀어서 문제 될 게 없다고 생각했다. 하지만 이제는 늘 너무 가까워서 신경이 쓰인다.

"아빠도 그 냉전 물건에 관여한 적 있어요?"

"나? 너무 까다로워서. 하지만 함께 다녔던 브롱크스 사이언스 출신들 중에…… 미친 예일 야코비안[12] 수학자가 있었어. 괜찮은 친구였지. 우리는 시내로 가서 기분전환 삼아 탁구를 치고는 했어. 그 친구는 MIT로 갔고, 랜드 연구소[13]에 취직해서 캘리포니아로 떠났어. 그뒤로는 연락이 끊겼단다."

"아마 세계를 폭파하는 부서에서 일하지는 않았을 거예요."

"그래, 난 판단 내리기를 좋아하는 사람이야, 맞아. 너도 거기에 있었어야 하는데. 지금은 모두 아이젠하워 시절은 너무 이상하고 약삭빠르고 지겹다고들 생각해. 하지만 거기에는 대가가 있었어. 바로 발밑에 순전한 공포가 있었던 거야. 영원한 한밤중 같은. 단 일분이라도 멈춰서 생각했다가는, 바로 그 안으로 추락할 수도 있어. 몇몇은 추락했지. 몇몇은 미쳤고, 다른 몇몇은 스스로 목숨을 끊었어."

"아빠."

"알았다. 네가 말하는 인터넷은 그들의 발명품이야. 그들이 만든

---

12 독일 수학자 카를 야코비(1804~51)의 이름을 딴 함수 행렬식.

13 RAND Corporation. 미국 캘리포니아주 쌘타모니카에 있는 비영리 국제정책 싱크탱크. 1948년 공군의 자금원조로 공군의 미래전략을 종합적으로 연구하려는 목적으로 설립되었다.

마법 같은 편의시설이 이제 우리 일상의 가장 작은 부분들에 냄새처럼 파고들고 있어. 쇼핑, 집안일, 숙제, 세금에까지 파고들어, 우리의 에너지를 빨아들이고 귀중한 시간을 먹어치우고 있다고. 순수함 같은 것은 없어. 어디에도. 결코 없었어. 그것은 죄로서 태어났어. 그것도 가장 최악의 죄로. 계속 자라면서, 그것은 지구를 죽음으로 몰고 가려는 모질고 차가운 충동을 가슴속에 품는 것을 절대 그만둔 적이 없어. 변했으리라고는 생각하지 마, 얘야."

맥신은 터지다 만 옥수수 알 가운데 남아 있는 작은 팝콘들을 계속 골라낸다. "하지만 역사는 계속 흐르잖아요. 아빠가 늘 우리에게 알려주고 싶어하던 대로요. 냉전은 끝났어요, 네? 인터넷은 계속 진화하고 있어요. 군사적인 것에서 벗어나 민간인을 위한 것으로요. 이제 그것은 대화방, 월드와이드웹, 온라인 쇼핑으로 바뀌고 있고, 최악의 경우라고 해야 약간 상업화되고 있는 정도일 거예요. 이 수십억 사람들에게 얼마나 희망과 자유를 주고 있는지 보세요."

어니는 짜증이 난 듯 채널을 자꾸 이리저리 돌리기 시작한다. "자유라고 하지만, 그건 통제에 근거한 거야. 모든 사람이 다 같이 연결되어 있어서, 누구든 다시는 사라지지 못해. 그다음 단계로, 휴대폰과 연결을 하면, 절대 빠져나갈 수 없는 완전한 감시망이 구축돼.『데일리 뉴스』의 만화 기억나? 딕 트레이시의 손목 라디오? 이제 없는 데가 없을걸. 멍청이들이 하나씩 착용하겠다고 사정할 테니까, 미래의 수갑을. 끝내줘. 미국 국방부에서 꿈꾸고 있는 건 전세계의 계엄령이야."

"이렇게 해서 편집증이 생긴다니까."

"너희 애들한테 물어봐.「메탈기어 솔리드」를 봐. 테러리스트들이 누구를 납치하게? 스네이크는 누구를 구조하려고 하고? 다르파의 우두머리야. 그것에 대해서 생각해봐, 응?"

"아빠."

"우리 말을 못 믿겠거든, FBI에 있는 네 친구들한테 물어봐. 있잖아, NCIC 데이터베이스를 갖고 있는 그 친절한 경찰 비슷한 놈들 말이야. 오십, 아니 수억개 파일을 갖고 있던가? 그들이 확인해줄 거야. 틀림없이."

그녀는 지금이 말을 꺼낼 좋은 기회이다 싶은 생각이 든다. "아빠, 들어봐요. 할 말이 있어요……" 이어서 말을 하기 시작한다. 윈더스트가 세상을 떠난 이야기를 하나도 남기지 않고 샅샅이 털어놓는다. 물론, 지기의 크라브마가 사건을 아예 언급하지 않은 것처럼 할아버지로서 걱정할 것을 고려해 편집해서 말한다.

어니는 그녀의 말을 끝까지 듣는다. "신문에서 봤어. 원인 불명의 죽음이라고 되어 있고, 그를 싱크탱크 전문가라고 했어."

"그랬을 거예요. 암살자에 관한 얘기를 하던가요? 청부살인이라든가?"

"아니. 하지만 내 생각에 FBI, CIA의 암살 가능성을 배제하지는 못해."

"아빠, 내가 함께 일하는 사소한 사기범죄 세계에도 충성심, 존경 같은 실패자의 규율이 있어서, 어쩔 수 없기 전까지는 밀고하지 않아요. 하지만 그 일당들은 아침식사도 하기 전에 서로 팔아치워요. 윈더스트는 예상보다 오래 살았던 거예요."

"네 생각에 그가 직접 자살한 것 같아? 내 짐작에는 복수였을 것 같은데. 그 친구가 그동안 꼬박꼬박 수익을 챙겨먹은 몹시 화가 난 제3세계 사람들의."

"아빠가 나보다 먼저 그 사람을 봤죠. 나한테 그의 명함을 주었으니까요. 무슨 말을 했을 수도 있겠네요."

"내가 이미 충분히 말하지 않았니? 네가 어렸을 때, 아무 생각 없이 무턱대고 경찰을 좋아하는 것을 가능한 막으려고 항상 노력했어. 그런데 어느 순간이 지나고 나니까 네가 직접 실수를 저지르더구나." 그러고는 그녀가 빤히 쳐다보자 머뭇거린다. "맥신, 너 설마……"

아버지보다는 자신의 무릎을 쳐다보며, 그녀는 애써 설명하는 척한다. "그 모든 보잘것없는 사기꾼들한테는 눈길 한번도 주지 않았어요. 하지만 처음으로 메이저리그급 전범과 마주쳤을 때에는 완전히 반했어요. 그는 사람들을 고문하고 죽이고, 그러고도 항상 무사하게 빠져나갔어요. 내가 몸서리쳤냐고요? 놀랐냐고요? 아뇨. 그가 바뀔 수 있을 거라 생각했어요. 아직은 달라질 수 있다고. 아무도 그렇게 나쁘지는 않으니까. 양심이란 것을 갖고 있을 테니까. 그것을 만회할 수 있는 시간이 있으니까. 하지만 그는 그러지 못했어요."

"쉬. 쉬. 괜찮아, 얘야." 그는 조심스럽게 그녀의 얼굴을 향해 손을 뻗는다. 물론 이렇게 말한다고 그녀가 자유로워지는 것은 아니다. 그녀는 자기가 지금 덜 정직하다는 걸 안다. 다만, 그를 보호하기 위해서든, 혹은 그녀 스스로 깰 수 없는 진정한 순수함에서든, 어니가 그것을 말 그대로 받아들이기를 바랄 뿐이다. 그는 결국 그렇게 한다. "너는 언제나 이랬어. 난 네가 그만 단념하고, 그쯤에서 잊고, 나머지 우리처럼 냉정해지기를 기다렸어. 네가 그러기를 항상 기도했어. 너는 학교에서, 역사 수업에서, 어떤 새로운 악몽, 아메리카 원주민들, 홀로코스트, 내가 몇년 전부터 마음을 독하게 먹고 가르치기는 해도 더이상 심각하게 느끼지는 않는 범죄에 대해 들고서 돌아올 때마다, 그렇게 분개하고, 격렬하게 아파하면서, 네 작은 두 손으로 주먹을 쥔 채, 사람이 어떻게 그런 일들을 할 수 있냐고, 그러고도 어떻게 살 수 있냐고 물었어. 그러면 우리는 너에게 화장지를 건네며 이렇게 말했지. 그건 어른들의 이야기라고, 어떤 어른들은 그런 식으로 행동한다고, 넌 그들과 같을 필요 없다고, 더 훌륭한 어른이 될 수 있다고. 우리가 할 수 있는 최선은 안타깝게 여기는 것뿐이라고. 그런데 있잖니, 우리가 뭐라고 말하면 좋았을지 난 여전히 모르겠어. 그렇게 말하고 내가 기뻤을 거라 생각하니?"

"아이들도 나한테 똑같은 걸 물어요. 난 그애들이 같은 반 친구들처럼 냉소적이고 건방지게 말하는 놈들이 되는 걸 보고 싶지 않아요. 그러다가 아빠, 지기와 오티스가 너무 걱정을 많이 해서, 이 세상이 자기들을 너무 쉽게 파괴해버릴 수 있을 거라고 생각하면 어떡해요?"

"다른 방법 없어. 아이들을 믿고, 너 자신을 믿는 것밖에는. 호스트에 대해서도 마찬가지야. 그자도 이제 다시 가정으로 돌아온 것 같던데……"

"지금 잠시 동안만이에요. 어쩌면 나갔던 적도 없을지 몰라요."

"음, 네가 말한 그 남자, 화환이나 추도사는 다른 사람이 해주면 좋겠구나. 조 힐[14]이 늘 말하던 대로, 슬퍼하지 말고, 힘을 모아라. 그리고 스타일을 좀 아는 이 늙은 아비의 패션 충고도 들어둬. 색깔 있는 옷을 입고, 검은색은 가급적 피하는 게 좋겠다."

---

14 Joe Hill (1879~1915). 스웨덴 출신의 저명한 미국 노동운동가, 작곡가, 세계산업 노동자조합 회원. 어니가 인용한 말 "don't mourn, organize"는 그의 유언으로 노동운동가의 제목이기도 하다.

38

다음 날 아침 맥신이 자신의 모든 것을 하나하나 털어놓기 위해 들른 곳은 당연히 숀의 사무실이다. 그녀의 부모나 남편, 혹은 친한 친구 하이디에게는 차마 하지 못하지만, 최악의 운 나쁜 날이 30센티 높이의 파도라고 생각하는 그녀의 천재백치 서퍼 같은 주치의 앞에서는 가능하다.

"그래서 당신은…… 그 남자에게 감정이 있었다는 거네요."

"감정이 있었냐고요?" 캘리포니아의 까다로운 표현인데, 제발 번역해줘, 아니, 잠깐, 하지 마. "숀? 됐어요, 당신이 옳고, 내가 틀렸어요. 그거 알죠, 당신 재수 없는 거. 내야 할 돈이 얼마나 남았죠? 다시는 여기에 올 생각 없으니까 그만 정산해요."

"우리의 첫번째 싸움이네요."

"마지막일걸요." 어떤 이유에서인지 그녀는 움직이지 않는다.

"맥시, 바로 지금이에요. 모든 사람이 여기까지는 돼요. 이제 마주해야 하는 건 지혜의 말씀이에요."

"대단해요. 치과에 온 줄 몰랐네요."

숀은 블라인드를 어둡게 한 뒤, 모로코의 트랜스음악 테이프를 틀고, 막대 향에 불을 붙인다. "준비됐어요?"

"아니요. 숀—"

"자 시작해요. 지혜의 말씀. 따라 할 준비 하고." 그녀는 자신의 뜻과 상관없이 명상 매트에 앉는다. 깊이 숨을 쉬자, 숀이 크게 말한다. "'지금이 중요하다…… 중요한 건 지금이다.'" 길지만 그가 들이쉬는 숨만큼 깊지는 않은 침묵이 흐른다. "알아들었어요?"

"숀……"

"지혜의 말씀이에요. 다시 따라 해봐요."

신경질적으로 한숨을 내쉬며 그의 말에 따르고는 덧붙인다. "물론 '지금'의 정의가 무엇이냐에 달려 있지만."[1]

그래, 무언가 조금은 다르다. 지금까지 대안은 무엇이었던가? 소소한 하루하루의 일상에 다시 이끌려, 맥신은 삶이 정상으로 되돌아간 척하고, 몸을 감싼 채 우발사태들의 겨울에 덜덜 떨며, 실이 드러나 보이는 이불 같은 일사분기 지출, 학교위원회, 들쑥날쑥한 케이블 청구서, '사기'라는 단어가 가끔은 너무 우아하게 들리는 밑바닥 인생의 환상으로 바람 잘 날 없는 평일, 욕조 누수방지를 신기한 개념으로 여기는 위층 이웃, 변화는 보험으로, 안전장치로, 건강식과 규칙적인 운동으로 충분히 감당할 수 있게 항상 서서히 올 것이며, 하늘로 솟구쳐오른 악은 결코 예외를 꿈꾸는 누군가

---

1 441면에 나온 모니카 르윈스키 재판에서 클린턴이 했던 말을 또 한번 인용했다.

의 크나큰 망상으로 폭발하지 않는다는 이상한 믿음 속에서, 위로
는 기관지와 아래로는 위장의 증상을 견딘다.

매일 지기와 오티스가 안전하게 하루를 마치는 것을 볼 때마다
신뢰 수준은 천분의 일씩 늘어난다. 그 결과 어쩌면 아무도 아이들
을 진짜로 뒤쫓지 않고, 윈더스트가 한 짓이 무엇이든 아무도 그녀
에게 그 책임을 묻지 않으며, 어쩌면 레스터 트레이프스의 살인자
일지도 모르는 게이브리얼 아이스가 나중에 귀신 들린 것으로 밝
혀지는 십대 공포영화의 남자아이를 점점 더 닮아가는 에이비 데
슐러를 통해 그녀의 가족 한복판으로 사악한 에너지를 불어넣고
있는 것은 아닐 거라는 생각이 든다. "아냐," 브룩이 환하게 웃으며
말한다. "그는 아마 실험을 하고 있나봐. 무슨 고스족에 관한 거라
던가." 요즘 들어 이상하게도 맥신은 자신도 모르게 여동생을 집중
해서 보게 된다. 도시병리학의 모든 징후와 증상 중에서 브룩은 역
사상 어떤 징조를 가장 잘 나타내는 존재, 고도로 민감한 독성 탐
지기였던 것이다. 최근에 브룩의 표정 속으로 투덜거리는 것을 싫
어하는 어떤 낯선 기운이랄까, 사람과 구매한 물건에 대한 오랜 집
착의 자발적 포기, 어떤…… 환한 기색이 스며들고 있음을 맥신은
흥미롭게 지켜보고 있다. 아! 아니야, 그럴 리가 없어. 설마?

"알겠어. 그래 말해봐. 예정일이 언젠데."

"음? '나 언제 가나'고? 언니 말은 오늘…… 오. 오, 눈치가 택시
급인데. 벌써 알아차렸어? 어젯밤 에이비한테만 말했는데."

"자매끼리는 텔레파시가 있잖아. 공포영화를 좀더 봐봐. 그러면
배우게 될 거야. 에이비는 뭐래?"

"째진다나?"

에이비는 그렇게 말하지 않았을 것이다. 요즘 그는 매주 한번씩

616

길모퉁이의 배달용 출입구로 슬그머니 들어와서는, 머리를 가로저으며 훑어보는 데이토나를 지나서 맥신에게 마치 그녀가 도와줄 초강대국의 무기라도 갖고 있는 양 해시슬링어즈의 슬픈 이야기를 들려준다.

그의 직장은 세력 쌓기, 영역 지키기, 출세지상주의, 중상, 배반, 교활한 밀고가 들끓는 시궁창이 되어가고 있다. 에이비가 경쟁으로 인한 단순한 편집증 정도로만 한때 상상했던 것이 이제는 실제로 조직 전체에 퍼져서, 외부보다 내부에 적이 더 많다. 그는 어느새 '부족'이라는 말을 직접 사용할 정도이다. 게다가,

"화장실 잠깐 써도 될까요?"

그뒤로 이 말은 에이비가 자주 묻는 질문이 된다. 이 외에도 반쯤 감긴 충혈된 눈, 콧물이 흐르는 코, 멍청하고 산만한 대화까지, 위험을 알리는 경보기가 맥신의 머릿속에서 울리기 시작한다. 하루는 약간 거리를 두고 그의 뒤를 쫓아 복도 끝의 화장실 안으로 들어간다. 그곳에서 그녀는 컴퓨터 청소 스프레이의 노즐을 코에 대고 마구 분사해대는 그의 모습을 발견한다.

"에이비, 설마."

"깡통 안에 든 공기예요. 해가 없어요."

"성분 표시를 읽어봐요. 플루오로에탄 가스가 '공기'인 행성도 있을지 몰라요. 하지만 이곳 지구에서 제부는 미처 알기도 전에 가장이 될 거라는 걸 명심해야 돼요."

"고마워요. 제가 엄청 기뻐해야 하는 거죠, 그렇죠? 그런데 있잖아요, 그렇지가 않아요. 걱정이 돼요. 새로운 직장을 구해야 하는데, 아이스가 내 급소를 꽉 쥐고 있어요. 월급도 없는데 어떻게 융자금을 갚고, 가족을 부양하죠?"

"아이스가 오직 관심을 두는 건," 맥신이 평소처럼 달래가며 말한다. "회사의 수익을 내줄 다른 사람들의 손이에요. 비밀 엄수가 그보다 한참 뒤진 두번째고요. 만약 제부가 어떤 경우이든 전혀 위협이 되지 않는다는 확신을 그에게 줄 수만 있다면, 밖에 나가서 제부에게 완벽한 꿈의 직업을 직접 찾아줄 거예요."

그러나 그녀는 딥아처에서 벗어나지를 못한다. 그것이 오픈소스로 전환되어 지구 절반에서 환영을 받은 뒤로, 아무도 자신의 정체를 안 밝히고 내국세법 법전만큼 긴 옵션 메뉴를 손에 넣는가 하면, 누구든지 사이트 일대를 쉽게 배회하며 다닌다. 무리 지어 다니는 한가한 관광객, 이미 알려진 대로 미천하게 생을 마감하게 된 호기심 많은 경찰, ROM 해커, 자가 양조업자, RPG 이단자 들이 지웠다 다시 쓰고, 불허하고, 비난하고, 계속해서 늘어나는 그래픽, 설명서, 암호화, 나가기……의 새 목록을 다시 정의한다. 말이 퍼지자, 그들은 몇년 전부터 기다려온 것 같다. 소위 말하는 억제된 수요란 그런 것이다. 맥신은 이 군중들 속에서 눈에 안 띄게 마음 편히 조용히 있을 수 있다. 그렇다고 중독이 된 건 아니다. 그래도 어느날은 잠시 실제 세계로 돌아가서, 벽에 걸린 시계를 쳐다보고, 계산을 해본 뒤, 정확하지는 않지만 세시간 반이 흘렀다는 것을 어림으로 짐작한다. 운 좋게도 그녀가 거기에서 무엇을 찾고 있는지 물어볼 사람은 그녀밖에 없다. 왜냐하면 그 대답은 너무 안쓰러울 만큼 명백하기 때문이다.

그래, 고맙게 알려주지 않아도, 딥아처가 죽은 사람을 다시 살려 내지는 못한다는 것쯤은 그녀도 안다. 그러나 윈더스트의 서류에 뭔가 이상한 일이 벌어지고 있다. 마빈이 USB를 가져온 직후에 그녀의 컴퓨터에 저장했던 그 파일인데, 최근에 몇분을 망설이다 그것을 볼 때마다 깊은 두려움이 밀려왔다. 확인할 때마다 새로운 자료가 추가되어 있었던 것이다. 마치 몇 세대 전에 만들어진 방화벽을 누군가가 식은 죽 먹기처럼 아무 때나 뚫고 들어와 해킹한 것 같았다.

가령 이런 것. "전통적인 의미의 이중간첩은 아닌 조사 대상이 명백하게 개인적인 문제를 추적해온 것일 수 있다는 최근에 개진된 가설을 고려할 것. 최근에 기밀등급이 낮춰진 파일에 따르면, 이는 1983년에 이미 시작되었을 수 있다. 그 무렵 조사 대상은 아카이브에 반란 분자로 올라 있었고 당시에 조사 대상과 결혼한 상태였던 어떤 과떼말라 국민의 탈출을 도와준 적이 있다." 이와 같이 노골적인 칭찬은 아니더라도 모두 신기하게도 부정적이지는 않은 최신 정보들이다. 이러한 자료들은 누구에게 보여주려고 한 것일까? 오직 맥신에게만 보여주려고? 20년 전 그가 전문적으로 돕고 있던 파시스트 살인자들로부터 그 당시 아내인 시오마라를 구하는 과정에서, 여전히 선행을 할 수 있었다는 것을 알면 누가 이득을 얻게 될까?

이쯤에서 의심이 가는 첫번째 작성자는 좋은 사람처럼 보이고자 애쓰는 윈더스트 본인일 터이다. 하지만 윈더스트는 이미 죽었으므로 이것은 말이 안된다. 그게 아니면, 작전 수행 중인 벨트웨이 사기꾼들이거나 세계와 세계 사이의 의사소통 수단이 되고 있는 인터넷이다. 맥신은 누군지 알아맞힐 수 있어야 한다는 것은 알지만 흐릿하고 오래 못 가 단일한 익명의 픽셀로 사라지는 스크린상의 존재들을 보기 시작한다. 어쩌면 아닐지도 모른다. 윈더스트가 불이 켜지지 않은 무시무시한 다른 곳에 있을 가능성도 있다.

그것을 고안한 자들이 지나친 형이상학은 금물이라고 하지만, 딥아처에서 그 가능성은 좀더 세속적인 설명과 함께 여전히 열려 있다. 그래서 레스터 트레이프스를 예기치 않게 만나더라도, 그녀는 그것이 목적을 지닌 레스터의 연기자이거나, 혹은 어떤 상황에서든 대화할 수 있도록 이미 설계된 로봇이라고 단정하는 대신에, 떠나간 영혼으로 대해도 아무런 해가 없다는 것을 알고 있다.

이제 그만해. "자! 레스터. 누가 그랬어요?"

"재미있네요. 대부분의 사람들이 제일 먼저 알고 싶어하는 건 죽어보니까 어떠냐는 건데."

"알았어요. 어떤—"

"하, 하, 까다로운 문제예요. 난 죽은 게 아니거든요. 나는 내 삶의 피난민이에요. 누가 그랬는지 내가 꼭 알아야 할까요? 아이스에게 줄 첫번째 상환금으로 네모나게 수축포장한 현금을 데저렛 수영장 밑에 한밤중에 던져놓도록 전화로 조처하고 나서, 그다음에 보니 이 형이상학적인 곳에서 유령처럼 떠돌아다니고 있었어요."

"이고르 다시꼬프가 하는 말이 딥아처에서 정신병원 같은 걸 찾아다닌다면서요? 내가 지금 실제로 말하고 있는 게 누구죠? 이고르? 미샤, 그리샤?"

"그렇게 생각 안해요. 나는 '그^{the}'라는 말을 너무 많이 했어요."

"괜찮아요, 괜찮아. 어딘가에 아직 벼랑이 있는 것 같던데. 그리고 그 너머에는 텅 빈 공간이 있고. 거기에 가봤다면—"

"미안해요. 그냥 우편물실의 스크램블러 장치예요. 기억나요? 당신이 원하는 건 예언이죠. 나도 할 수 있어요. 하지만 다 헛소리예요."

"내가 당신을 위로 다시 데려오면 어때요? 당신이 누구든 간에요."

"뭐라고요? 표면으로 올라오라고요?"

"어쨌든 좀더 가까이로요."

"왜죠?"

"나도 모르겠어요." 실제로 그녀는 모른다. "만약 당신이 정말로 레스터라면, 당신이 이 아래에서 헤매고 있다는 건 생각도 하기 싫어요."

"이 아래에서 헤매고 있다는 게 중요해요. 나중에 서피스웹을 잘 지켜봐요. 광경이 유감스럽지는 않은지 얘기해줘요. 부탁할게요, 맥신."

이곳은 지금 홈커밍 주말이라고 해도 좋다. 그다음에 본 것은 다른 누구도 아닌 그녀의 두 아들 지기와 오티스이다. 선택의 폭이 넓은 팽창하는 우주에서 두 아이는 전세계의 토렌트 파일 가운데 2001년 9월 11일 이전의 뉴욕시, 청 선생님이 실제와 허구에 대해 우울한 방침을 내리기 전의 뉴욕시 그래픽 파일을 찾아냈다. 이제 그것은 둘만의 도시 지고티소폴리스로 다시 초기화되어, 예전의 그림엽서에서 보이는 과거의 색조로 온화하고 밝게 표현되어 있다. 세계 어딘가에서 누군가는 대부분의 인터넷 콘텐츠가 비롯된, 시간으로부터의 그 신비스러운 면제를 즐기며, 이 운송수단과 거리, 앞으로 절대 있을 수 없는 이 도시를 끈기 있게 모두 코드로 나타내고 있는 것이다. 옛날 헤이든 플라네타륨, 트럼프 이전의 코모도 호텔, 최근 몇년 사이 사라졌던 어퍼브로드웨이 카페테리아, 식당 안으로 나르는 음식을 제일 먼저 차지하려고 단골손님들이 주방 입구 근처에서 서성거리는, 무료 점심을 제공하는 뷔페 식당과 술집, 서리와 고드름으로 테두리를 두른 파란 광고용 활자로 실내는 시원합니다 하고 선전하는 도시의 서머타임 영화관, 아직 피프스와 에이스 애비뉴에 위치한 매디슨스퀘어가든과 길 건너편의 잭 템프시 레스토랑, 그리고 매춘부와 마약 이전의 예전 타임스스퀘어, 패시네이션 같은 아케이드, 지금은 보수를 과하게 받는 여피들만이 살 수 있는 매우 고전적인 핀볼 기계, 그리고 여섯명 정도는 꾸겨져 들어가서 아세테이트 냄새를 맡아가며 최신 에디 피셔 싱글을 부를 수 있는 녹음 부스. 제조사와 제조연도는 확실하지 않지만 거리의 복고풍 기계는 풍부하고 계속 성업 중이다. 이 모든 것을 알려주었을 어니와 일레인이 있었더라면 보자마자 환호했을 것이다.

그녀는 아이들을 보지만, 아이들은 그녀를 보지 못한다. 패스워드 같은 것은 없지만, 초대 없이 로그인하기가 망설여진다. 결국은 그들의 도시이기 때문이다. 그들의 우선 사항은 다르다. 맥신의 딥 아처 속 도시 풍경은 무관심과 남용과 치우지 않은 개똥의 장소로 암울하게 망가졌다. 그녀는 좀더 자비로운 도시의 흔적을 찾아, 바랜 색조에 형광연두 관목에 남색 보도에 교통 흐름이 과도하게 설계된 그곳을 더이상 탐사하고 싶지 않다. 지기는 동생 어깨에 팔을 두르고 있고, 오티스는 서슴없는 흠모의 표정으로 형을 올려다보고 있다. 그들은 아직 더럽혀지지 않은 이 스크린 풍경 속을 집처럼 편안하게, 자신들의 안전, 구원, 운명을 아랑곳하지 않고 천천히 걷고 있다.

나는 신경 쓰지 마, 애들아. 엄마는 그냥 방문자 페이지에 숨어 있을 테니까. 그녀는 그게 더이상 무엇이든 간에 실제 세계, 콩이

자라는 세계로 그들이 돌아올 때 다시 조심스럽게, 부드럽게 상기하기 위해 메모를 한다. 이 낯선 일이 실제로 일어나기 시작한 터이다. 갈수록 그녀는 '진짜' 뉴욕시와 지고티소폴리스 같은 변형을 구분하기가 더 어렵게 느껴진다…… 그것은 마치 그녀를 매번 가상세계 속으로 점점 더 끌고 들어가던 소용돌이에 계속 휩싸이는 것 같다. 애초의 사업계획에서는 분명 생각하지 못했던, 딥아처가 스크린과 얼굴 사이의 아주 위험한 심연으로 곧 넘쳐흐를 가능성이 이제 커지고 있는 것이다.

마법이 지나간 겨울의 산화된 잿더미에서 비현실적인 일들이 키 작은 굼바처럼 불쑥 나타나기 시작한다. 한번은 바람이 세게 부는 이른 아침 맥신이 브로드웨이 거리를 걸어가는데, 20센티가 넘는 알루미늄 테이크아웃 용기의 플라스틱 뚜껑이 벗겨지더니, 동트기 전에 꾸는 꿈처럼 얇은 **모서리 끝**으로 거리를 따라 구르면서 계속 엎어질 듯하다가, 기류 또는 키보드 앞에 앉아 있는 너드가 아니라면 다른 무언가로 인해 반 블록, 한 블록이라는 믿기 어려운 거리를 똑바로 서서 가다 신호가 바뀌기를 기다리고는, 반 블록을 더 가서야 마침내 연석에서 굴러떨어진 뒤 막 움직이기 시작한 트럭 바퀴에 깔려 납작해지고 만다. 이것은 실제인가? 아니면 컴퓨터 애니메이션인가?

같은 날, 타불리 샐러드의 환각 성분을 완전히 배제할 수 없는 후무스² 가게에서 점심식사를 한 뒤, 그녀는 근처의 엉클 디지를 우연히 지나다가 마침 가게 이름의 주인공이 길모퉁이에서 배달 트럭을 손바닥으로 쳐가며 "더! 더!" 하고 소리치는 모습을 본다.

---

2 으깬 병아리콩과 올리브오일, 마늘 등을 섞어 만든 중동 음식.

그녀는 멈춰 서서 너무 길다 싶게 그를 바라본다. 그러자 디지가 그녀를 알아차린다. "맥시! 마침 잘 왔어!"

"안돼요 디지, 정말로 안돼요."

"자. 당신을 위해 준비했어. 감사의 뜻으로." 안에 반지가 든 것 같은 경첩이 달린 작은 상자를 내민다.

"이게 뭐예요. 청혼이라도 하는 거예요?"

"중개업자가 방금 가져왔어. 신제품이야. 중국제고. 얼마를 받아야 할지 잘 모르겠어."

"그 이유는……"

"투명 반지야."

"음, 디지……"

"진짜야. 받아줘. 자, 한번 껴봐."

"그러면…… 투명인간이 되겠네요."

"엉클 디지가 개인적으로 보증해."

왜 그래야 되는지도 잘 모르고 그녀는 반지를 낀다. 디지는 도움 없이 제자리에서 두바퀴를 돌고 나서 허공을 손으로 더듬기 시작한다. "맥시가 어디로 갔지? 맥시! 거기 있어?" 등등. 그녀는 자기도 모르게 주위를 뛰어다니며 그를 피한다.

이것은 다 헛소리다. 그녀는 반지를 빼서 그에게 돌려준다. "여기요. 좋은 생각이 있어요. 당신이 한번 껴봐요."

"당신이 괜찮다면……" 그녀는 괜찮다. "그럼요. 당신 생각이었잖아요." 그는 반지를 끼더니 갑자기 사라진다. 그녀는 오늘 실제로 가능한 시간보다 더 많은 시간을 들여 그를 찾아보지만, 찾지 못한다. 지나가는 사람들이 이상한 눈초리로 쳐다보기 시작한다. 그녀는 사무실로 돌아가, 실재란 무엇인가 하는 문제로 온종일 골치를 앓다가, 4시쯤 포기하고, 곧 중간지구로 알려지게 될 72번가로 향한다. 그곳에서 그녀는 겉모습부터 웬지 편법의 느낌이 강하게 풍기는 십대 동료와 함께 그레이스 파파야에서 나오는 에릭과 마주친다.

"맥시, 내 친구 키톤이에요. 가짜 신분증 사진을 만드는 게 특기인 친구예요. 그러지 말고, 우리가 찾는 걸 도와줘요."

"뭘 찾는데?"

에릭의 설명에 따르면, 그들이 찾고 있는 것은 찌그러진 데나 먼지, 로고, 광고문구 같은 게 전혀 없고 주차되어 있을수록 좋은 흰색 승합차다. 그들은 시내의 여러 블록을 센트럴파크 웨스트까지 위아래로 뒤지던 끝에 키톤이 좋아할 만한 승합차를 발견한다. 키톤은 에릭에게 승합차를 등지고 포즈를 취하게 한 뒤, 플래시 카메라를 꺼내고는 웃으라고 말한다. 에릭의 사진을 여섯장가량 찍고서, 그들은 브로드웨이로 넘어가 저가 여행가방 상점으로 들어간다. 맥신의 감지기에 전면 경보가 들어오는 곳으로, 진열 중인 근사한 여행가방과 캐리어 안에 이 구역의 남자아이들이 상상할 수 있는 온갖 밀수품이 숨겨져 있을 게 분명하다. 잠시 다운로드할 시간이 흐른 뒤, 키톤은 에릭의 신분증 사진 몇장을 들고 돌아온다. "어떤 게 마음에 들어요, 맥시?"

"여기 이게 좋겠네."

"오분, 십분이면 돼." 키톤은 뒤편의 출력과 코팅을 하는 곳으로 향한다.

"대단한 일을 하나봐?" 맥신이 슬쩍 말한다. "굳이 알고 싶지는 않지만."

에릭은 약간 불안해한다. "급하게 도시를 떠나야 할 때를 대비해서요." 생각에 잠긴 듯 말을 멈춘다. "실은, 세상이 이상해지고 있어요."

"말해봐." 그녀는 용기 뚜껑이 굴러가던 것과 엉클 디지가 사라지던 것에 대해 그에게 말해준다. "모르겠어, 이런 가상현실의 일들이 요즘 들어 늘어나는 것 같아."

에릭도 똑같은 경험을 한 눈치다. "어쩌면 그 몬탁 프로젝트 사람들이 다시 나타난 걸지도 몰라요. 앞뒤로 시간여행을 다니며 인과관계를 쉴 새 없이 방해해서, 우리가 무언가가 부서지고, 화소로 갈라지고, 깜빡거리기 시작하는 걸 볼 때쯤에는, 아무도 본 적 없는 흑역사가 도래하고, 심지어 날씨까지 이상해지는 거죠. 그건 시간작전을 펼치는 특수요원들이 수작을 부려서 그런 거예요."

"무슨 소리인지 알겠어. 뉴스 채널에 나오는 것보다 믿기 어렵지도 않아. 하지만 그것도 맞는지 틀리는지 알 수 있는 방법이 전혀 없어. 누구든 진실에 너무 가까이 다가가면, 사라져버려."

"어쩌면 우리는 그저 특권이 부여된 작은 창을 통해서만 살아온 건지도 몰라요. 이제 원래의 늘 그랬던 모습으로 돌아갈 거예요."

"아, 결국에는 안 좋은 방향으로 가게 될까?"

"인터넷을 생각하면 이제 다 끝난 것 같은 이상한 기분이 자꾸 들어요. 닷컴 버블이나 9·11이 아니라, 역사상의 치명적인 무언가 때문에요. 그런 기분이 계속 따라다녀요."

"우리 아버지처럼 말을 하네, 에릭."

"보세요. 유저라기보다는 루저[3]들이 매일 달려들고 있고, 키보드와 모니터는 경영진에서 모두가 중독되었으면 하고 바라는 대로

---

3 luser. 실패자를 뜻하는 'loser'와 사용자를 뜻하는 'user'의 합성어.

단지 쇼핑하고, 게임하고, 자위하고, 쓰레기들을 끝없이 스트리밍하기 위한 웹사이트의 포털로 바뀌고 있어요.”

“아이고 에릭, 너무 박한 거 아냐? 부처님이 말하는 측은지심을 가져봐.”

“반면에 해시슬링어즈와 그 패거리들은 ‘인터넷의 자유’에 대해서 점점 더 크게 떠들어대면서, 다른 한편으로는 그것을 점점 더 많이 나쁜 녀석들에게 넘겨주고 있어요…… 우리는 결국 그들의 차지가 되죠. 그러면 우리는 모두 외롭고, 궁핍하고, 무시당하고, 그들이 우리에게 팔고 싶어하는 가짜 소속감이라도 필사적으로 믿게 돼요…… 우리를 가지고 놀고 있다고요, 맥시. 게임은 이미 정해졌어요. 그것은 인터넷──실제, 꿈, 약속──이 파괴되기 전에는 끝나지 않을 거예요.”

“그래서 실행취소 키는 어디에 있는데?”

거의 눈에 안 띌 정도의 떨림이 느껴진다. 어쩌면 그가 혼자 웃고 있는 건지도 모른다. “맞서 싸우고 싶어하는 훌륭한 해커들이 주위에 많을 수 있어요. 공짜로 일을 하며, 나쁜 목적을 위해 인터넷을 사용하려고 드는 자에게는 인정사정없는 무법자들이죠.”

“내란이네.”

“맞아요. 노예들이 자기가 노예라는 걸 깨닫지도 못하고 있다는 것만 빼면요.”

맥신은 에릭이 그렇게 길게 이야기한 것이 이런 것임을 희망 없는 1월의 황무지에서야 이해하게 된다. 비록 그녀가 지나치게 환한 수면 위의 해초 같은 쇼핑 사이트와 가십 블로그 밑의 어렴풋한 불빛을 지나, 암호의 장막의 장막 너머로 미끄러져, 딥웹 속으로 깊숙이 들어가는 가상의 더딘 흐름으로부터 더 많은 것을 기대했더라도, 거스를 수 없는 예정된 일인 것만 같다. 대신 딱 하루는 총소리도 없고, 더이상 L 열차도 주아 드 비브르도 없이, 단지 어둡고 조용한 가운데, 또 한번의 평범한 일상을 보내고 나면, 장부책의 명예로운 페이지 어딘가에 그가 아직도 존재할지 모른다는 불안한 믿음만이 남는다.

알고 보니 드리스콜은 여전히 윌리엄즈버그에서 지내고, 여전히 이메일에 답장을 한다.

"마음이 아프냐고요, 물어봐줘서 고마워요, 무슨 일이 있었던 건지 전혀 모르겠어요. 에릭은 내내 뭐랄까 대안 운명을 향해 가고 있었어요. 어쩌면 아닐지도 모르지만, 맥신도 분명히 눈치채셨을 거예요. 지금은 당장 좀더 긴급한 골칫거리부터 해결해야 돼요. 너무 많은 룸메이트, 온수 문제, 샴푸와 컨디셔너 도난 등등. 우선은 혼자 지낼 곳을 마련하는 데 집중해야 돼요. 그러려면 밤낮을 바꿔, 낮시간은 다리 건너 상점의 칸막이 안에서 지내야 해요. 교외나 다른 어디로도 이사 가지 마요, 알겠죠? 시간이 되면 잠깐 들르고 싶어질 수도 있으니까."

알았어, 드리스콜. 강의 어느 쪽이 컴퓨터 모니터의 어느 쪽만큼 중요하지 않은지 네가 파악만 한다면, 이곳 '객관적 현실'의 3D도 아무 문제 없을 거야. 맥신은 인식론적인 오류를 겪을 때보다 더 행복하지 않다. 유독 면역력이 좋은 호스트만 그것을 겪지 않는데, 그는 얼마 후 최후의 판단 잣대로서 도움을 준다. "그럼, 아빠, 이건 진짜야? 진짜가 아니야?"

"진짜가 아니야." 호스트는 「프레드 맥머리 스토리」의 벤 스틸러처럼 오티스를 슬쩍 쳐다본다.

"정말 아주 이상한 느낌이야." 맥신은 하이디에게 자기도 모르게 털어놓는다.

"확실히 그건," 하이디가 어깨를 으쓱한다. "가푸크, 즉 옛날 그라나다-애즈버리 파크 불확실성 같은 질문이네.[4] 영원히 안 풀리는."

"네 말은, 태생적으로 폐쇄적인 학문의 세계 내에서 말이야, 아니면……"

"그냥 그들의 웹사이트를 즐겨도 되잖아." 하이디가 건성으로 말한다. "그들을 분간하려는 노력이 특히 생생한 희생자들 말이야, 이를테면 네 자신의 희생자처럼, 맥시―"

"고마워, 하이디." 약간 격앙된 억양이다. "그런데 프랭크는 내가 알기로는 사랑에 대해서 노래했었어."

그들은 JFK 공항의 루프트한자 항공 비즈니스 클래스 출발 라운지에서 유기농 미모사차를 마시고 있고, 그 안의 다른 모든 사람은 최대한 빠르게 고주망태가 되느라 혈안이 되어 있다. "음 결국은 사랑이야, 안 그래?" 하이디가 냄새를 수집하기 위해 돌아다니는 콘클링을 찾아 실내를 훑으며 말한다.

"이 현실/가상 상황을 너는 안 겪나봐, 하이디."

"난 그저 야후! 타입의 여자거든. 클릭해서 들어갔다 클릭해서 다시 나왔다만 하지, 절대 너무 멀리 벗어나거나, 너무……" 버릇처럼 잠시 멈춘다. "깊게는 안해."

지금은 뉴욕 시립대학이 방학 중이어서, 그녀는 콘클링과 함께 곧 독일 뮌헨으로 떠날 예정이다. 맥신이 처음 이 소식을 들었을

4 Granada-Asbury Park Uncertainty Question. 콜 포터가 1938년에 작곡한 뮤지컬 노래 「At Long Last Love」의 가사에서 따와 핀천이 만든 말. 가푸크(GAPUQ)는 그것의 약자이다. 프랭크 씨나트라가 1957년과 1962년에 리메이크했다.

때, 머릿속에서는 바그너풍의 브라스 연주가 단기기억의 통로를 따라 거칠게 울려퍼지기 시작했다. "그건 혹시—"

"그가"—곧이어 맥신이 말했다, "콘클링이"—"최근에 중고 4711 향수를 한병 구입했어. 전쟁이 끝났을 때 미군이 베르히테스가덴에 있는 히틀러의 개인 욕실에서 빼낸 거래…… 그리고……" 하이디가 자주 짓는 '그래 그런데 그게 너랑 무슨 상관인데' 하는 표정이다.

"그리고 세계에서 히틀러의 세균 정밀검사 장비를 갖춘 유일한 법의학 연구실이 마침 뮌헨에 있고. 음, 누구든 확실히 하고 싶지 않겠어. 임신 검사처럼 말이야, 안 그래?"

"너는 그 사람을 절대 이해 못해." 맥신이 반사적으로 집어들어 그녀를 향해 발사한 반쯤 먹은 샌드위치를 잽싸게 피하면서 하이디가 말한다. 그녀가 여전히 콘클링을 이해하지 못한다는 것은 틀린 말이 아니다. 그는 지금 루프트한자 라운지로 거의 깡충거리며 돌아오는 중이다. "난 준비됐어요! 당신은 어때요, 뿌아종걸, 이 모험을 떠날 준비가 됐나요?"

"어서 가요." 맥신의 눈에는 반은 넋이 나간 듯한 표정으로 하이디가 말한다.

"이번 모험은 끝내줄 거예요, 그러니까 끊긴 고리, 은밀한 잔향을 좇아 모든 시간과 혼란을 가로질러 가는 첫번째 발걸음이 될 거라고요. 그 살아 있는 총통에게로—"

"전에는 그를 절대 그렇게 부르지 않았잖아요." 갑자기 떠오른 듯 하이디가 말한다.

하마터면 바보 같을 뻔한 콘클링의 대답은 젊은 여자의 뮌헨행 탑승 안내방송에 가로막힌다.

요즘에는 9·11의 여파로 별도의 보안검색대가 설치돼 있다. 검색 중에 요원이 콘클링의 안주머니에서 역사적 유물일 수도 있는 4711 병을 발견한다. 안내방송으로 흥분한 구어체 독일어가 들리고, 두 나라의 무장한 보안요원들이 용의자가 있는 데로 모인다. 아이코, 탑승 시 액체 반입 불가 규정 같은 게 있었지…… 방탄 플라스틱 장벽 뒤에 서서 그녀는 이 사실을 하이디에게 온갖 몸짓으로 알리려고 애쓴다. 그러자 하이디는 '거기에 서 있지만 말고 변호사한테 전화해' 하는 뜻으로 눈썹을 치켜올리며 노려본다.

나중에, 몇시간 뒤에, 맨해튼으로 돌아가는 택시에서 맥신은 말한다. "그게 아마 최선이었을 거야, 하이디."

"그래. 뮌헨에는 이상한 주머니에 담긴 나쁜 업보가 아직 남아 있을 거야." 하이디가 이제는 마음을 놓은 듯 고개를 끄덕인다.

"전혀 희망이 없는 건 아니에요." 콘클링이 큰 소리로 말한다. "보증된 배달원을 통해 보낼 수 있어요. 그러면 딱 하루만 손해 보는 거예요, 내 월하향 같은 당신."

"다시 작전을 짜도록 해요." 하이디가 자신 있게 말한다.

"마빈, 유니폼을 안 입었네. 코즈모 복장은 다 어디에 두고?"

"이베이에 몬딴 팔아버렸어, 자기. 시류를 따라야지."

"1.98달러에, 안돼."

"자기가 산산도 못할 값을 받았어. 이제 더이산 죽는 건 없어. 수집가 시잔이 있으니까. 내세가 따로 없지. 여피들은 그곳의 천사야."

"알겠어. 그런데 네가 가져온 이건……"

다른 게 아니라, 또다른 디스크다. 저녁을 먹고 나서 호스트가 확실히 텔레비전에 바짝 붙어 「레이 밀랜드⁵ 스토리」의 알렉 볼드윈과 마주한 뒤에야, 맥신은 머뭇거리다가 디스크를 보게 된다. 이번 디스크도 지난번처럼 여행하면서 찍은 영상이다. 이번에는 진눈깨비가 앞창을 강타하는 대형 트레일러 밖이다. 눈바람 사이로 산악지역, 회색 하늘, 눈 줄기와 조각이 보이고, 고가도로가 갑자기 나타나기 전까지 지평선 같은 것은 전혀 눈에 띄지 않는다. 그런 다음 화면이 실제로 얼마나 쓸데없이 나뉘어 있는지 보면서, 카메라 뒤에 다름 아닌 레지 데스파드가 있다는 것을 알게 된다.

그런데 레지뿐이 아니다. 마치 큐 싸인에 의한 것처럼, 카메라가 왼편으로 돌자, 운전대, 망사 야구모자, 불법 컬런, 일주일은 자란 턱수염이 화면에 잡힌다. 그것은 저 깊은 곳 혹은 어디선가 다시 나타난, 이전에 나쁜 짓을 함께했던 에릭 아웃필드이다.

"교신 바람 교신 바람 좋은 친구 등등," 에릭이 환하게 웃는다. "늦었지만 새해 복 많이 받아요, 맥시, 가족들도요."

"위와 같음." 화면에 보이지 않는 레지가 덧붙인다.

"봐요, 이건 업이에요. 나와 레지는 계속 우연히 만나게 돼요."

"이번에는 여기 앉은 우리의 악당 해커가 레드먼드 캠퍼스⁶ 주위에 숨어 있다가, 어떻게든 입구를 뚫고 들어갔어—"

"보안 패치에 공통된 관심이 있어서요."

헤헤. "물론 목적은 다르지만. 그사이에 이 임시 직장이 생겼어."

"이번 출구에서 나가야 해요."

주간 고속도로에서 나와 방향을 두번 바꾼 뒤 그들은 트럭 휴게소에 차를 댄다. 카메라는 트레일러의 뒤편으로 돌아간다. 클로즈

---

5 Ray Milland(1907~86). 웨일스 출신의 미국 영화배우 겸 감독.
6 Redmond campus. 워싱턴주 레드먼드에 위치한 마이크로소프트 본사.

업에 잡힌 에릭의 표정은 자못 심각하다. "지금부터는 완전히 비밀이에요. 지금 보고 있는 이 디스크는 끝나자마자 바로 없애야 해요. 갈든가, 썰든가, 전자레인지에 넣어 튀겨버리든가 하세요. 언젠가는 장편 다큐멘터리로 나오겠지만, 오늘은 아니에요."

"트럭에 남자 커플이라도 있나?" 맥신은 화면을 꼼꼼히 본다.

에릭은 걸쇠를 풀더니 차의 뒷문을 위로 올린다. "이런 거 본 적 없죠, 네?" 차의 내부가 선반 위의 거의 끝이 안 보이는 전자기기들과 어둠속에서 빛나는 LED 조명들로 꽉 차 있는 게 보인다. 어디에선가 냉각팬이 돌아가는 소리가 들린다. "맞춤제작한 완충장치가 되어 있고, 모두 군사용이에요. 여기 있는 이것들은 고밀도 서버라고 부르는 거예요. 창고에 한가득 있어서 요즘에는 가격이 최저가로 떨어졌어요. 과연 누가," 에릭이 기분 좋게 씨가 연기를 내뿜으며 말을 이어간다. "이십사시간 일주일 내내 뒤를 추적하지 못하게 움직이는, 사실 우리 트레일러 전체인 서버 팜에 값을 지불할까요? 이러한 장비들은 어떤 종류의 데이터를 하드드라이브에 담게 될까요?"

"질문 그만해." 레지가 키득거린다. "지금은 모두 실험용이야. 우리의 시간과 어느 모르는 사람의 돈을 크게 낭비하는 것일 수도 있어."

맥신의 어깨 너머로 조용한 숨결이 느껴진다. 어떤 이유에서인지 그녀는 펄쩍 뛰거나 소리치거나, 혹은 별로 크게 반응하지 않고, 단지 재생을 잠시 멈춘다. "보즈먼 패스[7] 근처 같은데." 호스트가 어림짐작을 한다.

---

7 Bozeman Pass. 미국 몬태나주의 산악도로.

"영화는 어때, 자기?"

"이제 막 광고가 시작됐어. 「잃어버린 주말」(1945)⁸ 제작과정까지 나왔어. 윌리스 숀이 카메오로 나와서 빌리 와일더 역을 아주 잘했어. 그런데 잠깐, 지금 이 영상을 버리면 안돼, 알겠지? 아주 근사한 시골인데. 당신도 좋아할 것 같아…… 나중에 여름에 우리도 한번……"

"나더러 이 디스크를 없애래, 호스트. 그러니 당신만 괜찮다면……"

"한번도 본 적 없어, 정말로. 어이, 저거 에릭이라는 친구잖아, 맞지?"

그의 목소리에 질투가 섞였을지 모른다. 하지만 이번에는 남편들이 하는 불평은 담겨 있지 않다. 그녀는 그의 얼굴을 슬쩍 쳐다보고는 눈보라에 휩싸인 산을 망명 중인 사람처럼 뚫어지게 바라보는 모습을 발견한다. 한번 더 눈보라와 매몰찬 바람을 헤치며 저 먼 북부의 고속도로 위로 혼자 떠나고 싶은 그의 강렬한 소망이 담긴 표정이다. 그런 겨울의 향수에 어떻게 해야 적응이 될까?

"당신이 보던 영화가 다시 시작된 것 같아. 18륜 트럭 소리가 들려. 롤 모델을 찾고 있는 거라면, 레이 밀랜드도 나쁘지 않아. 어쩌면 메모해가면서 보는 게 좋을걸?"

"그래. 항상 「더 싱 위드 투 헤즈」(1972)⁹에 나오는 남자가 나였으니까."

---

8 The Lost Weekend. 빌리 와일더가 감독하고 레이 밀랜드가 알코올중독에 빠진 작가 역을 맡아서 커다란 인기를 끌었던 영화.

9 The Thing with Two Heads. 레이 밀랜드가 머리가 둘 달린 고릴라를 만드는 박사로 나오는 SF 영화.

맥신은 디스크를 다시 켠다. 트럭이 다시 움직인다. 앞을 내다볼 수 없는 수 마일의 회색 길이 펼쳐진다. 잠시 후 에릭이 말한다. "그런데 내전까지는 아니에요. 혹시 궁금해할까봐서요. 지난번에 함께 얘기했었죠. 썸터 요새[10]까지도 아니에요. 주간 고속도로를 약간 도는 게 전부예요. 블리딩 엣지 개발단계까지는 아직 안 왔어요. 우리는 앨버타, 캐나다 북서부, 알래스카, 어디로든 갈 수 있어요. 어디까지 가는지 보려고요. 이메일을 더이상 못하더라도 양해해주세요. 하지만 가족용 컴퓨터를 더이상 가져오고 싶어하지 않을 곳에 우리는 있을 거예요. 기분 나빠할 방법으로 컴퓨터를 망가뜨리는 것 외에도 부적절한 콘텐츠를 가지고서요. 여기서부터는 접속이 끊길 수 있어요. 아마 언젠가는——" 화면이 멈춘다. 그녀는 앞으로 빨리감기를 하여 남은 게 더 없는지 찾아본다. 하지만 이게 끝인 것 같다.

---

10 Fort Sumter. 미국 남북전쟁의 시발점이 된 싸우스캐롤라이나주 찰스턴에 위치한 성채.

39

가끔은 지하철에서 맥신이 타고 가는 열차가 다른 편 선로의 보통열차나 급행열차에 의해 천천히 추월당할 때가 있다. 그러면 터널의 어둠속에서, 추월 중인 열차의 창이 천천히 지나치는 동안, 점치는 데 쓰는 카드가 눈앞에 슬그머니 펼쳐지듯이 조명이 켜진 네모 패널이 하나씩 나타난다. 학자, 집에서 내쫓긴 자, 도둑 전사, 신들린 여인…… 잠시 후 맥신은 이 패널 속의 얼굴들이 그녀가 현재 가장 주의를 기울이고 있는 수백만의 도시 사람들, 그중에서도 특히 실제로 그녀와 눈을 마주친 적이 있는 얼굴임을 깨닫는다. 그들은 그 너머에 무엇이 있든 간에 노동조합에 가입하지 않는다는 조건하에 근무 일자를 인정받는 제3세계를 대변하는 오늘의 메신저들이다. 각각의 메신저는 자신의 역할에 맞는 쇼핑백, 서적, 악기 같은 소품을 들고, 어둠으로부터 이곳에 도착했다 다시 어둠속으로 향한다. 맥신이 필요로 하는 정보를 전달하는 데 주어진 시간은 딱 일분이다. 어느 순간에는 건너편 차창을 통해 자신을 쳐다보는 어떤 얼굴을 향해 그녀 자신도 똑같은 역할을 수행하고 있는 것은 아닐지 자연스럽게 의아해지기 시작한다.

어느날, 공교롭게도 72번가에서 시내로 향하는 급행열차와 똑같은 시각에 보통열차가 역을 출발한다. 승강장 끝의 선로에서 열차들이 점점 더 나란히 붙자, 다른 편 열차의 특정한 창을 천천히 들여다본다. 이번 차창에서 보이는 얼굴은 하나뿐이라 누가 봐도 맥신의 주의를 끌려는 게 분명하다. 창틀 속 여자는 키가 크고, 어딘지 이국적이고, 몸이 반듯하고, 숄더백을 메고 있다. 맥신의 시선으로부터 잠시 눈을 뗀 뒤, 그녀는 메고 있던 가방 안에 손을 넣어 봉투를 꺼내 창가를 향해 들고는, 다음번 급행열차 역을 향해 머리를 획 움직인다. 다음 역은 42번가. 그러는 동안 맥신이 타고 있는 열차는 속도를 내며 천천히 움직이기 시작한다.

만약 명칭이 붙은 타로 카드였다면 이것은 '반갑지 않은 메신저'일 것이다.

맥신은 타임스스퀘어에서 내려 출구 계단 밑에서 기다린다. 조금 전의 보통열차가 쉿 소리를 내며 들어오자, 그 여자의 모습이 점점 더 다가온다. 맥신은 조용히 항만청으로 이어지는 긴 보행자용 터널 안으로 오라는 신호를 받는다. 타일로 된 터널 벽에는 곧 개봉 예정인 영화 소식, 앨범, 여피들을 위한 장난감, 패션, 모르는 게 없는 박식한 여피가 되려면 알아두어야 할 모든 것이 붙어 있다. 만약 뉴욕의 버스 정류장이 지옥이라면, 모든 희망을 버려라'에 상응하는 것은 바로 이것이리라는 생각이 맥신의 머리를 스친다.

---

1 단테의 『신곡』에서 지옥 입구에 적힌 말.

봉투가 그녀의 코에 50센티도 채 가까워지기 전에, 의심의 여지 없는 후회의 냄새, 잘못된 판단, 헛된 슬픔, 남성용 9:30 향수의 향기가 난다. 맥신은 소름이 끼친다. 닉 윈더스트가 굶주리고 분을 삭이지 못한 표정으로 무덤에서 비틀거리며 걸어나오고 있다. 봉투에 무엇이 들었든 그녀는 그것을 봐야 할지 의심이 든다.

봉투 바깥쪽에 뭐라고 적혀 있다.

꿔간 돈 여기 있소. 귀걸이가 아니어서 미안하오.

안녕.

한편으로는 봉투를 째려보며, 거기에 유령 뭉치가 있을 것으로만 예상했던 맥신은 모두 20달러짜리로만 채워져 있는 것을 발견하고 놀란다. 게다가 그답지 않게 약간의 이자까지. 그런 사람이 아니었다. 여기가 뉴욕임을 감안할 때, 왜 그 돈을 갖고 도망치지 않았는지에 대해 얼마나 많은 설명이 있을 수 있을까? 아마도 그것은 메신저와 관련이 있을 가능성이 높다······

오. 여자가 두 눈을 가늘게 뜨는 것을 보자마자 맥신은 확신에 차서 자신 있게 말한다. "시오마라?"

이 밝고 소란스러운 무관심한 도시의 흐름 속에서 여자의 웃음은 마치 알아보는 사람 하나 없는 술집에서 서비스로 나오는 맥주 같다.

"나와 어떻게 연락할 수 있었는지 말하지 않아도 돼요."

"오. 그들은 사람 찾는 법을 알고 있어요."

시오마라는 아침 내내 컬럼비아 대학에서 중앙아메리카 문제에 관한 세미나의 좌장을 맡고 있었다. 그리고 근처에 있었다는 설명, 그 외에 별다른 말은 없다. 늘 뻔한 예비용 이야기, 보안업계 빼고는 시장에는 아직 나오지 않은 시오마라의 숄더백에 든 통신기기…… 하지만 동시에 전혀 아무렇지 않게 마법 같은 설명을 해서, 맥신은 그냥 내버려둔다. "그러면 지금은 어디로 가는……"

"음. 실은 브루클린 다리 쪽으로 가는 중이에요. 우리가 거기까지 가려면 어떻게 해야 하죠?"

"셔틀을 타고 렉스로 가서, 6번 버스를 타요. 그런데 왜 '우리'죠?" 맥신은 궁금해진다.

"뉴욕에 올 때마다, 브루클린 다리를 걸어서 건너보고 싶어져요. 당신도 시간이 된다면, 함께 가면 좋을 것 같았어요."

유대인다운 모성애가 기본값처럼 작동한다. "아침 먹었어요?"

"헝가리언 페이스트리 숍에서요."

"그러면 브루클린에 가서, 다시 먹는 걸로 해요."

맥신은 자신이 무엇을 예상했는지 잘 모른다. 땋은 머리, 은 장식품, 긴 치마, 맨발? 그런데 놀랍게도, 특색 없는 80년대의 기성복이 아니라, 어깨 부분이 원래대로 좀더 좁고, 좀더 긴 상의에 품격 있는 신발을 착용한, 파워슈트 차림의 세련된 국제적인 미인이 눈앞에 서 있다. 화장마저 완벽하여, 맥신의 얼굴은 영락없이 세차중인 여자 같다.

그들은 자신들도 모르는 사이에 아주 조심스럽고, 점잖게, 출발한다. 그 모양새는 마치 전 남편의 전 여자친구와 함께 점심식사를 하는 아침 토크쇼처럼 되고 있다.

"그래서 그 돈은 D.C.에 있는 그의 부인 도티로부터 받은 거고요, 맞죠?"

"그녀의 목록에서 갑자기 발견하게 된 수많은 해야 할 일 중 하나였대요."

눈에 보이는 세계를 따라 하거나 조금 뒤처진 벨트웨이식 공모의 깊은 속을 감안할 때, 시오마라가 여기에 온 것은 도티의 부탁 때문이라기보다는 윈더스트의 죽음 뒤에 숨겨진 진실을 맥신이 어쩌면 그렇게 끈질기게 뒤쫓을 수 있는지 궁금해하는 사람들의 부탁 때문일 가능성이 높다.

"도티와 연락하고 지내나봐요."

"우리는 2년 전에 만났어요. 난 대표단과 워싱턴에 있었죠."

"당신의, 그러니까 그녀의 남편도 거기에 있었고요?"

"천만에요. 그녀는 나에게 비밀을 지킬 것을 맹세했어요. 우리는 점심을 같이하기 위해 올드 에빗에서 만났어요. 시끄러운 곳이죠. 클린턴 사람들이 한데 모여 서성거리고 있었는데, 우리 둘은 샐러드를 먹으며, 근처 칸막이 자리에 있는 래리 써머스[2]를 못 본 척했어요. 그녀야 아무렇지 않았지만, 나는 어떤 일로 테스트를 받는 느낌이었어요."

"그러면 논의 중이었던 문제는 당연히……"

"맞아요. 두명의 다른 남편이었죠. 내가 그 사람을 알았을 당시라면, 그녀는 그를 알아주지도 않았을 거예요. 그는 자신의 영혼이 얼마나 곤경에 처해 있는지 모르는 사회 초년생이었으니까요."

"그러다 그녀가 그에게 다가갔을 무렵에는……"

"아마 그는 그렇게 도움을 필요로 하지 않았을 거예요."

고전적인 뉴욕의 대화, 곧 점심식사를 하면서 다른 곳에서 점심식사를 하는 얘기를 한다. "그렇게 당신들은 훌륭한 대화를 나누었군요."

"잘 모르겠어요. 점심이 끝나갈 무렵 도티가 이상한 말을 했어

---

2 Lawrence H. Summers(1954~). 클린턴 정부에서 재무장관을 지낸 경제학자.

요. 고대 마야인과 그들이 했다는 초기의 농구 같은 게임에 대해서 당신도 들은 적이 있죠?"

"그러고 보니까," 맥신은 어렴풋이 생각이 난다. "……골대의 수직으로 세운 링, 높은 반칙 확률, 그중의 일부는 악의적이고, 대개는 치명적인 반칙에 관한 얘기였던 것 같아요."

"우리가 바깥에서 택시를 잡으려고 고생하던 중에, 도티가 뜬금없이 이런 말을 하더라고요. '가장 두려워해야 할 적은 텔레비전에서 하는 마야인의 농구경기처럼 말이 없다'고요. 내가 정중하게 마야 시대에는 텔레비전 같은 것은 아예 없었다고 꼬집어서 말하자, 그녀는 학생의 질문에 적절한 자극을 받은 선생님처럼 미소를 지으며 '그러면 그게 얼마나 말이 없는지 상상해봐요' 하고 답하고는, 나는 오는지도 몰랐던 택시 안으로 미끄러지듯 들어가 사라져버렸어요."

"당신 생각에는 그녀가……" 오. 계속해. "그의 영혼에 대해서 얘기하는 것 같던가요?"

그녀는 맥신의 눈을 쳐다보며 고개를 끄덕인다. "이틀 전에 그녀가 나더러 당신에게 돈을 전달해달라고 부탁했을 때, 마지막으로 그를 만났던 얘기를 해줬어요. 감시, 헬리콥터, 불통이 된 전화와 동결된 신용카드. 그러면서 그것들에 대해 전우로서 정말로 다시 생각하게 되었다고 했어요. 어쩌면 그녀는 좋은 유령 부인이었는지도 몰라요. 아무튼 나는 그녀와 가볍게 키스하고 헤어졌어요."

이번에는 맥신이 고개를 끄덕인다.

"내가 원더스트와 만났던 우에우에떼낭고[3]에서 자랄 때, 하루 조

3 과떼말라 중서부의 고지에 위치한 도시.

금 안 걸리게 가면 그곳 사람들이 모두 시발바⁴로 향하는 길이라고 믿었던 동굴지역이 나왔어요. 초기의 기독교 전도사들은 지옥 이야기에 사람들이 놀랄 거라고 생각했지만, 우리에게는 이미 시발바, '공포의 장소'가 있었어요. 거기에 유난히 무서운 농구장이 있었거든요. 공에…… 칼날이 달려 있어서, 경기는 몹시 진지했어요. 시발바는 대지 밑에 있는 거대한 도시국가였고 현재도 그래요. 열두명의 죽음의 신이 다스리죠. 이 신들은 대지를 떠돌며 살아 있는 자들에게 무서운 고통을 안기는 불안한 사자死者의 무리를 저마다 거느리고 있어요. 리오스 몬뜨와 그의 인종학살도…… 크게 다르지 않아요.

원더스트는 그의 팀이 그곳에 도착하자마자 시발바 이야기를 듣기 시작했어요. 처음에는 그링고⁵를 놀리기 위한 또다른 사례 정도로만 여겼지만, 얼마 후…… 그는 나 자신이 그랬던 것 이상으로, 그가 서 있는 발밑의 저 어딘가에 또다른 원더스트가 이곳 지상에서는 하지 않는 척하는 어떤 일들을 하고 있는 평행세계의 존재를 적어도 믿기 시작한 것 같았어요."

"당신도 알았군요……"

"의심을 품기는 했어요. 너무 많이 보지 않으려고 했죠. 난 너무 어렸으니까요. 소몰이용 전기막대에 대해서 알고 있었어요. 그는 그것을 '자기방어'용이라고 했어요. 사람들이 그에게 붙인 이름은 께끄치⁶어로 전갈을 뜻하는 수끄예요. 나는 그를 사랑했어요. 그를 구할 수 있다고 확신했던 것 같아요. 그런데 결국에는 원더스트가

4 Xibalba. 마야신화에 나오는 '공포의 장소'라는 뜻의 죽음의 지하세계.
5 gringo. 라틴아메리카에서 미국이나 영국에서 온 외국인들을 부르는 말.
6 Q'eqchi. 과떼말라와 벨리즈의 마야족.

나를 구했죠." 잠에서 깨어 되돌아오려고 하는 사람의 발걸음처럼 맥신의 머리끝에서 이상하게 윙윙거리는 소리가 들리는 것 같다. 신혼의 행복이 아직 남아 있는 동안, 그는 침대에서 몰래 나와, 과떼말라에서 해야 할 일을 한 다음, 다시 침대 속으로 들어가, 최악의 아침시간에 자신의 성기를 그녀의 엉덩이 사이에 갖다댄다. 어떻게 그녀가 모를 수 있었을까? 어떤 순수함을 그녀는 여전히 믿을 수 있었을까?

매일 밤 들리는 자동소총 총성, 수목한계선 너머로 불규칙하게 솟아오르는 화염의 불빛. 마을 사람들은 떠나기 시작했다. 어느 날 아침 윈더스트는 자신이 일해오던 사무실의 동료들이 다 떠나고 민감한 자료와 도구 들은 모두 제거된 것을 발견한다. 그와 함께 도시 안으로 스며들었던 신자유주의 쓰레기들도 온데간데없었다. 아마 마체떼를 들고 다니는 비우호적인 마을 주민이 밤새 나타났기 때문일 것이다. 누가 칸막이벽에 립스틱으로 후레자식들아 할 수 있으면 떠나봐라고 휘갈긴 게 보였다. 잿더미와 새까맣게 탄 서류로 가득한 뒤편의 55갤런들이 석유 드럼통에서는 아직도 연기가 나고 있었다. 함께 협력하던 이스라엘과 대만 용병은 물론이고, 양키는 한명도 눈에 띄지 않았다. 그들은 모두 보이지 않는 곳으로 갑자기 돌아갔다. "그가 나에게 잠시 가방을 쌀 시간을 주었어요. 그래서 결혼식에서 입은 블라우스, 가족사진 몇장, 안에 께뜨살[7]을 돌돌 말아서 넣어둔 양말, 자기는 전혀 편치 않으니 나더러 가져가라고 떠맡긴 작은 22구경 지그 자우어 권총을 챙겼어요."

지도상으로는 멕시코 국경이 멀지 않았지만, 산에서 벗어나 해

7 quetzal. 과떼말라의 화폐.

안가로 먼저 향한다 하더라도, 일대는 벗어나기 힘들고 장애물도 많았다. 군 순찰대, 피를 마시는 까이빌 특수부대, 보이는 대로 그링고에게 총을 쏘는 게릴라예로까지. 수시로 윈더스트는 목소리를 죽여 "여기는 문제 지점"이라고 말하고는 했다. 그러면 다들 몸을 숨겨야 했다. 마침내 며칠이 걸린 끝에 그는 그들을 멕시코로 안전하게 데려다주었다. 그들은 따빠출라에서 고속도로로 들어가 북쪽으로 가는 버스를 탔다. 어느날 아침 오악사까의 버스 정류장에서 장대와 야자수 잎으로 만든 차양 밑에 다들 앉아 있는 동안, 윈더스트가 갑자기 한쪽 무릎을 꿇더니 시오마라에게 그녀가 여태껏 본 것 중에 가장 큰 다이아몬드가 박힌 반지를 건넸다.

"이게 뭐예요?"

"약혼반지 주는 것을 깜박해서."

그녀는 받아서 껴보았는데, 맞지 않았다. "괜찮아," 그가 말했다. "당신은 연방구[8]에 도착하거든 그것을 팔아." 그때가 되어서야 "우리" 대신에 "당신"이라는 말을 썼고, 그가 떠나리라는 것을 그녀는 깨달았다. 그는 그녀에게 작별의 키스를 했다. 그러고는 아마도 그의 이력에서 마지막이 될 자비로운 행위를 마치고 나서 버스 정류장을 도망치듯 떠났다. 그녀가 자리에서 일어나 그를 뒤쫓으려고 생각할 즈음, 그는 이미 단단한 포장도로 아래를 거쳐 그녀가 보호해줄 수 있을 거라고 생각했던 북쪽 운명의 험한 날씨 속으로 사라진 뒤였다.

"어리석고 어린 소녀일 뿐이었어요. 그가 일했던 정보국이 혼인 무효 처리를 해주었고, 나에게 남부 반란군 담당 사무실의 일자리

---

8 D.F. 연방정부가 있는 특별행정구를 가리키는 'Distrito Federal'의 약자로 특히 라틴아메리카에서 주로 쓰는 말. 여기서는 멕시코시티를 가리킨다.

를 구해줬어요. 얼마 후 나는 독립했고, 더이상 나를 찾아내는 데 관심이 있거나 그것으로 이득을 챙기려는 사람은 없었어요. 어느새 나는 망명자 단체나 화해위원회와 점점 더 많이 일을 했죠. 우에우에떼낭고는 여전히 거기에 있었고, 전쟁은 전혀 사그라질 기미를 보이지 않았어요. 옛날 멕시코 농담처럼 **나빴던 게 더 나빠졌죠.**"

그들은 풀턴 선착장을 향해 걸어내려갔다. 맨해튼은 아주 가까이에 있었고, 오늘따라 너무 맑았다. 하지만 9월 11일 당시에 그 강은 거의 형이상학적인 장벽이었다. 여기에서 그날의 사건을 목격했던 사람들은 더이상 믿지 않게 된 안전장소로부터 그날의 공포를, 깊은 상처를 입은 수많은 영혼들이 먼지를 뒤집어쓴 채, 폭파와 연기와 죽음의 냄새를 풍기며, 공허한 눈으로 놀라서 달아나듯 다리를 건너가는 모습을 지켜보았던 것이다. 그러는 동안 종말의 불 기둥이 솟아올랐다.

"우리 함께 다리를 건너 그라운드 제로로 걸어가도 괜찮을까요?"

그래. 또 한명의 뉴욕 방문객, 또 한번의 의무적인 방문이니까. 아니면 이것은 내내 누군가의 생각이었고, 처음 원작 캐스팅의 LP판처럼 맥신은 주어진 역할을 하도록 되어 있는 것인가? "다시 '우리'라고 하네요, 시오마라."

"거기에 가본 적 없어요?"

"사건이 일어난 이후로는 안 갔어요. 사실, 피하려고 애썼어요. 애국 경찰에게 나를 신고할 건가요?"

"내가 그래요. 자꾸 집착하게 돼서요."

그들은 도시가 허락하는 한 최대한 자유롭게 다시 다리 위로 간다. 항구로부터 불어오는 날카로운 바람이 무언가 어두운 것이 뉴저지 위를 맴돌고 있음을 알려준다. 아직은 밤이 아니라서, 마치 무역센터가 서 있었던 자리에 생긴 부동산 역사상의 진공이 끌어 당기고 있는 것처럼 다른 무엇이 착시현상 때문인지 슬픈 빛을 발 하며 다가오는 중이다.

그들은 안내원처럼 시민의 악몽으로부터 밤새 깨어 있는 위로 받지 못한 자의 방을 향해 조용히 걷는다. 지붕이 없는 투어버스가 투어회사 로고와 색깔이 어울리는 판초 차림의 방문객들을 싣고 돌아다닌다. 처치와 풀턴의 전망대에서는 민간인들이 철조망 울 타리와 바리케이드 너머의 덤프트럭과 크레인과 적하기가 아직도 10 내지 12층 높이만큼 쌓여 있는 잔해더미를 줄이느라 바쁜 곳을 바라보고, 또한 아우라가 있어야 하는데 그렇지 않은 신성한 장소 의 주위를 응시하고 있다. 휴대용 확성기를 든 경찰들이 도보 인파 를 안내한다. 피해를 입었지만 서 있기는 하는 근처 건물들 중 일 부는 문상객처럼 정면에 검은 망사로 휘장을 두르고 있고, 그중 하 나는 거대한 미국 국기가 건물 위층에 부착되어 있다. 건물들은 말 없는 증인처럼 모여서, 유리창 없는 어두운 창구멍을 통해 바라보 고 있다. 거리에는 티셔츠, 문진, 열쇠고리, 마우스패드, 커피 머그 잔을 파는 노점 상인들이 있다.

맥신과 시오마라는 잠시 서서 안을 들여다본다. "그것은 결코 자유의 여신상도," 맥신이 말한다. "결코 인기 있는 미국의 랜드마 크도 아니었어요. 단지 순수한 기하학적 구조물이었어요. 그것 때 문에 인기가 있었죠. 그런데 그들이 그것을 픽셀처럼 산산조각 내 버렸어요."

그런데 내가 아는 어떤 장소가 있어요, 맥신은 일부러 이 말을 보태지는 않는다. 그곳에서 텅 빈 화면을 뒤지며 보이지 않는 작은 링크들을 클릭하다보면, 숨어서 기다리는 무언가가 있다. 그것은 어쩌면 기하학적일 수도 있고, 어쩌면 기하학처럼 똑같이 무시무시한 방식으로 서로 어긋나기를 간절히 바랄 수도 있고, 또 어쩌면 다시 조립되기를 기다리는 픽셀로 모두 이루어진 신성한 도시일 수도 있다. 그곳에서는 재난이 그 이전으로 돌아가고, 무너진 건물은 검은 폐허로부터 다시 솟아나고, 파편과 조각과 생명은 아무리 미세하게 공기 중에 사라졌다 해도 다시 완전해질 수 있을 것만 같다……

"지옥이 꼭 지하에 있을 필요는 없네요." 시오마라가 기억마저 사라진 한때 서 있었던 것들을 올려다보며 말한다. "지옥은 하늘에 있을 수도 있어요."

"그러면 윈더스트는—"

"도티가 그러는데 9·11 이후에 한번 이상 여기에 와서, 현장을 배회했대요. 그녀에게 말하기를, 미결 사항이라면서요. 그러나 나는 그의 영혼이 이곳에 있을 것 같지 않아요. 그는 시발바로 내려가서, 그의 사악한 쌍둥이와 다시 결합했어요."

그들 주위의 저주받은 유령 구조물들은 한데 모여 회의를 하는 것 같다. 어느 업보의 경찰이 보낸 순찰경관이 어서 움직여요, 다 끝났어요, 여기에는 볼 것 없어요 하고 말한다. 시오마라가 맥신의 팔을 잡자, 그들은 예고하듯 뿌려대는 빗속으로, 여명이 휩쓸고 간 대도시 속으로 조용히 걸어간다.

나중에, 아파트로 돌아가, 의식을 지키는 미망인처럼, 맥신은 잠시 혼자 있는 시간을 내어 조명을 끄고, 현금이 든 봉투를 꺼내, 그의 펑크록 향수의 마지막 향기를 맡으며, 그의 영혼처럼 눈에 보이지 않고 중력이 없고 설명할 수 없는 무언가를 소환해본다……

그것은 지금 마야의 지하세계에서 굶주리고, 썩고, 형태가 변하고, 극도로 미친 마야 농구팬들의 죽음의 세계를 돌아다닌다. 약간 다르지만, 보스턴가든⁹ 같은.

그리고 또 나중에, 코를 고는 호스트 바로 옆, 색 바랜 천장 밑에서, 도시의 불빛이 블라인드 사이로 흩어져 들어오고, 이내 렘수면으로 빠져들기 직전에 밤의 작별인사를 고한다. 잘 자요, 닉.

---

9 미국 보스턴에 있는 다목적 실내 경기장.

40

　뉴욕시 헬스클럽의 주말 저녁은 특히 경기가 부진할 때에는 유
난히 기괴하다. 저주가 내린 데저렛 수영장에서는 더이상 수영
을 할 수가 없어서 맥신은 동생 브룩이 다니는 길모퉁이의 최첨단
헬스클럽인 메가렙스에 나간다. 그런데 밤마다 러닝머신 위에서
CNN이나 스포츠 채널을 보며 무턱대고 걷는 여피들, 여기가 스
트립클럽인 줄 알거나 대규모 멀티플레이어 온라인 게임에 빠져
있는 인터넷회사 사원들의 모습을 보는 데 아직 익숙하지가 않다.
그들은 하나같이 뛰고, 젓고, 역기를 들어올리고, 몸매에 사로잡힌
사람들, 실연으로부터 회복 중인 사람들, 오늘밤은 술집 대신에 이
곳에서 실제로 동무를 찾으려고 무진 애를 쓰는 사람들과 어울린
다. 설상가상으로, 맥신은 우산이나 우비에 가볍게 후두두 떨어지
는 소리는 들리지만 막상 보면 아무것도 젖지 않은 묘한 늦겨울 비
밖으로 나와 스낵 코너에서 서성거리다가, 노트북 컴퓨터에 빠져

있는 마치 켈러허를 발견한다. 그녀는 머핀 찌꺼기와 다른 사람들의 짜증을 심하게 유발하며 재떨이로 쓰고 있는 수많은 종이 커피컵에 둘러싸여 있다.

"여기 회원인 줄 몰랐어요, 마치."

"당일 사용권을 샀어. 무료로 인터넷을 쓸 수 있어서. 시내에 핫스폿이 많아. 여기는 한동안 안 왔어."

"당신의 블로그를 계속 보고 있어요."

"네 친구 윈더스트에 대한 흥미로운 정보가 있던데. 가령, 그가 죽었다는. 그 소식을 올려야 할까? 애도의 표시로?"

"나한테는 안 그래도 돼요."

마치는 컴퓨터 화면을 수면 모드로 해놓고 맥신을 똑바로 쳐다본다. "그동안 일부러 안 물었어."

"고마워요. 재밋거리로 여기지 않으셨으면 해요."

"너는?"

"잘 모르겠어요."

"슬프게도 오랫동안 장모 노릇을 하면서 유일하게 배운 게 있다면 충고하지 말라는 거야. 요즘에 충고가 필요한 사람이 있다면, 그건 바로 나야."

"아 그래요. 아주 기꺼이 해드릴게요. 뭐가 문제죠?"

그녀가 시무룩한 표정을 짓는다. "탤리스가 몹시 걱정이야."

"그게 뉴스라도 되나요?"

"더 심각해지고 있어. 더이상 참을 수가 없어. 내가 먼저 나서서 그애를 여하튼 만나기라도 할까봐. 결과가 어떻든 간에. 안 좋은 생각이라고 말해줘."

"안 좋은 생각이에요."

"그러기에는 인생이 너무 짧다는 뜻이라면, 알겠어. 하지만 게이브리얼 아이스 주위에 있으면, 훨씬 더 짧아질 수 있다는 걸 알아야 해."

"뭐라고요, 그가 탤리스에게 협박이라도 하고 있나요?"

"걔들은 갈라섰어. 그가 쫓아냈어."

음. "더이상 안 보고 오히려 잘됐네요."

"그는 그걸로 끝내지 않을 거야. 무언가 느낌이 와. 그애는 내 새끼잖아."

그래. 엄마의 법에 따르면 이런 말이 나올 때에는 반박해서는 안 된다. "그럼," 고개를 끄덕인다. "어떻게 도와드리면 되죠?"

"나한테 권총 좀 빌려줘." 정적. "농담이야."

"또다른 면허가 취소됐어요. 그리고 또……"

"그저 비유로 해본 소리야."

그렇다면야. 그러나 만약 마치가 혼자 위험을 감수하고 살기에도 바쁜데 탤리스가 큰 어려움에 빠져 있다고 생각하는 거라면…… "제가 먼저 정찰을 시도해볼까요, 마치?"

"그애는 순진해, 맥신. 아. 정말 너무 순진해."

멕시코 연안의 갱들과 어울려다니고, 국제 자금세탁에 관여하고, 수없이 법률 제18조를 위반하는데, 순진하다니, 음…… "그게 왜요?"

"모두가 자신들이 그애보다 더 많이 안다고 생각해. 이 비참한 도시에 사는 혼자 깨끗하고 똑똑한 체하는 자들의 오래된 안타까운 착각이지. 그들은 '현실세계'에 사는데 그애는 그렇지 않다고 모두들 생각하고 있어."

"그래서요?"

"'순진한 사람'은 바로 그런 거라고." 누군가가 설명을 해주었으면 할 때 쓰는 어조로 그녀가 말한다.

탤리스는 아이스와 함께 썼던 이스트사이드의 대저택에서 쫓겨나, 어퍼웨스트사이드의 새로 생긴 고층건물 중 하나에서 거주용으로 개조된 작은 다용도 공간을 찾아냈다. 건물이라기보다는 기계처럼 생긴 곳이다. 두 자릿수 중간층 높이에 색깔이 엷은 금속으로 되어 있어 반사율이 높고, 냉각핀처럼 생긴 발코니가 둥그렇게 감싸고 있다. 건물 이름도 없이 오직 숫자만 아주 은밀하게 적혀 있어서, 근처의 수많은 사람에게 물어봐도 알려주는 사람이 전혀 없다. 오늘밤 탤리스 곁에는 일반적인 중국음식점에서 파는 술병들이 잔뜩 있다. 그녀는 맥신에게 건네는 것도 잊고서 힙노티크라고 하는 청록색 술을 병째로 직접 들고 마신다.

이곳 섬의 가장자리는 아주 오래전에는 모두 조차장이었다. 저 밑에서 열차들이 터널을 통해 꿈처럼 깊은 B장조의 경적을 울리며 펜 역을 들락날락한다. 반면에 터널 벽을 칠하는 예술가들과 도시 당국이 쫓아내고, 무시하고, 다시 쫓아내도 전혀 소용이 없는 무단 거주자들이 어둠속에서 유령처럼 차창을 지나다니며, 알아듣지 못할 메시지를 속삭인다. 그리고 머리 위의 싸구려 아파트 단지에서는 세입자들이 19세기 철도호텔의 여행객처럼 아주 잠시 머물다 나간다.

"내가 제일 먼저 알아차린 것은," 그녀가 맥신에게라기보다는 누구든 들어줄 사람에게 불만을 토로한다. "평소에 방문하던 웹사이트로부터 계획적으로 차단당하고 있었다는 거예요. 온라인상으로 쇼핑을 하거나, 대화방에서 대화하거나, 혹은 얼마 후에는 일반적인 회사업무도 볼 수가 없었어요. 결국, 가려고 한 곳마다 일종의 벽에 부딪혔어요. 대화상자, 팝업 메시지들은 대부분 협박조였고, 몇몇은 사과했어요. 클릭할 때마다 강제로 추방당하는 느낌이었다고요."

"CEO 겸 남편과 이 문제를 상의했어요?"

"그럼요. 그러자 그는 소리를 지르고, 내 물건을 창밖으로 내던지며, 이러다 내가 얼마나 심하게 망가질지 경고했어요. 아주 근사하고 어른스러운 토론이었어요."

결혼생활에서 일어나는 일들. 뭐 할 말이 있겠는가? "손실 이월과 그밖의 모든 것을 잊으면 안돼요, 알겠죠?" 빠르게 EHA,[1] 즉 눈동자 습기 측정을 해보니, 탤리스가 당장이라도 눈물을 쏟아낼 것 같은 분위기다. 하지만 다행스럽게도, 마치 급격한 장면전환처럼, 감당할 정도로 신경 쓰이는 손톱을 그녀의 입술로 가져갔다가 다시 뺀다.

"내 남편에 관한 비밀을 찾아다녔잖아요…… 내가 알아도 되는 게 있나요?"

"아직 아무런 증거가 없어요."

놀랍지 않다는 듯 고개를 끄덕인다. "그러면, 잘 모르겠어요, 그가 무언가의 용의자란 건가요?" 방구석을 멍하니 쳐다보며, 목소리를 부드럽게 누그러뜨린다. "잠 못 이루는 컴퓨터광[2] 같았어요. 우리가 출연한 것처럼 지어낸 가짜 공포영화죠. 게이브리얼은 오래전만 해도 정말로 아주 괜찮았어요."

---

1 EHA. Eyeball-Humidity Assessment의 약자.
2 1939년에 상영된 만화영화 「잠 못 이루는 곰」(The Bear that Couldn't Sleep)의 제목을 빗댄 것.

맥신이 쌓여 있는 술을 조사하는 동안, 그녀는 시간여행을 떠난다. 지금 탤리스는 해시슬링어즈를 대표해 참석했던 9·11 이후의 추모식 중 하나를 떠올린다. 이 다음에는 어떤 주식을 거둬들일지 다시 살피기 위해 어서 끝나기만을 기다리는 표정의 울지 않는 약삭빠른 사람들의 대표단 사이에 서 있는 동안, 그녀는 어디선가 본 듯한 백파이프 연주자 중 한명이 「캔들 인 더 윈드」를 즉석에서 꾸밈음으로 연주하는 모습을 지켜본다. 알고 보니, 그것은 백파이프 전문 연주자로 활동하는 게이브리얼의 대학교 룸메이트 디터였다. 이어서 미리 주문해놓은 음식을 먹으며 그녀는 디터와 대화를 나눴다. 그가 어떤 사람으로 변했건 숀 코네리는 아니었기는 하지만, 킬트에 관한 농담은 되도록 피하려고 했다.

백파이프 연주자의 수요는 활발했다. 디터는 요즘의 소규모회사로 등록하여 카네기멜런 출신의 다른 두 동창생과 팀을 꾸리며 활동하다가, 9·11 이후로는 장비를 더 갖추고 자신도 어떻게 하는지 잘 모르는 결혼식, 바르 미츠바, 가구상점 개업식 같은 행사로 정신이 없었다.

"결혼식이라고요?" 맥신이 묻는다.

"그의 말에 당신도 놀랄 거예요. 결혼식에서 장례식 애가를 연주하면 매번 웃음이 터진대요."

"상상이 가요."

"경찰관 장례식은 그렇게 자주 하지는 않는대요. 경찰들이 자체적으로 인력을 갖고 있고, 대부분은 우리가 참석했던 그 행사처럼 사적으로 움직여요. 디터는 심각해지더니, 가끔씩 스트레스가 쌓인대요. 항상 준비하고 있다가, 전화가 오기를 기다리는 긴급구조대 같대요."

"다음 전화를 기다리면서요……"

"네."

"당신 생각에 그는 일종의 선도적인 지시자일 수 있을까요?"

"디터가요? 백파이프 연주자가 다음 사건이 일어나기 전에 미리 알려준다고요? 너무 이상할 것 같은데요?"

"음. 그뒤로도 당신과 당신 남편은 디터와 함께 만나서 어울렸나요?"

"어어? 그와 게이브리얼은 사업을 같이했을 수도 있어요."

"그랬겠죠. 그런데 전 룸메이트들이 무엇을요?"

"어떤 프로젝트를 같이 계획했던 것 같아요. 그런데 나한테는 절대 알려주지 않았어요. 그게 뭐든, 기록되어 있지 않았어요."

공동 프로젝트라. 게이브리얼 아이스와 폭넓은 공적 조의에 성공이 달려 있는 누군가 사이의. 음. "그를 몬탁에 초대한 적 있나요?"

"사실은……"

이제 테레민[3] 연주가 나오면, 맥신 너, 정신 바짝 차려야 해. "이렇게 헤어진 게 탤리스 당신에게는 뜻밖의 축복일 수 있어요. 그런데 그러는 동안…… 당신 어머니한테 전화는 했어요?"

"그래야 한다고 생각해요?"

"지금도 이미 늦었어요." 그와 관련된 생각을 잠시 한 뒤 말을 이어간다. "들어봐요. 내가 상관할 일은 아니지만……"

"친구가 있어요. 물론이죠. 그가 도움을 주냐고요? 좋은 질문이네요." 그러고는 힙노티크 병에 손을 뻗는다.

"탤리스," 될수록 피곤한 티를 자제하면서 말을 한다. "남자친구

3 텔레비전 시리즈 「스타트렉」의 주제곡에도 쓰인 전자악기의 일종.

가 있다는 것 알아요. 그리고 그는 아무의 '친구'가 아니라 어쩌면 당신 남편의 친구일 수 있다는 것도요. 솔직히 이건 당신이 바라는 것만큼 전혀 근사하지가 않아요……" 그녀에게 아이스와 그의 아내가 낀 관계를 포함해 채즈 라데이의 전과기록을 요약해서 들려준다. "그건 함정이에요. 지금까지 당신은 정확하게 당신 남편이 원하는 대로 하고 있어요."

"아니에요. 채즈는……" 바로 이어서 나올 말은 뻔하다. "…… 나를 사랑한다고요?" 맥신은 가방에 든 베레타 권총을 떠올린다. 하지만 탤리스의 말에 놀란다. "채즈는 뼛속까지 이스트 텍사스 출신의 남자예요. 말하자면, 하나를 내주면 다른 것을 대가로 꼭 챙겨요."

"잠깐만요." 맥신의 시야 언저리에서 무언가가 잠시 깜박거린다. 나중에 보니 천장의 어두운 한쪽 구석에 설치된 작은 CCTV 카메라의 지시등이다. "여기가 모텔이에요, 탤리스? 누가 여기에 이런 걸 설치했죠?"

"전에는 여기에 없었어요."

"당신 생각에……?"

"그런 것 같아요."

"사다리 있어요?" 없다고. "빗자루는요?" 스펀지 대걸레다. 그들은 번갈아가며 카메라를 사악한 최첨단 삐냐따[4]처럼 세게 친다. 그러자 마침내 그것이 바닥에 떨어진다.

"있잖아요. 좀더 안전한 곳에 가 있는 게 좋겠어요."

"어디로요? 엄마한테요? 여자 노숙자는 싫어요. 나는 신경 쓰지

---

[4] 미국 내 라틴 사회에서 아이들이 파티를 할 때 눈을 가리고 막대기로 쳐서 떨어뜨리는 장난감과 사탕이 든 통.

마요. 엄마는 자기 자신도 감당을 못해요."

"어디인지는 생각해보기로 해요. 하지만 그들은 방금 들통이 났으니 이리로 올 거예요. 우리 여기서 나가야 해요."

탤리스는 소지품 두어개를 대형 숄더백에 던져넣고 맥신과 함께 엘리베이터로 향한다. 그들은 20층을 내려가, 매일 네자리 숫자의 꽃장식이 달린, 그랜드센트럴 역만 한 금빛 로비를 통해 나간다.

"아이스 부인?" 수위가 걱정과 경의 사이의 표정으로 탤리스를 바라보며 말한다.

"오래 안 걸릴 거예요," 탤리스가 말한다. "드래고슬러브, 무슨 일 있어요?"

"두 남자가 나타나서는 부인을 곧 보았으면 한대서요."

"그게 다예요?" 어리둥절해하며 얼굴을 찌푸린다.

맥신은 갑자기 생각이 떠오른다. "혹시 러시아 랩을 하던가요?"

"맞아요, 그자들이에요. 제가 메시지를 전달했다고 꼭 전해주세요. 약속했거든요."

"괜찮은 친구들이에요," 맥신이 말한다. "정말로요. 걱정할 필요 없어요."

"미안하지만, 걱정을 표현할 수가 없네요."

"탤리스, 그들을……"

"난 그 사람들을 몰라요. 당신은 아나봐요. 나한테 말해줄 거라도 있어요?"

그들은 밖으로 걸어나와 인도로 향한다. 불빛은 뉴저지 위로 흩어지고, 근처와 지하철로 가는 수마일에 걸친 길에 택시는 전혀 보이지 않는다. 그런데 정신을 차려보니, 겉보기에 새로운 소화전이서 있는 길모퉁이를 돌아 블록 위로 틀림없는 이고르의 ZiL-41047 리무진이 화려하게 한껏 꾸민 채로 보란 듯이 다가온다. 깜빡이는 빨간 LED가 달린 맞춤제작 금장 타이어 휠, 최첨단 안테나에 차대를 낮춰 개조한 이고르의 차가 날카로운 소리를 내며 탤리스와 맥신 바로 옆에 멈춰 서자 오클리 오버더톱 선글라스에 맞춰 옷을 입은 미샤와 그리샤가 차 밖으로 뛰어내리더니, 들고 있던 PP-19 비존[5]으로 탤리스와 맥신에게 리무진 뒤에 타라고 손짓을 한다. 맥신은 전문가답지만 반드시 점잖지는 않은 몸수색을 받게 되고, 그녀의 가방에 있는 톰캣은 소지해서는 안되는 물건이 된다.

"미샤! 그리샤! 당신들 대단한 신사인 줄 알았는데!"

"권총은 다시 돌려줄게요." 미샤가 해맑고 다정한 미소를 지으며 운전대 뒤로 스르르 앉더니 길모퉁이를 부드럽게 빠져나간다.

"간단하게 줄여서 말하자면," 그리샤가 말을 보탠다. "「굿, 배드 앤드 어글리」[6]의 3자 대결 기억해요? 보기에 얼마나 힘든지도?"

"도대체 무슨 일인지 물어봐도 돼?"

"오분 전까지만 해도," 그리샤가 말한다. "계획은 단순했어요. 여기 이 어여쁜 패멀라 앤더슨을 납치해서 이용하라."

"누구요?" 탤리스가 묻는다. "나요?"

"탤리스, 진정하고 그냥. 그런데 그 계획이란 게 그렇게 단순한 것 같지 않은데?"

"우리도 당신이 있을 줄은 몰랐어요." 미샤가 말한다.

"오. 이 여자를 납치해서 게이브리얼 아이스에게 몸값을 요구하

---

5 PP-19 Bizon. 러시아제 기관단총.

6 The Good, The Bad and The Ugly. 한국에서는 「석양에 돌아오다」로 개봉한 클린트 이스트우드 주연의 미국 서부영화.

려고? 난 여기 바닥에 잠시 누워 있을게. 탤리스, 당신이 물어볼래요? 아니면 내가 할까요?"

"어오." 두 고릴라처럼 덩치 큰 친구들이 동시에 내뱉는다.

"아까 한 말 못 들었나봐요. 게이브리얼과 나는 곧 그 끔찍한 이혼에 들어갈 예정이에요. 그리고 지금 나의 전 남편이 될 자가 인터넷에서 내 존재를 지워버리려 한다고요. 미안하지만, 그는 기름값도 안 낼걸요."

"젠장." 한번 더 동시에 외친다.

"그가 진짜로 당신들을 고용한 게 아니라면, 여기서 내리게 해줘요."

"게이브리얼 아이스 자식은," 그리샤가 화를 낸다. "재벌 쓰레기, 도둑, 살인자야."

"지금까지는, 아무것도 밝혀진 게 없어." 미샤가 활달하게 말한다. "하지만 그는 또한 미국의 비밀경찰을 위해 일하고 있어. 그 덕에 우리는 철천지원수가 됐지. 도둑이 되기 전부터, 교도소에 들어가기 전부터 우리는 맹세했어. 절대 경찰을 돕지 않겠다고."

"탤리스가 불안해하고 있어." 맥신이 급하게 끼어든다. "무례하게 굴 생각은 전혀 없어."

"당신들은 그가 얼마를 낼 거라고 생각했어요?" 탤리스는 여전히 알고 싶어한다.

그들은 맥신이 상상하기에 이런 내용의 대화를 러시아어로 즐겁게 나눈다. "빌어먹을 미국 여자들은 자기 몸값만 신경 쓴다니까? 창녀들의 나라다워."

"마치 오스틴 파워스가," 미샤가 설명한다. "아이스에게 '오, 점잖게 행동해!' 하고 말하는 것 같아."

"'꼴려!'"[7] 그리샤가 큰 소리로 말한다. 그들은 서로 하이파이브를 한다.

"오늘밤 우리가 해야 할 일이 있어요." 미샤가 계속 말한다. "그리고 아이스 부인을 데리고 있는 건 누군가가 약삭빠르게 굴 경우를 대비한 보험용일 뿐이었어요."

"계획대로 잘 안되나봐." 맥신이 말한다.

"미안하지만," 탤리스가 말한다. "이제 내려도 될까요?"

이 무렵 그들은 크로스 카운티에서 나와 뉴욕주 고속도로로 접어든다. 그런 다음 매장 사기 역사에 전설로 남아 있는 스튜 레너드[8]의 마구간 모형 매장과 물류창고를 지나, 오티스가 치프먼 지 다리[9]라고 부르는 곳을 향해 간다.

"뭐가 그렇게 급해요? 사교하기 좋은 즐거운 저녁인데. 대화라도 나누면 어때서. 숙녀 여러분, 긴장 풀어요." 냉장고에 샴페인이 있다. 그리샤는 마리화나로 꽉 채운 엘 쁘로둑또 씨가를 꺼내 불을 붙인다. 그러자 곧 그로 인한 간접효과들이 발생하기 시작한다. 급기야 두 남자는 오디오에서 데데떼[10]의 운동가 「넌 혼자가 아니야」와 혼이 담긴 발라드 「바람」을 비롯해, 힙합과 80년대 러시아 인기 가요를 섞어서 튼다.

"우리 어디로 가는 건데요, 그럼?" 탤리스가 열광적인 파티로 바뀌기를 바라는 사람처럼 갑자기 애교 섞인 목소리로 묻는다.

---

7 오스틴 파워스는 제임스 본드 시리즈를 패러디한 동명의 3부작 코미디 영화에 나오는 주인공으로, 1997년에 나온 1편에서 '꼴리다'라는 뜻의 신조어 'shagadelic'을 사용했다.
8 미국 코네티컷과 뉴욕에 있는 실내를 마구간처럼 꾸민 초대형 슈퍼마켓 체인점.
9 허드슨강에 위치한 태펜 지 브리지(Tappan Zee Bridge)를 말한다.
10 DDT. 1980~90년대에 러시아에서 가장 인기 있었던 록밴드.

"북쪽으로요. 해시슬링어즈가 산속에 비밀 서버 팜을 숨겨놓고 있다면서요, 네?"

"맞아," 맥신이 말한다. "운전 좀 하겠는데, 안 그래?"

"어쩌면 거기까지 안 가도 될지 몰라." 그리샤가 위협하듯이 기관단총을 만지작거린다.

"이 친구는 물불을 안 가려요." 미샤가 설명한다. "블라디미르스끼 쎈뜨랄[11]에서 몇년을 썩었는데도 배운 게 없다니까요. 우리는 포키프시에서 유리라는 남자를 만나야 해요. 거기의 기차역에 내려줄게요."

"서버 팜에 가고 싶다고 했죠." 탤리스가 필로팩스 수첩을 꺼내 백지 페이지를 찾는다. "내가 지도는 그려줄 수 있어요."

그리샤가 눈을 가늘게 뜬다. "당신한테 총을 쏘거나 할 필요는 없겠죠?"

"오 그렇게 크고, 심술궂은 총으로 나를 정말 쏘려는 건 아니겠죠?" 그녀는 '크고'라는 말을 뱉을 때까지 눈 맞추는 것을 자제한다.

"지도 괜찮겠네요." 미샤가 근사한 갱의 말투를 흉내 낸다.

"게이브리얼이 나를 그곳에 데려다준 적이 한번 있어요. 호수 근처의 깊은 지하동굴이었어요. 거의 수직에 층이 많고, 엘리베이터의 모든 층수에 마이너스 표시가 되어 있었어요. 시설 자체는 원래 여름 캠프였대요. 캠프 뭐더라…… 인디언 명칭이 붙었었는데, 텐 와츠, 이로쿼이, 그런 거였는데……"

"캠프 테와치로콰스." 맥신은 자신이 기억하고 있는 데 놀라 비명 지를 뻔한 것을 간신히 참는다.

---

11 Vladimirski Tsentral. 블라디미르시에 있는 러시아의 유명한 교도소.

"바로 그거예요."

"모호크[12]어로 '개똥벌레'라는 뜻이죠. 적어도 그들은 나에게 그렇게 말했어요."

"오 세상에, 당신도 캠프에 갔다는 거네요?"

"오 세상에 뭐가 어때서요, 탤리스. 누군가는 가야 했겠죠." 캠프 테와치로콰스는 씨더허스트 출신의 지멜먼이라는 어느 뜨로쯔끼주의자 부부가 고안해낸 것이었다. 맥스 샤크트먼 논쟁기에, 맥신이 그곳에 갔을 당시에도 별로 가라앉지 않은 역사적인 철야 고성 시합 중에 시작되었다. 당시에는 뉴욕주의 산 전체에서 캠프의 일반적인 덩굴옻나무 시설을 볼 수 있을 정도였다. 카페테리아 음식, 피부색 논쟁, 호수에서 카누 타기, 「애스토리아까지 행진」 「줌 갈리 갈리」[13] 부르기, 댄스 파티―아! 웨슬리 엡스타인!

캠프 테와치로콰스의 지도교사들은 히트싱크 호수에 관한 지역의 전설로 아이들을 깜짝 놀래주는 것을 무척 좋아했다. 고대로부터 북아메리카 원주민이 호수 밑바닥에 사는 것들이 무서워 그곳을 어떻게 피했는지에 관한 이야기부터, 빨갛게 타오르는 망토 모양의 자외선 광선, 악마의 얼굴을 한 채 네가 발가락을 담그기만을 기다리고 있다고 이로쿼이어로 공포스럽게 말을 거는, 물속뿐 아니라 땅에서도 돌아다닐 수 있는 거대한 알비노 장어……

"그만 멈추게 해," 그리샤가 몸을 부르르 떤다. "나 무섭다고."

"게이브리얼에게는 딱 맞는 곳이었겠어요." 탤리스가 조심스럽게 말한다. 아이스가 히트싱크 호수를 선택한 것은 분명 그곳이 애디론댁 산맥에서 가장 깊고 차갑기 때문이다. 맥신은 컴퓨터광들

---

12 Mohawk. 뉴욕주와 캐나다에 주로 사는 북아메리카 원주민 부족.
13 Zum Gali Gali. 이스라엘 민요.

의 무도회 파티에서 아이스가 떠벌리던 말 중에 서버 장비에서 나오는 과도한 열의 흐름에 의해 지구상의 마지막 청정지역을 오염시킬지 모르는 피오르 지역, 아쪽북극 호수들이 있는 북부로의 이주를 떠올린다.

자동차 오디오에서는 넬리가 부르는 「라이드 위트 미」[14]가 흘러나온다. 점점 속도를 내는 ZiL 리무진의 앞과 주위로 뉴욕주 고속도로가 펼쳐지자, 작은 농장, 얼어붙은 들판, 다시는 잎이 안 날 것 같은 나무들의 슬픈 겨울 풍경이 눈에 들어온다. 미샤와 그리샤는 위아래로 몸을 튀기기 시작하며 "어이! 분명 돈 때문이야!"하고 함께 따라 부른다.

"시끄러운 것 같다는 말은 아닌데," 당연히 맥신은 그런 뜻은 없다. "저기 잠깐 내려서 스낵 자판기 옆에서 쉬었다 가면 안 될까."

두 사람은 교도소에서 쓰는 러시아어로 다시 대화를 나누며 의심스럽게 쳐다본다. 잘 쓰지 않던 뇌의 어떤 부분을 통해 맥신은 여자의 수다가 얼마나 쉽게 위험해질 수 있는지 직감한다. 하지만 그래도 뇌의 작동을 막지는 못한다. "내가 들은 말이 맞아?" 상대를 꿈쩍 못하게 하는 일레인의 의기양양한 태도를 흉내 내어 말한다. "열추적 미사일로 감지할 수 있는 적외선 신호가 나오기 때문에, 서버 팜은 아무리 용의주도하게 숨기더라도 독 안에 든 쥐라던데?"

"미사일? 아니."

"오늘밤은 미사일 없어요. 소규모 장비뿐이에요."

그들은 주유를 하기 위해 멈춘다. 미샤와 그리샤는 맥신을 데리고 리무진 뒤로 돌아가서, 트렁크를 연다. 뭔가 원통 모양의 길쭉

---

14 Ride Wit Me. 미국 래퍼 넬리(Nelly)가 2000년에 발표한 노래.

한 몸체에 볼트가 달린 테두리, 전기로 작동되는 것 같은 프로젝션…… "근사한데, 어떤 쪽으로 연기를 빨아들이는 거야—오, 젠장. 잠깐. 이게 뭔지 알아! 레지의 영상에서 봤어! 버케이터 중의 하나야, 맞지? 당신들 지금…… 내가 맞혀볼게. 서버 팜을 전자기 펄스로 맞히려는 거지?"

"쉬쉬." 미샤가 주의를 준다.

"오직 10퍼센트 파워밖에 안돼요." 그리샤가 그녀를 안심시킨다. "어쩌면 20."

"실험용이니까."

"나한테 이걸 보여주면 안될 텐데." 그러고 맥신은 속으로 생각한다. 한편으로는 핵이 아니라면 마이너리그네, 또 한편으로는 그렇다고 저들이 제정신이 아니라는 것을 무시해선 안돼.

"이고르가 당신은 믿어도 된다고 했어요."

"다들 물어보더라고, 난 그냥 어떤 친구와든 잘 지냈을 뿐인데. 내 생각에 해시슬링어즈를 약간 불편하게 하는 건 한참 늦은 감이 있어."

"엿이나 먹으라고 해."[15] 그리샤가 환하게 웃는다. "아이스의 서버는 곧 끝장이에요."

물론 맥신은 이러한 태도를 내내 봐온 터이다. 맹목적인 자신감, 상대에게 닥칠 확실한 재난, 하지만 일은 뜻대로 이루어지지 않는다. 오, 이번 여행은 조짐이 안 좋다. 오늘밤은 아무런 난잡한 파티도, 인질극도 없다. 저들 모두에게 신의 가호가 있기를. 이것은 바보 같은 모험, 모니터의 안락함에서 멀리 나와, 적과 정면으로 맞

---

15 (러) Po khuy.

서기 위해 북극의 밤 한복판으로 점점 더 다가가는 여행이다.

다시 고속도로를 타기에 앞서 그리샤가 미샤 대신에 운전석에 앉는다. "경비가 아주 심할 텐데," 맥신은 갑자기 생각이 난 듯 묻는다. "어떻게 지나갈 계획인데?"

"맞아," 탤리스가 쾌활한 말괄량이의 목소리로 말한다. "입구를 뚫고 돌진하게요?"

미샤가 소매를 걷더니 감옥에서 한 문신 하나를 보여준다. 동정녀 성모 마리아가 아기 예수를 안고 있는 문신인데, 슬쩍 보니 예수의 이마에서 제3의 눈 위치에 아기들에게는 잘 안 나는 여드름 크기만 한 작은 혹이 있다. "송수신기가 심어져 있어요." 미샤가 설명한다. "술집에서 만난 예쁘게 생긴 깜찍이[16]와 사교를 하다가 찾아냈어요."

"티퍼니였지." 그리샤가 기억을 떠올린다.

"해시슬링어즈에서 일하는 사람들은 모두 이런 걸 하나씩 갖고 있어요. 그래서 어디를 가더라도 보안시스템으로 추적이 돼요."

잠깐. "내 여동생의 남편도 추적장치를 심은 채로 돌아다녔다는 거네? 언제부터래?"

어깨를 으쓱한다. "두달쯤 됐어요. 아이스도 지니고 있고. 그걸 몰랐다고요?"

"탤리스, 당신도?"

"쎄인트 마튼 병원의 피부과 의사더러 빼달라고 하기 전까지는요."

"그러면 당신이 은밀한 짓을 했을 때, 남편이 아무 말 안했어요?"

16 (러) nyashetchka.

탤리스의 귀여운 손톱. "채즈와의 관계까지는 생각하지 못했던 것 같아요. 게이브리얼에게 그것을 어떻게 숨길지도요."

"한번 더 생각해봐요, 탤리스." 맥신은 못살게 굴 생각은 없으나, 이 사실이 잘 믿기지를 않는다. "게이브리얼은 알고 있었고, 모든 것을 계획했고, 당연히 문제 삼지 않았다는 거잖아요." 고집이 센 아이. 마치가 어떻게 이 성질을 감당했는지 궁금하다.

리무진의 내부는 싸구려 씨가와 값비싼 마리화나 연기로 점점 더 가우시안 블러[17]를 쓴 것처럼 된다. 이제 점점 흥이 난다. 덜 조심하게 되는 것은 말할 것도 없다. 먼저, 그들은 자신들이 한 문신이 완전히 합법적이지는 않다고 인정한다. 러시아에서 법률 제272조에 따라 불법 접속의 경미한 해커 범죄로 실제로 구속되었을 때, 그들은 진짜 교도소 문신을 접할 만큼 그 안에 오래 있지 않았다. 그래서 나중에 술에 취해 브루클린의 잉크 가게에 들러 실제보다 더 험악해 보이고 싶어하는 사람들을 위한 싸구려 짝퉁 문신을 하는 것에 만족해야 했다. 쾌활하게 주거니 받거니 말을 나누며 미샤와 그리샤는 누가 더 정말로 나쁜 놈인지 서로 따지고, 그러는 동안 비존 기관단총은 좀 과하게 말하면 사방으로 춤을 춘다.

"지난번 얘기 나눌 때 이고르의 말로는," 맥신이 바로 끼어든다. "당신들과 아이스 사이의 갈등은 KGB와는 상관없다던데."

"이고르는 오늘밤 일에 대해 몰라요."

"당연히 모르겠지, 미샤. 이고르에게는 거부권이 있고 당신들은 순전히 당신들 맘대로 하는 거라고 쳐. 그렇다 하더라도 인터넷상으로 하는 것처럼, 왜 좀더 떨어져서 하지 않는 건지 아직도 궁금

---

17 Gaussian blur. 독일 수학자 가우스의 함수에 기초한 알고리즘을 이용해 그래픽의 이미지를 부드럽고 흐릿하게 만드는 기법.

해. 오버플로우 악용이라든가, 서비스 거부, 무엇이든.”

“너무 교과서적이에요. 해커 학교식이라고. 그리샤와 나는 비열한 쪽에 가까워요. 몰랐어요? 이건 좀더 개인적인 일이에요.”

“그래서 개인적이라면……” 그녀는 레스터 트레이프스를 차마 입에 올리지는 않는다. 하지만 잔주름이 잡힌 거의 인자함에 가까운 표정, 스딸린이 홍보촬영에서 사람을 보며 환하게 즐겨 웃던 그런 표정이 미샤의 눈가에 밴다.

“레스터뿐이 아니에요. 내 말 들어요. 이건 다 아이스 때문이에요. 당신도 알잖아요. 우리 모두 알고 있죠. 하지만 모든 사실을 알지 않는 편이 더 나아요.”

데이모스와 포보스 같은 마초 게이머, 정당한 복수의 천사, 뭐지? 어쩌면 오늘밤은 레스터 때문만은 아닐지 모른다. 하지만 레스터만으로도 충분하지 않은가? 그가 보지 말았어야 하는데 본 게 무엇이든 간에, 비밀 자금운용 스프레드시트 위로 유령처럼 공기 중에 사라지는 그의 종말을 의미하는 이번 방문은 일반인들 사이에서는 허용될 수 없는 것이었다……

“알았어. 그래도 약간의 역사 정도는 괜찮지 않아?”

그들은 서로 짓궂은 표정을 교환한다. 아나샤[18]는 사람 하나를 이상하게 만들 수 있다. 심지어 두명도.

“할로 점프에 대해서 들은 적 있죠,” 미샤가 말한다. “이고르가 만나는 사람마다 하는 이야기인데.”

“특히 예쁜 여자한테는.” 그리샤가 말한다.

“할로 점프가 아니라, 하호 점프였어.”[19]

---

18 anasha. 대마에서 추출한 진액을 가리키는 러시아어. 보통 해시시라고 한다.
19 낙하산을 개방하는 고도에 따라 나뉘는 고공강하의 두 기술, 저고도개방

"계속…… 웃음이 난다던데. 무슨 개방이었더라……"

"고고도개방. 낙하산이 27,000피트 정도에서 열려요. 팀원끼리 창공에서 함께 줄을 지어 30~40마일가량 날 수 있어요. 고도가 가장 낮은 사람이 글로나스[20] 수신기를 지니고."

"러시아의 GPS 같은 거예요. 어느날 밤 이고르는 궤도진입 중이었어요. 모든 게 엉망이 됐죠. 하사관은 산소 결핍으로 머리가 돌고, 바람에 모든 팀원이 깝까스산맥 위로 흩어지고, 글로나스는 작동을 멈추고. 이고르는 무사히 낙하했는데, 완전히 혼자였대요. 베이스캠프가 어디에 있는지, 있기나 한지 전혀 모르는 채로. 그래서 나침반과 지도를 이용해 남은 팀원들을 찾아나섰어요. 며칠 뒤에 이상한 냄새가 났죠. 작은 마을이 완전히 몰살된 것을 봤거든요. 젊은이, 늙은이, 개, 모두 다."

"방화였어요. 그때 이고르에게 영혼의 위기가 닥쳤죠."

"그는 스뻬쯔나즈를 떠났을 뿐만 아니라, 충분한 돈이 생기자, 자신만의 개인적인 보상 계획을 세우게 돼요."

"체첸족에게 돈을 보낸 거네?" 맥신이 묻는다. "그거 반역죄 아닌가?"

"아주 큰돈이죠. 그 무렵 이고르는 충분한 보호를 받고 있었어요. 그는 심지어 이슬람으로 개종하는 것도 생각 중이에요. 하지만 문제가 너무 많아요. 전쟁이 끝나고, 두번째 전쟁이 시작되고, 그가 돕던 사람들 중의 일부는 지금 게릴라로 활동하고 있어요. 상황

(HALO. High Altitude Low Opening)과 고고도개방(HAHO. High Altitude High Opening)을 말한다.

20 GLONASS. 러시아 정부가 개발한 인공위성 통신시스템 GLObal NAvigation Satellite System의 약자.

이 점점 복잡해지고 있는 거죠. 같은 체첸족 내에서도."

"일부는 착한데, 다른 일부는 그렇게 착하지 않아요."

저항조직의 이름을 일일이 기억하기가 어렵다. 하지만 지금, 딱히 백열전구는 아니지만, 엘 쁘로둑또의 빨갛게 타고 있는 끝 부분이 그녀의 머리 위에 계속 켜져 있다.

"그러면 레스터가 아이스로부터 빼돌리고 있던 그 돈은──"

"멍청한 와하브파 전선을 거쳐 나쁜 녀석들에게 가고 있었어요. 이고르는 그 돈이 에미리트 계좌에서 모두 섞이기 전에 손에 넣는 법을 알고 있었고요. 그는 레스터를 위해 일을 신속하게 처리해주는 대가로 수수료를 약간 받았거든요. 모든 게 **순조로웠죠**. 누군가에 의해 발각되기 전까지는."

"아이스?"

"그게 누구든 아이스를 주물럭거리는 사람이겠죠? 당신이 우리에게 알려줘요."

"그러면 레스터는……" 맥신은 자기도 모르게 불쑥 말을 꺼낸다.

"레스터는 안개 속의 작은 고슴도치 같았어요. 친구들을 찾으려고 바둥거리는."

"불쌍한 레스터."

뭐지. 이제 눈물이라도 흘리겠다는 거야, 여기서?

"18번 출구," 미샤가 그 대신에 안내를 하며, 연기를 내뿜고 눈을 반짝거린다. "포키프시." 하마터면 놓칠 뻔하다 출구로 나간다.

기차역은 다리 바로 위에 있다. 주차장에는 쾌활한 운동선수 유형의 유리가 오랫동안 험한 길을 누빈 흔적이 남아 있고, 펄스 무기용 발전기를 실은 트레일러를 단 허머[21]에 기댄 채 기다리고 있다. 그동안 봐왔던 RV 발전기들과 비교해볼 때 어림잡아 1만 또는

1만 5000와트는 되는 것 같다. "10퍼센트 파워"는 그냥 빗대어서 한 말일지 모른다.

그들은 뉴욕행 10시 59분 열차에 곧 오르려 한다. "안녕, 친구들." 맥신이 손을 흔든다. "조심해서 가. 내가 정말로 허락한 건 아니야. 만약 내 아이들이 극초단파 발생기를 갖고 있다면……"

"여기. 이걸 잊으면 안되죠." 그녀에게 베레타 권총을 조심스럽게 건넨다.

"탤리스와 나를 심지어 테러행위일 수도 있는 범죄행위의 액세서리로 만들었다는 걸 명심해."

두 빠돈끼는 희망 섞인 눈길을 주고받는다. "당신도 그렇게 생각해요?"

"우선은, 그건 연방 소관이야. 해시슬링어즈는 미국 안보의 일부라고—"

"그들은 그 얘기를 듣고 싶어하지 않아요." 탤리스가 그녀를 승강장으로 끌어당기며 말한다. "멍청한 놈들."

그들은 차를 빼며 창밖으로 손을 흔든다. "안녕, 맥시! 안녕, 멍청한 금발 언니!"[22]

---

21 Hummer. 미국 GM사에서 나온 다목적 SUV 차량.

22 (러) Do svidanya Maksi! Poka, byelokurva!

41

돌아가는 열차에서 잠이 든 게 분명하다. 맥신은 아직도 ZiL 리무진에 있는 꿈을 꾼다. 창밖 풍경은 꽁꽁 얼어붙은 러시아의 한겨울이다. 눈 덮인 벌판 위에는 먼 옛날 썰매 여행을 비춰주던 한조각 달빛이 어른거린다. 눈에 파묻힌 마을, 교회의 뾰족탑, 밤 동안 문을 닫은 주유소. 『까라마조프가의 형제들』『닥터 지바고』 그리고 다른 작품들로 연이어 바뀌며, 지금처럼 매끄럽고, 어느 것보다 더 빠르게 겨울의 먼 풍경을 채우다보면, 여행 한번에 볼일 하나 이상은 순식간에 처리하고도 남는다. 로맨틱한 기술의 획기적인 발전이 아닐 수 없다. 히트싱크 호수와 올버니 중간의 어디쯤에서, 어두운 황야를 가로질러, 오직 안개등만 켠 한 무리의 검정 SUV가 도중에 가로채려고 오는 중이다. 맥신은 출구 없는 루프로 빠지고, 그녀가 둥둥 떠돌던 꿈은 쫓아갈 수 없는 스프레드시트로 바뀐다. 그녀는 스파이턴 다이빌 수로 근처에서 탤리스의 자는 얼굴을 보며 잠에서 깬다. 자는 동안 두 사람의 얼굴이 훨씬 더 가깝게 붙었던 듯, 탤리스의 얼굴은 생각보다 그녀에게 더 가까이 있다.

그들은 배가 고픈 채로 그랜드센트럴 역에 새벽 1시경에 도착한다. "오이스터 바는 문을 닫은 것 같아요."

"지금은 아마 아파트가 안전할지 몰라요." 탤리스가 제안을 하면서도 자기도 잘 모르겠다는 표정을 짓는다. "어서 돌아가요. 뭔가 있을 거예요."

실제로 뭔가 있으니 다시 떠나고 싶어진다. 그들이 엘리베이터에서 내리자마자, 엘비스 영화[1]의 음악이 들린다. "어오," 탤리스가 열쇠를 찾는다. 그녀가 열쇠를 찾기도 전에, 문이 활짝 열리더니 아주 키 큰 남자가 격정적으로 반긴다. 그의 뒤로 보이는 화면에서는 셸리 파버레스가 난 악마야라고 적힌 표지판을 들고 춤추고 있다.

"이건 뭐죠?" 맥신은 그게 무엇인지 안다. 그녀가 얼마 전까지만 해도 거의 맨해튼 절반을 쫓아다니던 그자가 나타난 것이다.

"채즈예요. 원래 이곳은 전혀 모르는 것으로 되어 있어요."

"사랑에 빠지면 다 찾게 되죠." 채즈가 건들거리며 대답한다.

"우리가 스파이 카메라를 망가뜨려서 여기에 왔나봐."

"말도 안되는 소리. 난 그런 거 싫어해, 자기. 만약 내가 알았더라면, 직접 망가뜨렸을 거야."

"돌아가, 채즈. 네 뚜쟁이한테 어림없다고 전해."

"제발 잠깐만 기다려줘, 달콤한 자기. 처음에는 순전히 업무상 그랬어. 인정해. 하지만—"

"'달콤한 자기'라고 부르지 마."

---

1 엘비스 프레슬리와 셸리 파버레스가 주인공으로 출연한 「걸 해피」(Girl Happy 1965)를 말한다.

"알았어, 뉴트러스위트 자기! 이렇게 애원할게."

아, 대형, 실제로는 중형 똥만 한 남자가. 탤리스는 고개를 저으며 부엌으로 걸어간다.

"채즈, 안녕하세요." 맥신이 멀리에서 하듯 손을 흔든다. "결국 이렇게 만나네요. 당신 전과기록을 읽어봤어요. 끝내주던데요. 그런데 있잖아요. 제18조 명예의 전당이 어쩌다 광섬유 사업에 손을 댔어요?"

"다 옛날 일이에요. 나를 판결하지 말고 그 이상을 좀 봐줘요. 눈에 띄는 게 있지 않나요?"

"어디 보자, 영업 경력이 좋네요."

흐뭇한 듯 고개를 끄덕인다. "사람들이 큰 혼란에 빠져 생각할 겨를이 없을 때 공략하는 거예요. 작년에 인터넷 버블이 폭발했을 때 기억나요? 다크리니어가 거물급을 고용하기 시작했죠. 드래프트에서 뽑히는 기분이 들게 했어요."

"동시에, 채즈," 집에서 입는 옷차림으로 금방 갈아입은 탤리스가 맥주, 찍어먹는 소스, 봉지에 든 과자를 가지고 온다. "곧 전 남편이 될 사람이 당신 사장한테 돈을 충분히 안 줘서 내가 좀 바빴어."

"사장은 광섬유라고 하면 다 사들이고 있어요. 통이 아주 커서, 최고 가격을 줘가면서 최대한 많은 케이블, 선로 설비, 토지를 확보하려 하고 있어요. 처음에는 북동부뿐이었는데, 지금은 미국 전역에서 그러고 있죠."

"상담료가 꽤 많이 들겠는데요." 맥신은 상상해본다.

"자 봐요. 그 일은 또한 합법적이에요. 어쩌면 사들인 물건 이상의……" 잠시 말을 천천히 멈춘다.

"오. 계속해봐, 채즈. 나, 게이브리얼, 우리가 하는 사업에 대한 경멸을 조금도 감추지 않았잖아."

"진짜로는 가짜로든 다 진심이었어, 달콤한 자기. 난 물류와 기간시설에 최적화된 사람이야. 광섬유는 진짜야. 도관을 통해 끌어당기고, 걸고, 묻고 꼬아서 합쳐. 무게도 나가. 당신 남편은 부자에다 똑똑할지 모르지만, 당신들과 마찬가지로 구름 속에서 꿈에 젖어 살고, 거품 속을 떠다니며, 그게 다 진짜라고 생각하고, 또 생각해. 그런데 그건 전원이 켜져 있을 때까지야. 컴퓨터가 나가면 어떻게 되지? 발전기 연료가 다 떨어지고, 그들이 인공위성을 쏘아 떨어트리고 작전본부를 폭파하면, 지상으로 다시 돌아와야 해. 그 모든 쓸데없는 농담, 그 모든 껄렁한 음악, 그 모든 링크도 끊기고 사라져."

맥신은 순간 미샤와 그리샤의 이미지를, 어떤 낯선 대서양 연안의 서퍼들이 보드를 들고 저 멀리 어두운 겨울바다 위에서 채즈와 다른 두명 외에는 보는 사람이 없는 파도를 기다리는 모습을 떠올린다.

채즈는 다시 할라뻬뇨 칩에 손을 뻗친다. 그러자 탤리스가 봉지를 낚아챈다. "더이상은 안돼. 이미 작별인사 했잖아. 어서 가서 게이브리얼에게 뭐든 말하고 싶은 대로 얘기해."

"못해. 그를 위해서 일하는 거 그만뒀어. 그의 로데오를 위한 광대 노릇도 더이상 안할 거야."

"잘됐어, 채즈. 이렇게 독립을 하게 된 건 다 내 덕분이야. 그러니까 얼마나 좋아?"

"당신 덕분이야. 그리고 그로 인해 내가 겪게 된 일 덕분이고. 당신 남편은 내가 마시던 술의 찌꺼기처럼 느껴지기 시작했나봐."

"재밌네. 우리 엄마도 항상 그 인간에 대해 그렇게 얘기했는데."

"당신과 당신 엄마가 사이가 안 좋았던 거 알아. 하지만 어떻게든 문제를 해결할 방법을 정말로 찾아야 해, 탤리스."

"미안한데, 새벽 2시야. 주간 TV 방송은 시작하려면 좀더 있어야 해."

"당신 엄마가 당신 인생에서 가장 중요한 사람이야. 당신이 원하는 대로 감자를 정확하게 으깨줄 사람은 당신 엄마밖에 없어. 도저히 참을 수 없는 사람들과 당신이 어울리기 시작했을 때도 당신을 이해해준 유일한 사람이잖아. 십대용 슬래셔영화를 볼 수 있게 복합상영관에 가서 당신 나이를 속인 사람도. 오래지 않아 세상에 없을 거야. 할 수 있을 때 고맙다고 해."

그는 문밖으로 나간다. 맥신과 탤리스는 선 채로 서로를 바라본다. 록의 제왕은 계속 노래를 부른다. "'그를 걷어차'라고 조언해주려고 했어요." 맥신은 생각에 잠긴다. "당신을 앞뒤로 흔들면서…… 하지만 이제는 당신을 흔드는 것으로 만족할까봐요."

호스트는 에드워드 노턴이 주인공으로 나오고, 피터 사스가드가 스따니슬랍스끼로 나오는 「안똔 체호프 스토리」를 켜놓고 소파에서 꾸벅꾸벅 졸고 있다. 맥신은 부엌으로 살금살금 걸어가보려 하지만, 잠결에도 집보다는 모텔 습관에 맞춰져 있는 호스트는 허우적거리며 잠에서 깬다. "맥시, 뭐야."

"미안, 안 그러려고 했는데—"

"밤새 어디 있었어?"

아직은 이 질문에 있는 그대로 답할 만큼 머리가 이상하지 않다. "탤리스하고 있었어. 그 시답잖은 인간하고 이제 막 갈라서고, 새로 있을 곳을 구했대. 함께 있으니까 좋아했어."

"알았어. 그런데 아직 전화를 놓지 않았나보네. 그러면 당신 휴대폰은 어쩌고? 맞아, 배터리가 다 된 거야. 틀림없어."

"호스트, 왜 그래?"

"누구야, 맥시? 더 늦기 전에 지금 듣고 싶어."

아! 지난밤 ZiL 리무진 트렁크 안에 있던 극초단파 발생기가 실수로 작동되기라도 한 건가? 그리고 그 여파로 그녀가 타격을 입은 게 아직 가시지 않은 탓인가? 그렇게 보일 수밖에 없는 충분한 이유로 그녀는 자기도 모르게 분명히 밝힌다. "호스트, 당신 외에는 아무도 없어. 이 정서적으로 문제 있는 답답한 인간아. 앞으로도 절대 없을 거야."

호스트의 작고 막힌 데가 없는 수신기라면 이 메시지를 있는 그대로 받아들일 수 있을 것이다. 다행히 그는 중서부의 리키 리카도² 로 완전히 변하는 대신, 아주 친숙한 자유투 방식으로 머리를 쥐고서 속에 쌓인 것을 그냥 두서없이 조금씩 쏟아내기 시작한다. "음. 병원에 전화했었어. 경찰, TV 뉴스 보도국, 보석保釋 전문회사에도 전화했었어. 그리고 나서 당신의 주소록을 찾아보기 시작했어. 엉클 디지의 집 전화번호는 뭐 하러 적어놔?"

"이따금씩 연락해. 그는 내가 자기 가석방 교도관인 줄 알아."

"어 그러면 가라오케 술집에 같이 갔던 그 이딸리아 친구는 어떻게 됐어?"

"한번 갔어, 호스트. 단체예약이었고. 당분간 그런 일이 또 있지는 않을 거야."

"하! '당분간'이 아니라 '언제든'이겠지, 웅? 내가 집에 앉아서

---

2 193면에도 나왔던 50년대 미국 시트콤 「아이 러브 루시」의 의심 많은 남편.

화를 달래기 위해 과식하는 동안, 당신은 그 즐거운 장소에서, 빨간 옷을 입고, 「캔트 스마일 위드아웃 유」[3]를 다리 혹은 터널 반대편에서 온 체육관 강사와 공개 듀엣으로——"

맥신은 코트와 스카프를 벗고 이분 동안만 가만히 들어주기로 마음먹는다. "호스트, 자기. 우리도 언제 밤에 코리아타운에 가서 그렇게 해. 됐지? 어디에서 빨간 옷도 구해놓을게. 화음 넣을 수 있지?"

"허?" 모두가 알지 않느냐는 듯 어리둥절한 표정이다. "그럼. 어렸을 때부터 했어. 배워 오지 않으면 교회에서 받아주지 않았거든." 맥신은 머릿속에 즉각 메모를 한다——이 남자에 대해 모르는 것에 하나를 더 추가할 것……

그들은 소파에서 잠시 존 것 같은데, 갑자기 날이 밝아 있다. 뒷문 바깥 현관에 철썩하고 유력 일간지가 배달된다. 12층의 뉴펀들랜드 강아지가 분리불안 우울증으로 뛰어다니기 시작한다. 아이들은 매일 하던 대로 냉장고 문을 수시로 열고 닫는다. 소파 위에 있는 엄마와 아빠를 보자, 그들은 피치스&허브의 옛날 인기곡 "다시 뭉치니 얼마나 좋은가"[4]를 힙합 버전으로 부르기 시작한다. 지기는 이 시간대에 낼 수 있는 가장 화가 난 흑인 목소리로 달콤한 랩을 하고, 오티스는 비트박스로 장단을 맞춘다.

* * *

3 Can't Smile without You. 배리 매닐로우, 카펜터스를 비롯해 여러 가수들이 리메이크한 미국 대중가요.
4 Reunited and It Feels So Good. 1960~70년대에 인기를 끌었던 흑인 남녀 듀오 밴드 Peaches & Herb의 대표곡 「Reunited」의 가사.

돌이켜보니, 레스터 트레이프스의 추모 뉴스는 캐나다 매체나 전국 언론은 고사하고, 도시 외곽의 지역뉴스에 나오자마자 미디어의 망각 속으로 사라지고 만다. 어떤 테이프도, 어떤 기록도 남지 않을 것이다. 마찬가지로 미샤와 그리샤도 시사사건 기록에서 편집된다. 이고르는 그들이 본국으로 다시 소환되어, **교도소 캠프** 안의, 극동에 있는 얼마 안 남은 시설로 다시 보내졌을지도 모른다는 암시를 준다. UFO 목격담처럼, 그날 밤의 사건들은 믿음의 영역에 속하게 된다. 산골지역 선술집의 단골들은 그날 밤 애디론댁산맥에 이르는 미지의 반경 이내의 모든 텔레비전들이 세상의 종말이라도 온 것처럼 갑자기 꺼지는 바람에, 3부작 영화의 위기 장면, 꽉 끼는 의상에 스파이크힐을 신고서 누군가의 최근 쇼 비즈니스 프로젝트대로 움직이는 어디서 본 듯한 아가씨들, 스포츠 하이라이트, 기적의 전자기기와 청춘을 돌려준다는 허브 전문가의 정보광고, 좀더 희망찼던 시절의 시트콤 재방송, 기본적으로 픽셀로 되어 있는 이 모든 실재의 형식들이 한숨을 내쉴 틈도 없이 얼어붙은 한밤중의 시간 속으로 사라져버렸다고 증언할 것이다. 어쩌면 단지 능선 위의 자동중계장치 하나가 고장 났기 때문이었을지 모른다. 하지만 그 짧은 주기 동안에 세계가 이로쿼이 선사시대의 느린 북소리로 재설정되었다고 하는 편이 더 나을 것이다.

에이비 데슐러는 평소보다 명랑한 마음으로 직장에서 귀가하는 중이다. "도시 외곽의 서버요? 전혀 걱정할 것 없어요. 라플란드에 있는 곳으로 옮겨났으니까. 하지만 그보다 훨씬 더 좋은 소식은," 그가 희망찬 목소리로 말한다. "내가 해고될 것 같다는 거예요."

브룩은 지구본을 들고 있는 지리학자처럼 자신의 배를 쳐다본다. "그런데⋯⋯"

"잠깐. 총 보상급여에 대해서 말할 때까지 기다려줘."

"'강화된 퇴직급여'라는 용어를 써야 해요." 맥신이 충고한다. "그 뜻은 소송을 할 수가 없다는 거예요."

게이브리얼 아이스는 잠잠하다. 별로 이상할 건 없다. 적어도 마음이 괴로워서 그런 것이기를 맥신은 바랄 뿐이다.

"탤리스는 생각보다 안전해요." 그녀가 마치를 안심시키려고 말한다. "착하던데요. 따님 말이에요. 처음 봤을 때처럼 바보는 아니었어요."

"내가 생각했던 것보다 더 나아." 뜻밖의 놀라운 대답이다. 사실 맥신은 마치가 어떻게 양심의 가책을 느끼는지조차 모르는 사람이라고 단정해왔다. "나 같은 형편없는 부모에게는 너무 과분해. 애들이 아주 어려서 엄마 손을 꼭 잡고 걸어가던 때가 기억나. 내가 걷는 속도에 맞춰 애들을 끌고 다녔더니 애들이 쫓아오느라고 깡충깡충 뛰어야 했지. 도대체 어디를 가느라고 애들과 함께 걷지 못할 정도로 그렇게 급했던 걸까?" 참회의 행동으로 막 빠지기 직전이다.

"언젠가 형편없는 부모의 기술은 미시포차톤⁵이라는 올림픽 종목으로 채택될 거예요. 자격이 되시는지 한번 볼게요. 그러는 동안 거룩한 표정은 거둬요. 본인이 더 나쁘다는 걸 스스로 아시잖아요."

"훨씬 더 나쁘지. 몇년 동안 생각하려 하지 않았어. 이제는 마치, 뭐라고 해야 할까—"

<hr>

5 mishpochaton. 가족이라는 뜻의 유대어 'mishpocha'와 마라톤의 합성어.

"다른 무엇보다도 그녀를 보고 싶어하잖아요. 봐요. 지금 불안해하고 있어요. 마치, 탤리스와 함께 우리 집으로 오면 어때요? 중립적인 곳이에요. 같이 커피 마시고, 점심은 시켜 먹어요." 나중에 결국 속이 엄청나게 채워진 소고기 롤과 양파 롤빵에 러시아 드레싱을 뿌린 닭 간 샌드위치를 맛볼 수 있는 72번가의 지피스 애피타이징에서 시켜 먹는다. 이것은 지난 세기 이후부터 이 도시에서는 아주 보기 드물어진 음식으로, 탤리스가 즉시 확대해놓은 테이크아웃 메뉴에서는 문단으로 소개되어 있다.

"실제로 그런 걸 먹고 싶어?" 마치는 맥신이 보내는 경고의 눈빛에도 불구하고 묻는다.

"음, 아니요, 어머니. 내 생각에는 잠시 앉아서 그냥 보기만 할 것 같아. 그래도 될까?"

마치는 빠르게 생각한다. "네가 하나를 시키면…… 어쩌면 나도 한입 정도는 시도해볼 수 있을 것 같은데? 나눠먹어도 된다면?"

"유대 음식을 먹은 지는 얼마나 됐어요?" 맥신은 슬쩍 물어본다.

"내 먹는 습관이 어디서 왔을까요?" 탤리스는 손톱으로 소극적 혹은 적극적으로 가리킨다. "음식을 배달시키고 나서, 현관을 열면 배달하는 아이들 한 무더기가 봉지를 들고 서 있겠어요."

"두 무더기는 될걸. 아마. 대신 이번 한번뿐이야."

"비만, 심장질환, 트랄라 알 게 뭐야. 양만 많다면, 안 그래요, 어머니?"

다소 민감한 문제로 중간에 끼어들 때가 된 것 같다. "친구들," 맥신이 큰 소리로 알린다. "계산은 나눠서 할 거예요, 알았죠? 음식이 오기 전에…… 마치, 더블 비프 베이컨과 소시지를 곁들인 선라이즈 스페셜에 라트케와 애플소스, 여기에다가 추가 사이드 메뉴

라트케와—"

"그건 내가 시킨 거예요." 탤리스가 말한다.

"알았어요, 그러면 자기는 소고기 롤과…… 50센트짜리 감자샐러드가 들어간 샌드위치에……"

"그런데 자기는 추가로 피클을 주문했으니까 그것도 차감해야……" 그랬으면 하는 맥신의 바람대로, 대화는 실제 테이블에 진짜 현금이 있어서는 안되는 옛날 점심식사의 경리 활동으로 변한다. 다른 곳에서 쓸 수 있는 에너지를 소비하기는 해도, 모두를 현실에 붙잡아두기만 한다면 여전히 할 만한 가치가 있는 놀이이다. 맥신도 인정하지만, 불리한 점은 두 사람 중 어느 누구도 이 점심식사를 전략적으로 이용해서, 누군가의 식욕을 꺾거나 없앨 정도로 걱정을 유발하려고 들지 않는다는 것이다. 맥신으로서는 자신의 식욕만 건드리지 않으면 된다. 그녀는 속으로 터키 파스트라미 헬스 콤보를 기대하고 있다. 복사한 메뉴판에 따르면 알팔파 새싹, 포토벨로 버섯, 아보카도, 저지방 마요네즈, 그리고 여기에다가 좀더 추가해서 맛을 살릴 수 있다. 이것을 보고 다른 두 사람은 얼굴을 찌푸린다. 다행히 지금까지는 괜찮다. 둘은 적어도 무언가에 대해서 의견의 일치를 본 것이다. 이제 시작이다.

서로 나서서 산수를 하고, 실제로 또는 전략적으로 실수를 저지르고, 봉사료와 판매세를 어떻게 나눌지 따지는 사이에 리고베르또가 초인종을 누른다. 문을 열어보니 배달을 온 아이는 한명뿐이지만, 바퀴가 달린 짐수레 같은 것에 주문한 음식을 싣고 복도를 따라 운반하는 중이다.

식탁의 전면은 이내 배달음식 용기, 탄산음료 캔, 기름종이, 그리고 샌드위치와 추가 주문한 요리로 뒤덮인다. 다들 입으로뿐 아니라 게걸스럽게 어디에든 채워넣느라 정신이 없다. 이렇게 열심히 먹던 중에 맥신은 잠시 쉬며 마치를 바라본다. "그게 뭐였든 '부패한 산물'이라고 하시더니 어떻게 된 거예요?"

"맞아 그랬었지." 마치가 콜슬로 용기 뚜껑을 새로 벗기면서 고개를 끄덕인다.

볼이 터지도록 쑤셔넣다가 잠시 소강 상태에 접어들자, 맥신은 케네디 아이스 이야기를 어떻게 꺼낼까 고민한다. 그때 아이의 엄마와 할머니가 그녀보다 먼저 그 이야기를 꺼낸다. 탤리스의 말에 따르면, 그녀의 남편은 현재 양육권을 청구 중이다.

"오, 안돼," 마치가 분통을 터뜨린다. "절대 안돼. 네 변호사는 누구야?"

"글릭 마운틴슨인데?"

"명예훼손 싸움에서 나를 도와줬던 곳이네. 법정 싸움을 기본적으로 잘하는 친구들이지. 지금까지 어떻게 되어가고 있는데?"

"내가 돈 다툼을 하지 않은 건 잘한 거래."

"음, 그럼 돈에는 관심이 없어요?" 맥신이 놀라서라기보다는 궁금해서 묻는다.

"그들처럼 많지는 않아요. 이렇게 말해 미안하지만, 그들은 사고로 돈을 벌죠. 하지만 난 오직 케네디 생각밖에 없어요."

"나한테 사과할 것 없다." 마치가 말한다.

"사실 미안했어, 엄마…… 엄마 아빠가 내내 떨어져 지내게 해서……"

"음. 전부 솔직히 말하자면, 우리는 시간 될 때 가끔씩 몰래 만나고 있어."

"오, 그 사람한테 들었어. 화내서 미안해."

"너 그런 적 없는데?"

"게이브리얼의 문제 때문이지, 내 문제 때문이 아니야. 그래서 우린 그 일에 대해서 잠자코 있었던 거고."

"그랬겠지. 가부장의 노여움을 사지 않는 게 좋았을 테니까." 맥신은 반드시 도움이 된다고 할 수 없는 "바보같이 당하고만 살고"라는 말이 그녀의 입에서 바로 이어서 나오려는 낌새를 알아차리고는, 왠지 눈여겨보지 않던 피클 하나를 선제적으로 움켜쥐고서 마치의 입에 집어넣는다.

점심이 지나 오후가 저물도록, 그리고 대부분의 뉴욕 사람들은 아직도 한겨울이라 생각하지만 해가 길어져 겨울치고는 너무 환한 저녁시간 내내, 맥신, 탤리스, 마치는 부엌으로 옮겼다가, 집에서 거리로 나와, 짙어지는 가로등 밑을 천천히 걸으며 마치가 사는 건물로 향한다.

어느 순간 맥신은 호스트에게 잊지 않고 전화한다. "아무튼 오늘은 여자들만의 밤이야."

"내가 언제 물었어?"

"좋아. 나아지고 있네. 임팔라가 필요할 수도 있어."

"혹시 뉴욕주 밖으로 나갈 거야?"

"연방과 관련된 무슨 문제라도 있어?"

"그냥 위기관리 차원에서."

"그런 생각까지는 못했네. 그냥 물어봤어."

탤리스는 우연히 창밖으로 거리를 내다본다. "젠장. 게이브리얼이에요."

맥신은 눈처럼 하얀 고급 리무진이 집 앞에 서는 것을 본다. "낯이 익기는 한데, 그런 줄 어떻게—"그 순간 해시슬렁어즈의 유명한 반복 대각선 로고가 차 지붕에 칠해져 있는 게 눈에 들어온다.

"그만의 개인 인공위성 링크를 갖고 다녀요." 탤리스가 설명한다.

"이곳 직원들은 서로 연결되어 있는 마라 쌀바뜨루차[6]의 명예회원들이어서," 마치가 말한다. "아무 문제 없을 거야."

"만약 다량의 100달러 지폐가 나타난 것을 알면," 탤리스가 중얼거린다. "게이브리얼이 곧바로 오게 되어 있어요."

맥신은 지갑을 움켜쥔다. 오늘따라 묵직한 게 느낌이 좋다. "다른 출구 있어요, 마치?"

그들은 직원용 엘리베이터를 타고 지하실로 내려가서 방화문을 통해 뒤편 마당으로 나간다. "여기서 기다려요." 맥신이 말한다. "최대한 빨리 차를 갖고 올게요."

그녀가 차를 세워둔 워프스피드 주차장은 길모퉁이를 돌면 바로다. 주차요원들이 임팔라를 가지고 나오는 동안, 그녀는 입구 경비를 맡고 있는 헥터에게 비과세 개인연금에 대해 속성으로 가르쳐준다. 누군가에게 들었는지 그는 전통적인 연금에서 갈아탈 때의 장점을 잘못 알고 있다.

"위약금 없어요? 당장은 안돼요. 5년은 기다려야 할 거예요. 헥터, 미안해요."

마치의 건물로 돌아와 보니 모두 건물 앞 인도에 나와 한바탕 소리를 지르며 싸우고 있다. 아이스의 운전사 건서는 시동을 켜놓고 리무진 운전대에 앉아 기다리고 있다. 맥신이 예상했던 육중한 나

---

6 Mara Salvatrucha. 미국과 라틴아메리카 각국에 퍼져 있는 대규모 폭력조직으로 마약밀수, 불법이민 등의 여러 범죄활동을 하고 있으며 줄여서 MS-13이라고 부른다.

치 부류와는 전혀 다르게, 그는 알고 보니 유난히 긴 속눈썹에 맞춰 선글라스를 콧잔등 아래에 걸쳐쓴 게 지나치게 꾸몄다 싶은 리커스 교도소 출신이다.

맥신은 혼자 구시렁거리며 이중주차를 한 뒤 한바탕 소동에 합류한다. "마치, 이리로 와요."

"이 망할 놈부터 죽이고 나서."

"끼어들지 마요." 맥신이 충고한다. "탤리스의 인생은 본인이 알아서 할 거예요."

탤리스가 놀랄 정도로 차분하게 아이스와 어른스러운 대화를 계속하는 동안 마치는 마지못해 차에 오른다.

"게이브리얼, 당신한테 필요한 건 변호사가 아니라 의사야."

그녀가 말하려는 것은 정신적인 문제이지만, 그 순간 게이브리얼은 그렇게 건강해 보이지도 않는다. 얼굴은 온통 빨갛게 부어올라 있고, 자꾸 떨리는 것을 그도 어쩌지 못한다. "내 말 잘 들어, 이년아. 필요한 만큼 최대한 많이 판사를 살 거야. 넌 내 아들을 절대 다시는 못 볼 거야. 무슨 일이 있어도 절대."

그래. 맥신은 생각한다. 그가 한 손을 들어올리면, 베레타 권총을 꺼내야 할 시간이다.

그가 한 손을 들어올린다. 탤리스는 쉽게 그것을 피한다. 그러나 권총은 이미 쏠 준비를 마친 상태다.

"아직은 아니야." 아이스가 조심스럽게 총구를 쳐다보며 말한다.

"어째서, 게이브리얼?"

"난 죽지 않아. 내가 죽는 대본은 없어."

"완전히 미쳤어." 마치가 차창 밖으로 소리친다.

"어서 엄마와 함께 차에 타는 게 낫겠어요, 탤리스. 게이브리얼,

그 말을 들으니 좋네." 맥신은 침착하고 명랑하게 말한다. "당신은 죽지 않는 이유가 뭔데? 제정신으로 돌아왔다는 건가? 시간을 좀 더 길게 내다보며 이 일에 대해 생각해봐. 그리고 가장 중요한 것은, 조용히 떠나라는 거야."

"그건—"

"그렇게 대본에 되어 있어."

마치의 건물이 서 있는 거리의 희한한 점은 장르와 상관없이 영화촬영지 섭외팀으로부터 너무 얌전하다는 이유로 퇴짜를 맞는다는 것이다. 지금과 같은 시공간 속에서 맥신처럼 액세서리를 한 여자들은 사람들에게 휴대용 무기를 겨누지 않는다. 그녀의 손안에는 다른 무언가가 있는 게 틀림없다. 그녀는 그에게 무언가를, 그가 받고 싶어하지 않는 귀중한 무언가를 내밀며, 그에게 진 빚 같은 것을 갚고 싶어하는데, 그는 안 갚아도 된다고 탕감하는 것처럼 하다가 결국에는 받게 된다.

"맥신이 빠트린 부분이 있어." 마치가 하는 수 없이 창밖으로 크게 소리친다. "거기서 너는 우주의 지배자가 되지 못하고, 계속 시시한 놈으로 살아. 온갖 종류의 경쟁이 갑자기 시작되면 시장점유율을 잃어버리지 않으려고 서로 싸워야 해. 네 삶은 더이상 너의 것이 아니라 네가 항상 숭배하던 지배자의 차지가 돼."

불쌍한 게이브리얼. 그는 총부리 앞에 서서 영원히 바뀌지 않는 좌파이자 곧 있으면 전 장모가 될 사람으로부터 훈계를 듣는다.

"다들 괜찮아요?" 건서가 묻는다. 「맘마 미아」 입장권이 있었는데 거의 시간이 다 됐어요. 이제는 되팔 수도 없어요."

"여행 및 엔터테인먼트 공제신청을 해봐요, 건서. 그리고 당신, 저 사람한테도 잘해줘." 맥신은 조심스럽게 뒤로 물러서며 리무진에 타는 아이스에게 경고를 한다. 그녀는 길게 뻗은 승용차가 길모퉁이에서 돌아나갈 때까지 기다리다가, 임팔라의 운전석에 올라타 라디오를 크게 켜고, 주의해서 도시를 가로지른다. 마침 라디오에서는 강 건너 어딘가에서 들려주는 태미 와이넷[7]의 노래가 한창 흘러나오는 중이다.

"그놈이 이 차의 번호판을 봐두었을 거야." 마치가 말한다.

"전국 지명수배를 낸다는 거네요."

"킬러 드론. 그게 더 가능성이 높아."

"바로 그런 이유 때문에," 맥신이 파워핸들에 문제가 있는 괴물 같은 차와 씨름하며 조명이 부족한 거리를 수없이 운전하던 끝에 말한다. "우리는 다리와 터널을 피해, 이곳 시내에 계속 남아서, 눈에 잘 띄는 곳에 숨을 거예요."

짙은 조명의 파노라마를 배경으로 웨스트사이드 고속도로를 한 바퀴 구경한 끝에 도착한 곳은 워프스피드 주차장이다. 백미러를 올려다보니 아직도 밤거리밖에는 보이지 않는다. "내가 직접 차를 대도 되겠죠, 헥터? 우리 본 적 없는 거예요, 알죠?"

"귀머거리에 벙어리입니다요, 마님."

그들은 점점 더 낡고 황폐해져가는 벽돌 건물 속으로 계속 돌아서 들어간다. 여러 세대에 걸친 자동차 배기가스로 부식이 심한 곳이다. 임팔라의 배기관도 고등학교 남자화장실에서 노래 부르는 십대 보컬처럼 있는 힘을 다한다.

마치는 마리화나 담배에 불을 붙이고, 얼마 후 치치와 총[8]을 흥

---

7 Tammy Wynett(1942~98). 미국의 컨트리 가수.
8 1970~80년대에 스탠드업 코미디로 인기를 끈 미국의 전설적인 코미디 듀오 리처드 치치 마린(Richard Cheech Marin)과 토미 총(Tommy Chong)을 말한다.

내 내며 느릿느릿 말한다. "그 녀석을 쏴 죽이는 건데."

"그가 한 말 들었잖아요. 내 생각에 그 사람은 자기가 모시는 죽음의 제왕들과 계약을 맺은 것 같아요. 그는 보호받고 있다고요. 장전한 총으로부터 상처 없이 벗어났어요. 그것으로 끝이에요. 그는 돌아올 거예요. 아무것도 끝난 게 없어요."

"그렇게 쉽지는 않을걸요. 그는 계속해서 비용편익 검사를 하면서 너무 많은 사람들이 너무 많은 방향에서 오는 걸 보게 될 거예요. 증권거래위원회, 국세청, 법무부. 그들을 다 매수할 수는 없어요. 게다가 친하거나 그렇지 않은 경쟁자들, 해커 게릴라들까지. 조만간 수조원의 돈은 쪼그라들기 시작할 거예요. 만약에 생각이란 게 있다면, 짐을 싸서 남극 같은 곳으로 도망칠 거예요."

"안 그러길 바라." 마치가 말한다. "지구온난화가 이미 너무 심각하잖아? 펭귄은——"

어쩌면 이게 그의 럭셔리 라운지 인테리어일지 모른다. 금속 느낌의 청록색 비닐에 담긴 곡물을 향한 중서부 십대의 환상이 아직 꺼지지 않은 채 40년을 이어온 떨림, 굵직한 실로 짜인 카펫 플로어 매트, 일부는 몇년간 팔리지 않은 립스틱 자국이 묻어 있고, 하나하나에는 밤샘 사랑과 고속 추격의 역사가 담긴 아주 오래된 담배꽁초들로 넘치는 재떨이. 그게 언제든 호스트가 『페니세이버』[9]의 광고에 답하면서 이 굴러가는 욕망의 박물관에서 무엇을 봤든 간에, 닥터 팀[10]이 늘 즐겨 쓰던 말대로, 상태와 상황이 지금 바로

---

9 무료로 배포하는 생활정보 광고지.

10 Timothy Leary(1920~96). 미국 정신과 의사로, 환각 경험에서 약물 사용자의 정신 상태와 환각 경험을 하게 되는 상황이 중요하다고 지적하면서 '상태와 상황'(set and setting)이라는 표현을 자주 사용했다.

그들을 감싸고, 미래에 대한 근심의 무익한 훈련장으로부터 그들을 빼내, 여기 이 안에서, 편히 쉬며, 결국에는 그녀 자신의 꿈을 좇도록 해준다.

다음에 정신을 차려보니 어느새 아침이다. 맥신은 앞자리에 늘어져 있고, 마치와 탤리스는 뒷자리에서 깨어나는 중이다. 다들 온몸이 삐걱거리는 느낌이다.

그들은 거리로 향한다. 또다시 밤사이에 배꽃이 만발했다. 한해의 이맘때면 아직 눈이 쌓여 있어야 할 뉴욕인데, 현재 거리는 그림자로 인도를 수놓는 나무의 꽃들로 눈처럼 환하다. 지금은 그들의 시간이고, 한해의 중요한 축이 되는 순간이다. 며칠 동안 지속되다, 그러고 나면 모두 하수구에 모일 것이다.

피레우스 다이너가 약물에 찌든 힙스터들, 짝을 찾는 데 실패한 향락가들, 교외로 가는 마지막 열차를 놓친 밤샘족들로 또다시 밤새 붐빈다. 해가 없는 하루의 절반을 피해 온 자들. 그들이 필요하다고 생각하는 게 커피이든, 치즈버거이든, 따뜻한 말 한마디이든, 뭐든 간에, 그들은 밤새 안 자고 지키고 앉아 새벽빛을 조금이라도 보았거나, 혹은 꾸벅 조는 바람에 또 한번 놓쳤을 터이다.

맥신은 잽싸게 커피 한잔을 들고, 마치와 탤리스가 테이블 가득 차려진 아침식사를 먹으며 음식 대화를 다시 이어가게 내버려두고 나온다. 집에 들러 아이들을 학교까지 데려다주기 위해 나오는 길에, 그녀는 꼭대기 층 창문에 비친 잿빛 새벽하늘, 그리고 아마 태양이거나, 아니면 다른 무엇일지 모르는, 밝기가 비정상적인 한줄기 흐린 빛을 구름이 가로지르는 광경을 본다. 그것이 무엇일지 궁금해 동쪽을 바라보지만, 그 빛나는 무언가는 그녀가 서 있는 각도에서는 계속 건물들에 가려 보이지 않고, 그것이 드리운 그림자에 건물들을 가둔다. 그녀는 길모퉁이를 돌아 자신의 구역으로 접어들면서 이 문제는 잠시 잊는다. 건물 엘리베이터에 들어오고 나서야 오늘은 누가 아이들을 학교에 데려다줄 차례였는지 당장 의문이 들기 시작한다. 차례가 생각이 나지 않는다.

호스트는 「패티 아버클 스토리」의 리어나도 디캐프리오를 보며 의식이 몽롱한 채 앉아 있는 게 출근할 생각이 없어 보인다. 아이들은 엄마를 계속 기다리고 있다. 그때 너무나 자연스럽게 얼마 전 딥아처의 지고티소폴리스의 가상 고향에서 아이들 둘이서 바로 지금과 같은 자세로 서서, 지금과 같은 불안한 빛에 잠긴 채, 어느 날 너무 이른 시각에 덮치러 올지 모르는 거미와 벌레 들로부터 아직은 안전한 평화로운 도시 속으로 걸어나가, 그 도시를 가져다 색인목록 속에 넣어버리려고 하던 장면이 떠오른다.

"애들아, 엄마가 조금 늦은 것 같아."

"엄마 방에 가 있어." 오티스가 어깨를 으쓱하며 배낭을 메고 문 밖으로 나간다. "엄마도 그럼 외출금지인 거야."

지기는 청하지도 않은 키스 흉내를 내며 말한다. "이따 데리러 올 때 봐, 알겠지?"

"잠깐만. 엄마하고 같이 가."

"됐어, 엄마. 우리는 괜찮아."

"나도 알아, 지기. 그게 문제야." 아이들이 복도를 따라 걸어가는 동안 그녀는 입구에 서서 바라본다. 두 아이 중 아무도 뒤돌아보지 않는다. 그래도 아이들이 엘리베이터 안으로 들어가는 모습을 지켜볼 수는 있다.

최첨단 미국의 자화상

『블리딩 엣지』(*Bleeding Edge* 2013)는 현재 미국 문단에서 가장 높이 평가받고, 가장 많이 연구되는 소설가 중 한명인 토머스 핀천 (Thomas Pynchon)이 칠십대 중반의 나이에 발표하여 전미도서상 최종후보에까지 오른 작품이다. 첫 소설『브이.』(*V.* 1963)를 비롯해 지금까지 총 여덟편의 장편소설과 한편의 소설집을 발표하면서 독보적인 포스트모더니스트로 자리 잡은 핀천은 그의 최신작『블리딩 엣지』에서 특유의 해박한 지식과 지칠 줄 모르는 상상력을 바탕으로 9·11 테러 전후의 미국을 탐정소설과 사이버펑크 과학소설의 형식을 섞어가며 흥미진진하게 그려낸다.

소설은 미국 경제를 강타한 닷컴 버블 붕괴 직후인 2001년 봄부터 같은 해 가을에 일어난 9·11 사태 사이의 뉴욕을 배경으로 한다. 작품의 주요 사건은 전직 공인사기조사관이자 지금은 사설 사무소를 운영하는 주인공 맥신이 IT 업계의 억만장자 게이브리얼 아이스가 운영하는 컴퓨터 보안회사 해시슬링어즈의 자금이 파산한 웹그래픽 회사를 통해 몰래 빠져나가고 있고 그 뒤에는 아이스의 회사와 중동 사이의 모종의 관계가 있을지 모른다는 정보를 접하면서 시작된다. 이렇게 해서 드러나게 되는 일련의 비밀스러운 사건들이 9·11의 배후에 미국 정부나 이스라엘 정보기관, 혹은 그들을 돕기 위해 아랍에미리트에 몰래 돈을 보내거나 CIA와 공모하여 지하드의 공격인 것처럼 꾸미는 아이스의 회사가 있을지 모른다는 음모론적 상상 속으로 맥신을 계속 끌어들이는가 하면, 다른 한편에서 맥신은 캘리포니아 출신의 두 IT 전문가 저스틴과 루커스가 개발한 소프트웨어 프로그램 딥아처를 접하면서 대안공간으로서의 가상세계 속으로 점차 빠져든다.

사실 음모는 현대문명을 추동하는 거대한 저의底意 혹은 목적을 파헤치는 데에서 출발한 첫 소설 『브이』부터 최신작 『블리딩 엣지』에 이르기까지 핀천 문학을 시종일관 관통해온 핵심 주제이다. 그리고 세계를 음모의 필연적인 구조물로서 바라보는 편집증적 태도는 핀천의 인물들에게는 맥신의 유머러스한 표현처럼 "인생이라는 주방의 마늘과 같아서, 아무리 많아도 지나치지 않"을 정도이다.(25면) 이런 점에서 사기조사 탐정 사무소를 운영하는 맥신은 핀천의 두번째 소설 『제49호 품목의 경매』(*The Crying of Lot* 49 1965)의 주인공 에디파 마스(Oedipa Maas)가 한층 원숙해진 예라고 할 수 있다. 평범한 가정주부로 지내다가 옛 남자친구의 유산 집행자로 갑자기 호출되면서 미국이라는 거대한 유산의 미로 속을 헤쳐나가야 했던 에디파처럼, 이제는 사설탐정이 되어 매일 아침 두 아이를 등교시키던 맥신은 우연히 건네받은 파일을 통해 격변기 미국의 위험한 거래를 마주하게 된다.

이 외에도 『블리딩 엣지』는 핀천이 그동안 지속해서 관심을 기울여온 다른 주제들을 집중적으로 다룬다. 그중에서 가장 눈에 띄는 것은 갈수록 고도화되고 있는 최첨단 과학기술의 문제이다. 핀천은 인터넷을 비롯한 컴퓨터 과학기술이 과거 냉전 시대에 미국과 소련 사이의 패권경쟁 속에서 개발된 군사기술의 산물임을 새삼 환기하면서, 정보화와 자본주의가 전지구적으로 확산된 현재에 이르러서는 개인을 감시하는 디지털 원형감옥이자 소비자본주의의 최첨단 첨병으로서 악용될 소지에 대해 경고한다. 반면 그럼에도 불구하고 핀천은 인터넷 공간이 지닌 가능성을 결코 간과하지 않는다. 이 점은 사이버펑크 과학소설의 아버지로 불리는 핀천이 그 방면의 대표작인 윌리엄 깁슨(William Gibson)이 쓴 『뉴로맨서』(Neuromancer 1984)의 사이버스페이스를 재연한 듯한 딥아처를 통해 드러나는바, 소설 후반부에 오픈소스로 전환되는 딥아처의 인터넷 공간은 이윤 중심의 자본주의 세계에서 벗어나 해커들이 자유롭게 활동하고 공유할 수 있는 무정부적 대항 공간, 특히 9·11 사태와 같은 현실의 불안으로부터 도망칠 안식처이자 사자死者들과 소통할 수 있는 대안적인 세계로 제시된다.

과학기술에 대한 핀천의 이중성은 대중문화와 관련해서도 비슷하게 나타난다. 미국 작가들 중에서도 핀천이 대중문화에 대한 식견과 관심에서 가히 타의 추종을 불허한다는 것은 그의 이전 작품들을 통해서도 잘 알려진 사실이다. 주목해야 할 점은 그가 대중문화를 냉소적으로 희화화하지만 그렇다고 결코 거부하지는 않는다는 것이다. 소비자본주의가 만연한 미국사회의 대중문화와 그 부속물처럼 살아가는 미국인들의 자화상을 냉소적으로 그려내면서도 핀천은 대중문화를 때로는 거의 유희적일 정도로 집요하게 파고든다. 이는 안과 밖의 구분이 힘들고, 따라서 바깥에서 거리를 두고 비판하는 것 자체가 거의 불가능한 대중문화와의 불가분의 관계에 대한 내재적 접근에서 비롯된 것이라고 할 수 있다. 핀천의 소설은 대중문화에 대한 작가 자신의 애착과 마니아적인 해박함을 이해하지 않고는 쉽게 설명할 수 없다.

이러한 이중성은 소설 제목에도 얼마간 함축되어 있다. 대개는 '최첨단'이라는 뜻으로 번역되는 'bleeding edge'는 루커스의 말대로 "유용성이 전혀 입증되지 않았고, 위험성이 커서, 오직 얼리 어답터만이 편하게 느"끼는 최첨단 과학기술로서 단기 고수익을 노리는 벤처자본가들이 고위험을 무릅쓰고 덤벼드는 IT 기술을 가리킨다.(120면) 1990년대 후반의 닷컴 버블은 바로 이런 고위험·고수익 투기의 결과인 것이다. 말 그대로 '블리딩 엣지'는 손에 잘못 닿으면 붉은 피가 나는 양날의 검과 같다. 뾰족한 최첨단일수록 그 대가는 더 아프고 더 큰 게 블리딩 엣지의 속성이다. 이는 단지 닷컴 버블 시기의 과학기술에만 적용되는 게 아니라, 미국을 비롯해 전세계 금융시장을 뒤흔든 2008년 리먼 브러더스 사태처럼 물질적 탐욕에 경도된 신용자본주의의 위험에도 해당된다. 만약 새 천년을 시작하는 21세기 미국의 스펙트럼의 한쪽 끝이 닷컴 버블의 붕괴라면, 다른 한쪽 끝을 차지하게 된 9·11 사태도 실은 그러한 블리딩 엣지로 인한 재앙이라고 한다면 또다른 음모론적 상상일까?

『블리딩 엣지』를 비롯해 핀천이 말년에 발표한 최근작들이 이전에 나온 작품들에 비해 상대적으로 읽기 쉽다는 것은 핀천의 난해

함을 일찍이 경험한 독자라면 반가운 사실일지 모른다. 여기에는
『블리딩 엣지』가 탐정소설의 형식을 좀더 노골적으로 취하고 과거
에 비해 문장의 길이가 짧아지고 대화체가 좀더 늘어난 이유도 있
다. 하지만 이 소설 역시 핀천 특유의 난해함에서 완전히 자유롭지
는 않다. 우선, 컴퓨터와 관련한 수많은 용어는 이 소설을 쓴 작가
의 전직이 무엇일까 하는 궁금증이 일 만큼 매우 다양하고 전문적
이다. 또한 앞서 설명한 것처럼 미국 대중문화 전반에 관한 작가의
백과사전적인 지식은 그것을 직접 경험하지 못한 외국 독자들의
입장에서는 또다른 암호처럼 다가올 때가 많다. 이런 연유로 이번
번역에서도 많은 각주를 달 수밖에 없었다. 가독성에 큰 지장을 주
지 않는 한, 각주가 글의 전후 맥락을 이해하는 데 도움을 주었으
면 하는 바람이다. 수많은 각주가 달린 번역 초고를 마다하지 않고
책이 나올 때까지 도움을 준 창비 세계문학팀에 깊은 감사의 말을
전한다.

끝으로, 『블리딩 엣지』가 나오고 벌써 7년이 지났지만, 핀천의
신간 소식은 아직 들려오지 않고 있다. 어느새 팔순을 훌쩍 넘긴
노령의 작가가 언제 또 경종을 울리며 독자들의 무심한 일상을 흔
들까. 부디 이 소설이 그의 마지막 작품으로 남지 않기를 바라며
또 한번의 외침을 기다려본다.

박인찬(숙명여대 영문학부 교수)

블리딩 엣지

초판 1쇄 발행 / 2020년 5월 29일

지은이 / 토머스 핀천
옮긴이 / 박인찬
펴낸이 / 강일우
책임편집 / 양재화
조판 / 전은옥
펴낸곳 / (주)창비
등록 / 1986년 8월 5일 제85호
주소 / 10881 경기도 파주시 회동길 184
전화 / 031-955-3333
팩시밀리 / 영업 031-955-3399 편집 031-955-3400
홈페이지 / www.changbi.com
전자우편 / lit@changbi.com

한국어판 ⓒ (주)창비 2020
ISBN 978-89-364-7796-7 03840